南开文学教材系列丛书
国家级精品课程教材

Xiandai Zhongguo Wenxue

现代中国文学

(1949～2008)

第二版

总主编 乔以钢
本卷主编 李新宇
本卷副主编 李润霞 林 霆

南開大學出版社

图书在版编目(CIP)数据

现代中国文学：1949～2008 / 李新宇主编. —2 版.
—天津：南开大学出版社，2013.1
(南开文学教材系列丛书)
ISBN 978-7-310-03852-7

Ⅰ.①现… Ⅱ.①李… Ⅲ.①中国文学—文学史
—1949～2008 Ⅳ.①I209

中国版本图书馆 CIP 数据核字(2012)第 052824 号

南开大学出版社出版发行
出版人：孙克强
地址：天津市南开区卫津路 94 号 邮政编码：300071
营销部电话：(022)23508339 23500755
营销部传真：(022)23508542 邮购部电话：(022)23502200
*
天津泰宇印务有限公司印刷
全国各地新华书店经销
*
2013 年 1 月第 2 版 2013 年 1 月第 4 次印刷
230×170 毫米 16 开本 26.625 印张 490 千字
定价：45.00 元

如遇图书印装质量问题，请与本社营销部联系调换，电话：(022)23507125

目　录

绪 论

一

本书所讲述的，是1949年以来的中国文学，也就是长期以来一般所说的“中国当代文学”。之所以不再使用“中国当代文学”这个概念，主要原因有二：一是作为20世纪50年代特定背景上临时采用的一个概念，它并不适用于文学史对一个历史阶段的命名。原因众所周知，所谓当代，即当下的时代，是正处其中而尚未过去的时代，但时光流逝，当代的具体时间所指无时不在更替之中，一些内容很快就会成为过去，与当代渐行渐远。从这个意义上说，“当代文学”这个概念在开始使用时是适用的，因为它所指称的对象那时刚刚发生，的确是当下的文学，但在60年之后的今天，仍把半个世纪之前的文学称作“当代文学”，就多少有些勉强。作为一门课程或一个研究方向，如果说这个概念现在还勉强可用的话，再过几十年，把一百年前的文学称作“当代文学”，就更说不通了。所以，这个命名迟早要改变。二是根据过去对于中国当代文学性质的规定，它已经不能容纳今天我们所必须面对的全部内容。在20世纪50年代，1949年之后的文学被定名为中国当代文学，是从它所显示的不同于现代文学的新的性质着眼的，也是与当时意识形态建构的要求相一致的，所以，所谓当代文学，也被称作“新中国文学”或“社会主义文学”，其具体特点就是文学为无产阶级政治服务、为工农兵服务，坚持民族化和大众化的方向。这种性质持续了大约三十年，但在进入改革开放的新时期之后，文学自身和外部环境发生了很大改变，如果固守中国当代文学的性质和特点认定，改革开放30年来的“新时期文学”大多会无处容身。而且，按照过去对中国当代文学性质的认定，它既然是“新中国”的文学或“社会主义”的文学，当然不包括我国台湾文学和港澳文学在内。而在今天，虽然台湾文学和港澳文学并未改变它自身的性质，我们却已经没有理由继续把它们排除在中国文学之外。根据“一国两制”的思路，既然人民不能因为处于不同制度之下而妨碍国族认同,香港地区和澳门地区可以在不改变社会性质的前提下回归,文学史也没有理由拒绝接受那里产生的文学艺术。也就是说,无论其意识形态是三民主义还是自由主义,都不妨碍它是这个时期的中国文学。时代所发生的这一系列变化,要求文学史必须作出相应的调整。

早在20世纪80年代,学界就提出了“20世纪中国文学”的概念,试图把所谓的“现代文学”、“当代文学”和部分“近代文学”纳入同一框架论述。这种新思路一度被广泛接受,出现了一系列冠以“20世纪”的著作和课程设置,并且出现了以此为框架的文学史著作。这是重写文学史的一个良好开端,结束了以政治标准切割文学史的做法,开始了文学史的整体化历程。但是,这个命名的适用性却也存在问题:它以自然的“世纪百年”为基本单位为文学史分期和命名,是对历史的人为切割,而不是依据文学自身发展变化所形成的不同形态。在20世纪开始之际,文学并没有显示出与19世纪末截然不同的面貌;在20世纪结束之际,文学也未发生重大变化。那么,所谓“20世纪文学”,作为独立的研究对象固无不可,却不适宜于作为文学史的阶段性命名。原因众所周知:以“19世纪中国文学”、“20世纪中国文学”、“21世纪中国文学”作为框架编撰文学史当然没什么不可以,却已失掉了历史分期的意义。而作为试图包括并替代“现代”、“当代”的一个概念,随着21世纪的到来,它显然不再适用。

在这种情况下,与其对文学史重新命名,或者重新解释“当代文学”这个并不科学的概念,赋予它新的性质,不如着眼于长久,使已有60年历史的“中国当代文学”尽早归位,进入中国现代文学史。正是由于这样的考虑,我们把过去所谓的中国当代文学史直接续入中国现代文学史,成为继“五四”时期、20世纪30年代(下如无注明,“××年代”均指20世纪××年代)、抗战时期等历史阶段之后的一个新阶段。

至于“中国现代文学”的命名,虽然也要面临现代性的认定,但国内外学界已有共识,根据世界的普遍情况,除极少数国家之外,现代化都是一个漫长的过程,没有几个国家的现代史是从现代性完成之日算起的,而是多从现代化开始或从现代文明在政治、经济等某个方面的重要标志出现算起。那么,就中国而言,无论从经济和技术层面的现代化(洋务运动)开始,还是从政治制度层面的现代化(百日维新或辛亥革命)开始,或是从文化层面的现代化(“五四”新文化运动)开始,都是可以成立的。尽管中国的现代化步履艰难,但毫无疑问,无论哪一个地区,也无论经历怎样的挫折,都处于现代化的过程之中。而且,20世纪初的一系列文学变化,尤其是“五四”新文学运动,已经开启了文学的现代化之路,以创作实绩作出了宣告。因此,把这个时期的文学作为中国“现代文学”的一个阶段,应是顺理成章的事。

二

在中国现代文学史上，这无疑是一个特殊的阶段，也是一个发展道路异常曲折的阶段。但历史上发生的一切都不是孤立的，而是相互存在着复杂的内在关联。所以一切并不突然，而是此前文学演变和分化的一个结果。

许多问题都需要从“五四”说起。对于“五四”文学，人们大多赞同“人的文学”这一基本认定。但是，在“五四”时期，文学面对的问题是复杂的：（一）作为个人，正如鲁迅所说：“中国人向来就没有争到过‘人’的价格，至多不过是奴隶”[①]。（二）作为国家，中国积贫积弱，不但不能并列于世界之林，而且大有国将不国之势。（三）国内贫富悬殊，劳苦大众极度贫困，社会存在严重不公。不同的问题滋生着不同的意识：人的意识，民族意识，阶级意识。这三种意识产生着三种不同的文学追求：启蒙，救亡，革命。在“五四”文坛上，新文学的主将们以人为目标，以人为最高价值尺度，从个人权利出发参与民族救亡运动，从人道主义出发为劳苦大众鸣不平，使三个主题得到了暂时的统一。但在事实上，启蒙、救亡、革命之间是存在矛盾的：启蒙的出发点是个人，强调的是个人的自主、个性的解放，最终目的是人的解放和权利保障；救亡的出发点是国家，强调国家和民族的利益高于一切，目的是民族的独立和国家的富强；新兴的革命是从阶级立场出发的，其目标是无产阶级或劳苦大众的翻身解放。这些不同的追求最终必然要发生矛盾。在政治上，它表现为自由主义、民族主义和社会主义的冲突，而渗透于文学，也演化为不同派别之间的矛盾。中国现代文学最初的大分裂发生于20世纪20年代末，“革命文学”运动的发生是一个重要转折。根据革命文学倡导者所宣称，它的革命对象就是“五四”新文学。创造社和太阳社的人们在当时几乎全盘扫荡“五四”新文学，除自己的领袖人物之外，“五四”作家大多受到了无情批判。由于国民革命和北伐战争的政治遗产，在进入30年代之际，“五四”新文学的中心主题逐步淡化和边缘化，随之而起的是民族文艺和普罗文艺，它虽然并未完成对“五四”新文学价值取向的取代，却带来了文坛鼎足三立的基本格局，大面积地确立了“五四”一代人所不具有的基于民族或阶级立场的集体主义。抗战开始，全国作家聚集到抗日救亡的民族主义旗帜之下，一些左翼作家的立场转换尤其引人瞩目，对“与抗战无关论”的批判就是突出的例子。但在事实上，统一战线的形成并没有改变各自的立场，文坛的基本矛盾依然存在。在特定的背景下，民族化和

①《鲁迅全集》第1卷，人民文学出版社，1981年，第212页。

大众化成为共同的要求,追求文学的通俗易懂,能为大众喜闻乐见,以利于文学服务于大众动员。但是,同样是着眼于群众,同样是强调民族化和大众化,站在民族国家的立场还是站在阶级的立场,很难求得一致。正是在这一背景下,出现了重庆主流文学与延安文学的不同模式。

就像重庆主流文学延续着30年代的民族主义文艺传统一样,延安文学与30年代的左翼文学密切相关。不过,40年代的延安文艺与30年代的左翼文艺并不完全相同。除了来自上海的左翼文艺传统之外,延安文艺的形成还有两个重要因素:一是江西苏区的文艺,它产生于30年代的中华苏维埃,是一种政治化的民间文艺;二是陕北当地的民间文艺,它是千古流传的民间文艺,但在红军长征到达陕北之后迅速开始了政治化的历程。江西苏区的文艺传统与陕北当地的民间文艺相结合,加上来自上海的左翼文艺传统,三者合而为一,发展为1942年以前的延安文艺。在这其中,来自上海等地的左翼作家显然是重要的,因为创作队伍主要由他们构成。但是,对于30年代的左翼作家而言,虽然长期接受革命思想的教育和熏陶,但许多人头脑中仍然保留了"五四"的影响痕迹。他们向往新的天地,因而奔赴延安,但思想中仍保存了一些个人主义和自由主义的因素,而且保留着个人自由、社会平等、政治民主等"五四"的理想。因此,无论置身于何地,都很难完全满足于现实,更不愿放弃对现实的批判。革命队伍的现实并非完美无缺,这就带来了新的矛盾。更为重要的是,革命队伍要求思想统一、步调一致、一切行动听指挥,而不欢迎计划之外的不同声音扰乱人心。正是由于这些矛盾,最后导致了文艺整风。毛泽东在延安文艺座谈会上发表讲话,为文学确立了新的规范:文艺必须为无产阶级政治服务,必须为工农兵服务,知识分子必须改变自己,在思想感情上与工农大众取得一致。在新的规范之下,延安很快形成了新的文学范式。1949年之后,这种新的范式迅速在大陆推广和普及,完成了对旧范式的全面取代。

本卷所讲述的正是由此开始的一个新阶段的文学。

这是一个非常特殊的文学发展时期。"秧歌扭到天安门"之后,大陆文坛呈现的是一片欢呼声。它是胜利者的声音,热情欢快而充满自豪。它是延安文学范式的发扬光大,因而与政治有着严格的从属关系,并显示着文学由知识者向工农大众、由模仿西方向模仿苏联和与之相适应的民族传统的一次位移。文学,只要能够有效地配合政治宣传,只要把意识形态化为生动的形象,只要把占历史主导地位的声音大声喊出去,使工农大众听得明白,就是完成了最高职责,实现了最高价值。然而,这种欢呼和歌颂随着时间的推移很快出现了疲软。原因不难理解:一是作家们对于千篇一律的表达难免产生厌倦;二是现实生活逐渐显示出的问题使作家和诗人的热情开始有所折扣。所以,在"双百"方针提出之后,一个新的潮流勃然兴起,文学不再满足于歌颂,而是在“干预生活”口号的引导下走向了社会生活的阴暗面,走向了人的内心世界的复杂深处,文学基调也由热情昂扬走向深沉冷峻。这个新的潮流与现实政治的要求距离甚远,所以只能是昙花一现,随着1957年“反右”运动的到来和一大批作家被划为“右派分子”,迅速风平浪息。但它是一个信号,宣告了一种文学模式和审美规范的危机,显示了文学自身追求解放和自主的要求,也透露了社会文化潜在的新动态。

1958年由党和国家领导人亲自发动的新民歌运动和文艺大跃进在文学史上常常被忽略,并且在一些论著中显示着荒诞的面目。但在事实上,它在50年代文学流变中的地位非常重要,因为它是面临危机的文学模式和审美规范进行修复与巩固的一种特殊形式,也是对“双百”方针唤出的创作新潮的反拨。正是大跃进民歌运动,以民间大众的创作取代了知识分子的创作,以热烈的歌颂再次取代了暴露,也正是大跃进民歌运动,提供了以大胆的想象和夸张书写豪情壮志的新经验,从而带来了“革命浪漫主义”和“两结合创作方法”。所以,1958年的大跃进民歌运动和由此开始的文艺大跃进运动,无论对于生活还是对于文坛,都有着极为重要的提神作用。

然而,无论理论上怎样强调大众化方向,真正的文学家都不会满足于直白和粗俗。在有限的空间里,文学仍在寻求发展。50年代末到60年代初,创作中出现了一种刻意追求意境美的现象:以严阵等人为代表的一些诗人纷纷致力于寻找和创造生活的诗情画意;以杨朔为代表的一些散文作家也在远离现实的抒写中建构优美的意境;小说中所出现的,则是茹志鹃的《百合花》所显示的美的探寻。这是一个必然的结果,既然直面现实和直面内心的路已经红灯闪闪,就只有在既定的主题和内容之下经营形式。所以,这是一股形式主义的潮流,因为对于这些作品而言,主题是固定的,没有任何独创性的意义。人们以各具特色的意境创造完成着共同的主题,作家才华的高下已经不在于对生活的发现和思考,而只是表现在形式上。与此同时,在意境美的追求中,透露的往往是接近古典的审美意识。这也不奇怪,因为此时的大陆文学已经断绝了与西方文学的联系,可借鉴的外来资源已经极少。当人们寻求艺术性的时候,只有把目光投向古代。

但是,这种倾向很快停止发展,因为从1963年开始,优美和谐或轻盈秀丽的风格开始被热烈昂扬的政治抒情和斗争故事所取代。文学开始更直接地表现重大的政治命题,开始强调“千万不要忘记阶级斗争”,与此相伴随的,是写实风格让位于抒情言志,优美意境让位于豪言壮语,好人好事让位于尖锐的阶级矛盾和冲突,颂歌基调中出现了激烈的战斗旋律。文学更紧密地贴近政治,寻找为政治服务的最有力的形式。这种范式在“文化大革命”开始以后被保留了下来,而且得到进一步发展,成为“文革文学”的基础。“文革文学”把它推向了顶峰,同时,也使它走向末路。

结束十年“文革”,中国文学进入一个新的历史时期。作为文学的主流,首先出现的是现实主义的复兴,接着出现的是现代派文学的崛起,然后是新生代文学的涌现。这三个浪潮依次出现,使“文化大革命”之后的中国文学呈现出迅速发展的“三级跳”。但需要注意的是,这三者之间并不是取代与被取代的关系,而是相互并存、相互渗透、共同发展的。正因为这样,80 年代文学逐步出现了百花齐放、五彩纷呈的多元格局。其现实主义文学是二十多年前受挫的现实主义文学潮流的复出,起主导作用的创作力量也是二十多年前被迫离开文坛而在“文革”结束之后“归来”的作家。这股新的文学潮流努力恢复中国现代文学的批判传统,以说真话、抒真情、真实反映社会生活和为人民大众代言为宗旨,具有强烈的忧患意识和社会责任感。它使当代文学的社会批判职能迅速恢复并空前强化,也使当代文学的感情基调转向深沉,使情绪内涵变得复杂。现代主义文学最先引人瞩目的是朦胧诗。它产生于“文化大革命”中长大成人的一代青年,于“文革”结束之后思想解放的背景下破土而出。对于生活的怀疑态度、不满情绪和由此而产生的变革愿望,对人道主义理想的执著追求,对自我内心的高度重视,以及对新的表现形式的探求,使这一诗潮显示了鲜明的文化反叛色彩。它体现着中国文学和中国文化的又一次裂变和重新选择。接着出现的是现代派小说和现代派戏剧。随着国门的逐步打开,中国文学开始重新建立与世界文学的联系,并且开始广泛地吸取西方现代资源。正是在这样一个背景上,以王蒙、高行健、刘索拉等人为代表的一些作家进行了各种新的探索,使小说和戏剧出现了各种新的现象。到 80 年代中期,中国文学终于迎来一个初步多元共存的景观。这种多元景观在 90 年代市场经济的背景下进一步发展开来。

在这个发展过程中,中国文学与世界文学建立了密切联系。人类进入现代社会之后,任何一个民族的文化都不可能孤立地发展。在“文革”结束之前的近三十年,中国文学的发展是比较孤立的,“文革”前的十几年虽然向西方世界关上了大门,但毕竟还有来自苏联以及东欧国家的交流,作家可以从苏联文学获取营养。到了“文革”前夕,中国大陆文学的发展完全进入封闭状态,在全面批判“封、资、修”的背景上,只能完全封闭地“创造人类文化的新纪元”。它的结果,就是“十亿人看八个样板戏”。而在“文革”结束之后,改革开放,文学终于得以重新面向世界,逐步扩大交流,接受世界各民族文化的滋养。80 年代以来文学的发展和初步繁荣,与这种滋养无法分开。

实事求是地说,从 20 世纪 50 年代到新世纪,这半个多世纪的文学成就远不辉煌,但文学史的价值并不只是取决于优秀作品的多少。文学发展过程中的艰难曲折,经验和教训,无疑使它获得了特有的研究价值。文学历尽曲折而终于进入一个比较宽阔的地带,也给后人带来许多启示。面对这段历史,我们的研究设立了这样两个目标:一是通过对文学发展过程的探讨,勾画出60年来文学发展流变的轨迹,展示其艺术生存状态,从中发现一些文学内部的和外部的规律。二是通过文学这种精神产品及其创作主体审美意识的流变,勾画时代的精神面貌和文化心理轮廓,由文学切入文化历史。当然,要揭示一个个文学现象的全部内涵是困难的,准确地把握现象之间的根本关联也不容易,但只要深入其中,并不断拂去积尘和云雾,就不难看到一些深隐于历史表象背后的东西,从而对文学现象产生新的理解。同时,也不难看出某种文学范式从发生发展到衰亡的过程所蕴含的历史奥秘;不难发现文学深层那左右着文学起伏奔突、不断挣扎、寻找通途、拓宽道路、确立自我的力量;也就不难意识到正是这种源于人这一审美主体和历史主体最深处的力量不仅决定着文学必然的归宿,也决定着人类文明发展的趋向。

从1949年至今,文学已走过了60年路程。为了清晰地显示这个发展变化过程,有必要进行必要的分期。文学史的分期需要根据几个方面:(一)文学内部要素的变化,它包括文学观念、审美追求、作家关注热点等方面的变化;(二)文学外部条件的变化,它包括制度影响、外力干预、传播方式、读者趣味等方面的变化。关于这个时期文学的阶段划分,过去最常见的有三种:一是"三分法",即分为三个阶段:第一阶段(1949～1966年),一般称作"十七年文学";第二阶段(1966～1976年),一般称作"文革文学";第三阶段(1976年至今),一般称作"新时期文学"。二是"二分法",即把"三分法"的第一、二两个阶段合而为一。三是"四分法"。"四分法"又有两种:一是在"三分法"的基础上再以1957年为界把十七年分为两个时期,即第一阶段是1949～1957年;第二阶段是1957～1966年;二是在"三分法"的基础上再把80年代与90年代以后划分为两个不同的阶段,即"新时期"与"后新时期"。在这里,我们采用的是比较简单的二分法,但不以1976年为界,而是以1978年为界,把这60年的文学划分为前后两个三十年。1949～1978年,是政治控制之下的一元发展阶段;1978～2008年,是改革开放背景下的多元发展时期。

三

我们知道,现在来撰写这个时期的文学史,可能是一件吃力不讨好的事。主要原因有二:其一,写出全面、客观之史的条件尚未成熟,比如,称作中国现代文学史,就应该包括海峡两岸三地,而不应该把台湾地区和港澳地区舍弃,或只是作为某种点缀，但是，尽管人们正在致力于国家的统一，努力实现民族和国家认同，但写一部共同的文学史，却还面临着种种困难，我们至今无法找到一个相对合理的结构。其二，这是一个非常复杂的阶段，文学与现实政治关系异常密切，形成了各种纠葛和关联，虽然人们的认识在不断深入，但只是在某些领域，而全面的认识尚有待时日。而且，由于离现实太近，所谓批评和研究无法避免各种复杂因素的干扰，社会腐败导致的廉价吹捧，市场化带来的炒作现象，都在制造着种种新的假象。这些假象很难在短期内弄清。

尽管如此，我们还是决定编写这部文学史，原因主要在于，条件虽未成熟，但一些事情不能等待完全成熟之后开始。成熟的中国现代文学史肯定是在一代又一代不断积累的基础上形成的。与其等待最后集大成，不如及时提供几片砖瓦。更为重要的是，这是现实教学所需要的。拿一本陈旧的教材上课，一边讲授一边增补和批驳，这对教师来说，更有利于显示教师的主动性，但对学生来说，却是不公正的，既然教师已经掌握一些新的材料，既然学界已经有了更为科学的结论，既然知识的更新已经向前推进，为什么不把它及时地写到教材之中以便于学生了解和掌握呢？正是基于这样的考虑，我们才决定编写这部肯定尚未成熟的文学史。

作为编写者，我们不打算立异，也不想刻意创新，而是想实实在在地为本学科的教材建设打下一个牢固的基础。为此，有几点是我们有意识追求的：

(一)回到文学的历史现场，直面文学的客观存在。虽然新历史主义和各种后现代主义理论都在努力否定历史的客观真实，但我们认为，作为历史叙述，仍然应该以历史的客观存在作为基础，而且要面对历史，尊重历史，力求实现最大限度的真实。毫无疑问，我们所面对的这段历史，尤其是20世纪50年代到70年代的历史，旧有的叙述往往是不可靠的，而文学发展的真相又常常在历史的阴影之中。我们将努力走出阴影的遮蔽，回到文学的历史现场，努力面对各种复杂的存在，思考那些被遮蔽的东西，修复由于各种原因而形成的历史残缺，尽可能还原一个比较全面、客观的文学场景，以求呈现一部较少遮蔽和残缺的文学史，把历史本相和文学发展变化的真谛展示出来。因此，我们的工作首先是一个正本清源、还原和修复的基础工作。

文学史与各种专题史一样，既然是历史的一个组成部分，就有不以后人意志为转移的客观性。因此，尊重这种客观性，而且进一步走近这种客观性，是文学史叙述的目标之一。换句话说，也就是要尽可能地呈现历史的真实面貌。当下学界流行一种时髦的理论，强调历史不可能复原，一切史书都是后人的叙事，所以无法避免叙事人的虚构和想象。这种说法有一定的道理，它指出了一个基本事实：史书并不可靠，因为它渗透着编撰者的趣味和意图，从《春秋》、《左传》到二十四史，无一不是如此。但是，面对这样的事实，史家却有不同的选择。我们所赞同的是：正因为历史叙述的不可靠，学者才不断地探寻和发现，不断用新的材料去补充和订正它，不断用更为科学的方法和手段去获得更加贴近事实的结论，而不是因此放弃对历史的严肃态度。换句话说，一切历史叙述都无法避免主观性，这并不等于一切历史叙述都是不可信的，也不能成为可以随意歪曲历史的口实，更不能成为替不公正的历史叙述辩护的理由。因为面对虚假的历史叙事，就把一切历史叙述都说成虚假的、不可信的，这种做法是不公道的，因而也是不足取的。

文学的阐释与研究是有主观性的。面对同一部作品，可能会仁者见仁，智者见智。就像《红楼梦》那样，“单是命意，就因读者的眼光而有种种：经学家看见《易》，道学家看见淫，才子看见缠绵，革命家看见排满，流言家看见宫闱秘事……”[①]这是无法避免的。但作为文学史家，主观随意性却是不足称道的。因为文学作品在它出世之时，就已具有其自在性。虽然作品的内涵可能是模糊的、隐晦的，也可能是复杂的，但作者的本意是无法抹杀的。文学史应该尊重作品的自在性，尊重作家的本意，而不应主观臆断或望文生义，更不应为适应某种理论而阉割作品。这就需要实事求是地解读作品，老实地走近文学生长的物质、制度和精神环境，认真考察各种关系。既然是史，其基础工作就是搜集、整理和辨析史料。因为文学史不是作品读后感，不是理论想象，而是要把文学还原到它生长的时代环境中，依据可靠的史料进行叙述和说明。文学史与其他历史一样，其最主要的特征是实证。

（二）校正文学评判尺度，努力作出公正的判断。在面对全部文学存在的基础上，我们将努力保持一份清醒，不忘审视和清理我们自身评判文学的标准。这是一种调整价值尺度的工作。历史无可避讳，我们曾经有过价值颠倒的年代，真善美与假恶丑曾经出现严重的混乱和颠倒，甚至把美的看做丑的，把丑的看做美的，这种遗留至今仍然严重存在于我们的头脑中，并且严重影响了我们对于文学的认识和评价，也影响了我们的文学走向世界。在这种情况下，我们必须重新审查我们所习用的文学标准，以补正我们过去由于种种原因而导致的评价的偏颇，争取对作家、作品和文学现象作出比较公正的评价。当然，任何评价都无法避免主观性，所谓普遍共识是难以实现的。但我们将努力克服自身遗留或新生的种种偏狭，贴近人类对于文学的基本共识，贴近世界共奉的文学评价标准。在无力进行评价之时，我们宁愿只是展示而放弃评价，尽量不作苟且之论。

我们反对价值标准的偏狭化，因为它对文学的繁荣是有害的，但我们不能不

---

①《鲁迅全集》第8卷，人民文学出版社，1981年，第145页。

重视一些基本的尺度。比如,对于“文革文学”的主要代表作,它的反现代、反人性是有目共睹的,所以,随着“文革”的结束和思想文化领域的拨乱反正,必然要遭到否定。但是,喜欢它、留恋它、努力保卫它的人一直存在。这原因是复杂的:其一,历史的客观存在不容忽视,它毕竟是文化贫困的年代里一代人享用过的仅有的精神食粮,所以深置于一代人的记忆中,成为与青春、热血、爱情、生命结为一体的存在。加之人们的思想观念在“文革”结束之后并未清场,一般人的思想观念和审美意识很容易继续在旧轨道上滑行。其二,无论什么年代,人们都不可能生活于同一平台。面对同样的历史事物,处境不同的人们会有不同的感受。一些人记忆中的“十年浩劫”,在另一些人的记忆中可能是“峥嵘岁月”,即使同样吃不饱肚子,专政者与被专政者也有不同的感受。这一切都是可以理解的历史现象。但面对种种分歧,文学史却不能没有基本的判断,更不能在价值尺度上远离人类文明的共识而滑入反文明、反人道的歧途。在遥远的古代,各民族相互隔绝,文学的孤立发展或许是可能的,各执标准也是可能的。但在进入现代之后,如果一定要关起门来自成体系,孤芳自赏,当然不是不可以,却不能埋怨世界文学对它的排斥。众所周知,不按照一定卫生标准生产的食品,在世界市场上是不能畅销的,甚至不能进入市场。把执行卫生标准看做排斥和歧视,也并非没有道理,但不合卫生标准的食品即使供自己食用,也是不利于健康的。

(三)高度关注生态环境对文学发展和变化的影响。任何事物都有造就它的具体环境,生态环境的变化导致物种更新和变异。这是生态学带给我们的启示。事实上,文学也是这样。有什么样的环境条件,就会产生什么样的物种,伴随着生态环境的变化,文学作品也必然要发生相应的变化。多雨的季节易生霉菌,连续干旱会使胡杨树变形。而且,物种之间也是相互制约的,良田如果杂草丛生,很难保证稻麦丰收;红高粱如果密不透风,奇花异草就不会生长。事实上,每一个时期的文学面貌,都与它的生态环境有关。

因此,面对文学现象,我们必须正视它的各方面关联。“文革”结束以来,为了摆脱政治的束缚,文学界和学术界一直回响着远离政治、回到文学或学术自身的呼声。这是对多年以来政治实用主义的一种反拨,是学术与政治关系的一次调整。这种调整无疑有助于学术在某种程度上的独立,营造自己的空间,但是,这种调整却也导致了学术远离政治,远离现实,而且造成了文学研究的新的盲点。作为文学史,特别是与政治关系极为密切的一段文学史,面对作家和作品所涉及的政治内容,闭口不谈,一律回避,显然是不现实的,也是不必要的,而且很容易给历史裹上一层云雾。

其实,无论文学还是学术,在大半个世纪中,与政治的关系一直没有处理好。开始是文学和学术沦为政治的附庸,完全成为工具,唯政治的指挥棒是从;后来是远离政治，关注文学自身，而且强调文学就是文学，结果却是自我放逐。文学完全成为政治工具当然是悲剧，但完全放弃对政治的思考和参与，也未尝不是悲剧。因为人是离不开政治的，既然政治生活是人类生活的重要内容，既然政治的变动直接影响着人的生活和命运，文学和学术又怎么可能对之不闻不问？这里的关键在于，文学或学术以什么样的姿态与政治发生关系，自身是否具有主体性，是否能够以独立的思考去表达对政治生活的关切。如果失掉主体性，沦为政治附庸，当然是无可称道的，但作家如果以独立的人格和自由的思想去关心政治，对政治进行批判和探讨，则未必是文学之累。作为文学史家，没有理由忽略作家这样的思考。

除此之外，涉及文学史观，还需要说明的是：首先，文学史不是作家作品论的排列，也不是优秀或重要作品的排行榜。虽然作家作品是文学史关注的主体，但文学史的任务主要并不是选出几个重要作家进行论述。由“本纪”、“世家”、“列传”构成的历史叙述模式与中国几千年专制社会所形成的传统是密切相关的，也是与古代英雄史观联系在一起的，这早已是史家共识。在古代，它自有其合理性，因为无论哪一个朝代，帝王、后妃和大臣、名将都是历史的主角，所谓一个朝代的历史，不过是一个帝王家族及其追随者的历史，所以首先要写的，自然是帝王的本纪，然后是后妃和王公大臣，小人物并无位置。但作为现代文学史，主要目的却不是为大人物塑像。尤其是面对从“大众化”到“大众文化”兴起这个没有巨匠、没有大师的年代，更无须人为地派定某个人做一代人或一个群体的代表。在代表合法性不足的情况下，让一个作家代表其他作家出现在文学史中，仍然是首领意识和造神传统的遗留，而且是极不公正的。因此，虽然任何叙述都无法避免挑选代表者并把目光集中在代表者身上，但文学史的现代性要求我们，必须把作家作品放回到他们存在的序列和环境中，通过对那种艺术形式自身的传承以及它与社会政治、经济、文化等各方面关系的揭示，显示一个现象的变化，从而总结文学发展的经验和教训。文学史需要更多地关注历史，而不是有限的作家个人。那种把一段文学史简化为几个作家论的做法，对历史是不公正的。在没有大师的时代，我们更无意于通过文学史而制造大师偶像，也无意于为各路英雄排座次。其次，史家不是和事佬，应该正视矛盾和差别，不应致力于“调和”与“抹平”。当下中国流行各种“抹平主义”，其主要特征是混淆是非界限，抹平高低优劣；其客观效果是把历史搅成一锅粥。文学史上存在一些矛盾和差异，无论是文学思潮、创作倾向，还是作家观念、创作追求及其作品的品位，都存在着精神境界和艺术水平的高下与优劣。不同派别之间存在矛盾和冲突，有的涉及大是大非，关系到人的命运。但在抹平主义者那里，却往往是另一种情景：要么是你好我好他也好，一厢情愿地硬把敌对的力量按到同一条板凳上就坐；要么是大家都是一丘之貉,彼此都被涂抹成了三花脸。所有的理想、激情、崇高、神圣都成了破坏人们生活的坏东西。这种抹平甚至抹煞文学史发展不同阶段和不同流派的差异的做法,把功过是非和优劣高下通通抹平。在这种抹平处理之下,历史不再有任何正义,也不再有是非可言。我们所追求的,不是那种历史浆糊。

需要表示歉意的是,我们所追求的,未必是我们所能达到的。不足之处,只能有待于将来的改正和弥补。

第一章　文学转型与范式重构

1949年之后，大陆文学迅速呈现了新的面貌：过去文学作品中的社会黑暗、人生疾苦、痛苦呼号、低吟浅唱与文学批判现实、表现自我的职能一起退场，继之而起的是献给新生活的热情颂歌、对革命历史的回顾和现实斗争的描绘，文学的精神面貌和作家的创作状态同时发生了巨大转变。这是中国现代文学的一次重要转型。它从多元走向一元，从暴露走向歌颂，从学习西方走向模仿苏联，显示了一种新的共同范式。这种新范式的推行并不顺利，经过十年的努力，到50年代末基本完成，在60年代末达到它的顶峰，而在70年代末逐渐退出主流，前后存在了30年。

第一节　新规范的确立

表面上看，作家对新规范的接受似乎很顺利，全国上演《白毛女》，秧歌扭到天安门，文坛齐唱《东方红》，可谓万众同声，极少不和谐音响。没有黑暗的暴露，没有人性的探讨，也没有个人复杂情感的抒发，这意味着人们迅速接受了新的规范。其实，新规范的推行并不是一帆风顺的，而是经过了一系列复杂的运作与艰难的努力。在这些努力中，重要的是以下三方面内容：

一、第一次全国文代会

1949年7月，第一次“中华全国文学艺术工作者代表大会”在北平召开。会议从7月2日到19日，历时17天。大会开始前一天，中共中央发来贺电。大会开幕之际，朱德又代表中共中央到会致贺词。与此同时，董必武代表华北人民政府和中共中央华北局，陆定一代表中共中央宣传部，叶剑英代表中共北平市委、北平军管会及北平市人民政府，一一到会致贺词。会议期间，毛泽东亲自到会向与会者表示欢迎，他说：“今天我来欢迎你们。你们开这样的大会是很好的大会，是革命需要的大会，是全国人民所希望的大会。”周恩来到会作了长篇政治报告，对文学艺术家提出了一系列要求。在这次大会上,郭沫若作了总报告,周扬作了关于解放区文艺工作的报告,茅盾作了关于国统区文艺工作的报告,最后通过了《宣言》,产生了全国性的文艺机构——中华全国文学艺术界联合会,由郭沫若任主席,茅盾和周扬任副主席,并成立了各个下属专业协会。根据一般的说法,这是全国文艺工作者大会师的大会,是继往开来、总结和动员的大会,标志着新民主主义文艺运动的基本结束和社会主义文艺的开始。而最为重要的,是大会确立了文艺工作的路线、方针和任务,确立了文艺必须为政治服务、必须为工农兵服务的方向。

周恩来的政治报告介绍了战争情况,强调文艺家在反映革命战争年代生活时不要忘记人民军队,不要忘记农民,要重视工人阶级的主题,也就是要为工农兵服务,而要很好地服务,就要把握认识新时代的关键,即"努力认识中国共产党,因为中国共产党已经与中国人民的生活和斗争形成了不可分离的联系,不认识中国共产党,也就不能够正确地认识和表现今天的中国人民的生活和斗争的主要部分"。他的报告阐述了六个问题:团结问题、为人民服务的问题、普及与提高的问题、改造旧文艺的问题、文艺界的全局观念问题、组织领导问题,其核心是团结起来,贯彻执行新的文艺方针。周恩来指出,这次大会"是从老解放区来的与新解放区来的两部分文艺军队的会师,也是新文艺部队的代表与赞成改造的旧文艺的代表的会师,又是在农村中的、在城市中的、在部队中的这三部分文艺军的会师",反映了文艺队伍的团结,而团结的基础是"毛主席新文艺方向"。关于如何正确理解文艺的工农兵方向,他的阐释是:"我们主张文艺为工农兵服务,当然不是说文艺作品只能写工农兵。比方写工人在未解放前的情况,就要写到官僚资本家的压迫;写现在的生产,就要写到劳资两利;写封建农村的农民,就要写到地主的残暴;写人民解放战争,就要写到国民党军队里的那些无谓牺牲的士兵和那些反动军官。所以我不是说我们不要熟悉社会上别的阶级,不要写别的阶级的人物,但是主要的力量应该放在哪里,必须弄清楚,不然就不可能反映出这个伟大的时代,不可能反映出创造这个伟大时代的伟大的劳动人民。"①

在大会的几个主要报告中,郭沫若的报告题为"为建设新中国的人民文艺而奋斗——在中华全国文学艺术工作者代表大会上的总报告",原则性地阐述了革命文艺运动的性质、统一战线问题和新时代文艺工作的任务。茅盾的报告题为"在反动派压迫下斗争和发展的革命文艺——十年来国统区革命文艺运动报告提纲"。报告强调的是:"从斗争的总目标上看,国统区与解放区的文艺运动是一致的;从文艺思想发展的道路上看,双方在基本上也是一致的;而就国统区的革

①《周恩来选集》上,人民出版社,1981年,第353页。

命文艺运动的主流来说，最近八年来也是遵照毛主席的方向而前进，企图同人民靠拢的。”报告从新时代的要求出发，更多地总结了国统区文艺运动中存在的问题和缺点，对与解放区文艺运动不相一致之处进行了批判和否定，最后代表国统区作家作了“向时代学习，向人民学习”的表示。周扬的报告是更重要的，因为正是它通过对解放区文艺的总结，具体阐明了新时代的文艺方向。他的报告题目是“新的人民的文艺”，其中明确指出：“毛主席的《在延安文艺座谈会上的讲话》规定了新中国的文艺的方向，解放区文艺工作者自觉地坚决地实践了这个方向，并以自己的全部经验证明了这个方向的完全正确，深信除此之外再没有第二个方向了，如果有，那就是错误的方向。”①

周扬还介绍了解放区文学的经验，论述了新时代文学与此前现代文学的不同特点，强调了对人民大众的态度和文学的大众化方向。他号召文艺工作者都要站在时代的思想水平上，努力学习各种基本政策，“离开了政策观点，便不可能懂得新时代的人民生活中的根本规律。……一个文艺工作者，也只有站在正确的政策观点上，才能使自己避免单从偶然的感想、印象或者个人的趣味来摄取生活中的某些片断，自觉或不自觉地对生活作歪曲的描写”②。他的报告还指出：“必须确立人民文艺的新的美学标准：凡是‘新鲜活泼的、为老百姓所喜闻乐见的中国作风与中国气派’的形式，就是美的，反之就是丑的。”“批评必须是毛泽东文艺思想之具体应用”，“必须集中地表现广大工农群众及其干部的意见”，“批评是实现对文艺工作的思想指导的重要方法”。③

这些意见，成为此后文艺创作和批评的重要指导思想。中国现代文学的这次重大转型，正是在这些意见的指导之下进行的。

二、持续的文艺批判运动

面对新的时代的要求，作家们努力适应并认真贯彻执行，其创作也迅速出现了新的面貌。不过，一些人显然未能完全适应，或者是对新时代的文艺要求还缺少准确而全面的把握。他们可能在主观上是努力的，但作品却并不符合时代的要求。事实告诉我们，自觉挑战或有意犯规者是极少的，他们不过是未能适应新规范。面对这种情况，新时代文坛出现了持续不断的文艺批判运动。显然，它是确立新的规范和确保文艺方向的一项重要措施。

在最初的批判运动中，首先值得注意的是对电影《武训传》的批判。该影片

①《周扬文集》第1卷，人民文学出版社，1984年，第513页。

②《周扬文集》第1卷，人民文学出版社，1984年，第529～531页。

③《周扬文集》第1卷，人民文学出版社，1984年，第532～535页。

取材于清末历史人物武训"行乞兴学"的故事，于1950年年底上映，迅速引起极大反响，获得广泛好评。实事求是地说，这部影片未必有多少值得赞美之处，编导要用它"迎接文化建设的高潮"和"歌颂忘我的服务精神"，选材未必确当，但一般人看不出它有什么大问题，也是正常的。不过，只要认真考察它的内容和编导的思想感情倾向，联系当时文化整合的需要，就不难发现，它被批判是必然的。1951年5月20日，毛泽东亲自为《人民日报》撰写社论指出："《武训传》所提出的问题带有根本的性质。像武训那样的人，处在清朝末年中国人民反对外国侵略者和反对国内的反动封建统治者的伟大斗争的时代，根本不去触动封建经济基础及其上层建筑的一根毫毛，反而狂热地宣传封建文化，并为了取得自己所没有的宣传封建文化的地位，就对反动的封建统治者竭尽奴颜婢膝的能事，这种丑恶的行为，难道是我们所应当歌颂的吗？向着人民群众歌颂这种丑恶的行为，甚至打出'为人民服务'的革命旗号来歌颂，甚至用革命的农民斗争的失败作为反衬来歌颂，这难道是我们所能够容忍的吗？"①毛泽东认为，"承认和容忍这种歌颂，就是承认和容忍污蔑农民革命斗争，污蔑中国历史，污蔑中国民族的反动宣传为正当的宣传"，而文化界对电影的肯定和颂扬，则"说明了我国文化界的思想混乱达到了何等的程度"！毛泽东之所以重视这场批判运动，就在于通过这场批判，可以使人们更进一步明白，在进行创作之前，必须首先考虑决定"什么东西是应当称赞或歌颂的，什么东西是不应当称赞或歌颂的，什么东西是应当反对的"，文艺不能随意而为。从一系列批判文章可见，对武训的褒扬，被看成了知识分子的"自吹自擂"；对太平军的批评则成了对革命的"恶毒污蔑"。按照这样一种思路，一些知识分子对《武训传》的支持和赞美就成了借影片抬高自己、贬低革命。在这种情况下，《武训传》自然要受到迎头痛击。这场批判的意义不仅在于肃清《武训传》的影响，而且在于具体地为文艺创作与批评确定道路和规则。

与此同时发生的是对萧也牧的小说《我们夫妇之间》的批判。该小说发表于《人民文学》1950年第1期，发表后受到一些好评，并且被搬上了银幕，但在一年多之后，却开始受到严厉批判。批评者指出，萧也牧的创作存在不健康的倾向，"这种倾向实质上就是毛主席在《讲话》中已经批判过的小资产阶级的倾向。它在创作上的表现是脱离生活，或者依附小资产阶级的观点、趣味来观察生活、表现生活"②。关于这场批判的主旨所在，可以从丁玲、冯雪峰等人的批判文章中清楚看到。冯雪峰认为萧也牧的创作倾向是很有害的，"但其原因，我认为还不是由于作者脱离生活，而是由于作者脱离政治！在本质上，这种创作倾向是一个

①《应当重视电影〈武训传〉的讨论》，《人民日报》，1951年5月20日。

②陈涌：《萧也牧创作的一些倾向》，《人民日报》，1951年6月10日。

思想问题，假如发展下去，也就会达到政治问题，所以现在就需警惕”①。丁玲指出，萧也牧这类作品所代表的倾向“在前年文代会时曾被坚持毛泽东工农兵方向的口号压下去了，这两年来，他们正想复活”。虽然小说写的是一个知识分子被感召从而完成思想改造的故事，但作为知识分子的叙述者在情趣上与工农大众有距离，这被认为是立场问题。丁玲认为，“李克实际上是个很讨厌的知识分子”，“李克最使人讨厌的地方，就是他装着一个高明的样子，嬉皮笑脸来玩弄他的老婆——一个工农革命干部”②！在当时的批判者看来，萧也牧以知识分子的观念和趣味观察生活与评价生活，这是不能允许的；萧也牧站在小资产阶级知识分子的立场上歪曲工农兵干部，也是不能允许的。这些批评连同对《关连长》、《我们的力量是无敌的》、《洼地上的战役》等一系列作品的批评，有力地匡正了当时的创作，保证了新范式的推行。

更说明问题的是对胡风的批判。胡风是老牌左翼作家，始终以革命者自居，即使以阶级斗争的观点看问题，主流意识形态与胡风的矛盾也构不成阶级斗争，构不成革命与反革命的对立关系。可是，有一点是明显的，胡风的文艺思想与毛泽东在延安文艺座谈会上的讲话所表现的思想是有矛盾的，与第一次文代会确立的文学方向也是矛盾的。《讲话》要求知识分子彻底改造自己，在思想和感情上与工农大众打成一片，而胡风却固执地坚持知识分子的主观战斗精神，念念不忘大众的“精神奴役的创伤”；新的文学规范要求文学走民族化、大众化的道路，要求更多地继承民族的、民间的文艺传统，追求民族气派和民族作风，而胡风却对传统文化和民间艺术持批判态度，念念不忘与世界文学接轨，不愿拒绝来自世界的现代资源。有这样的思想基础，胡风是不能从根本上完全接受新规范的。从这个意义上说，把胡风说成“反革命”并抓出一个“胡风反革命集团”，是以莫须有的罪名制造的冤案；但说他抗拒改造，坚持自己的文艺思想而不愿接受新规范，大概并不冤枉。批判胡风的意义，就在于铲除来自革命队伍内部的那些“资产阶级唯心主义”或“反马克思主义”的文艺思想，也就是消除对新规范不能完全顺从的力量。对胡风的问题，最后以国家暴力手段解决，显示着推行新规范的决心和力度。

三、思想改造与制度保障

与文艺批判同时进行的，还有涉及整个知识界的知识分子思想改造运动。正是知识分子思想改造运动，与文艺批判运动一起，保证了文学新范式的确立。

①李定中：《反对玩弄人民的态度反对新的低级趣味》，《文艺报》1951年4卷5期。

②丁玲：《作为一种倾向来看——给萧也牧的一封信》，《文艺报》1951年4卷8期。

而在文艺批判运动和知识分子改造运动的背后,则是更为有力的制度保障,即作家、批评家的体制化。几乎所有的文学家都被编入一个"单位"。单位不仅发给工资,而且提供住房、医疗和各种福利,包括孩子上学、家属安排和本人的生老病死,都有单位提供保障。在此之前,作家属于自由职业者,工作往往是不固定的,有时受聘到大学任教,有时到报馆做主笔,干得好就干下去,干不好就可能被解雇,也可能随时辞职。这种状态是市场机制之下的状态,以自己的劳动在市场上换取生活资料,没有固定的雇主,也没有铁饭碗的保障,独立自主,也无可依靠。新体制结束了作家的这种状态,使每个人都有了一个单位归属,饭碗不再有后顾之忧,并且享有颇为优厚的待遇和保障,同时,隶属关系也被固定了下来。作家生存状态的改变,是文学转型更为深层的根本原因。

此外尚须注意的是,在创作主体体制化的同时,文学报刊也实现了体制化。民间刊物不存在了,同人刊物不存在了,一切报刊都在体制之内,体制控制着文学的传播。合乎要求的作品可以发表,不合乎要求的作品则没有发表的机会。这一点非常重要,因为即使有人写出不合规范的作品,也不可能进入传播渠道,从而保证了文学园地花色品种的一致性。

第二节　创作队伍的新旧交替

文学进入一个前所未有的新时代,必然呼唤着新的创作队伍。当新时代到来之际,作家队伍的情况其实是比较复杂的:从成长的时代背景划分,有来自"五四"时代的作家,有 30 年代已功成名就的作家,有 40 年代刚刚崛起的作家;从政治背景看,有来自革命根据地的作家,有来自国民党统治区的作家,有左翼作家,有非左翼作家。一般来说,来自延安的作家因为经过了延安文艺整风,比较容易适应新时代的要求;而来自国统区的作家则比较复杂,由于知识背景、思想资源和生活经历极不相同,在思想和艺术追求上都有很大的差距,因而对新规范的适应程度也大不相同。

历史告诉我们,一些人对新规范的适应比较容易。这不仅表现于经历过文艺整风的延安作家,也不仅表现于虽在国统区却长期从事左翼文艺运动的作家,而且包括一些没有任何革命经历的人,曹禺和老舍就是突出的例子。在国内战争已成定局的情况下,曹禺在党的安排下经过香港进入解放区,然后到了北京。在第一次文代会上,他就表示要努力学习毛泽东思想,彻底改造自己。一年之后,他在《文艺报》1950 年第 10 期发表《我对今后创作的初步认识》,表示要"把自己的作品在工农兵方向的 X 光线中照一照”，挖去自己“创作思想的脓疮”[①]。为了表示他的觉悟，他把自己的《雷雨》、《日出》等优秀剧作贬得几乎一无是处：《雷雨》是一个有落后倾向的剧本，因为它没有阶级观点，没有看到当时新兴的革命力量，因而歪曲了真实，其中作为工人阶级的鲁大海也不是真正的工人阶级，而是穿了工人服装的小资产阶级；《日出》的问题更为严重，“我忽略我们民族的敌人帝国主义和它的帮凶官僚资本主义，更没有写出长期的和它们对抗的人民斗争，看了《日出》，人们得不到明确的答案，模糊的觉得半殖民地社会就只能任其黑暗下去。……我写《日出》的时候，人民的力量在延安已经壮大起来，在反动区的城市里，工人群众已经有相当有力的革命组织。反帝的怒潮遍及全国，人民一致要求民族的解放”[②]。为了表示悔改，他开始改写旧作。表面上看，曹禺的转变异常顺利，对于新规范没有任何抗拒或不适应。但可惜的是，曹禺反复修改旧作，结果却是越改越糟，新的创作则更难令人满意。老舍的观念世界更多传统色彩，但伦敦的六年给了他现代的洗礼。由于英国文学的影响，他追求文学的独立性，不愿把文学作为政治动员或者道德说教的工具。甚至在革命文学浪潮中，他仍然反其道而行之，表达了自己独立的文学观。中华人民共和国建立之后，他在周恩来的亲自关照下回国，从此发生了巨大转变，其表现往往比延安来的革命作家还要积极。在游行的队伍里，他总是走在最前面；在需要表态的时候，他总是带头发言；在一些人搁笔观望之际，他笔耕不辍。因为他的积极表现，很快成了“人民艺术家”、政务院文教委员、政协常委、全国人大代表、北京文联主席。与此同时，他也开始极力否定自己前期的创作成就，甚至毅然中止《四世同堂》的连载，重新修改《骆驼祥子》，拒绝出版自己的文集，在创作上弃旧图新，全力投入更适应政治需要的话剧创作。老舍是幸运的，不但顺利地完成了转型，而且留下了优秀剧本《茶馆》。

相比之下，一些作家的改造和适应就不那么容易。1949 年之后，文坛的阵容发生了巨大的变化。一些新人出现了，一些作家消失了。消失的作家其情况当然有所不同。有的是在江山易手的大变动之际离开了大陆，比如胡适、梁实秋、苏汶、苏雪林、王平陵、谢冰莹等人。有的当时并未离开，而且曾经作过努力，试图适应新的规范，但最后证明难以适应，所以还是走掉了，比如徐讦、张爱玲等人。张爱玲应邀出席上海文联第一次代表大会，努力穿着朴素，但与会场上的列宁装相比，还是很不协调。作为个人主义者，她对统一思想、服从领导之类的概念非常陌生，对文学必须遵守的规范描写某类人物、表现某种思想很难理解，但

①曹禺：《我对今后创作的初步认识》，《文艺报》1950 年第 10 期。

②曹禺：《我对今后创作的初步认识》，《文艺报》1950 年第 10 期。

她努力过，通过《小艾》等作品的实践，学会了“她的冤仇似海深”之类的句子，但是，她的小说仍然不适合大众的胃口，而那个独特的张爱玲已经不存在了。在一段犹豫和观望之后，她终于悄然去了香港，几年后移居美国。

一些作家并未离开大陆，却陆续离开了文坛。在这其中，像沈从文、萧乾、朱光潜等人因为在1948年已被划为“反动作家”，新时代文坛自然没有他们的位置，因而从文坛淡出并不奇怪。一些作家陆续被批判，如萧军、萧也牧、朱定、路翎以至“丁、陈反党小集团”、“胡风反革命集团”和1957年的“右派”们，离开文坛也不奇怪。值得注意的是那些未被打入另册的作家，尤其是那些身居要职、地位显赫、在文坛当家做主的作家，比如茅盾、夏衍、巴金、曹禺、何其芳等。他们是现代文学史上的著名作家，在进入新时代时可谓年富力强，而且手中握有或大或小的权力，有足够的条件发表作品。但奇怪的是，他们大多不再创作，有的做过一些尝试，最后也都罢手了。是像有人所说的事务繁忙顾不上？还是对新规范无法适应？身为文化部长的茅盾，开会作报告指导文学方向，讲话指导别人创作，自己却也处于困惑与苦恼当中。1950年，根据他的小说《腐蚀》改编的电影刚一问世，就受到了严厉的指责，被下令禁演。至于创作，他也曾经努力过。1955年，应公安部长罗瑞卿之邀，他曾写过关于土改和镇反的电影剧本，但一直没有发表，后来被他自己悄悄撕掉了。他还曾经打算写一部反映新生活的小说，据说写过十多万字，却始终没有拿出来，显然是没有写成。[①] 后来之所以不再写，大概也是心中有数，担心写不出好作品。夏衍也是如此。在刚刚进入新时代之际，他曾试图努力创作，却连续碰了一些钉子：他推荐拍摄的电影《我们夫妇之间》受到批判；他新写的剧本《考验》因为剧中人的一句关于内行外行的议论而被下令停演；加之潘汉年案件的连累，他开始小心从事，不再创作，而把精力用于对鲁迅的《祝福》、茅盾的《林家铺子》的改编。何其芳这位著名的汉园诗人，在延安做过朱德的秘书，而且受到毛泽东的赞扬。中华人民共和国成立之际，他连夜写过《我们最伟大的节日》，创作热情非常高涨，但他没有想到的是，他写于延安时期的诗作受到了严厉的批评和责问。开始时他还进行了回答，但回答招致的是更尖锐的批评，于是他不再答辩。当然，报刊上也不再有他的诗作。公道地说，他的诗受到批评并不冤枉，而且是必然的，因为按照新的规范和标准，那些诗的确太隐晦，批评家只要站在工农兵的立场上，就不能不予以批评。进入新的时代，巴金的表现是积极的。为了表现自己的积极和进步，他毫不留情地批判自己的老朋友胡风、丁玲、冯雪峰等人，真诚地接受改造，试图脱胎换骨。但事实证明，要使自己的思想感情完全与工农兵一致，要用工农兵的语言写作，并非一件容易

①李标晶：《茅盾传》，团结出版社，1990年，第228～229页。

事。所以，巴金虽然积极紧跟，却基本停止了小说创作，写出的散文与报告文学也日见干枯与空洞，失掉了他独具个性的血肉和灵气。艾青也在写，但不准备发表的个人情感抒发能够写好，出访欧洲和南美洲的诗也能写好，而配合政治运动的作品却总是写不好。

这个现象告诉人们，新时代的文学代表人物注定不是老一代作家。新的时代需要新的声音，但思想改造的成效往往有限，它可以基本保证不唱反调，却不能保证出现优秀作品。事实证明，真正的艺术杰作，真正动人的声音，都需要真诚，只是有积极配合的态度是不够的。郭沫若就是突出的例子，他总是不停地写，积极配合一切运动，产量很高，却早已没有了艺术的底线，结果是毛泽东也认为他“诗多好的少”。

所以，尽管老作家都在努力学习和改造，但能够代表新时代风格和成就的，注定不再是从旧时代过来的老作家，而是新人。从延安来的文学队伍已经打下了一个基础，但在数量上远远不够，所以，培养新人的任务提上了议事日程。正是在这个背景上，丁玲带着神圣的使命感，适应时代的要求，于 1950 年 10 月创办了中央文学研究所，致力于“培养自己的作家”。[①] 它的培养方式，是从全国各地选调有一定基础的文学青年，到研究所学习一段时间，使他们迅速成为能够按照新规范进行创作和批评的文艺工作者。当时选调的文学青年大多文化水平不高，但正因为他们文化水平低，没有接触过西方资产阶级思想，没有受过资产阶级的文学影响，才更容易培养。所以，新的创作队伍在知识结构与精神资源方面显然不同于上一代。他们的知识结构比较单一，不但没有上一代人那样的留学经历，而且上过大学的不多。一些人很小就参加革命，主要的知识来自革命队伍，对文学所知甚少。有人在开始写作的时候，还有一些字不会写，就临时画各种符号代替。陈登科就是一个代表。“他刚寄来的稿子，第一个读者就是田间，十个字里有八个是大白字，但意思非常好，就帮他改。赵树理对他非常肯定，一点一点给他改。后来他的文化水平提高很快。”[②]这种说法也许有点夸张，但由此可见当时新人的基础状况。就在这样的基础上，时代很快培养了一批活跃的作家。当然，新的作家队伍大多并不来自中央文学研究所，但一代新人被培养的情况却大致相同。

这是 20 世纪中国文学史上一次重要的作家队伍更替。一个时代有一个时代的文学，一个时代也有一个时代的作家。作家的面貌决定了文学的基本面貌。

---

①徐刚、邢小群：《文学研究所的悲喜剧》，《山西文学》2000 年第 8 期。徐刚说：“建国后，刘少奇找丁玲谈话时说：我们应该有一所培养自己作家的学校吧？并叫丁玲张罗起来。”

②邢小群：《丁玲和中央文学研究所》，山东画报出版社，2003 年，第 186～187 页。

第三节 新面貌的初步形成

新的时代生活,新的文学规范,带来了文学新的面貌。从当时报刊发表的作品看,歌颂是最为引人瞩目的新潮流。几乎所有的抒情作品都在为新时代欢呼和歌唱,具体内容则是歌唱党、歌唱领袖、歌唱新中国、歌唱为缔造新中国艰苦奋战的军队,歌唱刚刚开始的新生活。叙事作品集中于两个题材领域:一是现实生活题材。作家们关心的主要是新生活的种种新现象,它常常有新旧两种生活的对比,通过对比而热情歌唱新社会。二是革命历史题材。它以生动的形象和动人的故事讲述革命斗争的历史,同时也讲述着新时代的由来,为新中国的创造者献上了赞歌。

新时代一直在呼唤工人阶级占领文艺舞台,因而鼓励工业题材作品的创作,但无论理论家如何呼唤,工业题材的作品无论在数量上还是质量上,都无法与农村题材的作品相比,工人阶级形象的画廊也总是不如农民形象的画廊丰富多彩。这与工人阶级在中国的实际状况有关。因为中国毕竟是农业大国,中国人多数是农民,即使是生活在城市里的人,也往往是进城不久的农民子弟;即使是所谓工人,也大多是刚刚放下镰刀而拿起了锤子。当时的作家大多是刚刚进城不久的农民,他们熟悉农村生活,了解农民的心理,对工人阶级却非常陌生,即使到工厂去深入生活,也不过是走马观花,很难真正了解工人阶级的精神面貌和心理状态。因此,对于工人阶级的了解,他们离不开理论的帮助,但众所周知,根据理论和概念理解生活,就很难创造出血肉丰满的艺术形象。所以,作家们能生动地展示马多寿们的性格,也能写出梁三老汉内心的丰富性,却一直写不出工人阶级的典型性格。在"文艺为工农兵服务"的口号下,表现城市知识分子或资产阶级的道路无疑是条黑胡同。在这种情况下,农村题材成为大多数作家的必然选择。在50年代的农村生活中,农业合作化是一个全新的内容。文学关于农业合作化的叙事是不断发展的:从赵树理的《三里湾》、周立波的《山乡巨变》到柳青的《创业史》,再到浩然的《艳阳天》和《金光大道》,这是一个全过程。50年代只是初级阶段,主要代表者是赵树理、周立波和柳青,主题是为合作化高唱赞歌,以推动生活中的合作化进程。

叙事文学的另一热点是革命斗争历史的回顾,出现过《保卫延安》、《红旗谱》、《红日》、《林海雪原》、《青春之歌》、《铁道游击队》、《敌后武工队》、《野火春风斗古城》等大量影响颇大的小说,而且出现过不少叙事诗。直到70年代,它仍然是创作热点。这类作品的大量出现,有作家主观方面的原因,也有客观方面的原因。就作家而言，新时代的许多作家都是从革命队伍中走来的，他们自身的经历使他们在胜利之后有足够的创作动力，一幕幕激动人心的往事，一场场血与火的战斗，尤其是在自己身边倒下的战友和亲人，为这类创作提供了足够的动力。就社会环境而言，革命胜利之后，必然有树碑立传之举，这既是告慰英烈的情感需要，也是现实教育的需要。进入60年代之后，革命斗争历史的回顾与展示又适应了阶级斗争和革命传统教育的需要。正是在这样的背景下，此类作品在相当长的时间里长盛不衰，成为“文革”前十七年创作的又一主要成就。

在新的规范之下，这些创作呈现出新的状态：

一是文学的政治工具化，文学全力服从政治的需要，从各方面为政治服务。从50年代到70年代，文学作品在题材、主题和整体风格上呈现着高度的一致性。这种现象之所以产生，主要原因就在于文学的政治工具属性。作家们的政治观念一步步强化，为政治服务的意识日益自觉。人们追求的不再是艺术家的独立个性和自由创造，而是如何充当革命机器上的螺丝钉，如何成为合格部件。作家不再仅仅是作家，诗人不再仅仅是诗人，而是必须首先是战士。在50年代和60年代，说一个作家或诗人是战士，无疑是一种褒奖。而当时的所谓战士，主要特征并不是战斗精神，而是服从战斗的需要。文学必须为政治服务，必须配合中心工作，成为人们的共同追求，成为无须怀疑也不容怀疑的价值目标。这种对文学的政治工具职能的高度重视决定了文学的基本面貌，导致了文学内容的高度政治化。所有的作品都具有政治意义，没有政治意义的作品无从产生，因为作家在写作时首先想到的就是政治意义。文学与政治，就这样建立了超常的密切关系。

这一切都是可以理解的。但在承担政治宣传和教育使命的过程中，文学却一步步失掉了自身。由于种种个人的和时代的原因，作家们不再相信自我，而是自觉或不自觉地躲避和排斥个人真实的观感与见解，到领导讲话、报纸社论和上级文件中去寻找对生活的结论。在这种情况下，如果政治路线和方针政策是正确的，文学虽然不能自由发展，却还没有多大的危害性，如果政治路线和方针政策出现偏差，文学就必然一同陷入泥淖。众所周知，从50年代开始，政治路线就屡次出现偏差，而文学家却不能表现自己的见解，而必须追随错误的风潮。这种教训值得牢牢记取。

二是对生活有选择地反映，全力表现生活的光明面，回避生活的阴暗面。在那个时期，文坛上一直高喊着现实主义的口号，但现实主义的精神却未能贯彻于创作之中。众所周知，现实主义最基本的要求是真实性，但真实并不只是写实。现实主义文学更重要的品格来自它的批判精神，如果离开了批判精神，也就不再有现实主义文学。但是，现实主义与政治的关系比较复杂。当一种政治力量致力于变革、致力于破坏旧世界的时候，是欢迎现实主义的。因为现实主义文学揭露社会黑暗、展示人间痛苦，很容易成为革命的辅助力量，甚至直接成为革命的一条战线。但是，当一种政治力量致力于巩固秩序的时候，对现实主义的态度就会变得很复杂。无论50年代还是60年代，中国的现实都不是无可挑剔的。然而，在新的规范之下，作家们却普遍学会了回避现实而放声歌唱，使文学远离了生活真实。比如，中国经历了十几年的战争，进入新时代之际，社会生活到底怎样？事实告诉我们，战争的创伤并非一夜之间可以医治，新时代面临种种困难。这一切，从高层官员到下层民众都有所认识，而文学作品却少有涉及。再比如，在农业合作化运动中，农民是否积极主动？土地、家具都要归公，农民是否情愿？大量材料证明，许多农民是不情愿的；一些高层领导人也因为顺应农民的意愿而犯了所谓“右倾错误”。但在反映农业合作化运动的作品中，却都把合作化运动写成广大农民的愿望。再比如，1960年前后的大饥荒夺去了无数生命，当时的文学却对此守口如瓶，继续描写着欣欣向荣的美好生活。“文革”时期，灾难和悲剧降临到千家万户，上至国家主席，下至平民百姓，但直到“文革”结束，文学未露蛛丝马迹。正因为这样，在“文革”结束之际，人们对于那个年代的文学，常常称为“假大空”。

三是艺术追求的通俗化和肤浅化。在中国现代文学发展的历史上，文学与读者大众的关系一直是一个困扰着人们的大问题。从20年代的“平民文学”、“民众文学”和“到民间去”的口号，到30年代关于“大众语”、“大众文艺”的讨论，要克服的主要还是文学与大众隔绝的状态，目标是让作品通俗易懂。但在一部分人那里，已经出现了向大众“开步走”和要求文学去充当大众的“留声机器”的呼声。30年代提出了“大众化”的口号，其含义主要有两层：一是使作品通俗易懂能被大众接受；二是创作主体在思想感情和精神立场上与大众取得一致。开始，大多数人理解的大众化往往只是通俗化，并无要求知识分子化为大众之意。到了抗战时期，为大众喜闻乐见成为战时宣传和动员的需求，因而大众化首先在延安成为新的规范。所以，进入新时代之际，作为大众化的文学范本早已存在，小说创作有赵树理，诗歌创作有李季，戏剧创作有《兄妹开荒》和《白毛女》。赵树理的小说通俗易懂，因为他所使用的是传统的叙述方式。比如：“城南有个张各庄，张各庄有个张木匠，张木匠娶了个俏媳妇，她的名字叫小飞娥……”(《登记》)与现代小说的叙事方式相比，这种叙述更适合中国大众，对于宣传来说，自然增加了有效性。但是，过分地追求大众化却必然要付出艺术性降低的代价。进入新时代之后，郭沫若写下了大量诗作，充满这样的句子：“学科学，学科学/科学人人都该学/科学处处都需要/科学门门少不了。”(《学科学》)诗坛泰斗如此写诗，其意义在于显示一种方向：为了有效地宣传和教育大众，通俗易懂是第一位的。

这并非个别现象。1950年，身为文化部长的茅盾在一个创作座谈会上指出：能够使自己的作品既完成政治任务而又有高度的艺术性，当然最好；但常常两者不能得兼，“那么，与其牺牲了政治任务，毋宁在艺术上差一些”。他知道为“赶任务”而不得不写的状态对忠于艺术的作者是痛苦的，但仍然这样说：“我们思想上应当不以‘赶任务’为苦，而要引以为荣。有任务交给我们赶，这正表示了我们对人民服务有所长，对革命有用，难道这还不光荣？”[①]文学就这样从语言形式到审美趣味，都向大众全面认同。

更值得注意的是，这一切意味着知识分子要彻底改造自己，在思想、感情、审美习惯上向大众靠拢。作为知识分子的作家失掉了主体地位，否定自己，批判自己，诚惶诚恐，旧的自我被否定，新的自我却难以建立。他们对自己的思想感情已失掉自信，却必须在作品中表达思想感情，便只好求助于政治，到报刊社论和文件中去寻找正确的思想，结果必然是作品的公式化和概念化。关于这个问题，当时开出的药方是“深入生活”。这看上去很有道理，因为生活本身是千姿百态的，却注定不能解决问题，因为一些作家之所以失败，并非因为不了解生活，而是恰恰因为他们深入了生活，写出了生活的真实。“人民”和“大众”都是神圣的，但人民的一部分不能代表人民，大众的一部分也不是大众，人民大众的声音、人民大众的思想感情究竟何在？最终只能到领导讲话、红头文件和报纸社论中去寻找。这样做的结果只能是更为严重的公式化和概念化。

正因为这样，公式化、概念化和标语口号化，是几十年中一直未能解决的问题。

第四节　“双百”方针与突围的潮流

从1956年夏天到1957年夏天，在“双百”方针的鼓舞之下，文学出现了新的景观。一些作家试图探索更为宽广的文学道路，既有理论的呼唤，又有创作的实践，充分显示了文学的潜在力量和生机。但遗憾的是，百花齐放尚未成为现实，只是含苞待放，转眼就在“反右”扩大化的风雨中凋谢了。

一、“双百”方针的提出

“双百”方针是毛泽东1956年5月在最高国务会议上提出的。提出之后，当时的中共中央宣传部长陆定一做了题为“百花齐放，百家争鸣”的讲话，传达并阐

---

①茅盾：《文艺创作问题》，《茅盾文艺评论集》上，文化艺术出版社，1981年，第24～25页。

释了这一方针。按照陆定一的说法,主张“百花齐放,百家争鸣”,是提倡在文学艺术工作和科学研究工作中有独立思考的自由,有辩论的自由,有创作和批评的自由,有发表自己意见的自由。这对艺术创作和科学研究来说,的确是一个令人欢欣鼓舞的喜讯。

关于这个方针,毛泽东在《关于正确处理人民内部矛盾的问题》一文中曾经作过这样的解释:“百花齐放,百家争鸣,长期共存,这几个口号是怎样提出来的呢?它是根据中国的具体情况提出来的,是在承认社会主义社会仍然存在着各种矛盾的基础上提出来的,是在国家需要迅速发展经济和文化的迫切要求上提出来的。百花齐放,百家争鸣的方针,是促进艺术发展和科学进步的方针,是促进我国的社会主义文化繁荣的方针。”①

如果把“双百”方针的提出放在当时的大背景上考察,它之所以提出,有几个方面的因素:一是国内的原因——社会主义建设新形势的需要;二是国际的原因——斯大林的教训引起的调整。关于国内,到1956年,可以说步步胜利,已经出现一片大好形势:新国家秩序稳定,社会主义改造已基本完成,经济建设势头良好。1956年全国农业大丰收,农民正在走上合作化道路。城市搞了公私合营,完成了对资本主义工商业的改造。全国开始掀起社会主义建设的高潮。经过“镇反”、“肃反”、“三反五反”等一系列措施,社会稳定了,经济建设提上了议事日程。用中国共产党《关于建国以来若干历史问题的决议》中的话说,社会主义制度基本建立,“国内主要矛盾已经不再是工人阶级和资产阶级的矛盾,而是人民对于经济文化迅速发展的需要同当前经济文化不能满足人民需要的状况之间的矛盾”,因此,“全国人民的主要任务是集中力量发展生产力,实现国家工业化,逐步满足人民日益增长的物质和文化需要”②。要搞经济建设,就要发展科学和技术。要发展科学和技术,就要依靠知识分子。要调动知识分子的积极性,就要使其心情舒畅,就要创造一个相对宽松的思想和言论环境。

从国际方面看,政策的调整并非只是因为国内建设和发展的需要,同时也与斯大林的教训和国际共产主义运动的挫折密切相关。1956年2月,苏联共产党召开第二十次代表大会。大会开完后,赫鲁晓夫作了著名的“秘密报告”,第一次对斯大林进行了揭露和批判。事实触目惊心:苏共十七大代表1966名,被以反革命罪名逮捕的1108人;十七大选出的139名中央委员和候补委员,被逮捕和遭枪决者98人;许多将军都被杀掉了。全世界无产阶级的伟大领袖,社会主义阵营的统帅斯大林,原来是如此残暴!赫鲁晓夫的报告在社会主义阵营引起了

①《毛泽东选集》第五卷,人民出版社,1977年,第389页。

②中共中央文献研究室编:《三中全会以来重要文献选编》,人民出版社,1982年,第802页。

强烈震动，也使所有社会主义国家都不能不面对斯大林的问题而总结经验教训。为此，中国共产党召开了政治局扩大会议，并以《人民日报》社论的形式一论、再论“无产阶级专政的历史经验”。毛泽东不赞同赫鲁晓夫对斯大林全盘否定的态度，但无论怎么“三七开”，还是承认了斯大林有错误。按照毛泽东的理解，斯大林的错误主要就在于没有正确区分敌我矛盾和人民内部矛盾，把人民内部矛盾当作敌我矛盾进行了处理。那么，怎样正确处理人民内部矛盾呢？应该是允许发表不同意见，也就是允许“百家争鸣”。这就需要创造一个比较宽松的思想文化环境。

正是在这个背景上，“双百”方针提出来了。它给文学带来了春天，也给思想文化界带来了新的局面。一些多年搁笔的作家也重新开始写作，一些过去不能发表的作品开始发表，一些知识分子非常兴奋，开始欢呼“知识分子的早春天气”①。朱光潜说：“在‘百家争鸣’的号召出来之前，有五六年的时间我没有写一篇学术性的文章，没有读一部像样的美学书籍，或者是就美学里的某个问题认真地作一番思考。其所以如此，并非由于我不愿，而是由于我不敢。……‘百家争鸣’的号召出来了，我就松了一大口气。不但是我一个人如此，凡是我所认识的有唯心主义烙印的旧知识分子一见面谈到这个‘福音’，没有一个不喜形于色的。”②

二、文学的突围

在“双百”方针提出的背景上，文学出现了一系列新的突破，主要表现在以下几个方面：

第一，呼唤文学的独立性，追求人格独立和创作自由，反对领导者对文艺横加干涉。一些作家深感文学道路的狭窄，深感创作活动所受的束缚，所以，当转机出现之际，作家、艺术家、理论家、批评家纷纷发表见解，要求创作自由，反对横加干涉，反对以行政命令、领导包办的方式领导文艺。钟惦棐认为中国电影的婆婆太多，而且管得太具体，而“艺术创作必须保证有最大限度的自由，必须充分尊重艺术家的风格，而不是‘磨平’它”③。吴祖光认为组织的力量扼杀了个人的主观能动性，直接发表了这样的见解：“组织制度是愚蠢的。趁早别领导艺术工作。电影工作搞得这么坏，我相信电影局的每一个导演、演员都可以站出来，对任何片子不负责任，因为一切都是领导决定的，甚至每一个艺术处理，剧本修改……

①费孝通：《知识分子的早春天气》，《人民日报》1957年3月24日。

②朱光潜：《从切身的经验谈百家争鸣》，《文艺报》1957年第1期。

③钟惦棐：《电影的锣鼓》，《文艺报》1956年第23期。

也都是按领导意图做出来的。一个剧本修改十几遍,最后反不如初稿,这是常事。"[①]这些议论,都表达了同样的愿望,希望文艺创作有更多的自由,希望作家能获得更多的独立性。这种愿望从流沙河的《草木篇》、艾青的《礁石》中也可以看到。

第二,回归人的文学。众所周知,"五四"新文学的口号就是"人的文学"。但进入50年代后,文学的这种性质被丢掉了。人情、人性、人道主义,都成了资产阶级的东西,成了批判的对象。然而,文学离开了这些,却不仅是大为减色,而且可谓失掉了根本。因此,只要时代提供一定的条件,有人就会努力让文学回到人学上来。"双百"方针提出之后,一些作家开始走向人情、人性,去表现亲情,表现爱情,表现人的复杂的内心世界,表现人的价值与尊严。在这一方面,首先引人瞩目的是小说与诗。在小说创作中,出现了宗璞的《红豆》、邓友梅的《在悬崖上》、陆文夫的《小巷深处》等。在诗歌中,出现了艾青的《礁石》、流沙河的《草木篇》、公刘的《迟开的蔷薇》、曰白的《吻》等让人耳目一新的作品。与此同时,理论家们发出了呼吁:钱谷融发表《论文学是人学》,巴人发表《论人情》,其实质,都是为文学回到人自身而呼唤。他们希望文学重视人情,重视人性,希望文学回到人学的性质。

第三,恢复文学的批判职能。借着"双百"方针的东风,文学开始直面现实生活中的问题,对社会生活的阴暗面进行揭露,对官僚主义和种种不健康的政治现象进行批判。小说方面,王蒙的《组织部新来的年轻人》、耿龙祥的《入党》、李国文的《改选》;报告文学方面,刘宾雁的《在桥梁工地上》、《本报内部消息》,白危的《被围困的农庄主席》;诗歌方面,邵燕祥的《贾桂香》,公木的《据说,开会就是工作,工作就是开会》,艾青的散文诗《养花人的梦》,公刘的《禽兽篇》;戏剧方面,海默的《洞箫横吹》、杨履方的《布谷鸟又叫了》,岳野的《同甘共苦》,等等,都显示了作家们恢复文学批判职能的努力。作家们不愿再只是为现实生活唱赞歌,而是开始关注生活中的一些问题。在理论批评方面,黄秋耘等人呼唤文学家"不要在人民的疾苦面前闭上眼睛"。他说:"作为一个有高度政治责任感的艺术家,是不应该在现实生活面前,在人民的困难和痛苦面前,心安理得地保持缄默的。……一个真正的艺术家必须勇于干预生活。"[②]

这种改革现实的力量形成一股强大的潮流,迅速改变着文坛。

---

①吴祖光:《在1957年5月13日文联第二次座谈会上的发言》,《荆棘路》,经济日报出版社,1998年,第76页。

②黄秋耘:《不要在人民的疾苦面前闭上眼睛》,《人民文学》1956年第9期。

三、突围之梦的破灭

可惜好景不长。1957年下半年,一场“反右”斗争平息了知识分子争取言论自由的浪潮,也摧毁了文学的突围之梦。结果非常严重:那些有所突破、有所创新的作品大多成了“反党反社会主义的毒草”,而它们的作者大都成了右派。全国有55万人被划为右派,文学界是“重灾区”。于是,大批作家诗人陆续离开文坛,到监狱,到农场,到乡下,劳动改造,争取重新做人,一去就是二十多年。一些人们熟悉的名字都进入了右派的行列,从文坛老将冯雪峰、丁玲、艾青等人,到一代新秀王蒙、张贤亮、李国文、从维熙、刘绍棠、邓友梅、陆文夫、高晓声、公刘、白桦、邵燕祥、流沙河……问题当然不在于失掉了一批作家。中国很大,只要气候合适,作家会像韭菜一样,割掉一茬,新一茬又迅速生长。严重的是“反右”之后造成了一种空气,作家们开始胆战心惊地远离生活现实,小心翼翼地躲避着自己的真情实感。这必然使文学进一步走向虚伪。

接下来是肃清流毒,重整规范。从向右派开火的批判文章看,重要的内容就是一边批判右派,一边重申50年代初推行的新规范。人们所强调的是这种规范与挑战者的斗争,这种斗争被解释为无产阶级与资产阶级之间的阶级斗争,被解释为社会主义与反社会主义的斗争,被解释为要不要党的领导、要不要为工农大众服务的斗争。在“反右”斗争高潮中,《人民日报》于1957年9月1日发表的社论中说:“党的文艺路线与反党的文艺路线的分歧,集中表现在这样一些根本问题上:文艺应当为广大工农群众服务,为社会主义的伟大事业服务呢,还是只作为个人的或少数人的事业,只为满足个人的名利欲望和野心?文艺工作应当无条件地接受党的领导呢,还是拒绝或是削弱这种领导?”社论强调,文艺必须为政治服务,必须为工农大众服务,必须为社会主义服务,必须加强党对文艺的领导,否则,文艺就成了为资产阶级服务的工具。1958年2月28日,《人民日报》发表周扬的文章《文艺战线上的一场大辩论》,对文艺界的右派进行了分析和批判。文章中把百花齐放以来文艺界出现的新的现象称作“社会主义文艺路线和反社会主义文艺路线之争”,并且归纳了右派分子的主要观点:(一)否定或贬低社会主义文艺的成就;(二)说我们的文学不真实;(三)说我们没有“创作自由”。应该说,周扬的概括是准确的,这正是当时创作中的主要问题,而这些问题事实上是一个问题:没有创作自由。而所谓“没有创作自由”,说到底也就是新规范的重重束缚。百花齐放背景上作家艺术家的努力就是试图解决这一问题。所以,文艺界的“反右”斗争主要表现为打击和警告离经叛道者,保卫延安文艺座谈会以来形成的文艺规范。关于这一点,从“再批判”运动可以看得更清楚。所谓“再批判”,就是把1942年在延安受批判的作家王实味、萧军、丁玲、艾青、罗烽等人的

“反动言论”重新发表，再次批判。这种批判的意义就在于把文学重新纳入到1942年建立的规范中。

但是，仅仅是批判和警告，并不能解决文艺创作与批评的规范已经面临的一系列危机，无法改变一大批右派作家离去之后必然出现的文艺园地的萧条景象，更无法避免仍然留在文坛上的知识分子再次成为规范的破坏者。文化问题需要以文化的形式解决，“文艺大跃进”正是解决这个问题的途径。

第五节 “文艺大跃进”与“两结合”创作方法

在20世纪中国文学流变的历史上，1958年又是一个非同一般的年头。这一年，中国发生了许多“奇迹”：遍地“小高炉”，全民都去炼钢铁；农业“放卫星”，小麦产量由几百斤到了几千斤、几万斤、十几万斤；全国人民公社化，公社办起“大食堂”，农民不需要自己回家做饭了；村村办起了“敬老院”和“幼儿园”，中国是否还需要家庭，报刊上开始了热烈的讨论……正是在这个背景上，文坛也出现了一连串奇迹，先是全民搜集民歌，后是“文艺大跃进”，中国作家协会会员从几千人一下子增长到几十万人。男女老幼，工农兵学商，中国人都成了诗人！接着是关于新诗发展道路的讨论，最后是“两结合创作方法”的提出。从表面上看，奇迹无疑带有荒诞色彩，但它是文学发展流变链条上的一个重要环节，是理解这段文学历史的关键点。

无论哪一个时代，这片土地上都有大量民歌。它产生于民众的口头创作，以口头的形式在民间传播，有的作品因为种种原因而进入历史，而大多数作品经过有限的流传之后就会自行消亡。新的不断出现，旧的不断消亡，流传于口头的民歌就这样不断更新，一代又一代，自生自灭，绵延不绝。这是民间艺术生产和消费的自然状态。

可是，到了1958年，民歌却引起了国家最高领导人的关注，收集民歌成了社会生活中的一件大事，成了一项“政治任务”。从这年3月开始，毛泽东连续发出指示：要求收集民歌。于是，收集民歌的活动迅速开展起来：《人民日报》发表题为“大规模地收集全国民歌”的社论；中国文联、中国作协立即进行“采风大军总动员”；各省党委或宣传部陆续发出了关于收集民歌的通知；全国各地迅速成立了采风组织和编选机构；报刊纷纷开辟民歌专栏……一场声势浩大的民歌运动在全国迅速掀起。为了保证完成搜集民歌的任务，有些地方规定：从七八岁的孩子到七八十岁的老人都必须完成规定的指标。有地方提出了这样的口号：“村村要有李有才，社社要有王老九。”有地方发展一步：“县县要有郭沫若。”郭沫若本人也热情高涨，不但创作空前丰收，而且接受一个青年的挑战，两人进行创作竞赛。

考察大跃进民歌的完整面貌已经不可能，因为当时太多的作品没有印刷出版的条件，保留原稿也没有那么多的仓库，所以大多数文本很快就消失了。今天能够看到的，是当时发表或出版过的一小部分。在这其中，最为权威的选本是郭沫若和周扬选编的《红旗歌谣》。从主题看，大跃进民歌最集中的主题是歌颂党、歌颂领袖、歌颂社会主义、歌颂美好的新生活、歌颂“伟大的三面红旗”。所谓“三面红旗”，也就是“总路线、大跃进、人民公社”。大量作品是歌颂毛泽东的，比如：“毛泽东，毛泽东，不落的红太阳，行船的顺帆风，要想永世不受穷，永远跟着毛泽东。”毛主席是红太阳，是大救星，显示了无穷的威力：“主席走遍全国，山也乐来水也乐，峨嵋举手献宝，黄河摇尾唱歌。”其次是写人民群众的冲天干劲和改天换地的雄心。《我来了》是其代表：“天上没有玉皇，地上没有龙王，喝令三山五岳开道，我来了！”这个“我”气势豪迈。从艺术手段上看，大跃进民歌最引人瞩目的是想象和夸张。作为纯粹的艺术手段，有些作品的确显示了特别的想象力。如《月宫装上电话机》，主题是歌颂大跃进的，但读者并不觉得讨厌，因为它的想象带来了趣味：“月宫装上电话机，嫦娥悄声问织女：听说人间大跃进，你可有心下凡去？织女含笑把话提：我与牛郎早商议，我去纱厂当女工，他去学开拖拉机。”想象的确很奇特。然而，大跃进民歌的问题也首先出在想象和夸张上。诗是可以夸张的，但有些地方可以夸张，有些地方不可以夸张，界限不能跨越。古人说“白发三千丈”，“飞流直下三千尺”，谁也不会拿了尺子与他争论，更不会指责诗人撒谎。但是，大跃进民歌中的一些夸张却让人难以接受。比如，写谷子大丰收：“一个谷穗不算长，黄河上面架桥梁。十辆卡车并排走，火车驶过不晃荡。”写小麦大丰收：“麦桔粗粗像大缸，麦芒尖尖到天上。一片麦壳一片瓦，一粒麦子三天粮。”

大跃进民歌运动影响了当时整个文坛。1958 年 9 月，郭沫若在《人民日报》发表《跨上火箭篇》，对文艺发出了呼唤：“文艺也有试验田，卫星何时飞上天？”《文艺报》立即以专论的形式正式向艺术家发出号召，要求“文艺放出卫星来”。《人民日报》、《文艺报》等报刊及时报道了各地收集、创作民歌和文艺大跃进的辉煌战果，并对各地的先进经验进行介绍。一场文艺大跃进运动轰轰烈烈地开展了起来。作为一场有组织、有领导、自上而下、层层动员开展起来的文艺运动，它有两点特别引人瞩目：一是对文学作品产量的高度重视和追求。全国各地都在制订计划，下达指标，像完成钢铁产量和粮食征购任务一样完成文艺创作任务。比如，内蒙古要搜集 1000 万首民歌；安徽肥东县半年内要创作民歌 51 万首；南京市 50 天中产生群众创作 130 万余篇；河南省据 96 个县的统计已有创作组 30751 个，创作量是上千万篇；河北省发起了一个 1000 万篇的群众创作运动，结果却被保定地区全包了……这些材料,都发表在1958年的《文艺报》上。尽管当时纸张紧缺,但在1958年下半年的大半年时间里,诗集出版量就远远超过了"五四"以来诗歌出版量的总和！二是对作者数量的高度重视和迅速培养。从当时的各种报导看,中国似乎一夜之间出现了那么多的作家和诗人。田间地头,车间靶场,几乎到处都在赛诗;男女老幼,干部群众,人人都在创作。"村村要有李有才,社社要有王老九",透露的是对诗人的呼唤,是对作家、艺术家数量的追求。山西省提出一年内要产生30万个"李有才"和30万个"郭兰英";甘肃规划三年培养10000名作家;河南商丘县委宣传部的总结中说,他们那里出现了大批作家,不少人都没有进过校门,刚在扫盲中摘掉文盲帽子。但这并不妨碍他们成为作家。这些作家大量被吸收加入中国作家协会,使中国作家协会会员的人数由1957年的不足千人,发展到1958年的20万人。

毫无疑问,1958年的文艺大跃进与1957年的"反右"斗争是紧紧联系在一起的。

从1956年开始到1957年春天形成高潮的"双百"潮流给当代中国文学带来了空前的活跃气氛和"百花欲放"的局面。然而,活跃的气氛中出现了尖锐的批评,"双百"方针威胁着刚刚建立的文艺规范。这一切超出了领导人的预料。于是,一场"反击右派分子猖狂进攻"的战斗很快打响,探索者被迫停止了探索,争自由者失掉了自由,补天者也被作为破坏者打入地狱。短短几个月的时间,五十五万多人被划为右派分子。用当时颇为流行的话说:文艺界是重灾区。

历史没有理由忽视被划为右派的作家被迫离开文坛的后果。因为他们大多是比较活跃的作家,尤其是那些崭露头角、创作力旺盛的年轻作家和诗人:公刘、白桦、邵燕祥、流沙河、王蒙、从维熙、刘绍棠、李国文、高晓声……他们在50年代中国文坛上不是无足轻重的。郭沫若等老一代作家无论多么努力地配合新时代,其作品都难免苍白。真正支撑着50年代大陆文坛的是革命队伍自己培养的年轻一代,因为他们虽然知识资源比较贫乏,思想比较浮浅,但感情是真挚而充沛的,因而能够发出响亮的声音。他们在"反右"扩大化中倒下了,给文坛留下了一个迫切的课题:填充空白,再造文艺繁荣之景。

文艺大跃进正是最为有效的方式。它以铺天盖地之势迅速填补了"反右派"运动给文坛留下的荒芜空间,而且告诉人们,"反右"之后文艺园地并未萧条,而是掀起了一个轰轰烈烈的创作高潮,迎来了前所未有的繁荣时期。

与此同时,大跃进运动中的群众创作修复了被破坏的文艺规范。由于"双百"方针的提出,文坛出现了直面现实、干预生活、勇于探索和要求文学独立性的新潮流。它破坏了新时代的文学规范。而从民间涌现的以大跃进民歌为代表的文艺作品与知识分子在"双百"方针提出之后进行的新探索绝然不同,它全面承袭50年代初期形成的颂歌主题，绝大多数作品都在歌颂党、歌颂领袖、歌颂新中国、歌颂社会主义、歌颂社会主义建设中的英雄及其冲天斗志。在这些作品中，“新旧对比”和“忆苦思甜”的模式被广泛采用。“奶奶用过这只篮，领着爹爹去讨饭。妈妈用过这只篮，篮篮野菜度荒年。嫂嫂用过这只篮，金黄窝头送田间。我今挎起这只篮，去到食堂领花卷。人民公社无限好，党的恩情大如天。”这首题为“一只篮”的作品堪称这种模式的样板。

在刚刚进入新时代之际，许多作家和诗人都写过这样的作品。但是，随着时间的推移，一些人对这种模式化的歌唱已经厌倦，因而开始了新的探索和追求。但在知识分子对这种模式开始厌倦的时候，工农大众却正在接受这种模式。从生活层面考察，当时的中国农民虽然面临失掉土地自主权的危机，但农民不像知识分子那样敏感，只要普遍的饥饿和深重的灾难还没有降临，更多的人就会仍然处于合作化的新鲜感之中。于是，文艺大跃进的重要成果就是以声势浩大的民歌运动淹没了诗人的声音，来自民间的力量有效地修复了被知识分子破坏的规范，使颂歌主题再次成为主旋律。

1958年的文艺大跃进还有两个重要成果：一是明确了诗歌发展道路，二是产生了“两结合创作方法”。

1958年3月，毛泽东在第一次号召收集民歌的时候就说：“中国诗的出路，第一条民歌，第二条古典，在这个基础上产生出新诗来。”并且说：“形式是民歌的，内容应是现实主义与浪漫主义的对立统一。”他对新诗基础的设计排斥了外国诗歌，也没有把“五四”以来的新诗计划在内。

大跃进民歌运动引起了一场关于诗歌发展道路问题的讨论。但既然民歌运动是毛泽东所倡导的，又是由各级党委直接领导的，多数人自然对民歌充分肯定。新民歌被认为是中国诗歌发展的方向，新诗只有向民歌学习、向民歌靠拢、在民歌的基础上去提高，才是唯一的出路。因为毛泽东的意见当时没有公开传达，所以讨论中仍有不同的看法，有人指出民歌的局限，有人担心对民歌的片面强调会使诗歌发展的道路越来越窄，有人认为民歌不是新诗发展的唯一正确方向。在当时的情况下，这种观点必然处于少数地位，而且立即受到批评和反击。讨论中的主导倾向是否定“五四”以来的新诗，批判文学的欧化道路。在一些人看来，新民歌作为新诗发展的道路是不应有异议的，留恋“五四”新诗，强调民歌的局限性，暴露的是立场问题。1958年下半年，《星星》开展的讨论以李亚群的发言为最后总结。他激烈地批评了对民歌的指责和对民歌作为新诗发展道路的怀疑，并且尖锐地指出，关于新诗发展道路问题的争论“是一个谁跟谁走的问题”，关于诗歌主流之争“实质上是知识分子要在诗歌战线争正统、争领导权”的问题。这场讨论极大地影响了此后诗歌创作的发展。

"两结合"创作方法也是在文艺大跃进的背景上形成的。它的关键在于肯定"革命的浪漫主义",主要功能之一是为远离生活真实的创作提供理论上的支持。文学艺术与生活真实的关系问题并非中国文坛所独有,它也存在于苏联文坛。当政治权威要求文艺大唱赞歌的时候,文学的现实主义精神却要求文学忠实于现实,并对现实持怀疑和批判的态度。这就使文学很难成为合格的政治工具。为了适应需要,对现实主义必须有所限制。在苏联,"社会主义现实主义"的口号就是这种限制的产物。日丹诺夫在第一次全苏作家代表大会上讲过:革命的浪漫主义应当作为一个组成部分列入文学创造中去,因为党的生活、工人阶级的生活与斗争,已经把现实和未来前景结合了起来。他要求文学要表现英雄,表现理想未来。在"两结合"提出之前,中国文坛提倡的正是这种"社会主义的现实主义"。从根本上说,"两结合"与"社会主义现实主义"并没有多少根本的不同,但"社会主义现实主义"是苏联的而非中国的,而且被借用到中国之后并没有从理论上真正解决问题。大跃进的背景为新的创作方法提供条件,大跃进中的文艺作品提供了新的实践基础,根据周扬、郭沫若等人的解释,现实主义与浪漫主义之所以能够完美结合,就在于生活中现实和理想不再是矛盾的,而是统一的。《文艺报》1958 年第 18 期的说法很有代表性:"在我们生活中,现实(社会主义的现实)和理想(共产主义的理想)总是结合在一起的。理想是现实基础上的理想,现实是理想指导下的现实。"①于是,经过权威理论家的解释,"两结合"的理论得以成立。

大跃进文艺为这种理论提供了范本,因为它突出的特征就是所谓革命的浪漫主义。理想、豪情是其基本内涵,想象和夸张是其基本手法。在那些作品中,理想和豪情代替了对现实的描绘,想象和夸张成为"放卫星"的手段。在 1958 年,不仅诗歌可以无限夸张,纪实文学也是如此。徐迟的《钢和粮食》写了亩产 12 万斤的水稻田,作者说,12 万斤并不是一个希奇的数字,更不算是一个先进的数字,因为中国农民在向着更高的高峰攀登。这篇报告文学还写了一棵放了卫星的玉米,结了 35 个大棒子。康濯的《徐水人民公社颂》也激情满怀地报导过卫星试验田那雄伟的计划:小麦亩产 12 万斤,山药亩产 120 万斤,一窝地瓜 120 斤,一棵白菜 500 斤……1958 年的中国,好像真是"人有多大胆,地有多高产"、"只有想不到的,没有做不到的",而且现实与理想的确已经界限不清。正是这种通过想象表现理想的创作,为文学超越生活的真实提供了经验,并直接成为"两结合"创作方法的基础。

文艺大跃进所催生的"两结合"创作方法为文学回避矛盾、粉饰生活、拔高人

---

①《文艺放出卫星来》,《文艺报》1958 年第 18 期。

物、神化英雄提供了理论依据，也为文学配合政治需要而虚构生活开了方便之门。至此，文学终于在理论上摆脱了现实主义的困扰，新的文学规范宣告全面完成。尽管此后又出现过文艺政策的短暂调整，出现过大连会议和关于“中间人物”问题的讨论，但文学发展的方向已经难以改变。

第六节　走向“文革文学”

从50年代到60年代，文艺管理部门做了大量工作，为建立新的文学艺术规范，为把文学引向为政治服务之路，可谓不辞劳苦。然而，最高层却并不满意。所以，在“文革”到来之前三年，文艺格局和范式已再次面临重构。这次重构与1957年下半年之后的情况有所不同，不是因为犯规者的破坏，而是涉及文艺界领导者的路线方针。因此，掌管文艺界十几年的周扬等人风光不再，而且面临被取代的命运。

其实，一切都并不突然。1962年9月，中国共产党八届十中全会召开，毛泽东提出了“千万不要忘记阶级斗争”的口号。这个会议期间，李建彤的长篇小说《刘志丹》被认定是“利用小说反党”的大毒草。其实，这部小说当时并未出版，只有一部分在报纸上发表过，流传的只是一个征求意见的样本。它之所以成为毒草，原因是描写了陕甘宁边区的斗争生活，歌颂了刘志丹的英雄业绩，被认为是为高岗翻案。由于康生的作用，毛泽东写下了这样的批语：“利用小说进行反党是一大发明。凡是要推翻一个政权，总要先造成舆论，总要先做意识形态方面的工作。革命的阶级是这样，反革命的阶级也是这样。”①八届十中全会之后，柯庆施很快在上海提出了“大写十三年”的口号。并且认为只有写建国后十三年的生活，才是社会主义的文学，“旧社会只能培养人们自己为自己的自私自利思想。社会主义、集体主义思想只有在社会主义革命成功以后才能开始树立”。②

毛泽东对文艺界的不满首先是从戏剧开始的。1963年9月，毛泽东在中央工作会议上对戏剧界提出批评：“戏剧要推陈出新，不能推陈出陈，光唱帝王将相、才子佳人和他们的丫头保镖之类。”11月，他又连续两次对《戏剧报》和文化部进行尖锐批评，说“《戏剧报》尽是牛鬼蛇神”，“文化方面特别是戏剧大量是封建落后的东西，社会主义的东西太少，在舞台上无非是帝王将相”，“文化部是管文化的……如不改变，就改名帝王将相、才子佳人或者外国死人部”。

---

①朱寨：《中国当代文学思潮史》，人民文学出版社，1987年，第458页。

②《文汇报》1963年1月6日。

1963年12月12日,毛泽东就中宣部文艺处编印的《情况汇报》写下了对文艺工作的重要批示:“各种文艺形式——戏剧、曲艺、音乐、美术、舞蹈、电影、诗和文学等等,问题不少,人数很多,社会主义改造在许多部门中,至今收效甚微。许多部门至今还是‘死人’统治着……许多共产党人热心提倡封建主义和资本主义的艺术,却不热心提倡社会主义的艺术,岂非咄咄怪事。”[①]这个批示批评了“各种文艺形式”,指责了“许多部门”和“许多共产党人”不热心提倡社会主义艺术。因此,批示下达之后,中宣部领导全国文联及所属各协会马上进行整风。要整风,就要寻找和检查错误,于是上纲上线整理了一堆材料,包括“写中间人物”等“资产阶级文学主张”都被揭发出来写了进去。6月27日,毛泽东在这份题为“中央宣传部关于全国文联和所属协会整风情况的报告”上作了更为严厉的批示:“这些协会和他们所掌握的刊物的大多数(据说有少数几个好的),十五年来,基本上(不是一切人)不执行党的政策,做官当老爷,不去接近工农兵,不去反映社会主义的革命和建设。最近几年,竟然跌到了修正主义的边缘。如果不认真改造,势必在将来的某一天,要变成匈牙利裴多菲俱乐部那样的团体。”[②]至此,周扬等人苦心经营十几年的文艺工作开始遭到严厉的批评和否定。

就在这个批示出现之时,第一届全国京剧现代戏观摩演出大会正在北京举行。这次观摩演出大会盛况空前,其中《红灯记》、《芦荡火种》、《奇袭白虎团》、《智取威虎山》、《红色娘子军》、《杜鹃山》等引起了强烈的反响。它们就是后来的“革命样板戏”的前身。这次汇演有一个重大收获,就是证明了用京剧这种传统艺术形式完全可以表现现代生活,建构革命历史,塑造英雄形象,张扬革命精神,总之,京剧完全可以适应时代政治的需要,成为“鼓舞人民,教育人民,打击敌人”的工具。正因为这样,毛泽东对这次汇演表现了异乎寻常的重视,演出期间连续观看了《智取威虎山》、《红灯记》、《奇袭白虎团》和《芦荡火种》等剧目,对一些剧目连声称赞,给予热情的鼓励和肯定,并且作出具体指示。比如,《芦荡火种》改名《沙家浜》,就直接来自毛泽东的指示。《沙家浜》要突出武装斗争,戏的结尾由郭建光等人化装成戏班子混入胡传奎婚礼场所改为直接打进去,也来自毛泽东的建议。与此同时,康生在总结大会上点名批判了一系列作品,电影《早春二月》、《舞台姐妹》、《北国江南》、《逆风千里》,京剧《谢瑶环》,昆曲《李慧娘》等一下子都成了“大毒草”。

至此,文艺界以江青为主导的时代已经来临。她从京剧革命入手,开始了对周扬等人的取代。在这次大会上,她与演出人员一次次座谈,指责戏剧舞台上还

---

①《建国以来毛泽东文稿》第10册,中央文献出版社,1996年,第436页。

②《建国以来毛泽东文稿》第11册,中央文献出版社,1996年,第91页。

是帝王将相、才子佳人，是封建主义和资产阶级那一套；提出要在舞台上塑造当代革命英雄形象；倡导领导亲自抓创作，抓剧本；号召注意培养新生力量，等等，开始直接向文艺界发号施令。她的这些谈话后来以“谈京剧革命”为题发表于1967年的《红旗》杂志第6期，刊物为此发表的社论说：“京剧革命的胜利，宣判了反革命修正主义文艺路线的破产，给无产阶级新文艺的发展开拓了一个崭新的纪元。”[①]60年代的文学就是这样走入了“文革文学”。

①《欢呼京剧革命的伟大胜利》，《红旗》1967年第6期。

第二章　颂歌与战歌

第一节　十七年诗歌概述

无论从什么样的角度讲述中国新诗艺术流变的历史,都无法回避1949年之后发生的变化。这是一个历史的新开端,胜利的人们欢呼着、跳跃着、带着所向披靡的气势除旧布新。新时代以自己的理想改造着社会,改造着生活,也改造着文学。诗与其他文学样式一样,无法脱离它所属的时代而独自运行。因此,进入新的时代,中国新诗走上了一条非常特殊的道路,诗的各个方面都发生了一系列的变化,并且形成了特有的艺术规范。

中华人民共和国建立之后,立即出现了一场诗歌大合唱,它的第一个乐章无疑是颂歌。汇集到五星红旗下的诗人们纷纷唱起了"新华颂"。郭沫若诗的标题就是"新华颂",艾青写了《国旗》和《我想念我的祖国》,何其芳写了《我们最伟大的节日》,冯至写了《我的感谢》,柯仲平写了《我们的快马》,田间写了《天安门》、《祖国颂》,朱子奇写了《我漫步在天安门广场》……无论是早已成名的老诗人,还是刚刚登上诗坛的青年作者,都在这一历史转折时刻献上了颂歌。就连当年正忧心忡忡的胡风,也写了热情洋溢的《欢乐颂》。歌颂党、歌颂领袖、歌颂新的时代、歌颂带来新的时代的革命,是最初的颂歌主题。

这个颂歌浪潮显示的变化是明显的。"五四"以来的中国新诗,历来以暴露社会黑暗、揭示民众疾苦、抨击专制统治和鼓舞人民斗争为其义不容辞的责任,以启蒙、救亡或翻身解放为其主题旨归,同时也不排斥多元的艺术追求。进入新的时代之后,这一传统彻底改变了,诗歌不再是投枪和炸弹,也不再有个人悲欢的低吟浅唱,而是成为欢庆的锣鼓和唢呐。诗的艺术表现为欢呼的艺术和歌颂的艺术,诗的技巧也表现为欢呼与歌颂的技巧。

任何一种创作现象都有其时代的情感基础。颂歌浪潮是一次巨大的社会变革完成之后必然出现的现象。因为对于许多人来说,经过几十年的渴望、期待、艰苦奋斗和流血牺牲,终于迎来了胜利。此时此刻,怎能抑制内心的激动之情?怎能不热泪纵横继而爆发出欢呼和歌唱之声?而且,在欢乐颂的情感深处,很容易看到中华民族历史苦难的折射。何其芳在《我们最伟大的节日》中写道:“多少年来,多少中国人民/在长长的黑暗的夜晚一样的苦难里/梦想着你/在涂满了血的荆棘的道路上/在监狱中或在战场上/为你献出他们的生命的时候/呼喊着你……”所以,当一个新的国家终于诞生时,自然要发出豪迈的欢呼和热情的召唤:“欢呼呵!歌唱啊!跳舞呵!/到街上来,到广场上来/到新中国的阳光下来/庆祝我们这个最伟大的节日!”

从这个颂歌浪潮开始,诗坛呈现出空前的一致性。个人的独特性已经不重要,重要的是个人的声音如何与时代的共性亦即政治的要求相一致。诗歌必须是政治斗争的工具。写诗并不是为了抒发个人的情感,而是为了鼓舞人民,教育人民和打击敌人。诗是旗帜和炸弹,是阶级斗争的工具,因而它必须无条件地服从政治的需要,配合具体的政治运动。这种诗歌观念一步步强化,成为人们对于诗歌共同的理解和追求,成为无须怀疑也不容怀疑的唯一的价值目标。这种对诗歌的政治工具职能的高度重视决定了诗歌的整体面貌,导致了诗歌内容的高度政治化。

颂歌的特点非常鲜明。作为那个时代的产物,乐观、明朗、热烈而自豪是其显著特征。

大量作品显示着一种可以战胜一切的力量和气魄,好像一切都可以征服,一切都可以战胜。面对帝国主义,诗人发出的也是这样的声音:“我们是世界上/绝大多数/我们的声音/是世界的/最强音。/我们并未向他们/乞求和平/而是命令他们/‘不许战争!’”(石方禹《和平的最强音》)

作为个体生命存在,人不可能没有爱情和亲情,也不可能没有痛苦和烦恼,但这一切都在诗歌中消失了。之所以如此,因为人们尚未找到让它表达政治命题的途径。为了适应鼓舞工农兵斗争的需要,诗歌必须乐观向上,斗志昂扬而不能低沉。它是欢呼的诗歌而不是沉思的诗歌,钟情于街头的昂扬呼号而不理睬心灵的微妙颤动。与此同时,为了有效地服务于大众,诗必须明白晓畅,含蓄和晦涩不受欢迎。这成为那个年代诗歌创作的共同追求。

诗歌的这种整体风格在“双百”方针提出之后发生了变化,形成的规范受到挑战,但只是不到一年的时间,在“反右”斗争之后,经过大跃进民歌运动,一切都回到了原来的轨道。在诗歌创作走上狭窄之路的时候,一些诗人开始追求优美的意境。他们的诗在内容和主题方面并无什么特别之处,但同样是为政治服务,同样是歌唱新生活,却在艺术形式上有所追求,甚至达到了某种极致。在这股对优美意境的寻求的潮流中,严阵、沙白、张志民等人的表现引人瞩目。

然而,1963年前后,诗歌的整体风格再次发生明显的转变:从颂歌走向战歌。和谐优美的赞美诗迅速减少并退出主流地位,继之而起的是格调高昂、充满战斗激情的政治抒情诗。政治抒情诗并非一个新的品种,50年代的颂歌中就有何其芳的《我们最伟大的节日》、石方禹的《和平的最强音》等显示了风采。接着出现的贺敬之的《放声歌唱》、郭小川的《投入火热的斗争》和《向困难进军》都是影响较大的政治抒情诗之作。但政治抒情诗形成大潮并占据诗坛的主要位置,是在1963年前后。

诗风的转变当然是有原因的。进入60年代,社会生活中的斗争气氛进一步增强。特别是1962年9月"千万不要忘记阶级斗争"的口号提出之后,斗争的气氛更为浓烈。一方面是对外关系空前恶化,不仅要与帝国主义斗争,不仅要时刻警惕国民党反攻大陆,不仅要与苏联修正主义集团斗争,而且要与国内形形色色的阶级敌人和党内的修正主义进行斗争。一方面是国内严重的经济贫困,尤其是三年生活困难,使形势一步步严峻起来。应对危机的途径可以是多样的,当时的选择是鼓舞人们的革命斗志,加强阶级斗争的观念。于是,生活中出现了更多的游行、集会、红旗和标语口号,出现了更多的政治教育和忆苦思甜大会。在这样的背景上,诗歌必须服从斗争的要求,表现重大的斗争主题,鼓舞人们的革命斗志。所以,对新生活的一般歌唱不再受到鼓励,歌唱大好河山的诗被认为是追求资产阶级美学理想,斗争精神不够浓烈的诗开始受到批评。风格的轻柔和优美,感情的深沉和细腻,都成为不受欢迎的东西。正是在这个背景上,严阵、沙白、梁上泉等人的诗歌因为缺少斗争所需要的火药味而受到批评。而且被批评者迅速改变了自己的风格,开始写火药味浓烈的政治抒情诗。严阵不再致力于优美意境的营造,而开始表现战斗激情,开始写现实斗争的严峻。像当时许多诗人一样,根据"千万不要忘记阶级斗争"的精神,在诗中写下了"地主在梦中,又回到他原来的宅院","出工路上,有人暗暗把地界察看"等句子。张志民写下了影响颇大的《擂台》,村中的老榕树成了阶级斗争历史的见证,也成了今日阶级斗争的擂台。诗人驳斥了阶级斗争熄灭论的"鬼话",写出了一系列阶级斗争新动向:一个混入教师队伍的家伙用"地主也是好人"来毒化儿童的心灵,一个富农用无耻的"美人计"向生产队长进攻,一个反革命分子企图破坏人民公社的水电站,一个奸商怂恿富裕中农去跑生意……他们为了什么?回答是"他们要砍倒的/是我们革命的/大树/他们要拆毁的/是社会主义的/高楼"。所以,必须念念不忘阶级斗争。他们的转变受到了欢迎。

因此,作为诗歌的整体风格,出现了昂扬的战斗旋律。不忘阶级苦、牢记血泪仇、发扬革命传统、警惕阶级敌人的破坏、反修防修等观念和口号直接进入诗中,并成为诗歌的主要情绪内涵。如何使斗争动员更具艺术感染力,成为诗人们努力的新方向。

在60年代的政治抒情诗中，抒情主人公形象达到了空前的高度一致。他们都是立场坚定、爱憎分明、斗志昂扬的无产阶级革命战士，都有坚定正确的政治方向，都有高尚的革命情操，对革命无限忠诚，对领袖无限热爱，对形形色色的阶级敌人则是无限仇恨。与此相伴随的是艺术风格的一系列变化。最明显的变化是：诗的抒情性增强而写实性减弱；议论性增强而叙事性减弱；革命激情的抒发代替了生活情景的描绘。张万舒的《黄山松》、戚积广的《加热炉之歌》等作品都比较充分地显示了这种风格。但影响更大的，还是贺敬之和郭小川的诗。

在战歌成为大潮之际，颂歌并未消失，只是颂歌的旋律也结合了豪情壮志的抒发和战斗的呼号。这种风格一直延续到“文革”十年，并且被进一步推向极端。所以，颂歌与战歌可以说是从50年代到70年代的二十年中的诗歌主流。

第二节　贺敬之：宏大抒情模式的建构

描写生活的美好，装扮新社会的春天，都是需要的，但无产阶级政治并不希望人们陶醉于鲜花丛中。因为一切都刚刚开始，新生活的创建需要辛勤的劳动和艰苦的斗争，所以，政治向诗歌提出的要求是多方面的，既要欢呼和歌唱，也要鼓舞人们的斗志。与欢呼和歌唱相比，也许抒发战斗豪情更为重要；与寻找生活的诗意相比，也许革命观念和斗争哲学的宣读更为重要。全面适应政治需要并不容易，但毕竟有人做到了。在成功地适应时代的政治需要的诗人中，最突出的代表是贺敬之。一些人只能在某个方面适应，而在另一些方面则不能适应，贺敬之则能全面适应。一些人影响甚大却也常受批判，贺敬之却是没有因为诗歌创作而受批评的人。在当时，这样的诗人为数不多。

贺敬之，山东峄县（今枣庄市峄城区）人，生于1924年，1940年到延安，曾与丁毅等人合作共同创作了歌剧《白毛女》。贺敬之的诗歌创作开始于30年代末。延安文艺整风之后，贺敬之的诗风发生了变化，在取材上由山东农村转向陕北根据地；在主题上，由对黑暗的控诉转向对光明的讴歌；在语言形式上，由自由体转向民歌。这些作品大多收入诗集《朝阳花开》。其中影响最大的作品是被谱曲并广为传唱的《南泥湾》：“花篮的花儿香，听我来唱一唱，唱呀一唱——来到了南泥湾，南泥湾好地方……”它是40年代延安的颂歌，是为政治服务的，也是通俗易懂的。

进入北京之后，贺敬之担任了文艺界的领导职务，长期没有写诗。直到1956年，才重新拿起诗笔，写出了轰动一时的《回延安》。贺敬之在延安长大，阔别十年之后重回延安,激动之情难以控制,诗人把久别之后故地重游和亲人重逢的场面作为全诗的开端,可谓颇具匠心:"心口呀莫要这么厉害的跳,灰尘呀莫把我眼睛挡住了/手抓黄土我不放,紧紧儿贴在心窝上/几回回梦里回延安,双手搂定宝塔山/千声万声呼唤你——母亲延安就在这里!/……满心话登时说不出来,一头扑进亲人怀……"全诗浑然一体,始终贯串了归来的"赤子"对"母亲"的深切爱恋,是一曲延安的颂歌,同时也是一曲革命的颂歌。这首诗显示了相当高的技巧,形象生动,感情真挚细腻,炼字炼意颇见功夫。

《回延安》之后,贺敬之接着写了长篇政治抒情诗《放声歌唱》,发表后再次轰动一时。这首诗标志着50年代颂歌的高度,因为它找到了一种更适宜于歌唱新时代并全面适应政治要求的形式。全诗一千六百多行,气势磅礴,激情澎湃,丰富的联想和形象的大面积铺排,构成了宏伟壮阔的时代画面,强烈的政论性与生动的形象融为一体,形成了有力的鼓动效果,华丽的诗句也增加了艺术感染力。可以说,正是这首诗展示了颂歌更为理想的形式。它不再满足于以小见大,不再满足于剪取生活的浪花和飞絮,而试图宏观地把握时代生活,全景式地展示时代潮流。这种形式适应了政治生活的需要,体现了当代诗歌从根据地民间色彩转向主流之后的必然要求。事实上,在50年代,诗歌和其他各种艺术一样,虽然要求大众化,但时代的要求已经不再是与窑洞、田野、青纱帐相适应的民间乡土气息,而是要求与北京、天安门相适应的富丽和庄严。关于这一点,我们从《东方红》的配乐就可以看到:《东方红》本来是一支地道的陕北小调,轻松明快,但并不庄严神圣。从50年代开始,《东方红》乐曲却越来越雄壮有力,一步步走向了庄严和宏大。贺敬之告别《南泥湾》的风格,而且不满足于《回延安》的形式,在《放声歌唱》中创作了一种宏大的抒情模式。

作为献给中国共产党生日的一支颂歌,它首先歌颂了党的伟大与光荣。贺敬之是从歌颂祖国新貌和轰轰烈烈的社会主义建设入手的:"无边的大海波涛汹涌……/无边的/大海/波涛/汹涌——生活的浪花在滚滚沸腾……","春天来了/又一个春天/黎明了/又一个黎明/呵,我们共和国的万丈高楼/站起来!它加了/一层——/又一层!"那么,长安街夜景为什么这样迷人?淮河两岸怎么会麦浪万顷?不毛之地为什么烟囱林立?沙漠为什么会喷出黑色琼浆?为什么荒山举手献宝?为什么城镇灯火辉煌?为什么放牛娃能在研究室撰写论文?为什么童养媳神采飞扬地驾起了拖拉机……一切一切为什么如此美好?回答是:"'人民'——/我们壮丽的/英雄的/名字!"但是,人民之所以能够创造如此辉煌的业绩,都因为他们的血管中沸腾着最珍贵的元素:"党的血液/党的脉搏/党的旗帜/党的火炬!/是党使人民变成巨人/带领人民创造了奇迹。"全诗通过歌唱建设成就、歌唱新生活、歌唱人民而为党唱了一首颂歌。在当代诗歌中,歌颂党的诗产生过成千上万，而《放声歌唱》却成为超群之作，其重要原因在于贺敬之在歌唱党的时候没有满足于简单的比喻，而是为党描绘了一个具体可感的形象。比如，“在中南海/那一张/朴素的写字台旁/毛泽东同志/正在起草/党第八次大会的开幕词/在国务院/第二个五年计划的建议书上/正在凝结着/并肩的人影/和午夜的灯光/……党/正挥汗如雨！/工作着——/在共和国大厦的/建筑架上！”因为这种写法，党的形象才更伟大，更可爱。贺敬之动用各种艺术手段，由现实追溯历史，由今天展望未来，尽情地歌唱了党的伟大和英明。

任何一种抒情方式的创造都需要创作主体有相应的条件。贺敬之能够在这种抒情方式上获得成功，与他的个人条件是分不开的。他是在延安成长起来的，个人的生活经历使他有可能以真实自我出现在诗中，以生动的细节填充思想的框架，也有可能以抒写个人感情的方式表达时代的政治话语。这是一般诗人无法做到的。

进入60年代，诗歌被要求更多地承担政治动员的使命。因此，政治动员的艺术化成为政治抒情诗成败的关键所在。在这种追求中，贺敬之毫无疑问又是成功者。他的《雷锋之歌》和《西去列车的窗口》全面适应了时代的政治需要，再次轰动一时。

《雷锋之歌》写于1963年。当时，毛泽东发出了“向雷锋同志学习”的号召，高层领导人纷纷为雷锋题词，在全国掀起了一个轰轰烈烈的学雷锋运动。贺敬之写了这首一千二百多行的长诗。诗题为“雷锋之歌”，却不是一般的歌唱雷锋，没有介绍雷锋生平和英雄事迹，也没有进行一般的歌颂，而是把雷锋放在一个广阔的时代背景上，歌唱时代，歌唱时代的英雄，从而使对时代英雄的歌唱与对时代的歌唱紧密地结合了起来，使对雷锋这一英雄人物的歌唱与对党、对领袖的歌唱结为一体。诗的开篇一百二十多行，首先热情歌唱的是革命。然后写雷锋的出现，是在“党的摇篮中”站起来了一个“高大的我们的弟兄”。他不把雷锋当作一个孤立的个体来写，而是把他作为革命队伍中的一员，一代人中的一个，一个代表和一个象征。“我写下这两个字：/‘雷、锋’——/我是在写呵/我们阶级的/整个新一代的/姓名/我写下这两个字：/‘雷、锋’——/我是在写呵/我的履历表中/家庭栏里：/我的弟兄。”这思路的确是不一般的。同时，通过对广阔的背景的描写，揭示出英雄与时代的密切联系，以及英雄出现的历史必然性。作为那个时代的长诗，一般都有历史回顾。贺敬之把雷锋的身世和一般的革命历史结合起来一起回顾，写了黑暗的过去：“爸爸的要饭碗”，“妈妈上吊的麻绳”，“云周西村的铡刀”，“渣滓洞的深坑”；写了眼前的光明：“繁花似海/高楼如山/绿荫如屏……/歌声阵阵/书声琅琅/笑语声声……”完成了新旧对比的主题，把历史和现实结合起来，使一首歌唱英雄的诗成为一首歌唱时代、歌颂革命历史的诗，具有了丰富的社会历史内容,而且充满斗争的呼号和革命人生哲理。诗人写的是雷锋这个人物,但重点在言志而不在写人。写雷锋不过是借题发挥,以抒发对时代和人生的见解。因此,他不把笔墨用于生平事迹的介绍和一般性的描述,而是着重刻画英雄人物的思想境界,从中发掘革命的人生哲理,张扬一种时代所需要的革命精神和人生哲学。这种思路与当时宣传英雄人物的思路非常一致。由这种立意出发进行诗歌构思,诗人选择了一个比较巧妙的抒情角度,从“假如重新开始生命的航程,将选择什么样的人生道路”的问题开始,继而提出“人应该怎样生,路应该怎样行,什么才是真正的人生”的问题。然后以雷锋的精神对其进行了回答,在雷锋身上发现时代所需要的革命斗争精神。

在活跃于十七年文坛的诗人中,贺敬之作品不多,却影响不小,究其原因,重要的是其诗歌的政治时事性。从他那些名篇的创作契机可以看到,庆祝中国共产党成立 35 周年,他写《放声歌唱》;在大跃进运动中,他写《东风万里》;庆祝中华人民共和国建立 10 周年,他写《十年颂歌》;学雷锋运动中,他写《雷锋之歌》;首批知识青年赴新疆,他写《西去列车的窗口》……这使他的诗与时事政治密切地结合在一起,成为一种诗体社论、时评或纪念文章。

实事求是地说,为政治动员插上诗的翅膀并不是一件容易的事。贺敬之之所以能够产生比较广泛的影响并且代表着那个时代的水平,应该归之于他的抒情方式。面对他的诗,人们很容易看到,他善于写长诗,往往下笔就是数百行甚至上千行。他很少通过一个侧面或一个细节来反映生活,而是从正面摄取时代的全景,呈现无限壮阔的画面,诗人雄居其上,大开大阖,纵横千里,造成一种宏大的气势。为了有效地表现重大政治命题,贺敬之采用了一种很有特点的写法:把政治议论与抒情结合起来;把现实与历史结合起来;把抽象的政治概念与生动的形象结合起来。这种抒情方式与表现重大政治命题是吻合的。

贺敬之认为,“积极的、革命的浪漫主义对一个民族的文学,特别是诗歌的发展来说,绝不可能、也绝不会是可有可无的东西”,因为革命浪漫主义能“给人以震撼人心的雷霆万钧的力量”。① 他对浪漫主义有自觉的追求,看重浪漫主义的鼓动力量。他的诗具有高昂的格调、奔放的激情、磅礴的气势和壮阔的意境。这种风格的形成除了重大的题材和主题之外,很重要的一点就在于理想和豪情的表现。不过,如果把他的诗还原到当时的历史情景中,却不难发现宏大图景的虚假,以及革命豪情之下难以避免的苍白和空洞。

①贺敬之:《漫谈诗的革命浪漫主义》,《文艺报》1958 年第 9 期。

第三节　郭小川:战士与诗人之间

郭小川(1919—1976),原名郭恩大,河北丰宁人,学生时代即参加抗日救亡活动,1939年在去延安的路上参加八路军。到延安之后曾在延安马列学院文艺理论研究室学习和工作。抗战胜利后曾任丰宁县县长,1948年调到新闻部门,担任过《群众日报》、《大众日报》、《天津日报》以及中南局宣传部和中央宣传部的领导工作。1955年从中宣部调任中国作家协会党组副书记和秘书长。

他在抗战时期就开始写诗,并有诗集《平原老人》于1950年出版。但在50年代初期,他却远离了诗坛,直到调作协工作之后,才重新拿起诗笔,写了《投入火热的斗争》、《向困难进军》等影响颇大的作品。他的诗一开始就与当时流行的风格不尽相同,表现出强烈的革命责任感和澎湃的激情,并以政论家的思维和战士的姿态号召人们。作为那个时代的诗人,他必然要高唱颂歌,但他没有满足于歌颂已经取得的胜利,而是写下了这样的句子:“祖国/它无比壮丽/但又困难重重呵!/它的每一秒钟/都过得/极不平静/……它每时每刻/都在召唤你们/投入/火热的斗争。”后来,他在回顾自己的创作时曾经如此说:“当我走上文艺岗位而重新写作的时候……社会主义建设和社会主义革命的伟大号召已经响彻云霄,我情不自禁地以一个宣传鼓动员的姿态,写下一行行政治性的句子,简直像抗日战争时期在乡村的土墙上书写动员标语一样。”(《月下集·权当序言》)

然而,郭小川很快开始了新的追求。“双百”方针的提出使他不再满足于一般的呼号,他说:“我所向往的文学,是斗争的文学……但是,我越来越懂得,仅仅有了这个出发点还是远远地不足。文学毕竟是文学,这里需要很多很多新颖而独特的东西,它的源泉是人民群众的生活的海洋,但它应当是从海洋中提炼出来的不同凡响的、光灿灿的晶体。”(《月下集·权当序言》)他甚至担心像《投入火热的斗争》那样的诗会伤了读者的胃口。正是由于这样的认识,他的追求和探索是多方面的,并且充满曲折与坎坷。由于各种原因,在“双百”方针提出之后,郭小川没有成为探索的先锋,但在大潮即将跌落之时,他却开始了自己的探索之路。从1957年到1959年,他的探索主要表现在两个方面:

首先是叙事诗的写作。郭小川向着人们望而生畏的题材挺进,试图表现生活的复杂性。他连续写了《一个和八个》、《深深的山谷》、《白雪的赞歌》、《严厉的爱》和《将军三部曲》五部长诗。其中《一个和八个》是1957年5月动笔的,发表的时间却是22年后的1979年。长诗所描述的是抗日战争初期八路军随军监狱里一个奇特的犯人王金的故事:王金是八路军的一个营教导员,却与三个惯匪、四个开小差的士兵和一个奸细关在一起。之所以如此,是因为他在被派到敌后工作时曾经不幸被捕,临难时在一位不知名的难友帮助之下潜水逃生,然后回到了革命队伍。可是,正当他为革命努力工作的时候,一个特务案件牵连到他。没有人能够证明他在敌人监狱中的表现,所以他无法取得组织的信任。由于当时的环境和随军监狱的特殊性,对案情不可能深入细致地调查,也不可能长期关押,只能把他与另外八个犯人一起判处死刑。蒙受如此冤屈,王金却毫无抱怨。就在把他押往刑场准备枪决的时候,敌人打来了,锄奸科长身负重伤。王金双手被绑,却毅然代替科长指挥战斗,并且成功突围。突围之后,他本可以逃走,却又带领八个犯人一起回到部队。这个形象及其显示的意义在当时的创作中是绝无仅有的。无论红军中的肃反,还是根据地对托派的镇压,革命队伍中的冤假错案在“文革”结束之前一直是个禁区。郭小川的创作动机是“打算写一个坚定的革命家的悲剧”①。这种立意与颂歌相去不远,但诗作呈现出的意义却远远不止于此,而是深刻反映了革命斗争的复杂性、严酷性,启发人们认识和反思革命队伍内部的生活。因此,这种歌颂本身就具有了暴露的成分。正因为这样,长诗写完未能发表,却遭到了严厉的批判。

《白雪的赞歌》、《深深的山谷》、《严厉的爱》写的都是爱情题材。诗人以革命斗争中的爱情故事表现生活的严峻和复杂,探索人物的内心世界,在开拓题材领域和深入人情人性方面作出了贡献。

其次是抒情诗的新尝试。在写作叙事诗的同时,郭小川的抒情诗也开始了新的尝试。1959年,他写了长诗《望星空》,真实地暴露了自己思想感情上的矛盾。这首诗写于国庆前夕。作为一个一直孜孜不倦地歌唱革命、歌唱斗争的诗人,作为一个多年来一切创作都服从政治需要的诗人,作为一个经过革命战争考验并且具有坚定的革命信念的诗人,在国庆之夜,站在灯火辉煌的长安街头,心情却无法平静,仰望星空,发出了如此的感叹:“我爱人间/我在人间生长/但比起你来/人间还远不辉煌/走千山/涉万水/登不上你的殿堂/过大海/越重洋/饮不到你的酒浆……”“生命是珍贵的/为了赞颂战斗的人生/我写下成册的诗章/可是在人生的道路上/又有多少机缘/向星空了望……/在伟大的宇宙的空间/人生不过是流星般的闪光/在无限的时间的河流里/人生仅仅是微小而又微小的波浪……”诗人并非不能意识到这种情绪的问题,所以诗的中间有一个转折:诗人带着一种惆怅的心情走向北京的心脏,看到了长安街的灯火,想到了人民大会堂这“地上的天堂”,于是批判了自己,振作精神,“要把长安街的灯火,延伸到远方”。但是,由于前两个段落的真挚感情所产生的力量,后面的扭转显得非常勉

①郭晓惠、郭小林整理:《郭小川1957年日记》,河南人民出版社,2000年,第88页。

强，整首诗没有摆脱低沉和惆怅。因此，发表后立即受到了批评。有人批评说："我们红色首都的沸腾的生活，欢乐的人群，还有那灯火辉煌、红光灿烂的夜景，都不曾收入他的眼底。他看到的是：宇宙无穷广大，人间十分渺小……这是政治性的错误，是令人不能容忍的。"①有人指出，"诗人的世界观完全脱离了马克思主义"，并且质问道："这样消极地抒写个人主义的幻灭情绪的作品，怎么能出自一个共产党员诗人之手呢？"②

在一系列探索都碰壁之后，郭小川开始致力于政治抒情诗写作，成为60年代初期政治抒情诗的主要代表人物之一，主要作品有《甘蔗林——青纱帐》、《厦门风姿》、《林区三唱》、《昆仑行》等。《甘蔗林——青纱帐》在艺术上一直为人称道，展示的是这样一种风格：

> 我们的青纱帐哟，跟甘蔗林一样地布满浓荫，
> 那随风摆动的长叶啊，也一样地鸣奏嘹亮的琴音；
> 我们的青纱帐哟，跟甘蔗林一样地脉脉情深，
> 那载着阳光的露珠啊，也一样地照亮大地的清晨。

诗人选用甘蔗林和青纱帐这两个意象，由南方的甘蔗林想到北方的青纱帐，由北方的青纱帐再想到南方的甘蔗林，以两个不同的形象象征两个不同的时代和两种不同的生活，从而把历史和现实紧密结合在一起，并形成鲜明对照。诗人从今天的建设生活想到往日的战斗岁月，无限深情地引领年青时代的战友回忆青纱帐中的战斗生活、革命精神和美好志愿。然后又回到现实：昔日青纱帐里的战友已经工作在各个不同的岗位，不可能回到青纱帐中，但诗人相信，经过青纱帐生活锻炼的战友不会在甘蔗林的香甜中失去革命本色，在今天的斗争中，一定能够永葆青春，战斗不息。整个诗篇表现的是对历史的回忆和对革命传统的礼赞，其立意是向同代人——那些经过战争考验的战士发出战斗呼唤，呼唤他们发扬革命传统，永葆战斗青春。诗的主题正是当时的政治教育所需要的，而构思方式和饱含感情的联想却给诗歌增添了魅力。

郭小川的诗非常集中地表现了政治抒情诗的基本面貌，强烈的政治性和鲜明的时代色彩是其显著特征。他总是积极地反映时代的斗争形势，自觉地关心政治并为之服务。在诗歌观念上，他与他的同代人一样，绝不怀疑诗歌作为旗帜和炸弹的属性，决不怀疑诗歌是革命机器的一部分。对于50年代到70年代的中国大陆诗人来说，这种观念是为多数人所共有的。但表现在不同诗人身上，自

---

①华夫：《评郭小川的〈望星空〉》，《文艺报》1959年第23期。

②萧三：《谈〈望星空〉》，《人民文学》1960年第1期。

觉程度却大不相同,真诚程度也相去甚远。郭小川是自觉的,也是真诚的。他从青年时代追求革命,受的是革命的教育。他的文学活动从一开始就与政治斗争密不可分,诗歌一开始就是作为斗争工具使用的。在他的头脑中,政治比艺术重要得多;写诗并非个人的事。所以,他总是努力充当时代政治的传声筒,并且努力把握时代脉搏,努力表现社会生活中的重大问题,并积极地回答这些问题。从50年代中期的社会主义建设,到"反右"斗争、大跃进,一直到60年代的政治风云,在他的诗中都有反映。各个时期政治意识形态所倡导和赞赏的价值观念与人生态度,也都在他的诗中有所表现。而且,郭小川所向往的文学是斗争的文学。战士形象和斗争精神,也是他的诗的显著特征。他总是以战士的姿态、情操和精神境界歌唱着,因而使他的诗充满昂扬向上的战斗精神,显示着革命者的人生哲学。正因为这样,他才成为60年代政治抒情诗的突出代表。

然而,郭小川又是一个真正的诗人。他有对诗歌艺术的虔诚,并且能够真正进入诗的殿堂。这种诗人的身份与他的战士身份常常处于矛盾之中。因此,他为后人留下了一系列话题:大我与小我、诗与政治、诗与时代、诗与人民、诗与生活真实……诗人是时代的产物,什么样的时代造就什么样的诗人,诗人也是环境的产物,什么环境造就什么样的诗人。作为一个特定时代、特定环境中成长起来的诗人,郭小川一生都在努力追求个人的小我与时代的、阶级的、政党的大我完美结合。然而,作为革命队伍中的一分子,他必须一切行动听指挥,保持步调一致;作为诗人,他又常常不能忘情于艺术探索,并且深知个性和真情对于诗的重要性。面对这样的矛盾,郭小川在更多的时候是扼制个人而适应时代的政治要求,但他又清楚地知道,离开个人的真情实感而勉强为时代和阶级代言,必然导致作品的空洞和虚假。因此,他试图让个人的"小我"真正具有大我之情,并且为此而不懈努力。但具有讽刺意味的是,时代却使他常常陷于小我和大我不能统一的痛苦之中。究其原因,他虽然以听将令的战士自居,却是一个真正具有诗人气质的人,有自己的见解和感受,而且有对艺术的执著。诗人的生命在于独特,战士的天职却是服从。作为战士,他常常出色地配合政治革命的需要而歌唱,满怀忠诚,对一切都不怀疑;作为诗人,他却要用自己的眼睛观察生活,用自己的大脑思考生活。两种力量不断较量,又相互纠缠。遗憾的是,在更多的情况下,他都成功地克服自己各种"不健康"的思想感情,或者在创作中回避了它。结果就像那个时期的多数诗人一样,以报刊社论和文件精神扼杀与取代了自己的真情实感。这就很难避免写出一些短命的作品,并且暴露出盲目配合的各种局限。

郭小川的诗歌生涯充满矛盾,但他的可贵之处也体现在这种矛盾之中。因为它告诉我们,在一个诗歌工具化的年代,郭小川没有泯灭自我,他仍然有矛盾和挣扎。在这一点上,他与那些习惯于在假面底下表演的诗人不可同日而语。

也正因为这样，他才能在“文革”当中写出《团泊洼的秋天》那样的诗作。

第四节　闻捷等人的诗意探寻

诗歌必须为政治服务，但是，既然写的是诗而不是一般宣传品，诗人就必然要追求艺术性。在50年代和60年代的诗人那里，艺术追求与政治要求是一致的，因为只要坚持正确的政治方向，明确了服务的目标，艺术水平还是越高越好。在基本主题确定之后，寻找恰当的形式，让诗更有趣味，是诗人们必然的选择。

在这种探寻中，首先获得成功的诗人是闻捷、李瑛等。

闻捷(1923—1971)，原名赵文节，江苏丹徒人。抗日战争爆发后在武汉参加救亡运动，1940年赴延安，1945年开始从事新闻工作，1949年随军到新疆。在新疆工作期间，闻捷到过许多地方，与新疆维吾尔族、哈萨克族等兄弟民族有广泛的接触，了解了他们的历史和文化，为后来的诗歌创作打下了基础。

1955年前后，闻捷陆续写了一些反映新疆少数民族生活和爱情的诗，开始在《人民文学》连续发表，并且迅速获得好评，成为诗坛上的一颗新星。他的成名作收入1956年出版的诗集《天山牧歌》，此后出版过诗集多种，但其影响都没有超过《天山牧歌》。

在共和国初期的颂歌中，闻捷的独特之处在于他把歌颂主题表现得比较巧妙、不那么直露，而且能够以生活情趣动人。《天山牧歌》以清新的笔调、优美的语言和鲜明的形象从不同的角度反映了新疆兄弟民族的生活，表现他们新的面貌和美好理想，为新生活唱了赞歌。他的诗偏重再现式的反映，描写和叙述是其主要表现方式，但避免了对生活的一般化摹写和浮泛歌颂。他善于抓取富于生活情趣和感情因素的生活片断，从中提炼诗意，使抒情与叙事和谐交融。他的诗大都有简单的情节和人物，有很强的叙事性。他所采用的主要手段是通过生活画面的叙述和描绘展现生活的美，从而完成歌唱新生活的命题。闻捷诗中最引人瞩目的是《吐鲁番情歌》和《果子沟山谣》等歌唱爱情的诗。在诗坛使闻捷显示出独特之处的也是这些诗。诗人或反映青年人在劳动中的相互爱慕，或抒写恋人间的相互思念，或描写男女青年之间微妙的感情关系和心理活动，从各个侧面反映了新疆各民族青年纯真、热烈而又高尚的爱情，使这些爱情生活为他的诗增添了色彩和趣味。

闻捷知道诗的动人之处并不在于政治说教和标语口号，所以他努力摆脱当时诗坛的这一时尚，不去写那些“欢呼呵，歌唱呵”之类的句子，而是进入人的感情世界，进行深入细致的表现，揭示那些令人耳目一新的微妙的感情活动。如

《赛马》:

他的心眼多么傻呀,
为什么一再地快马加鞭?
我只想听完他的话,
哪里会真心把他追赶。
我是一个聪明的姑娘,
怎么能叫他有一点难堪?
为了堵住乡亲们的嘴巴,
最多轻轻地打他一鞭。

这里所写的是哈萨克族尔德节进行的游戏“姑娘追”。这种赛马有一条规则,比赛在一对对青年男女之间进行。在去的路上,小伙子无论讲出什么样的话,姑娘都不能恼,但在回的路上,小伙子如果让姑娘追上,姑娘可以尽情地用鞭子打,小伙子不能还手。因此,小伙子在回来的途中自然要快马加鞭。然而,这位姑娘却只希望他把情话继续说下去,并不真心把他追赶。微妙的感情活动在诗中得到了细致而生动的表现。

闻捷的成功除了爱情题材本身的魅力之外,很重要的原因还在于他写的边疆少数民族青年男女的生活,在于诗作所显示的民族色彩和地方色彩。翻开《天山牧歌》,可以看到一幅幅风俗人情图画。正是那些风俗人情给诗歌增添了民族和地方色彩,而民族和地方色彩又因为其本身的新鲜感和情趣美而征服了读者。如《葡萄熟了》一诗所描写的图景:一群小伙子弹着三弦唱着歌去挑逗葡萄园里的姑娘。他们的嘴都唱干了,姑娘们还是不理睬他们。小伙子们伤心又生气,扭转身又舍不得离去,于是便调皮地说:“悭吝的姑娘呵,你们的葡萄准是酸的。”姑娘们会心地笑了,故意摘几串不成熟的葡萄给小伙子。小伙子们吃着酸葡萄却唱道:“多情的葡萄,它比什么糖果都甜蜜。”生动细致,充满生活气息,表现了维吾尔青年活泼多情、幽默诙谐的性格,给诗带来了新鲜的情趣。《舞会结束以后》中的两个青年在同时追求一个姑娘时的竞争方式和他们的坦率,也是在汉民族文化氛围中所见不到的。正是这一切,给闻捷的诗歌增添了艺术魅力。

在闻捷的诗中,生活是美好而欢快的。诗中没有对新生活的直接判断和歌颂,可是,生活为什么能如此美好?人们为什么能充满快乐?诗底的答案却同样表现着颂歌的主题。这种歌颂当然比仅仅是抽象的欢呼和简单的比喻更有艺术性。

然而,像那个时代的所有的诗人一样,闻捷对爱情的描写和歌唱不会停留在男女情爱本身,而是把爱情与劳动、理想、情操紧密结合起来,在歌唱爱情的同时歌唱创造新生活的劳动，通过爱情描写而歌颂崇高的理想和高尚的情操。在闻捷的爱情诗中，创造新生活的劳动是年轻人相爱的基础，是男女青年相互爱慕的主要根据，也是选择爱人的主要价值尺度。姑娘们热烈追求和爱慕的对象是有志于改造自己家乡的牧人（《婚》）；是跟着勘探队走向额尔齐斯河的青年（《家信》）；是光荣的战士、勇敢的猎人和劳动能手。尽管年轻人迷恋着家乡美丽而多情的姑娘，但还是翻过天山去了金色的石油城，真挚的爱情鼓舞着他成为一名真正的矿工（《夜莺飞去了》）。“你爱我一身是劲，我爱你双手能干，牧羊人爱牧羊人，象绿水环绕青山。”这里反映出的是50年代共同的恋爱观念和审美理想。爱情必须附丽于壮丽的事业。只有在建设社会主义的劳动中产生的爱情才是美好的。否则，就是低级和庸俗。正是通过这种爱情价值观，诗人把爱情描写与为政治服务的要求紧密地结合了起来，使爱情表现服务于政治的需要。所以，只要我们认真考察闻捷诗中的爱情，就会发现，它虽然写了爱情，但无论如何，爱情的重要性不可能高于政治，不可能高于革命事业。因此，闻捷的诗也常常把爱情简单化。如《种瓜姑娘》中枣尔汗对求爱者的回答：“要我嫁给你吗？你衣襟上少着一枚奖章。”这种回答当然也可以是生活的反映，因为那个时代的青年很容易建立如此简单的爱情观念，但是，诗人看不到它对爱情生活的异化，却暴露了自身的思想弱点。

那个时代的文学所礼赞和讴歌的爱情是纯洁、高尚、无私而富于奉献精神的。闻捷的《爱情》很有典型性和代表性。它通过一对恋人爱情生活中的曲折而歌颂了忠贞和无私奉献。姑娘的爱人在剿匪战斗中失去了一只左手。为了姑娘的幸福，他主动与姑娘疏远了。当姑娘知道爱人对她的回避是为了让她再找一个健全的爱人时，她的回答是：“哪怕他失去了两只手，我也要为他献出终生。”这也是那个时代所作的审美选择。这种选择既有利于伤残军人的婚配，又符合我们崇尚忠贞和奉献的古老传统。

因为劳动、理想和情操的凸现，闻捷诗中所表现的爱情健康明朗而没有低级趣味，甚至不见缠绵的情愁，也没有失恋的烦恼和痛苦。这被理解为时代生活的反映，但文学之所以呈现这种单纯的面貌，却是作家选择的结果。这种选择与颂歌的要求是一致的。

在闻捷之后，另一个善于在日常生活中发现诗意的诗人是李瑛。

李瑛（1926－　），祖籍河北丰润，1943年开始文学创作，1944年与同学一起出版过诗歌合集《石城的青苗》，1945年考入北京大学，1949年春天大学未毕业就参加了中国人民解放军，作为随军记者南下，并开始大量写诗。战争结束后，李瑛回到北京，自1955年开始做解放军文艺社的编辑工作。李瑛是一位勤奋的诗人，从50年代到60年代，先后出版了《野战诗集》、《战场上的节日》、《天安门上的红灯》、《早晨》、《寄自海防前线的诗》、《花的原野》、《静静的哨所》、《红柳集》等诗集多种。

从整体风格看，李瑛的诗感情细腻真挚，想象丰富绮丽，构思精巧细致，语言优美清新。尽管不少人都试图说明李瑛的诗刚柔相济，但事实上，李瑛的诗缺少粗犷豪放和刚健的气质，无论对生活的感受还是艺术表现，他都以细致和精巧见长，以优美和清新取胜。他是美的追求者，这大概是他由个人的气质和艺术个性决定的。他对生活的美和大自然的美都有很强的感受力，因而能够从司空见惯的日常生活中和一般景物中发现诗意。他的感受力是向着细微之处发展的，因而不乏细致而独到的刻画。

李瑛的这一特点适应了那个时代，因为那个时代不需要诗人对于重大事物和重大问题的想象力。李瑛的这一特点给他的诗带来了细腻独到的描写，使我们不能不佩服他描写的能力。他善于抓住事物的某一特征，通过想象赋予它诗的光彩，创造出夺目的形象和耐人寻味的意境。他的许多描写都是独特的：写戈壁滩的风沙，“像群蛇紧贴地面，一边滑动，一边嘶叫”(《敦煌的早晨》)；写草原日落时分，“远处，牧女的银镯子一亮，羊群回圈了……一朵绛红的云在天边上飘”(《巡逻晚归》)；写春天的到来，“春从冰缝里溢出来了，挂满东枝，缀遍西丫；看那冲下的水沫草节间，漂下一瓣山桃花”(《第一支渔歌》)；写山间小路，“也许只是一条古藤，垂挂在峡谷……”(《山间小路》)；写炮击间隙里阵地之静，“阵地小黄花，何时一下开放了；滚在旁边的子弹壳呵，青青的烟在冒……”(《炮击间隙里》)。由此可见诗人感受和处理形象的能力，细腻的感受给了他诗的细腻，独到的发现给了他诗的清新。诗人自己似乎也很清楚这一点，所以决不放过可以发挥特长的地方，抓住一点感受就要充分展开他的独到的描写。如《戈壁日出》：

忽然地平线上喷出一道云霞，
淡青、橙黄、橘红、绀紫，
象褐色的荒碛滩头，
萎弃了一片雉鸡的翎羽。

太阳醒来了——
它双手支撑大地，昂然站起，
窥视一眼凝固的大海，
便拉长了我们的影子。

我们匆匆地策马前行，
迎着壮丽的一轮旭日，
哈，仿佛只需再走几步，

就要撞进它的怀里。

从这首诗可以看到李瑛的长处，同时也可以看到李瑛的局限。他极力表现美，但面对戈壁日出，他却没有表现出它的壮丽，用那些比喻来描写朝霞，总让人感觉到力气之不逮。他致力于发现美，挖掘美，表现美，歌唱美，因此，他的诗优美和谐，单纯明朗。但不足也由此而来，他能够弹奏出悠扬的调子而敲不响洪亮的警钟，能够贡献美的享受而不能带来思想的震撼。这一切都与时代的选择有关。

严阵（1930－　），山东莱阳人，1946年参加革命工作，1950年南下安徽。他的诗歌创作始于1953年前后，第一首引人瞩目的诗是1953年写成的《老张的手》，通过一个老农民的手展开了新旧社会农民生活的对比，形象地概括了中国农民生活的巨大变化，热情歌颂了新时代，因而发表后受到好评。从此，严阵开始大量发表作品，从50年代中期到60年代初期，先后出版了诗集《淮河上的姑娘》、《乡村之歌》、《草原颂》、《春呵，春呵，播种的时候》、《淮河要唱一支歌》、《红石》、《降龙记》、《江南曲》、《琴泉》等十几部。

严阵的诗多取材于江淮水乡农村。他写淮河上的姑娘，写农村飞起的"金色的凤凰"，写青年突击队员，写农民建设新生活的热情，展现了农民在新时代的生活面貌，热情地歌唱新生活。他的诗一开始就显示了驾驭题材和选择表现角度的独到之处，常因构思的精巧而不落俗套，并且善于从侧面写起，从小处着笔，通过丰富的联想而表现重大的主题。如早期的《睡吧，孩子，不要惊》等作品，就已经巧妙地把日常生活小事和社会主义建设结合起来，通过生活小事而展示时代的重大主题，使诗有了浓郁的情味和清新细腻的美感，但在50年代，还没有对优美意境的自觉追求。

进入60年代之际，严阵的创作进入了一个新阶段，他仍然取材于水乡农村，反映江淮农村所发生的变化，热情歌颂人民群众的劳动和生活，但诗的艺术水平的确得到了很大的提高，诗歌风格也发生了明显变化，明丽的画面，欢快的气氛和优美意境构成了他的诗歌的基本特色。诗集《江南曲》集中显示了这些特色。

严阵的诗笔饱蘸色彩，竭力发现和发掘大自然的美与生活的美。他以流畅明快的笔调有声有色地描绘了一幅又一幅清新明丽令人陶醉的江南水乡生活画面。在描画这种画面时，他刻意追求一种诗中有画、情境交融的境界，渲染出一种优美的意境。如："十里桃花/十里杨柳/十里红旗迎风抖/江南春/浓似酒。"（《江南春歌》）再如："南方的夜/像蔚蓝色的纱绸/木莲花的清香/醉了杭州。"（《南方的夜》）

非常明显，严阵诗歌意境的创造不仅受到民歌的影响，而且更多地接受了中国古代诗词的艺术要素。所以，他的优美意境大多是中国读者所熟悉的，符合传统的审美习惯。他在努力追求诗情画意的时候,更多地表现着中国古典诗词和散曲中常见的意境及其构成方式。甚至语言的运用、遣词造句也常常带有古典词曲的韵味。如:“花的墙,花的院/花的小径/整个山坞都睡了/月色,梨花,是它的梦。”(《山坞》)再如:“江岸,白如银/一钩晓月雪上立,似金。”(《杨柳岸》)“月三竿,江水似流烟/杨柳渡头杨柳暗。”(《杨柳渡夜歌》)“五月江南碧苍苍/蚕老枇杷黄。”(《耘田曲》)这种字句的简约也得益于中国古典诗词,因为来源于外国的自由体新诗一般是不必如此推敲字句的。正是这种追求,使他的诗既有江南民歌的轻快明朗,又有古典诗词的凝练含蓄,并且融入了散曲的旋律和节奏。

通读严阵这一时期的诗歌,人们不难发现,他的诗无一不是单纯明朗的。每一首都洋溢着生活的欢快气氛。诗人在江南风光这一绮丽的背景上,着意表现生活的美好和劳动的愉快,以及前景的诱人。在他的笔下,到处是喜气洋洋,到处是热火朝天,每一个人都充满了欢快和自豪,生活处于一片明媚阳光的照耀之下:“麦收季节来到了,歌声笑语满田”;“尘满脸,汗满脸,心头甜,歌曲儿悄悄流到了唇边”;“看着眼前的金堆银堆,人人都笑歪了嘴”。《采菱歌》是严阵本时期的代表作之一,集中显示了严阵对美的刻意追求,显示了他创造优美意境的功力,同时,也比较明显地表现了诗人描写生活美景和欢乐气氛与诗人所要表达的主题之间的密切联系。生活的诗意被诗人如此生动地呈现着:

红色的菱盆悠悠地荡,
姑娘的双手就是船桨,
欢乐的眼睛映进了碧清的水,
江南采菱的季节呵实在美。

轻巧的手指向水底一捞,
就提上了一串串红色的玛瑙,
对着那淡淡的初月一眉,
尝一尝新菱是什么滋味。

美好的自然风光,欢乐的气氛和自豪的情绪,共同构成一幅明丽而优美的生活图景,这图景要说明的是什么?最后一句才是点题之笔:“好像在向全世界说:羡不羡慕我们这诗一样的生活?”因此,就诗的内容来说,它没有提供更新的思想,也没有提供深刻的见解,诗的魅力不来自主题的深度,也不依靠思想的独特,而在于表现这极为一般的思想主题的过程之中构成的图景本身。无论诗人最后要说的是什么,那悠悠荡着的菱盆,姑娘们轻巧的手指,手指上那一串串红色玛瑙一样的鲜菱角,本身都能给人以迷人的美感。

严阵的诗正是依靠这种诗情画意而获得读者的。臧克家在给严阵的诗集

《琴泉》写的序言中说："这些诗大半写得漂亮，精致，轻柔，美丽。《杨柳岸》、《梅信》、《红雨》、《桃花汛》、《山坞》、《江南春歌》、《月下的练江》、《采莲曲》、《采菱歌》……只从这些题目上就令人感觉到诗意的芬芳浓郁。这些诗，色彩、音响、情调都是惹人喜爱的。它们像朝霞在天，它们像花苞初放，它们像泉水涓涓，它们像月笼平沙。读着这些诗，像尝着葡萄美酒一般醉人，是呵，新的河山盛景，新的幸福生活就是这么令人心旷神怡啊。"这代表了当时一些人的认识。

可是，如果把这些诗还原到真实的历史生活中，我们却无法为之陶醉。它们的确写得很美，但真实吗？那一切的美好和欢快并不是生活的真实反映。因为人们都知道，当时的江南水乡也并不像诗人所描写的那样处处染着亮丽的色彩，更不是到处充满幸福和欢乐。喜气洋洋的景象只不过是诗人的想象。诗人对美的追求是任何人都没有权利指责的。诗歌描写自然的美，表现生活的美，都是天经地义的。但是，如果这种美被用于制造社会生活的假象，被用于掩盖生活中的苦难和泪水，被用于欺骗人民和欺骗世界，那就不值得赞美了。当亿万中国人勒紧了裤腰带在饥饿中挣扎的时候，当无数同胞正在饥饿中死亡的时候，诗人营造如此美好的生活图景，而且向世界炫耀：羡慕不羡慕我们的美好生活，这只能是诗人的良知被改造的结果。当然，我们不应该对诗人过分苛求，因为这不是个别现象，而是当时诗人普遍的现象。这种诗本身就是诗人无奈中的产物。可是，它所涉及的问题是值得注意的：当生活正在远离美的时候，对美的表现越是充分，其作品也就越是虚假。而更重要的是，在那个时期，文艺是作为一条战线而存在的，一切都被纳入政治的需要。这种对生活美的表现一旦纳入政治宣传，它的功能就是证明总路线、大跃进和人民公社的优越性，为历史的荒谬涂脂抹粉。

值得注意的是，随着政治斗争形势的变化，这种诗很快不再受到欢迎，政治需要更直接的斗争呼号，需要一种更有斗争力度的诗。严阵的诗开始受到批评。在政治抒情诗大潮席卷诗坛的时候，严阵也放弃了对意境美的追求，效法郭小川而写了不少政治抒情诗，结集为《竹矛》出版。但是，显示着严阵独特风格的，却仍然是美而不真的《江南曲》。

与严阵情况大致相同的，还有沙白、梁上泉等。

第五节　艾青：失败与成功的启示

艾青是从30年代就在诗坛上卓有影响的诗人，但在50年代，他的创作却遇到了问题，表现非常特殊。到1957年诗人被打成右派为止，他先后出版过《欢呼集》、《宝石的红星》、《海岬上》、《春天》和长诗《黑鳗》等诗集，创作量并不算小，但无论是批评界还是诗人自己，却都一致不满意。

中华人民共和国成立前夕，艾青就写了《国旗》，开始为新时代欢呼。随即又写了大量作品，为新生活而歌唱。他在50年代出版的第一本诗集名为“欢呼集”，这命名正是他这时期诗歌创作的集中概括。他以新中国主人公的姿态欢呼祖国的新生，为美好未来而歌唱。但是，这些作品大都相当粗糙，没有显示出他应该具有的艺术水平。此时，从国统区走来的诗人正在通过改造而走向一种新的风格。但早在延安已经开始高唱颂歌的艾青却不再满足于那种歌唱。他无法彻底忘怀艺术，因而开始了新的探求，试图以暗示或象征的方式来反映生活和歌唱时代。他写了《春姑娘》，以拟人化的形象歌唱新时代，形式的确是少见的，但他的别出心裁似乎有点多余，而且因为纤巧而失去了宣传鼓动的力度，所以没有得到肯定。失败的艾青继续探索，到内蒙写过反映草原生活变化的诗，却无疑也是过于轻巧；去水库工地写了《官厅水库》、《女司机》等，一般现象的罗列同样满足不了时代的要求。《双尖山》是诗人自己比较喜欢的一首诗，但它显然流露着悲凉的调子，缺少鲜明的时代特色。

总之，在50年代的那个颂歌浪潮中，艾青作过不少努力，却没有获得成功。因此，他的诗引起了人们的不满，开始受到批评。

但在同时，艾青写的一些国际题材的诗却相当成功。艾青是以“给予不公道的世界的咒语”走上诗歌创作道路的，在长期的创作实践中已经形成了自己独特的个性，在揭示苦难和表现希望等方面，他是得心应手的；而在奉命配合中心工作和反映新生活的幸福快乐方面，却往往力不从心。出访国外，面对南美洲人民的苦难，面对奥地利人民的不幸，他的艺术个性得到了发挥。他描写殖民地人民的生活苦难，揭露黑暗统治的罪恶，表达对殖民主义的仇恨，歌颂被压迫民族坚强的意志和反抗的精神……这些诗在当时的诗坛上显示了独特的魅力。在这些国际生活题材的诗中，诗人避免了空洞的叫喊和空泛的议论，把感情渗透于生动的形象，常常抓住事物的生动的特征而构成单纯的形象，并以此显示诗人的观察和见解。如《一个黑人姑娘在歌唱》、《自由》、《在智利纸烟盒上》等作品，所表现的见解并无值得称道之处，甚至显得浮浅，但它显示了诗人观察生活、运用题材和描写形象的能力。在艾青的国际题材诗中，《维也纳》是最优秀的篇章：

维也纳，你虽然美丽
却是痛苦的，
象一个患了风湿症的少妇
面貌清秀而四肢瘫痪。
……
我的心呵在疼痛，

莫札特铜像前的喷泉
所喷射的不是水花
而是奥地利人民的眼泪；
再伟大的天才
也谱不出今天维也纳的哀歌啊！

天在下着雨，
街上是灰白的水光，
维也纳，坐在古旧的圈椅里，
两眼呆钝地凝视着窗户，
一秒钟，一秒钟地，
在挨受着阴冷的时间……

在50年代，艾青的诗中更值得注意的是一些咏物抒怀的作品。它多是抒情短章，有的写于1954年（如《礁石》、《珠贝》、《海带》等），而发表的时间却是“双百”方针提出之后。这些诗显示着诗人的个性，与那些歌唱新生活的诗在艺术水平上形成了鲜明对照。《礁石》是这样写的：

一个浪，一个浪
无休止地扑过来
每一个浪都在它脚下
被打成碎沫，散开……

它的脸上和身上
象刀砍过的一样
但它依然站在那里
含着微笑，看着海洋……

在“双百”方针提出的背景上，艾青还发表了《小兰花》、《启明星》、《鸽哨》等一系列作品。他歌唱小兰花，“小小的兰花/是山野的微笑/寂寞而又深情”；他歌唱启明星，“属于你的是/光明与黑暗交替/黑夜逃遁/白日追踪而至的时刻//群星已经退隐/你依然站在那儿/期待着太阳上升//被最初的晨光照射/投身在光明的行列/直到谁也不再看见你”；他写鸽哨，首先歌唱的是北方的晴天，接着发出的是这样的声音，“多么想飞翔/在高空回旋/发出醉人的呼啸/声音越传越远……//要是有人能领会/这悠扬的旋律/他将更爱这蓝色/——北方的晴天”。这些诗句简洁自然，形象单纯，寓意深远。它们不是为配合政治而写的，也不亦步亦趋地描摹生活，而是严格地忠实于自己的生活感受。从中可以感觉到诗人感情深处的一些矛盾和诗人对于生活的渴望和思索。

与此同时,艾青还写了一些寓言诗,对文艺界声音的单调、品种的单一和与此相关的各种弊端进行了揭露和讽刺。在《养花人的梦》中,诗人写一个人在院子里种了几百棵月季花,同一形状,不同颜色,他每天用心修剪。一天晚上,他做了一个梦,梦见全世界的花都来了,大家七嘴八舌,都渴望得到理解,而月季也感到寂寞。养花人因此而大悟:"花本身是有意志的,而开放正是她们的权利。从今天起,我的院子应该成为众芳之国。"这不过是艾青对文艺的一种梦想。《蝉的歌》写的是一只蝉从早到晚在树上发着震耳欲聋的叫声,无论早晨还是晚上都是一个调子,而它自豪的正是"一口气唱很久也不会变调。"然而,八哥却忍无可忍了:"我说句老实话,我一听见你的歌,就觉得厌烦极了,原因就是它没有变化;没有变化,再好的歌也会叫人厌烦的。"客观地说,艾青的这些寓言并没有多少深刻的东西,所表现的不过是当时文艺界的现象。前者因"百花齐放"的方针而生联想,对主人的偏爱和由此而造成的品种单一表示不满并进行规劝;后者则对单调的声音进行了讽刺。但由此可见艾青的见解,可见他的一份清醒。而艾青的失败与成功,都昭示着诗歌创作无法忽视的规律。

第六节　流沙河等人的探索与突破

考察"文革"前十七年的诗歌创作,一个不可忽视的内容是 1956 年至 1957 年昙花一现的诗歌新潮。这个新的潮流不同于此前的颂歌,也不同于此后继之而来的新民歌和政治抒情诗。在 50 年代诗坛上,它显示了与主流不同的特色,冲击着既有的规范,显示了丰富的色彩,但它又是短命的,前后不过一年的时间,便随着政治斗争的风雨而奄奄一息。

它的高潮出现在 1957 年春天到夏天。诗歌园地像整个文学园地一样,充满了百花齐放的气息。《诗刊》和《星星》创刊,为诗歌创作开辟了新的园地,也填补了共和国建立之后长期没有专门的诗歌刊物这一空白。《诗刊》创刊之后,不仅发表了毛泽东的旧体诗词和工农兵作者的诗歌创作,而且发表了一些搁笔多年的著名老诗人汪静之、饶梦侃、陈梦家、穆旦等人的作品,还发表了王统照、冰心、朱光潜等人的诗论。更值得注意的是,艾青、陈梦家等人还撰文介绍了徐志摩、戴望舒等现代诗人的作品。《星星》在创刊号上发表的"稿约"提出:"我们的名字是星星。天上的星星,绝没有两颗完全相同的。人们喜爱启明星、北斗星、牛郎织女星,可是,也喜爱银河的小星,天边的孤星。我们希望发射着不同光彩的星星,都聚到这里来,交映着灿烂的光彩。所以,我们对于诗歌来稿,没有任何呆板的尺寸……"

就在这个背景上，诗人们开始了新的探索。引人瞩目的是流沙河、公刘、邵燕祥等。

流沙河(1931－　)，原名余勋坦，四川金堂人。1948年在成都读中学时就开始发表诗歌。1950年任《川西日报》编辑，1952年任四川省文联创作员。至1957年因《草木篇》罹祸而被划为右派，出版过《农村夜曲》、《告别火星》等集子。

《草木篇》写于1956年，发表于1957年《星星》诗刊第1期。全诗由五首散文诗构成，分别写出了几种不同的人格。在这其中，有纵然死了也不弯腰的白杨："她，一柄绿光闪闪的长剑，孤零零地立在平原，高指蓝天。也许，一场暴风会把它连根拔去。但，纵然死了吧，她的腰也不肯向谁弯一弯！"有因为不肯向主人献媚而被逐到沙漠中的仙人掌："她不想用鲜花向主人献媚，遍身披上刺刀。主人把她逐出花园，也不给水喝。在野地里，在沙漠中，她活着，繁殖着儿女……"有把爱悄悄许给冬天的梅花："在姐姐妹妹里，她的爱情来的最迟。春天，百花用媚笑引诱蝴蝶的时候，她把自己悄悄地许给了冬天的白雪。轻佻的蝴蝶是不配吻她的，正如别的花不配白雪的抚爱一样。在姐姐妹妹里，她笑得最晚，笑得最美。"也有靠攀附而生存的藤："他纠缠着丁香，往上爬、爬。爬……终于把花挂上了树梢。丁香被缠死了，砍作柴烧。他倒在地上，喘着气，窥视着另一株树……"有以各种方式诱惑人的毒菌："在阳光照不到的河岸，他出现了。白天，用美丽的彩衣；黑夜，用暗绿的磷火，诱惑人类。然而，连三岁的孩子也不去采他。因为，妈妈说过，那是毒蛇的唾液……"诗人的赞美和厌恶非常明显。从中可以看到一种也许并不值得过分赞美的清高和孤傲，但这是中国文人中的正直之士常常具有的一种人格。然而，这种清高和孤傲在强调知识分子思想改造的年代却非常不合时宜。白杨不仅不弯腰，而且枝条直指蓝天；仙人掌被驱逐之后在沙漠中繁殖子孙，这都意味着一种反抗，一种不驯服。值得注意的是，诗人流沙河为什么不去赞美攀附的藤，而去赞美白杨，歌唱仙人掌，对梅花如此激赏。这正是这些诗歌出现的真正动因。如果用当时流行的语言来说，只能说是流沙河的小资产阶级思想还没有得到改造，因为他还赞赏和留恋独立和不屈的人格。

与此同时，爱情生活中的复杂感受开始进入诗中，使得爱情诗不再像闻捷的爱情诗那样只有快乐、幸福和甜蜜，而是出现了痛苦、惆怅等复杂感情。诗的调子也不再只是乐观明朗，而是出现了低沉的诉说。公刘是唱着军歌出现在诗坛上的，但生活中爱的痛苦和甜蜜却使他写出了与平日风格完全不同的诗。如《迟开的蔷薇》：

> 盛夏已经逝去，
> 在荒芜的花园里，

只剩下一朵迟开的蔷薇;
摘了它去吧,姑娘,
别在襟前,让它
贴近你的胸膛枯萎……

习惯了公刘的颂歌调子的读者初次读到这样的诗,无疑会感到惊奇:这是公刘的诗吗?的确,这种情调在50年代的诗坛上是一直不被容忍的"小资产阶级情调"。在公刘50年代的全部诗歌创作中,它显得很不协调,因为它让人感到陌生,而与30年代新月派诗人的爱情作品却非常接近。但这就是生活的真实,是在欢呼声中一个军人在爱情生活中的感受的真实记录。在这种纯粹的情诗中,诗人没有像习惯的做法那样努力加进时代的政治内容,也没有试图从中显示爱情之外的重大意义。因为他已经写了很多很多歌唱时代的诗,这样的诗是纯粹为自己写的。本来并不一定准备发表,但"双百"方针提出,文艺园地要"百花齐放"后,才觉得这样的作品也不妨拿出来。

在新出现的爱情诗中,更让读者大吃一惊的,是曰白的《吻》:"象捧住盈盈的葡萄美酒夜光杯/我捧住你的一对酒窝的唇/一饮而尽/醉!醉!"在50年代的诗坛上,人们第一次看到对于爱情如此赤裸裸的表现。所以,它被认为是低级的、庸俗的,是色情诗。由此不难看到当时诗歌探索和解放的方向和程度。

更值得注意的是,诗歌创作中响起了来自青年一代对于诗歌解放的呼声。一些诗虽然没有在公开出版的刊物上正式发表,却以各种形式发表和传播着。北京大学学生张元勋和沈泽宜合写的《是时候了》发表于1957年5月的北京大学校园。诗中写下了这样的句子:

是时候了,
年轻人
放开嗓子唱!
把我们的痛苦
和爱情
一齐都泻到纸上!
不要背地里不平,
背地里感慨,
背地里忧伤。
心中的甜、酸、苦、辣
都抖出来
见一见天光。

……

我的诗
是一支火炬
要烧毁一切
人世的藩篱，
它的光芒无法遮拦，
因为它的火种
来自“五四”!!

由此，不难看出“双百”方针为什么那样鼓舞人心，倍受欢迎，也不难看出诗歌追求解放的动力所在。遗憾的是，这股探索的潮流因为政治运动的干扰而没有得到发展。

第三章 小说(上):几种不同形态

在1949年到1966年的十七年文学创作中,小说受到充分重视,取得了较好的成绩。本章主要从艺术形态学的视角对这一时期的小说创作加以考察。这里所讲的小说形态,是指小说在主题、人物、叙事结构、文体、风格等方面显现出来的独特性及由此所决定的文本的整体存在状貌。依据这一原则,本章分六节进行梳理与论述。

第一节 题材与风格的时代选择

从总体上讲,十七年小说的认识价值大于审美价值。这一现象的形成有一个根本的原因,就是政治对小说创作的"规范"。一言以蔽之,十七年特殊的时代生活在"选择"自己的文学。这种选择首先表现在对题材的要求,最终呈现出一种单一、纯净化的审美风格。

首先,十七年小说题材具有社会政治要求的规定性特征。1949年7月2日至19日,中华全国文学艺术工作者代表大会(简称文代会)第一次会议在北平召开。这是一次总结过去的大会,全国的文艺工作者"胜利大会师",郭沫若、茅盾、周扬分别作了"规定性"的总结报告[①];同时,这更是一次面向未来、对新中国文艺发展具有决定性意义的大会。通过这次大会,毛泽东《在延安文艺座谈会上的讲话》(以下称《讲话》)中所提出的"为工农兵服务"的文艺思想被确立为"新的人民的文艺"的根本方向,这意味着在全国解放后,一种思想统一的新的文艺格局形成。然而值得注意的是,"为工农兵服务"这一原本具有丰富内涵的命题在当时却主要被阐释为写工农兵的生活,使之变成了关于题材的规定。周扬在第一

①郭沫若:《为建设新中国的人民文艺而奋斗》,茅盾:《在反动派压迫下斗争和发展的革命文艺》,周扬:《新的人民的文艺》,《中华全国文学艺术工作者代表大会纪念文集》,新华书店1950年3月版。说"规定性"是因为这些报告具有政治指定性内容并经过反复修改、斟酌才确定下来。

次文代会的报告中对创作题材就作出了十分明确的要求,“创作的重点:必须放在工农兵身上”;茅盾的报告认为,国统区革命文艺创作存在缺点,主要原因之一是“文艺作品的题材,取之于小资产阶级知识分子的占压倒的多数”,正反两方面的表述都在强调创作题材规范的必要性与重要性。

这种对创作题材的规定性干预,曾经一再引起争论,但最终却使这一规定进一步强化。最先的争论就发生在第一次文代会后不久。1949 年 8 月 23 日,《文汇报》发表了关于上海剧影协会欢迎出席第一次文代会的话剧、电影界代表返沪的一则新闻,报道了陈白尘在欢迎会上介绍的第一次文代会的精神要点。其中说:“文艺为工农兵,而且应以工农兵为主角,所谓也可以写小资产阶级是指在以工农兵为主角的作品中可以有小资产阶级、资产阶级的人物出现。”五天后,该报发表了冼群《关于“可不可以写小资产阶级”的问题》的文章,文章对上述观点进行质疑,引起争论。但是无论同意还是反对冼群观点的,都把写工农兵题材看得高于写其他阶级题材。这场争论虽发生在上海,却反映了新解放区那些熟悉知识分子、城市和市民,不熟悉工农兵的作家的疑虑。1949 年 10 月,何其芳在《文艺报》发表《一个文艺创作问题的争论》,试图对此给予全面回答。他在文章最后总结道:“在这个新的时代,在为人民服务并首先为工农兵服务的文艺新方向之下,中国的一般文艺作品必然要逐渐改变为以写工农兵及干部为主,而且那种企图着重反映这个伟大时代的主要斗争的史诗式的作品也必然要出现代表工农兵及其干部的人物,并以他们为主角或至少以他们为其中的一个重要方面的主角,而不可能只以小资产阶级的人物或其他非工农阶级的人物为主角。但是,这也并不等于在所有的全部的文艺创作中就不可以有一些以小资产阶级的人物或其他非工农阶级的人物为主角的作品。”[①]这一近似繁琐与饶舌的回答可以看出文艺界对创作题材问题的审慎与紧张,但在 1951 年底的文艺整风中这场争论却被定性为所谓的“小资产阶级底文艺方向”受到严厉批判。比之更早,胡风在其文艺论著中就题材问题曾经提出“到处都有生活”论。1952 至 1954 年,胡风的文艺思想受到严厉指责与政治批判。1959 年,围绕茹志鹃的小说创作,题材问题再次成为焦点。茹志鹃的小说大多写“家务事、儿女情”而不写生活中的重大斗争,在其有关革命历史题材的小说创作中,即使写战争,也仅仅作为背景处理,这种本来无可厚非的创作方式也受到质疑和批评。

小说创作在题材上受到的种种限制还与“文联”、“作协”的“任务”有关。“作协”先后组建了创作委员会、理论批评委员会、儿童文学委员会等分支。创作委员会又下设小说组、诗歌组等部门分类管理,创作按任务来完成。这种文艺体制

---

①何其芳:《一个文艺创作问题的争论》,《文艺报》,1949 年第 1 卷第 4 期。

严重束缚了作家的创作自由,在当时甚至出现“应该写什么”、“可以写什么”与“不可以写什么”的强制性要求,也出现了十七年文学史上特有的“题材禁区”一说。

其次,十七年小说创作在题材上还有特定的类型尺度和价值等级。从类型范畴讲,以时间尺度来划分,有现实题材和历史题材的大分类;这一时期更为流行的是以社会生活空间场景为依据进行分类,分工业、农业、军队、学校等题材类型。正如有论者指出的,国家社会建设有工业部、农业部、国防工业部、教育部等社会建设分工,文学题材的分类标准恰与国家社会建设分工部门不谋而合。① 这一划分标准也说明,当时的文学创作已完全类属于政治建设、社会建设,而此种题材分类标准的出现,使得从“五四”新文学开始的“乡土小说”、“都市小说”、“市民小说”、“知识分子生活小说”等丰富的小说创作领域在十七年文学和“文革文学”中逐渐消失。

题材不仅被确定为“可写的”与“不可写的”,被分割成种种具体类型,而且在被规范的题材类型中又有价值之别(“重大题材”)与等级之分(“主要题材”和“次要题材”)。这种题材的类型尺度与价值等级充分体现了新中国文学的指导思想,具体地说,就是文学“为工农兵服务”的要求,在具体创作中成为取材标准。由此,工业、农业、军队题材成为小说创作的“主要题材”,在某一阶段又成为要优先选择的“重大题材”。与此对应,知识分子题材则成为“次要题材”。

从具体的文艺体制、文艺思想到对每一阶段具体政策、工作任务的配合,十七年小说创作的题材已不是鲁迅先生当年“关于小说题材的通信”中的表述——“可以各就自己现在能写的题材,动手写来,选材要严,开掘要深”——此时小说创作的主流是对重大题材的书写。在这样一种规范下,十七年小说创作集中于“革命历史题材”和“农村现实题材”两类,取得的成就也集中于这两类。“革命历史题材”的创作为新中国的政权建立和社会建设提供关于“合法性”的来源叙述和精神动力支持;“农村现实题材”的创作则为社会主义革命和建设提供形象性的生动方向与说明。

工业题材是受到重视的题材,但描写工业建设和工人生活的作品并不成功。一方面在20世纪三四十年代得到发展并积累了一定叙事经验的“都市文学”在这一时期受挫甚至出现断裂;另一方面由于受农业社会的基本国情规约,在这一题材上本期作家普遍缺乏基本的文化准备。20世纪50年代的工业题材小说更多集中于经济建设领域,人物常是工人中的体力劳动者,内容则带有时代精神和民族文化的浪漫想象。到了60年代,工厂、车间成为小说的主要发生场景,但它

①黄子平:《“灰阑”中的叙述》,上海文艺出版社,2001年,第3页。

只是阶级斗争的战场而很难传达出工厂对工人的精神塑造作用,成为“车间文学”,其与50年代的工业题材也失去联系,从而使工业题材小说创作落于苍白境地。

“工业题材小说”中比较重要的,长篇有《铁水奔流》(周立波),《五月的矿山》(萧军),《潜力》三部曲(雷加),《风雨的黎明》(罗丹),《百炼成钢》(艾芜),《火车头》、《乘风破浪》(草明)等,其中周而复的多卷本长篇《上海的早晨》围绕“资本主义工商业的社会主义改造”这一主题,通过对资本家日常生活、经济生活的描绘,对20世纪50年代初期的城市生活状况作了真实展现,也写到了在社会主义改造过程中他们的复杂心态,对资本家的塑造是比较成功的。在短篇创作领域,代表性的作家有杜鹏程、陆文夫、胡万春、唐克新等。杜鹏程除了长篇《保卫延安》和中篇《在和平的日子里》之外,他的短篇小说主要描写50年代宝成铁路工地建设和西北地区征服沙漠的斗争,《工地之夜》、《延安人》、《平常的女人》、《第一天》等收入《年青的朋友》、《光辉的里程》等短篇集中。《夜走灵官峡》是其中有代表性的一篇,作品讴歌铁路工人的忘我建设热情及高尚品质。值得注意的是这篇小说的结构,它从“孩子”的视角叙事,小说表现的主体——工人却处于背景,巧妙设置,以虚引实,但审美缺陷也很明显。主体的背景化处理一方面说明作者对工业缺乏了解,另一方面也可以看到时代对孩子的塑造和影响,没有儿童的个人童稚情趣,却充满了时代的建设豪语。陆文夫早期的短篇小说收在《荣誉》集中,1961年以后写出《葛师傅》、《修车记》、《介绍》、《二遇周泰》、《棋高一着》等,开始形成自己的艺术个性。胡万春写有《步高师傅所想到的》、《老八吨》、《特殊性格的人》等作品,主要通过劳动竞赛和技术革新的热烈场景与激烈矛盾冲突表现工人生活和他们之间的新型关系。唐克新的《车间里的春天》、《我的师傅》、《种子》、《旗手》等作品,则从生活过程和一些常见现象来表现人物,表达主题。总体来讲,工业题材短篇创作积累不足、开掘不深、缺乏相应的深层文化展示而流于表面的新旧面貌对比。

十七年小说题材的规范性与类型尺度、价值等级的划分,表现于具体的小说形态,逐渐形成一种自觉、同一的风格追求。“风格”在这里是一个宽泛的概念,它包含多重叙事因素。特殊的生存境遇,使得十七年小说文本形态这原本丰富、充满差异性的特质总体上却表现出共同化、类型化的特征。下面就短篇创作的总体对一些叙事因素进行具体分析。

像传统白话小说惯有的将历史道德化叙事倾向一样,十七年短篇小说的结构大体上是将现实生活、革命历史通过伦理道德对比实现统一,是二元对立式的简单道德化政治意义设置。小说结构上的审美特征呈单纯、明朗形态,美学修辞具有强烈、鲜明的效果。文本中,个体/家庭/集体的道德内涵直接决定了他们的政治态度。道德上的好/坏、善/恶、忠/奸与经济上的穷/富、政治上的革命/反(不)革命、无产阶级/资产阶级划分处于同一层次，社会政治颂扬、批判与道德抚慰、贬损相交织。对于“道德败坏”，在革命历史/现实生活中日益发迹的个体/集体给予明确的政治批判，对处于生活贫困状态(往往是特定设置)的革命无产者则给予鲜明的道德精神抚慰。如《不能走那条路》、《黎明的河边》、《党费》等，在道德恩怨中书写政治现实与革命主题，现实/历史被道德化，同时也被简单化。值得注意的是，这些小说文本的结尾大多呈一种开放性、展望式的场景。抒情性话语结尾，着意书写的是胜利的喜悦与对明天生活的乐观期许，这种对文化想象与理解的方式至今还隐约可见。另一方面，20 世纪 40 年代延安解放区文学创作中战争思维模式在当代新中国的全面推进，也在影响短篇创作的结构设置。描写政治、军事、思想冲突、政治路线斗争成为创作的通例，而那些关于平凡日常生活场景的叙事，如孙犁、茹志鹃、刘真等人的个人抒情化叙事在当时始终得不到重视。

英雄人物及其相关话语叙述是这个年代具有代表性和典型性的文化标志之一。同时，“描写新的人物、新的思想”也是这一时期文学的根本任务。英雄的出现，不但满足了获得翻身解放的人民的感恩心理，满足了胜利者的自豪心理，也满足了现实政治的需要。

与传统的英雄人物相比，十七年短篇创作中的英雄人物明显呈现出人为泛化的特点，如英雄战士、英雄老人、英雄母亲、少年英雄等，小说中的主人公大大小小都是个“英雄”。但一个有意思的现象是，在农村现实题材小说中，年轻女性英雄人物要大于男性英雄人物的比例。这些英雄人物又大都具备一个突出、鲜明的政治属性：他们大多是党员、团员，如果是农村现实题材小说中的男性主人公，往往还有一个追加身份——退伍军人。他们是英雄，但首先应是“党的儿女”。

从小说的人物关系讲，在有关阶级尖锐对立一类的小说叙事中，在二元对立的整体结构框范下，小说中的正面人物与反面人物呈鲜明的对比关系。从外貌、神情、语言到行动，阶级关系的对立直接导致人物塑造的鲜明对比，英雄人物往往在敌我矛盾的尖锐冲突中，在“风口浪尖”式的“典型环境”中充分表现英雄品质，如《黎明的河边》、《党费》等的人物塑造；而在那些不出现尖锐阶级对立、表现人民内部矛盾一类的小说叙事中，为了突出英雄人物，小说中往往会出现众多的陪衬人物、群众人物来众星捧月。危急、困难关头群众的茫然失措与英雄的临危不惧、轻松解决问题之间形成富有喜剧色彩的场景画面，如《我的第一个上级》、《在山区收购站》等小说的人物塑造。这种人物设置的极端形式便是“文革”中的“三突出”创作原则，出现一个个“高大全”式的英雄人物。从美学形态上讲，十七年小说创作中的反面人物与陪衬/群众人物只是一些美学祭品。在这样一种人物关系设置下,反面人物出现类型化特征,陪衬/群众人物成为叙事的道具,召之即来、挥之即去,不需要做任何叙事交代,其功能被榨干之后,就永远消失,而这同时也导致英雄人物的理念化、公式化。这一时期短篇小说的人物塑造有所突破的是出现在农村现实题材中的一些"中间人物"。

人物关系的设置可以看出十七年时期对"人"基本价值的体认态度。在这些小说中,个体是不具备独立价值的,他/她的价值只有在群体的社会追求中才有意义,才有被文本观照的资格。而那些对个体精神世界、人性人情进行探索的作品,往往刚发表就被视为小资产阶级知识分子的自我表现与个人主义的不良追求而受到批判。个体应该是"无私"的、净化的,只有这样才具备新人物的"英雄"资格。这种完全净化的人物终于在"文革文学"中达到极致。

十七年短篇小说创作总体呈现一种以崇高为主的美学追求,形成颂歌、战歌的创作基调。在以峻青、王愿坚为代表的革命历史题材创作中这种美学追求尤为明显。在农村现实题材的创作中,则出现以崇高为主,间或有幽默与喜剧变奏的美学形态。但这里,幽默更多地指向对"落后人物"的揶揄、微讽,却不再有幽默所能达到的对人物精神向度的婉妙讽刺,讽刺是不受欢迎的,讽刺性作品的出现往往会引发对创作主体政治态度的质疑。喜剧更多表现为紧张叙事节奏中的轻松调节,它不会有"含泪的笑"一类国民性审美评判的沉重,而只表现为欢快的闹剧式的叙事氛围。

就十七年的短篇小说创作而言,此处选择"题材"与"风格"作为概念规范文学现象,更多的是出于叙述的方便。总的来说,十七年短篇小说创作,现实题材中,农业题材比工业题材占优势;历史题材内,革命历史题材高于其他一切历史题材。在主流叙事题材的具体文本表现中,对行动的政治意义表现高于对个体情感世界、心理活动的描绘。而那些非主流题材创作的出现每每与一时期的政策调整和文学自身内在规律的自主表达有关,与创作主体的小说观念和审美态度有关。总之,十七年短篇小说创作总体失却了题材、文本表现的多样性及文学表现可能达到的人性探索深度是不争的事实。

第二节　赵树理及其追随者的方向

50 年代到 60 年代初,在山西,从事小说创作的作家比较多,他们以赵树理为中心,创作思想和美学风格都有相似之处,批评界将这一创作群体称为"山药蛋派”、“火花派”[①]、“山西作家群”。除赵树理外,比较著名的还有马烽、西戎、孙谦、胡正、李束为等。

按照他们小说创作的轨迹,可以把这一作家群的创作大致分为两个时段:(一)50年代前中期。这一时段以赵树理和马烽的创作为代表,主要针对土地改革和合作化运动中出现的新旧思想的矛盾冲突,批评各种封建主义和个人主义的思想残余,歌颂新生事物和新人的成长,反映了从新民主主义革命到社会主义革命的历史转变时期社会生活所发生的深刻变化,是属于“歌颂光明”为主的“问题小说”。这一阶段的代表作有赵树理的《登记》,马烽的《结婚》、《一架弹花机》、《韩梅梅》,西戎的《宋老大进城》等。这些作品基本上是20世纪40年代创作的历史延续或在此基础上开始的新的探索,故未能取得新的突破。有的还停留在作品所反映的社会“问题”本身或满足于对新人新事的歌颂,未能对这些“问题”和现象作更深的挖掘,人物形象也比较单薄,情节上巧合太多,艺术上显得不够成熟和比较表面化。(二)50年代后期至60年代初期。赵树理、马烽、西戎的作品成为文学界关注的焦点。这一阶段的创作主要是针对1958年“大跃进”中出现的“浮夸”和“冒进”风气,提倡求实态度和实干精神,同时还通过描写一些处于“中间状态”的人物形象,探索文学如何反映人民内部矛盾问题,是一种属于“纠正偏向”的“问题小说”。这一阶段的代表作有赵树理的《“锻炼锻炼”》、《套不住的手》,马烽的《三年早知道》、《我的第一个上级》,西戎的《赖大嫂》等。相对于前一阶段的创作,这些作品虽然同属于“问题小说”,但因为触及的是当时社会中比较敏感的政治问题和普遍流行的艺术风气,因而具有极为重要的现实意义。这一作家群在60年代初因受批判“中间人物论”的影响,大都没有更多的新作,他们在十七年中的艺术使命亦宣告结束。

赵树理(1906—1970),山西沁水县人,是一位深受民间文化熏陶的作家,开始创作后,对文学与农民之间的距离与隔膜深有感触,立志要做一个“文摊”文学家。他的这一创作理念在20世纪40年代的解放区环境中得到了实现的可能。20世纪40年代他创作的《小二黑结婚》、《李有才板话》、《李家庄的变迁》,以新主题、新人物、新风格给中国文坛带来新的气息。1949年赵树理到北京工作,任《说说唱唱》主编。1951年春,回到晋东南故乡,参加农村工作。1955年,发表了反映农业合作化运动的长篇小说《三里湾》。1958年,发表了描写抗日战争时期斗争故事的长篇评书《灵泉洞》(上),还创作上党梆子《十里店》和鼓词《石不烂赶车》。建国后,他创作的短篇有《登记》、《求雨》、《金字》、《“锻炼锻炼”》、《老定

①1956年10月,山西的文学刊物《火花》创刊,该刊经常对赵树理等的创作经验进行总结。1958年5月,《文艺报》和《火花》在山西召开座谈会总结山西作家的创作特色,因而也称之为“火花派”。

额》、《套不住的手》、《杨老太爷》、《张来兴》、《实干家潘永福》、《互作鉴定》、《卖烟叶》等。

在50年代前中期,赵树理在创作主题上还是解放前创作的自然延续,更多的是在艺术上的探索。《登记》是这一探索的有代表性的作品。《登记》是为宣传婚姻法而写的,它通过叙写母女两代人在爱情、婚姻上相似而又不同的境遇以达到歌颂的目的,但这篇小说的主题在歌颂的基调下再次提到了他解放前作品中经常提到的封建主义残余和新政权中的官僚主义问题。值得注意的是对“小飞蛾”这一人物的塑造。赵树理的小说大多采用传统的叙事手法——重事轻人,但在本篇却对“小飞蛾”的心理进行了细腻而深刻的刻画,描写了一个普通劳动妇女丰富的情感世界。《登记》是建国后赵树理创作的第一篇短篇小说,从人物类型来说,他塑造了爱情自由、婚姻自主的新一代青年农民形象,但真正具有艺术魅力的却还是旧时代生活的一代人。这与第一次文代会提出的塑造“新的思想,新的人物”的创作主题是不甚相符的。随着建国后国家提出农业合作化政策,赵树理响应这一号召创作了《三里湾》。对于合作化运动,赵树理按其一贯的农民立场,考虑的是这种劳动组织方式给农民带来的物质性利益,而不是国家建构的意义。于是《三里湾》出版后,赞扬的声音虽占多数,但文艺界领导人周扬却说它缺乏“主题的鲜明性和尖锐性”,说赵树理没能表现出农民在接受了社会主义思想后所表现出来的惊人力量。另一位批评者则指出,《三里湾》过于容易地解决了问题,斗争没有充分地展开就结束了。① 赵树理小说创作与国家意识形态不相符合的一面开始浮出地表。

50年代中期以后,这种冲突越来越突出。1958年赵树理创作了《“锻炼锻炼”》,这是他小说创作中非常重要的一篇。围绕“争先”农业社的劳动、生活场景,小说描绘了一幅真实的农村生活图景:社员中以“小腿疼”和“吃不饱”为代表的自私自利、损人利己的旧思想在蔓延;中农出身的老社长王聚海依靠一套“和事佬”方法回避工作中的问题,以致姑息养奸;年轻的副社长杨小四等人面对社员们因工分太低又吃不饱肚子而出现的消极怠工,趁着老社长外出的机会采用“坦白交代”、“干脆送法院”等的粗暴专横办法强迫社员完成生产任务。题目“锻炼锻炼”指向农村基层政权的工作方法问题,在两个“落后妇女”的身上更具作者含蓄表达的对农村生活的隐忧。先看“小腿疼”这一人物,她的泼辣、厉害,在《三里湾》中“能不够”、“惹不起”、“常有理”等人身上都能找到,但敢公然大闹政府行政场所、大胆公开责骂代表政府权力的工作人员这等行为在以前的“落后妇女”身上还是没有见过的。“小腿疼”之所以敢如此飞扬跋扈,原因是她的丈夫姓

①俞林:《〈三里湾〉读后》,《人民文学》,1957年第7期。

“王”,“王”姓家族是这个村的大姓,村干部都是王姓家族的人(社长王聚海、副社长王盈海、老支书王镇海),又都是她的晚辈,出于宗法制的农村行政惯性,王聚海不愿得罪族里乡亲、亲戚长辈,只好做“和事佬”,但“和事佬”的工作作风只会姑息养奸。它和社会主义新农村要求的公平、公正显然是格格不入的,但对复杂的农村基层行政情况来说,它又是非常真实的,在这里,赵树理潜在地描述了农村基层行政情况的一般现状。再看另一“落后人物”——“吃不饱”,新社会的“吃不饱”李宝珠把丈夫张信当作“过渡丈夫”,这和《小二黑结婚》中民主革命时期对爱情坚贞不渝的小芹形成鲜明对比。经济因素对农村女性择偶的决定性影响只能说明当时农村经济的凋敝状态。如此,当时农村生活中的政治、经济两大因素,通过这两个“落后妇女”得以潜在表现。杨小四等人的粗暴作风姑且不论,应该注意的是他们的“胜利”只是偶然性的,“落后人物”并没有改造过来,这样的农业社社员人心涣散的状况反而更让人担忧。这部出现于“大跃进”期间的小说确实反映了赵树理大胆的现实主义创作精神和强烈的对农村生活关注的使命感与责任感。

60 年代初,赵树理写下了和当时浮夸风截然相反的提倡实事求是作风的短篇小说《套不住的手》和《实干家潘永福》。1962 年 8 月,他参加作协在大连召开的农村题材短篇小说创作座谈会。在会上,他以激动的心情发表意见,批评党中央不关心农民生活。后来这次会议因肯定“中间人物论”受到严厉批判,赵树理受到牵连。此后赵树理写下了《张来兴》、《互作鉴定》,1964 年写下最后一篇小说《卖烟叶》。赵树理的最后三篇小说,确实颇有深意。《张来兴》是一篇构思独特、意味深厚的小说。赵树理说:“《张来兴》是纪念主席《讲话》发表二十周年时,林默涵同志要我写的。是通过一个老炊事员写二十年社会变化的。”[①]但在这篇小说里,大部分是写别人的传闻与讲述,主人公张来兴只到小说快结束时才出现。内地小县城能吃鱼的历史,何家花园的今非昔比,代表们的喧闹与张来兴一生耿直、自尊的性格特点似乎在暗示时间、空间、人世的变迁与喧闹都不能改变主人公做人的原则。参照赵树理的创作立场、写作目的,他总要在小说中寄寓些什么,可以说本篇是借张来兴来表明一种做人的原则,或者就是他的自我认知。做鱼的师傅与写文章的作者,一个提供物质食粮,一个提供精神食粮,都是生活中不可或缺的,但二者都忠于自己的行为准则。前台也好,幕后也好,二者都不改为人本色。再看他在《互作鉴定》、《卖烟叶》中对两个农村知识青年的描述,刘正(《互作鉴定》中主人公)与贾鸿年(《卖烟叶》中主人公)都有同一爱好——写作。但又都因写作而背离了赵树理认为最重要的一件工作——生产劳动。对创

①赵树理:《回忆历史,认识自己》,《赵树理文集》第 4 卷,工人出版社,1980 年,第 1833 页。

作与社会之间关系的思考使他这一时期的小说充满了象征性的表述,而在表达方式上却越来越固执地倾向于古代白话小说的说书传统。正如孙犁所说:“赵树理中后期的小说,读者一眼看出渊源于宋人话本及后来的拟话本。”[①]而他选择这一叙事形式的目的非常简单,他要“劝人”。就像赵树理所说的:“小说和说书唱戏都一样,是劝人的。”在这里,赵树理通过小说发挥着类似传统曲艺劝人喻世的教化功能,既有对下的,又有对上的,他以其委婉而执拗的艺术追求表达他一贯的为农民代言的人生追求。

赵树理的创作是可以当作20世纪四五十年代文学发展的一个典型个案来对待的。做一个“文摊”文学家,为处在生活最下层的农民代言,以知识分子的眼光审视农民的生存境遇,以农民的心态和农民熟悉的民间文艺形式去反映他们的生活场景与内心诉求,这是他思考后的认真选择,也是他一生的追求。作为一个共产党员,一个党的文化工作者,他又必须去拥护自己的政治选择。这二者之间的关系在20世纪40年代的延安解放区因为在农民基本利益问题上的一致使他的小说创作显得“青春、泼辣”,并被树为“赵树理方向”。建国后,同样也因为对农民利益的关注,描摹国家农村政策与农民现实利益的抵牾使他的创作显示出现实主义创作精神的深刻,却也使他与国家意识形态之间出现令他困惑与痛苦的疏离,这些表现在创作上就是“迟缓、拘束、严密、慎重”。由此,出于对当代激进政治、经济变革对于农村传统生活和道德过度破坏的忧虑,对生产劳动这一行为美德的维护和发掘,成为他后期创作的主题。他一生的创作经历也就折射出主流意识形态在文艺问题上的曲折变化。

马烽(1922－2004),原名马书铭,山西孝义人。抗日战争和解放战争期间,相继担任《晋绥大众报》主编、《晋绥日报》文艺副刊编辑、晋绥出版社总编辑等职。1945年,与西戎合写了长篇章回体小说《吕梁英雄传》。建国后,他除写有《我们村里的年青人》等电影剧本和传记文学《刘胡兰传》外,主要精力是从事短篇小说创作,有短篇小说集《村仇》、《太阳刚刚出山》、《我的第一个上级》等。

马烽发扬了赵树理“问题小说”的创作传统,保持对现实生活的敏感,密切关注现实发展中的新问题。他写的比较多和比较好的作品集中于两个时期:一是1954年前后,作品有《一架弹花机》、《结婚》、《饲养员赵大叔》、《韩梅梅》、《孙老大单干》等。《饲养员赵大叔》中的主人公赵大叔幽默风趣,小说通过赵大叔爱唱戏的习惯表现人物同新社会和谐融洽的关系与乐观精神。作品主题与当时的“颂歌”主题投合,艺术上则表现出山西作家群所特有的幽默、风趣的审美风格。二是1958年前后,主要作品有《三年早知道》、《我的第一个上级》、《老社员》、《四

①孙犁:《谈赵树理》,《天津日报》1979年1月4日。

访孙玉厚》、《太阳刚刚出山》等。《三年早知道》是他的名篇,所触及的社会问题更加尖锐。主人公赵满囤,外号"三年早知道",不愿入社。在干部弟弟家信的劝逼下怀着个人利益的小算盘,勉强参加了农业合作社。在农业社集体生活过程中他逐渐冲破私有观念而成为一个具有先进思想的农民。从小说叙事结构看,它通过"我"的交谈和追溯,比照人物入社初和现在的不同面貌来达到主题表现的目的。小说的特点在于对人物思想真实而细致的描摹,"中间人物"式的思想状态,与同期同类作品相比较,更具生活的深度。小说《我的第一个上级》塑造了一个社会主义时期的好干部——土水利专家老田的形象。从结构上看,这篇小说可看做十七年山西作家群描写人物类叙事作品的典型之作。小说开始写的夏天大街上"我"和老田("我"的第一个上级)的充满喜剧性的相遇,从全文的结构上看至关重要。先设悬念、后置巧合的民间传统叙事手法与现实主义文学"塑造典型环境中的典型人物"的结合,成为农村题材中此类作品的典范。但从叙述人的角度看,"我"在这部作品中没有充分发挥第一人称叙述人应有的叙事特点,人物小秦和老姜头分别承担了"我"的叙述功能角色,人物关系都为主人公"老田"服务的结构设置,暴露了此类小说在审美价值上的缺陷。

西戎(1922－2001),原名席诚正,山西蒲县人,抗战期间在晋绥边区开始短篇小说创作,1945 年与马烽合作完成《吕梁英雄传》。建国初,在四川担任《川西日报》、《四川文艺》编委、主编。1954 年,回到山西参加农村工作并从事创作。建国后的短篇小说主要有《宋老大进城》、《姑娘的秘密》、《灯芯绒》、《赖大嫂》等。代表作《赖大嫂》写农村劳动妇女赖大嫂三次养猪的故事,反映了农村复杂的社会生活矛盾,刻画了一个泼辣、自私自利的农村妇女形象。对农村生活的熟悉及现实主义的创作精神使这篇小说在歌颂农业社的时代流行主题下,含蓄表现了农民在"大跃进"期间由于实际利益受损而产生的对国家政策的疑惧。60 年代初,这篇小说在提倡"现实主义深化"、"中间人物论"的小说创作思想中得到赞赏,但不久便又被当作"中间人物论"的"典型"而受到批判。

孙谦(1920－1996),山西文水人。代表作品有《伤疤的故事》、《奇异的离婚故事》等。胡正(1924－　),山西灵石人。主要作品有长篇《汾水长流》和短篇《七月的庙会》、《两个巧媳妇》等。李束为(1918－1994),山东东平县人。早年参加革命工作即来到山西,建国后一直在山西从事文艺工作。主要作品有《于得水的饭碗》、《好人田木瓜》、《老长工》等。

山西作家群的作家除李束为外都出生于山西农村,有比较深厚的农村生活基础和长期的农村革命工作经历。他们大都在抗日战争期间开始文学创作,是《讲话》提出的文艺"工农兵方向"的积极实践者。新中国成立后,他们的创作始终没有脱离农村题材这一领域,20 世纪 50 年代中期他们又陆续回到山西。他们的作品多取材于晋东南、太行山区及晋中汾河流域一带。他们强调作家深入生活的重要性与长期性,认同革命工作与文学创作之间的一致性。在“问题小说”的创作理念下,他们忠实于农村当下的生活实际,忠实于自己的真实生活感受,对作为小生产者的农民的思想性格有着比较清醒的认识。因此,在表现农村生活新主题,塑造农村新人形象的基调下,他们的创作会在无意中逸出创作的初衷,而揭示了生活的多样矛盾,使人物呈现复杂的思想特征。在小说表现方式上他们重视民间传统,注意研究人物思想、心理、行动等的特点,作品富于民族特点和地方色彩。

山西作家群的作品具有浓郁的地方色彩,但又不同于现代文学史上的乡土小说。一方面,乡土小说通过特定地域自然风光、风情民俗及人物生活的描写,表现出一定的文化心理、审美价值与人性思考;山西作家群的创作则集中于社会政治层面的展示,即使涉及自然景物描写也大多为主题的衬托笔致,而不具独立的美学意味,服务于农村社会主义革命和建设的主旨,使得原本可能的审美地域性特色流于淡化乃至消失。另一方面,与十七年其他描写农村题材的作家相比,山西作家群的作品在展示社会政治主题的同时,更多涉笔传统生活与道德在新时代的变化,甚或表现出对一些传统生活美德被破坏的担忧,但这种对传统伦理情感的关注与20世纪20年代的乡土小说作家具有明显差异。20世纪20年代乡土小说家对亲情、友情、爱情的关注往往以悲剧性的审美态度,表现对人性的思索,山西作家群则更关注于引起伦理情感内部冲突的社会原因,以喜剧性的审美风格表现农村一定的生活情状。就山西作家群内部而言,赵树理与马烽、西戎、李束为等的差异也值得注意。他们都采用一些传统的民间叙事手段使作品表现出幽默、风趣的倾向。但在赵树理那里,风趣常常直接表现为情节的构成成分,如解放前的《李有才板话》,建国后的《“锻炼锻炼”》、《互作鉴定》等,体现的是其悲剧性的观察生活的态度;其他山西作家笔下的幽默、风趣体现的却是作者观察生活的喜剧性态度,且成为一种风格。

第三节 孙犁等人的艺术追求

“五四”新文学运动以来,现实主义的文学精神受到中国作家的青睐。20世纪30年代的左翼文学,更是独尊现实主义。在现代文学史上,其实还存在着一条抒情性小说的发展线索。它由20年代鲁迅的《故乡》、《社戏》等小说及郁达夫的自叙性抒情小说开端,经过20年代末的废名与30年代的沈从文形成创作高峰,到40年代的作家萧红、师陀、冯至、孙犁等人直接承续了这一传统。建国后,这条小说发展线索由以孙犁为代表的抒情性小说微弱地承续着。说它“微弱”，一方面是因为在当时从事这种艺术探索的作家屈指可数，另一方面他们的小说实践在当时是不受主流欢迎的，是主流叙事之外的“另类”存在，这种叙事追求在“文革文学”中最终走向消失，直到新时期文学才重现。与孙犁这种抒情性叙事风格相近的是两位女作家茹志鹃和刘真的创作。孙犁等人的小说往往将宏大的社会变革、重大的历史事件置于叙事背景，而将叙事焦点集中于历史变动中个人的命运和情感世界，文本中激荡着革命与人性的碰撞。

孙犁(1913－2002)，原名孙树勋，河北安平县人。高中毕业后流浪北平，曾以“芸夫”的笔名在《大公报》上发表文章。1937 年参加革命，在冀中从事革命文化工作。1940 年后开始发表小说和散文。1944 年发表《荷花淀》、《芦花荡》等名作，以清新、婉丽的艺术风格引起人们注意。抗战结束后，孙犁返回冀中参加土改，发表《碑》、《钟》、《嘱咐》等作品。1949 年后一直在天津从事编辑工作。50 至 60 年代他的主要作品有：短篇小说《吴召儿》、《山地回忆》、《小胜儿》，中篇《村歌》、《铁木前传》，长篇《风云初记》，出版小说散文集《白洋淀纪事》，散文集《津门小集》，论文集《文学短论》等。1956 年后，孙犁少有创作。

孙犁这一时期的小说多取材于抗战时期冀中平原的农村生活，但作者不从正面描绘战争场景，更不着意渲染战争的残酷，而注重表现历史事件、社会变革中普通农民的生活与情感世界。与早年《荷花淀》等作品相似，承载这些生活命运与情感世界的个体多半是乡村青年女性。孙犁说：“我以为女人比男人更乐观，而人生的悲欢离合，总是与她们有关，所以我常常以崇拜的心情写她们。”① 这里有从童养媳成长为八路军看护的刘兰(《看护》)，不惜卖掉自己唯一的陪嫁花棉袄救护伤员的小胜儿(《小胜儿》)，聪明伶俐的吴召儿(《吴召儿》)，勤劳淳朴的九儿，美丽、热情的小满儿(《铁木前传》)，勇敢坚强的春儿(《风云初记》)，她们都属于同一类识大体、善良、聪明、勇敢的青年女性。在代表作《山地回忆》中，作者描写的直爽赤诚的妞儿是许多山地女孩子的化身。她泼辣、倔强而又不乏善良和热诚。她和“我”争吵，可一见“我”还没穿上袜子，就主动提出要用家里剩下的一块布料，为“我”做一双袜子。小说从现时的生活开始叙事，以“袜子”为引线，进入往事回忆的叙事场景，重在突出山地人家的真诚、善良与热情。据孙犁的创作谈可知，真实的生活故事并不像小说中描写的那样温情、感人。从这些题材的处理方式可看出孙犁特定的叙事与美学追求：首先，他的作品是浪漫的，他捕捉精神上共同的真实，而不拘泥于探求细部的生活真实；另一方面，作家叙事的目的不是写人或记事，而是表现在人、事关系中蕴藏的或者说本身就弥漫的种

①孙犁：《孙犁文集・自序》，百花文艺出版社，1982 年。

种美好情感、意绪。这些作品大多以“回忆”的笔调进行叙事,旨在表现人与人之间充分信任、相携互助、真诚赤爽等情感,虽在“战争”这一不正常的生活环境里,但人与人之间的关系却倍加温馨、赤诚。

对过去的生活进行回忆性的、抒情性的把握,不仅表现在这一时期孙犁大多数的短篇小说创作中,也是他唯一的一部长篇《风云初记》的叙事构成。作品描写抗战初期,滹沱河沿岸的两个村庄——子午镇和五龙堂的人民在党的领导下建立抗日根据地,组织人民武装的故事。小说展现了风云变幻的抗战时代季候,但着力描写的却是战争风云在人们心灵深处的回响以及各种人物在战争中的心理发展变化过程。小说中的女性人物同样青春、生动,既有作家笔下一贯的乡村青年女性春儿,在贫穷、善良的家庭环境中长大,朴素的生活理想追求使她走上革命道路,质朴热烈的情感追求使她和长工出身的芒种相爱;也有李佩钟那样从封建家庭反叛出来,在无爱婚姻中把情感更多地奉献给革命事业的性格复杂的女性革命知识分子;还有反面女性人物俗儿,作者并没有把她脸谱化,而是真实地写出了她思想的演进与反复。

在这部长篇小说中,孙犁尝试将诗、散文与小说融为一体。结构上的散文化是非常突出的特点。他把创作的着眼点放在情感的抒发上,而不拘于故事情节的安排。他关注那些处于历史变动中的个体的心灵、命运,往往将人性的真、善、美作为叙事的主要内容,这些人性美德在民族危难的环境下,在家国一体的思想观照下和谐共处,相得益彰。所以在文本中他常常突出、反复、重笔渲染那些生活场景,而对革命的不同阶级群体,只是从小说反映内容的整体构思需要来做大致勾勒,而且大多是通过人物之间的关系、人物的具体行为来表现革命现实,而不做生硬的革命理论阐释。如小说中通过俗儿这一人物来结构事件,反映当时的革命现实。俗儿是子午镇人,她和吴秋分、吴春儿姐妹俩相识,而吴秋分的丈夫高庆山是共产党员,还是当地革命部队的领导人;生活放荡的俗儿和土匪高疤来往,通过俗儿,高庆山引导高疤投身革命。但由于生活习性的差异与对现实利益的追求,高疤表面投身革命,最终却投靠蒋介石的部队。对高疤的真实描写形象地说明了革命的反复与曲折,同时这一过程中俗儿的八面玲珑也使得这一人物真实可亲。但是,对个别场景的浓墨重彩必然使得整体结构显得有些松散、不平衡,小说的最后,作者勉强连缀情节,使得情节发展不够连贯和缜密,失之于简括。另外,小说追求诗的语言,诗的旋律和意境,给小说带来浓郁的抒情性。孙犁的小说往往缘情而发,也随情而铺展,他本身就力求创造出一种流贯全篇的热烈而浓重的抒情色调。在革命的背景下,诗化的、浪漫的人性情愫徐徐流淌。茅盾说:“他是用谈笑从容的态度来描摹风云变幻的,好处在于虽多风趣而不落轻佻。”[①]用抒情性的笔触表现宏大的时代风云,现实主义的生活内容中充溢浪漫主义的抒情气息,是孙犁小说的重要特色。

孙犁这一时期的小说创作除了描写革命历史生活外,也有反映农村现实题材的作品,在这些小说里,同样可以感受到作者一贯的审美趣味。中篇《铁木前传》就是最有代表性也比较重要的一部作品。作品描写了在解放前的艰难岁月里,乡村铁匠傅老刚和木匠黎老东结下深厚友谊。父辈的友谊也使子一辈傅老刚的女儿九儿和黎老东的一个儿子六儿萌生了青梅竹马的爱情。新中国成立后,经济生活、社会地位的变迁使黎老东变得利己而无情,流浪在外的傅老刚带着已长大成人的女儿前来投靠老木匠时,却感到往日友情难再,友谊最终破裂。九儿主动接近六儿,却发现儿时的伙伴和自己的心思并不一样。六儿和来这个村投奔姐姐的小满儿走得更近;九儿也在集体劳动中发现老木匠的另一个儿子四儿含蓄中的可爱与亲近。作品虽然没有写到农村中所谓两条路线的激烈斗争,但在结构上还是可以看出受了这一时期主流叙事模式的影响。值得注意的是作者在人物塑造上对女性人物一贯的尊崇与赞美,使得作品在对人物、人性的书写中遏制了当时模式化的概念冲击。小满儿是这其中一个性格复杂的人物。小说前半部写到小满儿年轻、漂亮,却利用自己的美貌“在危险的悬崖上回荡”,而且破坏了九儿和六儿两小无猜的朦胧爱意。后半部,则写到这个大胆的女孩子对自由的懵懂思考。她喜欢夜,喜欢夜里追着萤火虫奔跑,喜欢莫名其妙地坐在坟地边发呆。写她心灵手巧,吃苦能干,别人厌弃她,可也止不住靠近她。小说没有给她贴上道德的标签,却悄悄地改变着对她的审美态度,在道德与人性的纠葛中慢慢发现、体会这个人物身上可能存在的复杂情状。同样,对不热心集体事务而热衷于游乐的六儿,也在叙述中发现他的善良,他的别一样的人生追求。这些都让我们看到,作家的审美追求在一步步地战胜概念化的思想模式,知识分子的审美情怀在当时人们耽眈于“现实”道德善恶、好坏的认识评价中诗意闪现。

孙犁喜欢把他的人物放在日常生活环境里,着重捕捉他们流贯于生活过程中的气质、神态和心理。他发掘、表现生活中的美,不追求情节的曲折和故事性,艰难困苦的生活、急迫严峻的情势常被推到背景或作为作品所表现时代氛围的点染;他善于抓住鲜亮的生活细节而加以重点渲染,形成了明净、清新、朴素的审美风格。

从50年代初开始,孙犁就受到一批年轻作家的追随和模仿,被认为以他为中心,形成了一个创作流派——“荷花淀派”,但孙犁本人却并不认可它的存在。

---

①茅盾:《反映社会主义跃进的时代,推动社会主义时代的跃进》,人民文学出版社,1960年,第37页。

这些年轻作家中，比较著名的有刘绍棠、从维熙、韩映山、房树民等。刘绍棠(1936—1997)，河北通县(今北京市通州区)人。1949年读中学时开始发表短篇小说。1951年到河北文联工作半年，阅读了大量文学名著，深受孙犁作品熏染。翌年发表成名作短篇小说《青枝绿叶》。1954年入北京大学中文系。1956年加入中国作家协会。1957年发表小说《田野落霞》、《西苑草》。本期短篇小说集有《青枝绿叶》、《山楂村的歌声》，新时期后他又有大量创作。他的小说主要以京东地区运河两岸的生活为背景，在自然风物与生活故事的描摹中更注重揭示人性美、人情美。作品格调清新，描写自然从容，结构简洁完整，乡土色彩浓郁，但也有刻而不深、模式化的审美缺陷。

这一时期，与孙犁有着相似审美追求的还有女作家茹志鹃和刘真。茹志鹃(1925—1998)，祖籍浙江，出生于上海。1943年参加新四军，在文工团工作。1950年开始发表作品。1958年3月在《延河》发表成名作《百合花》，小说很快被《人民文学》转载，享誉文坛。之后，她又发表了《静静的产院》、《如愿》、《三走严庄》等作品。结集出版有《高高的白杨树》、《静静的产院》、《百合花》等短篇小说集。

茹志鹃的作品取材范围主要有两方面:(一)革命历史题材，主要是解放战争时期的生活，如《三走严庄》、《高高的白杨树》、《关大妈》、《澄河边上》等;(二)现实题材，写上海里弄及市郊农村社会主义时期的新生活，如《静静的产院》、《妯娌》、《春暖时节》、《如愿》、《阿舒》、《第二步》等。两类题材在思想取向与艺术追求上是和谐一致的。她的小说有强烈的由女性写作带来的细腻与诗意气息。特有的人生体验与敏感的审美观察，往往使她能独辟蹊径，从生活的某个片段、场景，从一些生活的细节中抒发自己的审美感悟。即使在描写重大战争，完全有可能表现激烈冲突的场景时，她也会把这些“典型环境”置于整篇小说的背景中，而重点表现“生活中的人”和“生活中的事”，表现随“生活”而来的生命气息，从而使其作品具有浓郁的抒情性。《百合花》是其中最有代表性而艺术成就也最高的作品。

《百合花》写了一个发生在前沿包扎所的小插曲。部队决定晚上总攻，“我”是部队文工团创作室的一个女同志，主攻团团长就派一个小通讯员送“我”到前沿包扎所帮忙。他把“我”送到并和“我”一起到村子里去借包扎所急需的被子。中间发生一个小误会，村子里一个过门才三天的新媳妇将唯一的陪嫁——一床洒满百合花图案的新被子借给了“我们”。在完成任务返回团部的路上小通讯员为掩护担架队员而牺牲，月光下，新媳妇含泪将百合花被子盖在了他身上。小说的主题长期以来被定位在表现军民之间真挚、纯洁、深厚的鱼水情意。但从小说的一些基本叙事因素来看，这篇小说具有多重的审美解读空间。首先，文本带有明显的“封闭性”叙事特征。时间上，小说表现发生在一天里的故事，早上离开团部——下午两点钟到达前沿包扎所——晚上部队开始总攻——半夜小通讯员牺牲——月光下新媳妇用那床百合花被子“盖上了这位平常的、拖毛竹的青年人的脸”。而这一天是“一九四六年的中秋”。从某种意义上讲，这篇小说对时间意象的表现就是文本的主题：1946 年所暗含的内战离乱、动荡的意味与中秋节所蕴涵的象征团圆、圆满的情感诉求始终在小说中激荡。场景上，小说也带有循环性：路上(小通讯员送“我”到包扎所)——包扎所(包扎所——进村子——新媳妇家借被子——出村子——包扎所)——路上(小通讯员完成护送“我”的任务，回团部，牺牲)。循环也即重复，时间、场景的循环重复中更突显战争背景下人与人之间关系的真纯与永恒。再看人物这一叙事因素，《百合花》显然不是要塑造十七年文学中典型的英雄人物，她写人物，也写人物的英雄行为，但更突出英雄平凡的一面，小说中的小通讯员害羞、扭捏甚至被人取笑，这是同时期的小说创作中很少出现的。值得我们关注的是小说中连接两个主人公——小通讯员和新媳妇的那个“我”，“我”决不仅仅是一个叙述人的角色。细读文本我们会发现小说叙事特别关注“我”的情感感受。在这篇小说中，第一人称叙述人“我”充分发挥了它的结构、抒情、审视及内省功能，尤其是后三者，使《百合花》超越了普通歌颂军民鱼水情深的革命主题而具有了多重解读意味，引起我们对革命、人性等的深层思考。据茹志鹃后来追述，当时紧张的政治气氛(1957 年“反右”斗争)所造成的恶劣人际关系使她非常苦恼，“每天晚上无不悲凉地思念起战时的生活，和那时的同志关系”[①]。因此关于《百合花》的主题，作者在当时很可能只是想表达一种情绪，一种革命与人性复杂纠缠的情绪，同时也想唤起一种回忆，回忆曾经有过的单纯、真诚而和谐的人际关系。

《百合花》发表后，针对茹志鹃的创作发生过争论。争论意见针锋相对时，老一辈评论家茅盾对这部作品作了肯定。茅盾出于对当时创作模式化、概念化、狭隘化的担心，对题材多样化的提倡，以及对“五四”以来形成的积极借鉴、汲取西方优秀文学成果这一传统的维护，保护了这部作品，所以对它的主题删繁就简竭力向主流的革命叙事靠拢以期能“合法”通行。但稍加比较，我们就会发现无论取材、主题提炼还是表现手法，茹志鹃的创作和当时的主流创作已拉开距离，她的创作在当时确实是一个“另类”。她的作品大多不选取生活中的重大斗争，也不表现开阔的场景，她钟情于“儿女情、家务事”，如上所述，即使表现重大战争，她也会避重而就轻，写的是人与人之间的关系；在人物塑造上，茹志鹃更喜欢描写人物的心理活动，让人物含蓄、宁静地在生活中表现自己，而不愿让人物在尖锐的矛盾冲突中展现自己；在小说的审美风格上，她更注重情感的抒发，营造抒情性的氛围胜于对紧张典型环境的设置，这些都使得她在十七年的小说语境中

①茹志鹃：《我写〈百合花〉的经过》，《茹志鹃研究专集》，浙江人民出版社，1982 年。

别具一格。

刘真在审美追求上与茹志鹃相近,不过仔细比较两位作家会发现,刘真的抒情更为单纯、明净,文字也更舒缓流畅,相对来说,她小说的主题意蕴也就比较简单、明朗。刘真(1930－　),山东夏津县人。9 岁即参加革命军队,12 岁加入中国共产党,当过宣传队员、交通员。1943 年在太行山的整风学习班学习过。解放战争时期,随文工团上过前线,这些生活经历成为她大多数作品的内容。刘真的小说大多取材于革命生活,《核桃的秘密》、《我和小荣》、《长长的流水》是其代表作。描写农村生活的作品不多,仅有《春大姐》等可数几篇。

刘真的小说大多采用第一人称,带有明显的自叙传痕迹。特殊的童年战斗生活和成长经历,使她对抚育她成长的革命集体和人民群众有着特别深厚的感情。她的小说也讲故事,但包裹这故事的是一种清新、诗意的抒情氛围。这可能与她小说表现的内容是儿童世界有关。孩子们之间纯真的情谊,童稚的淘气、任性,根据地老大娘对军队战士的关怀,对孩子们母亲般的关爱,人际关系的单纯、关爱等都使得她的小说在当时的小说创作中显得别致。她的作品褪去了战争背后艰难、残酷的狰狞色彩,而凸显了那个年代人际关系的和谐与生活态度的乐观。

刘真的小说语言清澈明亮,时时跳动着情感。1959 年,她创作了短篇《英雄的乐章》。小说写建国十周年的日子里,"我"来到北京,看着今日祖国的建设,不由想起为今天幸福生活而牺牲的自己的童年朋友和初恋情人玉克,并倒叙了他们的故事。这是一曲充满理想、充满激情、充满激励,让人们奋勇向前的英雄乐章,但回忆的笔调,历历在目的往事回忆,细腻的情感体验,还是能让人感到一种感伤的情调。女性作家真切而深刻的情感回忆,使这部作品具有一种悠长、舒缓的调子,其间回荡的革命与个人的复杂情感体验让人回味,但作品刚发表即受到批判。

第四节　农村现实题材与李准等人的创作

在十七年农村现实题材的小说创作中,除了以赵树理、马烽为代表的山西作家群的创作外,还有以李准和王汶石为代表的创作。他们从一开始便切入农业合作化运动这一农村现实生活,是这一农村社会历史变革的直接参与者和积极推动者。他们的创作表现出对新事物的敏感,所提问题也比较尖锐,富于理想主义的激情和青春浪漫色彩。

他们的创作大致也可以分为两个时期:

第一,50年代前中期。这一时期他们的小说创作可以分为两类:一类以李准的短篇《不能走那条路》为代表,富于思想的锋芒。这一创作特点在50年代中期"双百"方针提出之后,又以李准的《灰色的篷帆》和刘绍棠的《田野落霞》等作品为代表,再次展现了他们大胆"干预生活"的见识和勇气。另一类以王汶石的短篇《风雪之夜》为代表,饱含生活的激情,充满了青春的诗意和浪漫气息,与王汶石的理想和激情相近的还有刘绍棠的《青枝绿叶》等。但是从总体上讲,他们大都不善于塑造有血有肉的人物形象,不善于通过严格的现实主义描写表达自己的理想和激情,思想和情感过于外露,叙事和描写比较稚嫩。

第二,50年代后期到60年代初。这些作家在这个阶段的作品有一个共同的倾向,即热情歌颂农村出现的新生事物,努力塑造农村涌现的新人形象。相对而言,前一阶段作品的思想锋芒和诗意色彩大为减弱,形象的实感和喜剧色彩大为增强。这些作品也可大致分为两类:一类以李准的《李双双小传》和《耕云记》为代表,继续完成赵树理等作家率先开拓的农村新旧事物、思想斗争的题材和主题,同时也进一步发展了赵树理等作家早期作品所开创的具有喜剧色彩的艺术风格。不同的是,李准这期间的作品着眼于歌颂农村出现的新人新事,而不是像赵树理的作品那样着眼于对旧事物的暴露和讽刺。这些作品中的新旧思想的斗争可称之为"轻喜剧"。它让人们带着微笑向旧的生活形式告别,以新的状态和面貌建设新生活,但却失去了与虚假现实抗衡的勇气和力量。另一类作品是以王汶石的《新结识的伙伴》为代表,发展了50年代初期农村题材短篇创作以歌颂农村新貌为主的牧歌风格和这些新近作家在前一个阶段创作中的理想主义与浪漫激情,倾尽全力在新的人民公社化的农村背景上努力塑造符合时代需要的农村新人形象。因为忽视了新人成长过程中的矛盾和斗争,人物不免给人以单薄和表面之感,同时也过于诗意化和理想化。

60年代初,由于日益强化的阶级斗争对浪漫、诗意和轻松的喜剧风格的否定,王汶石在创作了他的最后一个有代表性的短篇《沙滩上》之后,未能提供更多的新的力作。李准则把他的创作转向了电影和长篇小说。这两位有代表性的作家创作的衰歇和转向,同时也意味着起于50年代初的这一农村题材短篇创作的新近力量从整体上开始走向全面的艺术滑坡。

李准(1928—2000),河南孟津县人。祖姓木华梨,蒙古族。从小生活在农村,参加过农业劳动,当过职员、教师。50年代初开始创作,1953年发表成名作《不能走那条路》,1954年调到河南省文联,从事专业创作。他写了五十多个中短篇小说,主要集子有《芦花放白的时候》、《不能走那条路》、《车轮的辙印》、《冰化雪消》、《夜走骆驼岭》、《李双双小传》等。新时期后,写有长篇小说《黄河东流去》,他还写有近二十个电影文学剧本。

李准是新中国造就的第一代作家。他的小说,大都是表现社会前进中的新问题、时代发展中的新事物以及新旧时代人的社会关系和精神面貌的巨大变化。1953 年 11 月,《河南日报》发表了他的短篇小说《不能走那条路》,作品敏锐地发现了农村生活中刚刚萌发的两极分化现象,及时地提出并回答了生活中出现的新问题。这篇小说首先被《人民日报》转载,随后被各省报转载。这是一篇典型的为政治服务的作品,之所以受到重视,是因为它形象地阐释了党在农村的政治经济政策。从艺术上看,它是粗糙的,有明显的说教意味。但从作品所反映的问题来说,在当时农村社会确实存在,从这里可以看出李准观察生活的敏锐与反映生活的迅疾。之后,李准又发表了《孟广泰老头》、《农忙五月天》、《冰化雪消》等一系列反映农业合作化的作品,主题和当时流行叙事一致。

1956 年,在"双百"方针的激励下,李准发表了《芦花放白的时候》和《灰色的篷帆》两篇"干预生活"的作品。《芦花放白的时候》反映的是党员干部喜新厌旧的道德问题。《灰色的篷帆》以辛辣、幽默的笔调,塑造了县文化馆馆长孔令顺这个弄虚作假、唯长官意志顺从的官僚,提出党和政府日常工作中的民主作风和实事求是态度问题。这篇讽刺喜剧性的小说,不仅体现了李准对生活敏锐的观察力,也表现了他敢于正视现实、独立思考,大胆干预生活的勇气和严肃的艺术创作态度。但随着 1957 年"反右"斗争的扩大化,大批反映社会问题的作品被否定,李准受到批评。此后,李准调整了自己的创作,重点转移到歌颂社会新人新事方面。这类作品在李准小说中数量很多,《李双双小传》和《耕云记》是影响较大的作品。

《李双双小传》成功塑造了李双双这个充满生活实感的人物。李双双有着"火辣辣的性子"和"敢说敢笑的爽快劲儿"。但在旧的传统生活方式下,她只能成为一个生儿育女、围着灶台转的家庭妇女。随着时代的发展,她要求冲出家庭,走向社会,在人民公社大办食堂的生活中找到了自身地位。在主题上这篇小说和他上述的创作主题并无二致。一个值得注意的细节是,在农村传统性别权力关系变更中"党"对社会生活的决定性影响,也渗透到了日常家庭生活中。李双双原来没断过挨喜旺的打,现在她一与丈夫争吵便搬出支书老进叔和乡党委罗书记的政治权威为自己作依靠:"走,咱们去找老支书说理去!就是兴你这样,我参加大跃进你不愿意,你嫌不舒坦,不美气,故意找我岔子,你这是啥思想!走!"在这一场家庭纠纷中,女性依靠"党法"战胜了传统父权社会的"父法",但凭借外力的帮助,女性终归没有找到自我。由此,小说中涉及的妇女解放问题不具妇女解放的本体意义,而成为"社会解放"的一个注脚。小说的可读性在于对农村家庭生活的描摹,夫妻间的争吵,风趣幽默的对话,李双双泼辣、爽快与孙喜旺保守、诙谐的鲜明对比,质朴、热烈的家庭生活气息以及单纯、明快的格调等。

《耕云记》写一个扫盲班毕业的农村姑娘肖淑英成长为一个土气象专家的故事。故事的情节带有明显的"两结合"创作手法的痕迹,倒是在叙事情调上显示了作者在抒情性笔调这一方面潜藏的质素,这一质素在他以后的长篇小说《黄河东流去》中得到了淋漓尽致的表现。

李准的小说和当时的时代政治关系密切,从社会主义现实主义到"两结合"创作方法,对他的影响都清晰可见。从主题、结构、人物设置来说,其小说已失去了现实主义创作真实描摹现实的意义,只是他长期的农村生活实践与艺术实践,使他在具体的小说创作中有可能突出框范,流溢生活情趣,而形成"大虚假、小真实"的小说表现形态。具体到小说的审美形态本身,就会发现一个特殊的叙事现象。李准的小说为了达到对主题的真切表现,总有一个类似于"见证人"式的人物,他/她又往往是小说的叙述人,在文本中以"我"或"我们"的称谓出现。"我们"既要参与故事叙述,但又要在故事外叙述体现其真实性,结果就导致叙事出现矛盾。如《李双双小传》是这样开头的:"李双双是我们人民公社孙庆大队孙喜旺的爱人……一九五八年春天大跃进,却把双双这个名字给'跃'出来了。……故事也还得从那个时候说起。"小说中的"我们",应该是李双双所属的人民公社孙庆大队的一分子,作为一分子的"我"同时又作为叙述人,只能讲述"我"看到、听到、"我"知道的事,但在李双双与孙喜旺的夫妻家庭争吵中,对孙喜旺的心理活动叙述得清晰透彻,完全采用的是第三人称的全知全能叙述,叙述人的位置在叙述中出现位移。《耕云记》中的叙述人"我们"是到玉山人民公社开会的干部。叙述人对于故事的参与是边缘性的,持守的是旁观者的世事洞明立场。他是一位访问者,在访问中带出有关气象员肖淑英的故事,这是小说的主叙述层。肖淑英的故事是文本的次叙述层,但在次叙述层中,叙述人从旁观者的位置转入女主人公的位置,"我们"变成了"我"。《信》中的"我"是一个转述者,三年前"我"回家乡的时候,遇到"我"的婶婶和婶婶的媳妇,故事的两位女主人公。后来"我"在家乡住了一段时间,听婶婶村子里的人谈,知道了一个感人肺腑的故事。婶婶的儿子在抗美援朝战争中牺牲,为了不让婆婆伤心,婶婶的媳妇忍受丧夫之痛,几年来一直暗自写信寄给婆婆,忍受双重悲痛来安慰家庭。这个故事是小说要表现的重心,但在讲述这个故事时,小说采用的是第三人称全知叙述,"我"已脱离叙事。在多层次的叙述中变换叙述人的身份是李准小说非常明显的叙事特征。这些小说的结尾往往会再次响起"我们"的声音,"他们使我想到我们,活在今天建设社会主义的人们,应该怎样对待自己的祖国,自己的工作"。由具体身份的旁观者化作一个集体身份的更能赢得读者认同的"我们",叙述人参与了故事,也参与了现实生活。这种叙事方式很容易让人想起鲁迅先生的第一人称叙事,但这里的"我"已失去了个体的主体审视能力,而只有"证人"的功能。扩大来说,十七年短篇小说的第一人称叙事都有这样的一种叙事设置,“我”作为旁观者,“我”以仰视的心情或态度甚或以“我”的渺小来聆听、感受主人公们的英雄品质,而恰恰丢失了“我”的位置。“我”与“我们”的复杂纠葛在《百合花》这样的小说中唤起的情感可能要复杂,但在这类小说中已变成一种巧妙的结构设置,而这样一种审美构设却长期为人们所习焉不察。

王汶石(1921—1999),山西万荣人。抗战爆发前后参加革命工作。1942年后到延安西北文艺工作团工作,写过一些墙头诗、秧歌剧等。建国后,深入陕西农村,1956年开始专业创作。他的短篇创作从1956年的《风雪之夜》到60年代的《沙滩上》,一共22篇。唯一的一部短篇小说集收入了他认为比较满意的17篇作品,基本上反映了他创作的全貌。

王汶石是《讲话》精神直接培养起来的文艺工作者,从事专业创作后,他的小说更是严格为党的工作任务服务,发挥文艺的宣传作用。他的小说除个别篇目外,都是反映我国西北农村从合作化到人民公社化这一历史时期的变革生活,叙事重点主要放在对农村新生活的表现与歌颂,但他不注重甚至基本上不写故事情节,而是从日常生活的横截面中表露人物心迹、展现人物面貌,从人物的举止言行中来挖掘人物包含的思想。《风雪之夜》写区委书记冒着风雪检查一个队的生产工作这一工作断面,刻画基层农村干部乐观向上的精神状态。1958年大跃进期间写作的名篇《新结识的伙伴》不写热烈的评比会现场,却从会后的路上这一场景展现人物,并通过人物性格的对比,来表现张腊月和吴淑兰这两个性格不同的人物在时代生活感召下相同的工作比拼、赶超精神。《沙滩下》也同样抓住两个大的场景:林阴树下和沙滩上,事件内容退后,让处于各种关系的人物在特定场景下聚会,以此来塑造主人公陈大年。特定场景的刻意渲染,再加上风景画、风俗画的生活情趣描摹及由人物性格出发的喜剧性情节,使作品带上浓重的情感色彩,这也形成了王汶石小说特有的审美风格:追求健朗、乐观的浪漫主义精神和幽默、风趣的喜剧性美学表现。而他也被称为带着微笑看生活的作家。

一个有意思的比较是,同是擅长于对特定场景的渲染描摹和对女性人物的生活描写,王汶石却表现出和孙犁截然不同的审美情趣。关于妇女翻身解放的主题是十七年文学文化上的特有标志,是作家自觉或不自觉的选择,但这形成了我们在第一节提到的一个文本事实:十七年短篇小说中的女性英雄形象要多于男性。在王汶石的笔下,为了突出人物的乐观、豪迈,女性人物不同程度上出现了男性修辞色彩。《新结识的伙伴》中张腊月从容貌、举止到言行甚至到家庭生活都表现出了男性化色彩,“男人能干的,女人也能干”的妇女宣言使得日常的、家庭的生活秩序和社会秩序之间的界线模糊不清。在名字上让人感到更多女性特质的吴淑兰,是张腊月的竞争对手,在“大跃进”期间的学习班学习后,也成为一个走向“铁姑娘”的女英雄。1963年，王汶石创作的长篇《黑凤》也有此倾向。黑凤从外貌、言行举止到工作表现都贴近男性和模仿男性，她以自己坚强的毅力加入背矿石的男性工作世界，认同他们的价值观念以至得到他们的认可和接受，最终成为“英雄”。在一定程度上，“女”和“英雄”这两个不太协调的范畴在王汶石乃至十七年的文学世界里却畅行无阻。而这些和孙犁笔下的女性人物是大异其趣的。

除了这些新作家的小说外，一些在20世纪三四十年代就已成名的作家如艾芜、沙汀、周立波、欧阳山、骆宾基等建国后也写有关于农村现实题材的作品。艾芜的短篇主要集中于工业题材，只有个别作品反映互助合作化运动；沙汀解放后描写四川农村的短篇创作大都收在《过渡》和《过渡集》两集子中；骆宾基写有《在山区收购站》等短篇小说。他们中大部分人的创作和解放前相比，都不同程度出现了创作水准下滑现象，比较而言，周立波的创作独具特色。

周立波(1908－1979)，湖南益阳人。早年即参加革命，1939年到延安，在鲁迅文学艺术学院任编译处处长和文学系教员。1946年到东北参加土改，随后创作了长篇《暴风骤雨》。解放后，他到石景山钢铁厂深入生活，写成反映解放初期工业建设的长篇小说《铁水奔流》。1954年，他回家乡益阳农村落户，于1956至1959年创作了反映农业合作化运动的长篇小说《山乡巨变》。除此外，他还创作了不少反映农村生活的短篇小说，有短篇小说集《铁门里》、《禾场上》、《卜春秀》。

周立波的小说多是从平凡的日常生活中取材，经过艺术的过滤来表现时代精神。他的特色在于能把对生活的感受以及由此形成的思想潜藏在特定的具有湖南山乡风味的风俗画面的描绘中，使风习、人物、思想相融合，作品带有一种悠扬、舒缓的调子。《山那面人家》是其中最有代表性的一篇。在初冬月光下阵阵茶花清香中，一场乡村婚礼正在举行。“哭嫁”、“听壁脚”的乡村婚俗、童谣增加了作品的诗意色彩。姑娘们快乐的笑声、婚礼场面的喧闹及村人的恣意闲谈、对话描绘了一幅充满生活情趣的乡村风俗图。作品写新郎突然从婚礼上消失去照看生产队的红薯的细节没有摆脱当时流行的生产劳动、无私忘我的主题套路，但抒情氛围的营造，浓郁的乡村生活底色，使周立波的短篇创作在当时的农村题材短篇创作中凸显出自己的特色。

第五节　革命历史题材与峻青、王愿坚的小说

革命历史题材的小说创作是十七年创作中的重要部分，这一时期出现了许多反映革命历史题材的长篇小说。在短篇领域里，这一题材也始终得到重视。

革命历史题材的短篇小说创作主要有两种类型:一种是诗意的浪漫风格。这类创作写时代风云却充满日常生活情趣,注重以“诗”和“散文”的方式处理战争题材,代表性作品是孙犁的《山地回忆》和茹志鹃的《百合花》,已在第二节提到。另一种是崇高的悲剧风格,这是当时主流叙事关于革命历史题材创作所提倡的风格,以峻青和王愿坚的创作为代表。

峻青和王愿坚的创作大都取材于艰苦的革命战争年代在生死存亡重要关头流血牺牲的悲剧故事。在艺术表现上,峻青比较注重通过曲折的故事和传奇的情节塑造英雄人物,因而他笔下的英雄人物都有一些非凡的英雄举动,场面比较壮烈,有一种震撼人心的力量;王愿坚则比较注重通过一些平常的情景和细节表现英雄人物的性格。峻青的作品比较讲究结构的完整,注意情节的起承转合,落笔大刀阔斧,艺术的气势较足;王愿坚则大多采用横断面的结构方法,在具体细节场面上用力,手法精雕细刻。峻青的作品语言色彩浓烈,尤其擅长描写景物和渲染气氛,强化了作品的悲剧效果;王愿坚则采用平实的语言讲述英雄的故事,不事形容和夸饰。

峻青(1922—1991),原名孙俊卿,山东海阳县人。1940 年参加革命,曾任部队随军记者。1948 年随军南下,1952 年调到中南文联从事专业创作。小说集有《黎明的河边》、《最后的报告》、《海燕》、《胶东纪事》、《怒涛》、《峻青小说选》,新时期以来又创作了长篇小说《海啸》等作品。他的小说取材大致可分为两类:一是抗日战争和解放战争期间的武装斗争生活,而且全都是发生在山东革命根据地的胶东半岛;一是表现和平建设时期的生活和斗争,主要有《老水牛爷爷》、《老交通》、《丹崖白雪》、《海燕》等,他写现实生活题材的作品,往往也把笔触伸向过去充满着残酷斗争的年代,从现实和历史的联系中来表现人物的性格特征和时代风貌。他的成就主要体现在第一类题材的创作中。

峻青小说创作的主题是通过革命历史的书写来说明今天幸福生活的来之不易。为了突出这一主题,首先在选材上他择取了 1942 年、1947 年这两个时期作为作品的背景。前者是抗日战争最艰苦的阶段,后者是国民党军队进攻胶东解放区、双方激烈争夺的时候。其次,在具体作品的情节设置上,他常把人物置于艰苦、激烈的战斗环境中,放在生死存亡的紧要关头,敌人惨无人道的屠杀与人物壮烈牺牲的场面是他结构小说的经常手法。再次,他的小说无论写人、叙事都具有强烈的情感性色彩。在壮烈绚丽的场景描写中加以叙述人热情、慷慨的语言表述,直接阐述主题是他小说突出的修辞特征。由此种种,峻青的小说呈现出一种崇高悲壮的美学风格。《黎明的河边》在这类创作中集中体现了其思想艺术特色。作品以 1947 年国民党军队对胶东解放区的进攻为背景,写小陈一家为护送革命干部而壮烈牺牲的事迹。他通过“我”的回忆,采用倒叙手法讲述这个感人肺腑的故事。在波澜起伏的情节里,小陈临危不惧带领“我们”突围,尤其在黎明的河边,敌人杀害了小陈的母亲和弟弟小佳,最后小陈也英勇牺牲。小说在一连串的尖锐冲突和生死考验中,完成了对英雄性格和高尚品质的塑造。

峻青的小说敢于直面战争现实,不回避血肉淋漓的场面,他不回避死亡,更不回避战争的残酷。一般来说,这样的描写是会引起读者对战争的恐怖乃至厌恶心理的,但这里对战争的残酷与死亡却表现出特殊的书写方式。它没有因战争的残酷与死亡引起的恐怖与困惑心理,相反越是酷烈、越是牺牲越凸显英雄的崇高与伟大。这一书写方式的出现并不是一蹴而就的。早在50年代初,对如何处理英雄就义这样一个细节在当时的《文艺报》上就有过专门争论。问题是由话剧《刘胡兰》中刘胡兰牺牲时被铡头这一细节表现而引起的,就“文艺作品是警人还是吓人的作用”这一问题文艺界展开争论。争论的结论是:“铡头的方式的描写问题是细节表现方法问题,但也不止于方法问题;这是细节问题,也是原则问题。英雄慷慨就义,要的是‘慷慨’,而不是‘就义’”。① 由此,小说创作不能表现、渲染战争的恐怖成为一条不成文的规定。问题的另一面是关于革命历史小说不能对普泛的人性、人道主义进行表现的规定。关于战争与人道主义等问题的讨论,是由朱定的短篇小说《关连长》引起的。小说描写解放战争时期的一次战役,为了救三个孩子,关连长放弃了对敌人的进攻,小说因此受到批判。之后对小说《腹地》、《让生活变得更美好吧》、《辛俊地》等的批判,形成了小说不能写个性的、悲剧的、孤独的等情感体验与阴沉气氛的创作规范。

通过种种正反面的艺术实践,十七年小说创作逐渐形成了一系列有关战争描写的书写规范。峻青的小说得到主流意识形态的认可与赞扬,但这种认可与赞扬却使得他在以后的创作中将这种艺术表现手法变成一种非常自觉而机械的审美设置,最终僵化了他的创作。这就是峻青在小说中写英雄牺牲时常常采用传奇化和夸张手法,把英雄加以理想化,使作品渗透和强化“英雄不死”的浪漫主义精神。《交通站的故事》写姜老三同敌人搏斗,敌人被杀得横七竖八躺在地上,他最后也牺牲了,可他却血淋淋地直立不倒。这类描写突出了英雄的高大形象和不凡特征,可过分追求英雄的非凡特征,就存在失真现象。尤其是他写现实生活的某些作品,如《山鹰》、《丹崖白雪》等,也出现此类激烈豪壮的牺牲场面,但脱离了战争语境,这些描写在失去生活真实的同时也使艺术沦为苍白。

王愿坚(1929—1991),山东诸城人。1944年参加革命,当过宣传员、记者和编辑。1952年以后,任《解放军文艺》编辑。1953年因参加革命回忆录《星火燎原》的编辑工作,曾到闽南、闽西访问革命根据地,了解到许多当时的革命故事,

①王朝闻:《作品中如何处理英雄就义的情节》,《文艺报》1950年第2卷第3期。

从这些故事中受到感发,他从 1954 年开始小说创作,主要有短篇小说集《党费》、《后代》、《普通劳动者》。

王愿坚的短篇小说主要描写革命根据地的斗争和红军翻雪山、过草地的生活。在革命历史题材的小说创作中,反映这一时期革命斗争的创作很少,从这一角度说,王愿坚的创作具有题材拓展的意义。他还有一些作品反映的是革命前辈在当代的生活风貌,这就是《普通劳动者》、《休息》、《亲人》、《理财》等小说。

与峻青创作的主题思想一样,王愿坚创作的目的也是通过讲述过去的艰难历史来感知今天生活的不易,起到宣传、教育作用。但小说在叙事结构、人物塑造及审美风格等方面,与峻青的创作存在显著差异。王愿坚的小说也描写生死攸关的考验、尖锐激烈的冲突,但他不像峻青那样对战争场面和过程进行正面描绘、进行强烈的情感性渲染,他也不注重情节的完整与曲折,而往往截取生活的一个或几个横断面,侧重细节的把握。有时一个短篇就是一个生活片段,如《七根火柴》、《三人行》等;有的小说虽有完整的故事,可小说叙事的重点却放在捕捉最感人的生活片段上,刻画人物在特定情景下的情感状态、心理活动,着意描摹最能表现人物情感和思想的富有特征性的细节,《党费》就是其中最有代表性的名篇。这部小说可以说就是由细节来支撑叙事的结构与主题的。首先,用作党费的咸菜是这篇小说的一个核心意象,从整个文本表现的角度讲,它实则就是一个细节,一方面说明在白色恐怖下,当时从事革命活动的游击队的生活是多么艰苦与困难;另一方面,对从事地下工作的革命者黄新来说,可以表现出她的聪明、机智及对革命事业的忠诚与勇敢。其次,日常生活中黄新给女儿唱《送郎当红军》,这一细节对表现这位英雄更是别具匠心。黄新的丈夫是红军战士,已远走他乡,杳无音信。这首歌含蓄地表达了这位革命者内心丰富的情感世界。再次,就是人们经常提到的那个细节:黄新从饿得有气无力的女儿手里夺下那根腌豆荚,放入准备给山上战士们的一筐咸菜中。这一细节突出,但也隐含了王愿坚创作中概念化的一面,小说无意中透露出革命者的阶级情感对世俗伦理情感的超越与克服。这一点在《粮食的故事》中表现更为明显。

通过细节刻画人物,努力挖掘人物自身的精神,这种结构方式可能与王愿坚的创作体验有关。当时创作革命历史题材小说的作家绝大部分都有与小说描写内容相近的实际经历。建国后,过去的革命经历时时萦绕于心,他们就有了下笔写作的冲动。而王愿坚的小说故事却大多是听来的,他于 1944 年参加革命,并没有经历过第二次国内革命战争时期的斗争生活,这些故事感染了他,在他形诸笔墨进行创作时,首先是某个核心的细节、片段出现,然后才围绕这些细节、片段对其他生活背景与人物进行艺术想象与虚构。实际生活的欠缺,是他创作的不利之处,但某种程度上却接近了小说创作的核心——想象,而自由的艺术想象更容易真切表现创作者特定时刻的情感,反而成了他的长处。生活感受的相似,情感体验的相通使他的小说以情取胜。由此,同样是抒情,在峻青笔下,情感是强烈、豪壮的;而王愿坚的抒情则是细腻、含蓄的,更有艺术的余味。《七根火柴》的结尾,"一、二、三……"简单的数字渗透的却是一个无名英雄的精神内涵,深沉、有力却又纯净、明朗。《三人行》中天空那排成"人"字形飞行的大雁,在寒冷环境中的相互依存也含蓄地映照出红军战士间深切的阶级友情,清冷、萧瑟的自然环境下却流淌着一股浓烈炽热的人间真情。

王愿坚早期小说的叙述人常采用第一人称"我",如《党费》、《粮食的故事》、《支队政委》等,小说中的"我"往往是所叙故事的边缘角色,更多的是作为作者直接抒发主题与思想的代言人。从《七根火柴》、《三人行》等小说创作开始,则主要采用第三人称,艺术探索上也更进了一步。在第一人称的小说中,"我"(叙述人或人物)和作者本是不同的角色,但在十七年的小说创作中,二者却经常被混同,不仅带来身份上的不协调,也失却了这种人称叙事可能带来的"复调"意蕴。除个别作家外,大多数作家没有处理好这一叙事关系,而成为这一时期短篇创作的通病。某种意义上,它也暗示了"人"与"自我"在这一时期的失落。

第六节　主流之外的另类

文学作为一种具有独立价值的审美意识形态,在十七年却逐步沦为政治的附庸。但并非所有作家都一味俯首听命于指挥棒的操纵,"五四"以来形成的质疑和批判现实的启蒙文学传统,文学对"人"基本价值的关注和守望,仍然是潜行于深处的地火,使得十七年文学在不同阶段都或多或少有一些逸出规范之作。它们处于当时主流创作的边缘或一时受到鼓励,却很快又遭到批判乃至清算的命运。这些作品表现出一种"干预生活"的勇气。这里应对"干预生活"作泛化理解,不仅仅限于 1956 年"双百"方针之下关于创作的一种理论口号,而是指一种精神向度,一种对现实批判、反思的目光和对个体精神世界的维护与理想诉求。

早在 20 世纪 50 年代初,作家萧也牧和路翎的创作及遭遇即透露出两方面的信息。一方面,新中国建国伊始的创作,不论是对现实的关注还是对个体的审视都具有多向度发展与拓展的可能;另一方面,他们的遭遇显示,在具体的艺术实践上,主流意识形态从一开始就有具体要求,小说创作挣不脱被规范的命运。

萧也牧(1918—1970),原名吴承淦,浙江吴兴人。1937 年参加革命并开始创作。《我们夫妇之间》写于 1949 年秋,发表于 1950 年 1 月的《人民文学》,是他对现实的凝视之作,然而,正是这部作品给他本人带来厄运,直至在"文革"中被迫害致死。他的作品还有中篇《锻炼》和短篇《识字的故事》、《海河边上》。

《我们夫妇之间》主要写一对"知识分子与工农相结合的典型"的夫妻:农村女干部张同志和知识分子李克。生活在山沟里时,"我们"很愉快,很融洽,进城后却出现了裂缝。知识分子出身的"我"面对城市生活表现出很大的喜悦,老根据地英雄出身的"我的妻"则对城市表现出本能的反感与厌恶,一切都"看不惯"。"我"也"看不惯""妻"从生活方式到言行举止的许多农民生活习性,如满口脏话、不顾场合大声嚷嚷,甚至连穿衣、走路的姿势也"土气十足"。最后"我"被"妻"的政治热情、革命干劲和心地善良所打动,"我们"和好如初。

这篇小说非常敏感地涉及了一些看似生活小事却关涉意识形态特征的政治问题。一方面是新生政权取得全面胜利,从农村根据地进入城市后以农民为本的战时策略、思维与以城市文明为标志的现代化及现代性思想的关系问题。独特的历史境遇使得乡村文明被忽略其封建性、落后性而赋予优越地位,特定的历史又使执政党决心选择一条不同于资本主义的发展道路,而城市被看做资本主义腐化、堕落的发源地及标本,所以"我们"要对城市进行改造,而不是被城市所改造。小说敏感地触及了如何正确地对待城市文明与农耕文明之间的关系问题,小说的结论是"我"从政治上认同了"妻",但生活方式上"妻"却被城市生活改造了。另一方面,离开了战时统一战线的时势要求,在新的环境下,既然以农耕文明为本位,就涉及如何对待知识分子的问题。小说没有按流行的阶级论来处理,让知识分子向农民学习,彻底改造思想。它赞同知识分子接受新的思想意识,但又为知识分子保留了在生活上的城市品位的合法性。

从小说本身来看,《我们夫妇之间》的主题其实是在向主流叙事靠拢的,发表之后却引来了猛烈挞伐。从此,描写小资产阶级知识分子及城市生活的作品开始战战兢兢,在城市除了尖锐的阶级斗争外,不再有城市生活本身的影子,写到城市也不再具备城市的功能、品格,而是被抹上一层农耕文化的色彩。

路翎(1923—1994),原名徐嗣兴,祖籍安徽,生于南京。1937 年开始创作,有短篇小说集《青年的祝福》、《求爱》、《在铁链中》,中篇小说《饥饿的郭素娥》、《蜗牛在荆棘上》、《嘉陵江的传奇》,长篇小说《财主的儿女们》、《燃烧的土地》。解放后,路翎任南京市文艺创作组组长,1950 年奉调北京,任中国青年艺术剧院创作组副组长,创作了话剧《迎着明天》、《英雄母亲》、《祖国在前进》,短篇小说集《平原》和《朱桂花的故事》。抗美援朝开始后,他被派往朝鲜前线采访。1953 至 1954 年,发表了以朝鲜战争为题材的一组短篇小说:《战士的心》、《初雪》、《你的永远忠实的同志》、《洼地上的"战役"》以及散文报告文学集《板门店前线散记》。

《洼地上的"战役"》写于 1953 年 11 月,它借"洼地上的战役"这一场景,一方面表现志愿军战士王应洪在战斗中战胜了敌人,另一方面表现他战胜了自我,这是“战役”二字加引号的特殊用意。王应洪发现朝鲜姑娘金圣姬偷偷塞在他军服口袋里的袜套和绣花手帕后，把这一切汇报给了班长王顺。作为王应洪的直接领导，王顺并没有责备王应洪，在证实姑娘确实爱上了王应洪后，他提醒王应洪不要违反纪律，同时引导他正确处理这种关系，理解朝鲜人民对志愿军战士的这种真挚情感。他让王应洪留下这些东西，王应洪拒绝了。战场上王应洪受伤后想起口袋里还有姑娘的一块绣花手帕，要拿出来交给班长，班长让他留了下来，并折下一枝金达莱花，插在他的口袋上，让他交给金圣姬。王应洪理解了班长的心意，奋勇作战，在战斗中牺牲。

与同时期描写战争题材的短篇相比，这篇小说写了战争与个体、人性的冲突与相融，在题材上突破了一个不小的禁区。在创作手法上，他承续前期创作的特点，关注个体的感性生命体验，通过人物瞬间、片段的思绪、内心搏斗与梦境展现了人物的潜意识和复杂、丰富的精神世界，塑造了王应洪和王顺这两个血肉丰满的人物。

在宏大叙事的间隙关注个体的命运，相信个体对世俗幸福的怀想与对和平生活的渴望未必泯灭斗志，而是同样可以成为英勇杀敌的动力，相信个体生活与革命事业是一致的，是路翎创作的出发点。但如此一来，无论从题材选择、主题表现还是小说叙事本身，路翎的创作都和当时主流倡导的叙事存在游离。所以，除《初雪》一篇，路翎的这组作品都遭到严厉的批判。1955 年，路翎作为“胡风反革命集团骨干分子”被专政机关逮捕并关押，直到二十多年后才得以平反。与此同时，革命与人性的复杂纠葛等文学命题最终被从文学中荡涤净尽，直到“双百”方针出现，文学对人性的呼唤才得以重归文学殿堂，尽管只是弧光一现。

1956 年 5 月至 1957 年 7 月，在“双百”方针的引导下，文艺界出现了短暂的繁荣局面。“写真实”、“干预生活”等现实主义创作理论的出现，推动了小说创作，特别是短篇创作走上健康发展之路，涌现出一批优秀作品。这些小说大致可以分为两类：一类是揭露社会弊病、阴暗面，大胆“干预生活”的，如《组织部新来的青年人》(王蒙)，《改选》(李国文)，《芦花放白的时候》、《灰色的篷帆》(李准)，《田野落霞》、《西苑草》(刘绍棠)，《办公厅主任》(李易)，《沉默》(何又化，即秦兆阳)，《入党》、《明镜台》(耿龙祥)等；另一类是描写个人日常生活和情感世界，探索人的精神世界的作品，如《红豆》(宗璞)、《小巷深处》(陆文夫)、《在悬崖上》(邓友梅)、《美丽》(丰村)、《幸福》(李威伦)等。

王蒙(1934－　)，祖籍河北南皮县，生于北京。中学时代即参加革命，1948 年加入中国共产党。建国后，主要从事共青团工作。1953 年写下了长篇处女作《青春万岁》。他第一篇正式发表的作品，是写于 1955 年的短篇《小豆》，此后，相继发表《春节》、《组织部新来的青年人》、《冬雨》等作品。

《组织部新来的青年人》原名“组织部来了个年轻人”,《人民文学》1956年9月号发表时编辑部从题目到文本内容都有所改动。它以主人公林震初到北京某区组织部的工作经历为线索,真实地反映了生活的现实情状。小说以青年人林震的眼光来观察、分析生活,也以他的眼光来评价生活。沿着林震的工作生活这一叙事线索,小说揭露了组织部这一党的核心机关工作中存在的问题及阴暗面,并以鲜明的价值判断表达了对组织部新任副部长韩常新、通华麻袋厂厂长王清泉等人的鄙夷态度,同时描写了刘世吾这个复杂的人物。刘世吾是林震的直接领导,工作的口头禅是:“就那么回事!”对工作散漫、没有热情,但把他仅仅说成是一个官僚主义市侩是不够的。他对人、对事有清晰的判断,而且只要下决心,就会把存在的问题及时解决。他喜欢看书,与林震在小饭店的夜谈可以看出他过去的精神志向及现在虽然失去很多但依然存留的精神素质。在林震的个人生活这一叙事线索中,小说描写了由于相同的工作态度和相似的生活情趣,林震与同事赵慧文在不知不觉中靠近,然而这种朦胧的情感在旁人的“关注”与自我的审视下趋于止步。

小说发表后,人们谈论更多的是由林震的工作反映出的社会主义生活中的阴暗面,刘世吾被作为官僚主义的典型人物而加以评论。从当时作者的创作初衷来看,在“双百”方针的激励下,在“干预生活”的创作理念下,作者表现了自己对当时社会生活的认真观察及对存在问题的严肃思考,这是文本客观存在的。但文本的另一意义在于对青年人生活、心理的真实、细腻捕捉与表现,表现了理想与现实的冲突、激情与庸常的激撞,使文本弥漫着青春气息。

宗璞(1928—　),原名冯钟璞,祖籍河南省唐河,出生于北京。1951年大学毕业后,曾在政务院文教事务委员会宗教事务处、中华全国文学艺术界联合会、《文艺报》编辑部工作。1957年7月,她的小说《红豆》由《人民文学》“革新特大号”作为“新人作品”推荐发表,当时的编辑意图是为了贯彻“双百”方针,但杂志正式出版时,文艺界的“反右运动”已全面展开,从而成为“百花时代”的最后一批绝唱。

《红豆》讲述的故事发生在1948年。在这个转折的年头,大学生江玫与齐虹因为相同的生活情趣而相爱,最终却由于政治立场的分歧而走向分离。从主题上讲,这部小说反映的是关于知识分子的人生道路选择问题,而不仅仅是爱情问题。关于革命与爱情的复杂话题在20世纪30年代的左翼文学就已滥觞,《红豆》的主题仍认同革命的决定性作用,它的深刻之处在于在那个爱情描写遮遮掩掩属于创作禁区的年代,她让爱情摆脱当时流行模式的书写,还原了其情感的本质属性与丰富内涵。在小说的叙述话语中,我们可以看到作者对主人公江玫始终保持一种回护态度。江玫年青、美丽、善良,对音乐的共同爱好使她和齐虹不期而遇终至深深相爱,他们拥有并享受着爱情的真诚、甜蜜与对未来世界的憧憬。但1948年的大学校园风雨飘摇而又要求每个人必须作出自己的人生选择。江玫的小资产阶级知识分子家庭出身、同屋革命者萧素的身体力行的影响与母亲的痛陈革命家史使她选择并走上了革命的道路。齐虹出身大资本家家庭,赴美是他的选择。不同的人生和政治选择使他们痛苦,但相爱而不得的情感分离他们同样无法忍受,见面不停争吵,但不见面两个人又受不了。在女性作家细腻、深切的笔触下文本表现了革命与爱情的丰富、复杂纠葛与深刻人性内涵。

小说以回忆性的笔调统摄全篇,内容是八年后的江玫回母校工作因目睹“红豆”而回忆起的爱情故事。江玫在“我不后悔”声中选定了自己的人生道路,但八年后的她依旧孑然一身,过去的情感往事历历在目,革命、情感与个体的深切人生体验使文本饱含复杂、难言而又挥之不去的感伤情绪。对爱情的另一当事人齐虹,叙述人虽也强调他的个人主义、他的暴躁,但更多的却是突出他对爱情的狂热,这既有对江玫的回护,更是通过对双方爱情的肯定、同情与理解表明知识分子对人类这一最强烈、最私密的情感领地的神圣维护。

“双百”方针背景之下出现的以上两类文本表面看来没有关涉,实质上是同一个体——“人”的不能分割的两面。反映、暴露社会生活存在的问题与阴暗面的小说强调的是个体的责任感、社会使命感;描写个体情感体验、矛盾与困惑的小说书写人的独特、复杂的精神世界,二者同样都是对“人”的尊严、价值的维护与捍卫,它们从不同层面诠释着“文学是人学”的内涵。需要注意的是,后一类爱情小说,其基点不在言情,不是讲述一个个缠绵悱恻的爱情故事,而是强调爱情的理性之美,回答“爱情是什么”和探讨人生意义的问题。这些小说在1957年到来的“反右运动”中纷纷被指为“大毒草”,作者绝大部分被打成“右派”,文学的百花气息只是昙花一现。

1958年的“大跃进”和随之而来的“三年自然灾害”,使国家在政治、经济政策上作了调整,文艺政策也相应有所改变。20世纪60年代初,文艺界又一度出现相对宽松的局面。但在题材选择上,直面现实的作品却极少,历史题材成为作家们的创作场域,借古喻(讽)今的创作方式成为作家关怀现实的切入点。这些历史题材小说以1961年春天陈翔鹤的《陶渊明写〈挽歌〉》为发端,相继有黄秋耘的《杜子美还家》、《顾母绝食》、《鲁亮侪摘印》,冯至的《白发生黑丝》,陈翔鹤的《广陵散》,徐懋庸的《鸡肋》,师陀的《西门豹的遭遇》等,这一类创作一直持续到1963年春天,数量有四五十篇之多。这批小说多出自老作家之手,与“百花时期”的年青作家相比,他们的笔致更为曲折、隐晦。

这些小说描写的题材往往集中于古代那些正直、忧民、具有强烈社会责任感和忧患意识的文人,如杜甫、陶渊明、海瑞等,作家们借历史与现实对话,藉古人形象曲折地表达他们的现实情怀。黄秋耘的《杜子美还家》写诗人杜甫经历“安史之乱”后回家的情景,沿途的民生凋敝是对当时经过一系列运动之后严峻社会现实的隐忧与人民呼声的曲折表达。冯至的《白发生黑丝》通过书写晚年杜甫的经历,表达在民生多艰的困境中知识分子的自我反思。有的小说则悲悼古代正直文人坎坷的人生境遇、伤时哀世,书写他们高洁的品格与独特个性,也有写他们作为丈夫和父亲的普通人的一面。对文人心灵状态的关注是这些小说的共同点,同时小说也借此曲折地传达了现世知识分子的独立情怀与历经磨难的“五四”知识分子的身世之叹,表达了他们对谄媚与谀上之风的嘲讽。

陈翔鹤(1901—1969),重庆人。曾是“五四”时代浅草社和沉钟社两个社团的主要成员之一。1949年之前的创作关注现实生活,带有浓郁的感伤色彩,结集有《不安定的灵魂》等。建国后,主要从事编辑工作,少有创作,60年代初写下的两篇历史小说集中了他的认识和思虑。

《陶渊明写〈挽歌〉》浸笔于陶渊明个体的精神世界,在个体自我的遭遇、心境、感慨中表达对知识分子心灵世界的追索与探问。这里的陶渊明不是“采菊东篱下,悠然见南山”的陶潜,而是思绪万千、忧思难忘的陶渊明。他拒退自己反感、厌恶的声名赫赫的刺史檀道济,疏离混迹权威堆中的朋友颜延之,庐山法会回来以后终知平日好友慧远和尚坐讲的佛家超脱不过是他获取名利的另一终南捷径,现实的尔虞我诈、你砍我杀方是真实。自己该如何自处?在这种心境下陶渊明挥写《挽歌》与《自祭文》,自顾身世、追思行迹,不是生不足道,而是生已无望;不是死不足惜,而是死无留恋。在“人生实难,死之如何”的感慨中,一种现实世界中个体自我的孤独与无力之感弥漫全篇。随后陈翔鹤写下《广陵散》,进一步表达了他对古代那些正直文人独立人格与高洁品行的追慕与期许。“竹林七贤”之一的嵇康不事权贵、反抗名教礼法,特立独行却终为权臣所害。对朋友吕安“人之相知,贵相知心”的赤诚至死也不悔,与山巨源绝交一事更显其人品的高洁与尊贵。嵇康临死从容弹奏千古绝唱《广陵散》,这种旷世高远的人格也成为千古绝唱。在这篇小说中可以看到作者对死的更深入的思考,《陶渊明写〈挽歌〉》中的死有无奈、悲凉,这里的死却更能凸显其不同流合污而遗世独立的高贵人品。对平易、淡泊的世俗生命状态的向往与不得最终走向对独立、孤独的自我认同与追求,是小说中主人公的心路历程,却也浓缩了作家本人对自我身世、经历与现实的沉痛思考与决绝追求。

这些历史小说的言说态度与审美追求自然不会被主流所认同,很快受到批判也就在所难免。陈翔鹤在“文革”开始不久即被迫害致死。

第四章 小说(下):几部长篇代表作

第一节 《红旗谱》与革命史诗

“革命历史题材”作为文学的一个概念,是在50年代开始使用的。“革命历史”专指从1921年中国共产党成立到1949年新政权建立28年间中国共产党领导下的革命斗争历史。“革命历史小说”的概念则是在80年代被研究者提出,具体所指是“在既定的意识形态的规限中,讲述既定的历史题材,以达成既定的意识形态目的”①。在新中国成立后,对中国共产党所领导的武装革命进行符合意识形态要求的形象化叙述,成为文艺工作者的一个新任务。因而在50年代和60年代,出现了一批讲述革命历史的小说。在这其中,出现了一些影响颇大的长篇,如《红旗谱》、《保卫延安》、《铁道游击队》、《风云初记》、《红日》、《红岩》、《三家巷》、《苦菜花》、《野火春风斗古城》等。

对于革命的起源、发展的叙述是在一整套意识形态的叙述中完成的,对历史的文学书写被纳入政治书写的轨道。革命历史题材的小说所具有的“当代”意义就体现在这里。因此,对革命历史进行符合时代要求的讲述,不仅可以展现作为亲历者的自豪感,满足革命者的情感需要,而且也使作者直接参与到革命历史的建构工程中来。革命历史题材的小说创作完成了对历史和当代政治的双重书写,较好地适应了现实的需要。这也是它在十七年间持续繁荣的主要原因。在这些小说中,梁斌的《红旗谱》是重要的代表之一。

《红旗谱》包括三部,以第一部命名。第一部《红旗谱》出版于1957年,销量惊人,到1966年第三版时,印数已超过百万。第二部《播火记》出版于1963年,第三部《烽烟图》直到1983年才出版。三部共109万字。它以冀中平原为核心,讲述从清末到抗战近半个世纪的农民革命的历史。作者梁斌(1914－1996年),

①黄子平:《革命 历史 小说》,牛津大学出版社(香港),1996年,第2页。

原名梁维周,河北蠡县人。20年代在中学读书期间就参加共产党领导的革命斗争,1930年考入保定第二师范学校,1933年到北平,开始文学创作。抗战期间和40年代后期,在冀中从事文化宣传和地方政权工作。主要作品除成名作《红旗谱》外,还写过表现土地改革的长篇小说《翻身纪事》。

在《红旗谱》的三部当中,影响最大的是第一部。小说描写了发生在冀中平原上锁井镇的两户农民三代人与一户地主两代人之间的尖锐矛盾和斗争。概括了20世纪二三十年代中国北方农村的阶级状况和不同历史时期农民的反抗道路,揭示了中国农民的革命斗争从自发走向自觉的历史道路。最后,在三代农民所走过的革命道路的对比中得出结论:只有在中国共产党的领导下,革命才能取得胜利。

小说以“朱老巩大闹柳树林”作为“楔子”,讲述绿林好汉式的农民朱老巩和严老祥为阻止地主冯兰池侵吞农民资产,挺身而出、赤膊上阵,但最终却落得家破人亡的下场。正文写朱老巩的儿子朱老忠在父亲惨死、姐姐自杀的情况下,带着家族血仇大恨远走关东,并在30年后带着妻子和两个儿子回到锁井镇报仇。有别于父辈的是,他并不急于求成,而是让自己的儿子去当兵,让严志和的儿子读书,以期自己有握“枪杆子”的人和做官的人。但由于这种反抗仍局限在自发的范围内,因此在与地主的矛盾冲突中仍然失败。地主集团依靠强大的经济和政治实力,始终占据上风,小说通过“脯红鸟事件”等情节揭示了农民自发反抗的历史局限性。但是朱老忠和严志和的儿子大贵、二贵、江涛、运涛却在党的引导下迅速地成长起来。当青年领袖张嘉庆领导的“反割头税”运动取得胜利时,朱老忠意识到只有在中国共产党的领导下,才能战胜强大的地主势力。以此为标志,锁井镇农民的斗争走上了党领导下的自觉斗争。小说最后部分虽然写了“保定二师学潮”的失败,但是并不给人悲观的感觉,因为革命斗争的高潮正在掀起,第三代农民已经在党的领导下成长为地方革命的领导者,革命必将走向一个新的阶段。

中心人物朱老忠作为一个农民革命英雄,其性格具有承上启下的过渡性。他跨越新旧两个时代,完成了从传统农民到共产党领导下的新型革命农民的转变。因此他的性格也带有两重性。一方面他继承了父辈敢做敢为的反抗性格,豪爽侠义、天不怕地不怕:“这天塌下来,我朱老忠接着。朱老忠穷了一辈子,可是志气了一辈子。没有别的,咱为老朋友两肋插刀!有我朱老忠的脑袋,就有你的脑袋,行吗?”饱经沧桑的生活使他懂得报仇要保持极大的耐性,从他的口头禅“出水才看两腿泥”,可以看出朱老忠坚韧不拔的意志。他朴素的“抱团体”的思想表现出深谋远虑的性格特征。另一方面当他接触到马克思主义,就受到巨大的吸引,感到自己与革命有天然的联系,并最终加入共产党,从草莽英雄变为革命战士。朱老忠集中了农民英雄和革命农民身上的所有优点,讲义气、抱团体、有胆识、有策略;对待地主阶层有着强烈的阶级仇恨,对待农民阶层又是义重如山。作者塑造这一形象实践了毛泽东的《在延安文艺座谈会上的讲话》中关于“塑造典型”的观念,即“文学作品中反映出来的生活”,应该“比普通的实际生活更高,更强烈,更有集中性,更典型,更理想,因此就更带普遍性”。朱老忠的塑造实现了50年代对于“典型”的基本要求,人物不仅处于小说的中心位置,而且包含着政治话语对无产阶级形象的全部描述。由于作者从一开始就把这一中心人物的性格定位为“高大完美”[①],因此造成了人物塑造的艺术缺憾,人物性格在小说中没有发展变化,显得比较单一。

在小说出版后,这一形象受到高度的评价:“集中体现了农民对地主世世代代的阶级仇恨,体现了为党所启发、所鼓励的农民的革命要求”[②];是一个“兼有民族性、时代性和革命性的英雄人物的典型”,“他不仅继承了古代劳动人民的优秀品质,古代优秀人物的光辉性格,而且深刻地体现了这新时代(无产阶级革命时代)的革命精神”[③]。之所以获得评论界的一致好评,是因为朱老忠身上表现出的新旧交替的过渡性,正好象征着中国农民走向革命所必然经历的过程,其逻辑指向是,共产党是造成这一历史性蜕变的本源。因此,朱老忠这一形象的塑造,很好地适应了革命起源的解释工作,适应了当时意识形态的要求。

如果说朱老忠是按照没有缺点的英雄典型来塑造的,严志和就是作为地道的农民来写的。他对于土地的强烈需求是农民革命最直接的动力。为了解救深陷狱中的大儿子运涛,他被迫出卖父亲留下的“宝地”,忍受着抽筋剔骨般的痛苦:“他匍匐下去,张开大嘴,啃着泥土,咬嚼着,伸长了脖子咽下去。……严志和嘴里嚼着泥土,唔哝地说:‘孩子！吃点吧！吃点吧！明天就不是咱们的啦！从今以后,再也闻不到它的气味！’”这是一个从未离开过家乡的传统农民形象,对他来说,土地关乎生存,维系子孙的血脉。所以,当他听到朋友朱老明要为土地和冯老兰打官司时,就以一头牛为代价支持这场官司。在这一斗争失败后,他无颜见妻儿,只想悄悄地离开锁井镇。失地、失牛的痛苦让他只想低头过日子,再不想反抗。与朱老忠重逢后,经过后者的说服和鼓动,他才勉强跟随朱老忠一起斗争。这是一个在恶劣的现实环境中挣扎着寻找活路,在无尽的苦难中学会隐忍的传统农民,如果作者能细腻准确地表现严志和在“革命/不革命”之间的矛盾

---

①梁斌:《漫谈〈红旗谱〉的创作》(《红旗谱》的“代序”),中国青年出版社,1959年。文中说:“写长篇时,我决心把朱老忠的性格再提高一步,使这个形象更加完美。”

②周扬:《我国社会主义文学艺术的道路》,《文艺报》1956年第13、14期合刊。

③冯牧、黄昭彦《新时代生活的画卷》,《文艺报》1956年第19期。

心理,这将是一个更加丰富的形象。

造成朱老忠和严志和性格差异的原因,与两人的成长经历不同有直接关系。严志和土生土长,从未离开过家乡。而朱老忠十几岁离家自谋生路,“在长白山上挖参,在黑河里打鱼,在海兰泡淘金”,生存的巨大压力使他必须忽略规则,同时也养成了慷慨豪爽的性格。由于少小离家,作为外乡人生活在关东,传统宗法观念对他的约束也没有形成。因此,朱老忠的性格具有游民性格的特点,而游民性格最具有革命的因素。毛泽东在《中国社会各阶级分析》中说:“这批人很能勇敢战斗,但有破坏性,如引导得法,可以变成革命的力量。”①这样的性格使朱老忠不仅具有强烈的改变现状的愿望,而且敢于付诸行动。

在这部小说中,值得一提的还有反面人物冯贵堂。他在小说中具有三重身份:阶级身份——地主的儿子,政治身份——反革命力量,另外还有一个常被忽略的社会身份——乡村知识分子。他上过大学,接受过“五四”新文化的熏染,相信民主、科学,希望在乡村经济中实施一系列改革,这样的思想使他与保守的父亲产生巨大的分歧。小说中写到一次父子争吵。冯兰池拍着桌子说:“你花的那洋钱,摞起来比你还高。白念了会子书,在外头混了会子洋事又不想抓权,又讲‘民主’,又想升发,又不想得罪人。……在过去,你老是说孙中山鼓吹革命好。自从孙大炮革起命来,把清朝的江山推倒。天无宁日!……还鼓吹什么男女平等,婚姻自由,闺女小子们一块读书。我听了你的话,把大庙拆了,盖上学堂。如今挨全村的骂……”冯贵堂反驳道:“这就是因为村里没有‘民主’的过,要从改良村政下手。村里要是有了议事会,凡事经过‘民主’商量,就没有这种弊病了!……听我的话吧,少收一点租,少要一点利息,教受苦人过得去,日子就过得安稳了。”从冯氏两代人的冲突中可以看出,冯贵堂已经是一个具有新思想的新一代地主,他试图把新文化运动所传播的思想转化为乡村建设的具体实践,希望赋予无产者更多的政治权利,并提供更科学的经济模式,使地主和贫农都获得更大的经济利益,达到共同富裕的目的。这种有产者自上而下的改良思想,是现代中国资产阶级知识分子对未来中国道路的设计方案之一。由于最终取得胜利的是激进的革命思想,因此这一方案随之被视为错误的甚至反动的。作者也就根据现实政治的要求,把冯贵堂作为革命的反面提供出来,依然用出身论来描绘这一人物,使他只是作为反革命的刽子手形象而存在,因而失去了使文本更加丰富和深刻的可能。

《红旗谱》的风格是民族化的,这也是实践毛泽东文艺思想的结果。毛泽东在《中国共产党在民族战争中的地位》一文中写下了这样的话:“洋八股必须废

①《毛泽东选集》第一卷,人民出版社,1966年,第9页。

止，空洞抽象的调头必须少唱，教条主义必须休息，而代之以新鲜活泼的、为中国老百姓所喜闻乐见的中国作风和中国气派。”在延安时期，毛泽东又大力提倡知识分子要读旧小说，把文学创作的艺术资源限制在民族传统中，同时对西方的艺术技巧和精神特质都持排斥与批判的态度。梁斌正是沿着这样的指引，努力使小说具有更突出的民族特色。《红旗谱》的中心人物性格带有江湖侠气，显然有对《水浒传》的艺术借鉴；还有对农村民俗化生活氛围的描写，写江涛出生后，奶奶在窗户上系红布条来避邪图吉利，以及过年、上坟等事件中的仪式化的民俗场景；人物对话采用河北农民的日常口语，既符合人物身份，又显得亲切生动。不足之处在于，有些过分难懂的方言，可能造成其他方言地区读者的阅读障碍；对民族化的追求少许冲淡了浓烈的政治意味，但也提高了小说的审美价值。

《红旗谱》的史诗性受到了评论界的一致赞扬。其史诗性结构，即“楔子”和三部曲结构，正好暗和了当时对革命历史发展过程的经典叙述：革命的发展过程是从共产党诞生以前的农民自发反抗发展为共产党领导下的自觉革命斗争。在第二部《播火记》中，主要描写了发生在1932年的高蠡暴动，第三部《烽烟图》则重点表现抗日战争期间的革命和斗争。在作者看来，只有多卷本的结构才能表现中国农民在民主主义革命时期广阔的生活和斗争画面，只有在宏阔的历史背景上记述革命历史，才能使作品具有史诗性。

这也是当时作家的普遍看法。因此，历史题材的长篇小说都把“史诗性”作为最高的艺术追求。杜鹏程的《保卫延安》是最早得到“史诗”称号的长篇小说[①]。它取材于1947年胡宗南指挥国民党军队对延安进攻，毛泽东、彭德怀放弃延安又最终收复延安的军事事件。虽然只重点描写了几个局部性的战役，但作者以全局观念展现出共产党领导的波澜壮阔的战争图景。随后出现的《红日》被评论界认为具有比《保卫延安》更大的成就，其主要理由就是它所表现的战争场面更加宏阔壮观，不仅写到军队编制的各个级别，也写到了军队与老百姓、前线与后方、战争生活与日常生活的众多层面。可以看出作者要通过战争把握更加广阔的社会生活的意图。与《红旗谱》、《红日》并称为“三红”的《红岩》，同样具有以局部反映整体的艺术结构。虽然具体描写的是“渣滓洞”和“白公馆”两个集中营中的斗争，但却有机地融入了城市的工潮、学潮以及游击队的战斗，使狱中的斗争成为中共在国统区开展的革命斗争的一部分；对在国统区开展的革命斗争的描写，构成了革命者在狱中斗争的典型环境，二者合起来，共同表现了“黎明前的黑暗”这一主题。因此，江姐、许云峰等革命者所面对的血腥酷刑不再具有悲惨的美学特征，相反，黑暗与光明这一断裂性的时间修辞，给予历史时间“新旧

①冯雪峰：《论〈保卫延安〉的成就及其重要性》，《文艺报》1954年第14、15期。

交替”的本质性叙述,表达了昂扬向上的革命激情。

史诗性的长篇历史小说,共同完成了对中国共产党领导下的革命历史叙事,但由于与激进政治话语对历史本质的“纯化”要求尚有一定距离,所以在“文革”中,仍然受到指责。

第二节 《创业史》与农业合作化叙事

在十七年的农村题材小说中,描写合作化运动的长篇小说《三里湾》(赵树理)、《山乡巨变》(周立波)、《创业史》(柳青)最为引人瞩目。它们所反映的题材都具有现实性和政治性,都关注中国农民在社会主义改造进程中所经历的心理巨变和思想再造。发表于1955年的《三里湾》,是建国后最早反映农村社会主义改造的长篇小说。小说在初级社秋收、扩社、开渠等大事件的背景下,通过对新旧两种家庭的对比描写,以及旧式家庭的最终解体,来表现农村社会的深刻变革。正是在新的集体化农业生产方式的冲击下,才产生了旧式农民心理的种种变化和农村新人以及新型家庭关系、人际关系的产生。《三里湾》揭示了中国农村社会主义改造的复杂性,即生产方式的改变必然同传统的家庭关系的改造缠绕在一起,农民对合作化的接受过程也将伴随着对传统小农经济下的农业文化的摒弃。但由于私有思想和小农观念的转变不是一朝一夕的事,因此必然要面对种种困难。1957年底,周立波完成了描写合作化运动的长篇小说《山乡巨变》,并在1959年底完成了续篇。正篇完整地记叙了初级合作社“常青社”成立的全过程,续篇则描写初级社转为高级社以后的农民生产、生活情况。小说描写了农村在新的政治形势下出现的两条道路的斗争,塑造了一批在合作化进程中出现的代表最先进思想的优秀基层干部形象。通过描写贫农陈先晋一家,深刻地揭示了旧式农民摆脱私有制思想的艰难与痛苦。可以说,这两部长篇小说为后来的农业合作化小说提供了初步的经验。

尽管合作化题材的小说是按照上级文件精神来理解这场运动的,但由于作家们具有长期农村生活的经验,对农民的思想感情有深入的了解,因此在表述时代思想的时候都融入了作家对农民心理的深切体味和对现实生活的有限思考,对落后农民形象的真实描写,为小说的政治主题增加了一些弹性,一定程度上减少了在传达主流思想的过程中所造成的僵硬。因而这些小说仍具有一定的审美价值,并且显示着创作个性。在这些小说中,柳青的《创业史》是突出的代表。

柳青(1916—1978),原名刘蕴华,陕西吴堡县人。1938年在延安时开始写作,对农村题材的创作有一定经验。在写作《创业史》之前,曾出版短篇小说集

《地雷》(40年代初)、《种谷记》(1947年)和《铜墙铁壁》(1951年)。1952年,他放弃了北京优裕的生活环境,自愿到陕西长安县皇甫村落户,并参与了当地的农业合作化运动,为写作鸿篇巨制《创业史》做了准备。根据作者的计划,小说由四部构成,但只有第一部全部完成,并于1960年开始在刊物上连载,次年出版单行本。"文革"后,柳青带病修订了第二部的上卷和下卷的前四章,但最终没能完成。

小说描写的是渭河平原下堡乡蛤蟆滩实现农业合作化的过程。第一部写的是,在梁生宝的领导下,蛤蟆滩的互助组度过了艰难时刻,最终得到巩固和发展。第二部则描写了梁生宝领导的农业初级合作社"灯塔社"的成立以及"灯塔社"与郭振山领导的合作社之间的竞争。与以前的同类题材小说相比,《创业史》表现出更明显的两个阵营的矛盾冲突。一个阵营包括坚决走社会主义集体化道路的新型农民,另一个阵营则由一心走个人发家道路的传统型农民组成。处于这两个阵营之间的,是对合作化运动抱怀疑和观望态度的普通农民。对于农业合作化这一新型的生产经营方式,传统农民的疑虑和担忧是不可避免的,因此,梁生宝领导互助组通过买稻种、活跃借贷和进山割竹子等手段克服困难,与蛤蟆滩的"三大能人"暗中展开生产竞赛,最终以多打粮食的事实说服更多的农民加入农业社。作者曾经明确表述过小说的主题思想:"这部小说要向读者回答的是中国农村为什么会发生社会主义革命和这次革命是怎样进行的。回答要通过一个村庄的各个阶级人物在合作化运动中的行动、思想和心理的变化过程表现出来。这个主题思想和这个题材范围的统一,构成了这部小说的具体内容。"[①]当时就有文章特别指出,小说揭示了不为人注意的"生活潜流",即在公有制代替私有制的变革时代,农村社会各个阶层的潜在心理动向和由此产生的矛盾冲突,并试图挖掘出这种冲突的历史与现实的根源。尽管柳青是从既定的政策文件出发,以阶级斗争的立场去解读这场斗争,但由于他对中国农村经济生活和传统农民心理的熟悉,使得小说在诠释政治理念的同时,还采用了大量生动丰富的现实素材,并对历史因袭的农民心理、现实际遇有着深刻准确的描写。在对"落后"贫农转为"进步"这一艰巨过程的描写中,可以清楚地看到这场发生在20世纪50年代农村的经济和政治革命中,真正的冲突在于传统农村观念和新型的政治理念之间的尖锐矛盾。小说中的两大阵营正是以此为依据,而不是按照阶级标准来划分的。如果简单按照阶级标准划分农民类型,就无法找到属于本阶级的共性。比如蛤蟆滩的第一个共产党员、贫农出身的郭振山,在土改后的发家思想和其他富裕中农的思想有本质的一致性;贫苦农民任老四、王瞎子等人,甚至梁三老汉

①柳青:《提出几个问题来讨论》,《延河》1963年第8期。

对未来生活的规划也都是富农式的。因此真正把这些农民划分为两大阵营的是两种不同的生产经营方式,即传统的小农个体自足与社会主义集体互助的经济形式。《创业史》的主题既要表明中国农村走合作化道路的历史必然性,又要真实记录中国农民所经历的心理动荡。由于后者的存在,使小说在合作化题材的作品中显得尤为重要。

小说中的落后人物、动摇分子甚至反面人物(既有贫农也有富农)可以说是传统小农经济观念的代言人。在作者看来,“小说选择的是以毛泽东思想为指导思想的一次成功的革命,而不是以任何错误思想指导的一次失败的革命”,因此在组织主要矛盾冲突、对主人公性格特征进行细节描写时,“就必须有意识地排除农民在革命斗争中的盲目性,而把这些东西放在次要人物身上和次要情节里头”[①]。这样,落后人物、动摇分子有机会充分反映农民真实的思想状态。

贫农以梁三老汉、任老四、王二直杠等人为代表。其中最重要的是梁三老汉。这个老实巴交的传统农民,却生逢变革的时代。面对从未经历过的制度巨变,他总不免充满疑虑和担忧。土改分地时,他不敢相信平白无故得到土地的事实,整天“拄着棍子,在到处插了写着字的木橛子的稻地里,这里看看,那里看看。他那灰暗而皱折的脸皮上,总是一种不稳定的表情:时而惊喜,时而怀疑”,还对老伴说:“我老是觉得不是真的,好像在梦里头哩。我跑出去一看,那些木橛还在稻地里插着哩。”尽管他已有的经验不足以解释新的制度革命,但土地改革毕竟符合他发家致富的梦想,所以接受起来比较容易。想发家,是梁三老汉性格的核心。这就使他打心眼里佩服富农——有心计、下苦力、节俭持家。他认为建立一个几世同堂的大庄稼院,是一个庄稼汉的本分和“能人”的理想生活。因此当第二次土地变革,即农业合作化运动出现时,他感到这个运动与他的梦想有着巨大的矛盾,因此他接受起来显得相当困难。当热心搞互助合作的儿子梁生宝,常常因为忙于开会而耽误地里的农活时,梁三老汉冲着老婆发泄怒火:“他为人民服务!谁为我服务?”听到梁生宝要把钱投入互助组作为进山砍竹子的资金时,梁三老汉立即向老伴要钱,说是要“下馆子”、“买汗褂”,还要把五只母鸡每天下的蛋“早起冲得喝,晌午炒得吃,黑间煮得吃”,原因是“我不吃做啥?还想发家吗?发不成家罗!我也帮着你踢蹬吧”。显然,合作化运动阻止了老汉个人发家的道路,让他对这一运动产生了怀疑。但由于他在土改时对共产党产生的深厚感情,又使他不愿破坏互助组,甚至还常常暗中帮着儿子观察村里人的心理动向,嘱咐儿子应该特别注意的事项,这就为梁三老汉最终的转变打下了基础。当互助组发展壮大起来,梁三老汉开始为有这样的优秀儿子感到自豪,最终一心支持农业

①柳青:《提出几个问题来讨论》,《延河》1963年第8期。

合作社。这一形象概括了传统农民在社会主义改造过程中的内心冲突和心理特征,是整部小说刻画得最为精彩的人物。

王二直杠也是一个具有典型意义的农民形象。在晚清时,他曾因穷偷盗被衙门打了八十大板,从此打服了心,一辈子都是最讲信誉的佃户。在他看来,把最好的粮食用来交租是天经地义的事情。分得土地后,家里却没有畜力、资金和余粮来发展生产,无奈之下他参加了互助组。加入互助组后,他时刻警惕,有好处就跟着沾光,没有好处立刻就撤。在互助组遭遇困难时,他第一个退组,并很快把合作伙伴定为蛤蟆滩的首富姚士杰。他对富农的感情从来没有新社会所倡导的阶级仇恨,更多的是钦佩和羡慕。在作者笔下,王二直杠不仅是一个自私自利、目光短浅的农民,更是一个被现实压弯了腰的被侮辱与被损害的农民。但作者却没能对于这一形象性格背后的历史文化根源进行深入挖掘,没有在更为广阔的文化背景上对他进行理解,这是小说的一个遗憾。

富裕农民以姚士杰、郭世富、郭振山"三大能人"为代表。在春荒时节,党的政策是号召人们拿出余粮无息借贷给贫农,但由于前两年响应这一政策的人都没有如期得到偿还,因此这一政策受到消极抵制。郭振山作为村里的代表主任、最有威望的"能人",面对这种矛盾,也难以找到既合乎政策又很有分量的话来教训那些抵制"活跃借贷"运动的富农,"一霎时内,他还找不到他变得这样无用的原因"。他的困惑正是源于对政策的坚信和这种政策不合乎农民利益的矛盾。按照这一新经济政策的逻辑发展下去,所有能干的农民都不再勤劳、不再节俭,因为劳动果实将被分配给那些因为种种原因挨饿的人,劳动者的劳动将得不到公平的回报。在富农姚士杰的内心也产生了同样的算计。单干时,为防止浪费,磨面时他都要用芦苇杆把磨石眼堵死。但随着合作化运动的推进,粮食开始统购统销,这个节俭到吝啬的富农居然用酒瓶把穿衣镜打破,气愤地说:"打破了另买!活在共产党手底下,咱要钱做什么?"对反面人物的"揭露",暴露了当时农民政策的本质性问题,即合作化生产经营方式在帮助缺乏劳力和畜力的贫苦农民渡过难关后,如果继续强制存在,就会显示出它对农村经济发展的阻碍作用。在《创业史》第二部中,蛤蟆滩的第一个农业生产合作社"灯塔社"成立,土地证上交,牲口合槽。在一片欢天喜地、敲锣打鼓的景象背后,农民真实的情绪被掩盖。此时土地的收成与农民自身的利益没有直接的联系,因此发展生产的原动力被彻底抽掉。集体化的生产经营方式不但没有使农民富裕起来,反而使农村经济在1959～1961年间遭受毁灭性打击。

另一阵营中的梁生宝、高增福、冯有万、欢喜则是农业合作化的坚定拥护者和执行者。他们被理想美景所吸引,对农业合作化的政策从没有抵制、动摇,始终保持高涨的情绪和坚定的信念参与到这场前所未有的共产主义实验中去。梁生宝是作者所着力塑造的社会主义新人形象。他的基本身份是“党的忠实儿子”,是“服服帖帖想听党的话,努力捉摸党的教导,处处按照党的指示办事的朴实农民出身的年轻党员”[①]。由于作者对当时政治思想正确性的绝对信仰,使他在塑造这一人物时尽可能令其完美化。作为当代英雄形象被塑造的梁生宝,就被书写成一个纯朴无私、勤劳肯干、宽容大度、从不计较个人得失、几乎没有瑕疵的农民党员干部。他甚至在道德方面也是洁净无比,没有时间谈恋爱、想私事,因而导致自己的心上人改霞离开了自己。在个人感情生活没有结果的同时,他领导的互助组却渡过一个又一个看似无法渡过的难关,最终以多打粮食的现实说服了那些对互助合作形式抱有怀疑和不信任态度的广大贫农。此外,他还有三个坚定的支持者,即民兵队长冯有万、贫苦农民高增福和一个十几岁的少年欢喜。这一组人物形象的性格、心理是从一开场就定型的,关于他们的性格成因,作者给出的解释是由 1952 年开始的针对农村党员的整风教育以及他们的贫苦出身共同决定的。

由于作者用源于生活的真实细节来塑造次要人物,用源于政治政策的理想观念来塑造主要人物,因此人物形象的艺术效果没有和政治立场达成一致,僵化的政治解说与活灵活现的人物形象之间也存在裂痕。当时的评论界在对小说人物形象的评价上,就已经出现了一些分歧和争论。在小说发表后的一段时间内,多数评论认为梁生宝是一个光辉的新人形象,是“一个比原型更典型的革命的理想人物”[②],“梁生宝的成长过程,就是一个具有相当觉悟的农民党员成长为一个无产阶级革命活动分子的过程,而不是一个非无产阶级的改造过程”[③]。也就是说,这一形象一出场就已经充分“本质化”了,具有更高的价值等级。还有的评论家把梁生宝和阿 Q 放在一起讨论[④],试图用符合时代政治要求的价值标准重新衡量“艺术典型”。但很快,有人提出了不同的看法,认为“梁生宝这类英雄形象虽也不乏若干生动描写、显得可敬可爱,但却总令人有墨穷气短,精神状态刻画嫌浅、欲显高大而反失之平面的感觉”[⑤]。与此同时,梁三老汉的塑造受到肯定:“梁三老汉这类老农是作家最能洞察肺腑因而虽然着墨不多却能入木三分,显得

---

①柳青:《提出几个问题来讨论》,《延河》1963 年第 8 期。

②李士文:《从生活素材到艺术形象——读〈创业史〉中的梁生宝的形象创造》,《人民日报》1961 年 8 月 9 日。

③李士文:《从生活素材到艺术形象——读〈创业史〉中的梁生宝的形象创造》,《人民日报》1961 年 8 月 9 日。

④姚文元:《从阿 Q 到梁生宝——从文学作品中的人物看中国农民的历史道路》,《上海文学》1961 年第 1 期。

⑤严家炎:《关于梁生宝的形象》,《文学评论》1963 年第 3 期。

驾轻就熟、游刃有余。”[①]“梁三老汉比梁生宝写得好，概括了中国几千年个体农民的精神负担……梁生宝不是最成功的，作为典型人物，在很多作品中都能找到。梁三老汉是不是典型人物呢？我看是很高的典型人物。”[②]但这样的评价是作者柳青无法接受的。他在《提出几个问题来讨论》一文中情绪激动地说自己对这种观点“无论如何不能沉默”，否则就是“对革命文学事业不严肃的表现”[③]。争论双方在审美效果和人物的艺术价值等方面存在分歧，但在文学要反映社会本质、揭示社会斗争的根源等根本问题的认识上，并无异议，都认为这是“一部深刻而完整地反映了我国广大农民的历史命运和生活道路的作品，是一部真实记录了我国广大农村在土地改革和消灭封建所有制以后所发生的一场无比深刻、无比尖锐的社会主义革命运动的作品”[④]。

得益于作者对农民生活和心理的熟稔，小说最有价值的部分是对部分农民真实思想状态和生活状态的描写。但由于作者对于这些内容的理解是从政治立场出发，持有主流政治所要求的批判态度，因此始终没有在文化层面、历史传统和精神背景上对这些充满血肉、生动丰富的素材进行考量，使一部有可能更加深刻的小说最终无法进入到人的精神深处。局限的视野迫使作家在面对“大跃进”及其以后王家斌(梁生宝的原型)的生产集体彻底破产时，不但没有对现实作出真实有效的发言，而且继续坚持一贯的立场，在“文革”后出版的《创业史》第二部中继续增加极“左”内容和阶级斗争的分量。这一作家的精神现象也是50～70年代作家的整体性问题。

第三节 《青春之歌》与知识分子道路

由于把塑造工农兵形象作为文学创作的首要任务，因此知识分子题材的小说数量不多。少量的几部描写知识分子的小说也往往由于作者自身“思想改造”的不彻底，未能把握主流政治对知识分子的整体评价，因而受到批判，如萧也牧的《我们夫妇之间》等。这使得知识分子题材进一步成为相当敏感的领域。正是这样一个背景，杨沫的《青春之歌》就更成了备受关注的作品。

《青春之歌》初版于1958年，一经出版即引起轰动，在一年半的时间里，发行

①严家炎：《关于梁生宝的形象》，《文学评论》1963年第3期。

②邵荃麟：《关于“写中间人物”的材料》，《文艺报》1964年第8、9期。

③柳青：《提出几个问题来讨论》，《延河》1963年第8期。

④冯牧：《初读〈创业史〉》，《文艺报》1960年第1期。

130万册，成为当时的畅销书。作者杨沫(1914－1995)，原名杨成业，出生于北平一个地主家庭。1928年入北京温泉女子中学读书，三年后因家庭破产、母亲逼嫁而离家出走，在河北香河、定县和北平当过小学教师、家庭教师。1934年开始文学创作。1936年参加中国共产党领导的革命运动。1950年出版中篇小说《苇塘纪事》，同年开始创作《青春之歌》。《青春之歌》是现代中国文学史上第一部描写学生运动、叙述革命知识分子成长道路的小说。小说以作者的生活经历为原型，记述了小资产阶级知识分子林道静背弃自己的地主知识分子家庭，最终走上革命道路的过程。故事发生的时间背景是从1931年"九一八"事变到1935年的"一二·九"运动。林道静抗拒养母为她安排的嫁给局长的命运，只身一人跑到北戴河投奔表哥，却被表哥的校长看中，预备推荐给县长做姨太太。在无处求援的境地中，林道静跑到海边自杀，幸被回家度假的北大学生余永泽救起，两人由此相爱并同居。后来她又认识了更为潇洒俊逸的革命者卢嘉川，并深深地被他以及他的思想所吸引。在卢嘉川的指引下，林道静读了很多革命书籍，愈发感到余永泽的自私和狭隘。另一种更有激情的生活开始召唤林道静，使她毅然与余分手，投身到革命斗争中。林道静在狱中又认识了女革命者林红，在后者的精神启迪下，最终加入中国共产党。出狱以后，林道静与工人出身的革命者江华相爱并结合，完成了灵与肉的双重蜕变，终于成为坚定的革命者。

小说的主题实现了两方面的历史确认：一是确认了共产党在民族危亡的时刻承担起反抗外族压迫、拯救中华民族的历史重任的历史；二是确认了知识分子在共产党的感召下，自愿走上革命道路，并从小资产阶级的个人主义转化为无产阶级的集体主义的历史。这样的叙事应和了时代的意识形态需要，因此得到好评。

主人公林道静是被当作30年代中国革命知识分子的典型进行描写的，她所走过的道路和她所体现的政治意义都是被观念所预设的，对这一形象的塑造事实上是将主流政治话语形象化。杨沫说："我塑造林道静这一人物形象，目的和动机不是为了颂扬小资产阶级的革命性，和她罗曼蒂克的感情，或是对小资产阶级的自我欣赏。而是想通过她——林道静这个人物，从一个个人主义的知识分子变为无产阶级革命战士的过程，来表现党的伟大、党的深入人心、党对于中国革命的领导作用。"[①]显然，小说是想通过表现知识分子的生活道路和心路历程的改变，来赞美领导中国革命的中国共产党，最终表达预设的主题思想。

但由于革命前的林道静遭受的是性别压制，而非阶级压迫，她起而反抗的直接动因是争取恋爱自由、精神自由，而非争取阶级的解放。所以在林道静寻找出

---

①杨沫：《谈谈林道静的形象》，《文艺论丛》1978年第2期。

路的成长过程中,性爱必将扮演至关重要的角色,甚至达到连作者也无法控制的程度。

小说始终贯穿着一个与显性的革命话语相对应的潜在的情爱话语。在禁欲的时代,情爱话语不具备独立存在的合法性,它必须经过作者的改装,并与政治话语进行整合,才能够出现。在作品中具体表现为两方面:一是林道静被压抑的性爱本是她爱上卢嘉川的原动力,但在作品中却被有意表述为对革命的渴望导致了她对革命者的钦慕。林道静曾做过的一个梦,就很能说明问题。她独自一人驾着小船,在海上遭遇暴风雨,但是船上突然出现的余永泽却没有伸手搭救,只是安闲地望着她笑。她愤怒地扑过去,想扼住他的喉咙,却发现他换成另一个人:“这是一个多么英俊而健壮的男子呵,他向她微笑,黑眼睛多情地充满了魅惑的力量。她放松了手。这时天仿佛也晴了,海水也变成蔚蓝色了,他们默默地对坐着,互相凝视着。这不是卢嘉川吗?”这个梦正是林道静面临情感选择时,意识深处的情欲象征。她对卢嘉川的感情明显带有欲望的色彩,但在对卢嘉川表达自己的倾慕之情的时候,林道静却说:“我总盼望你——盼望党来救我这快要沉溺的人……”作者就这样将林道静以个人情欲为出发点的爱情选择,变为以集体诉求为目的的政治选择。二是林道静所经历的三位最重要的男性,分别被作者书写为三个明显的政治符号:余永泽是一个自私自利、不关心民族危亡、只会钻故纸堆的革命的绊脚石,卢嘉川是充满睿智与激情的理想主义的共产党人形象,江华则是具有现实精神的坚定勇敢的共产党员。但他们始终具有潜在的爱情身份,即作为身体拯救者的浪漫骑士(余永泽),作为灵魂拯救者的理想爱人(卢嘉川)和作为理性拯救者的现实爱人(江华)。在个人感情遭到压制的年代,这种把情欲附丽在革命话语中的做法,满足了读者的心理需求,令小说畅销一时。

小说通过林道静、卢嘉川等革命者与余永泽等反面人物的对照描写,明确回答了知识分子在生活方式、思想观念等方面应该放弃什么、选择什么,从而为知识分子指出了一条唯一正确的道路。余永泽,虽然不是反动派、革命的叛徒,但他所向往的书斋生活,有主妇、有孩子的家庭生活,却代表着与革命话语截然相反的日常生活,因此也理应受到批判。余的个人化理想与林道静所渴望的“火热的”、“战斗的”革命集体主义生活存在很大的差异。而卢嘉川所专注的革命事业带给了林道静对未来生活所有不平凡的想象。游行、集会、演说、躲避警察的搜捕,这些革命行为使卢嘉川的形象充满了传奇色彩。相比之下,余永泽所能给予林道静的生活显得平庸、乏味。在日后的革命过程中,林道静逐渐认同了全部的革命话语。因此,林道静的道路是中国现代历史中,暴力战胜知识、革命生活击败日常生活、宏大叙事击败私人叙事的象征,是知识分子走上革命道路的历史象征。因此,《青春之歌》为知识分子的成长提供了一个与主流意识形态极为接近的经典范式,即放弃或远离自由主义、个人主义转而接受马克思主义、集体主义的道路。

围绕《青春之歌》的批评以及作者对作品的修改,是一个值得深思的文化事件。小说对于知识分子道路选择的描述是依据当时主流话语的叙述来进行的,似乎不应该受到负面的评价。茅盾曾对林道静的改造过程有过肯定的分析:"这个过程,大体上是这样的三个阶段:反抗封建家庭干涉她的婚姻自由(即逃避家庭要她嫁给权贵的压迫),找寻个人的出路,这是第一阶段;在种种事实的教训下(同时也受到她偶然接触到的共产党员的影响),她渐渐地意识到个人奋斗还是没有出路,个人的利益要和人民的利益相结合,这是第二阶段;最后,在党的思想教育的启迪下,她认识到个人利益应当服从于工农大众的利益,坚决献身于革命。"[①]这样的转变过程在当时的语境中,显然具有正确性。但小说中的知识分子思想改造,是通过林道静不断进行的爱情选择来完成的,这就使得主人公对革命的追求夹杂了过多的私人情感因素,似乎是受到性爱的吸引,而不仅仅是受到共产主义思想的感召才走上革命道路的。这种"不纯"的革命叙事暗藏了日后被迫修改的玄机。

在小说出版的第二年,就有批评者对它提出了种种粗暴的批评。有评论认为《青春之歌》存在三个方面的问题:一是对林道静这一人物的塑造,存在"较为严重的缺点","作者是站在小资产阶级立场上,把自己的作品当作小资产阶级的自我表现来进行创作的"。二是"没有认真地实际地描写知识分子改造的过程",林道静"从未进行过深刻的思想斗争,她的思想感情没有经历从一个阶级到另一个阶级的转变"。三是作者"没有很好地描写工农群众,没有描写知识分子和工农的结合"[②]。基于对《青春之歌》的全面否定性批评,茅盾和何其芳分别撰写了题为"怎样评价《青春之歌》?"、"《青春之歌》不可否定"的文章。茅盾肯定了林道静这一形象的真实性、典型性,肯定了作品对于特定时期党的既定方针政策的认识价值,而且通过林道静的道路,可以看到"当时的小资产阶级知识分子只有在党的领导下,把个人命运和人民大众的命运联结为一,这才有真正出路"[③]。这两种不同的意见表明,《青春之歌》在对革命历史以及知识分子的成长历史的叙述中存在某种裂隙。

作者在批评声中作出了修改作品的决定。杨沫删掉了林道静在成为革命者

---

①茅盾:《怎样评价〈青春之歌〉?》,《中国青年》1959年第4期。

②郭开:《略谈对林道静的描写中的缺点——评杨沫的小说〈青春之歌〉》、《就〈青春之歌〉谈文艺创作和批评中的几个原则问题——再评杨沫同志的小说〈青春之歌〉》,分别参见《中国青年》1959年第2期、《文艺报》1959年第4期。

③茅盾:《怎样评价〈青春之歌〉?》,《中国青年》1959年第4期。

之后还流露出的“小资产阶级情感”，并且为了“使入党后的林道静更成熟些，更坚强些”[①]，大篇幅地增加了用以表现林道静与工农结合的七章内容。设计了林道静到深泽县大地主宋贵堂家当家庭教师的情节，不仅通过她的视角来描写共产党领导下的秋收运动，赞美中国共产党的伟大，而且通过她与长工的交往来高度评价农民的思想觉悟，从而开始了“赎罪”式的自我批判。此外，还增加了三章描写林道静参加和领导北大学生运动的内容。

修改后的小说，满足了来自政治和作者本身的两方面要求。首先，是知识分子要在实际的革命斗争中、在与工农相结合的实践中去改造自身小资产阶级思想的政治要求。在小说出版的1958年，大大小小的知识分子被迫接受了“原罪”说，也就是毛泽东在《讲话》中所提出的著名论断，“最干净的还是工人农民，尽管他们手是黑的，脚上有牛屎，还是比资产阶级和小资产阶级知识分子都干净”。但是如何改造，在大多数知识分子的头脑中并没有十分清晰的认识，文学中更没有这样的描写。《青春之歌》的修改，为知识分子的思想改造确立了一个形象化的模式，即小资产阶级出身的知识分子，只有把自己的精神立场和思想感情都从小资产阶级转变为无产阶级，才能够找到人生的终极价值和现实的唯一出路。其次，修改后的《青春之歌》，展现了更为广阔的革命斗争图景，记叙了更全面的革命历史过程，并努力揭示历史发展的本质规律，显示出作者力图使小说具有“史诗性”的意愿。总之，《青春之歌》的修改版，更加符合主流对知识分子“成长”规律的权威表述。通过艺术手段为历史叙述作出一个形象化的解释，是当时作家参与历史“经典化”进程的一个重要的手段。

对于《青春之歌》的修改，批评界一直存在争议。有些批评家、文学史家对这些修改持否定意见，认为增加的部分游离于主题之外，人物的真实性和主体性由于政治理念的加强而受到削弱；另一些论者则认为这次修改是必要的和成功的。这两种意见不仅是50年代围绕小说所发生的争论的继续，也是对历史叙述持有不同立场的人们之间的分歧。

由于《青春之歌》的主题只是用形象化的手段来证明中心话语的正确性，那就和其他红色经典小说一样，其原创性只体现在为证明主流思想而采用的艺术手法。但是在艺术方面，《青春之歌》并不是一部成熟的作品。关于《青春之歌》的艺术问题，在小说出版不久就有评论家指出。比如茅盾指出小说的主要缺点在于结构、人物描写、文学语言三个方面。“全书的主要结构是沿着林道静的遭遇一线发展的。然而中间又插进了一些没有林道静在场的情节。”[②]在长篇小说

①杨沫：《〈青春之歌〉再版后记》，作家出版社，1960年。

②茅盾：《怎样评价〈青春之歌〉?》，《中国青年》1959年第4期。

写作过程中,还没有运用多种叙事手段。在人物描写方面,由于重在突出林道静,加上小说有自传色彩,因此对这一人物的心理描写细腻真实;遗憾的是,其他人物因此都处于"道具"的位置上,缺少血肉。在语言方面,则存在"词汇不够多,句法也缺少变化"的问题。①

"文革"结束后,杨沫创作并出版了《青春之歌》的续篇《芳菲之歌》与《英华之歌》,在人物和内容上都与《青春之歌》存在联系,但又相互独立,被称为"青春三部曲"。但由于产生轰动效应的政治环境已经失去,面对的读者群体也发生变化,所以这两部长篇没有引起任何反响。

第四节　《艳阳天》与阶级斗争想象

《艳阳天》出版于1964年底,描写农村进入农业高级社时期不同经济状况的农民的思想分歧。小说作者浩然(1932—2008),原名梁金广,天津宝坻县人。在农村做过基层干部,又于1954年做过报社的编辑和记者。1956年,以短篇小说《喜鹊登枝》步入文坛。后有短篇小说集《喜鹊登枝》、《苹果要熟了》、《杏花雨》等,始终坚持"写农民,给农民写"②的原则,以歌颂农村新人新事的小说见长,显现出清新、单纯的创作风格。产生巨大影响的作品是长篇小说《艳阳天》,第一部出版于1964年,第二部出版于1966年,第三部则迟至1971年才出版。"文革"开始后,浩然更自觉地运用"三突出"的创作原则,并以样板戏和无产阶级专政理论作为思想指导,创作了长篇小说《金光大道》,是"文革"时期能与八个京剧样板戏并列的文学样板。

《艳阳天》描写的是1957年夏天,在北京郊区的东山坞公社,围绕土地分红和粮食问题展开的一系列矛盾斗争。小说开始,东山坞的社员正准备迎接农业社成立后的第一个丰收季节。但为了获得更大的经济利益,以更多土地入社的中农、富裕中农,在党内干部、副主任马之悦的带领下,试图修改合作社按劳分配的原则,实行按劳分配与土地分红相结合的分配方式。为了抵制这股"逆流",村主任、党支书萧长春带领贫农与之展开了针锋相对的斗争。以马之悦为核心的富裕中农阵营之所以这样"嚣张",就是因为听说了城市正在进行的"大鸣大放",认为这是一个以民主名义争取群众支持并夺取公社政权的好机会。但由于萧长春等人坚持正确的路线,他们的分配方案未被通过。马之悦又怂恿地主马小辫

①茅盾:《怎样评价〈青春之歌〉?》,《中国青年》1959年第4期。

②浩然:《写农民,给农民写》,《小说创作经验谈》,中原农民出版社,1989年,第47页。

谋害萧长春的儿子小石头，唆使漂亮少妇孙桂英勾引萧长春，暴露了夺权、击垮农业社的思想本质。最终，萧长春依靠上级党组织和积极分子，挫败了混入党内的阶级敌人马之悦的反社会主义阴谋，保卫了合作社的成果。斗争双方分别代表了两条道路：萧长春带领贫下中农坚持走农业合作化的"社会主义道路"；马之悦和生产队长马连福、富裕中农弯弯绕、马大炮等要走土地分红的"资本主义道路"。除此之外，还有部分中农动摇在两条道路之间。把农业合作化运动中的农民，分为走资本主义道路、社会主义道路和暂时处于中间道路的三种状态，这种结构模式，在之前的若干长篇小说中都已经出现，只不过《艳阳天》所描写的阶级对立更加尖锐，阶级成分对农民思想境界的影响更加直接，敌我阵营的划分也更加清晰。

如果说，《创业史》最基本的主题是防止出现新的贫富分化，阻止产生新的剥削阶级的经济力量的发展，铲除私有经济制度产生的土壤的话，那么《艳阳天》则在此基础上进一步把农村合作化运动中出现的一切矛盾冲突都理解为阶级斗争。小说全方位地应和了当时政治意识形态日益激进化的倾向，是十七年中受"千万不要忘记阶级斗争"观念影响最深的长篇小说。可以说，《艳阳天》已经具备了"文革文学"的一切因素，完成了"文革文学"的基本范式建构。

小说中所有人物的思想觉悟、性格特征，甚至体貌特点都与其阶级出身捆绑在一起：贫农都是大公无私、进步革命的；中农都是自私自利、政治落后的；如果是贫农出身却自私落后，要么娘家是中农，如焦庆媳妇，要么是住在富农、中农堆里，沾染上坏思想，如马连福。人物外貌脸谱化，人物对话都与时事政治有关。主要人物除生产队长马连福以外，都是一出场就已经充分本质化了，思想不再有任何矛盾或裂隙。进步的始终进步，反动的始终反动。

小说着力塑造的英雄人物是萧长春，东山坞的村支书。他不仅外表英俊，身材高大，而且出身贫农，在部队上受过党的教育，在战场上培养出勒紧裤腰带干革命的硬骨头精神，具有极高的政治觉悟和坚定的政治立场。他既有原则，又有耐心，对待阶级敌人和贫下中农能采取截然相反的态度和手段。他一心为公，把所有的时间都投入到工作中，顾不上回家，甚至顾不上谈对象。作者把他放在矛盾最尖锐、斗争最激烈的漩涡中加以表现，通过成功解决一系列难以解决的问题来展现萧长春的工作能力。在他感到工作棘手的时候，首先想到的是到上级领导那里取经，从那里他总能得到新的启迪和前进的力量。而在他的下属焦淑红的眼里，没有他的时候，自己就像没娘的孩子。这不仅是对萧长春的热烈赞美，也不只是对焦淑红爱情的隐晦表达，更是群众、干部与党的关系的政治隐喻。萧长春是党的形象的化身，是充分典型化的英雄形象。但这一形象最终由于完美化的创作原则而丧失了艺术的真实性，难逃概念化的窠臼。

贫农马老四则被塑造成一个理想化的道德偶像。春荒时,粮食不够吃,他自己偷偷吃糠团,把粮食省给小牲口吃,"所有的人,不论什么心思的,听到马老四偷偷地吃糠咽菜的事儿,都被震动了。东山坞除了这个忠心耿耿的饲养员,谁吃野菜了？假吃的到处宣扬,真吃的不让别人知道,这一比,真金和泥土,不全出来了吗！……所有的眼睛,全都望着这个年迈体弱的老人,他的身上像是放出光芒,这光芒耀人眼目。很多人都感动地掉下了眼泪"。在这个道德榜样的光芒映照下,那些明明有粮还喊缺粮的富裕中农们的极度丑陋的道德形象被塑造出来。这一人物,就是为了规劝"落后"农民勒紧裤带干革命而设立的。大量资料显示,当时的多数农民都愿意单干、不愿入社。因此小说中所说的"政府引导"、"农民自愿"的原则,事实上在基层根本无法实现。所以,小说只能采取道德训诫的方式来提高饥民的政治觉悟。而这种写法,恰恰解构了对于农民欢迎合作化的正面宣传。

关于小说的真实性,历来存在分歧。但有一点可以肯定,那就是,如果说《艳阳天》表现出一定的历史真实的话,它更多的是在作者批判的反面人物身上无意流露的。

马之悦是东山坞合作社原来的主任,因为在头一年的春荒断粮时,没有用国家贷款发展生产,而是走"资本主义道路",用这笔钱做生意,结果赔了本,他自己也逃之夭夭。重新回到村里后,他只能屈居副主任。在眼看到来的丰收面前,他又成为富裕中农的代表,为之谋取利益。其目的被解释成为争取民心而重新掌权。在改变分配方案的斗争失败之后,他居然丧心病狂地怂恿马小辫杀害小石头。为了证明这个人物是利用两面派的手段进入党内的异己分子,他不洁的历史被上级领导所揭露。原来在抗日战争时期,两个八路军战士把一个伤员留在村里养伤,并说如果出了闪失拿他是问。作为一村之长,他既怕日本人又怕八路军,只得向日军告密抓捕两个八路军战士,同时又想法保护八路军伤员。他的圆滑让他在日本人和共产党之间找到了生存空间。他对共产党并非真心拥护,而是出于保存自己的务实策略。这本是一个在政治战乱年代出于生存本能而"诡计多端"保护自己的人,但由于"阶级斗争"是《艳阳天》贯穿始终的叙事动力,所以这一人物就被妖魔化了,他在农村现实环境中所应有的真实性并没有被全部表现出来,在艺术作品中的审美价值也只得到了部分释放。

马大炮、弯弯绕、韩百安是小说中的落后农民。他们的心理活动,反映出处于矛盾漩涡中的农民最深层、最真实的心理动机。马大炮、弯弯绕紧跟马之悦,要求土地分红,今天看来,不过是农民维护自身经济利益的正常要求。小说中描写的东山坞已进入高级社,即取消土地分红,采取按劳分配的原则。这一分配原则是小说中的矛盾斗争的直接导火索。土地多、劳力少的中农、富裕中农感到利益受损，主张土地和劳力各占五成进行分配，而土地少、劳力多的贫农不愿接受土地分红的方案。这一经济矛盾是农业合作化运动中由于土地所有制的一再改变而造成的经济利益冲突。建国初期，为发展农村经济并最大程度地孤立地主，土地改革政策有所调整。1950 年的《中华人民共和国土地改革法》较 1947 年的《中国土地法大纲》最重要的不同就是“保护富农所有自耕和雇人耕种的土地及其财产”[①]。富农、中农战战兢兢地度过土改后，发现其经济利益并未被触及，因而对农村政策是拥护的。他们仍旧寄希望于通过自身的心计、勤劳、节俭走发家致富的道路。但几年后，农业合作化运动突飞猛进地发展，从互助组到初级社再到高级社，富农、中农被迫把土地合到合作社，土地所有权的改变和按劳分配的原则使他们的经济利益蒙受巨大损失。小说所描写的冲突，正是这部分农民为保护自身的经济利益而试图改变合作社的分配制度所引起的。这是一场由经济制度的革命所引起的冲突，波及面极广，有深厚的群众基础。在小说中，通过马之悦的话可以窥之一二:“你拿耳朵沾沾去，沟南的沟北的，赞成粮食统购统销的有几个，不愿意土地分红的有几个?”《艳阳天》按照政治观念进行解释，把这一新的经济矛盾看做是走资本主义还是走社会主义道路的政治斗争，是一个阶级战胜另一个阶级的重大问题。

小说中的所谓“中农”，也不过是刚刚摆脱饥饿的穷苦农民。往年灾荒的惨境令他们心有余悸，因此把粮食看得比命还要重，只有家里存着粮食，心里才能踏实。粮食统购统销时，韩百安为了保存两口袋小米，不得不低三下四地哀求要求进步的儿子。因为这些小米是他一口一口节省下来，每一粒都用手摸过来，预备到秋天卖了给儿子结婚用的。但最后他仍然遭到儿子的斥责。尽管作者用“审丑”的方式来描写这些“落后”农民，却意外透露出农民所遭受的苦难生活和传统家庭关系被政治瓦解的信息。小说中的这些落后农民不接受政治训诫，缺乏更高的“思想觉悟”，坚持“有粮食才不饿肚子”的“老脑筋”。他们用一种“落后”的姿态，传达出生活在政治高压下的农民的真实声音。也正是这些“落后人物”的言行，在《艳阳天》单一的、明确的政策表述中构成了较为复杂的叙事景象。

但是，作者并没有真实地记录各类农民的真实心态，而是把反面人物的声音处理为造谣诬蔑，把在合作化运动中利益受损愤而抗议的农民丑化，把农民的内心转化写得轻而易举。似乎只要把几个代表人物打倒，其他人就会自然接受这一政策。小说中，那些无奈接受这一政策的农民被忽略不计。从这个意义上讲，小说是不真实的。小说规训农民走集体化道路，让利益受损的人也接受高级社的规章制度，却无法举出有利的经济事实作为依据，只能采取道德训诫和政治高

① 中共中央文献研究室编:《建国以来重要文献选编》第一册，中央文献出版社，1992 年，第 337 页。

压的手段为不符合农民意愿的经济制度开脱,如贫农马老四痛骂支持土地分红的儿子马连福时,说的是他没有良心,缺少“穷人的骨气,穷人的心田”。这就掩盖了造成农民政治分歧的经济制度问题,忽略了农民物质欲望的合理性,并且把农民正常的利益要求当作忘本、落后或破坏社会主义。

小说成功地营造了一种政治氛围,即只有弃绝个人欲望的人才能走在康庄大道上,否则将被抛弃。老实巴交的韩百安因为想要单干,结果没有人上门给儿子提亲,不得已只好加入互助组;进步的准儿媳马翠清经常以“吹台”相威胁,督促韩百安的儿子帮助父亲“进步”,而且不能假进步,要真进步。在《创业史》中,梁生宝是用“多打粮食”来吸引单干户加入互助组的,从未否定物质利益的合法性。但到了《艳阳天》,追求物质利益却成为一种危险倾向,“穷”成为一种优越和高贵的标志。从《创业史》到《艳阳天》,折射了农民的物质欲望不断被抑制的过程。

据作者自述,《艳阳天》的现实依据是1957年作者亲眼目睹的一次抢粮事件。当时作者并没有把它上升到阶级斗争的“高度”,直到1962年,读了八届十中全会公报,才认识到抢粮事件并非简单的坏人捣乱,而是阶级斗争。后来作者又学习了1957年的社论、文件,研究国外的政治形势,认识到“抢粮事件”是“右派分子向党进攻的反映和波及”,这一右派进攻又是“跟国际上修正主义分子上台、刮起反共黑风相呼应的”。因此,以“文件精神”为思想政治指导,创作了这部小说。通过这样的创作方式,可以看到意识形态进入小说创作的具体操作过程。乡土文化、日常生活几乎都被阶级斗争的目光过滤掉了。与阶级斗争有关的素材才能进入视野,无关的则被筛选淘汰,一些在乡村常见的人情事态被改写为阶级斗争和政治事件,体现着阶级斗争扩大化的时代痕迹。

但必须承认的是,在讲故事的技巧和语言流畅方面,浩然的确技高一筹。在选择恰当的细节表现人物的性格特点、行为方式等方面,也有独到之处。正因为这样,到了“文革”时期,浩然才能受到青睐,成为唯一可以代表那个时代的作家。

第五节　《李自成》与历史小说的新模式

《李自成》是建国后第一部古代历史题材的长篇小说。第一卷在1963年出版发行。而在写作、修改第二卷时已是“文革”期间,作者姚雪垠受到严重干扰,无法完成作品,后经毛泽东亲自过问,才得以从武汉到北京,从事《李自成》的创作。全书共5卷,300多万言。但出版于十七年的只有第一卷。

姚雪垠(1910—1999),原名姚冠三,河南邓县人。20世纪三四十年代创作的小说有短篇小说《差半车麦秸》,中篇小说《牛全德与红萝卜》,长篇小说《春暖花开的时候》、《戎马恋》,和自传体色彩的长篇小说《长夜》等。姚雪垠在30年代初就开始接触明史资料,在40年代初就产生了创作《李自成》的想法,但直到1957年他被打为“右派”的那年秋天,才正式开始了《李自成》的创作。

《李自成》第一卷开始就写清兵于明崇祯十一年十月进犯京城,与此同时,李自成在潼关与明朝官兵展开激战,明朝处于内外夹击的危险处境中。崇祯皇帝与其高官在主战还是主和的问题上存在分歧。崇祯抱着“攘外必先安内”的想法,与杨嗣昌等密谋向清军求和,以保存兵力全力剿杀起义军。第一卷重在描写明朝腹背受敌,社会动荡不安,处于风雨飘摇之中的历史图景。第二卷写李自成领导的农民起义军在潼关失利之后,又在商洛山受到围剿,进入起义的低潮。但李自成带领起义军成功突围,联合张献忠的队伍,先后攻破洛阳和开封,使革命起义发展到顶峰。第三卷则写这支农民起义军存在的历史局限,潜伏着走向失败的必然因素。后两卷写李自成攻破北京后,由于军事、政治战略上的失误,终于功败垂成,被清军所灭。

这部小说人物之众多,结构之宏阔,情节关系之复杂,在十七年长篇小说中是首屈一指的。它不仅描写了宫廷内部错综复杂的生活矛盾,还描写了丰富多彩的民间社会与令人眼花缭乱的战争场景,展现了异常广阔的社会图景;前三卷中有名有姓的人物已高达300多人,主要人物有50多人,包括皇帝、高官、太监、宫女,起义军领袖、士兵,还有普通的读书人、平民百姓。它以农民起义军与明朝之间的关系为核心线索,提携起错综复杂的历史事件,并把重点放在展现众多社会力量之间的多重矛盾上。包括明王朝与农民起义军之间围绕政权而展开的斗争,明王朝和清王朝之间尖锐的民族冲突,以及起义军内部矛盾、与其他起义军之间的派系矛盾。这其中,最主要的矛盾是起义军与明王朝之间的阶级矛盾,显示出小说以历史唯物主义的观点来解释历史发展规律的立场。

关于作品要达到的社会功用和审美效用,作者说:“倘若能够深刻地写出明末的阶级斗争和历史规律,塑造出一批典型人物,从而达到古为今用的目的,在读者面前展开一幅描绘17世纪中叶丰富多彩的生活画卷,给读者一些历史的知识,也给读者一些健康的艺术享受,我的任务就算完成了。”①《李自成》虽然不是取材于现代革命历史,不像《红旗谱》那样直接讲述革命的起源问题,但作者为小说定下了“古为今用”的原则,希望“在作品中深刻地反映历史运动的规律,以历史的经验教训启发和教育今人,以历史上的英雄人物鼓舞和鞭策人们前进”②,

①《姚雪垠给江晓天的信》,《关于长篇历史小说〈李自成〉》,上海文艺出版社,1979年,第114页。

②《姚雪垠给江晓天的信》,《关于长篇历史小说〈李自成〉》,上海文艺出版社,1979年,第87页。

因此这部小说也直接参与了当代对于历史本质的重新阐释,对这段历史的书写必然深受当代主流历史观的影响。

在作者写作的年代,对农民起义的革命性、进步性的官方定性是不容置疑的。对近现代历史上的农民反抗的正面书写已经全面展开,但尚缺少对于古代历史上的农民起义的革命性书写。因此用文学作品的形式构造农民起义的历史,是《李自成》在六七十年代获得肯定的政治基础。作者在对历史题材进行艺术想象时不可避免地受到了政治立场、现实意识形态的深刻影响。对李自成这一人物的塑造问题之所以存在争议,也源于此。

关于李自成其人,史书上的记载很少,这就为作者留下了较大的想象空间。为把李自成塑造为一个具有典型性的英雄形象,作者在虚构时采取的原则是,"性格和事迹方面基本上根据他本人原型,但也将古代别的人物的优秀品质和才干集中到他的身上。"①作为中心人物的李自成,不仅是农民英雄,而且是杰出的政治领袖、卓越的军事指挥家。他集智谋、胆识于一身,且在道德品质方面也高于常人。他平易近人、有民主作风,严于律己、宽以待人。批评界对这一人物形象的评价,在70年代末以肯定居多,在80年代以后则以批评为多,分歧点主要在于这一人物的真实性上。批评者认为李自成的形象过于完美高大,甚至具有很多现实特征,"为了理想忘了历史,为了或然性忽视必然性,把历史人物理想化、现代化"②。有人认为,由于作者坚持"三突出"、"高大全"等文学观念,"人物就不能不成为抽象的寓言和简单的时代精神的号筒……人为地把古人现代化,甚至把古人经典化,就显得不伦不类"③。而肯定者认为,作者并没有过分欣赏自己的主人公,"只是站在无产阶级立场,用历史唯物主义观点,尊重历史辩证法,力求正确、客观地塑造我国历史上这位杰出的农民战争领袖人物的典型性格"④。

对农民起义的政治定性是分歧的根本原因。从历史真实出发还是从政治理念出发,是两者不同的立场。从50年代到70年代,农民起义在中国享有崇高的地位,不能贬低而只能赞誉,所以小说中的李自成被深深地打上了时代的烙印。面对无法回避的史实,作者总是尽可能为李自成辩护和开脱。比如起义军进城后烧杀抢掠、奸淫妇女等流寇行为,被解释为李自成并不知情,一旦了解,就立即下令制止。这样就完全"净化"了一般农民起义领袖的草莽习性。作者还把李自

①姚雪垠:《李自成》第一卷前言,中国青年出版社,1977年。

②吴秀明:《三百万言写史诗——读〈李自成〉前三卷》,《文艺报》1983年第1期。

③刘再复、刘绪源:《刘再复谈文学研究与文学论争》,《文汇月刊》1988年第2期。

④江晓天:《评〈李自成〉》,《关于长篇历史小说〈李自成〉》,上海文艺出版社,1979年,第38页。

成和张献忠对照来写,以张献忠的多疑、狭隘、粗鄙来反衬李自成的高尚与卓越。描写李自成在行军打仗过程中坚持读书,并能够灵活机动地运用策略,这样的性格特点显然是来自对现实政治人物的联想。同样出于塑造人物形象的需要,小说把历史上的李自成因势力弱小而投张献忠的"谷城之会",改写成李自成是为了推动张献忠重新起义而去;又虚构了"商洛竖旗"一节,写李自成为策应张献忠起义,冒着被官兵消灭的危险,去牵制官方兵力。这种写法,在表现李自成作为农民利益代言人与农民革命领袖的大局观念之时,却遮蔽了他的帝王思想。小说还把历史上不曾发生过的潼关南原大战写得有声有色,目的是表现李自成的英雄气概和不屈不挠的精神。某些对李自成不利的史料在小说中被处理为谣言。凡此种种,都是作者为使李自成成为具有典型意义的英雄形象而作出的努力。李自成形象的完美化,不仅是塑造典型人物的要求,也体现了作者受现实政治制约的历史观。

在赞美李自成的同时,作者还以现代革命史为依据,解释了一代豪杰李自成所领导的农民起义最终失败的原因。一方面是军事上的失误,如潼关南原大战的失利。由于李自成尚未看清当时的革命形势,没有实行战略退却,而是同明朝官兵展开了实力悬殊的正面较量,最终导致全军覆没。另一方面是政治上的失误,没有建立根据地,在已经占领的地区没有设立有效的政权机构,在进城以后没有安抚官绅、地主,反而对他们严刑拷打逼迫交出银两,最终失去民心等。总之,李自成领导的农民起义军从发展、壮大的成功经验,到由盛到衰的失败教训都是以20世纪中国的革命经验为参照的。

把李自成塑造为悲剧人物是作者在写作第二卷时就确定的。李自成被迫草草完成登基大典,怀着复杂的心情撤离北京。此时各地叛军四起,李自成衰弱病重,四处受敌。在九宫山被当地地主武装误以为土匪杀掉,一代枭雄就此沉落于泥滓中。作品没有把李自成的悲剧归结为性格使然,而是解释为政治和军事策略的失误。一部历史小说以其政治性在当代获得价值肯定,这一现象本身蕴含了丰富的内容。

小说塑造的其他人物在艺术上不乏成功之处,常常表现人物多重性格特征,不进行单一化、绝对化的阐释。除了对高夫人等形象过分美化,使人产生不真实的感觉之外,许多人物都展示了速写的内涵。

崇祯皇帝虽然是亡国之君,小说也没有进行一般的抽象化处理,没有把他写成昏庸腐朽、骄奢荒淫的君主,而是以历史为依据进行合理的虚构。既写出了崇祯一心想做"中兴之主",励精图治、亲理朝政的一面;又写出他作为一国之君岌岌可危、多疑、孤独的心态。他意欲明察秋毫却又深受蒙蔽,希望英明果断却又悲观迷信。他的"攘外必先安内"的斗争原则,暗示了当权者在对待外族入侵和国内叛乱的态度上的一般逻辑。因此,对这一形象的塑造同样参与了对现代革命史的书写。对于张献忠,小说一方面描写了他在军事上能出奇制胜,对地主豪绅深恶痛绝,另一方面也写了他的流寇作风,说话粗俗、为人诡诈,处处从自我利益出发,毫不隐瞒自己的意图,显然不具备博大胸怀和高尚品质。值得注意的是,小说描写了他流氓无产者的习气,却对他野蛮屠蜀的史实不着一墨。

小说在还原明末清初的民间社会风情上作出了特殊的贡献。在描写尖锐的民族斗争、阶级斗争的同时,还插入了大量的民间日常生活习俗的描写,比如抽签算卦、朝山灯市、相国寺的风光、河南的婚礼、米脂的乡俗等。大到明朝的典章制度,小到北京戒严应由哪个城门出告示都进行了描写,实践了作者要完成一部明末清初百科全书的创作理想。此外,这一规模宏大、人物众多、情节复杂的长篇小说在结构上的处理是很成功的。它使用复线结构,以明朝军队与李自成起义军之间的矛盾为主线,另有两条副线:一条是明朝与关外清兵之间的矛盾斗争,另一条是张献忠军队的活动情况。两条副线和一条主线穿插描写,主线在第五章的后半部分下降为副线,原来的第一副线升为主线。这其中又有李、张矛盾,地主阶级内部的矛盾等多条次要线索。几章为一单元,详略适宜,主副配合,虚实相间。这样的结构,不仅把错综复杂的矛盾关系、千头万绪的线索人物交待得清楚有序,而且使整篇小说的布局张驰有度,节奏均衡,既不喧宾夺主,又做到异彩纷呈。

第五章 曲折行进的散文写作

第一节 十七年散文概况

随着中华人民共和国的建立,历经多年战乱的作家们再次爆发出极大的政治激情,以胜利者的姿态,高扬着时代感和群体性,全身心地投入到“颂歌合唱”的洪流中。在这种时代大潮的引领之下,“五四”以来所形成的散文传统迅速改变,取而代之的是“政治标准第一、艺术标准第二”的社会主义现实主义的文学法则。因此,这一时期的散文创作,与轰轰烈烈的社会形态的试验及建构如影随形、相生相伴,共同走过了一段蜿蜒曲折的发展历程,并形成较为鲜明的阶段性发展特点。

共和国建立之初,通讯、特写和报告文学等纪实性散文占据文坛的主导地位,呈现出抗美援朝与国内经济建设两大主题交相辉映的态势。首先是巴金、魏巍、菡子、杨朔、靳以等大批作家亲赴朝鲜战场,创作出了大量反映志愿军英勇作战的“战地通讯”和“军事报告”,如大型军事通讯报告集《朝鲜通讯报告选》,1956年出版的征文作品集《志愿军一日》、《志愿军英雄传》等;专集有魏巍的《谁是最可爱的人》,巴金的《生活在英雄们中间》、《保卫和平的人民》,刘白羽的《朝鲜在战火中前进》、《对和平宣誓》,杨朔的《万古常青》、《鸭绿江南北》等;华山的《远航集》,菡子的《和平博物馆》,靳以的《祖国——我的母亲》、《江山万里》等散文集也都收入了大量朝鲜战场的通讯和报告。同时,随着国内经济的恢复和建设,特别是第一个五年计划的实施以及1955年农业合作化运动如火如荼地开展,一大批“工地报告”和“农村报告”应运而生。如《经济建设通讯报告选》(初集、二集)、《技术革新通讯报告选》、《祖国在前进》等报告文学集都出版于这一时期。其中,李若冰的《在柴达木盆地》、唐克新的《车间里的春天》、宋之的的《草地颂歌》、靳以的《到佛子岭去》和华山的《童话时代》等作品反映了社会主义工业建设;柳青的《一九五五年秋天在黄甫村》、《王家斌》,秦兆阳的《王永淮》、《姚良成》、《老羊工》,沙汀的《卢家秀》等,则反映了农村变革的气象和初期农业合作化运动。

另外,能体现这一时期散文创作特点的,是一些作家以"过来者"、"见证人"的身份反映"新旧社会两重天"的流行主题,如老舍的《我热爱新北京》、叶圣陶的《我游了三个湖》等。还有就是一些作家缅怀先烈、感情真挚的回忆性散文,如光未然的《回忆冼星海同志》、丁玲的《一个真实人的一生——记胡也频》和冯雪峰的《鲁迅先生的逝世》等。

相比来说,杂文创作此时处于一个如何适应新形势的摸索阶段。这一时期值得注意的杂文创作,如报刊专栏有夏衍应《新民晚报》之约开辟的"灯下闲话",马铁丁[①]在《长江日报》上开辟的"思想杂谈";作品则有胡风的《鲁迅还活着》、《不死的青春》,黄裳的《杂文复兴》,冯雪峰的《谈谈杂文》,秦似的《法源寺内》,聂绀弩的《论黄色文化》、《关于伍修权将军》,严秀(曾彦修)的《论"数蚊子"》,丁三(林淡秋)的《用新眼光看新事物》、《从"文官不爱钱"说起》,马前卒(巴人)的《"我"的摆法》、《两种矛盾》,夏衍的《谈小品文》等。

可以说,在建国初的几年中,散文创作无论在数量还是声势等主要方面,都显现出一派相对繁荣的景象,为此有人曾这样形容这一时期的散文创作:"到处是色彩,到处是芳香,到处是欣欣向荣的生意。"[②]但这种表面繁荣的背后难掩其思维走向、情感表现和描写题材的单一化与避实就虚的严重缺陷。魏巍在《散文特写选·序言》中就明确指出:"我感到我们的散文和特写家们,还没有大胆地揭示生活中的矛盾和冲突,这不能不说是一个重大的缺点。"[③]

1956 年至 1957 年上半年,文学进入通常所说的"百花时期",迎来了建国后散文创作的第一次强力反弹。50 年代中期,苏联文学界"干预生活"的思潮以及特写作家奥维奇金访华,对报告文学的创作理论和批评产生了一定的影响。更为重要的是,中国知识界面对赫鲁晓夫在苏共二十大上的举措以及震惊世界的"波匈事件",表现出高度的关注和热烈的反应,这也引起了高层的警觉。为了应对复杂的国际、国内局势,毛泽东接受陆定一、陈伯达等提出的在科学和文艺事业上应实施将政治问题和学术问题分开的建议[④],在 1956 年 4 月 28 日中共中央政治局扩大会议上的总结讲话中明确指出:"'百花齐放,百家争鸣',我看应该成为我们的方针。艺术问题上的百花齐放,学术问题上的百家争鸣。"[⑤]后又于 5

①从陈笑雨的笔名"司马龙"、张铁夫的本名、郭小川的笔名"丁云"中各取一字合成。后来为陈笑雨一人专用。

②何其芳:《文学艺术的春天》,《何其芳文集》第 6 卷,人民文学出版社,1984 年,第 133 页。

③人民文学出版社,1956 年,第 2 页。

④参见夏杏珍:《"百花齐放,百家争鸣"方针的形成过程的历史回顾》,《文艺报》1996 年 5 月 3 日。

⑤《毛泽东文集》第 7 卷,人民出版社,1999 年,第 54 页。

月 2 日在有党外人士参加的最高国务会议上再次明确这一方针。在此方针的指导下,5 月 26 日,中宣部部长陆定一向科学界、文艺界、医学界有关人士作了由毛泽东修改定稿的《百花齐放,百家争鸣》的报告,并于 6 月 13 日在《人民日报》公开发表。在此方针和政策的指导下,胡乔木开始呼吁"复兴散文",并再三强调要继承"五四"以来散文、随笔的优秀传统,还特别指出要提倡美文,并一改《人民日报》过去生搬硬套苏联《真理报》的做法,于 7 月 1 日新设了文艺副刊,还在当天刊登稿约,其中第一条就是欢迎"短论、杂文、有文学色彩的短篇的政论、社会批评和文化批评"。国内政治环境的相对宽松,再加上苏联"解冻文学"的影响,那些小心翼翼的作家们也都开始活跃起来,散文创作随之呈现出新的气象,作品的数量和质量迅速提高。

在报告、特写领域,率先打破旧格局的是刘宾雁在《人民文学》上发表的《在桥梁工地上》和《本报内部消息》。作者选取了具有战略意义的兰州黄河大桥工地和党的宣传喉舌——报社作为表现对象,恢复了揭露与批判的传统,大胆干预起社会生活。《在桥梁工地上》以记者采访的形式,描写了曾领导工程队"造了三十多座桥,共长一万四千多公尺"的黄河工地上的老干部、中国第一代工农出身的桥梁专家罗立正,在身份和地位发生转变后,逐渐趋向保守顽固,居功自傲,以"不犯错误,就是胜利"和"领会领导意图"为工作宗旨,在抗洪斗争的关键时刻延误抢救时机,造成国家财产的巨大损失,而结果却因为他曾向上级做了请示和汇报而没有受到任何处分;与之相反,立志改革的青年工程师曾刚,却因坚持原则和锐意改革而被挤出了桥梁工作队。《本报内部消息》中的陈立栋是一个"传令兵"式的官僚主义者,他"辛辛苦苦","五年如一日",但又思想僵化,守旧顺从,善于揣摩上级意图,因而博得"对党忠诚"的好名声,但报社因此而唯唯诺诺之风盛行,独立思想受到压制,不再有生机和活力。这两篇作品显然受到苏联作家奥维奇金"批评特写"的直接影响,采用了小说典型化的写法,富于思考和激情,深刻反映了人民内部的复杂矛盾,以极强的社会责任感批判了官僚主义及其阻碍社会发展的消极现象,同时也揭示了体制内存在的严重弊端。尽管两篇作品在今天看来算不了什么,但在全国一片"歌舞升平"的大气候下,作家以非凡的政治敏感与胆略以及对人民高度负责的现实主义精神和良知,勇于揭示社会表象下面潜伏的隐患和阴暗面,确实难能可贵。其他较有影响的作品还有郁风的《浩伯伯——三十年的医生》,报告展示的是一个从医三十年的医生的敬业精神。文中借浩伯伯的口说:"你不知道乡里人辛苦啊。……最近县里卫生院正在集中搞血吸虫病,可是一时哪有这么多医生啊,各乡里卫生站的那些小姑娘也可怜,只会给人搽搽红药水。"文章透露了生活的本相,农民缺医少药,生存窘境依旧,从而揭开了主流话语一再涂抹的幸福生活的一角。时任《人民文学》副主编的秦兆阳在“编者的话”中曾为此评价说：“我们就是十分需要‘侦察兵’式的特写。我们应该像侦察兵一样，勇敢地去探索现实生活里边的问题，把它们揭示出来，给落后者以致命的打击，以帮助新的事物的胜利。”类似的批评特写、报告文学还有秦兆阳的《两个县委书记》、李易的《办公厅主任》、荔青的《马端的堕落》、白危的《被围困的农庄主席》和耿简（即柳溪）的《爬在旗杆上的人》等。

报告、特写等领域的批判意识也体现在一些游记性散文中。这些作品在追求抒情性和形象性的同时，将含蓄、隐蔽的批判意识寄寓于闲庭信步的游山赏玩之中，在基调上给人一种轻快、明亮而又不失痛快批评的感觉。如丰子恺的《庐山面目》写的是他带着家人游完了庐山，感触最大的是庐山上的饮食极不方便。表面上看，文中所批评的是小事，却触及了一直为主流话语所回避的作风僵化、人浮于事等打着为人民服务的旗帜但又极度缺乏服务意识的行业问题。相同题材和思想风格的散文很多，如钦文的《鉴湖风景如画》、姚雪垠的《惠泉吃茶记》、黄裳的《闲》、吴祖光的《雾里蛾眉》、张恨水的《陶然亭》、叶圣陶的《记金华的两个岩洞》、杨朔的《香山红叶》、方令孺的《在山阴道上》、菡子的《黄山小记》、碧野的《天山景物记》等艺术性都相对较高。这些作品尽管仍脱不去时代给予的种种外衣，但在新的气息的感召下，这些作家还是抒发了自己自由的心灵追求和向往，与此前的机械抒写已大不相同。同时，一些日常生活化、个人化的小品文也应运而生。这些小品的创作特点是趋向于叙事性的弱化和抒情性的强化，在表达上也更为含蓄曲折，语言上注重凝练清新，结构上更趋于精巧，因而其艺术味更浓。其中如老舍的《养花》、冰心的《小桔灯》、丰子恺的《敬礼》、魏巍的《我的老师》、何为的《第二次考试》和徐开垒的《竞赛》等。《人民日报》副刊主编林淡秋在编选《散文小品选》中就曾指出，这些散文小品的创作标志着 20 世纪三四十年代以来散文的通讯化趋向开始得到控制，也即从以大众为主体的战地报告转向了以个人为特征的散文小品，这在很大程度上意味着“五四”式的散文传统开始复苏。

这一时期的杂文在创作和理论上都取得了较大突破，可谓百花园中最为瑰丽的一景。20 世纪三四十年代兴盛的“能和读者一同杀出一条生存的血路的东西”（鲁迅语）——杂文，在建国初的一段时间里处于半休眠状态，是“双百”方针的感召使它重新找回并确认了自身的价值，从而很快便形成一股巨大的创作浪潮。1956 年 2 月号的《人民文学》率先发表了唐挚的《必须干预生活》，接着《文艺报》第 9 号又发表了洛人的《重要的是必须干预生活》，随后以“苏式小品文”为风格的杂文扑面而来。《新港》、《辽宁文艺》、《贵州文艺》、《星火》、《雨花》、《奔流》、《东海》、《山花》等刊物也纷纷设立“杂文”、“短论”、“小品”、“随笔”专栏，《人民日报》、《解放日报》、《文汇报》、《新民报·晚刊》、《新华日报》、《长江日报》、《文艺报》、《新观察》等也踊跃参与。据当时《人民日报》的杂文编辑蓝翎统计，从

1956年7月1日到1957年6月6日,仅《人民日报》文艺副刊就刊出303期,发表杂文500多篇,作者200余人次。在众多的杂文中,相对上乘的作品可谓比比皆是。夏衍的《"废名论"存疑》批判了当时社会上的一股以数字命名一切事物而废除各种老字号的风气和做法,意在揭露和批判盲目排斥富有民族传统和个人特色的做法。马铁丁的《"拿来主义"》认为不仅要向社会主义的苏联学习,而且还要向"资本主义、帝国主义国家"学习。秦似的《比大和比小》批评了当时"上面要大,就来比大,愈大愈好","上面要小,就来比小,愈小愈好"的弄虚作假之风。吴祖光的《"相府门前七品官"》批判了机关接话员、看门人等"认车不认人"、趋炎附势、谄上欺下的现象。唐弢的《"言论老生"》批评的是以"贩卖教条"为生的教条主义、主观主义。叶圣陶的《老爷说的准没错》批评了社会上的"偶像崇拜"和"个人崇拜"的不良思想。金绣龙的《何必言利》中直接质问只讲"觉悟"和"积极性"而不管群众实际利益的"新儒"们"究竟怎样理解社会主义和怎样宣传社会主义"。黄秋耘的《犬儒的刺》对文艺批评中存在的畏惧"传统的权威"、随波逐流和"事后马克思"等现象予以批判,并借鲁迅的话说:"蜜蜂的刺,一用即丧失了它自己的生命;犬儒的刺,一用则苟延了他自己的生命。"黄秋耘这期间还写作了影响一时的《锈损了灵魂的悲剧》、《不要在人民的疾苦面前闭上眼睛》、《刺在哪里?》等文。此外,徐懋庸的《武器、刑具和道具》、《小品文的新危机》、《真理归于谁家》、《不要怕民主》和《不要怕不民主》,巴人的《况钟的笔》,巴金的《秋夜杂感》,茅盾的《谈独立思考》,严秀的《九斤老太论》,邓拓的《废弃"庸人政治"》,廖沫沙的《乱弹杂记》,林放的《"费厄泼赖"可以施行了!》等也都是这一时期的名篇。在这股杂文创作潮流的影响下,一批新学写杂文的"小字辈"也集中涌现出来,如蓝翎、邵燕祥、唐达成、鲍昌、邓友梅、樊篱、王子野、焦勇夫、陈泽群以及姚文元等。纵观这一时期的杂文可谓文字辛辣锋利,形象生动,对当时社会上普遍存在的官僚主义、保守主义、教条主义等各种错误思想和工作作风,进行了尖锐的讽刺和嘲讽,很好地起到了舆论监督和批评的作用。

与此同时,一批关于人性与人情问题的文艺短论也应运而生。1957年1月,巴人在《新港》发表《论人情》,文中写道:"人情是人和人之间共同相通的东西。饮食男女,这是人所共同要求的。花香、鸟语,这是人所共同喜爱的。一要生存,二要温饱,三要发展,这是普通人的共同的希望。""文学史上最伟大的作品,总是具有最充分的人道主义的作品。这种作品大都是鼓励人要从阶级束缚中解放出来。或悲忿大多数人民过着非人的生活,或反对社会的不合理、束缚人的才能聪明的发展,或希望有合理的人去生活,足以发扬人类本性。这种作品一送到阶级社会里去,就成为捣乱阶级社会秩序的武器。但正是这些东西是最通达人情的。人情也就是人道主义。"文章虽在理论资源上比较粗略,但却是共和国以来呼唤人性的滥觞之作。《文汇报》于 1957 年 6 月 7 日发表了徐懋庸的《过了时的纪念》，文中指出，人类是存在着“共同的一般的人性”，这就是“劳动、亲子之爱、两性之爱以及乐生恶死等”；“阶级性是人类本性的‘自我异化’，并不是自古以来就有的，它只是人在阶级社会里的一种特性，不是人性的全部，更不能代替‘人类本性’”。1957 年 7 月，《新港》发表了王淑明的《论人性与人情》，文中指出：“将人性与阶级性对立起来，将作品的政治性与人情味割裂开来，说人性既带有阶级性，就不应有相对的普遍性，作品要政治性，就可以不要人情味，这些庸俗社会学的论调，客观上也助长了作品的公式化、概念化的发展，我以为这些都是要不得的”。钱谷融也在《文艺月刊》上发表《论“文学是人学”》，做了积极回应，从文学的对象、题目、目的、人道主义精神、文学作品的社会意义、典型本质论的错误等，全面论述了“文学是人学”的合理性。文章理清了俄苏文学和现代中国文学发展历程中的脉络，而且在文艺复兴时期、马克思主义和中国传统文化中为人道主义作为文学的根本性命题分别找到了理论依据。这一时期较有影响的还有一组关于现实主义讨论的文章，其中最著名的是秦兆阳的《现实主义——广阔的道路》。文中首先明确了现实主义的概念，认为“文学的现实主义”是在文学艺术实践中所形成、所遵循的一种法则。文中认为，严格地忠实于现实，艺术地真实地反映现实，并反转来影响现实是“现实主义的一个基本大前提”，并进而提出“现实主义文学的视野、道路、内容、风格”是广阔而丰富的。秦兆阳在文中还批评了苏联关于社会主义现实主义的定义有不够科学的地方，文坛上存在的“无冲突论”和“概念化公式化”等现象都与之有关。其他关于现实主义讨论的文章还有陈涌的《关于社会主义的现实主义》、周勃的《论现实主义及其在社会主义时代的发展》和钟惦棐的《电影的锣鼓》等。这些文艺性的短论或随笔在当时一经发表迅速引起人们的热议，可以说在一定意义上有力地冲击了极“左”思潮对文艺创作的禁锢。当然，这些异见者也在随后的“反右”运动中被打成右派，遭受了不公正的待遇。

然而，正当人们确信“百花齐放，百家争鸣”“是一个长期性的方针，不是一个暂时性的方针”[①]时，1957 年 6 月 8 日，《人民日报》发表社论《这是为什么》，开始“组织力量反击右派分子的猖狂进攻”，掀起了规模浩大的“反右”运动。作为“双百”方针的“急先锋”和“晴雨表”的杂文首先遭受清算，很多杂文作者被打成右派，作品也受到严厉批判。杂文在文坛上或者偃旗息鼓，或者改弦易辙，即便仍有文章问世，早已失去往昔的锋芒。

伴随着政治运动的高涨，报告文学再次成为 1957 年下半年到 1960 年下半

①《毛泽东选集》第 5 卷，人民出版社，1977 年，第 414 页。

年间的主流文学样式。1958 年,《文艺报》开辟了“大家来写报告文学”专栏,发表了专论《大搞报告文学》。于是,作家们被号召下乡下厂下兵营,由此又产生出了报告文学创作的一个高潮。其中较有影响的报告文学选集有《建设十三陵水库的人们》(五卷本)、《一代新人》、《凯歌声中话友谊》、《星火燎原》丛书和《1958散文特写选》等。其中较有影响的作品如王石等的《为了六十一个阶级弟兄》,巴金的《创造奇迹的时代》、《廖静秋同志》,房树民等的《向秀丽》,吕兴臣的《南京路上好八连》,黄钢等的《在北京的会见》,魏钢焰的《宝地宝人宝事》,刘白羽的《从富拉尔基到齐齐哈尔》,阮章竞的《矿山医生》,李准的《马小翠的故事》,陈残云的《沙田秀水》等。当然,历史表明,这一阶段纪实类的创作明显存在着虚假和浮夸的倾向,作家无视政治、经济领域发生的大事及其带来的灾难性后果,依然延续着建国初期那种欢快的基调,热情洋溢地宣传和报道现实中的所谓“新人新事”,这种虚假的创作自然也不具备文学的审美品性。在“歌颂大跃进,回忆革命史”的指示下,这一时期出现了一大批革命回忆录著作。流传较广的如罗广斌的《在烈火中永生》、吴华夺的《我跟父亲当红军》、陈昌奉的《跟随毛主席长征》、袁学凯的《英明的预见》、陶承的《我的一家》、邓洪的《潘虎》和杨尚奎的《艰难的岁月》等。

进入 60 年代,散文园地再次出现转机。在中央制定“调整、巩固、充实、提高”的缓和政策的大背景下,1961 年《文艺报》第 3 期发表了《题材问题》的专论,指出为了促进社会主义文艺的百花齐放,必须广开文路,提倡题材的多样化,破除题材问题上的清规戒律。中宣部、文化部根据周恩来《在文艺工作座谈会和故事片创作会议上的讲话》制定并出台了《关于当前文学艺术工作的意见》,即通常所说的“文艺八条”,其中第一条就是进一步贯彻执行“百花齐放,百家争鸣”的方针,以纠正“左”的文艺思潮。尤其是周恩来在“新侨会议”、“广州会议”、“大连会议”上的几次重要讲话,指出对文艺队伍的错误估计是文艺方针偏差的政治根源,强调应发扬艺术民主,尊重文艺规律,进一步贯彻“双百”方针,努力提高创作质量等,对文艺界又是一次鼓舞。因此,1960 年 9 月至 1962 年夏,散文再次迎来一个创作的小高峰,尽管时间短暂但是成绩斐然,甚至有人将 1961 年定为“散文年”。

这一年多的时间里散文创作形成了一个小气候,作品数量比较可观,其中散文集包括秦牧的《花城》、杨朔的《东风第一枝》、刘白羽的《红玛瑙集》、曹靖华的《花》、冰心的《樱花赞》、吴伯箫的《北极星》、袁鹰的《风帆》、菡子的《初晴集》和陈残云的《珠江岸边》,以及中国作协编选的《1959～1961 散文特写选》、川岛主编的《雪浪花》等。这一时期散文创作的成绩从刊物刊发稿的情况来看也可明了,如《人民文学》1961 年第 3 期刊发了魏钢焰的《船夫曲》,刘白羽的《长江三日》,

杨朔的《茶花赋》;第4期刊发了吴伯箫的《记一辆纺车》和秦牧的《年宵花市》;第6期刊发了冰心的《樱花赞》,丰子恺的《上天都》;1962年第2、3期刊发了徐迟的《祁连山下》等。甚至中共中央理论刊物《红旗》也在第20期上发表了杨朔的《雪浪花》。从中可以发现,这个时期的散文写作受到了高度重视,取材内容也有所拓展,为此周立波形容说:"举凡国际国内的大事、社会家庭的细故、掀天之浪、一物之微、自己的一段经历、一丝感触、一撮悲欢、一星冥想、往日的凄惶、今朝的欢快,都可以移于纸上,贡献读者。"①这样的描述虽有些"浮夸",但是也在一定程度上反映了当时散文创作的大体情况。当然,所谓拓展是有限的,处在那个特殊困难的时期,散文并未正视民间疾苦,而是极力表现生活和自然的美,这就为散文的丰收景象留下了遗憾。

由于空间的短暂松动,杂文也在沉寂一段时间后又活跃起来。如邓拓以"马南邨"为笔名在《北京晚报》开设"燕山夜话"专栏,以及他与吴晗、廖沫沙合用"吴南星"的笔名在北京市委理论刊物《前线》杂志开设的"三家村札记"专栏。《人民日报》副刊也在1962年5月辟出"长短录"专栏,由陈笑雨主持,夏衍、吴晗、廖沫沙、孟超、唐弢等为主要撰稿人。这一时期的杂文注重将思想性、知识性、趣味性和艺术性相结合,取材丰富、生动、新颖,常以古喻今,表达含蓄委婉,提倡讲科学、讲民主的作风。这些杂文中虽不乏正视现实、臧否时政的名篇佳作,但与"双百"期间的作品相比,思想锋芒却藏而不露。

当然,散文创作这样的情景也极为短暂。随着1962年下半年"千万不要忘记阶级斗争"口号的提出,以优美为特征的"小阳春"散文创作潮流宣告结束。紧接着,毛泽东又在1963年和1964年相继发表两个关于文艺界的批示(简称"两个批示"),在几乎全盘否定周扬等人领导的文艺工作的同时,亲自发起了思想文化领域的一次次"反修防修"运动,为最极致的"文化大革命"做好了准备。在"文革"前的几年中,报告文学再次成为散文样式中引领潮流的代表。1963年3月,《人民日报》、中国作家协会联合举行了一次报告文学创作座谈会,这是建国以后第一次关于报告文学的专门会议,一定程度上预示着报告文学创作新格局的到来。与会人员在周恩来关于文艺问题的几个谈话精神的指导和鼓舞下,就报告文学的一些理论问题和创作实际问题进行了研讨,还提出了为"报告文学"正名,恢复"报告文学"这一名称,并把特写、速写、文艺通讯等文学样式统名为报告文学。会后,全国各地报刊都发表了文章提倡写报告文学的创作与研究,因此,在短短的时间里,形成了报告文学表面兴盛的局面。这个时期的报告文学特点鲜明,大都以报告英雄模范和他们的先进事迹为主。比较著名的作品是崔家骏等

①《1959～1961散文特写选·序》,人民文学出版社,1963年。

的《共产主义战士——雷锋》、郭小川等的《无产阶级战士的高尚风范》和《旱天不旱地》、袁木等的《大庆精神大庆人》、孙谦的《大寨英雄谱》、魏钢焰的《红桃是怎么开的》、黄宗英的《特别姑娘》和《小丫扛大旗》,最后以穆青等的《县委书记的榜样——焦裕禄》为这一高潮画上了句号。这一时期的报告文学旨在鼓舞人民的斗争意志,集中关注的是英雄人物和他们所体现的共产主义精神,并不关注社会现实问题,可以说完全闲置了报告文学的现实批判职能。尤其是一些小说化的“人物报告”,由于一味讲求提纯和拔高,存在着严重的浮夸和虚假。

总之,十七年散文走过的是一条蜿蜒而曲折的道路,但无论境地怎样,散文还是在各种情况下有所收获,尽管它必然存在某些扭曲和残缺,却也留下了足够的经验和教训。

第二节 巴金、冰心等老一代作家的散文

在十七年散文创作中,首先需要注意的是一批老作家,他们是巴金、冰心、曹靖华等。

巴金(1904－2005)建国后主要致力于散文和报告文学写作,出版过《华沙城的节日》、《生活在英雄们中间》、《保卫和平的人们》、《慰问信及其他》、《大欢乐的日子》、《新声集》、《友谊集》、《赞歌集》、《倾吐不尽的感情》等多种集子。众所周知,巴金本来长于写小说,但也擅长写散文。他的散文同他的小说一样,热情、深沉,充溢着爱和憎,也充满着对自由的向往和对美好未来的追求。新中国成立后,他以欣喜和激动的心情投身到火热的生活和斗争中,努力改造主观世界,用自己“写惯痛苦和哀愁的笔来歌颂人民的欢乐和胜利”①,先后写出了歌颂祖国日新月异和人民当家做主的一系列散文,如《上海,美丽的土地,我们的》、《最大的幸福》、《大欢乐的日子》、《忆个旧》等。朝鲜战争爆发,他曾经两度赴朝采访英雄事迹,写出了《平壤,英雄的城市》、《我们会见了彭德怀司令员》、《生活在英雄们的中间》、《坚强战士》、《黄文元同志》、《朝鲜战地的春夜》、《保卫和平,保卫朝鲜的母亲和孩子》、《向朝鲜战地的战友们告别》等。与此同时,他还写了一些赞颂和平、友谊和抒发国际主义情怀的作品,如《从镰仓带回来的照片》、《富士山和樱花》、《访问广岛》、《再访巴黎》、《活命草》、《明珠和玉姬》等。他的创作量很大,堪称“劳动模范”。巴金在《赞歌集》后记中曾经说:“我绝非为写文章而写文章,我有满腹的感情要倾吐,我有不少的见闻要告诉人,我有说不尽的对新社会的热

①巴金:《第二次解放》,《文汇报》1977年6月14日。

爱要分给别人，我才拿起我这只写秃了的笔。”

这时期最能代表巴金创作水平的还是那些感情真挚、诗意盎然的回忆和悼念之作。如《忆鲁迅先生》一文意深情长，他把对鲁迅的怀念高度浓缩，以深沉的情感，平实的语调，以大风中“我”在一棵树下站立深思起笔，通过几个重要片段的回忆，刻画出“鲁迅先生原是一个普照一切的太阳”，这个“瘦小的老人”并没有死，“他睡着了，他会活起来的”，并以“风一直不停，阳光却更灿烂地照在街上，我已经歇了，一会儿，我得往前走了”的蕴意收尾。《秋夜》通过作者在摊开的《野草》上所做的一个梦，将鲁迅先生的思想、情感和声音栩栩如生地描绘出来，表达了作者对先生的拳拳之情。当然，这一时期巴金也写过一些过分应景之作，如《斯大林的名字将永远活在万代人的幸福生活中》、《一个作家的无限的快乐》等。总之，这一时期巴金散文创作的总体质量如同小说一样是乏善可陈的，大多是“真诚的假话”，即便是当时产生很大影响的名篇佳作，也很难经得起艺术的推敲和时间的考验，无法与此前的作品相比，也不能与后来的《随想录》并论。

冰心(1900－1999)于 1951 年从日本回国，十七年中的作品也主要是散文。其散文集有《归来以后》、《我们把春天吵醒了》、《小桔灯》、《樱花赞》、《拾穗小札》等。冰心是“五四”时期成长起来的现代著名女作家，在白话文取代文言文的现代“语体革命”中，以缠绵、细腻和婉丽的“冰心体”和以“母爱”为中心的哲学及对大自然的讴歌奠定了她在文坛的地位，其中《寄小读者》、《山中杂记》、《说几句爱海的孩气的话》等影响了不止一代青少年读者。建国后，冰心的散文依然延续着往昔的风格，如她自己曾评述的：“在平凡的小小事物上，我仍宝贵着自己的一方园地。我要栽下平凡的花，给平凡的小小人看。”[①]但在新的形势下，她的作品也增添了描绘祖国壮丽生活、记录时代前进脚步、赞扬社会主义新人新事和保卫世界和平等内容。当然，在冰心的散文中，最动人的仍然是她那真情的表达。如《一只木屐》写的是作者在横滨码头等待启航时，蓦然间瞥见水面上漂着一只“木屐”，因而忆起在日本生活时楼前响过的“清空而坚实”的木屐声，“一夜又一夜”地“踏出了一条坚实平坦的大道”，“从黑夜送到黎明”。那“摇着，摇着，慢慢地往外移，仿佛要努力地摇到外面大海上去似的”情景，读来让人心绪荡漾。《樱花赞》是一篇诗意盎然的美文，作者以绚丽的笔调描绘了日本烂漫的樱花，并由此升华了自己真挚的情感：“金泽的樱花，并不比别处的更加美丽。汽车司机的一句深切动人的、表达日本劳动人民对中国人民的深厚友谊的话，使得我眼中的金泽的漫山遍地的樱花，幻成一片中日人民友谊的花的云海，让友谊的轻舟，激箭似地，向着灿烂的朝阳前进！”其他如《再寄小读者》、《小桔灯》、《一寸法师》等优

---

①《〈冰心全集〉自序》，北新书局，1932 年版。

秀名篇,都显示了一个老作家仍然具有的艺术水平和由此产生的魅力。

与以往的作品相比,这一时期冰心散文仍然具有文笔清新、构思精巧、情意深长的特点,增加了时代所要求的乐观明朗和积极向上的情绪,而失去了先前的惆怅、低婉和忧伤。因此,它的艺术感染力也必然受到影响。

除此之外,影响较大的还有曹靖华(1897－1987)等。

第三节 "散文三大家":杨朔、秦牧、刘白羽

在60年代初散文创作的热潮中,取得较大成绩的是杨朔、秦牧和刘白羽,因此,时人把他们称作"散文三大家"。

杨朔(1913－1968),原名杨毓晋,山东蓬莱人。高小毕业,靠自学成才,1937年赴延安,建国后曾任中国作协外国文学委员会主任。1950～1954年,他在朝鲜写了大量散文,大部分收在《鸭绿江南北》、《万古青春》两个集子中。回国之后,走遍全国各地,根据实地采访写了《戈壁滩上的春天》、《西北旅途散记》、《石油城》、《滇池边上的报春花》等报告和特写。50年代末和60年代初开始大量写散文,出版了《亚洲日出》、《海市》、《东风第一枝》、《生命泉》等,确立了他在十七年散文创作中的地位。

纵观杨朔的写作,他的发展轨迹是:由通讯、报告走向抒情散文,继而把散文"当诗一样写"。1956年的《香山红叶》标志着他对"诗意美"的艺术追求走向了成熟,以后的《蓬莱仙境》、《海市》、《荔枝蜜》、《雪浪花》、《茶花赋》等就是沿着这个方向日渐圆熟的。杨朔诗化散文的艺术主张,是他从自己的创作实践中总结出来的。他在回复一位批评家提出的问题时说:"我在写每篇文章时,总要拿着当诗一样写。""动笔写时,我也不以为自己是写散文,就可以放肆笔墨,总要象写诗那样。"[①]如在《荔枝蜜》中,他在听了养蜂员的介绍后,化景物为情思,"我的心不禁一颤:多可爱的小生灵啊!对人无所求,给人的却是极好的东西。蜜蜂是在酿蜜,又是在酿造生活;不是为自己,而是在为人类酿造最甜美的生活。蜜蜂是渺小的,蜜蜂却又是多么高尚啊!"杨朔总是以诗人的风姿在作品中扮演抒情角色,并赋予作品中的人物以诗意。在他的作品中,"我"常常是同情弱者、富于幻想、热情敏感、怀着诗心和诗趣。《雪浪花》中"老泰山恰似一点浪花,跟无数浪花集到一起,形成这个时代的大浪潮,激扬飞溅,早已把旧日的江山变成了个样儿,正在勤勤恳恳塑造着人民的江山。"杨朔在创作时常以营造意境为构思中心。一

①《东方第一枝·小跋》,作家出版社,1961年。

般采用托物言志和借景抒情的手法，而且先拟定意境再寻求寄托情感的景或物，如《香山红叶》托红叶“越到老秋，越红得可爱”的意境，言指劳动人民越是久经风霜精神境界越高远。此外，杨朔还擅长从诗的角度进行布局谋篇，讲求开头结尾相呼应和起、承、转、合错落有致的叙述模式，以达到曲径通幽、疏密有致的“园林式”的艺术效果。在语言表达上，他如写诗般反复推敲、凝练传神，用笔节制、从不放肆，善于将口语与文言、长句与短句结合。

当然，杨朔的散文也是瑕瑜互见的。首先，他的创作中对“诗意”的刻意表现和追求，有时给人矫揉造作的感觉。如《雪浪花》中的老泰山的行为和语言与他的身份明显不符。其次，他努力营造的意境并不是其精神空间的外化，而是勉强将一种既定的时代理念或方针、政策与社会中的新人、新事、新面貌等进行浅薄的拼凑。再次，在谋篇布局上的所谓别出心裁，峰回路转，“卒章显志”，也存在着固定的“物——人——理”的“三段结构”，有“散文新八股”之嫌。更为突出的是，他的散文创作的高峰期正是1960年前后，国家的困难和人民群众的生活苦难在他的作品中却不见踪影，没有任何透露。

秦牧(1919—1992)，原名林觉夫，生于香港，少年时代侨居国外，回国后积极投身抗日救国运动，建国后曾任《羊城晚报》副总编、中国作协广东分会副主席、暨南大学中文系主任等职。出版有散文集《星下集》、《贝壳集》、《潮汐和船》、《花城》以及文艺散论《艺海拾贝》等。

秦牧散文最突出的特点是知识广博、趣味盎然，可以说是天文地理、人情世态、山川名物、花鸟虫鱼、文学历史、逸闻趣事等林林总总、应有尽有，而且在具体运用时或幽微毕现、旧意新解，或旁征博引、寓教于乐，能满足读者的知识欲，使人在阅读时获得新鲜感。《社稷坛抒情》由“五色土”讲到古人的“五行”观念，使人看到了丰富的历史知识和古代君王对“社稷”的顶礼膜拜。《海滩拾贝》由介绍贝壳的品种和姿色，一直讲到它们在几千年前作为货币的历史，还讲到在拾贝中可以拾到的哲理：“没有无数的渺小，就没有伟大。离开了集体，伟大又一化而渺小。”《土地》、《花城》、《潮汐和船》、《菱角的喜剧》、《蜜蜂的赞美》、《榕树的美髯》等也都显示了这一特点。秦牧散文注重艺术、讲究技巧。他认为“短小的文章特别需要写的简洁和优美”，“像苏州的园林，小是小了，然而却境界深邃，天地广阔，看起来花样蛮多”①。而且，他的散文比较贴近“随笔”的精神，语言朴素自然、简洁优美，富于健康、明快、畅达的情调，形成一种新型的大众化的随笔小品。

秦牧散文的缺点也较为明显：首先是用“知识”替代“自我”，既淡化和牺牲了“自我”，也使主体的抒情流于时代的一般化，虽有知识性而难达美文的境地。其

①秦牧：《园林・扇画・散文》，《花城》，花城出版社，1985年，第192页。

次是他将所谓思想性狭隘地理解为表达正确的政治思想,有意将生活哲理与革命理念机械地结合,使作品的主旨流于千篇一律。同时,他不断重复着“用一根思想的红线串起生活的珍珠”的操作范式,使其创作带上了“批量复制”的痕迹。

刘白羽(1916－2005),北京人,1938年奔赴延安,曾任《新华日报》副刊编辑,建国后曾任中国作协副主席、文化部副部长、解放军总政文化部部长和《人民文学》主编等。著有通讯特写集《朝鲜在战火中前进》、《对和平的宣言》,散文集《火炬与太阳》、《百炮震金门》、《早晨的太阳》、《晨光集》、《平明小札》、《红玛瑙集》等。

刘白羽的抒情散文善于将写实手法与象征手法并用,贯之以汹涌澎湃的激情与思考,形成纵横驰骋的宏观审美视野与浓烈的政论色彩,因此,有人称其散文是“诗化的政论”。他的语言风格与其壮美的意境和豪迈的激情步调一致,又常用古诗的佳句和意境来渲染气氛,长句与短句相隔,骈句与散句并用,抑扬顿挫,富于节奏,淋漓尽致。1958年发表《日出》后,他的目光从具体的人事转移到多彩的自然,审美兴趣也转向抒情散文,但是他的战斗风格并没有变,雄浑、崇高、壮丽、奔放依然是其抒情散文的特色。他喜欢将日出、激流、启明星、怒涛、灯光还有长江三峡等壮美景象作为抒情对象,这当然与他渴望不平凡的战斗生活和过去艰险的革命经历相关。《长江三日》写的是作者在激流中破浪前进的三天见闻与感受,他将长江三峡描绘成一幅绚丽壮美的山水画,将汹涌澎湃的激情蕴于其中,将革命哲理溢于画外:“战斗——航进——穿过黑夜走向黎明!”《灯火》将普普通通的灯火升华为一种革命理想的象征,“现在战争过去了,可是在我的心中,却永远地留下那个灯火”。刘白羽是一位完全认可时代和现实政治的作家,从战争岁月的血与火,到建设年代的沸腾生活,他的创作随同时代的潮流而跃动转换,一路表达着时代的声音。

刘白羽散文的缺点也是暴露无遗的,文中的抒情自我一般都是共性的“大我”,缺少个性色彩;使用的词汇比较贫乏,多是流行一时的豪言壮语,甚至大段摘引和转述他人的描述与议论,凸显了作者主体性不足和思想的贫瘠;特别是当作者的革命激情与时代的极“左”思潮相结合时,作品的思想价值就会发生偏差,结果是情浮于物,矫情浮躁,激情有余而冷静不足。这一点在他的报告文学中体现得也很明显。

第四节 “三家村”杂文及其他

在这一时期的杂文创作中,较为值得关注的是由邓拓、吴晗、廖沫沙构成的

“三家村”杂文。

所谓“三家村”，是指邓拓、吴晗、廖沫沙。1961年，由于文艺政策调整，“左倾”思潮有所扼制，言论环境相对宽松，文艺界再次出现某种程度的繁荣景象，杂文创作也再次复苏。3月，邓拓以“马南邨”为笔名，在《北京晚报》开设了《燕山夜话》专栏，后来共发表杂文150余篇。10月，邓拓、吴晗、廖沫沙三人联合在中共北京市委机关刊物《前线》开辟了一个杂文专栏，取名为“三家村札记”，笔名取吴晗的“吴”字，邓拓笔名马南邨的“南”字，廖沫沙的笔名繁星的“星”字，合成“吴南星”。他们轮流撰稿，每期刊登一篇，如哪一位因事离京不能写稿，则请人代笔，从1961年出刊到1964年停刊，共发表198篇文章，其中只有5篇是代笔。“三家村”杂文旨在发扬实事求是的作风，让人们增强克服困难的信心，用他们自己的话说，“使大家在整天的劳动、工作以后，以轻松的心情，领略一些古今有用的知识而已”[①]。“三家村”成员都是知识广博的人，由于“反右派”、“反右倾”的阴影还严重存在，他们大多采用以古论今的办法，纵谈读书治学、人生修养、历史文物、民俗人情，其中也不乏匡正时弊、扶正祛邪、捍卫真理的凛然正气和坦荡胸怀。他们的杂文切中时弊而又短小精练、妙趣横生、富有寓意，博得了广大读者的欢迎和支持。全国许多报刊也纷纷效仿，如《人民日报》的《长短录》杂文专栏、《星公杂文》、《老生常谈》、《巴山夜谈》、《历下漫画》等。“三家村”杂文中那些表现出强烈的社会责任感和现实针对性的文章尤其引人瞩目。

邓拓(1912—1966)，原名邓子健、邓云特，生于福建闽侯。先后就读于上海光华大学、上海法政学院、河南大学，1930年入党，1937年入根据地。建国后，曾任《人民日报》总编辑和社长兼《前线》主编，北京市委书记处书记等职。出版有《燕山夜话》、《三家村札记》等。邓拓的《伟大的空话》深刻揭露了那些假话、大话、空话、套话、废话对人类的危害，而且指出“伟大的空话”因为有“最伟大的字眼和词汇”作外衣，所以特别容易迷惑人，危害也更大。《专治“健忘症”》、《说大话的故事》、《三种诸葛亮》、《两则外国寓言》等从多方面勾勒和讥讽了社会中的形形色色的“假、大、空”人物及其丑恶嘴脸。《王道和霸道》一文对“王道”和“霸道”作了比较：所谓王道，“就是老老实实的从实际出发的群众路线的思想作风”；所谓霸道，“就是咋咋唬唬的凭主观武断的一意孤行的思想作风”。并说明那种“不顾一切，依靠权势，蛮横恃强，颐指气使，巧取豪夺”的霸道行为即使在古代也是没有好结果的。《一个鸡蛋的家当》引用古代的传说，揭示“他的计划简直没有可靠的根据，而完全是一种假想，每一个步骤都以前一个假设的结果为前提”，“统统用空想代替了现实”，其结果当然是完全落空的。其他如《欢迎“杂家”》、

①邓拓：《燕山夜话》，北京出版社，1984年，第7页。

《最现代的思想》、《堵塞不如开导》、《磨光了的金币》、《“批判”正确》等都具有极强的现实性。

吴晗(1909－1969),原名吴春晗,浙江义乌人。清华大学史学系毕业,1948年赴解放区。建国后曾任清华大学历史系教授、文学院院长,北京市副市长。建国后出版的文集有《读史札记》、《投枪集》、《灯下集》和《春天集》等。吴晗在《多写一点杂文》中明确表示:“我想,假如作家们能够多写一些杂文,抓住问题,对症下药,是能够起改进工作,提高工作的效果的。通过杂文,推动批评和自我批评的开展,好处是不胜说的。”《神仙会和百家争鸣》一文,对百家争鸣提出了系统的看法,对于纠正工作中的错误倾向,活跃学术空气,很有积极意义。因为吴晗写了著名的“毒草”《海瑞罢官》,所以他的杂文《海瑞骂皇帝》、《论海瑞》也最为引人瞩目。像他的剧本一样,这些作品本是“奉旨”而作,不想政治风向突然转变,却反过来成了被攻击的靶子。他还专门写过一组赞颂历代清官的作品,如《况钟和周忱》、《明代民族英雄于谦》、《文天祥的骨气》、《戚继光练兵》等,见解未必完全正确,却也显示了一些独到的思考。

廖沫沙(1970－1990),原名廖家权,湖南长沙人,1933年参加“左联”,建国后曾任中共北京市委宣传部副部长、教育部部长、统战部部长。建国后出版杂文集《分阴集》、《三家村札记》等。廖沫沙不但参加了《三家村札记》专栏的写作,还参加了《长短录》专栏的写作,1962年出版的《分阴集》可以代表他这一时期的杂文成就。作品主要分为两类:一类是与教育相关的,这主要与他的教育工作出身有关;另一类是直接取材于现实生活的。《〈师说〉解》一文在解说韩愈文章的同时明确指出:“学术思想批判和教学改革,是应当有方针,有目标的,方针是‘百家争鸣,百花齐放’,目标是提高学术和提高教学,不是为批判而批判,为改革而改革。”这种带有委婉口吻的劝谕式批评显然是针对当年教学改革中盛行的“浮夸风”有感而发的。《“孔之卓”在哪里?》、《小学生练字》、《“蒙以养正”说》等所谈也是教育问题。《群众路线的“敲门砖”》、《科学话同科学事》、《从“无数”到“有数”》、《怕鬼的“雅谑”》等则直接面对现实发言,表达了对社会生活中各种问题的看法。

“三家村”杂文在“文革”之初即遭到彻底清算,被诬为“反党反社会主义的大毒草”,“三家村”也被打为“反党集团”,邓拓、吴晗饮恨身亡,廖沫沙虽幸免于死,但也遭受了极大摧残。

除“三家村”杂文外,这一时期杂文创作产生较大影响的是徐懋庸和巴人。

徐懋庸(1910－1977),原名许茂荣,浙江上虞人,30年代参加“左联”,1938年到延安,建国后历任中南军政委员会教育部副部长、文化部副部长及武汉大学党委书记、副校长,1957年被错划为右派。徐懋庸曾是“左联”的杂文新秀,“鲁迅风”杂文的重要代表作家之一，曾与唐弢被并称为杂文“双璧”。

徐懋庸一生与杂文结缘颇深，这一时期对杂文的出力也最多。1956 年“双百”方针提出后，徐懋庸按捺不住心中的冲动，从 1956 年 11 月到 1957 年 8 月的时间里，他以“回春”、“弗光”等为笔名共发表了 100 多篇杂文。在这些杂文中，他以高度的社会责任感，针对当时违背“百家争鸣”的官僚主义、教条主义、宗派主义、特权观念以及不民主的社会风气，予以辛辣和尖锐的抨击，振聋发聩。《武器、刑具和道具》从刀的不同用途，谈到理论界的三种人：战士、刽子手和艺人。关于刽子手，他一针见血地指出：对于一个并不是敌人的人，“用了种种的力量，使之处于毫无争辩的地位”，“这‘胜利’，也不过是刽子手的胜利”，这“胜利”的“理论”就成了“刽子手”滥用的“刑具”。“艺人”呢，不过以“理论”作乔装的“道具”，赚“几文钱”而已。《小品文的新危机》关注的是杂文在当代的命运。他认为，杂文应该是在民主的基础上发展起来的，因此，“民主的意义之一就是人民要求的多样性，因此杂文也应该多样性，可以歌颂光明，也可以揭露黑暗”，“人们对于阴暗还要更敏感，更不能容忍，更要经常揭露，这没有坏处，只会有好处的”，所以“杂文作家要养成对黑暗的敏感”。他的《不要怕民主》、《不要怕不民主》、《真理归于谁家》、《质的规定性》、《教条主义和心》、《批评和团结》、《老实和聪明》、《英雄的意志和情感》、《敌与友的关系》等都显示了思想的锋芒。徐懋庸的批评并没有停留在表面的揭露问题和针砭时弊上，而是深入到事物的深处，进行多角度、多层次的辩证剖析和论说。他的批评是善意而热情的，锋芒直露又胆识过人，充分发挥了现代杂文的战斗精神，对推动当代杂文创作具有重要的意义，可惜的是，历史没有给他更多发表作品的机会。

巴人（1901－1972），原名王任叔，浙江奉化人，中共早期党员。毕业于宁波第四师范学校，赴日留学一年，曾参加文学研究会、参与北伐战争、加入“左联”。建国后曾任驻印尼大使，人民文学出版社副社长兼总编、社长兼书记等。建国前出版杂文集《边鼓集》、《横眉集》、《生活，思索与学习》、《窄门集》、《边风录》等，建国后出版《文学论稿》、《遵命集》、《点滴集》、《巴人杂文选》等。

从 1956 年开始，巴人写了大量针砭时弊的杂文，成为当时颇有影响的杂文作家，其中《况钟的笔》影响较大。《况钟的笔》是巴人看了昆剧《十五贯》后写成的，以“叫我念念不忘的是况钟那枝三起三落的笔”开篇，针对 50 年代中期在报刊上批人、整人甚至“以笔杀人”的现象作出呼吁，指出用笔既要注意使用权力的严肃性，又要“善于在笔底下看到‘人’的人道主义精神”。文章最后提到如何使用这支代表权力的笔，“实在是需要大勇气、大智慧的”，并进一步强调，“一个能对人负责任的人，一定会得到人民力量的支持，就会有大勇气；而一个得到人民支持的人，一定能够集中群众智慧，就会有大智慧”。《“多”和“拖”》批评了国家机关的两大特色:一个是“多”,即头多,层次多,人手多;一个是“拖”,即今天拖,明天拖,后天还是拖,而“拖”出于“多”。《“敲草锄头”之类》借一个民间笑话尖锐地指出:“粗暴不仅仅出于无知和傻气,粗暴往往是想把自己的过错转嫁给别人的表现,但当他一使用起权力来的时候……一句话,再也不把人当人了!”巴人影响较大的杂文还有《关于集体主义》、《上得下不得》、《拿出货色来》、《真的人的世界》、《略谈要管人》等。巴人这一时期还有影响一时的文论类杂文《论人情》。巴人在文中鲜明地指出:“我们当前文艺作品中缺乏人情味,那就是说,缺乏人人所能共同感应的东西,即缺乏出于人类本性的人道主义。”为什么缺少人情呢?他回答:“我们有些作者,为了要使作品为阶级斗争服务,表现出无产阶级的‘道理’,就是不想通过普通人的‘人情’。或者,竟至于认为作品中太多人情味,就失掉了阶级立场,但这是‘矫情’。”为此他呼吁:“魂兮归来,我们文艺作品中的人情啊!”文章对一些作品不合情理、只唱教条、流于空洞的政治说教、公式化和概念化的现象也进行了比较尖锐的批判。

巴人具有写杂文的特殊天分,视野开阔,思想明快,结构跌宕有致。他的“文笔辛辣锋利,说来娓娓动听,夹杂俚语俗谚,又旁征博引;时而慷慨激昂,时而插科打诨”,真正做到了“嬉笑怒骂,皆成文章”[①]。

第五节　魏巍、徐迟等人的报告文学

新中国建立之初,朝鲜战争爆发,一大批作家响应号召纷纷奔赴朝鲜战场,创作出了大量歌颂爱国主义、国际主义和革命英雄主义的通讯与战地报告,其中影响最大的是魏巍的作品。

魏巍(1920－2008),河南郑州人,原名魏鸿杰,1937年参加八路军。1950年朝鲜战争爆发后,曾先后三次赴朝,写下了《谁是最可爱的人》、《年轻人,让你的青春更美丽吧》、《前进吧,祖国》和《依依惜别的深情》等17篇报告文学,结集为《谁是最可爱的人》。

《谁是最可爱的人》比较生动地再现了朝鲜战争,描绘了中国人民志愿军的英雄事迹,热情歌颂了朝鲜战场上浴血奋战的战士。作品向全国人民进行了一次热爱志愿军的教育,使志愿军获得了一个神圣的称号——“最可爱的人”。它的出现使30年代中期以来散文日趋通讯化的势头转向通讯抒情化、散文化,更有文学色彩。《谁是最可爱的人》的成功首先在于选材的精练和典型化处理。作

①唐弢:《点滴集·序言》,浙江人民出版社,1982年。

品避免了以往军事题材堆砌材料和信息过分密集的问题,仅挑选了三个典型事例:第一个是松骨峰战役,用牺牲战士的嘴里还咬着敌人的半个耳朵这样的细节,生动地表现了战士们对敌人的仇恨和战斗中的英勇顽强。第二个是战士冒火抢救朝鲜儿童的事迹,充分表现了志愿军战士对朝鲜人民的爱。第三个事例是战士们笑谈吃一把炒面就一口雪的艰苦,表现了战士对祖国的忠诚和革命乐观主义精神。在叙述完三个事例后,作者亲切地抒发了内心难掩的激动,用"亲爱的朋友们,当你……当你……朋友,你……你……"的句式来点题,告诉人们:志愿军战士是最可爱的人。《依依惜别的深情》是魏巍朝鲜通讯的压卷之作,也是一篇文情并茂的佳作。全文在叙事、议论与抒情上交相辉映,层层深入,将志愿军与朝鲜的父老乡亲之间的深情汇合到泪雨送行的感人场面中,对于当时的读者来说,是很能感染和调动情绪的。

魏巍的报告文学的最大特色就是具有一种强烈的爱憎情感和强大的感染力,极富战士的激情和诗人的气质,自觉地感应时代的脉搏,用"火热的诗篇"、"壮丽的诗"唱响了50年代英雄基调的进行曲。他常让第一人称"我"走进文本与"你"亲切交流;语言的特色表现为雄壮高昂,绚丽多彩,情谊深长。不足之处是一些篇章比较单薄浅显,艺术表现形式也较单一,大量排比句的运用有时使感情过于泛滥和矫情,"情、事、理"三段结构法也导致了单一化、模式化倾向。

从50年代到60年代,配合社会主义经济建设和政治动员的需要,文坛上出现了一些歌颂劳模和各行各业英雄模范人物的作品。在这些作品中,作为50年代的代表,是秦兆阳等;作为60年代的代表,是徐迟、黄宗英、穆青等。

徐迟(1914-1996),原名徐商寿,浙江湖州人。现代诗人、翻译家、报告文学家。30年代开始创作,1949年后先后担任《人民中国》(英文版)编辑、《诗刊》副主编。50年代曾两次到朝鲜战场、四次去鞍钢、六次到长江大桥工地,著有诗集《美丽·神奇·丰富》、《战争·和平·进步》和《共和国的歌》,报告文学集《我们这时代的人》、《庆功宴》。定居武汉后,先后发表《火中的凤凰》、《祁连山下》、《牡丹》等作品。"文革"结束后有《哥德巴赫猜想》等作品。

徐迟这一时期的报告文学都属于颂歌一类。其中写于1955～1956年的报告文学集《我们这时代的人》与《庆功宴》反映的是社会主义建设初期的生活,内容涉及矿山、石油、电站、地质、钢铁、城乡建设、部队等各个层面,人物也取自社会的各个阶层,作品着重展示的是时代和人物的精神风貌,热烈明朗有余,深沉思索不足。能够显示徐迟这一时期文学水平的,是他以受冷落的知识分子为歌颂对象而写作的《祁连山下》、《火中的凤凰》。尽管《祁连山下》最初是以小说的文体样式来写作的,因此在细节上与事实存在很多不符之处,但在1962年初《人民文学》上发表受到广泛好评后,便一直被当作报告文学来看。徐迟通过塑造尚达这一人物形象,来表现书画史家常书鸿忠于爱情、忠于艺术、忠于祖国的高尚精神和战胜坎坷命运的光辉品质,全文写得曲折委婉、森罗万象、感人肺腑。《火中的凤凰》歌颂的是郑振铎1949年前后收集和保存古字画等国粹的事迹。

这些作品显示了徐迟独特的风格和特点:他有强烈的社会责任感,有丰富的个人情感和固有的诗人气质,特别是写知识分子题材的作品,常能熔政论、诗和散文于一炉。他的作品结构宏大,气势开阔,想象丰富,善于挖掘人物内心和抒发带有哲理的议论,意味深长,在处理人物与环境、时间与空间的关系上可以见出他所受的中西方绘画理论的影响。在语言上,徐迟多用浓厚的书面色彩表达,娴熟运用多重修辞手法,并大量使用语气词,尤其常采用古代汉语式的书面语,其中包括对赋、骈文写作手法的借用,因而选词多庄重典雅,富有音乐美。当然,无须讳言的是,徐迟在"大跃进"年代也写过一些如"亩产十二万斤水稻"等这样不着边际的浮夸文字。

黄宗英(1925—),生于北京,南开中学肄业,40年代进入影剧界,著名影星。1959年后成为专业作家,凭借《特别姑娘》、《小丫扛大旗》和《新泮伯》三篇新作在文坛暴得大名,被誉为"艺术写生"流向的推波助澜者。《特别姑娘》是黄宗英1963年在河北省宝坻县窦家桥蹲点时采写的一篇报告文学,一经发表立即引起广大读者和业内人士的关注。作品写的是自愿放弃高考和都市生活的知识青年侯隽,在"祖国的利益高于一切"的口号中毅然决定下乡安家落户,最终成为虽没有什么"丰功伟绩",却具有"特别"之处的"城市知识青年立志建设新农村的榜样"。作者因演员出身,比较善于进入"角色",使得"我"与作品主人公的心灵能够相通,使作品能够抒发出主人公内心的思想情感,因而作品自然流畅,真挚亲切。《小丫扛大旗》是黄宗英60年代报告文学创作走向成熟的标志,作品描写的是张秀敏带领下的铁姑娘队,如何发奋图强,改变家乡贫穷面貌的真实事迹。作者能够敏锐抓住60年代的时代精神,同时借鉴了小说的描写和散文的抒情,再加上文笔俊秀,因而人物形象鲜活饱满。

第六章　风云变幻的戏剧舞台

第一节　十七年戏剧创作概况

中华人民共和国建立以后，戏剧的发展进入了一个新的阶段。40 年代延安对戏剧的管理方式发展为国家层面的对戏剧创作与演出的全面领导。1951 年，文化部作出了“整顿和充实”文工团的决定，并在同年 6 月的全国文工团工作会议上，指出“中央各大行政区及大城市设剧院或专门化的剧团”，“以逐步建设剧场艺术”。因此，大批戏剧团体先后建立，各省市和军队也先后建立戏剧演出团体。这些机构配合不同范围的“观摩”与“会演”制度，成为政府领导和规范戏剧创作的有力工具。这种局面促进了剧目生产与集体创作的增多，话剧创作、歌剧创作以及戏曲改革都取得了很大的成绩，呈现出前所未有的繁荣局面。但在这些创作中，戏剧为政治服务成为不容置疑的最高原则，创作基本上不再是剧作家的个人艺术行为，而成为集体的行为和国家意志的体现。这一切都对本时期戏剧产生了极大影响。

话剧是十七年戏剧创作的主要成就之一，其创作实绩随着国家政治生活的变化呈现出不同的风貌。当时从事话剧创作的，一部分是“五四”以来已有建树的剧作家，如曹禺、郭沫若、老舍、田汉、夏衍、阳翰笙、陈白尘、于伶、宋之的等。另一部分是从革命战争中走来的戏剧工作者和 50 年代新出现的青年作家，如胡可、陈其通、王炼、史超、所云平、马吉星、沈西蒙、杜宣、黄悌、杜印、段承滨、崔德志等。

在 50 年代前期，剧作家们呼应时代的感召，热情拥抱新的社会制度和新的生活，迅速创作了一批新的剧作，从不同侧面反映了新时代发生的翻天覆地的变化和社会主义建设的新风貌，满怀胜利者的豪情对历史进行阐释。比较有代表性的话剧作品主要有：表现“工业建设和工人斗争”的《在新事物的面前》（杜印、刘相如、胡零），《不是蝉》（魏连珍），《考验》（夏衍），《幸福》（艾明之），《刘莲英》

(崔德志);写“农村生活和斗争”的《春风吹到诺敏河》(安波),《春暖花开》(胡丹沸),《妇女代表》(孙芋);表现“革命历史”和朝鲜战争的《战斗里成长》、《战线南移》(胡可),《万水千山》(陈其通),《钢铁运输兵》(黄悌)。另外,老舍的《龙须沟》、曹禺的《明朗的天》,通常也被当作50年代前期话剧创作的成就。总体上看,这一时期话剧创作的数量很大,据统计,从1949年7月全国第一次文代会到1956年3月全国第一届话剧观摩演出大会的6年多时间里,全国共发表剧本1000个左右,其中多幕剧便达到100多部。这个数字还没有包括那些业余剧团创作与演出的独幕剧和多幕话剧。这些剧作从不同的侧面反映出新中国天翻地覆的变化和社会主义建设的新风貌,倾注了作家强烈的爱憎之情,大多具有浓郁的生活气息和强烈的时代色彩,现实感很强。许多剧作塑造了在社会主义革命和建设中涌现出来的英雄人物和新人形象。但是,由于当时接连不断的文艺批判运动,也给剧作家的创作带来了无形的压力。为迎合政治、政策、运动的要求,许多剧作公式化、概念化的痕迹明显,抽象的概念、空洞的思想和陈旧的调子,往往超过了对生活新鲜而真实的感受。这些硬伤使这一时期的剧作虽然数量多,却很难具有长久的艺术生命力。

1956～1957年间,在“百花齐放,百家争鸣”方针的鼓舞下,出现了一些在题材和风格上有所开拓的剧作,它们是海默的《洞箫横吹》、杨履方的《布谷鸟又叫了》、何求的《新局长到来之前》、岳野的《同甘共苦》、苏一萍的《如兄如弟》、赵寻的《人约黄昏后》和鲁彦周的《归来》等。这些作品在题材上突破了表现先进思想和保守思想斗争的工人剧本、表现入社和不入社斗争的农民剧本、表现军事斗争的部队剧本等三种模式,被称之为“第四种剧本”。在内容上则主要表现人民内部矛盾和人的情感生活,揭示了生活中的不良现象,剖析了人的丰富复杂的内心世界,探讨了具体历史条件下的人性人情。“第四种剧本”虽因存在对生活本质把握不够准确的“缺陷”引起过争论,但剧作家们对生活的独特思考和对不良现象的批判,推进了话剧沿着现实主义道路发展。在1957年,老舍的《茶馆》的写作和演出将“第四种剧本”的创作推向顶峰,显示了这个阶段甚至是建国后十七年话剧创作的艺术高度。

1958年,继“反右”斗争严重扩大化之后,“大跃进”、“反右倾”等“左倾”政治运动接踵而至,话剧创作中刚刚复苏的现实主义传统迅速被削弱。《洞箫横吹》、《布谷鸟又叫了》、《同甘共苦》等一批敢于揭露现实矛盾和弊端的作品受到批判,包括鞭笞旧社会的《茶馆》也未能继续上演。同时,领导部门片面强调一些重大题材,提出“回忆革命史,歌颂大跃进”、“写中心,演中心”等创作口号,导致了话剧创作中虚假浪漫主义泛滥,粉饰现实,歪曲生活的应景之作风行。如《烈火红心》(刘川)、《降龙伏虎》(段承滨、杜士俊)、《红大院》(老舍)、《十三陵水库畅想曲》(田汉)、《敢想敢干的人》(王命夫)等,均是这样的剧作。

由于现实题材创作的困难和"以历史唯物主义"教育人民、统一思想的要求,一大批剧作家渐渐把目光从现实移开,转移到历史中,把笔触深入历史人物和事件,从而形成了一个历史剧创作热潮。影响较大的作品主要有田汉的《关汉卿》、《文成公主》,郭沫若的《蔡文姬》、《武则天》,朱祖贻、李恍的《甲午海战》,曹禺等人的《胆剑篇》,金山执笔的《红色风暴》,于伶的《七月流火》,白刃的《兵临城下》,蓝光的《最后一幕》等。历史剧创作在这一时期还广泛存在于歌剧、戏曲等样式中。历史剧的热潮,引发了有关历史剧问题的争鸣与讨论,广泛探讨了历史剧的本质特征、时代精神、社会意义以及发展规律等问题,在话剧的民族化、群众化方面进行了有益的探索,并在戏剧结构和戏剧语言方面取得了很大的成就。但在思想认识价值上,除却那些借历史题材曲折表现自己"个人话语"的作品,大多数历史剧常常是在"古为今用"原则下为当时政治路线服务的作品。

60年代初,文艺政策得到短暂的调整,特别是周恩来、陈毅赴广州参加全国话剧、歌剧、儿童剧创作座谈会,并发表重要讲话,戏剧创作的形势有所好转。广州会议讨论了积极表现新时代和题材多样化的问题,关于戏剧冲突和表现人民内部矛盾的问题,生活真实与艺术真实的问题等一系列话题,对《同甘共苦》等受到错误批判的剧本作了新的肯定的评价。这些领导讲话和会议精神尽管在执行过程中遇到种种阻力,但仍然调动了文艺工作者的积极性,话剧舞台重新活跃起来,话剧创作的题材和内容有所扩大,反映现实的广度与深度有所改观。影响较大的作品有沈西蒙等人的《霓虹灯下的哨兵》、丛深的《千万不要忘记》(又名《祝你健康》)、陈耘的《年轻一代》、孙维世的《初升的太阳》等。但是,由于随后而来的阶级斗争扩大化,戏剧家的创作活动只能在为政治服务的框架内有限度地进行。因此,本时期虽然出现了话剧创作和演出的热潮,也产生了一些较为优秀的作品,但绝大多数作品片面强调"重大题材",使作品越来越单一化,路子越走越窄。为追求英雄人物的高大、完美,对白经常如政治口号般干瘪苍白,缺少血肉,影响了对人物性格的具体刻画。这种创作倾向逐步形成了一种新的创作模式,成为"文革"期间"三突出"、"主题先行"的直接源头。

除话剧创作之外,十七年戏剧领域一件重要的事就是戏曲改造与革新。建国后,改造旧戏曲这一古老的传统艺术,使之适应社会主义时代的要求,成为戏曲发展的重要任务。1951年7月,文化部成立戏曲改进委员会,1951年4月,在中国戏剧研究院成立之时,毛泽东提出了"百花齐放,推陈出新"的方针,同年5月,中央政府颁布了《关于戏曲改革工作的指示》,明确了戏曲改革工作的三大任务——"改戏、改人、改制"。以后多次召开戏曲剧目工作会议,举行戏曲观摩演出大会,1960年又提出了"现代剧、传统剧、新编历史剧三者并举"的方针。在统一布置领导之下,全国戏曲剧种经过大力挖掘、恢复和扶植,由解放初期的一百多种扩大到三百多种,不仅京剧大放异彩,行将绝迹的昆剧、徽剧、庆阳腔、弋阳腔等获得了新生,越剧、豫剧、评剧、黄梅戏等跃升为大剧种,此外还诞生了曲剧、吉剧、黔剧等新剧种,少数民族的戏剧也获得发展并丰富着中华戏曲舞台,从而展示了戏剧艺术相对繁荣的景象。

对传统剧的挖掘与改编成为重要任务,因此也取得一些成就。徐进等的越剧《梁山伯与祝英台》、田汉的京剧《白蛇传》、翁偶虹等的京剧《将相和》等影响较大。1956 年,陈静等对昆剧《十五贯》的改编获得成功,被誉为"一出戏救活一个剧种",也标志着"现代戏曲"的诞生。中国剧协等单位还多次召开历史剧座谈会,并展开关于历史剧问题的争论,促进了新编历史剧的创作与演出。正是在这个背景上,出现了吴晗的《海瑞罢官》、田汉的《谢瑶环》、许思言的《海瑞上疏》等影响颇大的佳作。

同时,从建国初开始,文艺主管部门还进行了以传统戏曲艺术形式反映现代生活的现代剧创作尝试。1958 年,文化部召开全国性的现代戏创作座谈会,《人民日报》等发表社论大力倡导现代戏创作,编演现代戏逐渐形成了热潮。后来家喻户晓的《红灯记》、《智取威虎山》、《奇袭白虎团》等"革命现代京剧"由此开始发展起来,在戏剧发展的历史上写下了重重的一笔。

此外,新歌剧也得到了迅速发展。新歌剧是我国成熟于延安革命文艺运动的最年轻的戏剧艺术形式。建国初期,新歌剧继承和发扬《白毛女》等歌剧的传统,根据已有广泛影响的诗歌和小说创作了一批作品,如李季的《王桂与李香香》、赵树理的《小二黑结婚》、于村等的《刘胡兰》等。1957 年到 1966 年,歌剧创作进入了高潮期,新剧目层出不穷,而且质量也不断提高。如朱本和、张敬安等人的《洪湖赤卫队》、石汉的《红霞》、阎肃的《江姐》、黄勇刹改编的《刘三姐》、高云阶的《义和团》以及战士歌剧团的《红色娘子军》等,这些新歌剧大多情节生动、人物形象鲜明、抒情气氛强烈,在当时得到了广泛流传。

第二节　老舍、田汉、郭沫若等人的历史剧

20 世纪 50 年代末到 60 年代初,中国戏剧舞台上突然如雨后春笋般涌现出一大批历史剧,其数量之多、影响之大、质量之优都是前所未有的。其中,最引人瞩目的是老舍、田汉、郭沫若、曹禺等老一代剧作家的创作。他们在处理现实生活题材时往往捉襟见肘,而"历史剧"的创作却相对比较成功。

一、老舍与他的话剧《茶馆》

老舍(1899－1966)是中国现代文学史上著名的小说家,但在抗战时期就开始了戏剧创作,写了《残雾》、《面子问题》、《大地龙蛇》、《归去来兮》等剧作。1949年之后,他基本放弃了小说创作,潜心戏剧创作。因为他看到,“以一部分劳动人民现有的文化水平来讲,阅读小说也许多少还有困难”,而“看戏就不那么麻烦”(《老舍剧作选·自序》)。正是抱着为工农大众服务的动机,他努力写戏,从1950年到1965年,共有剧作23部。

老舍的戏剧首先是献给现实的颂歌。《方珍珠》是新中国成立后老舍推出的第一个剧本,通过两代鼓书艺人在解放前后生活和命运的变化,塑造了方珍珠和破风筝这新老两代鼓书艺人形象,揭露了旧社会的黑暗,歌颂了人民政府,从中表现出作者对新旧社会的强烈爱憎之情。《方珍珠》之后,老舍又创作了反映北京普通市民解放前后生活变化的剧作《龙须沟》。龙须沟是北京天桥附近的一条臭水沟,解放前是有名的贫民窟,解放后,人民政府在经济极为困难的情况下,拨款整治了这条曾给附近居民带来痛苦和死亡的臭水沟。作者独具匠心地选取了龙须沟附近的四户居民,采用小说的笔法,娓娓道出了龙须沟及附近居民生活的种种变化,反映出人民和人民政府的密切关系,歌颂了党和政府对人民无微不至的关怀,和人民对党与政府的衷心爱戴。《龙须沟》是解放初期戏剧歌唱新生活最有影响的作品之一,为老舍赢得了声誉,北京市人民政府于1951年12月21日授予他“人民艺术家”的荣誉称号。但是,老舍的现代题材戏大部分只是对当时政治任务和中心工作的配合,证明了作者的政治热情,却不能显示艺术水平。正如他自己所说,他的创作主要是从题材本身考虑是否有政治性,只要有政治性,就积极去写,而没想到自己对那种题材是否适应,因此自己的生活准备不足,只好东拼西凑,当然无法写出好的作品。但是,写于1957年的历史剧《茶馆》却不是这种情况,而是充分发挥了他的特长,因而成为十七年话剧史上的杰作。

《茶馆》通过北京城里裕泰茶馆掌柜王利发、民族资本家秦仲义、失势旗人常四爷,以及他们周围七十多个人物在三个时期(清末1898年初秋、军阀混战的民国初年、20世纪40年代抗战结束之后)的命运变化,来表现19世纪末以后半个世纪的中国的历史变迁,从而表达了作者“葬送三个时代”的创作主题。

该戏分为三幕,第一幕写清朝末年,集中秦仲义要办实业、庞太监买老婆、常四爷被捕等近二十个情节片段,概括了当时社会的主要矛盾:中华民族与外国侵略势力之间的矛盾,上层社会守旧派与维新派之间的矛盾,上层社会与下层劳苦人民之间的矛盾等。作品通过这些矛盾及其走向深刻地揭露了那个时代腐朽黑暗的性质,完成了葬送的任务。第二幕写袁世凯死后军阀混战时期,各派势力为争夺权力而大打内战。其结果是市面萧条,灾民遍地,特务横行,民不聊生,王利发的茶馆还没开张便遭到巡警、大兵、特务的敲诈,第一幕涉及的三种矛盾不但没有解决反而日趋恶化。第三幕写抗战胜利后,国民党统治北平,借接收“逆产”掠夺人民财产,社会渣滓泛滥,封建势力抬头,三股势力纠合在一起,对人民进行残酷镇压与骚扰,老百姓生活日益艰难,连精明的王利发、刚强的常四爷、颇有经济实力的秦仲义也被迫走上绝路。《茶馆》在揭露黑暗、展示腐朽、葬送三个旧时代的同时,还通过否定王利发的改良主义、常四爷的单打独斗、秦仲义的实业救国三种人生道路,暗示只有社会主义才能救国救民。

《茶馆》独特的艺术构思主要体现在:

首先是立足茶馆的特殊性,以小说笔法勾勒了社会人生,点面结合,侧面透露了时代的风云变幻。作者选择了自身的生活经历和艺术经验所能驾驭的轨道。老舍说:“我不熟悉政治舞台上的高官大人,没法子正面描写他们的促进和促退。我也不十分懂政治。我只认识一些小人物。这些人物是经常下茶馆的。那么,我要是把他们集合到一个茶馆里,用他们生活上的变迁,不就侧面透出一些政治消息吗?”(老舍《答复有关〈茶馆〉的几个问题》)因此,他选择了从“侧面”,从“小人物”的生活变迁入手的角度,并把对他们的表现范围,限制在茶馆这个“小社会”中。没有运用中心情节和贯串全剧的冲突——当代话剧常见的结构方式,而采用被称为“图卷戏”或“三组风俗画”的创新形式。通过贯穿的主要人物,却是风俗画般地出场,集宏大的社会风云于小茶馆这一叙事窗口,从而营造了一种开放式的结构。

其次是戏剧情节设计中悲喜剧相互穿插,从正反两个方面艺术地揭示了那个社会的黑暗残酷与荒谬丑恶,造成对比相生的戏剧审美效果,有效地扩展喜剧内涵的历史容量。《茶馆》三幕戏贯穿的经线是裕泰茶馆由兴到衰的变迁,在这条主线上穿插着三个时代里各种小人物的悲欢离合。从根本上讲,《茶馆》是一出悲剧,第三幕接近尾声处,三位贯穿全剧的老人自己为自己撒纸钱送葬的场面,具有强烈的悲剧审美震撼力,也把全剧的悲剧内蕴推向顶峰。但是老舍在三幕戏里分别插入一个看上去荒诞实则写真,而又让人忍俊不禁的小故事。第一幕里太监娶媳妇,第二幕是两个逃兵买一个老婆,第三幕是小刘麻子勾结国民党接收大员沈处长筹办所谓的“妓女托拉斯”。这些充满笑料的小故事既表现了社会的问题,又给全剧带来了讽刺性的笑声。

再次是《茶馆》显示了卓越的对话艺术。首先人物对话体现了精练、简洁、富有含蓄性的艺术特征。例如,第一幕中康顺子首次来茶馆的细节,人物从上场到落幕,按一般的戏剧描写,是有不少戏分的,但老舍只让他念了三个“我”字,就完成了。还有戏中大量的人物之间的辩论、争论、讨论都言简意赅,往往只有三五句，甚至一两句就干净利落地结束了。如在买卖康顺子的争辩对话中，康六举出“一家大小一天吃不上一顿粥”的事实，表明卖女的无奈，刘麻子则用“全村找不出十两银子”为借口替自己出的底价辩解，这样简洁的论据不仅具有说服力，而且富有时代色彩。可以说，《茶馆》中精练、简洁、含蓄的对话俯拾皆是，如第一幕结束前的一句“将！你完了”，老舍借正在下棋的茶客的一句话，为大清帝国几百年的历史作了总结，含蓄悠远，意味深长。其次，对话体现了上口、悦耳、富有节奏感的艺术特征。老舍说：“用一字，造一句，既要考虑文字的意向，又要照顾到声音之美。”他还说：“将文字的意、形、字三者联合运用，一起考虑。”这种“音义兼美”的语言，绝非随手可得，老舍是经过了“选择再选择”的过程才得到的。此外，人物对话还体现了鲜明的个性特征。二德子出场后第一句话就揭示了这个流氓心狠手辣、欺软怕硬的性格特征；常四爷一句话就暴露了他的傲气和霸气。

老舍《茶馆》的叙述动机，来自对新生活的强烈渴望和对一个不公正的社会的强烈憎恶。新旧社会对比既是老舍结构作品的方法，也是老舍的历史观。他对于“旧时代”北京社会生活的熟悉，他对普通人命运的同情，他的温婉和幽默，含泪的笑，使这部作品接续了他创作中深厚的人性传统。北京人民艺术剧院的一代卓越艺术家导演焦菊隐、夏淳等，对确立该剧在当代的“经典”地位，也起到重要的作用。

二、田汉与《关汉卿》

田汉是中国现代戏剧的奠基人之一，在现代文学史上成绩卓著。中华人民共和国建立之后，他担任过中国文联副主席，中国戏剧家协会主席和党组书记，文化部戏曲改进局、艺术局局长，《人民戏剧》主编等职，直接领导戏剧事业。与此同时，仍然不忘戏剧创作，写了《关汉卿》、《文成公主》等话剧，新编了京剧《谢瑶环》，改编了京剧《白蛇传》、《西厢记》等作品。

1949 年以前，田汉坚持“在野的戏剧运动”，保持了艺术家的独立个性与自由心态，创作了戏剧、电影近百部，以《获虎之夜》、《名优之死》为代表，取得了很高的艺术成就。到了 50 年代，他创作和改编的戏剧作品，有的是趋时应制的时事宣传，如《朝鲜风云》(1950 年)；有的是幼稚的乌托邦的政治鼓动，如《十三陵水库畅想曲》(1958 年)；有的带有明显图解国家政策的倾向，如《文成公主》，这些作品体现了田汉极高的政治热情，却没有显示出他的艺术水准。

《关汉卿》是田汉 1958 年应世界保卫和平理事会之约，为纪念世界文化名人、元代戏剧家关汉卿而创作的历史剧。虽然依据阶级分析和阶级斗争理论将戏剧冲突政治化，但田汉在关汉卿身上找到了自我，他将自身与关汉卿的命运息息相通，从而使人物及其命运能够扣人心弦，并使自身的艺术精神得到张扬，这是他“众多的好剧本中的瑰宝”,也是十七年话剧中不可多得的精品。

关汉卿是我国古代伟大的戏剧家,其创作是戏剧史上的一块丰碑,但在元代,他的社会地位在娼妓之下,所以元史不载,仅在钟嗣成《录鬼簿》中留下“关汉卿,大都人,太医院尹,号乙斋叟”的简单记载。面对极度贫乏的资料,田汉首先广泛收集和研究了元代的政治、经济、文化和当时的风物、典章、习俗等史料,熟悉了关汉卿所生活的时代风貌和社会环境。如剧中所反映的元朝草菅人命、官贼横行的黑暗社会就是历史的真实再现。剧中人物伯颜、阿合马、郝祯、和里霍孙、王著、王实甫、杨显之、朱帘秀、赛帘秀等人物也实有其人,王著刺杀阿合马,也是元代重大的政治事件。其次,田汉深入研究了关汉卿留下来的所有剧本和散曲。从《窦娥冤》中可以看到他鲜明的爱憎感情,从《单刀会》中可以看到他无畏的英雄气概,从他赠朱帘秀的散曲中可以看出他们之间的亲密交往,从他的《不服老》的套曲中可以看到他的风流倜傥及坚韧刚强的性格等。这就可以从作品中充分认识关汉卿,理解关汉卿。再次,田汉在关汉卿的身上熔铸了自己的思想感情、性格气质和生活体验。田汉是把关汉卿当作自己理想中的英雄形象,实际上寄托了一个老左翼剧作家心目中的自我来塑造的。所以有人说“田汉就是关汉卿”。在创作中,他坚持既忠实于历史,又不拘泥于历史,既展开想象的翅膀,又扎根现实土壤的原则。因此,在作品中浪漫主义和现实主义达到了较好的统一,剧作既有深厚的历史感,又有深切的现实感。

剧本的情节集中围绕关汉卿创作并演出《窦娥冤》,关汉卿一登场就目睹了朱小兰惨案。无辜的女子朱小兰含冤莫白,惨死在赃官的刀下。关汉卿拍案而起,决心要以笔为武器,创作《窦娥冤》。《窦娥冤》的上演触怒了权臣阿合马,关汉卿和朱帘秀被关进了牢房。但是,《窦娥冤》唤醒了民众,壮士王著在剧本“为万民除害”的呼声鼓舞下,刺杀黑暗势力的代表人物权臣阿合马。在这里,写作成了鼓舞人民、打击敌人的有力武器。

出色的人物塑造是《关汉卿》一个突出的艺术成就。剧本为了更好地表现关汉卿的英雄性格,设置了写不写、改不改、走不走、降不降、悔不悔等矛盾,让关汉卿在尖锐的矛盾中经受考验,突出了关汉卿在《不服老》中自称的“蒸不烂、煮不熟、捶不扁、炒不爆,响当当一粒铜豌豆”的不屈不挠的性格。同时,作者通过关汉卿与朱帘秀在共同的斗争中建立的生死不渝的爱情,表现他敢于冲破封建藩篱和世俗偏见,反叛门阀等级的封建观念的高尚爱情观。作者还通过设置叶和甫这一人物来衬托关汉卿的形象,势利文人叶和甫与坚持正义、理想的关汉卿不同,他遵循“现实”的原则。关汉卿考虑如何为民伸冤,而叶和甫则考虑声名富贵,主张“做事说话就得把谁硬谁软好好掂量一下”。正是在这种不同选择中,增显了关汉卿这一形象的魅力。

抒情性与戏剧性的有机结合是《关汉卿》艺术风貌最突出的特征。田汉早年以浪漫主义步入文坛，其创作始终绕不开一种“Violin and Rose”情结，其核心是“对自由、民主、光明的追求，是人道主义之火在燃烧”。该情结在《关汉卿》中表现为凝聚在主人公身上强烈的正义感和斗争精神，也表现为戏剧性中被赋予的“情”的力量。田汉在剧中很注意给予主要人物鲜明的理想主义色彩，在忠于历史的基础上以浪漫主义的笔触写出主要人物的浪漫主义气质，使剧作体现出浪漫主义的诗意美。如关汉卿救二妞的幽默机智，痛斥败类时的慷慨淋漓，秉烛夜书时的沉吟狂草，卢沟送别时的悲昂激越等，无不把读者带进诗的意境之中。尤为突出的是，作者根据剧情需要，在诗情的最浓烈处杂以诗词与歌曲，既集中抒发了剧中人的胸臆，也抒发了作者自己按捺不住的奔放激情。如狱中一场由关汉卿填词，由朱帘秀演唱的《蝶双飞》的情节，就深刻揭示了这一对战友生死同心、视死如归、热情憧憬“蝶双飞”的内心世界。再如剧尾，朱帘秀一曲《沉醉东风》，既渲染了卢沟送别的悲剧气氛，也表达了关汉卿与朱帘秀之间的深厚感情。

当然，《关汉卿》也存在不足之处。在人物形象刻画上，由于史料的缺乏，大都是靠艺术虚构完成，又因为作家主观性泛滥而缺少节制，因而人物不同程度存在理想化的色彩，影响了作品的历史真实性。

三、郭沫若与《蔡文姬》

郭沫若(1892—1978)是中国现代文学史上著名的诗人和剧作家。1949年之前就有剧作《棠棣之花》、《卓文君》、《王昭君》、《屈原》、《虎符》、《高渐离》、《孔雀胆》等。中华人民共和国建立后，他成为文艺界的组织者和领导者，在公务之余创作了历史剧《蔡文姬》、《武则天》。

《蔡文姬》是一部五幕历史剧，创作于1959年。这部历史剧是郭沫若在“百花齐放，百家争鸣”的方针鼓舞下，为阐明自己的学术观点，给被贬抑千年的历史人物曹操翻案而作。郭沫若在《蔡文姬·序》中说，“我写《蔡文姬》的主要目的就是要替曹操翻案”，他指出：“曹操对于我们民族的发展、文化的发展，确实是有过贡献的人。在封建时代，他是一位了不起的历史人物。但以前我们受到宋以来的正统观念的束缚，对于他的评价是太不公平了。特别经过《三国演义》和舞台艺术的形象化，把曹操固定成为了一个奸臣的典型——一个大白脸的大坏蛋，连三岁的小孩子都在痛恨曹操。我们今天的时代不同了，我们对于曹操应该有一个公平的看法。”用戏剧形式还曹操真面目，把一向被人称为“宁教我负天下人，休教天下人负我”的乱世奸雄写成“以天下之忧为忧，以天下之乐为乐”的贤明丞相，郭沫若是第一人。

《蔡文姬》突出的艺术成就是成功地塑造出曹操、蔡文姬等人的形象。作者采用侧面烘托和正面描写相结合的手法,将曹操塑造成一位具有平民风度的政治家、军事家和才华横溢、成就卓著的诗人形象。第一、二、三幕曹操均未出场,剧作通过对曹操“文治武功”有着不同理解的两位使臣董祀和周近的矛盾冲突,从侧面烘托出曹操作为一个政治家和军事家的雄才大略。在第一幕中借董祀之口说出曹操作为出色的政治家的贡献:“除豪强,抑兼并,济贫弱,兴屯田,使流离失所的农民又重新安定下来,使纷纷扰攘的天下又重新呈现出太平的景象。”在第二幕中,通过周近和单于、去卑的谈话,突出了他作为一位出色的军事家的特色,“会用兵、会用人。他的手下真是猛将如云,谋臣如雨”,“当机立断,执法如山”,“什么人在他手下都可以发挥自己的才智”。同时,作者还多侧面展示出他的政治才能与丰功伟绩。从第四幕开始,作者则集中笔力正面刻画才华横溢、成就卓著的诗人曹操。在第四幕中,作者一方面通过他和曹丕论诗、赞赏《胡笳十八拍》等情节表现他作为建安文学开创者精辟的文学见解、非凡的艺术才华和思贤若渴的优秀品质;另一方面,通过他轻信周近谗言,险些误杀董祀,后勇于改正自己错误一事,表现了他作为一个贤明政治家具有的坦荡胸襟。第五幕通过他对蔡文姬婚姻大事的关心,并亲自主持董、蔡的婚礼,表现了他礼贤下士、平易近人,具有丰富人情味的品格。至此,在历史上从未见过的,集政治家、军事家、文学家于一身的正面曹操展现于观众面前,这一新的历史人物展示了郭沫若的创造才华。

但就剧本本身而言,刻画得最成功、最感人的还是蔡文姬的形象。这是一个才华横溢的诗人形象,也是一个饱受风霜、一生坎坷的女子形象,作者是用自己的深切感受去塑造这一形象的。郭沫若在《蔡文姬·序》中说:“蔡文姬就是我,是照着我写的。”“在我的生活中,同蔡文姬有过类似的经历、相近的情感。”剧中“有不少关于我的感情的东西,也有不少关于我生活的东西”。郭沫若在抗战开始,由日本回国时曾写过一首诗:“又当投笔请缨时,别妇抛雏断藕丝。去国十年余泪血,登舟三宿见旌旗。愿将残骨埋诸夏,哭吐精诚赋此诗。四万万人多蹈厉,同心同德一戎衣。”作者在刻画蔡文姬这一形象时,将自己的生活体验和蔡文姬抛儿别女的感情联系在一起,并把自己对祖国的深深眷恋之情和“以国事为重”的情操给予了蔡文姬,因而使蔡文姬这一艺术形象真实、具体,富有强烈的感染力。作者一开始就置蔡文姬于急剧发展的矛盾之中。听到曹丞相派使者接她回汉继承父业,蔡文姬心情激荡,民族感和母子情矛盾交织在一起:“到底是回去,还是不回去?”作者通过细腻而有层次的感情处理,让她在各个场合得以充分地抒发,从权衡利害的言行中表现她那美好豁达的思想境界。为了匈奴与汉朝的世代友好,为了做一番有益于民族的大事业,她终于承受着个人的痛苦,告别匈奴,踏上归程。然而她的矛盾不可能完全解决。途经长安,蔡文姬夜不成寐,更深人静，独自一人到父亲坟前哭诉。那梦境中左贤王的礼遇，儿女的号哭呼唤，那《胡笳诗第十四拍》的弹唱，更把这种情感推向高峰。第四幕，蔡文姬已从个人的悲痛中解脱出来，专致蔡邕遗嘱的追忆与整理。剧本还通过周近进谗，曹操轻率行事令董祀自裁，蔡文姬披发跣足投身相救的情节，表现蔡文姬胸襟坦荡、有胆有识的气质与品格。特别是以一曲《重睹芳华》作结，将女诗人的形象凸现了出来。

《蔡文姬》在艺术上的突出特色是全剧充满了浓郁的诗情与强烈的浪漫主义色彩。郭沫若在《蔡文姬》中同样体现了他戏中有诗、以诗入剧的浪漫主义的风格特色，以写诗的激情构思剧本，用诗的思维提炼情节，用诗的语言创造意境。全剧以《胡笳十八拍》贯穿始终，随着剧情的发展和人物感情的变化，不时地穿插出现，使全剧笼罩在一种充满诗情的氛围里，情调缠绵哀婉，韵味悠长隽永。此外，对蔡文姬在父亲坟前梦境的渲染，以及《重睹芳华》一诗的反复吟哦等，都使全剧笼罩在诗意中，具有浓厚的浪漫主义色彩。在人物塑造上，本剧以描写人物内心冲突见长。如蔡文姬在面临去留问题时的艰难抉择，把内心深处的理智与情感、个人怨与社会责任、母爱与故国之爱的矛盾冲突表现得复杂丰富而又真实动人。情感大起大落、大开大阖、回环跌宕，成功地凸现了蔡文姬的风采。不足之处是作家借历史人物表现自我的意图过于强烈，强加给人物过多的东西，有失真实；同时，既要表现蔡文姬，又要为曹操翻案，用力不够集中；语言也存在抒情过滥、不够精练等问题。与过去的《屈原》等剧相比，未能显示出艺术的进步。

第三节　干预生活的"第四种剧本"

1956 至 1957 年，中国戏剧曾发生过一个虽如昙花一现但却意义深远的创作现象，这就是所谓"第四种剧本"的出现。所谓"第四种剧本"，指的是一批敢于突破禁区，大胆表现人情和人性、大胆地干预生活、揭露现实生活中存在的矛盾和问题的剧作。"第四种剧本"的提法源于黎弘（即刘川）评论杨履方《布谷鸟又叫了》的文章，这篇文章的标题是"第四种剧本——评《布谷鸟又叫了》"。该文指出："我们的话剧舞台上只有工、农、兵三种剧本。工人剧本：先进思想和保守思想的斗争。农民剧本：入社和不入社的斗争。部队剧本：我军和敌人的军事斗争。这话说得虽有些刻薄，却也道出了公式概念统治舞台时期的一定情况。观众、批评家和剧作者自己都忍不住提出这样的问题：到底我们能不能写出不属于上面三个框子的第四种剧本呢？剧作者的回答是完全肯定的。早些时候我们看到了别出心裁的'同甘共苦'；现在，我们又看到'布谷鸟又叫了'……它是当之无愧的‘第四种剧本’。”[①]因此，“第四种剧本”也就成了当时评论界对那些游离于主流之外的剧本的称谓。事实上，它主要是在“双百”方针提出的背景上表现了新的突破和新的探索的剧本，主要作品有岳野的《同甘共苦》、杨履方的《布谷鸟又叫了》、海默的《洞箫横吹》、赵寻的《还乡记》等。

岳野(1920—2001)，原名岳喜瑞，曾用名岳中平、岳庄，山东郓城人。他的《同甘共苦》(《剧本》1956年10月号)是“第四种剧本”中出现较早的一部，它一出现即在戏剧界产生了强烈的反响，在全国各地纷纷上演。

在50年代，戏剧舞台上并不乏描写婚姻、恋爱、家庭的戏剧，但这些戏剧大都由于最终指向一个重大的政治主题或社会问题，而成为“社会政治剧”。岳野的《同甘共苦》不仅探讨的是道德伦理，而且在人性、人道主义方面有意识地进行大胆探索。作者着力表现了一个家庭围绕着婚姻恋爱问题所展开的一场复杂的矛盾冲突，探讨了婚姻恋爱中的道德问题，并且对美好的人性给予了赞美和呼唤。

戏剧矛盾主要在省农村工作部副部长孟莳荆与他的妻子华云、前妻刘芳纹之间展开。孟莳荆与前妻刘芳纹是家庭包办婚姻，后来孟莳荆参加了革命，胜利后进城当了干部，与年轻美丽的女护士华云恋爱、结婚。前妻刘芳纹在他的老家，继续为他照顾着老人，抚育着孩子。这种故事在那个年代并不新鲜，却很少有人把它写出来。为了照顾父母的感情，刘芳纹没有把她与孟莳荆分手的事告诉老人。可是，孟莳荆与华云结婚之后，家庭生活并不美满，原因是他常年忙于工作，无暇顾及家庭和妻子，遂使华云同他的感情有了隔阂。恰巧在这时，刘芳纹陪着婆婆进城探亲，住到孟家，这就引起华云的不悦。此时的刘芳纹已是农业合作社的副主任，孟帮助她向省委反映问题，而且与她一起回乡作调查。记者梁上君曾一度追求过华云，当他发现孟莳荆和刘芳纹一起下乡，便无事生非，挑拨离间，使华云听了更加痛苦，于是提出同孟莳荆离婚。最后，孟莳荆和华云在首长老帅夫妇的帮助下，消除了误会，重新和好，刘芳纹同合作社主任展玉厚结婚。

剧中的刘芳纹是作家着力表现的妇女形象，她不仅在离婚后仍然一如既往地伺奉着婆婆，抚养着孩子，而且在孟莳荆对她旧情复萌，试图再离婚复婚时，她为了不让华云遭受不幸，断然拒绝了孟的求婚。她说：“要别人牺牲，那还算什么幸福?”显然，刘芳纹显示的是作家赞美的人性美。当然，这出戏虽然触及当时比较敏感的婚姻道德问题，却并未深入展开，最后为刘芳纹作出的与展玉厚结婚的安排，也明显带有人为的痕迹。

杨履方(1925—)，四川璧山县人。学生时代即爱好诗剧，1954年5月参军，先后在苏南军区文工团、华东军区第三野战军艺术剧院、南京军区前线话剧

①黎弘:《第四种剧本——评〈布谷鸟又叫了〉》,《南京日报》1957年6月11日。

团从事编剧工作。创作有话剧《守卫铁桥的人》、《海防万里》、《我们的队伍向太阳》、《不夜乡》、《布谷鸟又叫了》等。

《布谷鸟又叫了》发表于1957年1月，可以说是在“干预生活”理论影响下最早突破禁区表现社会生活的剧作，曾在南京、上海、北京等地广泛上演，并被改编成歌剧、戏曲和电影。全剧以农业合作化高潮中火热的农村生活为背景，以轻喜剧的方式塑造了几对处于婚恋中的青年男女：处于恋爱中却关系紧张的王必好与童亚男、恩爱夫妻郭家林与王秀娥、“欢喜冤家”雷大汉与童亚花。通过对他们婚恋生活的生动描绘，以及主要人物之间思想性格的冲突，提出了如何实现婚姻自由、如何建立新型家庭关系的深刻问题，揭露了青年干部中严重存在的封建观念。剧中着力描写的是童亚男与王必好的矛盾和由此给童亚男带来的苦恼。因活泼、开朗、喜欢唱歌而被称作“布谷鸟”的少女童亚男突然不“叫”了，因为她陷入深深的苦恼之中：她把自己纯真的爱献给了第一个向她求爱的青年王必好，可是王必好却利用团支部委员的权力，禁止她与男青年特别是她的歌友申小甲来往，而且剥夺了她去学开拖拉机的权利。剧本通过这一矛盾的描写，展示了王必好的狭隘自私和封建观念。他们的矛盾应该得到解决，但农业合作社社长兼党支部书记方宝山却“只关心猪而不关心人”，不关心童亚男的烦恼。最后，经过童亚男的斗争，在上级领导的支持下，童亚男终于获得了自由，与志同道合的申小甲相爱，于是“布谷鸟”又开始了歌唱。作品中深刻的主题、清新的风格、鲜明的形象在50年代的戏剧创作中可谓凤毛麟角，深受当时观众的喜爱。但是，在“双百”潮流过去之后，该剧却受到了严厉批评，童亚男被认为是“满脑子只有个人幸福的个人主义者”，剧本则“丑化了党的领导和农村团的基层组织”[①]。虽然也有不同的观点，但在当时极不正常的政治环境中，剧本最终难逃被打成“毒草”的命运。

“双百”方针带来的宽松环境很快消失了，“反右”斗争以及接踵而至的“左倾”思潮泛滥，很快冻结了“知识分子的早春天气”，“第四种剧本”因此几乎无一例外地受到批判，其作者也受到不公正的对待。尽管在60年代初党的文艺政策进行调整时对《同甘共苦》、《洞箫横吹》、《布谷鸟又叫了》等受过错误批判的剧本作了重新肯定，但在“文革”到来时，这些剧本及其作者、导演、演员却都难逃厄运，一些人甚至被迫害至死。直到“文革”结束之后，才得以平反昭雪。

---

①刘学勤等：《〈布谷鸟又叫了〉是怎么样的戏？》，《文艺报》1958年第22期。

第四节 《霓虹灯下的哨兵》等"社教"剧

在1962年召开的中共八届十中全会上，毛泽东发出了"千万不要忘记阶级斗争"的号召，中国开始了一场轰轰烈烈的社会主义教育运动。正是在这样一个特殊的政治、文化背景下，"社会主义教育剧"应运而生。

这种剧的中心主题是通过宣传阶级斗争而强化人们的阶级斗争观念，通过弘扬革命传统和共产主义精神而防止资产阶级思想腐蚀，通过塑造英雄榜样而端正人们的人生态度。它的教育对象是全体人民，但重点是年青一代。在60年代初，它成为一个非常重要的创作现象，其主要作品有：丛深的《千万不要忘记》(又名《祝你健康》、陈耕耘的《年青的一代》、沈西蒙执笔的《霓虹灯下的哨兵》、张仲明执笔的《青松岭》、蓝澄的《丰收之后》、陈曙执笔的《龙江颂》、刘川的《第二个春天》、贾六执笔的《雷锋》、甘玉笑的《远方青年》、葛翠林的《草原小姐妹》等。其中丛深的《千万不要忘记》、沈西蒙等的《霓虹灯下的哨兵》是最突出的代表。

丛深(1928－　)，原名丛凤轩，抗战末期开始写作，1958年哈尔滨电影制片厂成立时调往该厂任编剧，1960年制片厂下马，被调入哈尔滨话剧院任编剧。主要作品除《千万不要忘记》之外，还有电影文学剧本《徐秋影案件》、《笑逐颜开》等。

《千万不要忘记》写的主要是某电机厂老工人丁海宽一家的故事。处于矛盾中心的是丁海宽的儿子丁少纯。他出身工人家庭，从小思想淳朴，参加工作后在父亲的车间当工人，工作积极负责，是一个有理想有抱负的青年，曾多次被选为先进生产者。但是，自从他与姚玉娟恋爱结婚以后，与丈母娘姚母住在一起，却很快发生了变化：开始看不惯自己家艰苦朴素的作风，生活上追求享受，借钱买了皮夹克和毛料裤子，甚至觉得母亲捡煤核给自己丢面子。与此同时，他的工作态度也发生了变化：开始消极应付，不负责任，对批评置若罔闻。丁少纯为什么会发生这样的变化呢？剧作告诉人们，这一切都源自他的丈母娘，因为他的这位丈母娘善于钻营，贪图享受，计较吃穿，为了赚钱不惜损人利己。她常常向丁少纯灌输吃喝享乐的思想，终于使丁少纯的思想发生了变化。丁少纯为了买时髦衣服而欠债，丈母娘就教唆他去打野鸭子卖钱。为了去找野鸭子，丁少纯下班时匆匆忙忙把钥匙掉在了正在装配的大型电动机里，险些酿成重大事故。在当时的这类剧本中，老工人的思想总是过硬的，丁少纯的父亲丁海宽及时发现了问题，从电机中找出了钥匙，才避免了事故的发生。戏的结尾是，经过这个事故的教训，丁少纯终于醒悟，在父亲和同志们的帮助下认识了错误，决心痛改前非。

他的妻子姚玉娟也从中吸取了教训，于是夫妻两人与丈母娘划清了界线。为了揭示作为反面人物的丈母娘的不良品质根源，剧本的设置是她在旧社会曾经开过杂货铺，而且在新社会仍然偷偷贩卖卫生球。在剧本产生的年代，这是不允许的，而时过境迁之后，从中却可以看到剧本所产生的年代那种特殊的文化。

沈西蒙（1919—2006），上海人，少年时代即酷爱文艺，抗日战争期间参加新四军并开始文艺创作，曾创作有《好男要当兵》（与宋超合作）、《红小鬼》、《重庆交响乐》、《甲申记》（与夏征农、吴天石合作）、《买卖公平》等剧本。建国后，曾先后担任南京军区文化部部长、总政治部文化部副部长、上海警备区副政委等职，创作有话剧《战线》、《杨根思》，电影文学剧本《南征北战》（与沈默君、顾宝璋合作）。1963年与漠雁、吕兴臣合作创作了话剧《霓虹灯下的哨兵》。

《霓虹灯下的哨兵》以当时被表彰和广泛宣传的“南京路上好八连”的事迹为素材，写解放军一个连队1949年5月进驻上海南京路之后，在一年的时间里的经历。剧作反映了革命军队进入大都市之后的生活，提出了在新形势下如何教育青年一代继承革命传统、抵制资产阶级思想侵袭的问题。该剧适应了政治的需要，因而获得广泛好评，而且荣获多种奖励。

沈西蒙说：“军事文学应有它广泛的内容、范围，不能只是简单地、孤立地描写军事斗争和部队生活，军队跟广阔的社会、各条战线都有深刻的血肉的联系。只有把这种广泛、深刻的联系写出来，它才有更深广的社会意义。”[①]《霓虹灯下的哨兵》正是作者在当时的社会背景下，从政治需要和生活实际出发，按照艺术规律描写生活、塑造人物和提炼主题而创作出来的。它在反映时代生活、塑造人物形象和艺术探索等方面都有新的突破。

剧本采用明暗结合、虚实相间的横剖面结构形式，把八连进城初期所面临的两条战线的斗争编织成复杂的戏剧冲突，反映了当时的斗争特点和时代风貌。它告诉人们，上海的解放并不意味着战斗的结束，拿枪的敌人被消灭之后，不拿枪的敌人依然猖獗于“十里洋场”。这些暗藏的阶级敌人进行各种破坏活动，密谋炸毁游园大会，在南京路制造惊人事件，企图颠覆无产阶级红色政权。剧本充分表现了敌人的猖狂：他们扬言“让共产党红的进来，不出三个月，我们叫他趴在南京路上发霉、变黑、烂掉”；他们派出女特务装成革命的拥护者四处活动，拉拢腐蚀革命队伍中的意志薄弱者。在这个背景上，剧本表现了八连战士进驻“十里洋场”后面临的艰巨而复杂的战斗：一方面要同暗藏的敌人进行殊死的战斗，另一方面还要与弥漫在南京路上的“香风”进行斗争。作品的情节围绕着这一虚、一实两条线索向前推进，把连队生活与社会生活有机地联系起来，利用各种人物

① 王新民：《沈西蒙访问记》，《浮想的流星》，中国矿业出版社，1993年，第231～232页。

的复杂关系,广泛地揭示出当时社会各阶级的思想和生活,把连队融入到一个广阔的背景上和复杂的环境中,从而表现了斗争形势的复杂性。

剧本在展示斗争的复杂与严峻的同时,塑造了各种不同的人物形象。除连长鲁大成、炊事班长洪满堂、战士赵大大等生动形象之外,剧本着力描写了三排长陈喜的形象,可以说是对军人形象的一个突破。他在战场上杀敌勇敢,是战斗英雄;到南京路后,却迷失了方向,被"香风"吹得昏昏然、飘飘然。他对曲曼丽的热情,对春妮的冷淡,对童阿男的放纵,对赵大大的讥讽,种种表现都说明了他思想的变化。剧本重笔表现了他对革命根据地妻子的变心,这不仅被表现为对爱情的背叛,更是对革命传统和老区人民的背叛。作者通过陈喜的思想蜕变,表现了新形势下阶级斗争的复杂性,提醒人们必须发扬八连"拒腐蚀,永不沾"的精神。春妮在剧中也是一个不可或缺的人物,她温柔贤惠、敦厚坚贞。因支前来到上海,扁担都没有放下就来看陈喜,当她发觉自己的亲人思想走上歧途,他们之间的爱情受到破坏时,感到揪心的痛苦。她流着眼泪走了,在留给指导员的信里说:"我多么为他难过,党培养了这么多年,没倒在敌人的枪炮底下,却要倒在花花绿绿的南京路上了!……我真为他的前途担心!"在这里,她不仅是一个妻子,而且是一个关心同志思想状况的共产党员。她的出场,不仅突出了陈喜错误的严重性,而且对陈喜的转变起着重要作用,使剧本的主题得到了升华。

在艺术表现上,剧本非常重视细节的设计和处理,剧中布袜子、针线包的反复出现充分体现了作者的匠心。陈喜两次扔掉布袜子,洪满堂两次拾起布袜子交给鲁大成;春妮从针线包里抽出线为陈喜缝补衣袖,陈喜却将线扯断;陈喜和春妮为童阿男缝制手套等,都富有寓意,不仅细致入微地揭示了人物性格及其变化,展现了性格之间的矛盾冲突,推动了剧情的发展,而且使全剧充满着浓厚的生活气息,带有浓厚的喜剧色彩。

第五节 戏曲改编及其成果

中国的戏曲艺术源远流长,历史悠久。不仅剧种繁多,而且剧目极为丰富。非常明显,作为一种寓教于乐的手段,戏曲对人们思想观念和审美心理的影响是极为重要的。但是,传统戏曲在漫长的发展过程中不可避免地要受到历代统治阶级思想的影响,夹杂着一些糟粕和毒素。所以,20 世纪 50 年代,戏曲的改革就伴随着剧目的发掘成为一项重要任务。

戏曲改革一开始就得到了高层的高度重视。1949 年 7 月,在中国戏曲改进会成立前夕,毛泽东为该会题词"推陈出新",指出了戏曲改革的方向。1951 年 4

月，中国戏曲研究院成立，毛泽东又题词要求“百花齐放，推陈出新”，它成为新中国戏曲改革的指导方针。为保证这一方针的落实，推进戏曲改革的顺利进行，1951 年 5 月 5 日，政务院发布了《关于戏曲改革工作的指示》，提出了戏曲改革的中心内容是“改人、改制、改戏”。“改人”就是要提高艺人的政治觉悟、文化水平和对文艺政策的认识，转变思想，克服陋习，做“人类灵魂的工程师”，确立“为无产阶级政治服务”和“为工农兵服务”的观念。对新文艺工作者来说，就是要提高政治思想和政策水平，尊重、团结、依靠艺人，克服急躁情绪，共同做好戏曲改革工作。“改制”就是改革旧戏班、旧戏院的旧制度，贯彻党的领导，实现民主管理，按照能力与水平划分等级，按劳分配，确定工资级别。“改戏”就是审查和修改旧剧目的内容与形式，剔除其与新时代要求不相一致的东西，强化或者加入能为新时代服务的内容，此谓取其民主性的精华，去其封建性的糟粕。《指示》指出：“进行改革主要地应当依靠广大艺人的通力合作，依靠他们共同审定、修改与编写剧本，依靠报纸刊物适当地展开戏曲批评，一般地不应当依靠行政命令与禁演的办法。”文化部屡次召开戏曲改进会议，商定禁戏的剧目。至 1952 年止，文化部先后发出通知，明令禁演了有严重毒素的剧目 26 出。“禁戏”通知的下达，基本上解决了各地擅自禁戏的行为，“以改代禁”成为此后的主要方针。

戏曲的“百花齐放，推陈出新”无疑是一场意义深远的革命，自然不免要出现各种不同思想和观点的对立和斗争。其中，梅兰芳的“移步不换形”和杨绍萱的“反历史主义”便是当时两种不同观点的代表。梅兰芳认为京剧是一种古典艺术，有几千年的传统，对它的改革需要认真对待。京剧的艺术特点应该原封不动地保留下来，即使对京剧的思想内容改造也须持慎重态度。因此，他认为“戏改”最好“移步不换形”，而杨绍萱则与之相反，认为古典戏曲要为当今政治服务，就不必拘泥于作品的时代和人物的历史规定性，可以根据需要掺杂现代人的观念和语言，使作品现代化。他的这些观点体现在他的《新天河配》等“新”字号示范性改编和言论中。如果说梅兰芳的“移步不换形”反映了戏曲改革中的“右倾”保守思想的话，杨绍萱的《新天河配》等则反映了戏曲改革中的“左倾”激进思想。这两种观点很快都受到了批判，但中间的正确道路却也并非能够轻而易举地找到。整个戏改过程，在挖掘和整理的同时，也留下了许多后遗症。

1952 年 10 月 6 日至 11 月 4 日，文化部在北京举办了全国戏曲观摩演出大会，这是戏改成果的一次集中展示。参加会演的有 23 个剧种的 30 多个表演团体，1600 多名演员，参演的剧目 82 个，其中整理、改编的传统戏 63 个，新编历史戏 11 个，现代戏 8 个。会演第一次在全国人民面前展示了贯彻“百花齐放，推陈出新”的成果，也成为戏曲剧种自由竞赛和相互学习的机会。在这之后不到两年的时间里，全国十几个省、市和地区先后举办了类似的活动，推出了一批新的剧目。1956年6月,文化部在北京召开了全国戏曲剧目工作会议,会议之后在全国又掀起了一股发掘、整理传统剧目的热潮。据1957年4月的统计,全国发掘的剧目有51867个,其中有文字记录的14632个,经过初步整理的4223个,已上演的10520个。经过全国戏曲艺术工作者的辛勤努力,50年代传统剧目的改编取得了丰硕的成果,昆剧《十五贯》、京剧《白蛇传》、越剧《梁山伯与祝英台》等就是其中具有代表性的作品。

昆剧《十五贯》是浙江省《十五贯》整理小组根据清初朱素臣所著传奇《双熊梦》改编的,由陈静执笔。剧本收入《戏曲选》和《中国地方戏曲集成·浙江省卷》。陈静(1918－1993),原名陈允祥,江苏铜山人。抗战期间参加演剧活动,长期在上海从事话剧、戏曲工作。建国后在华东戏曲研究院、浙江省越剧团、浙江省苏昆剧团等单位任编导。他创作和改编的剧作主要有越剧《庵堂认母》、《五姑娘》、《党员登记表》,昆剧《同心结》、《杨贵妃》、《写本》等。

1956年4月,浙江省苏昆剧团进京演出引起轰动,出现了"满城争说《十五贯》"的盛况。毛泽东两次观看演出,高度赞扬"《十五贯》是个好戏",并指出:"这个戏全国都要看,特别是公安部门要看。"又说:"这个戏要推广,全国各剧种有条件的都要演。这个剧团要奖励。"周恩来不仅多次观看演出,还在两次座谈会上发表了热情洋溢的讲话,把昆曲誉为"江南兰花",盛赞《十五贯》"一出戏救活了一个剧种"。他指出:"《十五贯》有着丰富的人民性,相当高的思想性和艺术性,它不仅使古典的昆曲艺术放出新光彩,而且说明历史剧同样可以很好地起到现实的教育作用。……为进一步贯彻执行'百花齐放,推陈出新'的方针,树立了良好的榜样。"[①]1956年5月18日,《人民日报》特为该剧的成功发表社论《从"一出戏救活一个剧种"谈起》,高度评价了《十五贯》的艺术特色和思想意义。

《十五贯》讲述的是一个清官平反冤狱的故事。无锡屠户尤葫芦,借来十五贯钱拟重开肉店。当晚尤与养女苏戌娟戏言此钱是她的卖身钱,苏因惧怕而连夜外逃,到皋桥投亲。赌徒娄阿鼠当夜到尤家行窃,用斧子砍死尤葫芦,盗走了十五贯钱。事发后,邻居们怀疑是苏戌娟杀父盗财,分头报官并追赶凶手。在去皋桥的路上,苏戌娟向客商熊友兰问路,熊去常州替主人进货,二人同行,被邻里及差役赶上,又发现熊友兰恰恰带有十五贯钱,遂扭送县衙审问。知县主观自负,不加详查即断二人死罪。苏州知府况钟奉命监斩,临刑前因犯人喊冤而发现破绽,为查明真相,连夜求见巡抚周忱,争得半月期限。况钟亲赴无锡实地勘察,又假扮测字先生,查出娄阿鼠实情,终于捕获真凶,昭雪冤案。同原剧相比,改编后的《十五贯》在许多方面都取得了重要突破。

---

①周恩来:《关于昆曲〈十五贯〉的两次讲话》,《文艺研究》1980年第1期。

在思想上,改编者未把今天的思想强加给历史人物,而是运用历史唯物主义观点和现实主义创作方法,大刀阔斧地删除了原著中“鬼神主之”、“因果报应”、“神明指点”等糟粕。同时,从原著中提炼并展现了批判主观主义、官僚主义,坚持实事求是、为民请命的主题,达到了古为今用的目的。在艺术上,改编本对原著进行了一系列创造性加工:首先,在情节结构上,进行了重新剪裁与布局。原著26出,分上、下卷,各13出,由两条线索交织发展:一条线索写熊友兰之弟熊友蕙,被山阳县令过于执误断为与侯三姑通奸害命而判死罪;一条线索写熊友兰携带十五贯钱,在回家营救其弟友蕙的途中,也偶然与苏戌娟路遇同行,又被常州理刑过于执强加奸杀盗财的罪名而判定死刑。这两桩冤案性质相似,而况钟的处理方法和手段又基本雷同。多一桩冤案对况钟这一形象并没有更多的发展。因而,改编本毅然删除了熊友蕙、侯三姑冤案这条情节线,重点突出熊友兰、苏戌娟冤案从酿成到昭雪的全过程,全剧紧缩为八场,由设置悬念开始,逐渐展开复杂的戏剧冲突,环环紧扣,步步推进。最后,真相大白,真凶伏法,好人获释。其次,对人物形象进行了重新设计与塑造。原著中况钟过于神化,在复审和破案过程中,皆是由神明指点。改编本彻底清除了况钟身上的唯心主义色彩,强化了他为民请命的热情以及实事求是、深入调查研究的精神。他发现案件的疑点后,冒着丢掉乌纱帽的风险,亲临现场踏勘,微服私访调查,终于抓获真凶,平反了冤案。为突出这一形象,改编本还着重描写了况钟内心的斗争。如在《判斩》一场,当熊、苏再三喊冤后,他犹豫地放下了判斩之笔,当刽子手提醒他“倘误时间,小的吃罪不起”时,他又焦灼无计,但终于下定决心面见都堂,为民请命。在这里,通过况钟从犹豫不决到坚定果敢的心理变化,突出了他为了尊重事实、主持正义而不避风险、不怕犯上的可贵品格,也使况钟的形象个性鲜明,血肉丰满,真实可信。剧中其他人物的刻画也比较出色,比如过于执的主观武断、知错不改;娄阿鼠的狡猾多疑又时时心虚;秦古心的乐于助人,坚持正义等,都形象地体现了人物鲜明的性格特征。最后,在语言上进行了通俗化和简洁化加工。原著中的语言虽然典雅艳丽,但也存在着深奥晦涩、堆砌典故的弊病。改编本将许多深奥的唱词改为浅显平易的文言,将许多不易听懂的文言台词也改为普通话口语和苏州方言,使戏剧语言通俗浅白,简洁而富有表现力。

京剧《白蛇传》是田汉根据陈六龙等的《雷峰塔》改编而成。早在1944年,田汉即开始改编白蛇的故事,写过《金钵记》,并且公演。后经不断修改,1952年由文化部戏曲改进局所属戏曲实验学校以“白蛇传”剧名首演于北京,并参加了全国戏曲观摩演出大会。

《白蛇传》讲述的是一个在民间流传甚广的神话故事。在峨眉山修炼多年的白蛇仙子思凡下山,携青蛇在杭州西湖游览人间风光,与许仙相遇,由相互爱慕而结为夫妇。端午节白娘子因饮酒现形吓昏了许仙，白娘子千辛万苦到昆仑山采药救活了他。正当许仙解除疑惑而与白娘子和睦生活之际，老和尚法海收许仙为徒，将其留住金山寺。白蛇和青蛇为索回许仙而与法海斗法，失败后退至断桥，恰与许仙相逢，于是重归于好。在白娘子产下一子后，法海以金钵将白娘子压在雷峰塔下。戏的结尾是青蛇搬兵毁塔，将白娘子救出。

白蛇与雷峰塔的传说早在宋代已在民间出现，最早的文字记载见于宋元话本《西湖三塔记》。明末《警世通言·白娘子永镇雷峰塔》是白蛇故事在民间发展的集大成。最早将白蛇故事搬上戏曲舞台的是明代陈六龙，可惜原本失传。乾隆中叶，方成培根据旧抄本改编，出版水竹居刻本。后来又出现许多地方戏演出本。田汉的改编本继承了前人同一题材剧目的历史成就，在剧情、人物、主题、结构、语言诸方面进行了创造性的改编。在《白蛇传》中，集中突出了白娘子和法海的矛盾，着重描写了白娘子追求自由幸福的正义性和合理性，剔除了老本中的宿命论观念和浓厚的妥协倾向。虽然斗争之后的白娘子仍然被镇压在雷峰塔下，却将原著中所蕴含的反抗主题表现得更加鲜明。在结构上，改编本也是主线突出，头绪简明，谨严流畅。原本《雷峰塔》共有34出，情节繁杂，矛盾冲突交织于官府、家族、道士和佛门之间。改编本《白蛇传》共分16场，长短结合，主线鲜明，诉情时细腻婉转，交代时大刀阔斧，不仅情节安排紧凑，而且符合当代观众的审美习惯。作为一曲“爱情颂歌”，白娘子形象的塑造无疑代表了《白蛇传》的最高成就。老本中总是着力渲染白娘子的妖气，开宗明义就强调白蛇是妖孽，她与许仙有一笔孽债要还。她收服小青时的凌厉无情，对大茅山道士的残暴，以及呼风唤雨、变化多端，种种超凡的能力，都说明白娘子虽已幻化成人，但终归是妖。《白蛇传》一扫白娘子的妖气，把她写成一个地道的多情女子。她的性格既有刚烈昂扬的英雄气质，又有纯洁善良的女性特征。她爱许仙，为了救许仙的命不惜到昆仑山盗草；而当许仙在严酷的事实面前软弱、动摇，甚至变心时，对许仙又有恨铁不成钢的埋怨。这些都充分体现了白娘子性格的丰富性。

越剧《梁山伯与祝英台》由袁雪芬、范瑞娟口述，徐进、成容、宋之由、陈羽、弘英改编，剧本收入《戏曲选》和《中国地方戏曲集成·上海市卷》等，是1952年全国戏曲观摩演出大会上演出的剧目。1954年该剧拍成彩色戏曲片，获第八届国际电影节音乐片奖，在国外被誉为“中国的《罗米欧与朱丽叶》”。徐进(1923－)，浙江慈溪人。1942年起任越剧专职编剧。主要作品有越剧《梁山伯与祝英台》(与人合作，徐进执笔)、越剧《红楼梦》等。

《梁山伯与祝英台》讲述的是上虞祝公远之女祝英台与会稽书生梁山伯的生死爱情故事。祝英台女扮男装赴杭州访师求学，路遇梁山伯，二人结为兄弟，从此两人形影不离，同窗三年。三载后英台奉命还乡，在送别途中，英台托言为妹作媒，向山伯自许终身。不料英台回家后得知已被父亲许配给太守之子马文才，梁山伯得知消息后悲愤抑郁而亡，祝英台则在马家迎亲之日绕道山伯墓前祭奠，忽然风雨骤作，坟墓裂开，英台跃入墓中，与山伯化作一对蝴蝶，翩翩起舞。

这个故事最先见于唐代张读的《宣室志》，宋元以来被不断搬上戏曲舞台。改编本剔除了越剧原本中的宿命论倾向和一些色情内容，保留了原作中控诉包办婚姻的内容，而且保留了原作浓郁的情感和富于神话色彩的结尾。从而使这部充满人性光辉的传统爱情悲剧更加纯洁高尚，具有优美动人的力量。

第六节　“京剧现代戏”

在戏曲领域，50 年代虽然也出现了一些现代戏，但其成就主要体现于对传统戏曲的改编。1958 年后，现代戏的创作才逐渐掀起高潮，到了 60 年代，“京剧现代戏”异军突起，成为戏曲的一个新门类，并迅速确立了自己在戏曲舞台上的主导地位。

现代戏的兴起是与政治分不开的。为配合经济建设的“大跃进”，1958 年 2 月 17 日，文化部发出了《号召全国国营艺术表演团体全面跃进的通知》，3 月 5 日，文化部又发出了《文化部关于繁荣艺术创作的通知》，通知指出：“现在急需创作反映我国当前的和近十年来的伟大变革、歌颂我国伟大社会主义建设者的英雄业绩的艺术作品，我国十五年赶上英国的豪迈气概的作品。”响应号召，各地相继掀起了编演现代戏的热潮。1958 年 6 月 13 日至 7 月 15 日，文化部在北京举办了现代戏观摩演出大会，演出了评剧、沪剧、楚剧、豫剧、湖南花鼓戏、京剧等 6 个剧种的 28 出剧目。这次观摩对现代戏的编演起了极大的促进作用，其间举行的座谈会上还有一些剧团联合发出了 3 年实现现代戏演出比例超过 50％的倡议。1960 年 4 月 13 日至 29 日，文化部于北京再次举办现代题材戏曲观摩演出，参加演出的有京剧、豫剧等 6 个剧种，演出了 10 个歌颂“大跃进”的现代戏。文化部副部长齐燕铭在总结报告中对戏曲改革的方针政策作了明确的表述，指出要现代戏、传统戏、新编历史剧三者并举。

然而，随着 1962 年 9 月以后极“左”思潮的逐步兴起，现代戏受到高度重视，而历史剧开始受到冲击。这年 12 月，毛泽东对华东地区省、市委书记谈话，表示了对戏剧舞台上帝王将相和才子佳人泛滥的不满。① 1963 年 9 月，毛泽东在中央工作会议上对戏剧界提出批评：“戏剧要推陈出新，不能推陈出陈，光唱帝王将

①薄一波：《若干重大决策和事件的回顾》（下），中央党校出版社，1993 年，第 1225～1226 页。

相、才子佳人和他们的丫头保镖之类。”11 月,他又连续两次对《戏剧报》和文化部进行尖锐批评,“《戏剧报》尽是牛鬼蛇神”,“文化方面特别是戏剧大量是封建落后的东西,社会主义的东西太少,在舞台上无非是帝王将相”,“文化部是管文化的……如不改变,就改名帝王将相、才子佳人或者外国死人部”①。接着,毛泽东于 1963 年 12 月 12 日和 1964 年 6 月 27 日对文艺工作作出了两个重要批示,几乎全盘否定了周扬等人领导下的文艺工作。就在毛泽东作出第二个批示之际,第一届全国京剧现代戏观摩演出大会正在北京举行,大会得到了毛泽东的关注和支持。

这次观摩演出开始于 1964 年 6 月 5 日,结束于 7 月 31 日,仍然由文化部举办,其规模是空前的。全国 19 个省、市、自治区的 28 个剧团演出了 37 个剧目,其中影响较大的是后来成为样板戏的《红灯记》、《芦荡火种》、《奇袭白虎团》、《红色娘子军》、《智取威虎山》、《杜鹃山》等。这些剧目用京剧艺术形式表现现代生活,通过实践证明京剧这种高度程式化的艺术可以很好地反映现代生活,塑造英雄形象,适应时代政治的需要。

毛泽东对这次汇演表现了异乎寻常的重视。演出期间,他连续观看了《智取威虎山》、《红灯记》、《奇袭白虎团》和《芦荡火种》等剧目。在看过《芦荡火种》后称赞说:“阿庆嫂演得好,郭建光演得好,刁德一演得好。”他还指示:“要突出武装斗争,强调武装斗争消灭武装的反革命,戏的结尾要打进去;要加强军民关系的戏,加强正面人物的音乐形象;剧名改为《沙家浜》为好。”也正是在这时候,江青等人进一步插手文艺界,“现代京剧”成为江青进入政治领导集团的重要资本。汇演之前,江青就直接插手一些剧目的创作工作,并且以各种理由否定了原定参加汇演的中国戏曲研究院实验京剧团创作排演的《红旗谱》和《朝阳沟》。在这次观摩大会上,她与演出人员进行座谈,极力指责戏剧舞台上还是帝王将相、才子佳人,是封建主义和资产阶级那一套,提出要在舞台上塑造当代革命英雄形象,要由领导亲自抓创作,抓剧本;要培养新生力量,并做好移植工作。这次座谈的主要内容后来以“谈京剧革命”为名发表在 1967 年的《红旗》杂志上。

在这次汇演中,有几个剧目引起了人们的高度关注。

京剧《红灯记》参加汇演时已经历了一个复杂的过程。1962 年 9 月,长春电影制片厂《电影文学》发表了沈默君、罗静的电影剧本《自有后来人》,很快引起了上海爱华沪剧团的重视,决定将其改编成沪剧,上演时定名为“红灯记”。1963 年,中国京剧院决定移植沪剧《红灯记》,由翁偶虹任文学改编,阿甲任导演。剧本前后九易其稿,于 1963 年完成并投入排练。1964 年参加汇演,获得广泛好

①见戴嘉枋:《样板戏的风风雨雨》,知识出版社,1995 年,第 8 页。

评。抛开当时的时代政治因素，该剧的确显示了很高的艺术水平。它描写的是抗战时期东北某铁路工人李玉和一家三代人前仆后继干革命的故事。地下党员李玉和接受了传递密电码的任务，但由于叛徒王连举的出卖，与母亲李奶奶、女儿李铁梅先后被捕。在狱中，他们与日本宪兵队长鸠山展开了不屈不挠的斗争，李玉和与李奶奶英勇就义。李铁梅被放回家中，在群众帮助下摆脱敌人的跟踪，终于将密电码送交北山游击队，胜利完成了任务。改编者充分发挥了京剧艺术的特长，唱念安排跌宕有致。"痛说革命家史"一场，李奶奶说、唱、念、做融于一体而以"念"为主，在长达八十多句的独白中吸取了传统说书和话剧朗诵的技巧，节奏鲜明、起伏跌宕地展示出几代人前仆后继的革命历史，既渲染了当年斗争的壮烈气氛，也表现了满怀革命激情。剧中李玉和形象的塑造也是很成功的。在"赴宴斗鸠山"一场中，通过李玉和与鸠山唇枪舌剑的斗争，以及鸠山最后对李玉和的重刑相加，不仅从外部表现了李玉和的威武不屈，也从内部使李玉和的内心世界得到充分展示。在"刑场就义"一场中，通过李玉和就义前与李奶奶和李铁梅的对话，更是把他的英雄气概表现得淋漓尽致："儿受刑不怕浑身的筋骨断，儿坐牢不怕把牢底坐穿。山河破碎儿的心肝碎，日月不圆我的家难圆……恨不得变雄鹰冲霄汉，乘风直上飞舞到关山，要使那几万同胞脱苦难，为革命粉身碎骨也心甘。"大段的唱腔，豪气冲天，荡气回肠，恰恰是京剧艺术，为表现英雄豪情提供了条件。

京剧《芦荡火种》(后改名"沙家浜")取材于崔左夫的革命回忆录《血染的姓名——三十六个伤病员斗争纪实》。50年代末，上海人民沪剧团改编成沪剧《碧水红旗》，1960年公演时改名为"芦荡火种"。1963年，江青在上海观看了演出，要求北京京剧团尽快将其改编成京剧，剧本由汪曾祺、杨毓民、萧甲、薛恩厚负责改编，突出了地下斗争的主题，改名为"地下联络员"，但因仓促上马，初次演出效果不好。在北京市领导重视下，剧组集体到部队体验生活，编剧潜心修改剧本。经过共同的努力，该剧在北京公演，并重新改名为"芦荡火种"，京剧汇演后，按照毛泽东的建议改名"沙家浜"。《芦荡火种》的故事发生在1939年秋。日寇对江南根据地实行大扫荡，新四军某部转移后，在阳澄湖畔的沙家浜留下了18名伤病员，以"春来茶馆老板娘"为掩护的地下联络员阿庆嫂接受了保护这批伤病员的任务。当地的"忠义救国军"司令胡传奎和参谋长刁德一暗中与日寇勾结，进驻沙家浜搜捕新四军伤病员。阿庆嫂在地下党的领导下将伤病员藏进芦苇荡，在沙老太、沙七龙等群众的协助下，利用胡传奎对她救命之恩的感念和胡、刁之间的矛盾，同敌人巧妙周旋。最后，郭建光等伤病员痊愈，趁胡传奎结婚之机在阿庆嫂的接应下一举歼灭敌人。该剧的表演模式具有很强的传奇色彩。在最为精彩的"智斗"一场中，通过阿庆嫂、胡传奎、刁德一三人关系的巧妙设置，在斗智斗勇中展示了他们各自迥然不同的性格特征，突出了阿庆嫂的精明能干、聪明智慧、谋事必胜的风采。她不但具有一个地下工作者所应有的机智和敏锐的斗争经验，同时也具有开茶馆的老板娘所应有的八面玲珑、左右逢源的处世作风。胡传奎衷心感激当年阿庆嫂的水缸救命之恩。刁德一作为本地人，对外来户阿庆嫂心存怀疑，旁敲侧击，表面上却是一派赞颂之词："我佩服你真是有胆量，竟敢在鬼子面前耍花枪，要没有抗日救国的好思想，你怎肯舍身救队长。"阿庆嫂即刻将话挡回去：一来开茶馆以"江湖义气第一桩"，二来胡司令常来往，她可以"背后大树有靠傍"。由此出发，刁德一又展开了第二回合的攻势：既然你是义气中人，那么对常来往的新四军照顾如何？阿庆嫂回应："摆出八仙桌，招接十六方，砌起七星炉，全靠嘴一张，来者是客勤招待，照应二字谈不上。"之后借用传统戏曲中"三背供"的形式展开三人轮唱，即规定场上人互相听不见，而观众则对各人心曲了然一心。这段"背供"后经个别字句的修改，成为现代戏中摹状心理外化与人物冲突最具示范意义的经典段落。

剧名改为"沙家浜"后，根据江青的指示，剧本再次进行了修改，一是为郭建光增加了不少成套唱腔；二是将结尾改为郭建光等人连夜奔袭，攻进敌巢。修改后，虽然郭建光在舞台上的戏份足以与阿庆嫂平分秋色，但仍然无法改变阿庆嫂在观众心目中的地位。在后来全国"学习样板戏"的群众演出活动中，大家最喜爱的仍然是阿庆嫂与胡传奎、刁德一之间的"智斗"。

第七章　“文革”时期的文学

1966年,文学的发展进入一个史无前例的特殊时期。虽然那场持续十年的运动更关心的并非文化,但它却以“文化大革命”命名,而且从文艺开始。因此,它就不像其他政治运动那样只是一个影响文学的背景,而是成为文学流变过程本身的一个事件。

从文学的角度考察“文化大革命”发生的线索,很容易发现它与当时党和国家最高领导人毛泽东对文艺状况的感受有关。1963年到1964年,毛泽东做了两个批示,认为文艺界的问题非常严重:“社会主义改造在许多部门中,至今收效甚微。许多部门至今还是死人统治着”,“许多共产党人热心提倡封建主义和资本主义的艺术,却不热心提倡社会主义的艺术”,“各协会和他们所掌握的刊物,十五年来,基本上(不是一切人)不执行党的政策,做官当老爷,不去接近工农兵,不去反映社会主义的革命和建设”。既然如此,问题必须解决。“文化大革命”就是从解决这些问题开始的。可惜的是,轰轰烈烈“革命”了十年,强力把文艺推向一条更加“革命化”的道路,文学的面貌的确改变了,却没有变得更好,而是像当时的政治和经济领域一样,留下了更多的问题。

第一节　文学园地的浩劫

根据学界一般的看法,“文化大革命”正式开始的时间是1966年5月16日,即“五一六”通知的形成。但在此之前,它事实上早已开始,在轰轰烈烈的革命正式开始之前,已经有一个长长的序幕。这个序幕的高潮就是对《海瑞罢官》的批判和作为文艺革命纲领性文件的《林彪同志委托江青同志召开的部队文艺工作座谈会纪要》的发表。

1965年11月10日,上海《文汇报》发表了姚文元的文章《评新编历史剧〈海瑞罢官〉》,带来了一场新的文艺批判运动。

从某种意义上说,吴晗的新编历史剧《海瑞罢官》是响应毛泽东的号召而写的。从1959年4月开始,毛泽东对海瑞产生了浓厚的兴趣,多次赞美海瑞。在中国共产党八届七中全会上,他提出要宣传海瑞、学习海瑞。他还提议找几个历史学家,好好研究和宣传一下海瑞。吴晗是明史专家,自然感到这份责任义不容辞,于是在1959年下半年陆续在《人民日报》发表了《海瑞骂皇帝》、《论海瑞》两篇文章。1960年,著名京剧艺术家马连良决定把海瑞搬上京剧舞台,请吴晗为他写剧本,京剧《海瑞罢官》就这样诞生了。1961年1月上演之后,受到比较广泛的好评。然而,以文艺界"哨兵"自诩的江青看过之后,却认为它存在严重的政治错误,应该马上禁演。在1962年9月的中共八届十中全会上,江青与周扬、茅盾、齐燕铭等中宣部、文化部首脑谈话,指出《海瑞罢官》是毒草,要求进行批判,并且谈到了戏剧舞台上帝王将相、才子佳人和牛鬼蛇神泛滥成灾的问题,但几位部长却对她的意见"充耳不闻"。① 江青之所以如此,是因为她把海瑞罢官与1959年的彭德怀罢官联系了起来,认为该剧是一个政治隐喻。该剧的不幸还在于毛泽东也持同样的看法。在1965年12月21日的一次谈话中,毛泽东指出:"《海瑞罢官》的要害问题在'罢官'。嘉靖皇帝罢了海瑞的官,一九五九年我们罢了彭德怀的官,彭德怀也是海瑞。"②因此,在中宣部和文化部对批判该剧很不积极的情况下,经过一系列复杂的准备,姚文元的文章在上海首先发表出来。这篇文章的写作历时八个月,九易其稿,毛泽东亲自修改过三遍,几次呈送的修改稿都是由江青和张春桥夹放在京剧《智取威虎山》的录音带中密送北京。

姚文元的文章认为,《海瑞罢官》把海瑞的形象塑造得十分高大和完美,表现的是作者理想中的人物,"他不但是明代贫苦农民的'救星',而且是社会主义时代中国人民及其干部学习的榜样"。文章分析了剧作着重表现的"退田"、"除霸"、"平冤狱"等情节,认为吴晗笔下的海瑞是"凭空编出来"的一个"假海瑞";剧本通过这个假海瑞的塑造改写了历史,"歪曲了阶级关系"。因为海瑞的"退田"并非向农民退田,更不是"为民作主",作为国家统治阶级的一员,海瑞虽然是清官,但代表的仍是地主阶级的利益。吴晗为了塑造自己理想中的英雄,却不惜歪曲了历史。文章最后提出一个问题:"作者通过这个戏要让人们向海瑞学什么呢?"姚文元的质问咄咄逼人:"学习'退田'吗?我国农村已经实现了社会主义的集体所有制,建立了伟大的人民公社。在这种情况下,请问:要谁'退田'呢?要人民公社'退田'吗?又请问:退给谁呢?退给地主吗?退给农民吗?难道正在社会主义道路上坚决前进的五亿农民会需要去'学习'这种'退田'吗?学习'平冤狱'吗?我国是一个实现了无产阶级专政的国家。如果说什么'平冤狱'的话,

①见戴嘉枋:《样板戏的风风雨雨》,知识出版社,1995年,第6页。

②见朱寨主编:《中国当代文学思潮史》,人民文学出版社,1987年,第490页。

无产阶级和一切被压迫、被剥削阶级从最黑暗的人间地狱冲出来，打碎了地主资产阶级的枷锁，成了社会的主人，这难道不是人类历史上最彻底的平冤狱吗？如果在今天再要去学什么‘平冤狱’，那么请问：到底哪个阶级有‘冤’，他们的‘冤’怎么才能‘平’呢?”而有关《海瑞罢官》的现实意义是什么呢？文章最后分析说：

> 大家知道，1961年，正是我国因为连续三年自然灾害而遇到暂时的经济困难的时候，在帝国主义、各国反动派和现代修正主义一再发动反华高潮的情况下，牛鬼蛇神们刮过一阵“单干风”、“翻案风”。他们鼓吹什么“单干”的“优越性”，要求恢复个体经济，要求“退田”，就是要拆掉人民公社的台，恢复地主富农的罪恶统治。那些在旧社会中为劳动人民制造了无数冤狱的帝国主义者和地富反坏右，他们失掉了制造冤狱的权利，他们觉得被打倒是“冤枉”的，大肆叫嚣什么“平冤狱”，他们希望有那么一个代表他们利益的人物出来，同无产阶级专政对抗，为他们抱不平，为他们“翻案”，使他们再上台执政。“退田”、“平冤狱”就是当时资产阶级反对无产阶级专政和社会主义革命的斗争焦点。阶级斗争是客观存在，它必然要在意识形态领域里用这种或者那种形式反映出来……《海瑞罢官》就是这种阶级斗争的一种形式的反映。

逻辑严密，雄辩有力，却捕风捉影，无限上纲，这是历次文艺批判运动所形成的一种批评文风。这种文风在姚文元的文章中得到了集中体现。面对这种上纲上线的批评，出现了两种不同的反应。《北京日报》和《人民日报》反应冷淡，直到18天后才开始转载，而且在编者按中都强调“双百”方针的精神，强调平等的、以理服人的学术讨论。但《解放军报》反应热烈，紧密呼应，在转载该文的编者按语中称《海瑞罢官》是“反党反社会主义的大毒草”。

文艺界就在这种分歧和对立中迎来了1966年。同年2月，在彭真召集的五人文化革命小组扩大会议上，多数人认为吴晗的问题是学术问题，与彭德怀无关，强调学术批判不能过头。正是根据这种意见，产生了《文化革命五人小组关于当前学术讨论的汇报提纲》(即《二月提纲》)。这份提纲于2月12日由邓小平签发，以中央文件下达全国。可是，它很快就被否定，毛泽东指出：《二月提纲》是错误的。中宣部是阎王殿，要打倒阎王，解放小鬼！北京市委包庇坏人，压制左派，不准革命。所以，中宣部要解散，北京市委要解散，五人小组要解散。[①] 很快，彭、陆、罗、杨被定性为“反党集团”，《二月提纲》被撤销，“文化革命五人小组”被解散，北京市委被改组，对文化批判持相对低调态度的一派全线崩溃。

---

①席宣、金春明：《“文化大革命”简史》，中央党校出版社，1996年，第84页。

就在《二月提纲》形成并批发全国之时，另一份文件也在制作之中。江青得到林彪支持，于1966年2月2日至20日在上海召开部队文艺工作座谈会，形成了一个纲领性的文件《林彪同志委托江青同志召开的部队文艺工作座谈会纪要》(简称《纪要》)。它于4月10日由中央批发全国。《纪要》提出了“文艺黑线专政论”的观点，认为过去十几年中文化界存在着激烈的阶级斗争，文艺界基本上没有执行毛泽东的文艺路线，而是“被一条与毛泽东文艺思想相对立的反党反社会主义的黑线专了我们的政，这条黑线就是资产阶级的文艺思想、现代修正主义的文艺思想和所谓三十年代文艺的结合”。在这条黑线控制之下，“十几年来，真正歌颂工农兵的英雄人物，为工农兵服务的好的或者基本上好的作品也有，但是不多；不少是中间状态的作品；还有一批是反党反社会主义的毒草”。因此，“我们一定要根据党中央的指示，坚决进行一场文化战线上的社会主义大革命，彻底搞掉这条黑线”。文艺界的批判运动，包括批判《海瑞罢官》，正是“搞掉这条黑线”的具体实施。

《纪要》否定了十七年的文艺路线，同时肯定了“文革”开始前三年的一些成绩，具体内容有二：一是革命现代京剧，二是工农兵创作。《纪要》说：“近三年来，社会主义的文化大革命已经出现了新的形势，革命现代京剧的兴起就是最突出的代表。从事京剧革命的文艺工作者，在以毛主席为首的党中央的领导下，以马克思列宁主义和毛泽东思想为武器，向封建阶级、资产阶级和现代修正主义文艺展开了英勇顽强的进攻，锋芒所向，使京剧这个最顽固的堡垒，从思想到形式，都发生了极大的革命，并且带动文艺界发生着革命性的变化。革命现代京剧《红灯记》、《沙家浜》、《智取威虎山》、《奇袭白虎团》等和芭蕾舞剧《红色娘子军》、交响音乐《沙家浜》、泥塑《收租院》等，已经得到广大工农兵群众的批准，在国内外观众中，受到了极大的欢迎。这是一个创举，它将会对社会主义文化革命产生深远的影响。”这种表述既确定了江青“无产阶级文艺旗手”的地位，也为新的文艺提供了模仿的样板。《纪要》宣布：“我们要在党中央和毛主席的领导下，在马克思列宁主义和毛泽东思想的指导下，去创造无愧于我们伟大的国家，伟大的党，伟大的人民，伟大的军队的社会主义的革命新文艺。这是开创人类历史新纪元的，最光辉灿烂的新文艺。”这个目标的实现需要“破”与“立”并举，新纪元需要大批判开路，而现代京剧和工农兵诗歌则是“最光辉灿烂的新文艺”的基础和样板。

正是在《纪要》的指导之下，文艺界很快出现了天翻地覆的变化：中宣部、文化部等文艺界领导被打倒，中国文联、中国作协等组织机构被解散；作家大多数受到冲击，成了被专政或改造的对象。与此同时，文学刊物也没有了，全国除《解放军文艺》之外，所有刊物都被迫停刊。在“破旧立新”、“灭资兴无”、“摧毁文艺黑线”、“扫除一切牛鬼蛇神”的一系列口号下，“文化革命”如一场疾风暴雨，迅速摧毁了十七年苦心经营的“旧文坛”。

通过《人民日报》的文章标题，即可感受到当时的氛围：1966 年 3 月 8 日，《人民日报》转载《戏剧报》文章《田汉的戏剧主张为谁服务？》；4 月 1 日，《人民日报》发表长文《夏衍作品中的资产阶级思想》；4 月 16 日，《北京日报》发表《关于〈三家村札记〉和〈燕山夜话〉的批判材料》，此后大规模批判“三家村”；5 月 4 日，《人民日报》通栏标题是：“高举毛泽东思想伟大红旗积极参加社会主义文化大革命/大兴无产阶级思想，大灭资产阶级思想，彻底搞掉反党反社会主义黑线”；5 月 5 日，《人民日报》通栏标题是：“高举毛泽东思想伟大红旗，把意识形态领域里的阶级斗争进行到底”；5 月 6 日，《人民日报》的通栏标题是：“坚决把社会主义文化大革命进行到底/破除迷信，解放思想，工农兵向资产阶级权威开火”；5 月 14 日，《人民日报》发表文章《揭破邓拓反党反社会主义的面目》；5 月 20 日，《人民日报》发表文章《〈北京文艺〉在为谁服务？》；7 月 17 日，《人民日报》发表长文《驳周扬的修正主义文艺纲领》，此后大规模批判周扬；接着是批判林默涵、邵荃麟、齐燕铭、王愿坚、沙汀、康濯、欧阳山……从文艺领导人到一般作家，大多数人难以幸免。同时开展的是对作品的批判，无数作品成为“大毒草”。浩劫来临之际，郭沫若及时表示：“我以前所写的东西，严格地说，应该全部把它烧掉，没有一点价值。”①

与此同时，是一大批文学艺术家自杀或被迫害致死，如邓拓、以群、老舍、傅雷、陈笑雨、陈梦家、周瘦鹃、李广田、海默、杨朔、罗广斌、陈翔鹤、吴晗、赵树理、萧也牧、闻捷、邵荃麟、侯金镜、巴人、魏金枝……“文革”结束之后中国文联和作协恢复，第一次大会上曾向被迫害致死的作家默哀，宣读的是一份长长的名单。

“文革”的发生，对于中国文学，的确是一场浩劫。

第二节 红卫兵诗歌

对于“文革”时期的文学，有一种相当流行的说法：文学园地一片荒芜，或者是一片空白。其实，事情并不这么简单。“文革”时期没有产生艺术杰作是历史的事实，但文艺园地却没有荒芜，更没有成为空白，因为当时的文艺主导力量也在努力耕种，在文艺园地里栽培自己理想的文艺。而且，不同时期有不同的情况。

从时间上划分，“文革”十年可以分为两个阶段：从 1966 年到 1971 年，是“文革”前期；从 1971 年到 1976 年，是“文革”后期。前后两段情况大不相同，前期作

①秦川：《郭沫若评传》，重庆出版社，1993 年，第 382 页。

家在场者很少,文学刊物全国只有一家《解放军文艺》,所以正式发表的作品很少。但不可忽视的是,红卫兵和工农兵的创作并不需要刊物发表,却同样有很大影响。“文革”后期因为当局大力推动创作,有组织有计划地掀起文艺创作的高潮,所以出现了某种“繁荣”。在“文革”前期的文学中,最值得注意的是红卫兵的创作,主要是诗歌,是“文革”前期重要的文学现象。

“文革”开始,全国各地出现了无数红卫兵组织,兵团、战斗队旗帜林立,司令部、指挥部到处可见。各个地方,各个单位,各个学校,甚至一直到设在人民公社的中学,都有各种群众组织。这些组织都有自己的宣传机构,一般主要是广播和报纸。尽管由于条件的不同,这些报纸有铅印、油印、打字、刻蜡版等不同形式,篇幅和影响悬殊更大,但没有哪个组织愿意放弃舆论阵地。有些报纸很有影响,如清华大学的《井冈山》、北京矿院的《东方红》、石油学院的《长征》、钢铁学院的《指点江山》、北京中学生“四·三派”的《中学文革报》、老红卫兵的《莱茵报》以及各省“红代会”的报纸等。它当然不以文学作品为主,但在领导讲话、报纸社论和大字报摘抄之外,常常发表文学作品。红卫兵诗歌就主要发表在那些报纸上。作为它的扩展版,则是“文革”之前已经在中国城乡广泛兴起的壁报、黑板报。

红卫兵诗歌的内容比较单纯,主题也比较集中,走的仍然是“文革”前夕“颂歌”与“战歌”并行的路。作为颂歌,红卫兵诗歌与50年代的颂歌不同:50年代的歌颂对象还比较宽泛,歌颂党、歌颂祖国、歌颂新生活是常见的主题;而在红卫兵诗歌中,集中“歌唱毛主席,歌唱毛泽东思想,歌唱毛主席的无产阶级革命路线”。它的中心主题可以概括为“红太阳颂”。随处可见的是“无限崇拜、无限信仰、无限热爱”的表示和“保卫毛主席,死了也甘心”的誓言。

一代青年的偶像崇拜是多年崇拜教育和时代文化影响的结果。“文革”之前,社会已经形成对毛泽东的崇拜氛围,尤其是林彪掌握军队之后,首先从军队开始,把造神运动推向了高潮。全体指战员都要“读毛主席的书,听毛主席的话,照毛主席的指示办事,做毛主席的好战士”。被称作“红宝书”的《毛主席语录》就是在林彪的指示下编辑出版的。各级领导人手捧红宝书出现在各种场合的风气也是在林彪的示范下形成的。“文革”开始之后,一方面是打倒资产阶级司令部,一方面是培养人们对毛泽东的忠诚。“活学活用毛主席著作”的“讲用会”也是在林彪的推动下从军中兴起的。运动过程中,不断出现“三忠于、四无限”、“早请示、晚汇报、一天三祝愿”之类的活动。红宝书、语录牌、请示台、忠字舞成为人们日常生活中不可缺少的事物。工农兵学商,东西南北中,到处是“活学活用毛泽东思想的大课堂”。无论工人、农民、解放军还是学生,每天都不知多少次“敬祝毛主席万寿无疆”。置身这样的生活中,年轻一代不能不受影响,红卫兵诗歌中的个人崇拜色彩正是时代文化的一种体现。

需要注意的是,红卫兵诗歌不乏真诚,其崇拜和热爱之情大多是真的。当代诗歌中的感情往往虚假,因为诗人们已经习惯了装样子、说假话。红卫兵诗歌却不是这样,因为他们写诗不是为了表态,不是为了过关,也不是为了发表,更多情况下是感情的自然流露。而且,红卫兵中个人崇拜的情况也比较复杂,有时代文化和教育的原因,也有个人或团体的具体原因,这从那些“文革”初期被压制而后来又受到毛泽东支持的造反派的作品中可以看到。

红卫兵诗歌的另一主题是批判和战斗。与当时整个时代的诗歌创作所表达的感情一样,红卫兵诗歌的感情更加爱憎分明。时代培养了他们坚定的立场和爱憎分明的态度。“凡是敌人拥护的我们就要反对,凡是敌人反对的我们就要拥护。”作为“战歌”,常常表达着强烈的仇恨,带有浓烈的硝烟味。因为效法并服务于工农兵,所以一般都很通俗。作品把爱与憎的感情都发展到了极致,爱则衷心祝愿“万寿无疆”和“永远健康”,恨则“火烧”、“油炸”、“砸烂狗头”,“打翻在地,再踏上一万只脚”,感情高度简单化和二元对立,不存在任何复杂的状态。狂热的情绪推涌着鲜明的爱憎,而这种爱与憎的标准是“亲不亲,阶级分”,是“爹亲娘亲不如毛主席亲”。为了表达对敌人的憎恨,红卫兵的“战歌”不乏暴力色彩。有一首流传全国的短诗是这样写的:“×××,算老几?/老子今天要揪你!/抽你的筋/剥你的皮/把你的脑壳当球踢!”这种语言暴力和它承载的观念并非偶然,因为有一段语录众所周知:“革命不是请客吃饭,不是做文章,不是绘画绣花,不能那样雅致,那样文质彬彬,那样温良恭俭让。革命是暴动,是一个阶级推翻另一个阶级的暴烈的行动。”红卫兵正是遵照这种教导去理解和参与“文化大革命”的。

在红卫兵的诗歌中,影响较大并具有代表性的是《放开我,妈妈!》和《献给第三次世界大战的勇士》。

《放开我,妈妈!》是当时公开发表的作品,刊于《解放军文艺》1967年第15期。它产生于1967年夏天武汉两派武斗之中。“武汉事件”是“文革”中群众组织之间的大规模武装冲突事件,无数青年在这次事件中白白牺牲。当时红卫兵的思想、感情和心态在这首诗中得到了集中体现。诗的抒情主人公是一个学生,妈妈担心他的安全,不让他去参加战斗。所以他对妈妈讲起了革命道理:革命青年应该乘风破浪,去接受革命风暴的洗礼,并且以革命先烈的事迹说服妈妈。诗的最后写道:

> 再见了,妈妈!
> 我们的伟大统帅毛主席,
> 催令我整装待发,
> ……
> 不夺取文化大革命的彻底胜利,

儿愿做千秋雄鬼,死不还家!

老红卫兵的诗歌充分抒发了红卫兵的雄心壮志,同时也最充分地表现了一代青年的狂热和无知。他们以拯救者自任,不仅要让毛泽东思想照亮中国的每一个角落,而且要让毛泽东思想照亮全球。他们认为自己有责任把革命的烈火烧遍全球,有责任解放全世界。《献给第三次世界大战的勇士》就是重要的代表作之一,在当时影响广泛。它集中体现了老红卫兵的狂热情绪和政治幻想。在他们那里,中国已经成为世界革命的中心,毛泽东思想将照亮全球,而帝国主义正在走向全面崩溃。所以,红卫兵们的战斗不仅仅是打倒国内走资派,而且要打倒帝国主义、修正主义和一切反动派,实现全球一片红。诗的抒情主人公是一位红卫兵,又是一位参加了第三次世界大战的战士。诗的开头是这位战士在战友的墓前献花,然后是从红卫兵运动到第三次世界大战的回忆。通过抒情主人公的回忆,可以看到抒情主人公与他牺牲的战友曾经一起"造反",一起"大串联",一起"炮打司令部",后来,又一起走上了第三次世界大战的战场,共同经历了一次次的战斗。最后,在"攻上白宫最后一层楼顶"的时候,一颗子弹飞来,战友倒下了。全诗虽然是怀念战友,但没有痛苦,因为已经胜利了,"毛泽东的教导/尹里奇的遗嘱/马克思的预见/就要在我们这一代手中实现"。它充满激情,显示着作者的艺术才华,却体现着时代的思想病态,是当代爱好和平的人们难以认可的。

第三节 "革命样板戏"

说到"文革"时期的文学,就不能不讲"革命样板戏",因为它代表了"文革文学"的最高成就。

"样板"一词是在1964年全国京剧现代戏汇演之后出现的,在1966年2月的《部队文艺工作座谈会纪要》中,也曾提到要培养革命文艺的"样板"。但"样板戏"一词的正式出现,却是在1967年5月之后。为纪念毛泽东《在延安文艺座谈会上的讲话》发表25周年,北京各剧场于5月23日同时开始上演京剧《红灯记》、《沙家浜》、《智取威虎山》、《奇袭白虎团》、《海港》,芭蕾舞剧《白毛女》、《红色娘子军》和交响音乐《沙家浜》这八个戏,历时一个多月,共演数百场。就在演出过程中,5月31日,《人民日报》发表题为"革命文艺的优秀样板"的社论,开始正式使用"样板戏"这个词。社论说:"京剧革命已经出现了一批丰盛的果实,《智取威虎山》、《海港》、《红灯记》、《沙家浜》、《奇袭白虎团》等京剧样板戏的出现,就是最可宝贵的收获。它们不仅是京剧的优秀样板,而且是无产阶级的优秀样板,也是无产阶级文化大革命各个阵地上的'斗批改'的优秀样板。"并且说它"宣告了反革命修正主义文艺黑线的破产”，“工农兵昂首屹立在舞台上的新时代到来了！被封建主义、资本主义、修正主义颠倒的历史，在我们手里颠倒过来了！”在八个样板戏之后，又陆续出现了京剧《龙江颂》、《杜鹃山》、《平原作战》等，也被称作样板戏。在1969～1972年，全国曾出现过普及样板戏的运动，它被拍成舞台电影片在全国放映，并被录制成各类唱片发行，全国人民都必须“学唱样板戏，争做革命人”。正是通过这种特殊手段，样板戏走向全国，真正达到了家喻户晓。一方面是那个年代文化生活极度贫乏，除此之外无戏可看；一方面是反复强行灌输，样板戏成为那一代人的牢固记忆。

样板戏是一段特殊历史的产物。在时代政治的影响和制约下，样板戏的编导都自觉为政治服务，以当时的意识形态指导创作。所以，表现现代历史上的革命斗争，就要歌颂毛泽东的军事思想和革命路线；反映社会主义建设时期的斗争生活，就要着力表现无产阶级专政下的继续革命；塑造无产阶级的英雄形象，就要高大完美，充分显示阶级的光辉。样板戏在当时获得了极高的评价，比如：“革命样板戏运用革命的现实主义和革命的浪漫主义相结合的创作方法和‘三突出’的创作原则，塑造的高大完美的无产阶级英雄形象，高就高在具有高度的阶级斗争、路线斗争和继续革命的觉悟，美就美在他们是用马克思主义、列宁主义、毛泽东思想武装起来的新人。”①从中不难看到那个年代的价值观。关于它的成就，被张扬的主要有以下两点：

第一，它对中国革命历史的建构。用当时评论的话说，它是“中国革命历史的壮丽画卷”。关于这幅画卷，当时的评论曾有这样的概括性描述：“第一次和第二次国内革命战争的历史转折期间，‘工农武装割据’的星星之火映红了杜鹃山；十年内战时期，红色娘子军的战旗飘扬在硝烟弥漫的琼崖岛；白毛女的斗争阐明了‘哪里有压迫，哪里就有反抗’的伟大真理；《红灯记》、《沙家浜》、《平原作战》展现了抗日战争有几亿英雄的壮丽画面；追剿队发动群众智取威虎山，解放全中国军号雄壮；中朝人民并肩作战奇袭白虎团，国际主义凯歌嘹亮；社会主义的海港，洋溢着无产阶级专政下继续革命的豪情壮志；人民公社的农村，传扬着共产主义风格的龙江颂……”作为具体的经验，“首先在于它是站在路线斗争的高度来认识生活、表现生活，抓住中国革命各个历史时期的基本矛盾，深刻揭示出矛盾的性质、特点和发展规律，热情地歌颂了各个历史时期毛主席革命路线的伟大胜利。”具体地说，反映民主革命时期斗争生活的作品，就要深刻表现毛泽东关于人民军队、人民战争思想的正确，并且写出这条正确路线的胜利。反映社会主义时

①北京大学、清华大学写作组：《反映新的人物新的世界的革命新文艺——谈革命样板戏的历史意义和战斗作用》，《人民日报》1974年7月16日。

代的斗争生活，就要写出两个阶级、两条路线、两条道路的斗争，成败的关键“在于写好阶级斗争”。作为具体的例子，当时的评论曾经说，《海港》和《龙江颂》的成功，都得利于阶级斗争的表现，“《海港》如果是就事论事去表现一个散包的事故，《龙江颂》如果只是反映人与自然的斗争，或以自然斗争淹没了阶级斗争，主题的现实意义就不可能这样深刻，英雄人物形象就不可能这样高大丰满”①。

第二，塑造了前所未有的无产阶级英雄典型。李玉和、郭建光、杨子荣、严伟才、方海珍、柯湘、洪常青、江水英等人物共同构成了一个新的人物画廊。这些形象的意义在当时被高度强调。首先，这些英雄形象的出现标志着无产阶级对文艺舞台的占领。“创作革命样板戏的核心问题是满腔热情、千方百计地塑造无产阶级英雄典型。从历史上看，塑造哪个阶级的英雄形象，由哪个阶级的代表人物作为文艺舞台的主人，是政治斗争在文艺上的集中反映，是文艺为哪个阶级的政治路线服务的主要标志。搞京剧革命，就是要着重塑造好无产阶级英雄人物的艺术形象，使工农兵成为舞台的主人，把千百年来被地主资产阶级颠倒了的历史再颠倒过来，恢复历史的本来面目。……只有塑造好无产阶级英雄典型，才能在文艺舞台上表现中国共产党领导下的中国人民的革命斗争，歌颂毛主席的革命路线在各个革命时期、各条战线的伟大胜利，鼓舞人民群众推动历史的前进；只有塑造好无产阶级英雄典型，才能实现无产阶级在文艺领域里对资产阶级的专政。”②当时的评论文章都在这方面大做文章，强调无产阶级英雄人物的出现从根本上改变了文艺舞台的面貌，把帝王将相、才子佳人和牛鬼蛇神赶下了舞台，实现了在文艺舞台上无产阶级对资产阶级的专政。同时，这些英雄形象具有鲜明的时代特点。他们都是在正确路线指引下涌现的英雄人物，又是自觉执行毛主席革命路线的杰出代表。因为这种政治身份，所以必须是高大完美的，不容否定和丑化的。如果否定样板戏中的英雄形象，就意味着对革命的否定，就是文艺领域阶级斗争的表现。所以，没有哪个作家敢于在塑造无产阶级英雄典型时写出他们的缺点和弱点。

根据当时的认识，样板戏的意义还在于它的产生宣告了无产阶级革命文艺路线在实践中已经取得了光辉的成果，文艺新纪元已经到来，“工农兵英雄形象昂首阔步登上了文艺舞台，把颠倒的历史再颠倒过来，在文艺领域里实现了无产阶级对资产阶级的专政”③。这一切，都打着当时极“左”思潮的鲜明印记。

---

①初澜：《中国革命历史的壮丽画卷——谈革命样板戏的成就和意义》，《红旗》1974年第1期。

②初澜：《京剧革命十年》，《红旗》1974年第7期。

③北京大学、清华大学写作组：《反映新的人物新的世界的革命新文艺——谈革命样板戏的历史意义和战斗作用》，《人民日报》1974年7月16日。

实事求是地说，样板戏在艺术上有许多可取之处，的确显示了京剧革新的一些成就。通过国家力量组织人力物力，十年磨一剑，千锤百炼，精雕细刻，对一字一句，一腔一板，一招一式，都反复加工，精益求精，力气不会是白费的。而且当年那些编剧、导演、演员都是从业内精心选拔而来，不乏艺术才华，自然要显示一定的水平。所以，样板戏在艺术形式上的精致是无法否认的，也是旧京剧难以比拟的。比如《沙家浜》中《智斗》一场，那些唱词，真可谓字字珠玑，很难再把它改得更好。但是，它是为当时的政治服务的，是根据当时的规范创作和改编的，必然要打上那个时代意识形态的印记，也必然有违反历史真实、生活常理和艺术规律之处：(一)由于受当时阶级斗争扩大化的观念影响，样板戏相当普遍地存在着极端的阶级论倾向。比如，革命者必须出身好，考察一个人是否可靠，要先考察他的家庭出身。比如，在决定派杨子荣打入威虎山时，小分队队长首先考虑的是：“他本是雇农本质好，从小在生死线上受煎熬。”所以，英雄人物都出身于贫苦家庭，而不可能出身于剥削阶级。事实上，联系历史上英雄人物的实际状况和党及国家领导人的实际家庭出身，不难看出一种机械的阶级论之下对历史的简单化理解。地主不可能有好人，工农兵则不容污蔑，要写叛徒或者坏人，就不能写他出身于工人阶级，而必须有一个剥削阶级的出身根源。《海港》里的钱守维解放前不是真正的工人。《红灯记》里的叛徒王连举必须是“巡长”，而不能是与李玉和一样的工人。在社会主义时期的生活中，也一定要以阶级斗争的观点认识生活和表现生活，自然无法避免把阶级斗争扩大化的错误。于是，就要创造出暗藏的阶级敌人。这一切，都打着阶级斗争扩大化的印记。(二)只写革命事业和革命精神，而决不涉及家务事和儿女情。样板戏中几乎没有完整的家庭，男人没有老婆，女人没有丈夫，差不多都是鳏寡孤独。《红灯记》中三代人本不是一家，而且都没有配偶。《沙家浜》中有沙老太而没有沙老爹，有阿庆嫂而不见阿庆——让他到上海跑单帮去了。其他剧目也都是这样，《龙江颂》还好，在江水英的家门口挂了个牌子——“光荣之家”，算是有个交待。这是一种技巧，因为只能表现革命的政治内容，如果有个丈夫或妻子在身边，一天到晚满嘴革命口号有违生活真实，把两口子的真实生活写进去则有违政治需要。正因为这样，就有了这种回避人情、人性的方法。与此同时，样板戏还常常表现出对一般人性的否定和批判，并且认定人性论是反动派腐蚀群众、破坏革命的工具。温其久煽动农民军下山，搬出的是“骨肉之情”和“兄弟之谊”；鸠山想瓦解李玉和的斗志，使用的也是“母子之情”和“父女之爱”。这些“人之常情”都是作为反面人物的特征被否定的。而在英雄人物那里，爱情、亲情不重要，正如李玉和的唱词：“人说道世间只有骨肉的情义重，依我看阶级的情义重于泰山。”这在当时被理解为革命者对于剥削阶级人性论的必然回答。所以，1964 年《红灯记》中一些带有人情味的唱词

“老奶奶到此来相见,不知铁梅可平安”,到后来就改掉了,继之以“党教儿做一个刚强铁汉”。因为根据当时的流行观念,革命者应该是豪情满怀、视死如归,而不应该像资产阶级一样英雄气短、儿女情长。

正因为这些特点,样板戏在产生之时,即被看做无产阶级革命文艺路线的代表,是无产阶级“文化革命”的成果,是江青等人所标榜的无产阶级文艺“新纪元”的标志。也正因为这样,在粉碎“四人帮”并宣布“文化大革命”结束之后,样板戏曾经一度不再上演。在80年代,也只能偶尔见到某些选段,进入90年代之后,重新发掘“红色经典”,样板戏才又完整地回到舞台。

第四节　浩然等人的小说

“文革”时期的文坛,有“八个样板戏和一个作家”之说,这里的“一个作家”,就是浩然。这种说法虽然简单化,却可以看出浩然在“文革”文坛的特殊地位。

浩然之所以被“文革”时代选中,不是偶然的。他出身于贫苦农民家庭,对新时代有着深厚的感情,小时候只上过三年学,14岁就参加农村工作,此后受的都是革命的教育。所以,他没有其他作家难以克服的“个人主义”和“小资产阶级思想感情”,也不会对时代的政治生活产生怀疑。而且,经过多年的练习,他已经熟练地驾驭了小说写作的技巧,《艳阳天》所显示的优势就是证明。这部小说具有浓郁的生活气息,显示了很高的叙事能力。更为重要的是,作者在农业合作化运动中提炼出“两个阶级、两条道路”的斗争,及时地应和了“千万不要忘记阶级斗争”口号的需要。由于这样的基础,浩然在“文革”中没有像其他作家那样受到冲击,而是进入了他的辉煌岁月。他的《艳阳天》不但不受批评,而且再版,被搬上银幕。当“文化革命”从“破”的阶段进入“立”的阶段,要以创作显示成绩的时候,浩然很自然地受到了重视。在多数作家尚未获得创作权利的时候,浩然先后出版了长篇小说《金光大道》、《百花川》,中篇小说《西沙儿女》和一批短篇小说。其中,影响最大、也最能体现“文革文学”特点的是《金光大道》。

《金光大道》共分四部。“文革”时期出版了第一、二部。1972年人民文学出版社出版的《金光大道》第一部的“内容说明”是这样写的:“本书是多卷集的长篇小说。作者通过解放后华北一个农村的革命演变,描绘在我国农业社会主义改造过程中两个阶级、两条道路、两条路线的斗争。这是小说的第一部。作品的故事发生在建国初期。伟大的土改运动胜利完成后,农民生产积极性普遍高涨;在这个关键时刻,引导农民向何处去,是关系到我们国家命运的根本问题。小说着重表现在这一历史时期中,广大贫下中农在马列主义、毛泽东思想指引下,在党的正确路线引导下，在与资本主义势力和形形色色的阶级敌人及种种困难的斗争实践中，认识到只有社会主义才能救中国，从而坚定不移地走上了‘组织起来’的金光大道，并通过生活的概括，歌颂了毛主席的无产阶级革命路线的伟大胜利。”当时的评论是这样说的：“作者以党的基本路线为纲，坚持革命的现实主义和革命的浪漫主义相结合的创作方法，比较自觉地学习和运用革命样板戏的经验，成功地塑造了高大泉这个社会主义革命时代农民的英雄典型。高大泉引人瞩目地列入了我国无产阶级英雄形象的画廊。”①

显然，《金光大道》成为“文革”小说的样板，究其原因，就在于它很好地适应了那个时代的政治需要，体现了那个时代所希望的风格。《金光大道》所表现的是50年代的农业合作化，但与赵树理的《三里湾》、周立波的《山乡巨变》以及柳青的《创业史》有所不同，它突出了合作化运动中“两个阶级、两条路线、两条道路”的斗争，而且根据样板戏的经验，通过“三突出”的手法塑造了高大泉那样的主要英雄人物，为塑造高大完美的人物形象提供了经验。

多年之后浩然说过，他写《金光大道》是“想给中华人民共和国的农村写一部‘史’，给农民立一部‘传’”，想歌颂农业合作化的奇迹和“这个奇迹的创造者”②。这是一个良好的动机，但小说显然没有忠实于历史，也未能直面农民的实际生活。浩然的确了解农民，也了解农村，农民在合作化中的矛盾、困惑和痛苦他都看到了。但他没有正面去表现它，而是根据时代所给予的政治概念去认识生活、理解生活和表现生活，因而在积极歌颂农业合作化的同时，把农民因利益损失而产生的犹豫、痛苦和抵触当作阶级斗争处理，给予了批判和否定。对于关心农民利益、反对左倾冒进的干部，也根据极“左”的政治观念，当作“两条道路”和“两条路线”的斗争进行处理，进行了批判、否定和丑化。作者生动地描写了一系列情节，塑造了各种人物形象，但通篇都在证明一点：从互助组到合作社、人民公社，这条道路是中国农民通往共产主义天堂的“金光大道”。小说的所有故事都是这个结论的注脚。正面人物、反面人物、中间人物都根据对这条道路的态度划分：合作化带头人是无产阶级英雄典型，是中心人物；合作化的支持者和拥护者是正面人物；犹豫观望者是中间人物或落后人物；对合作化运动存有怀疑和抵抗态度的人们则是反面人物。由于围绕着这个目标和尺度来设置，生活被严重地简单化，小说也就成了证明一个政治概念正确性的工具。可以说，作为一种为政治服务的小说，《金光大道》是成功的，从深思熟虑的结构到生动形象的语言，都为小说带来了魅力，成功地配合政治完成了对农业化运动史的艺术建构。

①金梅、吴泰昌：《打着火把的领头人》，《河北文艺》1975年第2期。

②浩然：《有关〈金光大道〉的几句话》，《文艺报》1994年8月27日。

可是,浩然没有想到,他所热情赞美的那条金光大道,后来会遇到小岗村农民的挑战,而且很快被全中国农民所抛弃。中国共产党十一届三中全会以后所进行的农村经济改革,以及改革的成就,已经对那条道路作出了否定,作为它最终成果的人民公社制度也被撤销。因为历史已经证明它没有把农民带入幸福的天堂,而是带入了贫困。而浩然竭力批判的错误路线,却在新时期农村经济改革中重新受到广大农民的欢迎和爱戴,并且两次证明了它在发展农村经济中的有效性。事实上,对于那条金光大道的虚假性,当时的农民已经感觉到了,但当时的作家却与当时的政治一样没有尊重他们的感觉,而且掩盖和否定了他们的感觉,这就使小说所描写的只是极“左”观念支配之下对生活的选择和想象。

第五节 “文革”后期的诗与电影

考察“文革”时期的文艺运动,事实上存在一个全过程:“文革”前期是一个“破”的时期,“文革”后期是一个“立”的时期。破的时期不可能有太多的作品,所以只能树立样板,而到了立的时期,大规模的生产就可以进行了。于是,一些作家被解放,重新获得了写作的权利。与此同时,从1972年开始,各省市的文学刊物陆续恢复,而且各个地方都有了自己的刊物。当然,名字大多是“革命文艺”和“工农兵文艺”。在当时的文学刊物中,影响最大的是上海的《朝霞》,它与理论刊物《学习与批判》代表着那个年代文学的主导方向。

根据多年形成的习惯,什么工作都需要层层抓,作为政治任务去完成。在“文革”后期,发展文学创作成为一项政治任务。于是,不仅要解放没有问题的作家,而且要努力培养工农兵业余作者。在业余作者的培养方面,在群众性的文艺创作方面,当时的各级领导人都非常努力。众省市文化局到县文化馆,几乎每一年都要举办创作学习班,把一些作者集中起来学习和写作。来自工厂和农村的业余作者工资照发,工分照记,学习班补贴生活费,请编辑和有成就的作家讲课,然后是写作,互相传阅,集体讨论,进行修改。如果有好的作品,就推荐给报刊发表。经过这样培养,“文革”后期出现了大批工农兵业余作者。后来的所谓知青作家,大多数都是从那个时候开始涉足文学创作的。同时,全国也培养了一些群众创作的典型,比如,小靳庄的诗,赵坡大队的故事,《人民日报》都曾多次报道。小靳庄是江青亲自抓的点,她曾三次亲自去检查指导。

群众发动起来了,运动搞得轰轰烈烈,但好作品并不多见。回顾“文革”后期的文学创作,小说方面影响较大的作品除了前述《金光大道》之外,还有《牛田洋》、《虹南作战史》、《较量》等。但无论在思想上还是艺术上,都乏善可陈。值得一提的是一种新的创作组合：领导出思想，群众出生活，作家出技巧。《虹南作战史》、《牛田洋》就是这种集体创作的作品。这种创作当然无法显示个人的艺术风格。

相比之下，“文革”后期的诗歌创作比较多，影响较大的作品是张永枚的《西沙之战》、北京大学中文系七二级工农兵学员集体创作的《理想之歌》等。从那些诗中，也可以看到当时诗歌的面貌。那些诗歌艺术上并不粗糙，字句也很讲究，作者也不乏才华，但无不带有那个时期政治风云的印记。《西沙之战》有许多片断非常精彩，特别是那些写景的片断，比如，写阳光在碧波上的闪耀，写海风把浪花卷上礁盘，写金子似的沙土，白玉般的海滩，铺满地的珠贝……的确写得很美。一些句子是让人过目难忘的，比如：

美丽的西沙群岛！
象一把珍珠，
撒在南海的水面。

张永枚是一个很有才华的诗人。他的不幸在于他在“文革”中的幸运。当西沙之战爆发后，他与浩然一起遵江青指示去西沙，后来，浩然写出了小说《西沙儿女》，他则写了长诗《西沙之战》。这首诗在发表时称作“诗报告”，也就是以诗的形式写报告文学。然而，当时的诗人不可能真实地反映西沙之战，更不能自由地抒写自己对于那场战争的感受和认识。按照当时的思维方式和想象方式，诗歌必须塑造无产阶级的英雄形象，而英雄形象必然是毛泽东思想武装起来的。所以，年轻的舰长必然是出生在湘江畔，沐浴过韶山冲的阳光雨露。大敌当前，必须是耳边响起毛主席的教导，必然要看见“天安门的青松红墙，中南海阳光灿烂”，必然是“伟大领袖毛主席，瞩目天涯，指点航线，给我们革命真理的罗盘”。而且，这还不够，既然得江青青睐，就应该有所表现，所以，年轻的舰长遇到困难的时候，还要抬头看见那幅壮丽的画卷——江青拍摄的庐山仙人洞照，而且耳边一定要响起江青的那句话：“把入侵者从西沙赶出去！”既然诗人的才华依附于某种权力，最后成为那种权力的陪葬便不奇怪了。

《理想之歌》同样显示着执笔者的才华。诗写得有激情，气势宏伟，意境开阔，格调高昂，语言华丽壮美。特别是开头的几节：

红日、
　　白雪、
　　　　蓝天……
乘东风
　　飞来报春的群雁。

从太阳升起的北京
　　启程，
飞翔到
　　宝塔山头，
落脚在
　　延河两岸……

然而，同样因为它所携带的那个时代的政治观念而难以传世。

在戏剧和电影方面，最能显示时代特征的是电影《春苗》和《决裂》。《春苗》写的是农村赤脚医生，以及医疗战线两条路线的斗争，到了反击“右”倾翻案风的时候，更加轰动一时。《决裂》写的是教育革命，对旧教育制度进行了揭露与批判，比如，教授只知道讲“马尾巴的功能”，学生则是“一年土，二年洋，三年不认爹和娘”。教育革命就是要改变这一切，改变智育第一，反对白专道路，把学生培养成又红又专的人才。电影主题歌有这样自豪的句子：“工农的孩子当上了——当上了大学生哟！”但电影告诫人们的，却成了大学生不要忘本。党委书记在招生的时候找到了正在打铁的青年，然后抓着他满是老茧的手对大家说：“看！这就是资格！”满手老茧就是上大学的资格，反映着当时大学教育的观念，与反对考试而采用保送的方法是一致的。

因为样板戏的成功，于是有了“样板戏经验”。根据样板戏的经验，就产生了一系列的理论，包括根本任务论、主题先行论，等等。在这些理论中，对文学影响最大的，是“三突出”创作原则。1968 年 5 月 23 日，于会泳在《文汇报》发表文章《让文艺舞台永远成为宣传毛泽东思想的阵地》，首次公开提出“三突出”创作原则。文章说：“我们根据江青同志的指示精神，归纳为‘三突出’，作为塑造人物的重要原则。即：在所有人物中突出正面人物来；在正面人物中突出主要英雄人物来；在主要人物中突出最主要的即中心人物来。”后经姚文元修改，确定为：“在所有人物中突出正面人物；在正面人物中突出英雄人物；在英雄人物中突出主要英雄人物。”①

在“三突出”原则的指导之下，“文革”文学进一步显示了它的整体风格和时代面貌：

第一，文学由政治工具进一步成为帮派斗争的工具。在那个时期，文学没有任何独立性，完全是政治的传声筒。它的任务就是把政治概念形象化。这一切，在 1975 年反击“右”倾翻案风的时候表现最为突出。从正式出版的刊物到各地

①见上海京剧团《智取威虎山》剧组：《努力塑造无产阶级英雄人物的光辉形象》，《人民日报》1969 年 11 月 3 日。

自印的“革命文艺”和“工农兵文艺”，从文化部门组织的创作学习班到各地的工农兵创作，以及各式各样的文艺活动，都一齐高唱“文化大革命就是好”、高呼“翻案不得人心”、“坚决痛击右倾翻案风”，就连写给孩子们唱的儿歌也是这样的句子：“追谣言，察动向，时刻警惕复辟狂。”对于这个时期的文学，无须研究作家的风格和艺术个性，因为个性早已泯灭于机械的政治配合之中。这种机械地配合政治运动的创作方式一直持续到“文革”结束之后。

第二，粉饰生活、歌舞升平、虚张声势的文风更严重地泛滥开来。这种现象同样源于政治的需要。“文革”时期的政治是专制的，社会生活是畸形的，这就决定了现实主义精神不被欢迎。受欢迎的是歌舞升平、弄虚作假的东西。文学必须创造出政治所需要的生活图景，宣传所谓革命精神，而不是真实地反映社会生活。比如在“文革”后期，按照当时的逻辑，“文化大革命”就是好，它使中国欣欣向荣，使人民无比幸福。如果说阴暗面，那只能是阶级敌人的感觉。因此，文学别无选择，承担了为“文化大革命”及其各种荒谬涂脂抹粉的工作，时时处处为错误路线呐喊助威。历史已作出结论，“文化大革命”是一场灾难，但在当时的文学中，表现出的却是到处红旗飘扬，鲜花盛开，千家万户在欢呼，男女老幼齐歌唱。文学远离现实，闭着眼睛唱赞歌，文坛到处都是豪迈的谎言。

第三，进一步反人情、人性、人道主义。“文革”时期的文学彻底告别了人情、人性、人的日常生活，告别了普通人都有的生活内容。在人物塑造上，写的都是一些钢铁战士、铁姑娘、特殊材料造成的人，却往往没有亲情，没有爱情，没有人之常情。“文革”前的作品如《青春之歌》、《林海雪原》等，还多少涉及一点男女之情，尽管经过净化处理，但毕竟还有。到了“文革”时期，却像样板戏那样让人物都成了孤男寡女。更重要的是，美与丑、善与恶往往都被颠倒。人类文明的一些基本底线不存在了。硝烟味，血腥味，战争的鼓吹，暴力倾向，都是被肯定和鼓励的，因为它被认为是革命精神的体现。文学作品中充满语言暴力，无论对于“走资派”还是对于所谓“牛鬼蛇神”，动不动就是“炮轰”、“火烧”、“油炸”，然后就是“踏上一万只脚”。这一切，无论在语言上还是在观念上，都是一种污染。

正因为这样，“文革”后期，人们对“文革”文学已经产生了相当普遍的厌倦。新的艺术开始在地下萌芽生长，并且开始悄悄流传。

第八章 地底的文学潜流

关于“文革”时期的文学，前面所述并非全部，因为文学事实上已分裂为两个不同的板块：一是“四人帮”控制之下的文学，一是处于地下或半地下状态的文学。后者是一股地底的潜流，却是“文革”之后文学新潮的先驱。

第一节 关于“地下”文学

所谓地底的潜流，也可以称作“地下文学”。“地下”一词很容易让人想到“地下组织”、“地下活动”之类，但文学的情况并非如此，从当时的实际情况看，“地下”与“地上”常常并不分明，“公开”与“非公开”也难以界定。所以，关于这一部分文学还有其他一些称谓，比如“‘文革’时期的民间写作”、“‘文革’时期的潜在写作”、“‘文革’时期的非主流写作”等，但概念同样不很准确，所以这里仍用“地下”。所谓“地下”，意味着这部分文学在当时的“非公开”、“不合法”地位。“民间”往往只是意味着“非官方”，却未必不合法，因此也不需要隐藏，比如现在的一些“民间刊物”，它们显然不是“地下刊物”，而只是“非正式出版物”。“潜在”可以有多种理解，因而也有许多歧义。所以，在没有更好的概念之前，暂且将其称之为“地底的潜流”。

所谓文学的“地下”状态，是文学创作缺少自由空间的产物。地上没有生长的空间，才会转入地下生长。那么，这就出现了一个问题：中国当代文学中的“地下”板块是从什么时候才有的？从道理上讲，它应该从50年代就存在。因为人们熟悉的50年代文学描述的是一片胜利和解放的景象，是进入新时代的一片欢呼。人们意气风发，斗志昂扬，兴高采烈，充满翻身做主人的幸福感和自豪感。面对这种景象，有一点很容易想到：它只是主流的声音，另一些声音是缺席的，比如时代变革中的失败者的声音。当时的文坛没有出现这种声音，因为没有为它提供存在的空间。有人写了，也不可能在报刊上发表。鲁迅说过，革命发生之后，应该是有颂歌也有挽歌。经过一次翻天覆地的革命，有人在狂欢，也肯定有人哭泣。那些失败的阶级面对财产和权力的丢失，会有怎样的思想和感情？如果他们当中有人舞文弄墨，会不会把它写下来？在一般情况下，可以说是肯定的。当时有那么多的地、富、反、坏，加上资本家，还有历次政治运动中受冲击的分子，被管制的旧官吏和旧军人，他们当中肯定有人喜欢舞文弄墨，也肯定有人水平不低。但是，他们写下的那些东西在当时肯定没有发表的空间，而且作者也未必敢于拿出来发表。那么，那些东西的正常去向应该就是“地下”。

但是，事实证明，这种文学留下来的极少。“文革”结束之后，不少学者就开始打捞历史，打捞民间思想，顾准、陈寅恪、张中晓等被重新发现，林昭、遇罗克、张志新等也被重新发现，但“文革”之前的“地下文学”发现极少。没有留下来，并不证明它没有产生过，而是消失了。按照常理推断，50 年代不能跻身文坛的失意人物，很可能写下过一些作品，但那些东西都没有保留到“文革”过后。事实证明，当时的失败阶级没有哪一个留下日记之类。他们并非突然没有了写日记的习惯，而是在后来的日子里把写好的日记销毁了，并且从此不再写。这在当时被称作“销毁罪证”，一些不合意识形态要求的东西就这样消失了。只有极少数的人粗心大意，或者有恃无恐，才留下了一些，而且多是通过公安机关的案卷保留下来的。

那么，到了“文革”时期，“地下”创作何以突然大量出现？这个现象有多方面的原因，而且有一个发展过程。

“文革”时期从事“地下”写作的一般都是年轻人，其中大部分是知青。知青的前身大多都是红卫兵。红卫兵运动开始于 1966 夏天，到了 1968 年底，原来的各级党委和政府都已经被砸烂，新生的革命委员会已经建立，实现了“全国山河一片红”。因此，“工人解放军毛泽东思想宣传队”进驻学校，红卫兵运动宣告结束。可是，一些遗留问题必须解决：从政治上看，经过几年的运动，青年学生相当普遍地具有了“造反派的脾气”（这是那个时代的语言，主要是敢想，敢干，敢革命，敢造反），对稳定大局非常不利。从经济上看，当时的大学和中学都积压了三届毕业生，他们是适应“文革”需要而留在学校里闹革命的。革命结束了，红卫兵解散，按照当时的政策，从大学生到城市的中学生，国家都要分配工作。当时的中国显然无力承担这样的就业压力。所以，知识青年到农村去，接受贫下中农的再教育，几年之后再陆续回城就业，不失为一种有效的决策。就在这样的背景上，红卫兵大多成了下乡知青。

在这个过程中，值得注意的是一代人的“造反”经历。因为在 1966 年下半年到 1968 年这两年多的时间里，一代青年曾经获得很大的言论空间，在“文革”前不敢说的话，这时候不但敢说，而且可以写成大字报贴到街上，写成文章发表在自己的报纸上。那时红卫兵组织都有自己的小报，甚至县城下面的中学红卫兵也有自己的报纸。没有印刷条件,就是刻蜡版油印,也要有自己的小报。那些小报内容主要是转载北京消息、中央"文革"成员讲话、北大清华新动向等,但也有他们自己的作品。小将们有什么见解,可以随时写出来,不需审查,不需批准,马上就见报了。这种经历培养了一代年轻人关心国家大事的习惯,也培养了他们发表见解的勇气。虽然有人为此付出了沉重的代价,比如遇罗克等,但多数人没有那样的经历,因而不知道言论闯祸的厉害。在这一点上,年轻的知青不同于有年纪的"右派"和"黑五类",那些人都懂得保护自己,而红卫兵一代当时还不知道保护自己。当然,更重要的是他们中的绝大多数本来就没有什么特别的思想或艺术追求,所以,在开始时并无什么需要隐藏。当他们于孤独、寂寞和失落中有所思、有所感的时候,仍然习惯于动笔写作,没有意识到会有什么问题,也没有意识到自己处于"地下"状态。他们中的清醒者,也不过是知道有些东西可以给报刊投稿,有些东西不能寄给报刊。比如,写了歌颂党、歌颂领袖的作品可以寄给报社,因失恋而写下的那些爱情诗就只能留给自己看,但那些爱情诗却也不必隐藏。所以,那样的写作最初只是不能公开出版而已。

创作活动真正转入地下,把日记和读书笔记都藏起来,是"吃一堑,长一智"的结果。一连串的事件教训了一代青年,使他们知道写作并不只是好玩,作品被传抄也并非只是意味着荣誉,而是意味着危险。最明显的例子是南京知青任毅,一首《南京知青之歌》被广泛传抄和传唱,可是突然有一天,警车开来,作者被戴上手铐带走,被判十年徒刑。一些人因此才清楚地知道了写作的危险,于是,有人"金盆洗手",从此不碰文字;有人加紧学习,只写可以公开发表的颂歌;有人则开始小心谨慎,作品不再轻易给人看。最后一种可谓转入了"地下"。

第二节 下乡知青与地下诗歌群落

"文革"时期的地下创作主要源自知青。知青的创作主要是诗歌。它在开始时只是半地下状态,不能公开发表,却并不隐蔽,在知青点上是公开的,在知青点之间流传也是公开的。

知青上山下乡时,报刊上的公开报道都是敲锣打鼓、披红挂彩、欢天喜地。生活本来就有两种完全不同的场景:一方面是官方举行的欢送仪式,领导讲话,家长讲话,下乡青年慷慨激昂表决心;另一方面则是慈母挥泪,恋人依依不舍。报刊公开报道的是前者,而知青自己的作品却更多地反映了后者。最先体现出这一反差的最突出代表作是食指(郭路生)的《这是四点零八分的北京》。1968年12月20日4点零8分,一列满载下乡知青的火车从北京开出驶往山西太原。

郭路生就在这列火车上。列车开动的那一刻，他的心猛地颤了一下，望着车窗外一片挥别的手臂，他一下子明白了："这是我最后的北京。"于是，一首诗开始酝酿，到山西就写了出来：

我的心骤然一阵疼痛，一定是
妈妈缀扣子的针线穿透了心胸。
我的心变成了一只风筝，
风筝的线绳就在妈妈的手中。
……
我再次向北京挥动手臂，
……
这是我的最后的北京。

这是知青诗歌中常见的一种感情：留恋故乡，思念故乡，歌唱故乡。全国各地都有自己的"知青之歌"，《山西知青之歌》、《广州知青之歌》、《重庆知青之歌》……大都表现着同样的感情。其中如果有不和谐的音响，主要是对知青命运的感叹。这很好理解，生活中不乏雄心壮志，决心扎根农村一辈子的青年，但对于大多数而言，告别城市上山下乡，不能不感到惆怅和茫然。

在各地的知青之歌中，《南京知青之歌》影响最大。今天看来，它没有任何"反革命"嫌疑，也没有反叛情绪和危险思想。也许正因为这样，作者当时才那么坦然地署上了自己的真实姓名：任毅。这首歌在流传中被许多人续写，从三段变为四段，从四段变为五段，越变越多，最后有一个七段的文本。但它所表达的思想感情其实不过如此：

蓝蓝的天上，白云在飞翔，
美丽的扬子江畔是可爱的南京古城，我的家乡。
啊，彩虹般的大桥，直上云霄，横断了长江，
雄伟的钟山脚下是我可爱的家乡。

告别了妈妈，再见吧家乡，
金色的学生时代已转入青春史册，一去不复返。
啊，未来的道路多么艰难，曲折又漫长
……

其中最犯忌的，不过是对未来道路的叹息和对"修理地球"这个"光荣神圣的天职"略微流露了一点牢骚。它与当时报刊上公开发表的诗歌的不同之处，在于

表达了作者真实的思想感情。

最初的知青诗歌带明显的浪漫主义色彩。这从郭路生的《相信未来》可以看到:"当蜘蛛网无情地查封了我的炉台/当灰烬的余烟叹息着贫困的悲哀/我依然固执地铺平失望的灰烬/用美丽的雪花写下:相信未来。"相信未来,如果冷静地看,这首诗的相信是没有依据的,相当空洞,其意义不过是鼓励和安慰。

但是,随着时间的推移和一代人的成长,包括食指本人的诗也很快改变了调子。而进一步显示这种变化的是白洋淀诗歌群落。在1972～1974年间,白洋淀知青点成为一个引人瞩目的地方。这里的知青都来自北京,其中芒克、多多、根子、方含、林莽、宋海泉等都在这里。因为白洋淀离北京比较近,北京的一些青年也常来以诗会友。比如,北岛、严力、江河、甘铁生、郑义、陈凯歌等。

在这个诗歌群落中,芒克、多多和根子比较重要。他们三人相识于"文革"前,一起考入北京第三中学,1969年又一起到白洋淀插队。他们在白洋淀的时间有长有短,芒克7年,多多6年,根子3年。他们在那里写了大量的诗,互相切磋,互相鼓励,成为这个群落的中坚,在中国诗歌发展的历史上写下了重要一笔。

芒克(1950—　),原名姜世伟,1970年开始写诗,主要作品有《致渔家兄弟》(1971)、《城市》(组诗,1972)、《天空》(组诗,1973)、《太阳落了》(组诗,1973)等。

芒克的诗主要有以下特点:首先是象征手法的大量运用,复杂而陌生的象征形象组成特殊的意象群落,在诗中构成一个扑朔迷离的世界。他的象征和隐喻是不明朗的,并非社会的约定俗成。其次,他的诗所显示的情绪内涵与当时的意识形态完全不同,而且有点格格不入。只要进入芒克诗歌所构成的世界,就会看到,作为背景,它的色彩有点灰暗,有点阴冷;作为抒情主人公形象所展示的,有迷惘和无奈,有顽强的抗争精神和批判精神,也有对于美好未来的呼唤。在芒克的诗中,那个制造了贫困和苦难的年代已经被送上了被告席,而且受到理性的审判。他的诗有一些非常简约而凝练的句子,比如,《天空》中的段落:"太阳升起来/天空血淋淋的/犹如一块盾牌。""天空,天空!/把你的疾病/从共和国的土地上扫除干净。"他看到了生活的荒谬,看到了人性的泯灭,因而内心常有痛苦。从《路上的月亮》等诗中可见,虽然有时故作轻松,有时发发牢骚,但心情总是被围困于灰色的雾中。他有一连串的疑问,但思考并无结果。但他知道,"想一想总比不想好"。因为思考,便产生了怀疑和反叛。在这一方面,最突出的代表作是《太阳落了》,诗中既有对太阳的指控,又有对黑暗的逃离,显示了一代青年的独立思想:

1

你的眼睛被遮住了

你低沉、愤怒的声音
在这阴森森的黑暗中冲撞：
放开我！

2

太阳落了。
黑夜爬了上来
放肆地掠夺。
这田野将要毁灭，
人
将不知道往哪儿去了。

另一个值得注意的是多多。多多(1952－　)，原名栗世征，1972年开始写诗，1973年与芒克建立了诗歌友谊，相约每年的年底像决斗时交换手枪一样交换一册诗。多多的诗大多写于这个时期，主要作品有《回忆与思考》(5首)、《万象》(14首)以及《致太阳》等。

多多的诗一开始就进行着现代手法的探索，并且与芒克一样执著于对社会人生的思索和对荒谬现实的批判。他的诗朦胧难懂，很多诗句因为意象的生僻而难以找到确切含义。但正是这一点，使多多成为"文革"时期最先走近了现代主义艺术的诗人。

他的诗显示的是这样一种风格：

歌声，省略了革命的血腥
八月象一张残忍的弓
恶毒的儿子走出农舍
携带着烟草和干燥的喉咙
牲口被蒙上了野蛮的眼罩
屁股上挂着发黑的尸体象肿大的鼓
直到篱笆后面的牺牲也渐渐模糊
远远地，又开来冒烟的队伍……

——《当人民从干酪上站起》

有谁曾经记下过"文革"时期社会生活的景象？在当时公开发表的诗歌中，我们到处可以看到粮山、棉山、稻海、油河，可以看到莺歌燕舞和潺潺流水，看到一代新人茁壮成长的亮丽图景。然而，多多给我们留下的却是这样的景象：

啊,我记得黑夜里我记得:
天是殷红殷红的
象死前炽热的吻
……
——胆怯的房子最先颤抖起来
火,在郊外开始放手行凶:
庄稼被点燃,树木被逼疯
花的世界躺满尸体
河流也停止了屈辱的蠕动
山,也由此失去往日的光荣

——《我记得》

因为这种感觉,诗人的内心充满了痛苦和悲愤。带着这样一种心境看世界,就连自然景物也不再有明丽的色彩。多多的另一首《乌鸦》,主要是状物,但主观情感的渗透却使它蒙上了一层灰色的悲哀之雾:“象火葬场上空/慢慢飘散的灰烬/它们,黑色的殡葬的天使/在死亡降临人间的时候/好象一群逃离黄昏的/音乐标点……”

在白洋淀之外,一些诗人也在地底悄悄成长,而且带着各自的光彩站立起来。

在北京,一个名叫赵振开的建筑工人,写小说,也写诗。作为诗人,他的名字后来非常响亮:北岛。在“文革”后期,他已写出了《回答》、《结局或开始》等。

在福建的一个知青点上,一个身体瘦弱的女孩子,一夜又一夜,伏在枕上不断地写着。她就是舒婷。开始,她只是写在日记本里,后来,就写到了给朋友的书信里,再后来,她的诗不胫而走,广为流传。

在山东潍北,一个下放的诗人带着他 14 岁的儿子在河滩上放猪。猪在吃草,父子两个躺在河滩上看天,一会儿,他们爬起来,用树枝在沙滩上写下他们刚做的诗。父亲即是在 50 年代名噪一时的诗人顾工,孩子则是顾城。

他们,正是后来朦胧诗的主要代表诗人。

第三节 手抄本小说

在“文革”时期地下流传的文学读物中,手抄本小说是一个重要内容。顾名思义,这种小说没有公开出版,是以手抄本传播的。

“文革”时期的中国青年,尤其是从城市下乡的知青,文化生活很可怜。村子里一年放不了几次电影，常常晚上跑十几里路到附近村中看电影。没有娱乐，没有书读。而且，在进入70年代后，公开的出版物已经不能满足人们的精神需要，人们开始厌恶那些假大空的东西，开始悄悄寻找和阅读一些在当时被判为“封资修”的东西。当然，不仅是读书，当时在知青中流行歌曲也很能说明问题，比如，那时在知青点流传的歌有许多都是“封资修”的东西，在公开场合下，人们高唱《东方红》，高唱革命样板戏，但在私下里，却哼着那些来自外国的情歌，《红河谷》、《莫斯科郊外的晚上》，等等；哼着“人们说你就要离开村庄，要离开热爱你的姑娘”，哼着“送郎出征，迈步原野，情比月夜浓”，感觉是另一种享受。因为对于许多青年来说，那些富于人性味的东西，具有特别的诱惑力。读书也是这样，人们悄悄传阅那些“封资修黑货”，尤其是外国名著。当时外国名著不出版，欧美的新小说更不出版，但高层却什么书都能看到。“灰皮书”、“黄皮书”中既有西方现代思想学术著作，也有文学作品，需要有相当的级别才能看到。那时的青年能弄到一本这样的书，是令人激动的事。因此，哪个知青点上有能弄到这种书的人，那个知青点就成了一个传播源，周围的知青们就会从几十里之外跑来借阅。

一些书读完了舍不得归还，就动手把它抄下来。几个人接力抄，分头抄，到了归还的日期，就连夜抄完。于是，在流传的读物中就出现了大量手抄本。在这些手抄本中，逐渐出现了小说，不是名著，而是新创作的，大多数并不署名。这就是后来所说的“文革”时期的“手抄本”小说。

手抄本小说可以简单分为几大类：

一类是反映现实生活并在思想倾向上与当时的意识形态存在距离的。这些作品后来大都遭到查抄，被称作“毒草”，扣上“反党”、“反社会主义”或“反革命”之类的帽子。以当时的政治标准衡量，它的确存在问题，因为它对政治意识形态有不同程度的疏离和质疑，但反叛者事实上并不多见。用今天的标准看，它不但没有问题，而且有的作品仍然带有“左”倾思潮影响的痕迹。它的价值在于保持了一定的冷静和理性，不与当时极“左”的政治意识形态合流，比较真实地反映了那个时代的生活。在这类作品中，影响较大的是张扬的《第二次握手》、靳凡的《公开的情书》、毕汝协的《九级浪》、赵振开的《波动》、礼平的《晚霞消失的时候》等。

《第二次握手》在当时影响很大，有多种传抄本。它后来被追查，但思想内容上并没有什么值得注意的特别之处，在当时之所以犯忌，主要在于几点：一是它的主人公是知识分子，而且是被当作正面人物来写的，这当然不符合当时意识形态的要求；二是它主要写的是爱情，也是不合时宜的；三是它写到了周恩来，因而引起了“四人帮”集团的恼火。其实，作者写这个小说很简单，他不过是根据自己在一个亲戚家里见到的一个情景，展开了大胆的想象，演绎出了一对知识分子动人的爱情故事。这样的故事当然没有政治问题,所以在"文革"结束之后,它最先得以公开出版。

其他几部小说事实上更为深刻一些,而且提供了更多的新东西。尤其值得注意的是,几部小说不约而同地涉及了那个时期青年的精神面貌,包括他们的觉醒、追求和种种精神创伤。从某种意义上说,它是"文革"结束之后出现的"伤痕文学"在"文革"时期的地下萌芽。《九级浪》写了一个美丽纯洁的女孩子的堕落过程,展示了一个美丽圣洁女神的毁灭。小说的叙述者"我"是一个中学生,整天在二楼上看书画画,透过窗子看下面的街道和四合院,有一天,突然发现了一个美丽的少女,并且一下子就爱上了她。可是,随着他们的走近,却发现这个名叫司马丽的美丽少女是一个带着种种时代创伤而堕落的姑娘,她非常放纵,而且毫无廉耻。小说中写到俄国一位画家的一张油画《九级浪》,它挂在美术老师家里。画面上是茫茫大海,惊涛骇浪,一只帆船似要倾覆。事实上,司马丽就是那只小船,在时代的惊涛骇浪中,她无力驾驭自己的命运,最后只有在狂风巨浪中沉没。

赵振开以"艾珊"为笔名创作的中篇小说《波动》写于1974年,比较深刻地触及当时那些受侮辱与受损害的人,揭示了他们心灵上的深深创伤,同时也揭示了一些道貌岸然的当权者的卑鄙无耻,对他们进行了道德上的审判。小说以杨讯和肖凌的爱情悲剧为线索,展示了"文化大革命"这场浩劫中的社会现实:一些青年在极"左"思潮的驱策下陷入不幸的泥沼;一些领导干部的卑鄙行为畅行无阻;富于探索精神的青年面对现实的荒诞而精神陷入崩溃的边缘,但依然进行着思索与追问。由于窥破了当时权力意识形态庄严和神圣的外表,作者笔下的一些人物(以肖凌、杨讯为代表的几个烙满时代印痕,具有小资产阶级情调的城市青年)充满着复杂的情感色彩和悲剧意识,并具有不受当时政治环境所左右的独立思考精神,从而标志着年轻一代从时代所构筑的"乌托邦神话"中清醒过来,开始了以作为主体的人的方式对自我以及外在世界进行体验和思索。与此同时,基于当时社会上因幻灭感而形成的虚无主义思潮,小说显示了黯淡压抑的色彩:孤独、忧虑、苦闷、痛苦、绝望、冷酷……并成为贯穿整篇小说的基调。在某种程度上,这代表了作者本身的情感和价值取向。

在艺术上,作家采用杨讯、肖凌、白华、林媛媛、林东平等人的第一人称内心独白的意识流形式构筑全篇,形成了独特的多元性视角,而每一视角之间采取了类似于电影中蒙太奇式的切换技巧,形成了跳跃、朦胧、散乱而又深邃的艺术效果。在这种独特的艺术形式中,充满着艰深晦涩的哲理探讨和波动起伏的心理感受。它有似于福克纳的《喧哗与骚动》,但在艺术的圆融和思想的深刻上都有所不及。

礼平的《晚霞消失的时候》写了经过种种历史的荒谬之后年轻人精神上产生

的变化，他们对历史的思考，对爱情、人生的思考，以及他们产生的某种宗教情绪。以上所说的，是当时手抄本小说中最为重要的一类。因为它是面对现实的，反映了时代，写出了那一代人精神上的痛苦、思考、反叛和追求。

另外还有两类作品，数量和影响都不如前一类大。但它们是重要的，因为它们显示了艺术自身发展的某些规律。一类可以称作传奇小说。另一类涉及性描写，姑且按照当时的说法，称作"黄色小说"。

传奇小说有的带有侦探小说的特点，有的带有武侠小说的特点。比如，《梅花党案件》、《一只绣花鞋》、《叶飞下江南》等，有很多悬念，很恐怖，也很刺激。这类小说可以满足读者好奇的心理。在那样一个特殊的时期，有人写这种小说，可见人们对它的需要。当地上的的作品不能满足人们的阅读需要时，一些东西就会在地下生长。后来金庸等人的武侠小说在大陆畅销，满足的正是那种需要。无论什么时候，人们都需要传奇。

所谓"黄色小说"，流传最广、影响最大的是一个短篇《少女的心》。这个小说还有另一个名字：《曼娜回忆录》。它写了一个少女最初的性体验，她与表哥的性关系，有点自然主义，从第一次的抚摸，到肉体的接触，到性结合。这个小说在流传中不断被改写，不断被扩充，所以有许多不同的版本。这不奇怪，当时的青年在传抄的时候并不尊重原著，每一个传抄者都可能要参与创作，感觉哪里写得不够，就增加一点，凭着自己的经验和想象，对感兴趣的内容扩充一番。于是，它越来越长。最先的版本有纪实的色彩，文学性并不太强，让人怀疑是作者的自叙传。后来的版本已经不那么原始，也不那么朴素，而且越来越"黄"。这个小说至少可以告诉我们，文学是无法告别人性的，在无法控制的地方，它就会自然地表现人的那些基本欲望。当时的文学已经把人的七情六欲驱赶得一干二净，文学中的人物已经只知道阶级斗争和路线斗争，完全成了政治斗争的工具。但在地下自由生长的文学中，性欲却被表现了出来，而且颇有些炫耀。这种性文学在"文革"结束之后经历过几次挫折，但在80年代中期终于破土而出，从某种意义上说张贤亮的《男人的一半是女人》，王安忆的《小城之恋》接续的正是这条线索。

综观"文革"时期的地下文学，可以得出这样一个印象：文学的生长有其自身的规律，当地上不能生长的时候，就会在地下生长；在地上失掉了生存空间，就会转入地下；地上扼杀了哪一部分，地下就会生长哪一部分。而且，"文革"结束之后文坛出现的各种现象，在"文革"时期的地下文学中都已有踪迹可循。

此外，值得关注的还有两个内容：一是某些被关押或被打倒的知名作家的地下创作，二是天安门诗歌那样的作品。前者作为火种保存了下来，后者则显示了某种特定条件下地底潜流的爆发。事实上，它们都与"文革"结束之后的文学新潮有着千丝万缕的联系。

第九章　改革开放与文学的复兴

第一节　尾声与序幕

1976年10月,“四人帮”被粉碎了,多数中国人把这事件看做一件喜事,并为此而纵情欢呼。诗歌作为社会生活最敏感的神经,先于其他文学样式而在欢庆胜利的锣鼓声中开始歌唱。由于当时大多数诗人还没有重新获得拿起诗笔的权利,历史只能选择当时已经有权歌唱的诗人。贺敬之在庆祝游行结束之后就立即写了《中国的十月》,以他惯用的抒情方式欢呼:“北京的晨曦/向世界报捷。/党中央一举粉碎/‘四人帮’反党集团/无产阶级的巨手/终于捉住了这窝蛇蝎!”与此同时,郭沫若也写了《水调歌头·粉碎四人帮》,发出了“大快人心事/粉碎‘四人帮’”的欢呼,并且以一贯的方式做了政治表态:“拥护华主席/拥护党中央。”在胜利的欢呼声中,全国展开了“深入揭批‘四人帮’”的运动,文学沿袭几十年形成的习惯,对此进行了积极配合。但是,对于许多文学爱好者而言,这时候更感兴趣的已经不是报刊上公开发表的这些诗作,人们更愿意传诵的,是曾被严厉追查的“四五”天安门诗歌,是郭小川1975年秋天在团泊洼干校悄悄写下的《团泊洼的秋天》:“不管怎样,且把这矛盾重重的诗篇埋在坝下/它也许不合你秋天的季节,但到明春准会生根发芽。”

接下来引人瞩目的是文艺界的“拨乱反正”。首先是对“阴谋文艺”和“‘文革’文学”创作模式的批判。这种批判是与当时政治生活中开展的深入揭批“四人帮”的政治运动相配合的,文艺界在揭发批判“四人帮”政治路线的同时,首先把批判的锋芒指向了被认为是“四人帮”篡党夺权政治阴谋组成部分的文学作品,如《反击》、《欢腾的小凉河》、《春苗》、《决裂》、《盛大的节日》等。接着是对“三突出”创作原则、“根本任务论”、“主题先行论”等文艺思想进行批判和清算。与此同时,则是为在“文革”时期受到批判和否定的部分作品平反,如《三上桃峰》、《园丁之歌》等。受到高度追捧的是“文革”时期受到“四人帮”打击和压制的《创业》和《海霞》。其实，这些作品也同样带有“文革”时期的政治印记。

长达十年的“文革”给国家和人民造成了极大的危害，在以极端的形式摧毁了中国社会方方面面的同时，也葬送了自身的合法性。所以在“四人帮”被粉碎之后，否定“文革”的要求很快成为日益汹涌的社会思潮，并且在上层表现出来。“‘文化大革命’是一场由领导者错误发动，被反革命集团利用，给党、国家和各族人民带来严重灾难的内乱。”这是四年后写在《中国共产党中央委员会关于建国以来党的若干历史问题的决议》中的话。而在当时，迫切的问题是解决“文革”遗留的一系列历史问题，建构正常的社会政治秩序。“文革”是从思想文化领域发动的，文学界是“重灾区”，因此，为十七年文艺正名，为十七年文艺界领导人和广大作家平反昭雪，就成为一种历史必然。而要进行这一系列工作，就需要推翻“文革”中所奉为神圣的一系列文艺政策。因此，粉碎“四人帮”之后，文艺界面临的任务首先是推倒江青等人炮制的《纪要》对十七年文艺的整体评价。具体地说，也就是要首先推倒“文艺黑线专政论”和“黑八论”。所谓“文艺黑线专政论”，是“文革”中对十七年文艺领导集团及其路线的指控，也是文艺领导部门被摧毁、周扬等主要领导人被打倒的主要根据。所谓“黑八论”（“写真实”论、“时代精神汇合”论、“现实主义—广阔道路”论、“现实主义深化”论、“反题材决定”论、“中间人物”论、“反火药味”论、“离经叛道”论）其实不过是十七年文学中出现的对当时僵化的政治书写规范和政治化要求表示质疑或偏离的主张。它体现着现代文学的某些现实主义传统，却因为与极“左”的文学规范相抵触而成为政治问题，成了《纪要》所指控的主要内容。所以，在打倒“四人帮”之后，批判《纪要》、为十七年文艺辩诬正名，成为一个必然的环节。1977 年 11 月，《人民日报》编辑部邀请文艺界知名人士举行座谈会，批判“文艺黑线专政”论。茅盾、冰心、贺敬之、刘白羽等作家纷纷指出，“文艺黑线专政论”是“四人帮”强加的政治罪名和精神枷锁，只有彻底推翻，才能解放艺术生产力，推动社会主义文艺的繁荣。此后，《红旗》杂志和《人民日报》相继发表社论和文章，对“文艺黑线专政论”予以彻底的否定和批判。接着，《人民文学》、《文艺报》、《文学评论》等刊物也纷纷召开座谈会，深入揭批“文艺黑线专政论”。这一系列工作为新时期文学的发展扫清了道路，奠定了必要的基础，提供了最基本的条件。然而，却也暴露了新的问题。当时的文学发展面临着冲破各种禁区以恢复正常状态的任务，人们热烈欢呼第二次解放，热切盼望文艺春天的到来，但无论是对“毒草”的平反还是对“文革”意识形态的批判，都还未能深入，所以不会迅速带来创作的真正繁荣。长期存在的极“左”的政治路线及其影响之下形成的各种理论和观念不可能在一夜之间消失，它像枷锁一样严重束缚着人们的头脑。由于各方面的原因，文艺界的拨乱反正在一段时间里处于艰难的徘徊状态。

尤其重要的是,来自上层的“两个凡是”的思想路线,严重束缚着人们的头脑,延续着“文革”的意识形态和思维惯性,使文艺界的调整非常艰难。比如,人们致力于推倒“文艺黑线专政论”,实际的做法却不可能到位,因为毛泽东关于文艺问题的“两个批示”还在,根据“两个凡是”的原则,那是神圣不能侵犯的。既然如此,十七年文艺就无法得到高度评价,周扬和旧中宣部、文化部的领导人就无法摆脱沉重的压力。所以,文艺界的突围和解放还需要更加充分的条件。1978年5月开始的关于真理标准的大讨论终于为问题的解决打开了缺口,使一些人的思想得到了解放。同年年底召开的中国共产党十一届三中全会带来了历史性的大转折。“凡是派”思想路线的失败和实事求是思想路线的胜利,“以阶级斗争为纲”和“无产阶级专政下继续革命”两个口号的废止,实际上已经从根本上否定了“文革”的整个意识形态。至此,对“文革”的否定才成为可能,文艺政策的调整和文坛面貌的改观才真正成为可能。1979年5月3日,中共中央批转中国人民解放军总政治部关于撤销1966年2月《部队文艺工作座谈会纪要》的请示,《纪要》被撤销。几乎与此同时,发表了周恩来、陈毅等60年代初关于文艺政策调整的讲话。由此不难发现,新的主流意识形态试图确立新时期文学的政策基点。它是文坛“拨乱反正”的标志,其主要特征是否定“文革”十年和“回归十七年”。但这种理论上的努力显然是滞后的。因为伴随着思想解放运动的深入,被称作“伤痕文学”和“反思文学”的一些创作畅快地突破了理论的禁忌,不仅否定“文革”,而且对“文革”之前的历史开始了反思。

就创作而言,“文革”结束后最初几年的创作呈两极分化状态:一方面是一些作家勇闯禁区,走在时代前面反思历史,重新评价一系列历史事件;另一方面是大多数作家仍然笼罩在“文革”话语之下,沿着过去的惯性写作,使得一些新出版的作品往往不过是“文革”文学的改头换面,甚至是直接“将原来批‘走资派’的作品,简单地改为批‘造反派’”。[①] 这并不奇怪,因为中国作家经过多年的训练,已经习惯于被动地服务于政治,对于许多作家而言,没有新的红头文件,就不知道该说什么话,只有沿着过去的腔调继续说。另一方面,如果翻一翻当时的主流报刊,也会看到,虽然“文革”时代过去了,“文革”话语并未废止。

总之,在粉碎“四人帮”之后的最初几年,文学主题基本上是天安门诗歌主题的延续和扩展。“四五”运动中被压抑的主题大都得到了表现,被压抑的激情得到了抒发。但无论是欢呼胜利、批判“四人帮”的作品,还是怀念和歌颂老一辈无产阶级革命家的作品,都还存在着许多问题和缺陷。由于“四人帮”刚刚垮台,文

①中国社会科学院文学研究所当代室编:《新时期文学六年》,中国社会科学出版社,1985年,第12页。

学还不可能从“文革”时期的流行哲学和思维模式中解放出来，也不可能从长期形成的诗歌观念和创作方式中解放出来，更不可能立即挣脱长期形成的文学规范。所以，公式化、概念化、标语口号化的倾向还严重存在，大量作品粗糙而浮浅。欢呼胜利一定要表示拥护华主席，批判“四人帮”一定要说他们复辟资本主义，对老一辈无产阶级革命家的缅怀与歌颂也没有摆脱造神的模式。然而，文学毕竟开始复活，开始挣脱种种禁锢，开始走上解放的历程。

第二节　作家队伍的重建与现实主义的复苏

“文革”结束之后，文学的复苏和发展过程，本身也是一个创作队伍重建的过程。文学是作家创作的，有什么样的创作队伍，就有什么样的文学作品。“文革”结束之后的平反冤假错案之举，使一大批在不同历史时期被迫告别文坛的作家陆续“归来”，改变了创作队伍的基本结构。加上一批新秀的加入，使得80年代的创作队伍与以往大不相同，从而改变了文学的面貌。

“文革”结束之后，最先归来的是“文革”当中被打倒的作家。他们从监狱、农场或干校归来，重新走上文坛，重新走上领导岗位，是“文革”后文坛集结的第一批作家。他们是随着“文革”的开始被迫离开文坛的，所以他们“拨乱反正”的理想大多以“回归十七年”作为标志。如果文坛完全以他们为主导，也许不会走得更远。但是，随着思想解放运动的深入和中国共产党十一届三中全会的召开，巩固了思想解放运动的成果，又推动了进一步的思想解放，政治生活中开始更深入的历史反拨，冤假错案的平反不再限于“文革”十年，而是扩展到更长的历史。众所周知，从50年代开始，由于政治运动不断，一批又一批作家已经蒙冤受屈，陆续离开文坛，比如“胡风反革命集团”、“丁、陈反党集团”、“利用小说反党”的“《刘志丹》案”，等等。尤其是1957年的“反右”斗争扩大化，使五十五万多人被错划为右派。文艺界是重灾区，如冯雪峰、丁玲、艾青、公木、公刘、白桦、邵燕祥、流沙河、林希、高平、王蒙、刘绍棠、丛维熙、邓友梅、李国文、张贤亮、刘宾雁、高晓声、陆文夫、方之等长长一串名字，都在当年被错划为右派，经历了二十多年的坎坷和苦难。由于平反冤假错案，他们“归来”了，重返文坛，重新拿起笔。二十多年的社会底层生活使他们对社会生活有了更加深刻的体验和深入的思考，有了丰富的积累和强大的创作动力。更为重要的是，由于他们是1957年或1957年之前蒙受冤屈的，所以他们所要进行的“拨乱反正”，就决不会满足于回归十七年，也不会再满足于只是对林彪、“四人帮”和“文革”罪恶进行揭露和鞭挞，而是要对极“左”路线的危害进行更久远的历史追寻。对生活的体验难免打上个人命运的印记,1966年才被打倒的作家归来之后要回归十七年,王蒙等1957年被驱逐的作家就不能接受,因为在他们的生命体验中,苦难并非只有十年;同样,在王蒙的记忆里,1957年以前的中国社会可以美好得“像天堂”(见《悠悠寸草心》等),而早在1955年就被打翻在地的“胡风集团”却不会认同。正是这种情况,使得文坛对拨乱反正的目的地——也就是“正”之所在的理解发生了分歧。80年代的文学正是在这样一个背景上向前发展的。

最先出现的是被称为“伤痕文学”的小说、反映社会生活问题的“社会问题剧”和揭露社会阴暗面的报告文学。1977年11月,刘心武的短篇小说《班主任》在《人民文学》发表,立即引起了广泛的社会反响。这个作品虽然不可避免地保留了时代发展的限制所留给它的痕迹,但它第一个以艺术形象向刚刚过去的那个时代提出了质疑。小说使人们看到,正是“文化大革命”使青少年一代步入歧途,受到严重的毒害和扭曲。它的可贵之处在于不仅写出了“文革”动乱造就了宋宝琦的愚昧无知,而且写出了所谓“好孩子”谢惠敏精神上被严重扭曲的现实。如果说宋宝琦是由于社会动乱和学校正常教育被破坏而变成了小流氓的话,根正苗红的班干部谢惠敏则由于极“左”的政治思想的毒害而成为思想僵化、迷信教条、完全失掉自我和独立思考能力的时代畸形儿。小说揭示了“文化大革命”给孩子们留下的严重内伤,通过他们的畸形性格反映了那个时代的畸形本质,发出了“救救被‘四人帮’坑害了的孩子”的时代呼声。

1978年秋天,又一篇勇闯禁区的小说——卢新华的《伤痕》在《文汇报》发表。它写的是“文化大革命”中残酷的“阶级斗争”和“血统论”给人们心灵上造成的巨大创伤。在《伤痕》的带动下,描写“文革”伤痕的作品如雨后春笋般地出现了。小说方面影响较大的有郑义的《枫》、孔捷生的《姻缘》、陈国凯的《我应该怎么办》、从维熙的《大墙下的红玉兰》、冯骥才的《啊!》、莫应丰的《将军吟》、周克芹的《许茂和他的女儿们》等,诗歌中出现了李发模的叙事诗《呼声》、流沙河的《故园六咏》等,戏剧创作出现了影响广泛的话剧《报春花》、《权与法》、《救救她》等。这些作品形成了“伤痕文学”的创作大潮,蓬勃发展的时间是1978年到1980年。它使文学迅速从“假大空”的歌颂模式中走出,直面血泪人生,揭开了新时期文学动人的第一页。它是一种控诉和批判的文学,在这控诉和批判中,尤其可贵的是站起了“人”的形象。至少在一部分作家笔下,人逐渐开始成为思考问题的出发点。

在“伤痕文学”方兴未艾之际,一种新的创作现象在伤痕文学的基础上出现了,当时的人们把它称作“反思文学”。艾青、公刘、白桦、邵燕祥、雷抒雁等人的诗,鲁彦周、茹志鹃、李国文、高晓声、王蒙、张贤亮、陆文夫、张弦、古华、张一弓等人的小说,以及崔德志等人的戏剧,体现了反思文学的主要追求。艾青的《光的赞歌》、白桦的《春潮在望》、张志民的《祖国，我对你说》、雷抒雁的《小草在歌唱》、未央的《假如我重活一次》、林希的《无名河》、杨牧的《站起来，大伯》等都以深沉的感情对当代历史作了沉重的回顾。从鲁彦周的《天云山传奇》、茹志鹃的《剪辑错了的故事》、高晓声的《李顺大造屋》、张弦的《记忆》、张一弓的《犯人李铜钟的故事》、古华的《芙蓉镇》、李国文的《冬天里的春天》、张贤亮的《灵与肉》和后来的《绿化树》等作品，可以看到这股反思潮流的基本面貌。反思文学带着深沉的感情和强烈的社会责任感对当代历史作了沉重的回顾。

在对历史进行反思的同时，作家们开始思考当前生活中存在的问题。这是一个题材扩大的过程，也是一个主题开拓的过程，同时也是一个突破禁区的过程。“文化大革命”的悲剧可以写了，“文革”之前的问题也可以写了，那么，当前生活中存在的问题和阴暗面能不能写？诗歌《将军，不能这样做》(叶文福)、《请举起森林般的手，制止！》(熊召政)，剧本《假如我是真的》，小说《人到中年》(谌容)、《人生》(路遥)等以艺术家的良知勇敢地揭示社会生活中的种种问题，发出深沉而激越的呼吁，其目的在于救治社会的弊端。其强烈的政治和道德激情显示着作家们一片忧国忧民之心，体现着一种强烈的社会责任感。与此同时，《爱是不能忘记的》、《方舟》(张洁)、《未亡人》(张弦)等则把反思扩展到爱情、婚姻等社会生活的各个层面。

对社会问题的揭示和思考必然导致对改革的呼唤。伴随着时代的拨乱反正和改革开放，文学从反映伤痕开始，继而追溯伤痕的成因和来龙去脉，然后进入改革的呼唤和反映，这是一个自然的发展过程。同时，就在作家们开始揭露和反思的时候，生活中的改革已经开始，小岗村人已经悄悄签下后来进入中国革命历史博物馆的那份协议，以其勇敢和决绝告别了公社化的道路，国有企业也开始整顿被破坏的生产秩序。正是在这个背景上，改革文学应运而生，成为80年代初期文学的又一主潮。开改革文学之先声的作品是蒋子龙的《乔厂长上任记》。接着出现的是柯云路的《三千万》，中篇小说《祸起萧墙》(水运宪)、《赵镢头的遗嘱》(张一弓)，话剧《灰色王国的黎明》(中杰英)、《血，总是热的》(宗福先、贺国甫)是这个潮流初期的突出代表。面对农村悄然兴起的经济体制改革，文学的表现略显滞后，因为在许多作家的头脑中，仍然存在高晓声在《陈奂生包产》中所写到的那种观念：“包产就是单干，单干就是走资本主义道路。”在这一方面，较早引人瞩目的是何士光的短篇小说《乡场上》和《种苞谷的老人》等作品。这些小说的可贵之处，不只在于及时地反映改革，而且在于它对改革的认识所体现出来的“人”的目光和角度。《乡场上》为农村改革叫好的理由是它使冯幺爸们在干部面前直起了腰。蒋子龙的《燕赵悲歌》不仅写出了农村拓宽道路之后经济的大飞跃，而且注意到农民精神素质所发生的巨大变化。贾平凹的《小月前本》、《鸡窝洼的人家》,路遥的《平凡的世界》等作品所关心的不仅仅是生产方式和经济结构的变革,而是改革之中人的思想感情、道德观念和文化心理的变化。矫健的《老人仓》,张炜的《秋天的思索》、《秋天的愤怒》以审视的目光看改革,使对改革的表现进入一个新的层次,他们看到的是老人仓和芦青河边的劳动群众并没有在改革中站立起来,因而表现了新的愤怒与忧思。

李国文的《花园街五号》、柯云路的《新星》、张炜的《古船》,这三部长篇小说在表现改革的必要性和迫切性以及改革的目标、方向和阻力等方面的成就是突出的。《花园街五号》以历史的晓喻之法反映改革的必要性和必然性,提出改革的核心应该是把权力真正交给人民,使历史的发展不受阻挡。它显示了改革文学对于改革进行的理论思考所达到的高度。《新星》系统而全面地展示了中国改革的历史画面,充分显示了历史的沉重。《古船》通过农村几十年的历史曲折反映了改革的历史必然性,反映了农村拓宽道路之后农民的生活条件和精神素质所必然要发生的巨大变化,同时也充分揭示了历史的沉重和改革的艰难。

从伤痕文学到改革文学,作家们更多表现的是一种政治经济意识和关于道德的思考。文学追求的主要还是社会功能,它的主旨所在是推动社会变革,它的历史功绩也在这里。在这个发展过程中,现实主义是文学发展的主流,虽然已经有意识流和荒诞小说的尝试,但只是表现形式和手法的一般借用。

现实主义文学的复苏缘于一个历史的契机,即 1978 年开始的思想解放运动和社会生活各个领域的拨乱反正。那是一个历史车轮转向的时刻,思想理论界发生了一系列讨论和争论。在那些论争中,"实践是检验真理的唯一标准"的观念,"解放思想,实事求是"的原则,从根本上保证了文学能够从"瞒"和"骗"中走出,努力走上抒真情、说真话、真实反映现实生活和真实表达人民心声的现实主义创作道路。就文学而言,理论和观念上的几点变化是值得注意的:

第一,文学的真实性原则和批判职能得到了广泛认同。在文学努力挣脱"假大空"模式,以新的姿态前行之际,文学界发生了关于文学"写真实"和关于歌颂与暴露问题的争论。现实主义传统的恢复和发扬首先表现于禁区的突破。文学冲破过去的种种限制,以艺术的良知和崇高的社会责任感反映了人民普遍关心的一系列社会问题。各种题材禁区的突破显示了文学现实主义精神的强化,增强了文学表现生活的力度和广度。但是,在"伤痕文学"出现之后,却引发了一场关于"歌德"与"缺德"的争论。1979 年,《河北文艺》发表了李剑的《"歌德"与"缺德"》一文,打着文艺要为社会主义歌功颂德的旗号,为正在受到否定和唾弃的所谓"歌德派"鸣不平,坚持要歌颂而不要暴露。文学创作如何处理歌颂与暴露的问题,是几十年中一直没有得到很好解决的一个问题。经过历史的教训,人们已经意识到,文学固然可以歌功颂德,但它决不应该美化现实、粉饰生活、掩盖矛盾,更不应该回避严重存在的社会问题,在人民的疾苦面前闭上眼睛。因此,《“歌德”与“缺德”》虽然不乏支持者,却理所当然地受到大多数人的反对。争论的结果是在理论上进一步确立了现实主义文学的主流地位,进一步否定了“假大空”模式。

论及本时期现实主义文学的复兴,还不能不看到创作主体力量的变化。1979 年前后,一支新的力量登上文坛,并以强大的生命力冲击着文坛,从根本上改变了文学的面貌。这支力量由两部分人组成:一部分是 1957 年被错划为右派的作家,他们在中国社会的最底层生活了二十多年,亲眼目睹了社会生活的真相,希望能够真实地再现这一切,他们也有许多痛苦的思考,有许多被压抑的感情,迫切希望得到抒发。另一部分是在“文革”岁月里成长起来的年轻的作家,他们大都有着“文革”的亲身体验和上山下乡的经历,对生活有着深切的体验和思考,他们也与右派作家们一样有着真实表现生活和表达内心的迫切要求。这两部分作家在特定背景上的崛起,使中国文学走向现实主义有了一支强大的力量。

第二,民本思想在文学中兴起。对于文学发展而言,作家立足点的变化是非常重要的。在思想解放的背景上,中国作家很快重新确立了一个基本立足点:人民。在此前几十年中,人民在口头上一直是伟大的,甚至是人民至高无上,但这个“人民”的概念却是空洞的,是一个难以确认的能指。人们能够找到的具体的人民,从来没有神圣过,而且发不出声音。作家们已经习惯了眼睛向上,望着权力的指挥棒,习惯了歌唱红太阳。人民或者是围着太阳转的向日葵,或者是被拯救者,或者是等待阳光雨露的禾苗,与理论上的主体地位极不一致。在反思文学思潮中,这种现象发生了很大改变。作家们开始目光向下,关注百姓的命运。他们不再热衷于歌唱太阳,而开始歌唱大地,歌唱大地母亲,为大地母亲诉说他们的不幸,为大地母亲发出他们的呐喊。在诗人的笔下,大地常常是人民的象征,母亲也常是人民的象征。那些觉醒的作家们了解人民的苦难,也意识到自身的职责,开始学习彭德怀,把“为人民鼓与呼”作为神圣的职责。正是这一切,造就了《剪辑错了的故事》(茹志娟)、《冬天里的春天》(李国文)、《犯人李铜钟的故事》(张一弓)等作品。李国文让他笔下的于而龙痛苦地意识到:一些悲剧的发生,都因为忘掉了人民,背叛了人民。

第三节 回归“人的文学”

十年“文化大革命”,最突出的特征是不把人当人,最惨痛的悲剧莫过于对人的摧残与扭曲,所以,噩梦过去,痛定思痛,重新回顾这段历史,就难免有人要恢复人的地位,恢复人的价值和尊严。正因为这样,新时期的文学一开始就在某种程度上承担了这一历史任务。“伤痕文学”进行政治控诉,表现人的精神和心灵上的创伤,也就表现了人的尊严和价值的失落,控诉极“左”政治,罪状的举证是它对人的摧残和扭曲,这就隐含了一个主题:恢复人的价值与尊严。正是这种关心的角度,开启了文学回到“人的文学”的道路。

《班主任》成为一个新的历史时期的起点,并不只是因为它否定“文革”,而是在于它反映了现实的一个角度。“五四”时期,鲁迅曾经以“救救孩子”的呼声开启了一个文学的新时代。半个多世纪之后,刘心武再次发出了“救救孩子”的呼声。虽然两次“救救孩子”的呼喊有着不同的历史背景,后者也无法企及前者的思想高度,但同样标志着人的觉醒。鲁迅的呐喊表现了“五四”一代先驱反对吃人文明而争取人的解放的愿望,刘心武的呼声则表现了“文革”过去之后一代觉醒的中国知识分子要求从专制主义的愚民政策中挣脱出来的历史要求。事实上,两次呼喊虽然直接控诉的对象极为不同,并且后者更多的是一种政治控诉而不是文化控诉,但指向的却是同一个历史主题——人的解放。两次呼喊显示了20世纪中国知识分子的努力,也显示了人的解放这一主题在文学中的断而复续。刘心武说:“无产阶级的革命人道主义,是马克思主义解放全人类光辉思想的集中体现……怎么能一提及人道主义,便认为是资产阶级的口号,仿佛无产阶级就不能有自己的人道主义呢?”(《〈大猫眼〉后记》)。所以,继《班主任》之后,他发表了《我爱每一片绿叶》、《如意》、《这里有黄金》等,无不渗透着人道主义思想,体现着他对人情、人性和人道的关注。

宗璞的《我是谁?》描写了正常人被列为“专政对象”之后的情景:孟文超终于受不了侮辱和折磨而自杀了,他的妻子韦弥精神失常,不再清楚自己究竟是什么,是“牛鬼蛇神”、“黑帮的红狗”,还是“凶恶的魔怪”? 但无论如何,她不再是人。“文化大革命”已经剥夺了普通人应该享有的人格尊严与一切权利。宗璞在小说中写韦弥在幻觉中仿佛看到许多骷髅、蛇蝎、虫豸在咬人,而且“他们想拆散、推翻这‘人’字,再在人的光辉上践踏、爬行”。然而,作家却坚信,这个“人”字是拆不散的,推不翻的,人的光辉也是不可能被完全被践踏的。这不仅是宗璞一个人的认识,也是当时不少作家的共识,因此才出现了许多在“文革”这样的大悲剧的灰暗背景上表现人的光辉、表现美好人性的作品。《三生石》就是一个突出的代表。小说不仅生动地描写了“文革”时期不把人当人的残酷现实,而且以更多的笔墨写了普通知识分子身上放射出来的人的光辉,菩提、方知和陶韵慧,虽然同样面临着“文革”的灾难,处于艰难的境地之中,却有着崇高的友谊和爱情,他们互相的爱给世界增添了光彩,也使他们看到了光明,获得了生活的勇气。写这一切,因为作家认为人世间迫切需要人与人之间的关心和体贴。作家呼唤的就是这种人与人之间的关心、体贴和爱护,是一种美好的人情。舒婷等人的诗也正是在这一背景上受到了广泛欢迎。

作家们在表现生活的时候,开始从人的视角去进行思考和表现,而不只是从政治的、阶级斗争的角度去分析和理解生活。冯骥才的《铺花的歧路》、《啊!》,谌容的《人到中年》、《真真假假》,古华的《芙蓉镇》,戴厚英的《人啊,人》,张洁的《爱,是不能忘记的》,崔德志的剧本《报春花》,赵国庆的《救救她》等都从人的角度来思考问题,反映生活。它们在很大程度上也是对人的价值和尊严失落过程的一种回顾。在现代社会,人应该具有更多的自由,人的一切潜能理所当然地应该得到更充分的发挥,人应该得到更多的尊重,人性也应该发展得更完善。可是,不幸的历史却使人们看到,事实恰恰相反,人的价值、尊严、自由和权利都彻底地丧失了,人的情感和生命遭到无情的践踏,人与人之间的关系也被严重污染,人性被扭曲……这些作品的基本表现方式是展示人的悲剧,以展示人的被毁灭、被摧残,人性的被扭曲而为人、人性呐喊呼吁,正是这一切,使文学重新成为"人的文学"。

在这个过程中,文艺界发生了关于文学与人性、人道主义的讨论。对于人性、人道主义问题的研究在此前的几十年中往往被简单化的政治批判所断送。人性成为创作和研究中的一个禁区,一提到人性,就会被斥为资产阶级人性论。随着新的时代的到来,人性开始在创作中有了较多的表现,而且成为理论界关心的重要问题。当然,人们的看法是不会一致的。对于"人性"这一概念,人们有种种不同的理解。但大多数人已经不认同狭隘的阶级论观点,而承认除阶级性之外,人类存在共同的人性。讨论中一种观点被文学界相当普遍地接受,即人性既有阶级性的一面,又存在共同性的一面,共同人性是人的自然属性基础上形成的社会属性与阶级属性的辩证统一体。

与此同时,人道主义问题在理论界成为讨论的热点。对人道主义及其在文艺创作中的表现,讨论中基本上给予了肯定。当然,认识也是不会一致的。一般认为,人道主义有狭义和广义的两种理解,狭义的人道主义指的是欧洲文艺复兴时期新兴资产阶级反对封建、反对宗教神学的一种思想和文化运动。广义的人道主义是泛指一般主张维护人的尊严和权利、重视人的价值、要求人能够得到自由发展的思想和观点。关于人道主义问题的论争涉及一系列的问题。其中很关键的一个问题是如何看待马克思主义同人道主义的关系和社会主义社会有无异化现象的问题。有人认为,不应该把马克思主义与人道主义对立起来,也有人认为马克思主义是最高层次的人道主义,有人则反对把马克思主义融化在人道主义之中。无论怎样不同,但在争论中,它给文学创作的启迪是人道主义并不只是资产阶级的意识形态,文学中应该有它的一席之地。人们认识到马克思始终是把共产主义同人的价值、人的尊严、人的解放和人的自由等问题联在一起的,虽然不能把马克思主义归结为人道主义,但马克思主义是不排斥人道主义的。同时,人们看到了在中国的现实中,现代迷信就是思想上的异化,官僚特权就是政治的异化等一系列问题。虽然人们最终难以取得统一的认识,而且许多作品都曾因人道主义而受到批评,但这批评和争论本身却有力地推动了人情、人性、人道主义在文学创作中的发展。

正是在这个过程中,80 年代文学实现了与"五四"文学的历史对接。

第四节 "85 新潮"与多元格局的形成

1985 年前后,中国文学发生了一个大变化,文学的主流消失了,原来基本一元发展的状态结束了,呈现出多元发展、五彩缤纷的新局面。在这个转换时期,文学获得了一系列新的因素,其中最重要的,是文化意识、生命意识和现代观念。从 1985 年到 1989 年,是一个空前繁荣的时期,文坛出现了一个个新的潮流,作品呈现出种种新的面貌。

首先引人瞩目的是寻根运动及其带来的文化意识。正式举起"寻根文学"旗帜的是一些创作力非常旺盛的青年作家。1984 年,在特定的政治文化背景中,一些青年作家开始寻找文学新的出路。这些青年作家是韩少功、阿城、郑义、郑万隆、李杭育等。他们纷纷撰写文章发表新的文学见解,提出新的理论主张,很快成为一个遍及全国的文学思潮。按照他们的理解,文学应该有它的根,根不深则叶难茂,文学不应该根植于政治,而应该根植于文化。

寻根文学不是突然发生的。就 80 年代文学自身的发展提供的基础看,反思文学的中心主题是对当代政治进行反思,但在文学经历"伤痕"进入"反思"之后,在一些作家的作品中,历史感、文化因素以及民俗学价值已经越来越强。邓友梅、汪曾祺、刘绍棠、陆文夫等已经较早地注意到了风俗民情和地方文化岩层的开掘。邓友梅的《那五》、《烟壶》,刘绍棠的《蒲柳人家》,汪曾祺的《受戒》、《大淖纪事》和陆文夫的《美食家》等作品已经显示了对文化传统和文化心理的关注。这些作品显示着文学从政治反思进入了文化反思。这种反思毫无疑问是反思文学的一种深化。从文化背景看,它是中国社会变革和中西文化撞击的产物。中国的改革是从经济开始的,改革的步伐的确并不轻松。寻根文学是这种危机面前的一种反应。随着人们现代化要求的日益迫切,现代观念与传统文化之间的冲突日益尖锐。在这种冲突面前,作家们必然要作出他们的选择。从文学本身来看,它又是文学主体意识觉醒之后的必然选择。在过去相当长的一段时间内,人们只强调文学的社会政治内容而往往忽视其文化内容。进入新时期,虽然在理论上力争文学不再从属于政治,但创作实践中所依恃的却仍然是一种特定的社会变革时期的政治热情。随着时间的推移,作家们清楚地看到了这种作品的现实境地和历史命运,于是努力寻求超越,自然从政治进入文化。因此,对于某些作家来说,它又是文学对政治的一种逃避性超越。

在为文学寻根而走向文化时,一些作家不幸地发现,中华民族的文化传统已经断裂,所以,他们的寻根又不得不首先面对文化,由为文学寻根,扩展到为文化寻根。因此,作家们无法避免对文化的选择,在进行选择的过程中,由于见解的不同,人们表现出了相当大的差距。这些差距显示了几条不同的路径:(一)寻找传统文化之根,努力弘扬其优良之处,以求救治当代社会弊端。(二)关注文化惰性,以文学形式推动传统文化的变革和重铸,走向了“五四”时期以鲁迅为代表的文化批判之路。(三)走向深山老林或荒原大漠,表现远离都市文明的半原始生活,寻找固有的淳朴与自然,满足现实无法实现的梦想。这三种倾向虽然相互矛盾,却都与我们时代的变革密切相关,表现了对现实文化的态度。当然,涉及对具体传统的评价,必然要面对许多矛盾,而且要引发不同文化方向的冲突。

其次是性意识的觉醒与生命意识的高涨。最先引人瞩目的是张贤亮、王安忆等人的小说和唐亚平、伊蕾等人的诗。此后,贾平凹、铁凝、刘恒等一大批作家都不约而同地进行探索,表现出对性行为和性心理的热情关注。对于文学中的性意识,人们的看法很不相同,但是,就在肯定和否定的争论中,性意识迅速向各种题材和主题的作品渗透,文学创作中的性意识空前强化,性行为和性心理的描写空前增多,文学出现了一个真正的“性大潮”。继《男人的一半是女人》(张贤亮)和《小城之恋》(王安忆)之后,文学创作迅速具有了一种“性意识”。

在这种性意识的影响下,文学发生了一系列变化:文学对人的关注不再仅仅关注政治、经济、道德等方面,并且以极大的热忱开始关注人的生命,关注人的原始生命力,关注人的性欲冲动,在对人的描写中,不再回避性行为和性心理,而是通过性意识这一焦点透视人生,跨越文明铸造的人格表层而直达生命冲动和原始本能;文学不再仅仅为摆脱野蛮和愚昧而呼唤文明,而是痛感于人的本性的扭曲和异化而热切地呼唤人的自然属性;文学不仅表现和张扬着清醒的理性,而且充分强调人的非理性的内容,强调着人的本能和原始冲动的强大力量;在文学的审美意识中,人的生命活力和生命强力受到了文学的热情赞美,与之相关的野性、粗犷和强悍成为非常美好的因素,而怯懦、软弱等生命力退化的表现成为文学表示忧虑和叹息的对象。这一现象不仅是对使人异化的文明的一种反抗,而且对于文学深入地探讨人性、完整地表现人有着积极的意义。

在“85 新潮”中,更具有创新意义的是“现代派”的大面积出现。在此之前,中国文学的现代主义尝试早已开始。产生于“文革”后期的朦胧诗可谓最先的萌芽。1978 年底,油印诗歌刊物《今天》在北京的民间诗坛诞生,这是“文革”时期以白洋淀为中心的地下诗坛的第一次公开显示，同时又是各地与之风格相近的诗人的第一次大规模聚集。它虽然是一份油印刊物，却拉开了一场诗歌革命的大幕。以《今天》为中心，新的诗人队伍开始集结，北岛、江河、顾城、芒克、舒婷等都以各自的艺术光彩从这里升起。与此同时，在恢复高考之后的大学校园里，大学生刊物如雨后春笋，带来了新诗潮的迅速壮大。徐敬亚、王小妮、高伐林、王家新等名字就是从校园走向了朦胧诗阵营。朦胧诗的产生固然不排除西方现代文艺思潮对它的影响，但更主要的原因是中国现实的社会生活。它是荒谬的时代生活在一代青年心灵上留下的投影和引发的回声。朦胧诗以陌生面孔和挑战者的姿态出现，冲击了传统审美规范和批评准则，带来了一场巨大的艺术变革。与此同时，1979 年到 1980 年，王蒙借鉴意识流表现手法连续创作了《夜的眼》、《布礼》、《春之声》等一批与传统现实主义小说大异其趣的作品，在文艺界引起广泛的关注。宗璞的《我是谁?》等小说更明显地带有现代派的色彩。1980 年，《文艺报》第 9 期、第 12 期开辟"文学表现手法探索笔谈"专栏，结合创作中的新探索，就一些文学观念进行讨论，王蒙、宗璞、张洁等一批富有探索精神的作家也纷纷撰写文章，为现代派文学鸣锣开道。这次讨论对于现代派文学而言，迈出了虽然谨慎但却重要的一步。由于王蒙的探索获得一定成就，意识流开始在小说中得到广泛应用，不少作品还采用了象征、怪诞等其他现代派常用手法，从而形成现代主义全面推进的态势。稍后不久，1981 年高行健出版《现代小说技巧初探》，在文艺界产生了极广泛的影响。1982 年，徐迟在《外国文艺》第 1 期发表文章《现代化与现代派》。《文艺报》于同年第 11 期开辟"讨论会"专栏，此后一年多的时间，先后发表了大量争论文章。这些争论虽然往往带有严厉的批评，却在客观上扩大了现代派的影响。在这个过程中，张辛欣的《在同一地平线上》等小说和高行健的《车站》等剧本引起了人们的广泛关注。然而，现代派文学在 80 年代初期一直是边缘的，未能进入主流。

到了 1985 年，新潮的涌起显示了现代主义向文学的全面渗透，同时也意味着中国的现代派文学走向成熟。这一年，刘索拉的《你别无选择》和徐星的《无主题变奏》相继问世，使中国小说的发展进入一个新阶段。刘索拉和徐星引起的震动还没有消逝，莫言的《透明的红萝卜》、《红高粱》，残雪的荒诞小说再次引起社会震动。同时，一个现代派小说创作的青年群体开始形成，除刘索拉、徐星、残雪外，蒋子丹、陈村、陈染等都成了这个群体的重要成员。现代派小说无疑进入了它的黄金季节。《你别无选择》以蒙太奇式的快速转换和自由拼接的方式，描写了 80 年代中国一所音乐学院中的生活。变革的时代已经开始，新的观念涌入大学校园，年轻的生命试图自由伸展，而学校却仍然坚守着一套固定的程式，严重压抑着学生的个性，因而矛盾和冲突是不可避免的。年轻人的自由个性及探索精神与学校的僵化体制及陈旧观念的冲突是小说的基本冲突。在变化的生活与僵化的原则之间,在旧的体制与自由的个性之间,在继承传统与探索创新之间,作者显然倾向于后者。对传统文化规范的挑战和对自我价值的寻找构成了这部小说最基本的主题。《无主题变奏》的主人公是一个追求个性自由而特立独行的青年,个性主义的价值观使他在抗拒社会对人的异化时展示了自身的强大,但又使他充分感到了现代人的孤独和空虚。莫言的《红高粱》等作品借助作者超常的感觉能力和想象能力而充分张扬了人的原始生命力,对人性中各种复杂的构成进行了生动的揭示。他对中国人"种的退化"的思考,对人性丑恶的揭示,以及某种非理性色彩,都给他的作品带来了独特性。残雪的《山上的小屋》、《苍老的浮云》、《黄泥街》等小说展示的是一个当代中国读者非常陌生的世界。在她的作品中,我们看到的是一个阴暗而丑恶的世界,在这里,世界是阴暗而丑陋的,人性也是阴暗而丑陋的。生活中的人时时处于怀疑、恐惧、仇视和痛苦之中。人与人之间只有怀疑、戒备与仇视,而不可能有理解、信任与温情,甚至在亲人之间也无不如此。在她的作品中,母亲在窥视和算计女儿,父亲在夜里变成狼,男女之间有的只是丑陋的兽性。这一切都展现了作家对世界和人生的理解,充分表现了世界的荒诞。

在出现热潮的同时,现代派文学开始进一步分化,有三个现象是需要注意的:一是"第三代诗歌";二是王朔为代表的小说;三是马原、洪峰和余华、格非等人的小说。

"第三代诗歌"是一个相当壮观又相当杂乱的诗歌浪潮。在关于朦胧诗的论争激烈相持因而朦胧诗的地位尚不确定的时候,第三代诗人大部分在校园里接受了朦胧诗,并且成为朦胧诗的拥护者和追随者。但朦胧诗人在他们心中竖立的偶像只是暂时的。北岛们以反传统的英雄姿态崛起,充当了人道主义美学回归的先驱,并创造了以人文精神为特征的诗美的高峰。而这一切在新生代诗人看来已经过于传统、过于古典,而且难以企及。这一代人没有朦胧诗人那种对于苦难历史的切身体验,没有那些由痛苦经历所酿造而成的厚重诗情,所以他们无法接受和传承朦胧诗人那种启蒙立场和悲壮承担。于是,他们高呼着"打倒北岛"、"告别舒婷"的口号,宣告"北岛、舒婷的时代已经 Pass"。他们开始挣脱朦胧诗的创作程式而寻找新的艺术规范,开辟自己的艺术疆域。1986 年,安徽的《诗歌报》和《深圳青年报》联合举办"中国诗坛 1986 现代群体大展",全景式地展现了其流派林立的纷纭景观和前倾姿势。以此为标志,第三代诗群以不可遏制的生机和漫山遍野的气势正式完成了对诗坛的占领。它以对朦胧诗的挑战显示出不同于朦胧诗的美学品格:一是"反英雄"、"反崇高"的价值观念,二是"反意象"、"反优雅"的艺术观念。正是这两点构成了新生代诗歌的显著特点,显示了他们的反叛与创新。

王朔早在70年代末就开始了创作,但其作品引起人们的注意却是80年代后期。在他众多的作品中,最引人瞩目并且显示着独特风格的是《顽主》、《玩的就是心跳》、《一点正经都没有》、《千万别把我当人》等作品。这些小说展示了一个独特的世界——顽主们的世界。这个世界中的人物大多是一些城市中的“痞子”、“混混”和“多余人”。从精神特征上看,他们与徐星《无主题变奏》中的“我”有着血缘关系,反抗和寻找是他们精神的起点。但是,在王朔的小说中,那些努力寻找自身位置的青年已经改变了生活态度。他们对周围的一切感到不满,却对其无能为力。既然没有力量改变现实的一切,似乎反抗和追求就是自讨苦吃。于是,他们就以玩世不恭的态度对待一切,不再严肃地对待生活。他们随波逐流,在荒诞的生活中寻找短暂的轻松和快乐。张承志、张抗抗笔下的人物为寻找某种终极价值而痛苦,张辛欣、刘索拉笔下的青年为寻找自我价值而焦躁不安。在王朔的笔下,那些青年似乎已经看透,不再为此而折磨自己,而是以混世的态度轻松而麻木地活着。他们学会了调侃和嘲弄,嘲弄社会,也嘲弄自己,“一点正经也没有”。这些顽主的行为和态度构成了对社会和传统中不合理现象的否定,因为他们貌似极不认真的调侃常常是一针见血的,对传统和权威意识形态进行的调侃和嘲讽真真假假,不露声色,油腔滑调中表现着机智和锋利,形成一种特殊的反讽效果。化神圣为滑稽,是王朔非常重要的艺术手段,具有很强的消解力量,赢得了广大读者的喜爱。作为作家,王朔拒绝充当人类灵魂的工程师,而是以“玩文学”和“码字工”自居,拒绝严肃和深刻。因为他认为人已活得不易,文学不应该再添累。他要做的,就是为人们逗乐解闷,让人活得轻松些。[①] 由此可见王朔对于文学的理解和作为作家的自我定位。

80年代后期,马原、洪峰、余华、苏童、格非、孙甘露等连续推出一大批颇具怪异意味的小说。对这股小说潮流,评论界曾给予各种名称,如先锋小说、后新潮小说、后现代小说,等等。尽管名目繁多、着眼点不同,但在以下这点上评论界的认识却是一致的:这类小说探索的主要方向在于小说的形式方面,追求的不是“写什么”,而是“怎么写”。其主要特点表现在以下几个方面:首先是意义的消解。过去的作品注重的是价值层面,形式是为内容服务的。马原等人的作品表现了相反的态度。马原的《拉萨河女神》首先向传统阅读开了一个不小的玩笑,其中的“女神”不过就是人们用泥沙堆积的一个初具女性特征的雕像,而整篇小说也不过叙述十来位青年在拉萨河边的一天的生活和几个互不相关的故事。洪峰的《极地之侧》虽然一连叙述了七个关于死亡的故事,但每叙述完一个就立即

①江汛:《“顽主”王朔》,《文学报》1992年5月14日。

推翻，使小说的意义不断构成又不断消解。这些作家喜欢嘲弄意义，因为在他们那里，不但代表着终极价值的上帝已经死去，就连普通人所拥有的这个平凡世界也是不确定的、混乱的、无意义的，人在世界中不再拥有崇高位置。虽然对于中国80年代的这群年轻作家来说，消解意义并非消解所有的意义，颠覆传统也是必要的，但其结果，却往往是从根本上嘲弄了人的理想、精神和理性追求，消解了人类自身。其次是重视现象和个人的感性体验。唯物哲学中现象是作为本质的表征而存在的，对现象的描写即意味着向本质的掘进。后新潮小说家们所推崇的现象却不是如此，在他们看来，无论是客观外在世界还是主观心理世界，都混乱不堪，不可确证，唯一可以确证的只有感性个体对世界的感觉、体验和想象。因此，他们不再热衷于宏大叙事，而热衷于个人的体验，无论这体验是多么的琐碎和平庸，他们都津津乐道。再次是对形式本身的极端强调。这些新潮作家为了传达他们的新体验并有意造成对传统意识形态的疏离，把形式创造提升到小说本体的地位来对待。他们的形式探索首先表现在小说的虚构观念。一般说来，传统小说也不讳言虚构，但它的虚构是有限的，人物性格、故事情节、小说结构秩序都必须遵循生活本身的逻辑。在马原等人看来，既然世界的确定性和必然性已不存在，既然小说本质上就是虚构，又何不大大方方地编造？于是，他们故意拆解事物的逻辑关系，使小说断裂、错位、短路和前后矛盾，以造成一种叙述的迷宫和语言的魔方。

80年代末，以池莉、方方、刘震云、刘恒为主要代表的新写实文学成为主要的文学现象。新写实文学是发展艰难的现代主义文学受阻而退缩之后的文学选择。它虽然有写实的外貌，但与传统的现实主义相去甚远。它表现出更多的自然主义特征，高度世俗化，写普通人的日常生活琐事，远离英雄及其业绩；注目于普通小人物的生存困境、被动状态及其无奈。艺术处理上拒绝提炼和反对净化，坚持反映生活的原汤原汁原生态。主观倾向的隐蔽，追求写作的“零度介入”，尤其是对现实的迎合和对读者的抚慰，更适合国情，但作品中的人物往往苟活混世，无所作为，创作主体激情丧失，心态老化，表现着对现实的无奈和认同，而缺少抗争和改变现实的理想主义精神。

到此为止，文坛事实上形成的是一种多元格局。80年代的文学尽管在发展的过程中也有曲折和坎坷，但它的发展是迅速的，取得的成就是可喜的。在思想解放和改革开放大潮的推动下，文学创作发生了一系列令人瞩目的深刻变化。

在这个过程中，文学的题材一步步扩大，作家勇敢地冲破原本不该有的题材禁区，迅速地把创作的题材拓展到生活的各个方面，使其得到了文学的表现。文学主题走过了一个从政治、道德走向文化和生命的过程。每一步都表现着作家们对历史、人生的某种深刻见解而且进入到一个哲学文化的层次。在创作方法、艺术风格和流派、表现技巧与手法上，文学逐步走向丰富多样，呈现出五彩纷呈、百花齐放的繁荣局面。而且，在这个时期，中国文学重新建立起与世界文学的联系，西方的每一个思潮、每一种方法几乎都得到了介绍和借鉴，文学因此形成了一个开放体系。现实主义文学毫无疑问处于中心位置，特别是在80年代中期之前，但人们不再把现实主义作为一种不可违背的创作原则，不再将其定为一尊。到了80年代中期，新的文学观念向传统的文学观念发起了挑战，传统的现实主义创作方法开始发生重大的变化，坚持现实主义基本原则的作家也积极地汲取现代主义的表现技巧。一些年轻的作家则大胆地引进了各种现代主义创作方法，象征主义、表现主义、超现实主义、魔幻现实主义，以及荒诞、变形、“黑色幽默”等，都被作家所借鉴，开拓了作家的视野和艺术表现空间，推进了文学创作的繁荣。

第十章 复活的诗歌

第一节 “归来的诗人”与现实主义诗潮

结束“文革”进入新时期，诗歌首先出现的是一个现实主义的创作潮流。从社会文化背景看，1978 年理论界关于真理标准的讨论，同年底中国共产党十一届三中全会的召开，以及它所确立的新的政治路线，都在中国大地上产生了划时代的影响，推动了思想解放运动的潮流，带来了新的时代风尚。思想解放运动使束缚诗歌创作的重重枷锁被公开地或者悄悄地打开，实事求是的精神呼唤着文学的真实性。从诗人队伍看，政治上的拨乱反正和平反冤假错案，使一大批饱经患难的诗人陆续归来，为诗坛带回了“双百”方针提出之后曾经昙花一现的现实主义精神。他们当中一大批人在 1957 年的“反右”扩大化中被划为右派（如艾青、公刘、白桦、邵燕祥、流沙河等），饱经生活磨难，长期的社会底层生活使他们更深地了解了中国的社会现实，痛苦思考中蕴集了对社会人生的真实情感。一旦重返诗坛，一个强烈的愿望就是真实反映生活、抒发内心积郁、表达人民心声。同时，思想解放运动使一批诗坛新人迅速成长（如雷抒雁、叶文福、杨牧、李发模、熊召政、叶延滨、高伐林、曲有源等），他们从十年浩劫中走来，有过狂热，有过困惑，也有痛苦中的觉醒和探索。他们对长期以来空洞虚假的诗风已深恶痛绝，而急于抒写自己对生活的认识和感受。这两批诗人的崛起，使现实主义成为 70 年代末中国诗坛的一种必然选择。

1979 年是现实主义诗歌大放光彩的一年，从这一年开始，诗歌努力摒弃虚假的旧风尚，突破各种禁区，开拓新的天地。抒真情，说真话，真实地反映社会生活，真实地表达人民的心声，成为诗人的追求。因而诗歌对生活的认识由表层转向深处，表现一步步深化。艾青的《光的赞歌》、雷抒雁的《小草在歌唱》、叶文福的《将军，不能这样做》、熊召政的《请举起森林般的手，制止》、张志民的《祖国，我对你说》、骆耕野的《不满》、张学梦的《现代化和我们自己》、未央的《假如我重活一次》、刘祖慈的《为高举的和不举的手臂歌唱》、林希的《无名河》、杨牧的《站起来,大伯》、叶延滨的《干妈》等,一大批优秀作品相继问世,不时产生轰动效应,显示了现实主义诗歌的新生和蓬勃生命力。

新时期现实主义显示了新的特征:首先,诗歌找回了现实主义的精神本质,诗的社会批判职能空前强化,大胆揭示生活中的矛盾和问题,批判极"左"政治思潮,批判官僚主义和特权思想,批判种种丑恶现象,充分显示了现实主义的批判力量。其次,诗人的主体意识开始觉醒,不再满足于歌功颂德、粉饰生活,更不愿继续充当愚民的工具,而是把目光投向人民大众,表现其疾苦,体察其心声,表达其愿望,与人民共歌哭。诗人们密切关注着社会生活中发生的一系列大事件,及时地表达着他们的思考和评判。诗歌因此而在思想解放和历史的拨乱反正中起到了先锋作用,对于冲破"左"的禁锢和推进改革开放发挥了积极影响。最后,噩梦醒来,痛定思痛,追寻灾难形成的原因,诗歌呈现了沉思的格调和理性色彩。历史反思和理性思辨增加了诗的批判深度,同时也带来了诗的格调的深沉化。诗歌不再只是热烈、明朗和单纯,而是沉痛、忧思、凄怆和焦灼。

现实主义诗歌大潮流行之际,以朦胧诗为标志的现代主义诗歌潮流已崛起,现实主义诗歌在与其共同发展的过程中吸收了一些现代主义诗歌的因素。与传统现实主义作品相比,新时期现实主义诗歌高扬自我,张扬个性,大胆的怀疑精神和强烈的变革意识,都为诗歌增添了光彩。而且,在一些诗人的笔下,现实主义精神已与现代主义手法相结合。

新时期现实主义诗歌的主要代表人物是艾青、公刘、雷抒雁、叶文福、杨牧等。

艾青于1978年重返诗坛。在经历了二十多年的右派生涯之后,他的创作又进入一个新的爆发期。他以老年诗人难得的激情写下了大量作品,结集出版的有《归来的歌》、《彩色的诗》、《雪莲》等。

艾青新时期的诗歌引起强烈反响的是《在浪尖上》、《光的赞歌》、《古罗马的大斗技场》等几首长诗。这些诗显示了艾青诗歌的变化。在50年代,他曾因不能很好地表现新时代的重大主题而苦恼,虽经反复探索而终未取得成功。新时期创作的这些长诗却显示着他并非不能表现时代的重大主题。他不仅能够反映伟大的时代,而且能够以强烈的音响集中表现时代精神。与他50年代的诗相比,艾青新时期的诗思想更加深沉凝重,感情更加炽热灼人,也更富于社会责任感。他密切关注时代生活,对社会、历史、人生进行深刻的剖析和思考,歌颂与暴露相统一,抒情与议论相结合,构成一种雄浑博大而又朴素凝练的诗歌艺术世界。

在这些长篇抒情诗中,《光的赞歌》是最有代表性的一首。诗以"光"这一大自然中的事物为构思核心，展开丰富的想象和联想，以象征手法抒写了重大社会历史命题。诗的开篇，诗人首先热情地歌唱光，充分揭示光对世界的重要性，但对光的一般性的歌颂并不是诗人创作的目的。在那个历史转折的开始，一个关注时代的诗人不可能满足于一般歌唱而不赋予它现实意义，所以，诗人在对光作了一般性的歌颂之后，转向对人类文明进程的概括反映，光明与黑暗，科学与迷信，民主与专制，前进与倒退……人类历史充满着这些可以概括为光明与黑暗的冲突和搏斗。诗人以大量篇幅抒写了人类为争得光明而艰难奋斗的曲折历程，对阻碍光明的势力给予有力的抨击，热情歌颂了“盗取天火，交给人间”的勇士们。诗人结合当时关于真理标准的讨论而作了哲理性的概括：“实践是认识的阶梯，科学沿着实践前进。”正是实践使人类砸开了层层枷锁，踏上步步台阶，向着真理的高峰迈进。诗句朴实无华，全部的魅力在于朴素的辞章之中的诗思。诗的理性思考不仅是深刻的，而且是缜密的，不仅写了民主与科学之光被发现、被解放的过程，而且从这种过程中总结出一种富于辩证法的规律：“甚至光中也有暗/甚至暗中也有光。”诗的最后，诗人强调个人在光明与黑暗斗争中的作用，并且写道：“即使我们是一支蜡烛/也应做‘蜡炬成灰泪始干’/即使我们只是一根火柴/也要在关键时刻有一次闪耀。”由此，我们可以感受到诗人追求光明的精神。

公刘 1957 年被错划为右派，“文革”结束后重返诗坛。20 年的坎坷经历使公刘不再是 50 年代那个热情而天真的诗人，诗歌风格也不再只是以清新、优美和新颖的构思见长。他以火山爆发般的激情和对社会生活的密切关注写下了大量诗作，成为新时期诗坛上现实主义诗歌的主要代表人物之一。在 80 年代，他出版了《白花・红花》、《离离原上草》、《仙人掌》、《母亲——长江》、《骆驼》、《大上海》、《南船北马》、《夜梦抄》、《刻骨铭心》、《公刘诗选》等十多本诗集，还出版了散文集《酒的怀念》、《裂缝》，诗歌评论集《诗路跋涉》、《诗与诚实》、《乱弹诗弦》、《谁是 21 世纪的大师》等。

公刘新时期的诗歌创作走着一条坚实的现实主义道路，显示着当代诗歌现实主义的深化。他忠实于生活，勤于探索和思考，敢于说真话、抒真情，真实地反映社会生活，真实地表达人民的心声，并以此作为诗人的天职。因此，他的诗表现出极强的忧患意识和社会责任感，总是关心着人民的命运和民族的前途。他的诗歌取材几乎涉及当时中国社会的一切重大问题，对一切重大问题给予密切的关注和深入的思考。这使他的诗不仅反映了广阔的社会生活画面，而且显示出现实主义的深度和力度。对现实的深深忧虑，对未来的殷切期待，以及为美好未来而斗争的强烈情感，构成了他的最基本的情绪内涵。《为灵魂辩护》、《车到山海关》、《哎，大森林》、《上访者及其家族》、《星》、《乾陵秋风歌》等许多作品都显示了密切关注时代现实的责任感，表现了强烈的忧患意识。

20年苦难的生活不仅使他加深了对现实的了解，而且增加了与民众的情感。他认为，诗必须对人民忠实。诗人可以不写诗，但“不可以背叛胼手胝足、流血流汗的劳动者和战士。正是因为工人衣我衣，农民食我食，我的理智、感情和良心才不允许自己去参与制造精神鸦片”(《离离原上草·自序》)。因为这种情感，他在新时期写下了一系列反映下层人民命运并为他们呐喊请命的诗。从《读罗中立的〈父亲〉》等篇章可以看到诗人对人民的深厚感情，感情的深切和苦涩源于对生活的深知。

公刘新时期的诗歌感情炽烈如火，带着强烈的爱憎和尖锐的锋芒。与他50年代的作品相比，他失去了叶笛的悠扬和流泉的清韵，而燃烧起了不可扼止的烈火。强烈的爱与憎，压抑不住的痛苦与愤怒，常常以不加掩饰的状态喷泄而出，锋芒毕露，显示着斗士的风骨。他执著于现实，不想以老庄思想使自己解脱，也不愿以阿Q精神安慰自己，更不愿闭上眼睛。对美好未来的渴望使他对一切阻碍社会前进的因素都不能容忍。忧愤之情常以激愤之语表现于诗中，甚至顾不得修饰和诗意的含蓄。《伤口》、《讨论会》、《失眠》、《饱嗝》、《我不要》等，都可以看到这种愤激之情的宣泄。随着时间的推移，公刘诗中的这种情绪有所平复，但忧愤之情仍然时时隐隐跳动于诗中。

50年代，公刘在《庄严的时刻》中曾经写道：“贫穷和苦难将被遗忘/幸福的道路迎着祖国开放/一百零六条柱石/为我们撑起了一座真正的地上天堂。”20年后，诗人在《献给〈宪法〉第十四条的恋歌》中对此作了诚挚的检讨，“原谅我那时还太年轻，太爱夸张”，“是我撒了一个善良的谎”。50年代那种单纯乐观的调子如轻云一样飘散了，继之而来的是“沉重的云，沉重的泪，沉重的步子”和“忡忡忧心事”(《誓》)，是忧患，是痛苦，是生活给予的警觉和怀疑。由于20年的社会底层生活体验，他对生活有了更深刻的了解。他新时期的作品比50年代的作品更真诚，但真诚带来的却不是单纯透明，而是情感的复杂和深沉。

雷抒雁(1942－)，陕西泾阳人，1967年毕业于西北大学中文系，1970年参军到部队做宣传工作，1972年调《解放军文艺》做编辑，1981年转入工人出版社。主要作品有诗集《小草在歌唱》、《云雀》、《父母之河》等。

雷抒雁是唱着军歌成长起来的诗人，曾经模仿60年代的诗人歌唱部队生活，并出版过《沙海军歌》、《漫长的边境线》等诗集。进入1979年，雷抒雁开始了一个创作的新阶段，轰动一时的《小草在歌唱》是诗人进入新阶段的重要标志，也是新时期诗坛的重要收获。

《小草在歌唱》选取了一个独特的抒情角度，在诗的开头，首先写的是这样一个背景：“风说：忘记她吧！/我已用尘土/把罪恶埋葬！/雨说：忘记她吧！/我已用泪水/把耻辱洗光！”这里曾是杀害张志新的刑场，人们已经遗忘。但是，小草不会忘记,“只有小草在歌唱”。诗人从小草的角度开始抒情,从这一视角来观察和思考张志新事件,使诗歌避免了过去英雄颂的那种浮泛和虚夸的弊病,显得亲切而深情,易于引起广大读者的共鸣。

这首诗特别引人瞩目的是诗中的人道精神和诗人在觉醒之后的反思与忏悔。诗中一次次描写和咏叹张志新的死,但展开的联想是年老的妈妈、幼小的孩子……这种联想充满人情味而没有空洞的高调,表现了新时期苏醒的人道主义精神。整个诗篇对英雄的歌唱都与诗人的自我剖析和忏悔紧密地结合在一起。通过自己与烈士的对比,诗人以诚挚的诗句表达了自己的反省和忏悔:“我恨我自己/竟睡得那样死/像喝过魔鬼的迷魂汤。”并且以沉痛的反省与全民族共忏悔:“我们有八亿人民/我们有三千万党员/七尺汉子/伟岸得象松林一样/可是,当风暴袭来的时候/却是她,冲在前边/挺起柔嫩的肩膀/掮起民族大厦的栋梁!”“昏睡的生活/比死更可悲/愚昧的日子/比猪更肮脏!”诗人歌唱英雄,歌唱小草,剖析自己,呼唤法律,呼唤民主、真理、正义。诗中的抒情主人公有很大的典型性,代表了一代人的觉醒。因此,它不仅是英雄的颂歌,不仅是人民的颂歌,同时也是被愚弄的一代人的觉醒之歌。

从诗歌观念看,雷抒雁崇尚的是诗的社会功能和战斗作用,认为诗歌应该是“号手带血的声音”,是“专制和暴君的死敌”(《力量》)。因此,他的诗表现了对时代、对人民、对现实的殷切关注,抨击了各种丑恶,他歌唱觉醒,歌唱新生,歌唱希望,歌唱光明,歌唱伟大的转折和新时代。雷抒雁说过,他的诗有一个中心主题:人,以及人的解放(见《春神·序》)。从《太阳》、《探索》、《悲哀》等可见他对人的思考;从《过客》、《松辨》等可见思想解放之后那个高高站起来的“人”,听到豪迈的解放宣言。雷抒雁的诗相当集中地反映了改革开放的时代情绪。《种子呵,醒醒》等诗以象征的形式抒发了诗人殷殷思变与期待之情。此外,与那个时期的现实主义诗人一样,对人民的深情是雷抒雁诗歌情绪内涵中重要的组成部分。

他的诗情理并茂,刚柔相济,有炽烈的感情喷发,也有舒缓的沉思,又有乐观明朗的抒唱,语言形式丰富多样,不拘一格。他不排斥任何方法,乐于广泛拿来,但作为现实主义诗人,他更重视诗的现实性和思想力量。

在新时期诗坛上,有一个来自大西北的“新边塞诗派”。这个诗派以豪放雄健的风格著称。其主要代表人物是杨牧、昌耀、周涛、章德益。

杨牧(1944—　),四川渠县人,初中未毕业便失学回乡,不到二十岁便被迫离开故乡到了新疆石河子农场。少年时代即开始写诗,进入新时期才引起人们的注意。出版的诗集主要有《绿色的星》、《夕阳和我》、《野玫瑰》、《复活的海》等。

在杨牧的诗中,《站起来,大伯》毫无疑问是值得首先注意的作品之一。这首诗显示了诗人思考的深度,体现了诗人对历史的反思和对人民命运的关切。深入到时代和历史的深处寻找反常时期反常现象的历史原因,使这首诗获得了深厚的历史感和深沉的思想力量。诗的小序写道:“一个时代有一个时代的成因。据说,在30年前的开国大典上,当工农兵队伍浩浩荡荡经过天安门时,一个从乡下来的饱经风霜的农民,热泪纵横,纳头便拜;民警慌忙将他扶起……”诗人抓住这个小小的却震撼人心的事件,在这个农民身上找到了思想的集汇点和诗情的喷火口,形象地表现了历史的沉重:天安门城楼上震撼世界的宏音正在向全世界宣布“中国人民从此站起来了”,而具体的人民的一员大伯却跪下去了;《国际歌》正在高唱“从来就没有什么救世主”,大伯却向着天安门城楼伏地叩谢拯救之恩。当时的民警只是把他扶了起来,却没有来得及说明白道理。新的时代应该帮助大伯认识到自己是国家主人,帮助他挺起腰杆成为国家的主人。但是,事情却恰恰相反,到了60年代,诗人看到的是大伯跳“忠字舞”的更加令人痛心的场面。诗的最后,诗人发出了呼唤:“站起来呀! 站起来呀! 大伯,大叔,大爹们——”巧妙的构思使诗篇具有极大的概括性,它写的是一个具体的大伯,揭示的却是时代和整个民族的文化状态。诗的深度在于把笔锋伸向历史的深处,勾勒出了偶像崇拜的来龙去脉,展示了从传统迷信到现代迷信的发展轨迹,并且提出了人的解放的问题。

杨牧的诗善于迅速捕捉引人沉思的题材,并以自己强烈的感情和富于批判力的思考对生活进行诗意的概括。像那一代人一样,杨牧不仅经历过“文革”的灾难,而且有更长时间的坎坷经历。但他的诗处处有一个开朗、乐观,充满阳刚之气的自我,诗情乐观向上,激越奔放,绝少低沉的呻吟。从他的《我是青年》可以听到那种强忍辛酸之泪而发出激越的呐喊:“祖国啊! /既然您因残缺太多/把我们划入了青年的梯队/我们就有青年和中年双重的肩!”这种精神给杨牧的诗增添了精神的魅力。

杨牧的诗根植于大西北,努力展现边疆开拓者们的光辉,开掘大西北人的精神世界。他写边塞风光,天山奇貌,写大漠的旋律,准噶尔的风情,描写新疆大自然的风景图画,点染少数民族的风俗民情,显示了西北边塞诗歌的独特风采。他的诗意境高远辽阔,构思雄伟开放,不尚精巧,形式自由,语言刚健清新,形成了雄浑厚实、健美豪放的风格。

第二节 北岛、舒婷等人的“朦胧诗”

1979年以后,当诗歌在思想解放运动中逐步冲破禁锢走向繁荣的时候,一代青年脱颖而出,给诗坛带来了生机和活力。这些诗人各具特色,以不同的创作道路和审美追求形成了不同的群落。他们之中有一部分(如雷抒雁、叶文福、杨牧、张学梦等)与归来的中年诗人一起为现实主义诗歌的发展和繁荣作出了贡献,拓展了现实主义的诗歌道路;另一部分则走上了一条新的创作道路,写出了一些与传统新诗迥然相异的作品,显示出某种现代主义诗歌特征。这些青年诗人是北岛、舒婷、顾城、江河、杨炼、芒克、梁小斌、徐敬亚、王小妮、孙武军等。他们的创作形成一股潮流,其作品被称作"朦胧诗"。"朦胧诗"是一个很准确的概念,而且最先是批评者在贬义上使用的。[①] 尽管后来也有人把它称作"新潮诗"或"《今天》派",但朦胧诗还是被沿用下来,成为这类诗歌的名称。

朦胧诗最早出现于民间刊物,在思想解放运动中如雨后春笋般出现于全国各地的民间刊物是它的摇篮,其中最主要的是北京的《今天》。北岛、舒婷、江河、顾城、芒克等都曾集结于此,使它成为朦胧诗的中心园地。1979 年 3 月,《诗刊》发表北岛的《回答》,使这股诗潮第一次在公开刊物上正式显示其姿容,接着,舒婷的《致橡树》、《这也是一切》、《祖国呵,我亲爱的祖国》,顾城的《无名的小花》(组诗),梁小斌的《雪白的墙》、《中国,我的钥匙丢了》,江河的《纪念碑》等陆续在公开刊物上发表,到 1980 年,终于形成一股不可扼止的潮流,席卷了校园和青年诗界。几年之后,朦胧诗的理论宣言人徐敬亚曾这样描述这一现象:"我郑重地请诗人和评论家们记住 1980 年(如同应该请社会学家记住 1979 年的思想解放运动一样)。这一年是我国新诗重要的探索期、艺术上的分化期。诗坛打破了建国以来单调平稳的一统局面,出现了多种风格、多种流派同时并存的趋势。在这一年,带着强烈现代主义文学特色的新诗潮正式出现在中国诗坛,促进新诗在艺术上迈出崛起性的一步,从而标志着我国诗歌全面生长的新开始。"[②]

这的确是一次巨大的艺术变革。朦胧诗以陌生面孔和挑战者的姿态出现,冲击了传统审美规范和批评准则,因而必然地引起了一场论争。无论如何评价,朦胧诗毕竟作为一个无法忽视的诗歌大潮出现了,而且就在争论的过程中发展壮大,被多数人接受下来,对中国新诗的发展发挥着重要影响。

朦胧诗出现于诗坛上是 70 年代的最后一年,但它的产生却远远在此之前,最初的朦胧诗写于 70 年代,是"文化大革命"时期的"地下创作"。所以,关于朦胧诗的产生固然不能排除西方现代文艺思潮对它的影响,但更主要的原因是中国现实的社会生活。它是荒谬的时代生活在一代觉醒的青年心灵上留下的投影和引发的回声。十年浩劫,使一代青年人的心灵经历了一种特殊的洗礼,于狂热之后的冷静中萌生了强烈的悲愤和浓重的哀怨,理想被撕碎之后的失落感和现

---

①章明:《令人气闷的"朦胧"》,《诗刊》1980 年第 8 期。

②徐敬亚:《崛起的诗群》,《当代文艺思潮》1983 年第 3 期。

实出路的渺茫使他们情感低沉、痛苦、迷惘,但年轻人的心里却仍然有执著的追求和不灭的希望。社会的动荡,人生的浮沉,生活中的一幕幕悲喜剧,使他们学会了用自己的头脑思索,也给了他们不满、哀怨和愤怒。于是,他们纷纷拿起诗笔,以诗的形式抒发内心的感受。一方面是前景的迷茫和思想的困惑;一方面是政治上的警惕与戒备,他们无法把自己全部的思想感情坦率地公诸于世,而采用曲折隐晦的形式表达。这也正是这些诗之所以朦胧的根本原因。

朦胧诗有自己鲜明的特色,显示了不同于传统新诗(特别是从40年代到70年代的新诗)的审美特征。作为精神内涵,首先引人瞩目的是其对生活的不满情绪、怀疑态度和由此而表达出的变革愿望。这种不满和怀疑有时表现为愤怒,表现为激越的呼号。在过去相当长的一段时间里,诗歌说假话、空话、大话,堆砌标语口号,而没有真实的自我。朦胧诗带来了抒情个性的强化。他们凸现自我,张扬个性,强调诗的抒情主体的独立性和独特性,强调真实地表现自已的内心世界,真实地抒写自我。同时,朦胧诗在情感基调上是深沉的。北岛等人的诗情常因对民族命运的思考而显出庄严沉重,悲愤之情溢于字里行间,少有热情昂扬的欢呼和歌唱。这种情调是时代生活的产物。朦胧诗表现出对传统表现方式的反叛和对新的表现方式的多方面探求。他们更多地使用象征、隐喻和暗示,以不规则的排列建立繁复的意象群落,新奇的意象组合常使诗篇丰富多彩而又扑朔迷离。

朦胧诗的主要代表人物是北岛、舒婷、顾城、江河、杨炼等。

北岛(1949—),原名赵振开,祖籍浙江湖州,生于北京,1968年毕业于北京四中,成为建筑工人,1969年开始写诗,1979年开始发表作品,出版的诗集主要有《北岛诗选》、《太阳城札记》、《北岛顾城诗选》等。

在朦胧诗的几个主要代表人物中,北岛的诗以深沉、冷峻与凝重显示了独特的风貌。北岛的诗集中表现了那一代人所特有的冷峻的理性批判精神。他是一个沉思者,荒谬的岁月使他学会了怀疑,使他习惯了以冷峻的目光注视现实,并且以警惕的态度进行自己的思考。在他的眼睛里,伪饰常常被剥落,鲜花盛开之处往往是肮脏的骗局,生活常常呈现着狰狞的面目。这一切在《回答》中得到了集中体现。对于那个荒谬的年代,他作出了这样的概括:“卑鄙是卑鄙者的通行证/高尚是高尚者的墓志铭”;提出了这样的质疑:“冰川纪过去了/为什么到处都是冰凌?/好望角发现了/为什么死海里千帆相竞?”然后表现的是这样一种态度:

告诉你吧,世界,
我——不——相——信!
如果你脚下有一千名挑战者,

　　那就把我算作第一千零一名。

特定岁月铸就的目光和态度给他的诗带来了锐利的锋芒，也带来了灰冷的色调："一支支枪口和花束/排成树林，对准情人的天空"（《祝福》），"到处是残垣断壁/路，怎么从脚下延伸"（《红帆船》）。透过冷峻的目光看生活，生活丑陋而严酷，他因此与现实格格不入，并且表现出决绝的否定态度。这使诗的抒情主人公常常透露出一种"横眉冷对"的姿态，没有天真烂漫，没有欢歌笑语，有的只是拧眉苦思和随时准备慷慨赴死的姿态。这一切，造就了北岛诗歌的英雄主义色彩。在不少诗中，都可以看到这样的句子："宁静的地平线/分开了生者和死者的行列/我只能选择天空/绝不跪在地上/以显示刽子手们的高大/好阻挡那自由的风"（《宣告》）；"我站在这里/代替另一个被杀害的人/没有别的选择/在我倒下的地方/将会有另一个人站起/我的肩上是风/风上是闪烁的星群"（《结局或开始》）；"即使明天早上/枪口和血淋淋的太阳/让我交出自由、青春和笔/我也绝不会交出这个夜晚/我决不会交出你/让铁条分割我的天空吧/只要心在跳动，就有血的潮汐"（《雨夜》）。由此不难看到一个悲剧英雄形象。

在北岛的诗中，常常流露出一种悲天悯人的情绪。他时时充满悲愤之情，以冷峻的目光注视现实，心中却有火热的批判现实的激情。这种激情中最富有历史价值的是那种为人民、为真理、为理想和未来献身的精神。他悲愤地看到："以太阳的名义/黑暗在公开地掠夺/沉默依然是东方的故事/人民在褪色的壁画上/默默地永生/默默地死去"，因而作出这样的表示："如果鲜血会使你肥沃/明天的枝头上/成熟的果实/会留下我的颜色。"（《结局或开始》）

北岛的诗刻意追求属于自己的表现方式。他认为诗歌面临形式的危机，许多陈旧的表现手段已经远不够用，因而更多地使用隐喻、象征、通感，改变视角和透视关系，打破时空秩序，重新组合意象，并增添了诗的流动感和意象的跳跃。他的隐喻的喻体常常很不确定，难以从中寻找确指。如《触电》："我曾和一个无形的人/握手，一声惨叫/我的手被烫伤/留下了烙印/当我和那些有形的人/握手，一声惨叫/他们的手被烫/留下了烙印"。因此，"我"不敢再和别人握手，可是，当自己双手合十祈祷上苍时，同样是"一声惨叫/在我的内心深处/留下了烙印"。还有那首《生活》，全诗只有一个字："网。"虽然单纯明了，却有多种解读的可能。这种探索同他的情绪色彩一样，在当时引起争议是必然的。

舒婷（1952－　），原名龚佩瑜、龚舒婷，福建泉州人，1967 年初中毕业到农村插队，不久开始写诗，1979 年开始在全国公开刊物发表作品。出版的诗集主要有《双桅船》、《会唱歌的鸢尾花》、《舒婷诗选》等。

舒婷的诗以自我内心世界为表现对象，以真实的自我作为抒情主人公形象，抒发的是诗人对生活的真情实感。她的自我不是叱咤风云的英雄，也不是消极颓废的悲观麻木者,而是代表了一大批有追求也有痛苦的普通年轻人。她的诗有生活苦闷的抒发,有追求理想的表白,有友谊和爱情的记录,也有动人的母女亲情……诗人通过自我感情的抒发映出十年浩劫给一代青年心灵上留下的深刻烙印,集中表现了一大部分青年的情感历程。

舒婷的诗及其诗中的抒情自我是有发展变化的,也是多侧面的。她有过"沉迷的痛苦",也有过"苏醒的欢欣",既抒发感伤和哀愁,又充满热烈的向往,即使在最黑暗的岁月,她也没有颓废,没有失去生活的信念。她写于"文革"中的作品格调多是低沉的,目睹"多少次向天边扬起的风帆,都被海涛秘密、秘密地埋葬"的现实,有过深深的孤独和苦闷,曾向大海深情地诉说:"多么寂寞我的影……多么骄傲我的心"(《致大海》)。苦闷中有过惆怅,有过生活的疲倦感,因而渴望春光到来,"安抚困倦的灵魂/无需再来去匆匆"(《秋夜送友》),感叹"当激情招来十级风暴,心,不知在哪里停泊",抒发内心深处的渴望:"要有坚实的肩膀,能靠上疲倦的头;需要有一双手,来支持最沉重的时刻。"(《中秋夜》)。但是,有痛苦,有惆怅,却也有理想和追求,在《海滨晨曲》中,她因为夜里曾听见大海的召唤,而在早晨沛然泪下,并且表示:"风暴会再来临/请别忘了我。/当你以雷鸣/震惊了沉闷的宇宙/我将在你的涛峰讴歌。"

当大地上出现春机时,舒婷的诗渐渐告别了哀愁、感伤和含泪的诉说,更多地表现出积极进取的精神,表现出对未来的渴望和期待。像那一代觉醒者一样,她也曾感到"也许有一个约会/至今尚未如期/也许有一次热恋/永不能相许"(《四月的黄昏》),但她仍然能够在《小窗之歌》中这样激励友人:风在清扫天堂,夜在沿街拾取碎片,黎明到来了,花芽和嫩枝虽然还要经历严霜,但"拖延毕竟有限"。正因为这种信念,她写出了一些情绪激昂的诗。甚至以诗作鼓励朋友们。相比之下,对于生活,她比北岛更乐观一些。当北岛写出《一切》时,她写了《这也是一切》:"不是一切呼吁都没有回响/不是一切损失都无法报偿/不是一切深渊都是灭亡/不是一切灭亡都覆盖在弱者头上/不是一切心灵都可以踩在脚下,烂在泥里/……一切的现在都孕育未来/未来的一切都生长于它的昨天/希望,而且为它斗争/请把这一切放在你的肩上。"

舒婷的诗中所表现的自我形象,一方面是个柔弱的女性,缠绵、忧伤,柔情似水,另一方面又是一个勇于呐喊,敢于斗争的强者和勇士。在《礁石与灯标》中,她以礁石的形象出现于诗中,给风浪中的灯标支持和鼓励;在《献给我的同代人》中,她的形象是这样一个勇敢的探索者:"为开垦心灵的处女地走入禁区/也许就在那里牺牲/留下歪歪斜斜的脚印/给后来者签署通行证。"

从诗的情绪内涵看,舒婷的诗充满着对人、人的价值的关切,表现着浓厚的人道主义精神。从某种意义上说,她的诗可以称作温情主义的人性之歌。也许由于她的南方女性气质，她的诗不像北岛的诗那样充满悲愤，她的自我形象也没有那么沉重的悲剧英雄色彩，而是更多地表现了温情，并且歌唱温情。她歌唱爱，呼唤爱，呼唤人与人之间的沟通，呼唤人的尊严和价值。当“渤海二号”72人遇难时，她也像许多诗人一样为此写了诗，但值得注意的是，她既没有沿着几十年培养起来的思路去思考党和国家的损失，也没有以当时普遍高涨的激情去直接声讨官僚主义，而是首先想到“七十二名儿子/使他们父亲的晚年黯淡/七十二名父亲/成为小儿子们遥远的记忆”，请求人们与她一道深思：“我爷爷的身价/曾是地主家的二升小米/……难道我仅比爷爷幸运些/值两个铆钉，一架机器？”她呼唤的是：“我希望/汽笛召唤我时/妈妈不必为我牵挂忧虑/我希望，我受到的待遇/不要使孩子的心灵畸曲/我希望，我活着并且劳动/为了别人也为了自己。”(《风暴过去之后——纪念渤海2号钻井船遇难的七十二名同志》)在《落叶》中，她把自己比作一片树叶，要向天空自由伸展，但绝不离开土地。在《土地情诗》中，她把土地比作父亲和母亲，向其倾诉着深沉而悲怆的爱。

在舒婷的诗中，有相当大的一部分是爱情诗。《致橡树》是其代表作，它以橡树和木棉两棵树的形象比喻相爱的情侣，真挚的情感抒发中表现的不仅仅是情和爱，而且是一代青年在爱情上的追求，一种现代女性的恋爱观：坚持独立，决不攀附，也决不牺牲和奉献。稍后的《神女峰》中则为神女峰的久久等待而黯然神伤，并且表示：“与其在悬崖上展览千年/不如在爱人肩头痛哭一晚。”20世纪80年代中国女性对于传统道德和传统女性人格的反叛，由此得到生动的体现。

在朦胧诗创作群体中，舒婷的诗是最明白晓畅的。她虽然也用了一些现代技法，但展示的仍然是浓郁的情味和优美的意境，与人们熟悉的浪漫主义诗歌距离不远。她的诗没有声嘶力竭的呼喊，只有娓娓叙谈和深情倾诉，没有故作惊人的句子，而是通体萦绕着缠绵的情思，因自然流淌的深情而使读者感到可亲、可近，因而容易被广大读者所接受。

顾城(1956－1993)，祖籍上海，生于北京，十岁左右开始写诗，有《顾城诗全编》。在后来流传的作品中，最早的写于12岁，如《天外的光亮》：“树枝想去撕裂天空/但却只戳了几个微小的窟窿/它透出了天外的光亮/人们把它叫做月亮和星星。”从中可见少年顾城的想象力。顾城的诗风是在“文革”中孕育的。1969年，刚入初中半年的顾城就随同父亲下放到山东潍河岸边的荒滩上，在那里度过了他从少年走向青年的岁月。他的诗歌也在那里酿成，但只能沉睡在笔记本里：

我的诗，
象无名的小花，
随着季节的风雨，
悄悄地开放在

寂寞的人间……

随着思想解放运动的深入，诗坛展现出一片春机，真正的顾城出现了。1979年，北京西城区一家《蒲公英》小报连载他的组诗《无名的小花》，并且立即引起了诗坛的广泛注意。顾城从此走向诗坛。在《无名的小花》中，《生命幻想曲》是最能显示当时顾城诗风的作品。诗中展示的是一个带有梦幻色彩的世界，美丽、晶莹、新奇，就像滴着露珠的野花和闪光的贝壳编成的花篮，但其中的情感却是一个充满苦闷的少年漂泊者的梦幻和无路可走的苦闷。

顾城的诗中充满了理想的苦闷，处处可见一个充满幻想而又无力驾驭自己命运的少年形象。无论他做出多么天真的样子，诗中那份孤独、寂寞和茫然的情绪，都折射着那段苦难岁月的阴影。《我是一个任性的孩子》集中表现了顾城的理想和追求。在这里，他希望"每一个时刻都像彩色蜡笔那样美丽"，希望"眼睛永远不会流泪"，希望爱人永远不会"突然回过头去"，希望"每一阵静静的春天的激动/都成为一朵小花的生日"。最后，他要用彩色蜡笔涂去一切不幸，"在大地上画满窗子/让所有习惯黑暗的眼睛/都习惯光明"。但是，"不知为什么/我没有领到蜡笔/没有得到一个彩色的时刻"，他只有"撕碎那一张张/心爱的白纸/让它们去寻找蝴蝶"。诗的结尾流露着一种失望，但"我任性"，仍要执意追求。

组诗《永别了，墓地》是顾城诗中较长的一首，也是思想比较显露的一首，对红卫兵运动的思索不乏独到之处。面对那些死去的红卫兵，他想到的是："你们的手指/依然洁净/只翻开过课本/和英雄故事/也许出于一个/共同的习惯/在最后一页/你们画下了自己。"他说："谁都知道/是太阳把你们/领走的/乘着几只进行曲/去寻找天国/后来，在半路上/你们累了/被一张床绊倒。"但他又说："不要追问太阳/它无法对昨天负责。"他沉痛地思考这一历史悲剧，却又写下这样的句子："我深信/你们是幸福的/因为大地不会流动/那骄傲的微笑/不会从红粘土中/浮起，从而消散。"

《一代人》是流传甚广的名篇，只有两行，显示了极大的概括力，可以说明顾城和他的诗，也可以说明那一代人：

黑夜给了我黑色的眼睛，
我却用它寻找光明。

顾城说："我爱美，酷爱一种纯净的美，新生的美……我生活，我写作，我寻找美并表现美，这就是我的目的。"由于荒谬的时代过早地击碎了他的少年梦，风暴过去之后，他便格外希望寻回失去的孩子的世界和孩子眼睛中所反映出的美，也格外渴望世界的单纯、温馨、和谐和自由。于是，他沿着安徒生的道路寻求，用孩子的眼睛看世界，去寻找美，表现美。正如舒婷所说："你的眼睛省略过/病树、颓墙/锈崩的铁栅/只凭一个简单的信号/集合起星星、紫云英和蝈蝈的队伍/向着没有被污染的远方/出发。”(《童话诗人》)由于这种目光和寻找的方向以及那种理想境界,对于沉重的现实,顾城的诗常常显得像孩子一样天真烂漫而软弱无力。

顾城诗的主要贡献除了一个童真世界之外,就是一种新的表现方式。他的作品多是短小精悍的抒情诗。他那孩子般的目光善于找到新的角度,从普通事物中开掘诗美。他善于发现和创造出人意料的意象并给以巧妙的组合,使普遍事物呈现种种奇异的光彩。像绝大多数朦胧诗人一样,他的诗以主观内心世界为表现对象,而从主观感觉中透露出社会生活和时代面影。如《眨眼》:“彩虹/在喷泉中游动/温柔地顾盼行人/我一眨眼——/就变了一团蛇影。”一系列美好的形象,一眨眼就变得阴森恐怖,正是充满血腥的年代给诗人内心的馈赠。在表现主观感觉时,顾城常常选用单纯的色彩,形成鲜明的对比,创造出一种特殊的艺术效果。如《感觉》,在一片灰色之中,出现两个孩子,一个鲜红,一个淡绿,不仅给人单纯明净之美,而且极富象征意味。再如《弧线》、《小巷》等作品,前者用几个互不连贯的想象,象征性地概括特定时期的社会生活给予诗人的感受;后者展示了一个单纯的画面,却因其象征性而意味深长。

由于生僻的意象和奇异的组合,顾城的诗常常显得晦涩艰深,扑朔迷离,令人费解。

在朦胧诗人中,影响较大的还有江河、杨炼、梁小斌等。江河的主要代表作是《纪念碑》、《祖国呵,祖国》,杨炼的主要代表作是《大雁塔》、《乌蓬船》和《诺日朗》,梁小斌的代表作是《雪白的墙》、《中国,我的钥匙丢了》,在当时都有不小的影响。

第三节　“新生代”诗歌群体

这是一个相当壮观又相当杂乱的诗歌浪潮。它继朦胧诗之后崛起于诗坛,为诗歌带来了空前的开放景观,并展示了一种新的文化精神。当这个诗潮以陌生的姿态引起诗坛注意的时候,人们曾纷纷为其命名:“第三代诗人”、“新生代”、“后朦胧诗”、“后新潮诗”等,在此,我们将其统称为朦胧诗后新生代。

朦胧诗后新生代诗歌萌生于80年代初。早在朦胧诗尚未被诗坛接纳,朦胧诗的命运漂泊不定的时候,新生代的先锋诗人大部分就在大学校园里接受了朦胧诗,并且成为它的拥护者和追随者。他们曾经模仿朦胧诗而进行创作,曾经紧紧跟随在朦胧诗代表诗人们的身后努力建立自己的诗人形象,并且以此壮大了朦胧诗的阵容与声势。但是,因为他们当中更多的人没有朦胧诗人那种对于历史动荡的切身体验,没有那些由痛苦经历所酿造而成的思想感情,按照朦胧诗的美学范畴和创作模式,他们的创作很难达到朦胧诗人已经创造的高度。这使他们深切感到要确立自身的位置,必须另辟蹊径,摆脱朦胧诗的笼罩而寻找自己的路。

如果说朦胧诗人成长的背景是那场史无前例的"文化大革命",新生代诗人的背景则是"文革"结束之后的新时期。改革开放的文化氛围使他们的精神异常活跃,并与新老传统实现了最大程度的决裂。五光十色的西方现代派思潮的涌入大大开阔了他们的思维空间和创作视野。由于对"文革"当中现代迷信和个人崇拜的反拨,以及西方现代哲学的传播,"上帝"在他们的心中死去,而"自我"高高站起。他们不再崇尚权威而更加相信自己,不再固守传统而更加崇尚独创。超越前人并且显示不同的个性,成为这一代人共同的追求。因此,朦胧诗人在他们心中树立的偶像只是暂时的。80年代中期,新生代诗人与朦胧诗人分道扬镳。他们高呼着"打倒北岛"、"告别舒婷"的口号,把朦胧诗作为对立的参照,开始挣脱朦胧诗的创作程式而进入自己的艺术疆域。

到1986年,新生代诗歌已形成一股强大的潮流。全国数千家诗社和十倍百倍于此数字的诗人,以成千上万的自印诗集、诗报、诗刊标明了他们对正统和正在成为新正统的诗人的背叛,从而将80年代的诗潮推向一个更为动荡的空间。在此情势下,安徽的《诗歌报》和《深圳青年报》于1986年10月联合举办"中国诗坛1986现代群体大展",展出了新传统主义、整体主义、新古典主义、非非主义、莽汉主义、他们派、大学生诗派、日常主义、撒娇派等60余家诗派,推出了廖亦武、石光华、欧阳江河、李亚伟、韩东、于坚、尚仲敏等100多名新生代诗人,全景式地展现了1986年中国新诗流派林立、百家蜂起的纷纭景观和前倾姿势。以此为标志,新生代诗群以漫山遍野的气势正式完成了对诗坛的占领,朦胧诗被挤到了诗坛的一隅。

新生代诗歌流派纷杂,寻找他们共同的倾向和特征是困难的。但在其纷杂之中,却明显形成了几个具有共同追求的群落。新生代诗歌可以划分为三大板块:一是以"新传统主义"、"整体主义"为代表的新传统主义板块。其更多地向古老的民族文化探求,可谓诗界的"寻根"运动。二是以莽汉主义和他们派所代表的后现代主义板块,它致力于解构,更趋于世俗化和平面化。三是以翟永明、唐亚平、伊蕾为代表的女性主义板块,几个女诗人以其鲜明的女性意识构成了一个独具特色的诗歌创作现象。

诗歌中的新传统主义倾向是沿着江河、杨炼的诗界"寻根"倾向走来的。到1984年夏天,这种倾向开始结成社团,四川的"整体主义"就是一个突出的代表。

1985年由万夏等人印行的《现代诗交流资料》发表了欧阳江河的《悬棺》、廖亦武的《情侣》、石光华的《呓鹰》、宋渠与宋炜的《净和》、黎正光的《卧佛》、周伦佑的《带猫头鹰的男人》、海子的《亚洲铜》等"东方现代大赋"。他们不但沉浸于"无极而有极"、"无为而无不为"之类的概念，而且从思维方式到价值取向都步步走近所谓的"东方意识"。他们努力发现东方文化的某些光亮，试图在远古的文化废墟上获得现代艺术精魂，所以有的以古代神话传说和文化遗迹为题材，进行重新发现和演绎；有的走入蛮荒和原始，寻找未被扭曲的原始人性和古朴文化；有的在叛离权威的时候走向民间，努力寻求被遗忘的传统。他们比较一致地认为，诗应该从现代文明的表象回到民族文化的精神之中，只有表现古老的、相对恒定的、原始古朴的生活，才能呈现富有民族性的文化。因此，走向远古，走向文化深层，追求史诗品格，显示雄浑、深厚、博大和苍凉，创造阳刚之美，成为他们共同的创作倾向。通过对民族文化心理深层结构和人类复杂的生命体验的把握，在更广阔的背景上表现人的自由本质，成为这些诗歌群体中大多数群体共同的追求。他们的意义并不在于找到了什么，而在于这种文化追求对于现实的超越。

这个板块的主要组成是：四川的"新传统主义"、"整体主义"、"群岩突破主义"，江苏的"东方诗人派"，陕西的"太极诗"，湖南的"东方整体思维空间"，以及"真人文学"、"新古典主义"等。其主要代表人物是廖亦武、欧阳江河、石光华、海子、宋渠、宋炜等。

廖亦武（1958－　），四川盐亭人，80年代初期开始写诗，1983年在《星星》诗刊发表组诗《祖国：儿子们的年代》，随后走上诗坛，主要作品有《巨匠》、《情侣》、《大盆地》、《大循环》、《黄城》等。廖亦武的诗有鲜明的个人风格，像一条滚动着古朴生命的河，既糅合着形而下的本能力量，又蕴含着形而上的思考，构成了一种交织着骚动与领悟的艺术。有人评论说："这个时代大哭如雨者，只有廖亦武了，只有廖亦武面对层出不穷和最终的死亡心里还有泪水，还能有声地喧嚣、嚎啕。他说笑也是哭的一种方式，他在他的每一条长廊和每一座城里恸哭不已。"[①]这种说法也许带有某种夸张，但廖亦武对人类悲剧命运的沉思的确为他的诗歌注入了深沉而悲凉的意蕴。

《情侣》是廖亦武的力作，是一首非常纯粹的抒情诗，是新传统主义诗歌中最优秀的作品之一。诗人的迷惘和悲哀都从内心极深处轰鸣着流淌出来，化作湍急的感情巨波："走/谁支配着我？"诗人如此反复发问："走/谁支配着我松开你的手/象松开渐渐冷却的人生——地上没有胡同/而我沿着无始无终的胡同走着，先是两只脚后是四只腿……"一串串陌生的哀号从他的胸膛中冲荡而出，而"闪

①开愚：《中国第二诗界》，《作家》1989年第7期。

射着月光的狼”在天上回应:

儿子噭——!
从人的村庄回来
从铁的囚笼回来
……
儿子噭——!
从人的躯壳里回来
从理性的枷锁里回来……

这是自然的呼唤之声,是原始的呼唤之声。诗人以充沛的激情展示了一幅人与自然之母的交媾图。但是,对于现代人来说,这不过是一个梦景,一场“不可企及的爱”。于是困惑和疑问成为永恒:“那块供我歇脚的大陆在哪儿?”他甚至发出如此的哀号:“永恒的统治者啊,我为什么还要走? ……没完没了,这是注定的吗?”这人类命运的哀歌显示了强烈的文化反叛的色彩。

《巨匠》是廖亦武的另一首代表作,写于 1985 年,1987 年重写,分为五部,每一部都是人类心灵和身体死亡的完整历程中的一个阶段,五个阶段形成递进的五个阶梯。从第一阶梯到第五阶梯,人逐渐缩小,直到不可知。诗人从“我们从海上来,海从哪里来”的疑问开始,完成了关于人类悲剧的博大深邃的思考,以各种手段虚拟了现实人类的大堕落过程。

廖亦武的诗仍然追求着深度,关心着人类历史的一系列重大问题。虽然诗中常常内容相当芜杂,各种材料杂乱地堆积在一起,但各种隐喻和暗示仍然显示着诗人对于历史和人的命运的严肃思考。当然,他也有种种矛盾和困惑:一方面是“我从海上来,海从哪里来”的求索,另一方面是“一切都是幻想”的虚无;一方面是“站起来,我要继续走”的执著,另一方面是“回首人世,我们来到这里,仅仅为了任意,感应纯粹的庄子风度”。在《大盆地——我的保姆》中,他高唱“大盆地啊,我的保姆”;在《大循环》中,他又说:“我被掐算了,注定无家可归。”在他的诗中,探索者的悲壮和流浪者的悲哀是两种对立又统一的情绪,他常常陷入这种无法排解的情绪中。但无论如何,他对诗歌的贡献是不可忽视的。

海子(1964－1989),原名查海生,安徽怀宁人,1979 年考入北京大学法律系,大学期间开始诗歌创作,1983 年自北大毕业后分配至中国政法大学工作,1989 年 3 月在山海关卧轨自杀,留下了大量诗作。他的第一首诗是《亚洲铜》,最后一首短诗是《春天,十个海子》,主要作品还有长诗《但是水,水》、《土地》、《大扎撒》(未完成),诗剧《太阳》等。海子活着的时候影响并不大,但在自杀之后,迅速成为世纪之交最有影响的诗人之一。去世后出版有《海子的诗》、《海子诗全编》等。

海子的诗歌并不好读，因为他显然不是为迎合大众而写的，一点也不通俗。他要通过自己的创作突出原始生命的内核和本质，而他自己的思想中却充满矛盾。所以，它是一个追寻者的诗，一个探索者的诗，给人们展现了一个开阔的世界，却只是一个面目并不清晰的轮廓。它的意义，也许只在于促使我们从当下的现实抬起头，眺望一下远方。

他的诗的确很独特，在世俗化的潮流中，他成为浪漫主义者；在无人写长诗的时代，他执著地写长诗。他有一套自己的诗歌语言，从而建立了属于自己的风格，成为一个具有独创性的诗人。在他的诗中，“土地”以及与之相关的“麦子”等是一个重要的意象系列，那是海子的根。他在《浪子旅程》中抒发过这样一种情感：“我本是农家子弟/我本应该成为/迷雾退去的河岸上/年轻的乡村教师/……但为什么/我来到了酒馆/和城市。”这不仅是人类与生俱来的乡情，而且是海子心中不能扯断的根。对一个关心精神的诗人来说，故乡不是无足轻重的，因为那常常就是自己生命的本源。海子来自深厚而贫瘠的大地，大地上的河流、村庄、麦地都与他血肉相通。他关于土地和生命的诗具有广阔而深厚的背景，其中那种挥之不去的苦闷，也与此紧密相联。在《祖国，或以梦为马》中，他这样写过：“只有粮食是我珍爱/我将她紧紧抱住/抱住她在故乡生儿育女/和所有以梦为马的诗人一样/我也愿将自己埋葬在四周高高的山上/守望平静的家园。”可是，诗人注定要离乡远行。但是，关于麦地，他有过这样的抒写：

麦地
别人看见你
觉得你温暖美丽
我则站在你痛苦质问的中心
被你灼伤

在海子的诗中，“远方”是一个重要意象。它与理想有关，与流浪有关，与无法把握的彼岸有关。海子在《夜色》中曾经表示：“我有三次受难：流浪、爱情、生存。我有三种幸福：诗歌、太阳、王位。”海子事实上是个浪漫主义诗人，是精神上的流浪者。在某种意义上，诗人是人类灵魂的拯救者，他在四处流浪中寻找，不甘完全沉没于现实。但这种寻找注定艰难而充满痛苦。作为一个追求者和寻找者，海子的远方有时具有彼岸性质，有时是一个精神家园，有时是一个不断敞开的浩大空间，可以容纳一切想象中的幸福。但是，海子却看到了它的虚幻：“想抓住远方/闪闪发亮的东西/其实那只是太阳的假笑。”(《海上》)他依然要执著地去追求，并且表示“要做远方的忠诚的儿子”，但一切都会在诗人心头留下阴影。

因为海子的死,人们更多注意到他的诗歌充满了死亡意象和强烈的死亡意识,其实,这一切都与追求过程中的痛苦有关。在《太阳·诗剧》和《太阳·断头篇》中,他反复谈到死亡,死亡与农业、死亡与泥土、死亡与天堂,谈到鲜血和尸体。面对这些描写,很容易发现海子在死亡意象中沉溺太深,这一切都会成为一种暗示,使他走向最终的结局。

海子的一生似乎只是为了发光。他短暂的生命不仅留下了大量诗作,而且激活了诗,成为一个象征。

后现代主义诗歌在创作上的主要标志表现为这样两个方面:一是"反英雄"、"反崇高"的价值观念,一是"反意象"、"反优雅"的艺术观念。

"反英雄"、"反崇高"必然导致或者表现为"平民化"和"世俗化"的倾向。作为朦胧诗的叛逆者,后现代主义诗歌则反对布道和教诲,强化个体意识而淡化群体意识,强化平民意识而淡化英雄意识,他们疏离英雄、英雄业绩和一切英雄主义情愫而转向平凡世界中最为普普通通的芸芸众生。他们以凡夫俗子的日常情绪取代英雄的崇高感,用一种玩世态度来对待世界,也用这种态度表现自我。韩东的《有关大雁塔》:"有关大雁塔/我们又能知道些什么/我们爬上/看看四周的风景/然后下来。"人对历史、对一切已经无能为力。因为无能为力和无可奈何,他们不仅嘲弄社会,同时也嘲弄自己。尚仲敏在《大学生诗派宣言》中谈到他们自己的诗时说:"它所有的魅力就在于它的粗暴、肤浅和胡说八道,它要反击的是:博学和高深。"这可以说是文坛拒绝深度的粗浅化运动的开始。

不过,同样是粗浅化,具体内涵并不相同。《莽汉主义宣言》说:"捣乱,破坏以至炸毁封闭或假开放的文化心理结构!莽汉们老早就不喜欢那些吹牛诗、软绵绵的口红诗。莽汉们本来就是以最男性的姿态诞生于中国诗坛一片低吟浅唱的时刻。莽汉们如今也不喜欢那些精密得使人头昏的内部结构或奥涩的象征体系,莽汉们将以男性极其坦然的眼光对现实生活进行大大咧咧地最为直接地楔入。"因此,一种散漫、放纵和粗俗诗风构成了对严肃优雅诗风的挑战,以语言流写生活流的直接和随意取代了朦胧诗那种刻意的意象群落建构。

在这个群体中,主要代表是李亚伟、韩东、于坚、尚仲敏等。

李亚伟(1963－),四川人,1981 年开始诗歌创作,1984 年和万夏、胡冬、马松等成立"莽汉主义"诗派,并成为"莽汉"的主要代表诗人,主要作品有《中文系》、《硬汉们》、《我是中国》、《困兽》、《苏东坡和他的朋友们》等。李亚伟关心人的存在状况,对眼下的文明充满困惑和怀疑,并试图以各种形式进行反抗。作为《莽汉主义宣言》的执笔者,《宣言》充分地表露了他的诗歌主张和艺术追求。他要追求的是"硬铮铮男子汉"的诗句,要以前所未有的亲切感和平常感以及大胆的夸张和大规模的幽默体现当代人的体验和感受,并且声称他的诗是为中国的

“打铁匠”和“大脚农妇”而演奏的轰隆隆的打击乐。他的《硬汉们》显示的是这样的风格：

我们这些不安的瓶装烧酒
这群狂奔的高脚酒杯哪
我们本就是
腰上挂着诗篇的豪猪
是一些不三不四的
漂流的沉桅
……
用厮混超脱厮混
用悲愤消灭悲愤
然后骄傲地做人

李亚伟的诗表现了“莽汉”诗人的“反文化”倾向。他意识到自己是一只被文化囚禁的困兽，因而横冲直撞，四面出击。他的诗充满对作为文化承载者和传播者的“文人”的嘲笑和戏谑。对文化本质的怀疑使李亚伟似乎看透了文化，也看破了自己，于是以自谑的方式表达对文化的亵渎和嘲讽是李亚伟诗的主要特征。在《中文系》中，他嘲笑中文系的教授与讲师“当屈原李白的导游”、“把鲁迅存进银行，吃利息”、“写王维写过的那块石头”，同时又嘲弄自己：“老师说过要做伟人/就得吃伟人的剩饭/背诵伟人的咳嗽/亚伟想做伟人/想和古代的伟人一起干/他每天咳着各种各样的声音从图书馆/回到宿舍后来真的咳嗽不止。”嘲笑他的同学，“永远在五公尺外爱一个姑娘/由于没有记住韩愈是中国人还是苏联人/敖歌悲壮地降了一级，他想外逃/但他害怕爬上香港的海滩会立即/被警察抓去考古汉语”，“诗人杨洋老是打算/和刚认识的姑娘结婚……这根恶棍认识四个食堂的炊哥/却连写作课的教师至今还不认得”，“万夏每天起床后的问题是/继续吃饭还是永远/不再吃了”。这种对文化和教育的批判与嘲弄在《苏东坡和他的朋友们》等诗中也有生动表现。

以自我否定和自我嘲弄的方式反文化，是后现代诗歌的一个普遍现象。这种现象一方面体现了新生代诗人对传统文化的尖锐批判和大胆怀疑，另一方面也往往把诗人引向满足于粗俗和玩世不恭。

韩东（1961— ），南京人，1982 年毕业于山东大学哲学系，1980 年开始发表诗歌，1985 年在南京与丁当、于坚等创办《他们》，并成为该社的主要代表人物。他影响较大的作品有《有关大雁塔》、《你见过大海》、《明月降临》等。

韩东认为诗歌的美感完全是由个人的生命灌输给它的，又是由另一具体生命感受到的，所以，他特别强调诗人的感觉和体验。他常以质朴明净的意象传达细腻淳厚的感觉，语言平淡而简约，而且冷漠。他不追求语言的华丽和浓郁的感情氛围，一般不用渲染铺排之笔，几乎全是老老实实的日常生活口语平平道来，却能够唤起读者的回味。他甚至常用极有限的字句造成一种特殊的叙述效果。如《你见过大海》，全诗二十多行，实际却只有几句话，翻来覆去，一遍一遍，都是"你见过大海"和"就是这样"，使这一感觉得到了强化。他写月亮，"很大/很亮/肤色金黄/我们认识已很久……但是你不飞/不掉下来"，全是稚拙的大实话。而且这种叙述展现着韩东"诗到语言为止"的艺术观念，并不追求什么含义。

《有关大雁塔》充分显示了韩东的无奈感和反英雄主义特征："有关大雁塔/我们又能知道些什么/我们爬上去/看看四周的风景/然后再下来。"在许多诗人笔下，大雁塔、长城、圆明园、故宫都是内涵无比丰富的历史象征，因而引发诗人的许多联想和浩叹。而在韩东笔下，大雁塔就是大雁塔，一座建筑而已，登塔也没有怀古之幽思或现实感叹，而只不过是看看四周的风景，然后下来。但是，在漫不经心的叙述背后，在那"我们又能知道些什么"的平静表达中，人们却同样感到一种关于历史和生活的深思与无奈。这首诗所用的是一种冷的叙述，没有抒情性的渲染，没有点题性的哲理语言，而只是写一种感受和体验。这种不动声色的叙述方式被称作"冷抒情"，是 80 年代末期文学的常见现象，而韩东却早在 80 年代初已经使用。

第四节　女性诗歌的艺术建构

随着西方女权主义思想的传播，中国女性开始了新的觉醒。她们把目光投向女性自身，更多地关注自身的命运和生命体验，并且试图建立女性自己的话语世界。在这一方面，女性诗人再次充当了前驱。1984 年，翟永明写了她的著名的组诗《女人》(20 首)，并以文章《黑夜的意识》昭示了女性意识的自觉。1985 年，唐亚平以黑色意象构成的 11 首组诗《黑色沙漠》，表现了一种陌生而令人吃惊的女性生活世界，展示了现代女性脱掉了各种伪装之后的生活状态和精神状态。接着是孙桂贞变成伊蕾，不再像过去那样摹写生活，不再满足于复制男性话语，而是开始进入女性自身，直面女性的生命状态和情欲，为女性生命所受的种种压抑和捆绑而歌哭和疾呼。于是，1986 年，我们看到了组诗《独身女人的卧室》，以及《被围困者》和《流浪的恒星》等惊世骇俗之作。至此，女性诗歌成为一个引人瞩目的现象。

在这群女诗人中，以鲜明的个性引人瞩目的是翟永明、唐亚平和伊蕾。

翟永明(1955—　)，祖籍河南，生于四川成都，1974年高中毕业下乡插队，1976年回城工作，1981年开始发表诗作，1984年完成了组诗《女人》及其序言《黑夜的意识》，发表后引起强烈反响。此后又有组诗《静安庄》、《人生在世》等。

翟永明说："在生活中我首先是一个女人，其次才是一个诗人。"她的抒情自我形象也是一个地地道道的女人。虽然这个抒情自我可以是不同的社会角色，可以抒发不同的情感，可以进行各种思考，但无一不是站在女人的立场上从女性的角度进行的。她的诗是简洁的，带有某种阴冷的气息，往往裹着一层沉重的暮色。她不再追求传统女性婉约、清丽的叙述语言，而是运用洒脱、凝重而奇特的文字，抒写着中国新诗历史上尚属陌生的生活体验，营造了一个独特的诗歌艺术世界。

她的创作着力发掘的是女性生命的秘密，曲折表达了女性内心的渴望与恐惧、期待与焦灼、自强与自卑的心灵骚动，充满了对女性命运的思考，以及对女性无法选择的悲剧的哀叹。在她看来，生为女人，注定要以自身惨败的形象与男人一起创造生命的历史。她深知女性的不幸，对女性无法摆脱的悲剧命运有很深的思考，不过，这清醒的认识给她带来的只是痛苦。作为清醒的现代女性，当然渴望人的尊严和自由，然而，却又无法逃脱道德规范和古老传统的缠绕。读翟永明的诗，我们能够感觉到她似乎有点无可奈何，于是她接受关于女人的先验的一切，包括悲剧性的宿命。她清醒又无奈，清醒地认识了一切却又似乎只有接受历史和生活的逻辑。组诗《女人》比较充分地展示了翟永明诗歌的风格。它所呈现的是这样的面貌：

我是最温柔最懂事的女人
看穿一切却愿分担一切
渴望一个冬天，一个巨大的黑夜
以心为界，我想握住你的手
但在你的面前我的姿态就是一种惨败

在《母亲》中，抒情者不再是一个我们所习惯的女性形象，她不再柔弱，不再温情，而是成熟而冷静，清醒而富于洞察力。同时，对于母亲，她不再是充满深情的思念与赞美，而是带着怨愤之情对母亲诉说着女人的全部不幸。在中国新诗的历史上，这种对母亲的诉说无论抒情方式还是情感内涵都是罕见的，这种对女性自身苦难命运的认识和思索无论思维方式还是思考深度都是罕见的。

组诗避开了社会和道德对女性的界定，径直切入女性生命深处，揭示出一个潜在的心理情绪——性。从这一情结出发，《女人》展示了女性在现代社会的生命过程和状态。这里有女性生成的描述，有女性在男性面前的自卑感的显露，有对“女人——母亲”这一循环圈的忧伤,有女性躁动不安的生命冲动和困惑,也有女性对自身生命程式的无奈认同。总的看来,《女人》可以说是关于女性命运的一种寓言。无论人们对于她的诗有多么不同的看法,都无法否认它在新诗艺术发展史上的独特位置。

唐亚平(1962—),四川人,1983年毕业于四川大学哲学系,1985年在诗坛崭露头角,其代表作是组诗《高原的女人》和《黑色的沙漠》。

唐亚平对诗歌艺术的理解是全面且比较深刻的。她不仅像她的同代人一样信仰诗的自我表现力,看重经验和灵感,而且对诗歌创作有着严肃的追求。她关注着女性生命形态、生存状态和生活方式,通过对这一切的传达而表现着极具现代色彩的生活态度和生活哲学。她同翟永明一样深知女性几千年来的存在状态,并为此而深感屈辱和愤怒。但她并不停留于无尽的哀怨,而是以此为起点思考现代女性的生活方式,探讨新的生存境况的可能。她对女性生活方式的关注是明显的。在1986年现代诗歌大展期间,她不是作为别的团体的成员出现,而是自己高举着“生活方式”的旗帜参展。她在艺术自释《谈谈我的生活方式》中说:“就一般而言,我有些怀疑男性是否真正读得懂诗歌,但我从不怀疑女性,她们寂寞、懒散、体弱和敏感的气质使得她们天生不自觉地沉湎于诗的旋律。……我想占有女人全部的痛苦和幸福,想做好女儿、好妻子、好母亲、好朋友、好公民。像普通人一样过日子,像上帝一样思考。”

与翟永明不同,唐亚平的诗不是对女性整体命运的预感和忧患,而是侧重于表现女性个体生命骚动的体验;不是对女性悲剧宿命的无奈认同,而是表达着主动出击反抗的可能。因此,她的诗更多地呈现了现代女性的生命活力,表现了一种不无争议的狂放和潇洒。她甚至说:“在没有诗人的天空下,我只想做一个浑身是肉的女人,带着一身傲气一身恶毒血口喷人。”她的作品热情奔放,更多地传达着现代女性的情感方式和生活态度,虽然往往带有某种玩世不恭的色彩,却充分展示了一个不甘沉沦、不甘平庸、渴望独立和自由的现代女性愤世嫉俗、落拓不羁的风格。

组诗《黑色沙漠》最鲜明地显示了唐亚平的特色。在这里,诗人着力表现了女性在现代社会中的压抑和由此而生的反抗情绪。这种反抗情绪与生命的冲动混合在一起,展示了一种处于压抑下的女性的特殊情感状态。“我披散长发飞扬黑夜的征服欲望/我的欲望是无边无际的漆黑。”(《黑色沼泽》)在组诗中,有女性被男性社会变为驯服工具的个性化体验和深深的悲叹:“那只手瘦骨嶙峋/要把女性的浑圆捏成棱角、覆手为云翻手为雨/把女人拉出来/让她们有眼睛,有嘴唇/让她有洞穴”,“每一个夜晚是一个深渊/你们占有我犹如黑夜占有萤火”。然而,梦想着自由的现代女性是不可能被占有的,“我的灵魂将化为烟云/让我的尸体百依百顺”。诗中反复自白“我已经百依百顺”，而透露的却是一种深深的屈辱感和愤愤不平。

在对女性命运的深知和沉重的压抑面前，唐亚平的诗所显示的选择是以放纵显示自己个性的魅力，以主动的征服颠覆男性世界的绝对权威。这种颠覆是传统的男性社会所难以容忍的，“点一支香烟穿夜而行/女人发情的步履浪荡黑夜/只有欲望腥红”；“找一个男人来折磨”……这种放荡的诗句所表达的是对社会世俗道德观念和男性中心主义的反抗。由于一种清醒的女性意识，她绝不再作讨人喜爱的小女子状，而是时时展示着“放荡”和“可怕”的女妖色彩，然而，她真正要显示的，却是自我的充分成熟，正如她的宣称：“我的高贵和沉重将超越一切。”

从这个意义上说，唐亚平的《黑色沙漠》既表现了一个现代女性觉醒之后的痛苦挣扎，又折射出根深蒂固的封建道德意识对中国女性的扼杀和戕害，它是女性生命的一种扭曲的抗争。然而，在唐亚平的诗中，我们不难看到那闪烁着勃勃生机的年轻生命和不屈从于男性权力秩序的激情所带来的亮色。

伊蕾（1951－　），原名孙桂贞，天津人，很早就以原名发表过大量诗作，1984年入中国作协文学讲习所，1986年考入北京大学作家班，自此诗风发生了巨大变化，名字也由孙桂贞改为伊蕾。主要作品有《独身女人的卧室》、《伊蕾爱情诗选》等。

伊蕾既有翟永明对女性命运的深切体验，又有唐亚平式的愤世疾俗，但更多的是一个现代知识女性压抑的痛苦和对解放的渴望。在她的诗中，可以看到中国女性被无以名状的痛苦所扭曲的心灵的破碎之声和追求解放与新生的厉声呼叫。这种源自生命深处的激情把幻想与思索、痛苦与焦灼化为诗篇，超越千百年来女性诗歌所形成的清规戒律，大胆袒露心灵的每一区域，把重压下女性痛苦的挣扎、生命的焦渴和自由的呼声表现得淋漓尽致。在《给我的读者》一诗中，她这样写道：“你是一个身体健康、精神正常的人吗？/那么你可以作我的读者/我所诉说的你一定能够知道/……我们都是被压抑了这么久/我们的悔恨和绝望重于泰山/朋友，我要告诉你/你的一切渴望都是天经地义的……”由此可见她的诗歌的基本意向：为女性正常的欲望正名并在大雅之堂争取地位。

考察伊蕾诗歌的抒情主体形象，会发现那是一个饱受生命压抑之苦而终于觉悟进而追求生命的解放和自由的女性形象。这个形象不止一次表示：作为现代女性，必须冲破那没有栅栏的囚所，必须离开活着的墓地；必须复活被抹杀的欲望，必须走出黑暗的遮蔽。她不止一次地呼号：“我的肉体渴望来自另一个肉体的颤栗的激情/我的灵魂渴望来自另一个灵魂的自如应和。“（《流浪的恒星》）她甚至希望有一个草垛或者一个岩洞，像野兽一样满足自然赋予的本能。对于生命的压抑，她有深刻的痛苦思考，《流浪的恒星》中说：

自由！与生俱来的一物
被社会一寸一寸地剥夺
我落地生根，即被八方围困
我学会走路，便被锁链而牵
我学会说话，便越来越恐惧地选择语言
我学会爱，便面对一万个先决条件
……
我用尽人类高于动物的所有智慧
为了追求与动物同等的权利
悲哀呀，悲哀得没有眼泪
我终于只有流浪
让我一无所有，象一只悠闲的狗
一只饿狼

她的诗处处充满着生命的呐喊。她宣称“情欲的洪水漫过围墙”，高声发问：“我在为谁恪守戒律?”(《被围困者》)她甚至呼唤：“毁坏我吧，肆意地侮辱我吧/我宁愿伤痕累累。”(《你隔着金色的栅栏》)“追逐我吧/猎取我/消灭我/我要和你融为一体。”(《跳舞的猪》)她思考男女两性关系的根本，思考生命的真谛，充分表现着女性追求生命欲望满足的激情。这是一种被压抑了几千年的声音。如《绿树对暴风雨的迎接》中写的：“迎接你，即使遍体绿叶碎为尘泥！与其枯萎时默默地飘零，莫如青春时轰轰烈烈地给你。”在《三月的永生》中，她这样写道：“你是火就狂风一样地烧吧/在残山剩水间，让我化为灰烬/我的灰烬是永生。”《这里是一片焦土》、《把你野性的风暴摔在我身上》等诗仅从题目就可以看到那种生命冲破压抑的强烈躁动。舒婷的爱情诗，林子的爱情诗，在伊蕾面前显得多么古典！而伊蕾已经彻底从那种古典标准中叛逃了出来。正是这种叛逃之后的生命呐喊，使伊蕾的诗具有广泛而强烈的挑战性和冲击力。无论对于传统道德规范、两性关系模式，还是对于女性人格模式，都具有一种革命性的意义。

《独身女人的卧室》与其他诗作一样，抒情自我是一个成熟、健康并充满生命渴望的女性，发出的是生命的呼唤，甚至组诗的每一首结尾都是“你不来与我同居”。在这个抒情主人公面前，中国的现实和传统造就的男人暴露了他们所有的不健康和不成熟。诗中几处写到与男人的关系，让人看到的都不是男性的光彩，在健康女性面前，男人的萎缩与扭曲形成鲜明的对照。“为什么他不问我点什么/每次他大谈现代派、黑色幽默/可他一点也不学以致用/他才思敏捷，卓有见识/可他毕竟是个孩子/他温存多情，单纯可爱/他只能是个孩子/他文雅庄重，彬彬有礼/他永远是孩子，是孩子/——我不能证明自己是女人。”这也许是现代女性的悲哀所在，对男性从根本上是绝望的，却无法抗拒作为生命对男人的需要。诗中的“我”热烈而奔放，“我怀着绝望的希望夜夜等你”，然而，被等者却没有勇气前来。诗人展示的是活生生的女性生命，这个生命同样在文化的压迫之下，却富于反抗的精神，顽强地证明自我生命的鲜活，相比之下，男性却是文化枷锁之下的懦夫。男人一直以勇敢装饰自己的形象，而在伊蕾的诗中，这种装饰被揭掉了。

有批评者认为伊蕾一边建立女性的乌托邦，一边又渴望被占有，暴露了自身的矛盾。其实，伊蕾对暴风雨的呼唤也罢，对野性力量的呼唤也罢，渴望的只是女性生命自我的完成。在性问题上，两性权利的争夺主要表现在对主动权的争夺上。因此，伊蕾的呼唤本身已经实现了对男性权威的颠覆。

第十一章　小说(上):现实主义大潮

第一节　刘心武等人的"伤痕小说"

1976年10月"文革"结束,标志着新时期的开始,沉滞多年的文学创作在探索中逐步回到它自身的航道。小说创作最先出现的是"伤痕文学"。

1977年11月,刘心武的短篇小说《班主任》在《人民文学》发表,立即引起了强烈反响,并且成为"伤痕文学"的潮头作。虽然这个作品不可避免地保留了那个时代政治意识形态的一些痕迹,但其开创性意义是明显的:它最先以生动的艺术形象对刚刚过去的那场"文化大革命"提出了质疑,并且作出了否定性的评价。

刘心武(1942—　),生于四川成都,1961年毕业于北京师范专科学校,毕业后在中学任教。1976年10月,他被调到北京出版社做编辑工作,1980年调到中国作家协会北京分会,成为专业作家。《班主任》是他的成名作,此后又发表过《我爱每一片绿叶》、《如意》、《立体交叉桥》、《钟鼓楼》、《四牌楼》等多部小说。

《班主任》围绕一个班主任老师张俊石的工作,描写了几个青少年形象,展示了那个所谓激情岁月对孩子们的扭曲和伤害。

在"读书无用"、"造反有理"的年代,宋宝琦变成了一个愚昧无知而又蛮横粗野的"小流氓"。他终日打架斗殴,偷窃公物,身上是"一疙瘩一疙瘩的横肉",嘴唇是"在斗殴中打裂又缝上的",内心却由于缺少知识的滋养而完全荒芜,对美与丑、善与恶、是与非都缺少起码的认识和判断。小说告诉人们,造成宋宝琦这种精神畸形的并不是什么"资产阶级思想的毒害",因为他事实上对资产阶级思想一无所知。他之所以变成一个小流氓,恰恰是"文革"时期极"左"政治和愚民教育的结果。因此,小说对宋宝琦形象的描写就构成了对"文革"的揭露和控诉。

小说的重要贡献不仅在于写了宋宝琦这样的学生因为"革命"而荒废学业、变成小流氓的现实,而且写了那个时代典型的所谓"好孩子"形象谢惠敏在精神上同样被扭曲的现实,揭示了谢惠敏的畸形性格。与宋宝琦不同,谢惠敏"根正苗红”、“品学兼优”,是那个年代公认的所谓最优秀的少年,因此,她理所当然是班里的团支部书记。然而,小说通过一系列情节使人们看到,这个劳动者的后代虽然纯洁、真诚、品行端正,而且有朴素的阶级感情,听党的话,听毛主席的话,一言一行都严格遵循时代的规范,但是,正因为这样,她的头脑已经出现了问题:她把有爱情描写的名著统统看做“黄书”,把报纸上未推荐的书一律看做“毒草”,把穿短袖衬衫、穿裙子当作“资产阶级作风”,把生活中的一般矛盾理解为“阶级斗争”……她的性格无疑是那个时代教育和引导的产物,在很大程度上概括了“文革”时期那些“积极”、“进步”、“思想红”的青少年的共同特征。小说通过这些描写,使人看到了那个特殊的年代青少年思想的窒息和心灵的扭曲。

通过这些形象的塑造,小说揭示了“文革”给一代青少年留下的严重内伤,反映了那个时代的荒谬本质,并且在小说的最后发出了“五四”时期鲁迅曾经喊过的“救救孩子”的呼声。

在刘心武揭示“文革”灾难的小说中,《如意》是一部以呼唤人道、赞美人性而引人瞩目的作品,在当时的小说中同样具有重要的开拓性意义。在这部作品中,刘心武触及了阶级斗争扩大化与人情、人性、人道主义之间的冲突,从人道的立场上对阶级斗争扩大化给予了批判和否定,同时对美好的人性和人道精神给予了深情的赞美和呼唤。小说中的主要人物石义海是一所中学的勤杂工。他与金绮纹在患难中产生了真挚的爱情,却因为“血统论”而难以“如意”。小说由此表现了阶级斗争扩大化对人的正常感情的压制。与此同时,小说充分表现了石义海的朴素、善良和同情心。在学校批判“走资派”的大会上,他为被斗者摘掉附在脖子上的铁饼;一个资本家被打死曝尸街头,他为其盖上一块塑料布;牛鬼蛇神晒在烈日下改造,他为他们端来了绿豆汤……他没有什么理论,思想认识非常朴素:“人对人不能狠得过了限……”在他的身上,人们看到了阴暗背景上的美好人性,看到了人性对兽性的抗争。小说通过这一人物形象的描写体现了对人道主义的理解和肯定。正是这种对人的关切使这部小说在新时期文学初期放射着特有的光彩。

从 70 年代末开始,刘心武一直活跃于文学发展的大潮中,他有很强的社会责任感,密切关注现实社会的各种问题,时时发出正义的呐喊和人道的呼唤。他富于创新精神和变革意识,在艺术上不停地思考和追求。这一切使他的小说具有较为丰厚的意蕴,也使他成为新时期中国小说的主要代表作家之一。通过他的作品,可以看到新时期小说在起步之初的发展轨迹。

1978 年 8 月,卢新华的《伤痕》在《文汇报》发表,小说以“血统论”造成的母女两代人心灵上的创伤,揭示了极“左”思潮对青年心灵的摧残,在读者心中产生了强烈共鸣。“文革”结束后第一股文学潮流也因此而得名。此后,对“文革”灾难的控诉如大河决堤,一大批"伤痕小说"喷涌而出,冲破了"文革"时期"瞒和骗"的时尚,开始回归文学的现实主义传统,直面惨烈的人生,正视淋漓的鲜血,喊出压抑心底的创伤和愤懑。冯骥才的《啊!》、郑义的《枫》、陈国凯的《我应该怎么办》、韩少功的《月兰》、叶蔚林的《蓝蓝的木兰溪》等作品,沉痛地控诉了"文革"对人格的野蛮摧残和对文化的粗暴践踏,揭示了"文革"给无数家庭造成的家破人亡、妻离子散的人间悲剧。从维熙的《大墙下的红玉兰》、方之的《内奸》、叶蔚林的《在没有航标的河流上》、周克芹的《许茂和他的女儿们》、莫应丰的《将军吟》等作品,以强烈的情感,表达了对灾难中的无辜者悲惨命运的深切同情,对野心家和阴谋家的倒行逆施进行了强烈谴责。在这些作品中,影响较大的是周克芹的《许茂和他的女儿们》。

周克芹(1937－1990),四川简阳人,1958年在成都农业技术学校毕业前夕,因"同情右派"被贬回乡务农,1979年调入四川省文联从事专业创作。代表作品有长篇小说《许茂和他的女儿们》、《秋之惑》,短篇小说《石家兄妹》,中篇小说《桔香·桔香》等。《许茂和他的女儿们》获得首届茅盾文学奖。

《许茂和他的女儿们》描写的是四川西部偏僻山村葫芦坝一个普通农民许茂和他的女儿们的生活故事。故事发生的时间是1975年冬季,这年年初,邓小平复出主持中央工作,全国政治经济形势出现转机,而"四人帮"不甘罢休,掀起了"反击右倾翻案风"的运动,一心要把以邓小平为首的老干部重新打倒,于是,两种力量展开了殊死的搏斗。作品通过许茂一家悲欢离合的遭遇,真实地反映了极"左"路线给农民带来的深重灾难和心灵创伤。

许茂老汉是长期动荡不安的农村社会造就的中国普通农民的艺术典型。作为一个庄稼汉,他身上不乏正直、勤劳、坚韧的优良品质。他曾是合作化运动中的积极分子,爱社如家的模范社员,但在政治风云的变幻和动乱的漩涡中,他由惶惑而忧郁,由忧郁而固执,由固执而自私,由自私而贪婪,思想与道德逐渐变得判若两人。为了钱,他可以绝情绝义。大女婿金东水因火灾无家可居,他房屋宽敞也不让女婿借住;大女儿病故,家穷买不起棺材,他置之不理;四女儿离婚回了娘家,他百般拒绝;连云场上他乘人之危,压价买下孤儿寡母赖以换钱治病的食油再转卖高价。小说告诉人们,造成许茂老汉自私自利、吝啬冷酷的原因,一是千百年来小生产者固有的狭隘、贪婪、保守的劣根性在物质贫困、精神贫乏的社会环境中的复活;二是十年动乱破坏了人们的生活,败坏了社会风气。许茂虽然发生了可悲的变化,但并没有丧尽天良,特别是工作组严少春的到来,给他生活带来一线光明,使他曾经逝去的善良又重新迸发,他终于支持许秀云和金东水结合,并把金东水一家迎进门来。许茂这一形象的意义表明,中国的农民最注重实际,一旦历史进程与他们的利益相悖,他们就会蜷缩于一己的私利之中。

四姑娘许秀云也是小说着力刻画的主要人物。她有无比美丽的外表和心灵,却有着凄苦悲凉的命运。她幼年丧母,中学毕业就回乡务农,妙龄之际遭到郑百如的强暴,婚后孩子又不幸夭折。邪恶势力的摧残,旧习俗的歧视,使她在葫芦坝几乎没有了容身之地。但她始终没有向厄运低头。与郑百如离婚后,她拒绝了三姑娘为她安排的再嫁之路,不顾乡邻的闲言碎语,不顾老父亲的冷酷无情,甘愿忍受贫苦,追求自己的生活。她的全部行动,包括对许茂的孝敬,对郑百如的唾弃,特别是在大姐死后对金东水的同情、仰慕和热爱,都显示出她温柔刚烈的性格特色和异常顽强的生命力量。具有悲剧性审美品质的四姑娘形象的塑造是全书最突出的成就。

第二节　高晓声、张贤亮等人的历史反思

思想解放运动和政治上的拨乱反正为文学打开了一些禁区,开拓了生存空间。一批"右派"作家的"归来"和一批经历过"8·18"广场又经历过上山下乡运动的知青作家的出现,为文学创作充注了新的活力。在这个背景上,文学不再满足于对"文革""伤痕"本身的展示,而开始以更开阔的视野回顾历史,以更深沉的思考反省这场民族的灾难。这是必然的,当作家们对"文革"灾难进行揭示、认识、控诉和批判之后,就不能不去思考造成这一历史大悲剧的原因,不能不去寻找悲剧发生的必然性及其发展的轨迹,也就不能不把笔触伸向十年之前的岁月去总结惨痛的教训。这股创作潮流一个最突出的特点就是对"文革"灾难做历史的反思,所以被称为"反思文学"。反思文学的主要成就表现在小说领域。

最先出现的作品都是对"文革"之前十几年我国社会生活中出现的问题进行重新思考的。1979 年初,鲁彦周的中篇小说《天云山传奇》率先以大胆的批判精神对 1957 年的"反右"作出了新的判断,过去一直作为反面人物存在的"右派分子"形象成为特定时期殉道的英雄,"反右"运动的错误得到艺术的展示。接着,茹志鹃的《剪辑错了的故事》、刘真的《黑旗》、张一弓的《犯人李铜钟的故事》第一次以文学形象揭示了 1958 年"大跃进运动"的荒谬本质和它给人民带来的巨大灾难。高晓声的短篇小说《李顺大造屋》通过一个农民几十年为造屋而艰苦奋斗却总是功败垂成难以实现的坎坷经历,反映了极"左"路线对农民的严重危害。张一弓的《犯人李铜钟的故事》第一次在文学中再现了 1960 年发生在中国大地上的那场大饥饿,并生动而系统地揭示了悲剧的根源。张弦的短篇小说《记忆》通过一个年轻的电影放映员因在慌乱中使伟大领袖的光辉形象在银幕上倒立映出而被开除公职、下放农村劳动改造的事件,对早在"文革"之前就已经存在的个

人崇拜进行了思考。古华的长篇小说《芙蓉镇》等作品则反映了1964年社会主义教育运动是非混淆、人妖颠倒给人民造成的灾难。此外，王蒙的《布礼》、《蝴蝶》、《悠悠寸草心》，张贤亮的《灵与肉》、《绿化树》，李国文的《月食》、《冬天里的春天》，陆文夫的《小贩世家》，韦君宜的《洗礼》，白桦的《啊，古老的航道》、《妈妈呀，妈妈》，金河的《带血丝的眼睛》，谌容的《永远是春天》、《人到中年》，张一弓的《张铁匠的罗曼史》，戴厚英的《人啊，人》等，都对中国当代社会发展中的一系列问题进行了重新思考和评价。这些作品不只是着力于对其局部"伤痕"的展示，而是将人物命运与历史进程结合起来，通过人物的坎坷经历揭示历史的变迁，在历史的变迁中对人物命运做立体的观照。它所表现的多是极"左"路线制约之下的困厄人生，但不再只是对灾难本身唏嘘感叹，而是致力于揭示人物命运与历史灾难之间的必然联系，引导人们对历史作深入的思考。

在思想内容上，反思小说有两大中心主题：

一是人民的主题。在反思文学中，有大量的作品从党和人民的关系这一独特的角度对党和人民的关系问题进行了严肃的思考，在过去相当长的一段时间里，极"左"政治路线践踏人民意志，破坏了党与人民的鱼水关系，新时期文学对这一沉痛的现实做了历史性的回顾和反省，以强烈的历史使命感和社会责任感在文学中高高举起了人民的旗帜，确立了"人民——上帝"的观念。作家们以前所未有的道德激情关注着革命历史发展过程中的一些不幸的变化：一些在革命战争年代与人民血肉相连的革命者在革命胜利之后却远离人民做官当老爷，甚至不顾人民死活。作家站在人民的立场上，带着强烈的忧患感对造成这一严重后果的历史因素做了多方面的思考，在对忘恩负义者进行道德审判的同时提醒干部不要忘记人民。在作品中，这一思考往往是通过一些从革命战争年代走过来的高级干部自身的反省和忏悔完成的。这是反思文学的一种重要的艺术手段，它使作品更有普遍的艺术力量。

二是人的主题。反思文学的旗帜上大写着"人民"二字，同时也大写着一个"人"字。作家们在对极"左"的政治思潮进行控诉和批判的时候，在对历史进行政治的或道德的评判的时候，已经意识到了当代极"左"政治与古老的封建主义的联系，注意到了这两者是如何联合起来制造灾难和悲剧的。极"左"政治与封建主义共同的罪恶首先就是漠视人的价值、尊严和权利，因此，在对当代政治历史进行反思的时候，人的问题是无法回避的。反思文学为恢复人的价值、尊严和权利进行抗争，人道主义成为批判极"左"政治路线、控诉其罪行的有力的武器。作家们通过形象的创造告诉人们，一个健全的社会不应该压抑人性、摧残人、扭曲人、扼杀人的正常要求。正是在这一点上，文学在政治上反对极"左"政治路线的同时走向了反对封建主义，承担起了中国新文学曾经为之奋斗而在曲折的历史行进中又曾经中断的这一现代主题。对人的关注使新时期文学更进一步地走向了“人学”。

在艺术形式上,反思小说适应历史反思的需要,常常采用一种“准意识流”的手法,打乱历史本来的时间空间秩序,根据需要而重新组合。从王蒙的《布礼》、《蝴蝶》,到李国文的《月食》、《冬天里的春天》,都显示了这样一种处理手法。这种新的表现手法非常有效地适应了对历史的反思。

反思文学是70年代末思想解放运动的直接成果。它立足于当代历史的整体进程,揭示了当代中国政治从“左”到极“左”的步步发展,深入探讨了中国当代社会的一系列问题,对当代历史上的一系列重大历史事件作出了重新评价,对新时期中国社会的拨乱反正发挥了重要的作用。作为新时期文学发展中的一个重要环节,反思文学以独立评判社会历史和现实的勇气显示了新时期文学主体意识的觉醒,以深沉的思考为文学创作带来了理性精神,以鲜明的批判精神把现实主义文学推向了新的阶段,以适宜于反思的打乱时空秩序的“准意识流”等手法丰富和发展了表现技巧。当然,由于反思文学主要产生于70年代末和80年代初,作家的思想还不可能得到完全的解放,文学观念还远远没有得到更新,所以它也必然地留下了种种局限和不足。

反思小说的主要代表人物是高晓声、李国文、张一弓、古华、张贤亮等。

高晓声(1928—1999),江苏武进人,50年代初开始文学创作,1957年因与方之、陆文夫、叶至诚等组织“探求者”文学社而被划为“右派分子”,下放农村劳动达20年之久。重返文坛后创作了大量的小说,其中最引人瞩目的是《李顺大造屋》和“陈奂生系列”。

《李顺大造屋》通过一个普通农民为造屋而艰苦奋斗30年的曲折经历,深刻表现了中国农民在极“左”政治思潮泛滥的年代里的生活和命运,沉痛地反思了历史,深刻地揭示了极“左”政治路线对农民生活的严重危害。穷苦的船民李顺大在土改中分得了土地而没有分得房屋,因此,他发誓要通过自己的努力盖三间新房。为此,他带领全家以最原始的积累方式开始了艰苦卓绝的造屋准备工作:平时每人每顿省一碗饭;阴天下雨不下地,一日三餐只吃两餐;农闲时自己做糖,走街串巷换破烂……经过几年的艰苦努力,他终于积下了造三间屋的材料。但是,1958年的“大跃进”和“共产风”使他的全部努力成了泡影。“大跃进”过去之后,李顺大又开始了奋斗。经过又一番艰苦努力,他攒起了可以造三间屋的钱,却又被“文化大革命”的洪流席卷而去……小说发表于1979年,作为反思文学潮头作之一,它以李顺大造屋的经历为线索,描写了土改、“大跃进”、“文革”等几个历史断面的社会生活,生动地展示了中国当代农民的命运,从一个侧面表现了当代社会发展的曲折历程,总结了历史的经验教训。

"陈奂生系列"包括《"漏斗"户主》、《陈奂生上城》、《陈奂生转业》、《陈奂生包产》以及后来的《种田大户》、《陈奂生战术》、《陈奂生出国》等。这个系列最突出的成就是塑造了陈奂生这个农民典型形象。陈奂生最早出现在《"漏斗"户主》中:他身强力壮又勤劳能干,却年年缺粮,年年挨饿,是一架"饿着肚子的产粮机"。像广大农民一样,他吃苦耐劳,"没有饭就吃粥,没有粥就瓜菜代,没有瓜菜就吃榆叶、马兰",苦苦地挣扎,"等等看"。然而,等了一年又一年,却总是缺粮。小说生动描写了种粮食的人年年饿肚子的历史事实,最后写出了历史的转折:陈奂生终于有了足够的粮食。当人们看到陈奂生因为有了足够的粮食而大哭的时候,无法不为中国农民所经历的苦难历程而辛酸。

《陈奂生上城》的故事紧接《"漏斗"户主》:终于吃饱肚子之后的陈奂生产生了新的追求:想买一顶帽子。于是进城卖油绳、买帽子。但是,帽子还没买上,他在寒冷的火车站上感冒了。小说运用巧合的手法让这个老实的农民进入一个本来不属于他的天地:坐了县委书记的小轿车,住了县委招待所的高级房间。生动的细节描写表现了作者高超的艺术能力,从陈奂生开始时看到沙发不敢坐,到后来用新枕巾擦脸、擦嘴、擦脖子的表现,从付款时与服务员的对话等一系列描写,读者可以看到一个活生生的农民。小说的心理描写简约而成功。一夜睡掉了两顶帽子的钱,这使陈奂生心疼,但又成了陈奂生向村人夸耀的资本。在回家的路上,陈奂生最后终于从花了钱的心疼转化为精神上的胜利。这一切,都深刻揭示了中国农民的心理。后来的《陈奂生转业》、《陈奂生包产》等小说,进一步丰富了陈奂生性格,表现了传统农民在复杂现实中的种种尴尬,并反映了社会生活中的复杂矛盾。

陈奂生是当代文学人物画廊中成功的农民典型。他勤劳、善良、朴实、憨厚,具有中国农民的传统美德,同时也显示出目光短浅、容易满足等中国农民的性格弱点。陈奂生在名义上是国家主人,却从来没有主人的意识。小说通过这个典型形象揭示了中国当代充满曲折与失误的历史。他的命运是可怜的,体现着中国农民的不幸,他的性格是病态的,是传统与现实共同制造的结果。这种性格是官僚主义、特权意识最适宜的生存条件,正如高晓声所指出的,如果农民都如陈奂生,中国是"会出皇帝"的。小说正是从这个意义上对农民性格与当代政治的复杂关系进行了深刻的表现。

高晓声小说的主要成就在于中国农民形象的塑造。这得益于他被划成"右派"之后二十多年在农村的生活,也得益于他的艺术处理:(一)在取材上,高晓声更多关注的是农民衣食住行等日常生活内容,而不选取所谓的重大事件或离奇的故事,这使他的小说更具有普遍意义。(二)高晓声在描写人物性格的时候,充分地注意到了中国农民性格的丰富性和复杂性,既写农民的美德,也表现了农民性格的弱点,全面立体地塑造了中国农民的形象。(三)他的小说的故事情节并不复杂,但作家总是充分地利用一切场景和细节,充分地表现人物的内心世界,细线条的刻画使他的人物更加栩栩如生。

古华(1942－　),原名罗鸿玉,湖南省嘉禾县人。1961年肄业于郴州农业学校,1962年发表第一篇小说《杏妹》,1978年出版第一部小说集《莽川歌》,"文革"结束后作品面貌逐渐发生变化,1980年发表长篇小说《芙蓉镇》,成为反思小说最优秀的代表作之一。此后,发表的作品有《爬满青藤的木屋》、《金叶木莲》、《浮屠岭》、《相思树女子客家》、《贞女》等。

《芙蓉镇》以50年代到70年代的湘西农村为背景,以漂亮的农村女子胡玉音发家致富的艰难曲折和悲惨遭遇为线索,通过周围各具风采的人物,揭示了极"左"政治对人们美好生活的破坏,对美好人性的摧残和扭曲,反映了当代中国社会历史的曲折和谬误,并且生动地表现了湖南的地方风俗和民情。古华在小说的《后记》中说:"我探索着,尝试着把自己二十几年来所熟悉的南方乡村里的人和事,囊括、浓缩进一部作品里,寓政治风云于风俗民情图画,借人物命运演乡镇生活变迁……"作品实现了作者的设想,生动地展开了在那个特殊背景上真善美和假恶丑的矛盾冲突,在控诉极"左"的政治路线的同时发出了强烈的人道主义的呼声。

这一切首先是通过人物及其命运表现的。小说成功地塑造了"芙蓉仙子"胡玉音、"铁帽右派"秦书田、"运动根子"王秋赦、"北方大兵"谷燕山、工作组长李国香等人物形象。在这些形象中,最值得注意的是胡玉音、秦书田和王秋赦。

小说中的胡玉音美丽善良,勤劳能干,受了伤害也从不埋怨别人,依靠自己的辛勤劳动创造美好的生活。在1962年经济政策调整的背景上,她走上了致富之路,从提篮卖菜团子开始,到摆起米豆腐摊子,辛勤劳动终于为她换来了财富,盖起了新房。但是,在1964年的社会主义教育运动中,她却开始了苦难的历程。她的劳动成果成了"走资本主义道路"的"铁证",新盖的楼房被没收,丈夫含冤死去,她成了年轻的寡妇,而且戴上了"新富农"的帽子,从此,扫街、罚跪、被批斗,受尽种种折磨,在苦难的深渊中煎熬了14年之久。这是一种美好被丑恶摧残、好人被坏人践踏的悲剧。通过胡玉音的悲惨遭遇,小说充分揭示了那段历史的荒谬、丑恶与残暴,控诉了极"左"政治对生产力的破坏和对真善美的践踏。

小说塑造得更为生动的人物是"铁帽右派"秦书田。秦书田做过州立中学的音乐教员和县歌舞团的编导,吹打弹唱、琴棋书画,无所不通。1957年,他因为"利用民歌反党"的罪名而被划为"右派",开除公职,下放到芙蓉镇劳动改造。他过着非人的生活,却仍然能够"穷快活,浪开心",保持一种乐观的人生态度。小说表现了他若癫若狂、油滑乐天的性格,写出了他作为一个"运动油子"的性格侧面，揭示了政治压力之下人的性格扭曲的复杂状态。这一形象有装疯卖傻以求生存的一面，有诚恳善良不失良知的一面，也有灵活机智而顽强不屈的一面。他好像是个乐天派，但夜深人静时却想过自杀；他一直装疯卖傻、委曲求全，但在被关进监狱的时刻却透露了骨气和勇气。这一形象以特有的独创性丰富了自鲁彦周的《天云山传奇》以来的"右派"人物形象系列，展示了"右派"的又一种生存方式和心理状态。

"运动根子"王秋赦是一个极有认识价值的形象。他品质恶劣，灵魂肮脏，好逸恶劳，善于投机，是一个流氓无产者的典型。这一形象的深刻性在于揭示了极"左"政治的一种群众基础。王秋赦与极"左"的政治路线是相辅相成、互相依存的。作为一个无产者，经济地位决定了他本能地希望改变现实以改变自己的生活现状，所以，当革命到来的时候，他是积极的拥护者和追随者，是破坏旧世界的积极力量。但由于他们思想意识落后，游手好闲，不事生产，却永远成不了新世界的创造者。正因为如此，他们注定了永远贫困，这贫困又使他们永远保持着"革命"的积极性，成为社会的破坏力量。在"土改运动"中，王秋赦曾经参加土改工作队，在被派往逃亡地主家看守浮财时，他依靠权势钻进了地主小老婆的被窝，并且由此体会到了翻身的滋味。土改之后，他分到的土地抛荒，浮财被迅速卖光花净，因而重新成了"无产者"。所以，他整天盼着"再来一次土改，再分一次浮财"，这个机会终于在 1964 年盼到了。到了"文革"时期，他更是平步青云，当上了公社革命委员会主任，搅得芙蓉镇鸡犬不宁。这个形象的意义在于，启发我们认识这样一种破坏力量，在破坏一个旧世界的时候，他们的作用是不可低估的，但在建设一个新世界的时候，他们的破坏作用同样不可低估。而过去我们对这种人物的认识却只看到了他革命的一方面，而没有充分意识到他的破坏性。王秋赦得势、胡玉音遭难，这种对比本身也增强了小说批判的力度。

小说只有 15 万字，写了 20 多年生活的变迁，反映了政治形势的动荡、人物命运的浮沉以及风俗民情的演化。可以说是一部"浓缩型的长篇"。它以小社会写大社会，选取最能概括时代生活的时间和空间，收到了篇幅小而容量大的效果。小说所反映的社会生活是从 60 年代到 70 年代，但集中描写的却只有四年。作家抓住历史变化的重要环节，必要时加之补叙，以四年的生活片断完整地表现了那段历史。在人物设置上，小说只写了八个人，主要人物重笔浓墨，次要人物笔墨极省。小说还以表现风俗民情见长，一幅幅色彩浓丽的风俗画，把人情世态刻画了个淋漓尽致。从整体上说，《芙蓉镇》是一部悲剧，但作者以喜剧的笔法写悲剧，外谐内庄，幽默风趣，这对于沉重内容给读者带来的压抑感是一种缓解。

张贤亮(1936—)，江苏盱眙人，生于南京。1957 年因发表诗作《大风歌》而被划为"右派"，1979 年重返文坛。作品主要有《邢老汉和狗的故事》、《灵与肉》、《土牢情话》、《河的子孙》、《男人的风格》、《绿化树》、《男人的一半是女人》、《习惯死亡》等。

短篇小说《灵与肉》发表于1980年,小说写的是一个出生于上流社会的青年知识分子许灵均半生的遭遇。他虽然出身富有,童年却没有得到幸福和欢乐,而且后来成了无家可归的孤儿。1949年之后,是政府送他上了学,并使他成了一名人民教师。但是,好景不长,在1957年的"反右"运动中,因为他的资产阶级血统而被划为"右派"。在解除劳教到农场做放牧员的生活中,农场的乡亲们给了他人间的温暖,并使他在苦难中与从四川逃荒而来的姑娘李秀芝建立了一个温暖的小家庭。进入新的历史时期之后,许灵均的父亲从国外回来,准备接他到国外去继承遗产,许灵均拒绝父亲的要求,留在了大西北。小说通过一系列情节表现了许灵均在历尽坎坷之后的成熟。不幸命运使他得到了磨炼,成为生活的强者,而且使他知道了什么是最可珍贵的,从而与劳动群众建立了血肉联系。小说在反思苦难的同时唱了一曲美好情操的赞歌。同时,小说还成功地描写了女主人公李秀芝的形象,她命运多舛而仍然对生活充满希望,在艰难困苦中乐观地对待生活,表现了勤劳、善良、热情而纯朴的女性美。

中篇小说《河的子孙》是在农村实行生产责任制的背景上展开历史反思的。面对是否实行生产责任制的问题,大队支书魏天贵进入了自己几十年工作和生活经历的回顾。小说通过这种回顾成功地塑造了这一农村干部形象,并以此展示了中国农村走过的曲折道路。在极"左"思潮盛行年代的一次次政治运动中,魏天贵显示了精明圆滑、阳奉阴违、弄虚作假的超常能力。按百分比抓阶级敌人,他弄虚作假使无儿无女无牵挂的郝三成了"反革命分子",代替蒙冤的韩玉梅进了监狱。三年大饥荒中,他谎报汛情,以加固黄河防洪坝为由,从县里骗来了工程粮,使魏家桥大队创造了当地的奇迹:一个人也没有饿死。在"文化大革命"中,他利用他的个人威望组织当地农民纠察队进城参加武斗,却让自己村的人"在家里好好种地"……小说充分表现了这个外号"半个鬼"的村支书性格的复杂性和丰富性。他善于顺势求存,有农民的淳朴、厚道、义气和责任感,也有农民的自私和狭隘,人鬼相间,瑕瑜并存,然而,这一形象是不正常环境中的正常存在,是极"左"政治制约下的特殊产生。小说正是通过这样一种性格的塑造揭示了那段荒谬的历史。

张贤亮的反思小说中影响最大的是他的《唯物论者的启示录》系列中的《绿化树》和《男人的一半是女人》。它是对中国当代历史的深入反思,是对当代知识分子命运的深刻揭示。

《绿化树》以章永璘在某农场的生活经历为线索,展示了特定时期大西北劳动改造的生活场面,使我们看到了一个知识分子在饥饿中的心理状态和由饥饿而导致的人格变化。章永璘作为一个受过教育的知识分子,由于吃不饱肚子,所有的知识和才华都用在了获得食物上:他用钉子代替浆糊,省下打浆糊用的稗子面用铁锨在火炉上做煎饼;他不用饭盆而用罐头筒打稀饭,利用炊事员的视觉误差每次多得 100 毫升;他利用老乡算账不清而以 3 斤土豆换 5 斤胡萝卜,赚了老乡两元钱的便宜……他受过的教育使他知道自己应该有更高的精神追求,因而吃饱之后常常为自己的行为而痛苦忏悔,甚至在内心里诅咒自己,但是,早晨起床之后,面对自己饥饿的肚子,他却仍然要像动物一样为求生的本能所驱使,千方百计到处觅食。

小说还生动表现了章永璘在特定环境中的矛盾。一方面,他无法抵挡动物求生本能的冲击,另一方面又要不断地与自己的本能抗争。他清楚自己与马樱花在文化教养方面的差距,但长时间的交往却使他萌生了对家庭生活的渴望;与海喜喜打架的胜利使他产生了对健全体魄的重视,但在马樱花的热炕上不断阅读《资本论》,从中又得到精神上的升华。这一切使章永璘总是处于矛盾之中,不断地自我否定和自我超越。从某种意义上说,《绿化树》也是一个知识分子对人民群众的忏悔,章永璘与马樱花的爱情关系事实上成为知识分子与劳动大众的关系的一种象征。他们的爱情关系中一直存在着一些矛盾,他们不同的文化教养使他们之间无法消除那巨大的差距,章永璘对马樱花的感情也常常处于一种摇摆不定之中。当章终于决定与马樱花结婚时,又一次关押却使他离开了马樱花,而且再也没有见过她。这个充满遗憾的故事寄寓了作家对人民群众的一种感情,但也回避了一些矛盾。

从整体上看,张贤亮通过一个个知识分子的故事,反映了中国当代知识分子的苦难历程,由此揭示了历史的荒谬,对极“左”政治进行了深刻批判。同时,他对历史的反思往往通过主人公自我的内省展开,让主人公在灵与肉的搏斗中不断自我拷问,不断“超越自己”,这种方式有利于揭示人物的内心世界,并且使作品呈现出一种理性色彩,但也很容易暴露作者的思想局限。此外,他的小说大多都以雄浑而苍凉的大西北为背景,营建了一种粗犷、壮观、严峻的氛围,特别注重在苦难背景上发现美好的东西,表现“痛苦中的快乐”和“伤痕上的美”,表现智慧的美、感情的美,表现闪光的人性和劳动者的美好情愫,这表现着他的审美追求。

第三节　蒋子龙、柯云路等人的改革小说

继“伤痕文学”和“反思文学”之后,文学中又出现了一个新的文学思潮——改革文学。

改革文学的发展可以分为三个阶段:第一个阶段是歌颂与呼唤改革的阶段。最早的作品是蒋子龙发表于1979年的小说《乔厂长上任记》。接着是柯云路的《三千万》等。这些小说及时地反映了社会生活中的新发展,以前所未有的改革者形象塑造显示了一种新的文学风貌。改革的第一步是在农村迈出的,但文学面对生活中出现的土地承包这一新的事物的反应并不敏捷,其重要原因,是人们还很难从包产到户就是走资本主义道路的历史阴影中走出。正因为这样,当小岗村的农民冒着政治风险在承包合同书上盖下划时代的鲜红手印时,文学没有及时作出反映。较早反映并歌唱这场变革的是何士光、张一弓等人。何士光的《乡场上》、《种苞谷的老人》,张一弓的《黑娃照相》等首先为农村发生的这场伟大的变革唱起了他们发自内心的赞歌。到1984年,蒋子龙的中篇小说《燕赵悲歌》把对改革的歌颂推到了一个难以超越的高度,因为它以种种强化的描写反映了农村发生的巨大变化和农民显示的一代雄风,使人看到了改革的力量。在为改革欢呼的同时,作家们充分注意到了改革的艰难。张一弓的《赵镢头的遗嘱》、水运宪的《祸起萧墙》、蒋子龙的《开拓者》是突出的代表。

在这一时期,改革文学最突出的代表是蒋子龙,最优秀的作品是张洁的长篇小说《沉重的翅膀》和李国文的长篇小说《花园街五号》。《沉重的翅膀》发表于1981年,及时地反映了国家工业部门刚刚开始进行的改革,而且深刻地表现了社会生活的多种内容,显示了作家对社会生活中许多问题的深入思考。《花园街五号》不仅反映了改革面临的各种困难,以及革新与守旧之间的矛盾冲突,而且以历史晓喻现实,深刻表现了改革的必要性和迫切性,并对改革的一系列问题进行探索。

第二个阶段是对改革进行全方位反映和审视的阶段。在这个新的阶段中,文学对改革的表现向着两个不同的方向挺进:一是从生产方式和经济体制的改革转向人们的道德观念、思想感情在经济改革的冲击之下所发生的深刻嬗变。生产方式和经济结构的变革必然引起生活方式和道德观念的变化。文学及时注意到生活中的新现象,从另一种角度反映了发生在中国大地上的深刻变革。贾平凹的《小月前本》、《鸡窝洼的人家》、《腊月·正月》等小说是这方面的代表。二是从歌唱改革的巨大效益转向表现改革中存在的严重问题。矫健的《老人仓》、张炜的《秋天的思索》和《秋天的愤怒》等都在为改革唱赞歌的同时揭示了严峻的现实,告诉人们只有土地承包等生产方式的改变是远远不够的。柯云路的长篇小说《新星》触及政治体制问题,把目光聚集在政治领域,通过一个县的方方面面对中国基层政治进行了剖析。80年代中期,文化意识在创作中得到空前强化,改革文学也深受影响。它使改革文学从政治反思进入文化反思,为经济体制和政治体制的改革而呼唤文化观念与传统心理的变革。张炜的《古船》、矫健的《河魂》、贾平凹的《浮躁》、路遥的《平凡的世界》等作品是改革意识与文化批判意识结合的产物，显示了改革文学的深入发展。

改革文学塑造了一批被称为改革者或开拓者的英雄人物。他们是这个特定时代人们的理想和愿望的体现者，乔光朴、傅连山、车篷宽、郑子云、刘钊、陈抱帖、李向南……他们大公无私，刚强果断，勇于进取，胆识过人，敢于革除陈规陋习，大刀阔斧地进行改革，从而能够开拓出一种新的局面。他们都能在艰难困苦中保持坚定的意志和顽强进取的精神，无论改革大业多么艰难，也能够顽强地斗争下去，身上体现出一种积极进取的精神。这种精神是改革的时代所呼唤的，体现着作家们的理想，而且给改革文学带来了乐观、明朗、雄健的风格。

改革文学的主要代表作家是蒋子龙、柯云路、贾平凹、路遥等人。

蒋子龙(1941－)，河北沧州人，1958年进工厂当工人，1962年开始发表作品。1976年曾以短篇小说《机电局长的一天》引起强烈反响，却因不符合当时的政治要求而受到批评。1979年发表短篇小说《乔厂长上任记》。此后陆续发表了短篇小说《一个工厂秘书的日记》、《拜年》、《人事厂长》和中篇小说《开拓者》、《赤橙黄绿青蓝紫》、《锅碗瓢盆交响曲》、《燕赵悲歌》等，并有长篇小说《蛇神》等。

蒋子龙最先引人瞩目的反映改革的小说是《乔厂长上任记》。小说围绕某重型电机厂在“文革”结束后除旧布新的整顿和改革，反映了当时企业面临的复杂矛盾，塑造了乔光朴这样一个刚强果断、敢斗敢闯、朝气蓬勃、积极进取的开拓者形象。小说的故事是简单的：“文革”结束了，但电机厂仍然是一片混乱，依靠运动搞生产而缺少正常的生产秩序。乔光朴出于高度责任感，毛遂自荐，放弃优越的职位而立下军令状到电机厂去当厂长。他上任之前就来到厂里，对违章操作的工人进行批评教育，并且夜闯党委扩大会，制止破坏性的生产大会战。上任之后，他经过认真的调查研究，找到了生产总是上不去的症结所在，然后把干部职工通通推上了考场，对企业进行了大刀阔斧的整顿，从而使陷入绝境的电机厂显示了生机。然而，他的改革却触及了一些人的既得利益，那些失掉权力和利益的人对他恨之入骨，联合起来用大字报、控告信等武器对他进行诋毁和诬陷。对此，乔光朴泰然处之，大义凛然地与之斗争，虽然最后他还是不得不离开了电机厂，但他的所作所为给人带来了一种希望之光。小说通过一系列细节的描写，充分表现了乔光朴不畏权势、敢于斗争、光明磊落、不屈不挠的性格。在他身上，寄托了作家对于企业改革的希望和思考。

小说在塑造乔光朴形象的同时，还塑造了一个官僚主义者——原厂长冀申的形象。这是一个根本不懂得经济规律，只知道以军事会战和政治运动的方式组织生产的企业领导者，同时又是政治运动培养出来的官僚和政客，他虽然不知道如何抓生产，却知道如何搞政治，会利用自己多年织成的复杂的网，制造磨擦，破坏改革。通过这个形象的塑造,小说形象地反映了改革的艰难和任重道远与我们企业管理的种种弊端。

1984年,一直描写工业改革的蒋子龙写出了反映农村改革的中篇小说《燕赵悲歌》。这篇小说取材于生活中的真实故事,又经过艺术加工而获得了典型意义。新时期中国大地上发生的改革给中国农村带来了巨大的变化,开拓出了一条农村发展的新道路,中国农民也在这场改革中改变着自身的面貌。这一切在《燕赵悲歌》中得到了集中而突出的表现。小说首先写了大赵庄的巨大变化:这个在改革之前穷得连一块砖头都找不到、吃糠菜喝苦水、老中青光棍三百多的村子,在改革开放的年代里,却很快办起了十几家工厂,过上了富裕的日子,不仅消灭了城乡差别,而且远远超过了城市。小说不仅表现了在改革中大赵庄发生的巨大变化,而且通过大赵庄的改革探讨了农村经济发展的一条出路:农工商七业并举。同时,小说显示了中国农民在改革中精神面貌的改变,成功地塑造了武耕新这一新型农民形象,使我们看到在冲破了极"左"政治路线的束缚而走上改革开放之路之后,陈奂生、冯幺爸们可能发生的改变。武耕新终于不再是逆来顺受的陈奂生们,而是挺起腰做起了生活的主人,不仅能够创造新生活,也可以支配自己的命运,在上级干部面前也再不必卑躬屈膝。通过武耕新这一人物,我们可以听到蒋子龙对改变农民性格的深情呼唤。

蒋子龙是一个具有强烈的社会责任感的作家。他总是密切地关注着现实,热情地拥抱生活,关注着国计民生,他能及时地发现生活中的重大问题和矛盾,及时地表现出来,以引起人们的注意。他的小说塑造了一系列开拓者的形象,在塑造这些人物时,他善于选取尖锐冲突的环境,并以强化的细节刻画人物性格。蒋子龙不是一个细腻型的作家,他喜欢浓墨重笔,在大刀砍削中完成他的作品,也很重视引人入胜的情节。他的风格粗犷而又豪放,浑厚雄壮,具有一种振奋人心的阳刚之美。不足之处是常常带有急就章的痕迹,作品失之于浅与粗。

柯云路(1947—　),北京人,1968年高中毕业后到山西农村插队,1972年进厂当工人,1980年开始发表作品,主要作品有短篇小说《三千万》,中篇小说《耿耿难眠》、《一个系统工程学家的遭遇》,长篇小说《新星》、《夜与昼》、《衰与荣》等。在80年代,他的主要作品都是反映改革的,80年代末转变方向,开始探讨神秘文化。

柯云路的创作是从反映社会改革起步的。他的第一部有影响的作品是短篇小说《三千万》。小说围绕审查一个未竣工的工厂要不要追加三千万元预算的问题,集中刻画了省轻工业局党委书记兼局长丁猛对事业高度负责的精神,表现了生活中存在的一系列问题,揭露了官僚集团上上下下盘根错节的复杂关系,显示了作家对改革的热切关注。接着,他又发表了《耿耿难眠》、《一个系统工程学家的遭遇》等作品,对社会严重存在的官僚主义等问题进行了揭露与批判。

《新星》是一部比较深刻地反映中国社会问题的长篇小说。它从政治生活的角度,系统地描写了一个县在改革中出现的尖锐复杂的矛盾冲突。作家以新上任的县委书记李向南与老县长顾荣之间在改革问题上的矛盾分歧为线索,生动地描写了从县委到农村大队的一系列矛盾,生动揭示了改革与反改革的激烈冲突,展示了形形色色的人际关系和各种心态。通过复杂矛盾的生动展示,成功地塑造了李向南、顾荣等一系列人物形象。

李向南是一个刚刚上任的县委书记,新型的年轻干部。他能够敏锐而深刻地洞察生活中的积弊,以勇敢而顽强的精神积极开拓。为了改变古陵县的落后面貌,克服官僚主义,更新人们的陈旧观念,开创新的局面,李向南一上任就大刀阔斧地进行改革,取得了显著的成绩。他把群众反映强烈却一直得不到解决的问题整理出来汇集成册,给县委常委每人一份;他深感官僚主义给人民带来的深重灾难,一天处理14个案件,为民申冤;他别出心裁地召开干部群众"提意见提建议大会",了解民情,调动群众的积极性;他敢于扭转不良风气,对官僚主义严重和大搞不正之风的干部及干部子女进行严厉制裁;他带领干部深入农村调查研究,在水库边召开常委会,起用长期被排挤的朱泉山;他在公社召开现场会,撤销严重失职的"土皇帝"公社书记潘苟世的职务……这一切表现了勇猛无畏的斗士风格和饱满的改革热情。

他的改革举措得到了广大群众的拥护,被群众称为"李青天"。然而,自己却陷入各种矛盾和困境之中。与他对立的是古陵县的整个官僚群体,纠缠着他的是根深蒂固的传统势力,改革的阻力不仅表现在官僚主义,而且表现在种种传统心理。因此,这个政坛新星最后不得不离开古陵而回到北京。

顾荣是一个有多年工作经验的老干部,古陵县县委副书记兼县长。在他的身上,凝聚着中国古老的政治历史传统和当代几十年官场的工作习惯。长期的工作实践给了他丰富的官场经验,使他形成了一套高超的领导艺术和老练的政治风度。他沉稳大度,遇事不惊,小心谨慎,矜持适度,极有谋略。然而,却不把群众的疾苦放在心上,而是只对上级负责,一切都为了他的权力和既得利益。他精心地编织自己的关系网,拉帮结伙,任人唯亲,利用宗法关系建立起自己的权威地位,成为古陵王国真正的主人。他满足于几十年形成的秩序,深怕改革打破旧有的一切,从而动摇他的权威。古陵的历史与他个人几十年的惨淡经营是联系在一起的,否定古陵的过去也就是否定他的权威。所以,当李向南的改革一步步展开时,他便动用他的关系网络,以全部力量进行破坏和阻挠,直到把李向南赶出古陵,使一切重新回到他的掌握之中。顾荣形象是柯云路为文学提供的一个典型,可以帮助读者认识官僚主义势力的强大。

小说还塑造了不学无术、横行霸道、卑俗媚上而毫无领导才能的潘苟世,善于拍马奉迎、看风使舵的冯耀祖等一系列人物。通过这些人物,小说更充分地表现了改革的艰难。小说气势壮阔,场景宏大,结构严谨,线条清楚,广泛地反映了改革时代的社会生活,揭露了生活中的各种弊端,满腔热情地歌颂了改革者。

《新星》之后,柯云路对改革有了更深入的思考。他的目光从农村转向城市,开始了以三部长篇小说组成的《京都》的创作。在80年代,《京都》三部曲已出版《夜与昼》、《衰与荣》两部,比较全面而深刻地反映了80年代中期的社会生活图景,显示了一种社会百科全书的风格。小说没有写完,第三部《死与生》一直没有问世。

贾平凹(1952—),陕西丹凤县人,1975年毕业于西北大学中文系,作品有《满月儿》、《小月前本》、《鸡窝洼的人家》、《腊月·正月》、《商州》、《浮躁》、《废都》等多部。

他初期的小说偏重于主观诗意的抒发,对纷纭驳杂的社会生活缺乏历史的认识和整体的把握。1983年以后,《小月前本》、《鸡窝洼的人家》、《腊月·正月》等接连发表,所透露的反映生活的广度和深度、刻画人物的功力以及地方色彩和生活气息的浓烈,标志着他已走向成熟。三篇小说表现的都是农村变革中人们的思想观念发生的变化,是农村改革在人们内心深处掀起的波澜。其以较强的艺术力量展示出改革潮流不可阻挡的趋势。此后的《浮躁》等作品更使他走上了一个新的高度。

《小月前本》写的是一桩农村青年的婚变过程。王小月是一个漂亮、灵秀、有文化的农村姑娘,因此,她有资格从她身边的青年中挑选一个理想的丈夫。然而,她面临的却是婚姻上的困难抉择:一个是勤劳能干、淳朴憨厚、忠实可靠、在生产经营方式上守旧和笨拙的传统型的青年农民才才;一个是头脑活络、广闻博识、善于经营,却不大符合传统价值尺度的门门。过去,小月和父亲一致选择了才才,但在时代的发展中,小月却渐渐对才才失去了热情,而属意于门门。虽然她不愿让年老孤苦的父亲伤心,也无法不顾及和才才长期相濡以沫的关系,但最终她还是无法抵御自己的感情而投向了门门的怀抱。小说通过这样一场乍看起来有点突兀的婚变,写出了改革开放的时代带来的农村生活的变革和农村青年思想感情与价值观念方面所发生的裂变,表现了旧的生活方式解体、价值观念的更新,及这种变化所带来的感情矛盾和痛苦以及痛苦中的追求和选择,并由此反映了历史发展的必然进程。

《鸡窝洼的人家》写的是两对夫妇的离异和重新组合,由此表现了农村生活变革带来的强力冲击,同样表现了中国农民传统的生活方式趋于解体、传统的思想观念发生裂变的时代现实。禾禾和烟峰都不满足于过"死守着土坷垃要吃喝"的传统日子,希望开拓新的生活;回回和麦绒都留恋着殷实平稳的小农生活,恪守传统而不愿冒险和打破原有的生活秩序。但是,过去的生活却偏偏使烟峰嫁给了回回,使禾禾和麦绒结成了夫妻。改革年代的生活促使着不同追求的人们分离重组,回回与烟峰、禾禾与麦绒终于先后离婚而又结婚,完成了一个“换媳妇”的故事。同样是从爱情、婚姻的角度反映农村生活的变革,《鸡窝洼的人家》与《小月前本》相比,不仅蕴含的社会生活内容更加丰富,而且更富有引人入胜的戏剧性。

《腊月·正月》的格调不同于《小月前本》和《鸡窝洼的人家》,主要是通过为农村中旧的观念和习惯唱挽歌的形式来表现农村新变化。小说主干是韩玄子与王才或明或暗的较量,以及这种较量在双方心理上激起的波澜,而小说的主要笔墨则是用于对韩玄子这个承载了深厚的传统观念的农村文化人形象的刻画。在社会交际、声望和舆论上占绝对优势的韩玄子,已经退休在家,却怎么也看不惯在改革开放背景上出现的农民企业家王才,并且费尽心机地与王才展开了较量。然而,最后他终于无法阻挡王才经营方式所产生的经济效益对乡人的吸引,被王才的经济优势挤到四面楚歌的败局之中。韩玄子与王才的较量是一场实在的经济效益和空洞的社会声望的较量,也是生产方式、生活方式和价值观念的较量。韩玄子这个形象比较集中地反映了对旧秩序怀有不舍情绪的人们的精神面貌。

长篇小说《浮躁》是贾平凹小说创作的一个重要收获,也是80年代中期长篇小说的重要收获之一。作家以综览商州地域政治经济和文化的宽阔视野,以流贯商州的州河为纽带,描写了中国农民进入历史新时期以来为摆脱生活贫困、习惯势力和自身旧意识的束缚所经历的经济、政治、文化、心理的复杂斗争。它既反映了广大人民的改革要求以及改革给中国当代社会带来的活力,又尖锐地触及了发展城乡商品生产中出现的多种问题和复杂矛盾。《浮躁》最引人瞩目的是它从整体上对时代情绪、时代文化心理的准确把握。作家通过对当代生活的总体把握,从小说中透视出一种普遍性的社会情绪和心态——“浮躁”。这种“浮躁”在作品中部分地失去了原有的消极意义的单向、透明的性质,而兼有生命、生机、活力的丰富意义。这样,《浮躁》所显示出的,就不仅仅是对社会弊端的批判,而且是对民族活力的赞颂和对历史前趋力的讴歌。

《浮躁》着重描写的不是人物在从事改革、克服阻力过程中的一系列矛盾纠葛,更不是改革与反改革的斗争,而是把小说聚焦于改革大潮在人们心灵上激发出的潜在的生命活力。小说比较充分地展现了金狗的复杂个性和心态变化。这是小说塑造比较成功的一个人物形象。他正直、疾恶如仇,对理想有着坚定的追求。同时,他又狡黠、充满心计,具有农民狭隘的报复心理。他借助巩家的力量打击田家,又利用田家的势力毁掉巩家。他同小水分手,与英英野合,以及与石华的暧昧关系都蒸腾着他的“浮躁”之气。可贵的是,小说不仅写出了这种复杂的心态,而且写出了这种心态的变化。

《浮躁》是一部以对现实同步思考为特征的现实主义作品,但是它与传统的现实主义不同:一是作者似乎未经雕琢和提炼地展现生活自然流程,使这个艺术世界显得繁复而驳杂;二是作品没有致力于典型环境中典型性格的塑造,而是突出人物社会文化行为、文化心理的特征;三是作品有比较强的主体感受介入。这部长篇和张炜的《古船》一起标志着新时期文学从急切地反映社会政治问题转入对复杂的民族文化传统、文化心理、文化背景进行文学审视,标志着反映改革的文学跃上了一个新的层面。

路遥(1949—1992),陕西清涧县人,1969年中学毕业回乡务农,1976年毕业于延安大学中文系,70年代初开始创作。1980年,路遥发表中篇小说《惊心动魄的一幕》,1982年发表中篇小说《人生》,这两部中篇小说分别获得第一届、第二届中篇小说奖。1986到1989年,他又发表了长篇小说《平凡的世界》三部(第一部出版于1986年,第二部出版于1988年,第三部出版于1989年),获得第三届"茅盾文学奖"。

路遥小说的内容背景常常是城市与农村的交叉地带。他善于表现这一地带的人们的人生悲欢和命运浮沉,并通过这一切对中国社会和历史进行思考,给人以启迪。

《平凡的世界》第一部写的是1975年至1978年双水村在经历了极"左"的政治路线破坏之后面临一个新时期到来之时的生活;第二部写的是双水村实行土地承包之后引发的新旧观念的激烈冲突;其中主要是孙少安带头搞承包并率先办起了砖窑,孙少平渴望独立地去城里打工,基层领导围绕农村经济政策发生了矛盾;第三部写的是改革开放过程中主人公们坎坷的人生经历:孙少安的砖窑经破产而又兴旺,孙少平在煤矿成了一名优秀的矿工。作品以孙少安、孙少平兄弟俩的生活经历为中心线索,描写了他们经历的各种坎坷和磨难,表现了他们的胆识、魄力、理想和奋斗精神,从而表现了古老黄土地上的子孙们在农村改革的新形势下逐渐觉醒并与传统观念决裂的过程,奏出了一曲艰难沉重而又积极奋进的人生凯歌。

小说涉及了生活的各个方面,大如国家的大政方针,小到基层领导之间的矛盾,以及家庭、家族之间的纷争,人们彼此间的感情纠葛,古老的民风民俗……这一切组成了一幅改革开放时期中国西部农村艰难奋进的生活画卷。在这个背景上,小说成功地塑造了孙少安、孙少平两个主要人物形象。小说体现了路遥对生活的深刻理解。《平凡的世界》的成功还得力于作者艺术上的功力和创造性的探求。在结构上,小说运用纵横交错的结构方式表现错综复杂的生活内容:纵的方向以孙少安、孙少平的人生经历为线索,写他们爱情和事业的坎坷曲折;横的方向展开不同人物的不同故事,各章内容相对独立,却都围绕主线,浑然一体。这是一部现实主义的小说,同时也采用了各种手法和技巧。

张炜(1956—),山东栖霞人,1980年毕业于山东烟台师范专科学校,1974年开始发表作品,代表作有中篇小说《秋天的愤怒》、《秋天的思索》,长篇小说《古船》等。

张炜是一个"思索"型的作家,他为改革的成就而欢欣,也为改革中出现的问题而焦虑,特别关注权力在农村经济变革中的作用和它对人民生活的影响。他的中篇《秋天的思索》和《秋天的愤怒》描写的都是农村改革中的权力状态和人们对它的思考。农村改革改变了王三江、肖万昌们压迫和奴役农民的方式,不能再通过派工、记工分以及阶级斗争来扼制农民。但适应新的现实,他们又迅速找到了新的方式。葡萄园承包了,但广大农民却无力承包它,最后还是落到王三江手里,结果是农民成为他的雇工,权利仍然没有保障。《秋天的思索》把表现的重心放到人的觉醒上,主人公老得是一个清醒而孤独的思想者,是一个葡萄园里的哈姆雷特,他苦苦思索,却无力和王三江斗争。《秋天的愤怒》是《秋天的思索》的姐妹篇,这是一篇以思想突破见长的小说,第一次真正改变了觉醒者与习惯势力的力量对比。小说塑造的主人公李芒是一个坚实的、在痛苦和思考中成熟起来的新人,他在巨大的精神痛苦中蜕变,生活的艰难困苦反而把他变成了有思想有谋略的强人,他与传统的家族观念决裂,并且超越个人仇恨,与肖万昌为代表的旧的权势力量展开韧性战斗。这个形象在某种意义上体现了先进生产力在政治上的要求,因而具有了新的内涵。

《古船》反映的是农村变革,却是一部内容丰富而且具有历史纵深感的作品。小说以古莱子国故都所在地洼狸镇为背景,以镇上的隋、赵、李三大家族围绕着粉丝厂的承包问题所展开的斗争为主要线索,展现了洼狸镇从土改、"大跃进"、"文革"到农村改革大潮初起时的四十多年的历史变迁与人的命运沉浮,表现了作者对历史的深刻反省和对于重铸民族文化品格的努力。从依仗权势和宗法势力横行乡里的赵炳,到因饱受磨难而铸就孤独沉稳性格的隋抱朴,到念念不忘夺回隋家基业而满怀仇恨的隋见素,再到倚官仗势、愚昧残暴的赵多多,小说成功地塑造了各色人物,展示了特定年代里人性的沉沦、物欲的泛滥带来的种种灾难。以阶级划线为表象的政治运动引出以血缘划分为内里的宗族械斗,揭示出政治表象背后的文化内涵。在以宗族势力为基础的政治文化土壤上,任何运动和斗争都转化为家庭之间的比试、较量、倾轧和杀戮。无论是贫农代表赵炳还是开明绅士的后裔隋见素,都无法摆脱血缘的锁链,宗族文化以强大的束缚力使他们变成了权力争夺的工具,变成了被传统政治所操纵的牺牲品。因此,作品反思的历史烙着古老文化传统的印痕,作品中的现实也承载着种种因袭的重负。小说不仅深刻揭示了沉重的历史和现实,而且成功地塑造了赵炳、隋抱朴等一系列艺术形象。

第四节　张洁、谌容的社会问题小说

新时期文坛上出现了一群特色鲜明的女性作家。在改革开放的时代背景上,她们以前所未有的姿态崛起,对社会各个层面的问题进行了独到的表现。她们的主要代表是张洁、谌容、戴厚英、张抗抗、张辛欣、王安忆等。

张洁(1937—　),北京人。主要作品有《爱,是不能忘记的》、《方舟》、《祖母绿》以及长篇小说《沉重的翅膀》、《无字》等。

《爱,是不能忘记的》在新时期小说创作中最先真正把对爱情特别是复杂的情感的思考引入了文学。爱情、婚姻、家庭生活本是文学的重要题材,但这一题材在过去的几十年中被严重扭曲,爱情必须听命于政治和道德,在文学中失去了独立存在的价值,更谈不到对其复杂性的独到表现。《爱,是不能忘记的》以开拓者的勇气把爱情本身的感人力量和它的复杂性重新引入了文学,表现了一个女作家钟雨与一个老干部之间铭心刻骨的婚外恋情。女作家钟雨在自己还不懂爱情的时候与一个公子哥式的人物结了婚,并且很快有了孩子,后来发现了自己的错误,坚决地离了婚,带着孩子过起了单身生活。此后,她爱上了一个老干部,但他们之间却不能结婚。因为老干部有妻子。出于道义、责任和对死者的感念,他娶了在战争年代救过他生命的老工人的女儿为妻。这样的婚姻是难以解除的。为了另一个人的幸福,他们相约相互忘记,但爱是不能忘记的,钟雨终日生活于爱的期待与想象之中,在日记中倾诉她的深情,直至生命的最后时刻。小说突出地表现了张洁对爱情的理解,对钟雨的痴情有细致而独到的表现。

《方舟》是张洁集中探讨女性问题的一部中篇小说,在这部小说中,张洁以饱蘸激情的文字酣畅淋漓地描写了三个单身女人为争得女性的解放和实现自我价值而进行的顽强奋斗以及在奋斗过程中所受到的种种磨难。小说的卷首写道:“你将格外地不幸,因为你是女人。”这句题词提纲挈领,笼罩全篇。三个女人——荆华、梁倩、柳泉都是才华出众的女性,却各自都有辛酸的生活经历。荆华到边疆过了十几年的艰苦生活,学会了做各种农活和木工活,为了养活被打成“走资派”的父亲和没有生活能力的妹妹,曾经嫁给一个根本没有感情的男人。结婚之后,丈夫根本不把她当人看,而只把她当作一个生育工具。因为没有给丈夫生孩子,两人终于离婚。离婚后,她承受着种种压力,以坚强的毅力从事唯物主义和辩证法的研究,论文引起强烈反响,却受到不公正的批评。种种艰难困苦磨练着她,给了她无数的痛苦,她却没有屈服,顽强地走着自己的路。柳泉有一个幸福的童年,长大以后生活给予她的却是磨难。她过早地恋爱,并且不顾父母的反对而结了婚,婚后却发现了自己选择的错误:男人只把她当作性工具,而根本就不爱她,更不尊重她的人格。她无法忍受这非人的生活而毅然离婚。离婚之后,却仍然有很多麻烦:由于她“小有姿色”,就常常苦于应对不良男人,并且蒙受种种不白之冤。梁倩是真正的“公主”,父亲是地位非常高的干部,只要她肯亮出父亲的牌子,在社会上就会一路绿灯。但是,门第并未使她避免不幸。丈夫白复山是一个鄙俗的市侩,对妻子没有丝毫的责任感,更不理解她的追求。但他宁愿达成互不干涉的“君子协定”而坚决不离婚,因为他要的是梁倩的门第。她顶着种种压力,避免沉沦,但生活的磨难却使她过早地走向衰老,而且变得不像一个女人。这些人物是新时期小说中最先出现的具有强烈的女性自我意识的女性。她们有清醒而强烈的女性主体意识,有实现自我价值的强烈愿望,要求在家庭和社会上更彻底地独立,希望干成一番事业,在社会上大有作为。她们有艰苦奋斗自强不息的精神,敢于在失去依靠的情况下自己承受社会和人生的风雨。她们都不堪忍受无爱的婚姻和家庭的桎梏,敢于跨越世俗的樊篱,不惜付出沉重的代价以维护女性人格的尊严。新女性自尊自立自强的精神在她们的身上得到了集中的表现。通过这三个单身女人的生活和命运,可以看到为女性命运而痛苦思索的张洁。这部小说一面讴歌女性的奋斗,一方面对阻碍女性解放的社会环境、对种种习惯势力加给女性的不公正待遇,对于影响女性解放的种种文化心理,进行了毫不留情的揭露和批判。同时,作者借主人公之口表达了她对中国女性解放问题的看法:“妇女的解放不仅仅意味着经济上和政治上的解放,还应该包括妇女本人以及社会对她们存在的意义和价值的正确认识。妇女并不是性而是人!”“女人,女人,这依旧懦弱姐妹,要争得妇女的解放,决不仅仅是政治地位和经济地位的解放,它要靠妇女的自强不息,靠对自身存在价值的自信和实现。”

张洁的小说不仅对女性命运给予深入的思考,也不仅仅为女性的奋斗精神大唱赞歌。她非常清楚地认识到,阻碍中国女性解放的自我价值彻底实现的不仅仅是外部的社会势力,而且有中国女性自身的种种性格弱点。因而,张洁的小说对中国女性自身的弱点以“哀其不幸,怒其不争”的态度进行了深入的揭示。这种揭示从八十年代初期的《七巧板》到后来的《红蘑菇》、《无字》都可以看到。

谌容(1936－),湖北人。她的创作表现出一种比较开放的女性意识,不仅仅面对女性自我,而且面对整个世界,面对广阔的社会人生。她是一个杰出的中篇小说作家,也是一个多产作家,大量的创作显示着她在各方面进行探索的成就。

《人到中年》是谌容的代表作。这是一部社会问题小说,创作初衷是为中年知识分子请命。当时的中国社会,十年“文革”刚刚结束,历史正在发生重大的转折,布新除旧,百废待举,问题成堆。现代化需要人才,需要知识分子。然而,十年动乱贻误了一代青年的知识学习,知识分子人才在各个领域都出现了严重的青黄不接。老一代已经老了,年青一代还在校园里没有毕业,沉重的任务压在了中年知识分子肩上。然而,中年知识分子的生活和工作条件却极为恶劣。他们工资低、住房紧、待遇低下,家庭负担繁重,社会责任重大,特定的历史使他们进入了一种严重超负荷运转的状态。"钢铁也会断裂",一代中年知识分子实在不堪如此重负。谌容敏锐地感觉到这一时代的重大问题,对中年知识分子历尽磨难而又超负荷运转的艰难状态进行了生动的描写,通过小说主人公陆文婷的工作、生活、人格和不幸遭际而向社会发出了沉重的呐喊。

小说中的女医生陆文婷是作者精心刻画的中年知识女性形象。在这个人物身上,首先展示的是勤勤恳恳、兢兢业业的工作态度。作为一个医院的眼科医生,她 20 年如一日,默默无闻而又踏踏实实地工作着,从不迟到早退,星期天也难能休息。她对工作一丝不苟,对病人满腔热情,作为眼科的台柱子,重要的手术都需要她做。然而,毕业快 20 年了,工资仍然是大学毕业时的 54.5 元;一家 4 口住在 12 平方米的住房里,丈夫、妻子、已经上学的孩子共用一张三抽桌;职务级别上仍然是毕业时的住院医生……她承担着繁重的工作,又有繁重的家务,上班下班一路奔跑,放下手术刀拿起切菜刀,拼命想把一切都做好,却总是不能很好地照顾丈夫和孩子,甚至小女儿要让妈妈扎小辫的愿望都不能实现。对于生活,她没有任何怨言,但最后,她那孱弱的身体终于承受不了如此重负,身心交瘁地倒下了。小说真实反映了当时中年知识分子遭受的艰辛磨难、超负荷运转等情景,为知识分子呐喊请命,社会意义不可低估。

从女性角度考察,她对知识女性生活境况与好妻子、好医生、好母亲等多重身份之间的冲突的表现也是成功的。新时期女性文学的一个重要主题就是职业女性问题。谌容的《人到中年》揭示了职业女性所承担的三重责任:工作、丈夫、孩子。小说成功地再现了这三重职责的矛盾冲突。她对工作恪尽职守,对丈夫无限眷恋,对孩子满怀慈爱,想做一个好医生、好妻子、好母亲,这三重职责都要求她献身。她为此竭尽全力,却终于力不从心,倒下了。小说真实地表现了中国当代职业女性的生活窘况,对她们所面对的角色冲突给予了生动的展示。

当然,小说为唤起社会对陆文婷的同情而赋予她种种美德时,也给了她种种超凡入圣的色彩。写的是陆文婷的日常生活,却集中了特定的时代条件和价值尺度下知识女性身上被认可的美德因素。如身居陋室,任劳任怨,不计名位,不计报酬,只知奉献,从不索取,等等。这种理想人格的设计有利于为其请命的创作目的,却使传统的逆来顺受等女性人格受到了审美肯定。关于这一点,作家在几年后的《献上一束夜来香》中进行了弥补性的反思矫正。

第十二章 小说(下):新潮小说及其流变

第一节 王蒙、宗璞等人的尝试

意识流小说是中国新时期文学中最早出现的现代派小说形态。它是一种直接铺展生命个体内在精神与心灵运动的现代主义文学,是中国作家对西方意识流小说进行借鉴的结果。西方意识流小说以柏格森的生命哲学和威廉·詹姆士等人的现代心理学为基础,强调"意识并非一节一节构成,乃整片地在那里流泻",主张打破物理时空,采用时空切割、视角跳跃和自由联想的方式,表现流动的不确定的心理状态,尤其是心灵深处的潜意识。"文革"结束之后,在文学解放的背景上,一些作家开始尝试这种新的技巧,向人的内心世界开掘。

最早出现的是王蒙的《布礼》,茹志鹃的《草原上的小路》和《剪辑错了的故事》,李陀的《自由落体》,李国文的《月食》、《冬天里的春天》。它们都有意识地采用意识流小说的技法,打破了时空原有的秩序,拆解了故事本来的完整结构和事物的因果链,使人物的心理活动得以自由地呈现出来。如《冬天里的春天》时间跨度几十年,事件复杂,头绪繁多。但作者采用意识流手法中的自由联想、内心独白、梦境幻化和电影蒙太奇手法,省略了繁冗的交代和铺叙,从而推动了情节快节奏的演进,形成了包容复杂历史内涵的自由结构,概括了近半个世纪中国革命的风云变幻。

1979 年到 1980 年,王蒙像一只报春的燕子,带来了现代派小说登场的消息,他借鉴意识流表现手法,连续发表了《夜的眼》、《布礼》、《春之声》等一批与传统现实主义小说大异其趣的作品,被人称为"集束手榴弹",在文艺界引起爆炸性效应。1980 年 8 月,中国当代文学研究会和北京师范学院学报编辑部联合举办了"王蒙小说讨论会"。会上,人们一方面认识到一种新的小说已经出现,一个新的流派正在酝酿形成,一方面仍然对其持保留态度,但无论人们如何解释它,都意味着人们对它的重视。同年《文艺报》第 9 期、第 12 期开辟"文学表现手法探索笔谈”专栏,结合创作中的新探索,就一些重要的文学观念进行讨论,王蒙发表《对一些文学观念的探讨》,从人物、主题、结构等方面对传统小说观提出质疑。关于写人,他认为,文学要写人,但人不一定就等于“人物”或性格,而是可以着重表现人的命运、遭际和故事,也可以着重表现人的感情和心理。关于主题,传统理论要求主题简单明了、鲜明集中,王蒙认为形象大于思想,文学通过形象反映生活,所以作品的思想可以更含蓄、更立体化。关于结构,过去的作品多是单线条结构,最多是“合股线”。当代生活复杂化,节奏加快,所以就会有复线或者放射线的结构,表现在节奏上就会有更多的跳跃,等等。李陀、宗璞、张洁等一批富有探索精神的作家也纷纷撰写文章或创作小说,为现代派小说鸣锣开道。这次讨论,对于改变文坛对现代派的认识起了很大作用。

从1980年到1982年,无论是创作还是理论,现代主义在我国的发展都加快了步伐。而在这个最初的阶段,现代派小说主要有两种不同的形态:一是以王蒙为代表的“意识流”小说,二是以宗璞为主要代表的荒诞派小说。

王蒙50年代即以《组织部来了个年轻人》而成名,1957年被错划为“右派”,被逐出文坛二十多年。粉碎“四人帮”后重新走上文坛,一度担任文化部部长。他的小说有四种类型:一是以《组织部来了个年轻人》、《青春万岁》为代表的现实主义小说;二是以《在伊犁》、《新大陆人》系列、《名医梁有志传奇》及《活动变人形》为代表的将现实主义与现代主义相结合的作品;三是以《来劲》为代表的注重语言在能指层面上的编码的后现代主义小说;四是意识流小说。他的意识流小说大多创作于70年代的最后一年和80年代最初的几年,主要作品有《布礼》、《春之声》、《夜的眼》、《海的梦》、《风筝飘带》、《蝴蝶》、《杂色》等。

《布礼》是王蒙转向意识流小说的发轫之作。它依据主人公钟亦成内在意绪的流动,对时空进行了任意的切割和重新组合,把跨越三十多年,发生在城市、机关、学校和家庭的往事糅合起来,表现历史的沧桑和主人公的政治信仰。《春之声》写从国外回来的知识分子岳之峰在闷罐车中的思绪,把国外的观感、往昔的回忆和现实的见闻融为一体,表现知识分子的爱国情怀和对未来的信心。《杂色》则写曹千里骑在一匹马上的思绪,交织着对历史的质疑,对现实的思考,对陋习的谴责和对时弊的针砭,发出了一代被压抑的知识分子出自心底的呼唤。到了《相见时难》,王蒙的意识流小说发生了转变,将现实主义与现代主义相结合,既注重对心灵变化历程的追踪,又注意通过丰富生动的细节突出人物性格,体现了开放的文学观念。

王蒙的意识流小说是典型的中国式意识流,所以有人也把它称作“东方意识流”。首先,它虽然打破了物理时空,呈现出主观意识流,但内容是明朗的,不涉及性意识;思绪是理性的,有内在的秩序和联系。其次,王蒙的意识流小说虽然时空跨度大，头绪复杂，但总是有一个明确的中心，那就是对历史的反思和对理想的反复强调。他总是力图“表现出那宝贵的东西来，那就是温暖，那就是光明，那就是并没有忘怀严冬但毕竟早已跨越了冬天的春之声”，因而总是回荡着“生活是多么美好”的主旋律。再次，王蒙的意识流小说也注重多角度叙述，用不同人物的内心独白，制造多声部的效果；注重色彩的浓烈的幽默感，将爱憎情感与“费厄泼赖”精神寄托于外谐内庄的形式之中，达到一种肃穆冷峻而不让人觉得压抑的境界。

宗璞(1928－　)，北京人，主要作品有《弦上的梦》、《我是谁?》、《三生石》等。

《我是谁?》在题材上属于“伤痕小说”，控诉了那个疯狂的时代，但作家不是如实描写社会生活的悲剧，而是通过个人的感觉表现了历史的荒诞。小说描写了从海外归来投入新中国建设的知识分子在“文革”中的悲惨遭遇，用类似于卡夫卡《变形记》中人变成甲虫的荒诞构思，表现女学者韦弥在发现丈夫自杀后恍恍惚惚的精神状态和人的异化的严酷现实。面对一系列骇人的罪名和数不清的残酷斗争，在幻觉中，韦弥感到自己似乎真的变成了不齿于人类的“毒虫”和“牛鬼蛇神”，从而对自我的本质，对整个社会存在发生了怀疑，终于精神崩溃，投湖自杀。

显然，由于深切感受到“文革”历史的荒诞，作家借鉴卡夫卡的表现主义小说、贝克特的荒诞派戏剧和加缪的存在主义小说中的某些因素，写了自己的小说。与王蒙等人的意识流小说仅仅着眼于对技巧的借鉴不同，宗璞的荒诞派小说在内在精神上与西方现代派已有某些契合，表现了存在的荒诞性，从而在对“文革”悲剧的揭示中初步显示了现代主义的深度模式和非理性色彩。

几年之后，荒诞派小说在文坛开始涌现，出现了谌容的《减去十岁》、《大公鸡的悲喜剧》，莫应丰的《驼背的竹乡》等。它们都遵循“背离自然的可能性”，以揭露现代人荒谬的尴尬处境。就在这时，宗璞又写了《泥沼中的头颅》。小说写的是一个知识分子对真理的不屈追求。为了找到真理的钥匙，他不惜身赴泥沼，先是失去双腿和躯体，最后只剩下一只头颅，但还是“活生生的”，“仍然不停地旋转”，象征地表现了现实的严酷和追求的执著。

第二节　韩少功、阿城等人的寻根小说

1984年，一些青年作家开始寻找文学新的出路，揭起了“寻根”的旗帜。这些青年作家是韩少功、阿城、郑义、郑万隆、李杭育等。他们纷纷撰写文章发表新的文学见解，提出新的理论主张。韩少功说：“文学之根应该深植于民族传统文

化的土壤里。根不深,则叶难茂。""我们有民族的自我,我们的责任是释放现代观念的热能,来重铸和镀亮这种自我。"①阿城说:"文化是一个绝大的命题。文学不认真对待这个高于自己的命题,不会有出息。"②郑义说:"作品是否文学,主要视作品能否进入民族文化。不能进入文化的,再热闹,亦是一时,所依恃的,只怕还是非文学因素。"③郑万隆亦说,"独特的地理环境有着独特的文化","每一个作家都应该开掘自己脚下的'文化岩层'"④。《文艺报》等报刊立即就这个问题展开了讨论,在讨论中寻根文学的影响日益扩大,很快成为一个遍及全国的文学潮流。

寻根思潮的出现不是偶然的。它是文学寻找自身道路的结果,也是改革开放后中国文化在传统与现代、东方与西方等矛盾面前的反应,既包含了强烈的民族文化危机感,也包含了强烈的现代化焦虑。首先,随着反思的不断深化,一些作家对中国现实文化产生了强烈不满,他们试图把文学的根深植于古老的民族传统之中,却发现传统已经断裂,因此,他们产生了一种强烈的民族文化危机感。其次,伴随着对历史的反思,作家们意识到传统文化,尤其是所积淀的文化心理结构,在历史和现实中的巨大作用,感到文化问题关系到民族能否实现现代化的大课题。再次,拉美魔幻现实主义文学的成功,马尔克斯《百年孤独》获得诺贝尔文学奖,也深深地启发和刺激了中国作家,使他们发现了文学的民族性与世界性的某种关系。所以,寻根小说是反思与寻找、传统与现代、民族性与世界性相交织的历史语境的产物。

寻根小说表现着对民族文化和地域文化的偏爱。作家们从当时流行的现实题材和主题热点退出,纷纷走向远离现代文明的偏远之地,走向古老的价值观念、行为方式和文化心理。韩少功走向湘西文化,阿城进入老庄哲学,李杭育对吴越文化产生了浓厚的兴趣,张承志钟情于中亚草原,郑万隆和乌热尔图对东北大兴安岭文化充满迷恋,扎西达娃则致力于西藏文化的挖掘……一时间,小说呈现了丰富多彩的文化景观。寻根小说对民族文化的挖掘,不是为了单纯地展览古老文化遗存,而是用当代意识进行观照,找出传统与现代的联系。这就是韩少功所说的"释放现代观念的热能",来"重铸和镀亮"民族的自我。表现在人物塑造上,既注意揭示文化对人的制约,显示出人的行为方式背后的传统,反映人在这种历史形成的社会文化环境中被无意识地裹挟着演绎自己的欢欣与痛苦,又

①韩少功:《文学的"根"》,《作家》1985年第4期。

②阿城:《文化制约着人类》,《文艺报》1985年7月6日。

③郑义:《跨越文化断裂带》,《文艺报》1985年7月13日。

④郑万隆:《我的根》,《上海文学》1985年第5期。

注意在现代意义上重新阐释古老的传统文化。或者有感于文化的断裂，产生了寻找生存根基、保持被中断的文化传统的冲动，因而在类似“变与常”的关系中，表现常态人生，发掘经受了诸多磨难而仍然屹立的价值。寻根小说还注意关注生命形式，在文明压抑下张扬元气淋漓的原始生命形态和自然人性，向往一种由“人的生命力和潜能的自然流露所造成的力心和谐”的生命形态，以此来观照现代人灵与肉、感性与理性相分离的痛苦。

寻根小说在艺术手段和文体特征上有所创新。为了表现原初形态和常态的生活方式，作家们变更自已原有的表现方式与叙事习惯，从而造成了小说文体的陌生化。这表现为或使用一种客观的叙事态度，呈现混沌的现象，消除价值判断；或淡化具体时代背景，在循环中宣示一种永恒性的内涵，以便使主体最终获得一种对生活、历史、民族、自我的整体把握；或表现为寻找一种生动活泼俚俗的民间口语，或运用古典雅致的古汉语形态，从而表现特定文化背景所产生的韵味；或大胆借鉴西方现代派小说，特别是拉美魔幻现实主义小说的表现技巧等。正因为寻根小说体现了一种开放的文学观念，所以出现了多种多样的艺术风格，从不同角度影响了80年代的小说创作，促使文学朝着多元化方向发展。

依据寻根作家对民族传统文化的不同理解和态度，寻根小说可分为文化批判型、文化认同型、原始迷恋型三种基本形态。

文化批判型以韩少功、郑义、贾平凹、王安忆等人为代表。他们大多有着强烈的社会责任感和焦灼的忧患意识，在民族进步的沉重步履中感受到因袭的传统文化重负。因此，他们以启蒙为己任，继承“五四”新文学传统，高扬现代理性精神，严肃地反省民族自我，揭露落后的文化心理，努力探索民族现代化的重大课题。他们的创作以深沉的历史意识和强烈的批判意识著称，表现出批判国民性的寻根意向。如韩少功的《爸爸爸》、王安忆的《小鲍庄》、郑义的《远村》和《老井》等。这些小说体现了传统文化巨大的历史惰性。

文化认同型以阿城、李杭育、张承志为代表。他们有感于传统文化的断裂和失落，有感于现代生活的低俗和民族心态的浮躁，表现出寻找民族根基，接续文化传统和调谐民族心态的寻根意向。所以对待传统文化的态度是认同多于审视，把玩多于反思，赞赏多于批判的，他们往往致力于发掘传统文化的“优根”，加以表现和放大。阿城的《棋王》等作品对道家人生哲学的张扬，李杭育的“葛川江系列”对古老吴越文化的眷恋，是最为明显的例子。耀鑫(《沙灶遗风》)热爱“画屋”这门古老的技术，难以忘怀那庄严肃穆的仪式，因此在画屋技术失去用武之地、生计问题日益紧迫的时候，仍然不肯当真正的“师爹”，以免误人子弟。福奎(《最后一个渔佬》)一生浪迹江河，从事古老的捕鱼职业，使用滚钩这种原始的捕鱼方式，很满足地生活了几十年。他爱自己的生活方式，即使挨饿，也不肯向有钱人低三下四。他们都集中了传统的道德理想，信守做人的原则，热爱古老的生活方式，为人处世崇尚古风，不肯迎合时代潮流，终于被急剧变革的时代淘汰。作者抓住了“最后一个”的特点，用充满感情的笔调描写葛川江儿女，一方面揭示了他们的落伍和背时，另一方面又敬慕他们的为人，为他们身上葆有的传统文化大唱挽歌。

原始迷恋型以郑万隆、乌热尔图、冯苓植、扎西达娃和莫言等人为代表。他们有着自觉的生命意识和原始文化意识，不满于正统文化的纤弱僵化和现代社会人的生命形态的苍白与萎缩，因而表现出向远离现代文明的原始蛮荒的大自然和古老的文化进行追寻的寻根意向。其目的就在于表现原初经验与自然生命形式，重新认识民族的自我，激活深厚的民族精神；探寻原始的生命情愫与现代人生命形态的关联，把原始的血液注入到民族的肌体之中。如郑万隆的“异乡异闻系列”，就以东北边陲一个多民族杂居的蛮荒野林为背景，展示那里的族类生活方式和原始的生命形态，表现一种生与死、人性与非人性、欲望与机会、爱与性、痛苦与期待，以及一种来自自然的神秘力量，挖掘人在历史生活积淀的深层结构上的心理素质。身带43处伤痛的陈三脚(《老棒子酒馆》)，既是土匪又是英雄，具有超常的生命力。他用豪侠和善良征服了所有的人，以至于他走了以后，“没有一个人不想着他”；但他身上又交织着邪性与放浪，使人感到边地山林那种诡异的异质文明因素。乌热尔图的“大兴安岭系列”也描写了一个远离现代文明的原始蛮荒的森林世界，张扬一种雄强坚韧的生命理想。扎西达娃的《系在皮绳扣上的魂》则描绘了原始的生活图景和宗教激情，女人和男人，苍茫的高原，自由的性爱，对宗教福地永远的寻找等，表现了作者对西藏隐秘历史的了解，对原始的生存意志的眷恋和对民族走向未来的思考。

寻根小说的代表人物有韩少功、阿城、郑万隆、李杭育等人。

韩少功(1953—　)，湖南长沙人，1968年初中毕业后到汨罗农村插队，1974年调该县文化馆工作，1978年入湖南师院中文系学习，1984年任专业作家，1988年去海南。他早期作品有《月兰》、《飞过蓝天》、《西望茅草地》、《风吹唢呐声》等，属于伤痕文学和知青文学，描写伤痕、反思历史，富有抒情色彩和哲理意味。到80年代中期，他的创作趋于成熟，发表了《爸爸爸》、《女女女》等作品，奠定了作为寻根派代表作家的地位。

《爸爸爸》是寻根文学的代表作品。这篇小说有意淡化了历时性较强的政治时空背景而突出了更具共时性的文化时空背景，运用了象征的手法，虚构了鸡头寨这个充满原始、愚昧并且时间陷于停滞状态的“化外之地”，描写了这样的故事：由于连年来天时不顺、收成不好，鸡头寨逐渐破败，人丁不旺。而与之毗邻的鸡尾寨则因土地肥沃而衣食丰足，还出过大文豪和带兵的大人物。鸡头寨人认为这是鸡头峰作祟(鸡头争吃了粮食),于是决定炸掉它;而鸡尾寨则认为炸掉鸡头峰就破坏了鸡尾寨的风水,因此,两个村寨便有了几场大战,尸体遍地,血流成河。鸡头寨大败之后,烧屋毁寨,毒死老弱,只留下能延续后代的青壮男女,然后向更偏远的深山迁徙。通过小说可以看到,那里的人们处于非常肮脏的环境,愚昧麻木地生活着,愚顽地按照祖宗陈规去思维和行动,一代代重复着人生的悲剧。在这个大背景之下,小说塑造了主人公丙崽。这是一个怪物,既长不大,也死不了,总是穿着开裆裤,挂着鼻涕,翻着白眼,走路拐弯困难,高兴时就喊“爸爸爸”,发怒时则骂“×妈妈”。这是中国文学史上空前的一个白痴形象,又是一个具有丰富文化蕴含的象征性形象,一个愚顽之神、荒诞之神,鸡头寨文化的符号。他身上集中体现了传统文化荒诞、愚昧、静止、僵化、顽劣和非此即彼的简单化思维。这个形象的刻画,实际上寄托了作者对传统文化的理性审视与尖锐批判。

在艺术上,《爸爸爸》也有鲜明特征,模糊了历史时空,抽空了人性内容,具有强烈的象征色彩,成为民族的“现代寓言”;强化了认识的深度,弱化了体验的深度,显示了鲜明的知性色彩;借鉴了《百年孤独》的技巧,运用荒诞隐喻的手法,糅入了民间故事、寓言、传说、习俗等内容,构成了显著的魔幻色彩等。

90年代,他又发表了在小说文体上具有革命性意义的《马桥词典》。小说把马桥隐秘的历史分解为一个个词条。一方面通过传统、政治和商业性话语的起伏消长,探讨了语言的生成,担心正是语言这种强烈的趋时性,而使言语者永远处于“失语”状态。另一方面又感到了语言背后沉重的文化积淀,每一个词条都能反映出一种文化内涵。这使他时常困惑于语言能指与所指的非确定关系,感到对客观存在的不可定义性。显然这部独特的小说既体现了作者的怀疑主义思想,又体现了语言寻根的意向。与《爸爸爸》不同,它舍弃了浓厚的理性主义倾向,放弃了揭示本质和定义的努力,成为以解构和怀疑为特征的文本。

阿城(1949—　),原名钟阿城,北京人。1957年因其父钟惦棐被错划为“右派”,家中生活窘困,兄妹五人靠母亲抚养,备尝饥饿的滋味,因而滋生了极强的平民意识。中学毕业后曾到山西、内蒙古插过队,在云南农场当过工人,回城后在中国图书进出口公司等单位工作,现旅居国外。他的小说主要有《棋王》、《树王》、《孩子王》、《遍地风流》等,集中体现了他对民族文化特别是老庄哲学的富有意味的思考。

从题材上看,《棋王》写的是知识青年下乡的事,但从精神意蕴上看来,它却明显是对知青文学的一次超越。《棋王》已不再控诉政治上的欺骗或感叹理想的失落,也没有回味艰苦生活中人性的美好。它的精神旨趣已由社会政治层面转向文化层面,更多地表现文化人格。这一追求是通过对王一生的塑造而实现的。小说讲述了“棋呆子”王一生的故事。王一生是一个生活在社会底层的普通平民,他母亲是一个从良后又被人抛弃的妓女,他父亲也是个低收入的工人,一家人在最低生活水平线上挣扎,当然谈不上还有什么高深的文化。即使不下乡,王一生也无法继续上学,因为家中供不起他,他要养家糊口。但是一个偶然的机会,王一生接触了象棋,并迷上了它。他对棋道如醉如痴,达到了"汇道禅于一炉"的境界,在九局连环、车轮大赛中都取得胜利。这种对棋文化的追求,体现了传统文人的执著进取精神。在这里,棋代表着一个自由高蹈的精神世界,唯有在这个世界中,他才能凝神忘情、自在逍遥,使生命发挥到极致。但与此同时,王一生身上又包含了鲜明的庄禅文化内核,他用象棋遁入心斋以逃避现实,以内心无为之道来消融和化解现实的矛盾。因此为人处世与世无争,顺应自然,随遇而安,充满了对纷繁世事的淡泊与超脱。虽然生活在那个动乱年代,但在狂躁的岁月中,仍然保持着内心的平和与自由,达到了庄禅哲学"天地同我并生,万物与我为一"的高度自由境界。

从王一生到萧疙瘩,再到王七桶和李二,都是这类忠厚得近乎痴呆、淡泊得几乎超然的人物,他们身上概括了庄禅文化精神,代表了一种理想的人格与人生境界。由此可见,阿城对此是推崇备至的,他渴望运用传统文化中的"优根性"来调谐现代人的浮躁之态,保持在困境和变革中的自我完整性。所以,阿城发掘传统文化是为了重建民族文化,树立面向未来的理性精神。

在小说艺术上,阿城追求一种与人物精神相吻合的情调和韵味。表现在叙事上,力求平淡、简洁与冷静,以对应人物散淡的性格;在语言上,少用形容词和长句子,力避汪洋恣肆,运用写意的笔法,保持语言的古朴与凝练,做到了不离事象物形又深入生存本质。他还注重营造恬淡的氛围,传达出简淡萧疏和清寒虚静的人生韵味。

第三节 刘索拉等人的"现代派"小说

进入80年代之后,作家们陆续开始采用象征、怪诞等现代派常用手法,从而形成现代主义全面推进的态势。与此同时,对现代派文学的介绍和研究大大加强,也为中国作家了解和借鉴西方现代主义文学起了推动作用。1981年,高行健的《现代小说技巧初探》出版,该书由叶君健先生作序,受到王蒙、刘心武等一批潮头作家的热烈支持,在文艺界产生了广泛影响。正是在现代派影响日益扩大的历史背景下,从1982年开始,开展了一场历时更久、规模更大的关于"现代化与现代派"的大讨论。这次讨论缘于徐迟发表在《外国文艺》1982年第1期上的文章《现代化与现代派》。徐迟认为,在中国现代化的过程中,文艺应该有现代派。《文艺报》于同年 11 期开辟“讨论会”专栏，一年多的时间先后发表了多篇争论文章。尽管不时有严厉的断喝，但从讨论的实际影响看，无疑进一步扩大了现代派文学的影响，增加了它的吸引力。与这场讨论同步的是张辛欣等人的创作，虽然受到许多批评，但无疑充当了现代派小说在中国的开拓者角色。而在相隔几年之后，又一个文学的春天到来，引人瞩目的是刘索拉、徐星、陈村等人的现代派小说。

1985 年，文学新潮迭涌，现代主义向文学全面渗透，刘索拉的《你别无选择》和徐星的《无主题变奏》相继问世，使中国当代小说一下子进入一个新阶段，一些资深理论家甚至称《你别无选择》“真正有了现代派小说的味”。

刘索拉(1955—)，女，1955 年生于北京，小学四年级即赶上“文化大革命”，中学期间曾去南方务农，也曾待业，后在某中学任教，1977 年考入中央音乐学院作曲系，1983 年毕业，分配至中央民族学院音乐系任教。其作品有中短篇小说《你别无选择》、《蓝天绿海》、《寻找歌王》、《现代启示录》、《跑道》等。她的作品多以现代大都市青年知识分子的生活为题材，借助对他们青春时期骚动不宁的内心世界及其狂放不羁的生活形态的描绘，表现对传统的叛逆意识及在寻找个人价值定位时的种种苦闷和迷惘。

《你别无选择》是刘索拉的处女作，小说以写实的形式和蒙太奇式快速转换与自由拼接的手法，描写了 80 年代初一所音乐学院的生活。一群活泼的青年，恰遇改革开放的春风吹拂，新的思想、新的观念、新的追求逐步深入人心，而学校和代表学校的要求进行教学的老师们却仍然恪守一套陈旧的思想观念，拼命压抑学生个性，逼迫他们就范，这就不可避免地要发生矛盾和冲突。是该让生活迁就僵化的原则，还是该让原则适应变化的生活？是泯灭个性为旧体制殉葬，还是在反抗中让个性得以健康的舒展？小说的价值取向显然指向后者。对传统规范的挑战和亵渎以及对适合于个性伸展的存在方式和自我价值的寻找，构成了这部小说最基本的价值。

在小说中，传统文化规范的人格化代表是贾教授。从政治立场上看，他是已被唾弃的极“左”政治路线的眷恋者，虽然在音乐事业上一无所成，但对极“左”政治规则却极为精通，仅仅因为有的学生演奏了几首无调性的小品，他就大动肝火，“呼吁全体作曲系教员开展对学生从生活到学习的一切正统教育，不仅作品分析课绝不能沾 20 世纪作品的边，连文学作品讲座也取消了卡夫卡”。在道德观念上，他是一个典型的假道学，喜欢大谈“风化”，“因为他在四十岁时才找到一个年轻的妻子，他尤为恨那些二十岁就开始谈恋爱的‘小流氓’”。在学术思想上，他把古典音乐当作无法超越的神灵，而把除此之外的一切东西都骂作堕落。“因为他一辈子兢兢业业地研究音乐，而几乎一无创新，他尤恨那些自命不凡没完没了地搞创新的家伙”……总之,他是保守和僵化的象征,本应随着改革开放时代的到来而退出历史舞台,但由于历史脚步的沉重,他却仍然能够压制和扼杀青年学生的创造力,使他们陷入痛苦、焦躁和孤独之中。

与贾教授相对立的是性格各异的一群学生。森森是个勇敢的探求者,他“想干什么,谁也阻拦不了”,总是像精神病患者那样坚定而疯狂地追求他自己的风格。他的追求不但受到贾教授的反对,同时也要承受那些古典音乐大师在精神上的威胁,比如贝多芬,“他的力度征服了世界,在地球上树起了一座可怕的大峰,靠着顽固与年岁,罩住了所有后来者的光彩”。因此,森森要追求自己的力度,必须迎接双重的挑战。后来,他虽然在国际作曲比赛中获了大奖,但是当他听到了《莫扎特朱庇特C大调交响乐》时,他哭了,因为他再次发现自己与大师们的差距,再次面临对自我的否定。他那浓缩着成功和失败、欣喜与苦恼的一哭,道出了追求者的全部艰难。与森森相比,孟野的反叛和探求更富悲剧意味。他有极高的音乐天赋,门门功课都是5分,可就是不照规章办事,他的作品充满了疯狂的想法,有一种永不满足的追求。他的参赛作品与森森的一样,获得巨大成功,但他却受到双倍打击:贾教授运用行政手段撤销了他出国参赛的资格;女朋友不断地拉他后腿,要他为爱情放弃音乐。最后,孟野被勒令退学,但他仍以叛逆者的姿态倒退着与学校告别,而且坚信“他是生下来注定要创造音乐的”。

森森和孟野的同学们也都和他们一样,以各自不同的方式反抗着、追求着。戴齐为了“酝酿一个充满他内心渴望的作品”,一连三天把自己关进琴房。小个子悄然离校,决心到国外“去找找看”。李鸣一心想退学,不成就整天缩在被窝里睡觉,用一种消极的方式反抗着。当森森作品获奖后,他一跃而起,加入探索者的行列。董客庸俗而自私,但也煞费苦心地把各种风格都试一试。就连一贯奉贾教授为圣人的石白,也省悟到“这次演奏会就证实了我的风格已经过时了”,准备改变自己的风格。

《你别无选择》突破了传统小说有头有尾讲故事的模式,全篇没有一个贯穿始终的事件,也没有一个中心人物,而是以散点透视的方式和极明快的节奏,记下了男男女女、老老少少十几个人物的行状,表面看似杂乱和不谐,实则有着内在统一性,这就是作品要突出的那种群体骚动和反抗的时代氛围,和那种混合着痛苦与彷徨的追求者的群体情绪。它显然借鉴了美国作家海勒的《第二十二条军规》和塞林格的《麦田里的守望者》的某些因素,比如对荒诞的存在的绝望抗争等,因而更有力地表现了对传统价值和理性的反叛。国外“黑色幽默”小说是在社会转型、价值迷惘和信仰危机的背景下出现的,往往以青少年为主人公,表现他们在意义缺失和价值消解的状态下的迷惘心态。这一切,也正好为当时中国作家提供了借鉴。但是,黑色幽默在本质上乃是一种绝望者的幽默,而《你别无选择》并不绝望。刘索拉所表现的主要是某种短暂的绝望情绪,比如石白所陷入的自相缠绕的逻辑:“超不过巴哈你就成不了大师,成不了大师你就超不过巴哈。超不过巴哈你只有惭愧,你只有惭愧便不能超过巴哈。……创新不过是西方玩儿剩下的东西,玩儿剩下的再玩就未免太可笑,玩儿没玩过的又玩儿不出来,不如去背巴哈,反正模仿巴哈不会受到方向性抨击。”他这种绝望中的自我安慰和自嘲,就很有黑色幽默的意味。再如李鸣在一场连续轰击式的疲劳考试中搞得一塌糊涂,绝望于“关键在不知道对错”,但突然看透了“什么他妈的对错,根本无所谓对错,反正你永远也无法让贾教授说对”。

到了《寻找歌王》,刘索拉小说中反叛与寻找的矛盾更加突出。主人公一方面不能脱离世俗的享受,表示金钱物质与感官的享乐是她生活中的最高目标;另一方面不能忘怀理想,思念着披荆斩棘,孤独地在崇山峻岭中寻找“歌王”的旧日情人。因此,她陷入了人生的尴尬中,既无法走向“歌王”所在的深山老林,也无法进入演唱流行歌曲舞台那强烈的白光之中。

徐星的《无主题变奏》写的是一个考上大学不上而到饭店端盘子的青年“我”的生活和追求。小说开头写道,“我搞不清除了我现在一切以外,我还应该要什么。我是什么?更要命的是我不等待什么,”“也许每个人都在等待,莫名其妙地在等待,总是相信会发生点什么来改变现在自己的全部生活,可等待的是什么你总是说不清楚”。小说着力表现的正是这种自我选择的迷惘感和孤独感,是精神上的一种无家可归。“我”之所以退学,并拒绝女友老Q要我搞一番事业的怂恿,一个根本的原因就是觉得那些貌似高雅实则低俗的生活与“我”的追求背道而驰,在“我”看来,人们装模作样,孜孜以求,都已失去了本真。“我总该有选择自己生活道路和保持自己个性的权利吧?”为此,“我”要苦苦地寻求自己在生活中的位置。尽管“我真正喜欢的是我的工作……由此我感到自己或许还有点价值。同时我把自己交给别人觉得真是轻松,我不必想我该干什么我不必决定什么”。“我”那副玩世不恭的外表事实上掩不住深深的孤独和苦闷。小说深刻地揭示了当代青年在社会转型时期的精神危机,表现了他们在传统价值轰毁、生存意义缺失的时代产生的孤独感和荒谬感,还有一种深刻的虚无感。正是这些,使《无主题变奏》更具有现代品格。

第四节 莫言、残雪等人的小说

刘索拉和徐星引起的震动还没有消逝,莫言的一批感觉爆炸小说、残雪的一批荒诞小说再次引起社会震动。

通过张扬非理性而矫正理性的缺陷,是现代派小说的基本特征之一。这种统一的审美趋向又分为几种各有侧重的写作套路。意识流小说的突出之处是写混合着意识和潜意识各种成分的意识流;荒诞派小说重在写人的荒诞感,非理性则被推到近乎独尊的地位;感觉化小说则将审美重心投向人的感觉,进一步为非理性的普泛化开辟了通道。

1985年以后,感觉化小说成了文学上常见的风景。显然,这一审美现象的出现是文学自身机制不断调整的必然结果。早在80年代初,伴随着文学的复苏,文学就试图努力回归自身。感觉化小说的出现显示了文学更自觉的意识。在感觉派小说中,莫言无疑是最突出的代表。

莫言(1956—　),原名管谟业,山东高密人,生于农民家庭,1976年入伍,1981年开始发表作品,1988年毕业于解放军艺术学院,主要作品有《透明的红萝卜》、《红高粱家族》、《红蝗》、《天堂蒜薹之歌》、《十三步》、《丰乳肥臀》等。

莫言的确是文坛怪才,他以天马行空的艺术精神,从事着属于自己的艺术创造。他对于文学的梦想是:"一,树立一个属于自己的对人生的看法;二,开辟一个属于自己的领地和阵地;三,建立一个属于自己的人物体系;四,形成一套属于自己的艺术风格。这些是我不死的保障。"①他给文学带来诸多新鲜的审美信息,但最引人瞩目的是他那将世界和语言感觉化的艺术思维方式。

在小说艺术上,莫言受美国作家福克纳和拉美作家马尔克斯影响甚深,喜欢像他们一样去写故乡那片邮票般大小的土地,写故乡的历史、现实和人民,但他的探索和贡献是多方面的,其中最主要的,是生命的视点、源自普通百姓的历史观和感觉化的生活图景。他以特有的方式张扬了原始生命力。《红高粱》末尾的献辞写道:"谨以此文召唤那些英魂和冤魂。我是你们的不肖子孙,我愿扒出我的被酱油淹透了的心,切碎,放在三个碗里,摆在高粱地里。伏惟尚飨!尚飨!"小说中那如血如潮的红高粱和那如雄风烈火般轰轰烈烈的爱情、死亡、战斗,都有一个共同的特点,即一种不屈不挠、蓬勃旺盛、昂扬向上的生命精神,这种充满野性的生命精神,正是对充分文化化的柔弱的生命精神的一种补充和拯救。正是由于这种精神上的差异,使小说的叙述带有一种如长江大河般滚动不息的气势,也像高粱酒一样带有热辣辣的力量。与此同时,他认为原始生命才是民族的活力之源和生命之根,但国人的生命力却在正统文化的浸染之下衰退了,出现了"种的退化"。所以,他对原始野性的张扬,既是缅怀,又是招魂,试图用先人气贯长虹的生命火光涤荡卑怯萎缩的人格现状。这种追求通过《红高粱》系列得到了充分体现。

---

①莫言:《两座灼热的高炉》,《世界文学》1986年第3期。

《红高粱》以山东高密东北乡为背景,写的是抗日战争时期的故事,但小说超越了政治派别的历史叙述,以普通老百姓所知所忆,讲述了土匪抗日的故事,表现了在历史叙述中往往被遮蔽的先祖们在民族危亡之秋带有原始野性的生命光彩。《红高粱》中的余占鳌 16 岁就杀死了与母亲通奸的和尚,上山落草当了土匪,在高粱地里演绎了一幕幕悲壮的故事。他不拘礼法,不服教化,杀人越货,抢人妻子,却在民族危亡之际挺身而出,英勇地抗击日本侵略者。他敢爱敢恨,敢做敢为,周身流淌着一股野性的生命强力。这样的人物在主流历史叙述中是没有位置的,莫言的小说却恢复了他历史主角的地位。为了突出那种生命形态,作者还将叙述者"我"这一代人生命的萎缩与"我爷爷"、"我奶奶"那一辈人生命的蓬勃旺盛相对照,对现实文化中窒息人的生命力的因素给予了批判和否定。莫言抒写了对历史深处的原始生命的礼赞,但他没有把过去的人物理想化,也没有把历史理想化,根据他自己的说法,他描写的高密东北乡是一个"最美丽,最丑陋,最超脱,最世俗,最圣洁,最龌龊,最英雄好汉最王八蛋,最能喝酒最能爱"的地方,这样,故乡、历史、先人就避免了各种光环的遮蔽,得到了比较全面而客观的审视。

在小说艺术上,莫言的小说将感觉与夸张、变形结合起来,揉入叙述语言,使语言具有强烈的色彩、特有的质感和内在的张力。他的感觉具有超常的生动性和丰富性,如在《爆炸》中,他这样描写父亲的一记耳光:"父亲的手缓慢地举起来,在肩膀上停留了 3 秒种,然后用力一挥,响亮地打在我的左脸上。父亲的手满是棱角,沾满成熟小麦的焦香和麦秸的苦涩。六十年劳动给与父亲的手以沉重的力量和崇高的尊严,它落在我脸上,发出重浊的声音,犹如气球爆炸……"这种混合着酸甜苦辣多种滋味的感觉,不仅显得更为真实,而且富于深厚的文化心理蕴含。再如他写红萝卜:"红萝卜的形状和大小都像一个大个阳梨,还拖着一条长尾巴,尾巴上的根根须须像金色的羊毛。红萝卜晶莹透明,玲珑剔透,透明的、金色的外壳里苞孕着活泼的银色液体……"同时,他还借鉴《百年孤独》中的叙述法,使"过去—现在—未来"融为一体,使叙述具有层次性和历史感。他在艺术上的贡献是多方面的,不足之处是对于自己种种特长和偏好缺少必要的节制,常常滥用自己的才华。

残雪(1953－　),原名邓小华,又名邓择梅,湖南长沙人。高中毕业后,先后做过赤脚医生、工人、教师、裁缝等,1985 年开始发表小说。她是继刘索拉以后最具现代派特色的作家,受卡夫卡、萨特的影响很深,应该属于荒诞派。主要作品有《山上的小屋》、《苍老的浮云》、《黄泥街》、《突围表演》、《天堂里的对话》等。

是"文革"中噩梦般的经验,使残雪走向了萨特和卡夫卡,并在他们的作品中找到了知音和榜样,从而形成特异的非理性特色和独特的艺术风格。她不能忘怀少年时期噩梦般的记忆,这种噩梦般的记忆已经延伸到她的潜意识层面,使她不断体味人生的冷漠与荒诞。所以,她的小说大多失去了具有因果关系的情节,抛弃了时间和空间的均衡观念,甚至淡化了作为传统小说叙事要素的时间、地点、背景和事件,而凸现出来用梦魇的情景和冷漠的语调,讲述着呈现在心灵幻觉中错乱颠倒的事情,建构了一个极为独特的潜意识艺术世界。

在残雪的小说中,遍布阴暗、丑陋和乖戾的现象:到处是蚊子、苍蝇、蛆、老鼠和蜈蚣,人们只能在阁楼上生活;一个个人物神色诡异,行为怪戾,彼此之间冷漠而充满了敌意和仇视;甚至母亲的笑也是假的;父亲窥探自己的眼睛像狼一样发着绿光;人们将装着麻雀的信封用劲地扔进别人家里,丈夫把小便撒在妻子的袜子里……残雪最先把这一切大面积引入小说之中,描绘了一个令人作呕而又令人恐惧的世界。

《苍老的浮云》是残雪的代表作。从小说中那样众多的人物、复杂的关系、繁富的意象和新奇怪异的细部描写看,它首先是对生存困境的一次集中展示。生存的危机和困境首先来自那个神秘莫测的荒诞世界。这个世界是阴冷的、潮湿的、黑暗的,到处都是不断向人发起进攻的苍蝇、蚊子、蛇、老鼠、蛆、蜈蚣和蜘蛛,就连树上的落花也熏得人发疯。在这样的困境中,虚汝华只有逃避,在自己房子的门窗上钉上铁条,但仍然没有安全感,她只得整天在蚊帐里。但是,比这更可怕的还是人类自己,是人性中阴暗而丑陋的扩张和攻击的欲望。因此,她对生存困境的揭示就走向了对人性弱点和缺陷的勘察。在这里,窥视和攻击是小说中许多人物的共同特点。夫妻之间、父子之间、邻里之间、同事之间、上下级之间都在互相窥视。有人专门在院子里的树上挂一面镜子以观察邻居的一举一动;有人则在房顶上窥视他的女婿;虚汝华的母亲则像一个幽灵一样不论风雨晨昏都在女儿的屋外窥视。窥视的第二步是更为直接的攻击和掠夺。更善无的妻子慕兰窥视到虚汝华家养着金鱼,便偷偷在鱼缸里拌进了肥皂水;更善无的岳父只要看到女婿不在家,便到女婿家来抢东西;虚汝华的母亲做得更绝,她不仅威胁女儿,还趁黑夜爬上女儿的房顶,在屋顶上弄了一个洞。她还拾来毛毛虫和臭鱼烂虾,从板壁缝里塞进女儿的房间。

与窥视与攻击相伴随的,是一种退缩型的病态人格。虚汝华的丈夫老况结婚十几年,仍然是缩在他母亲膝下的一个无知儿童,事事听命于母亲的摆布。虚汝华则把自己封闭在四面钉上铁条的小屋,仍然无法驱除内心的恐惧和焦虑,只有让生命一天天萎缩:“那一天她突然觉得身上的衣裳宽荡荡的,她剥下衣服一看,才发现自己已经变得像干鱼那么薄,胸腔和腹腔几乎是透明的,对着光亮,可以隐约看出纤细的芦杆密密地排列着,她用指头敲一敲,里边发出空洞的响声:蓬蓬蓬……”虚汝华和老况的精神状况,既是对摧残人性的丑恶环境的揭示,也是对某些人格弱点的警告。

我们很难断定残雪小说中的故事多大程度上是来自她个人的实际生活经验,但可以断定的是,她用荒诞的形式将这个荒诞的世界呈现出来,决不只是为了展览。残雪曾经说过:“正因为心中有光明,黑暗才成其为黑暗,正因为有天堂,才会有地狱般的刻骨体验,正因为充满了博爱,人才能在艺术的境界里超脱、升华。”(《美丽的南方之夏日》)从根本上说,残雪小说的价值不在于她编织的离奇故事,也不在于她在作品中投入的理性思考,而在于她作品中弥漫的那种浓郁的感受与情绪。她的作品使人感到恐怖、惊悸、焦虑不安,而这恰恰也是进入她的艺术世界的最好向导。她小说中的种种物象恰恰也都是她作品中人物的荒诞感的变形显现和夸张投影。在《苍老的浮云》中,人的荒诞感主要表现为对生存危机及丑恶的人际关系、病态人性的恐惧和焦虑。比如,虚汝华老是感到她的房间里有成群结队的老鼠,铺天盖地的蚊子,油光闪亮的臭虫,以及无论怎样喷洒杀虫剂也除不净的蟋蟀、蜈蚣、蜘蛛、蛤蟆等,这其实都是她的恐惧感的一些象征物。她发现自己腹腔里排列着纤细而干枯的芦杆,这芦杆甚至干得正在冒烟,即将燃烧。这正是她的焦虑的一种变形表现。由此看来,残雪之所以热衷描绘人的荒诞感,不仅具有人性探索的意义,同时还具有社会文化探索的意义。

从总体看,残雪小说的基本表现手法是象征。但这里的象征和传统小说或有较强理性色彩的小说的象征并非一回事,即并非象与意的一对一的简单对应。残雪小说中的象征不是指向某种理念,而是指向一种整体感受和体验,而且具有模糊性和多重性。

第五节　马原、余华等人的小说

80年代中期,当人们刚刚理解和接受现代派小说之际,又产生了一个更具先锋意味的小说流派,这就是“先锋小说”。马原、洪峰、余华、苏童、格非、叶兆言、吕新、北村、孙甘露等是其代表。

后现代小说本来是西方后工业社会的产物,但在中国这个“前工业”社会出现,有其自身原因:其一,80年代后期的商品经济和西方文化思潮冲击了刚刚重建的人道主义传统。作为话语中心的“大写的人”已开始由中心向边缘滑落,因而无法继续维系文学统一的范式。其二,在商业化浪潮中,整个社会处于浮躁状态,追逐着潮流和时尚,不愿孤独探索,告别了深度追求。这使得作家放弃了充当思想家的努力,而在形式的革新与实验中表明自己的存在。其三,从80年代初开始的现代派文学在形式的革新上也为后现代小说铺平了道路。后现代小说是在现代派小说的基础上产生的,但又是对它的超越。它打破了人们的美感经验,摈弃了现代主义的认识论,探索文本的存在方式,具有完全陌生化的文本结构。其特点如下:首先拆解了现代主义的深度模式,放弃对生活的象征、转喻,以及对本质的抽象和形而上的把握;作家退出小说,只让叙述人讲故事,呈现现象,消解意义。其次是淡化人物,让人物退居到讲故事的背后,人物只是话语表达中的一个符号,而故事的讲述则上升为主导地位,使读者由对意义和人物的关注,转向对叙事过程的关注。再次是语言的能指化,任意拆除所指,使语言在能指的层面上进行符号的编码,作家从这种无目的指涉的语言游戏中获取"语词的欢乐"。他们消解了意义,把侧重点放在文本形式上,使形式成为小说的一切。

马原是该群体中较早有"叙述"自觉的作家,1984 年,他的《拉萨河女神》首先因叙述引起了人们的注意,之后,又以《冈底斯的诱惑》等作品对叙述手段做了更为充分的实验,创造了所谓"马原的叙述圈套"。

马原(1953—　),辽宁锦州人,中学毕业后到农村插队,1978 年考入辽宁大学中文系,毕业后进藏当记者、编辑。这段特殊的经历,成为作家后来创作的主要素材和资源。80 年代中后期,马原发表了一系列以西藏为背景,在叙事上颇具先锋意味的作品,如《拉萨河女神》、《冈底斯的诱惑》、《叠纸鹞的三种方法》和《虚构》等。其中《冈底斯的诱惑》和《虚构》较具代表性。在这些小说中,马原常常自己担任叙述者的角色,任意将虚构与真实、抽象与具象、汉人与藏人进行拼接、拆卸和重组,以改变传统小说的叙述视点,使作品充满了寓言色彩。

《虚构》是一篇通过虚构完成的"复调"小说。作品一开篇就说:"我就是那个叫马原的汉人,我写小说。我喜欢天马行空,我的故事多多少少都有那么一点耸人听闻。"作者为读者讲了一个故事:马原到麻风村去考察,发现了一个现实之外的虚幻世界。但是,那里所发生的故事似乎又像在现实生活之中。因为,不仅会说汉话的女人、小个子、哑巴带着几个面具,而且他们已经混淆了时间、虚构和真实之间的界限。他们相爱,生育,对自己的麻风病和随时到来的死亡置若罔闻。在这一环境中,"我"渐渐也忘却了刚到麻风村的时间,失去了过去生活的记忆。他与女主人公相爱,并把自己隔绝在这个没有时空概念的世界中,直到最后又莫名其妙地离开。正是在这种真真假假的叙述中,真实的、虚构的、正常的与怪诞的几个我、几个故事之间,发生了一系列的交叉、重叠、变形,出现了作为主体的"复调"的效果。正如叙述者在小说临近结尾时所表白的那样:

> 读者朋友,在讲完这个悲惨的故事之前,我得说我下面的结尾是杜撰的。我像许多讲故事的人一样,生怕你们中间一些人认起真;因为我住在安定医院是暂时的,我总要出来,回到你们中间。我个子高大,满脸胡须,我是个有名有姓的男性公民,说不定你们中的好多人会在人群中认出我。我不

希望那些认真的人看了故事，就说我与麻风病患者有染，把我当成妖魔鬼怪。我更怕的是所有公共场所对我关闭，甚至因此把我送到一个类似玛曲村的地方隔离起来。

这段话表明，作者写的只是一个故事。有时，他是故事中的一个人物，有时又站在故事之外，随着故事的发展而发表评论；它更潜藏着这么一个创作动机，即就像拉美魔幻现实主义小说和福克纳等人的小说一样，通过叙述，作者对原本存在的时间和空间重新作了拼接和拆卸，安排了另一种的时间和空间。所以，当你走进故事中去的时候，你不知道它是虚构的，还是发生在你身边的真实的人生故事。而这，就是马原小说的魅力。

1986年后，洪峰的《奔丧》、《瀚海》、《极地之侧》等作品的问世，显示了与马原相近的追求。稍后出现的是余华和苏童。

余华(1960—)浙江海盐人。中学毕业后当过牙医，五年后弃医从文，1984年开始发表小说，主要作品有短篇小说《十八岁出门远行》、《现实一种》、《世事如烟》、《河边的错误》、《古典爱情》、《鲜血梅花》和长篇小说《活着》、《许三观卖血记》、《兄弟》等。

余华自其处女作《十八岁出门远行》发表后，便接二连三地以实验性极强的作品在文坛引起颇多的关注，他亦因此成为中国先锋派小说的代表人物。余华并不是一名多产作家。他的作品以精致见长，以纯净细密的叙述打破日常的语言秩序，组织着一个自足的话语系统，并且以此为基点，建构起一个又一个奇异、怪诞、隐秘和残忍的独立于外部世界和真实的文本世界。余华曾自言：“我觉得我所有的创作，都是在努力更加接近真实。我的这个真实，不是生活里的那种真实。我觉得生活实际上是不真实的，生活是一种真假参半、鱼目混珠的事物。”与马原等人对意义的消解不同，他从不拒绝意义，但又注意对意义进行不同于传统的处理。首先，他努力做到意义与叙事单元的分离，通过诸如精神病视角的叙述，使叙事负载非日常生活经验层面的意义。故而叙述的意义不具有自我指称性，而指向更深的语义。其次，通过叙事结构的努力，挽留阅读对过程的全部关注。他不在作品中安排重大的细节，也不作惊人之语以提示意义，而在不紧不慢的叙述中，造成阅读的期待，把人对意义的追寻转移到对叙述的体验之中。再次，他重视感觉而轻视理性，放弃理性的分析和抒情，只让叙事人用视觉和听觉叙述，从而在感觉和幻觉的世界中呈现出无情感、无深度的人生面影。

余华的写作一方面执著于对人性恶的发掘，体现出强烈的苦难意识；另一方面在对文本意义进行处理时表现独特的叙事方式。他对优美的事物毫无兴趣，专注于探索非常态的行为与心理，描写罪恶、阴谋、暴力、恐惧、死亡等，揭示人性中最黑暗、最丑陋、最残酷的一面。在《十八岁出门远行》中，写一个少年对充满欺诈的人生的第一次经验。“我”一路上遇到的尽是势利、残忍和贪婪的人,有趁火打劫的老乡,有欺软怕硬的司机,有袭击小孩的恶人等,呈现出一个充满罪恶的世界。《一九八六年》则写历史惨剧的延续。一个在“文革”中受迫害的疯子,对自己进行残忍的自虐,用通红的烙铁烙伤自己的面颊,拿生锈的钢锯锯自己的鼻子和腿,用石头砸自己的生殖器等。此外,《河边的错误》、《现实一种》、《世事如烟》、《难逃劫数》等,都有对暴力与阴谋的描写,显得极为冷酷。

在处理苦难与暴力的主题时,余华显示了独特的叙述技巧。《四月三日事件》是对少年心理意识的怪异描写。小说中的“他”在 18 岁生日的时刻,突然神经质地感到被抛弃的恐惧。他在精神漂流状态中产生了对生存环境扭曲的细微感受,因而在真实与幻觉中审视自己的存在。《现实一种》中的山冈兄弟本来失去了理智,但在旁人眼里却又极其正常,因此一系列杀戮都是在平常的状态下进行的。在这里,犹如马原笔下的叙述人“马原”的分身法,精神病或者神经质少年的视角,只不过是作者有意混淆幻想与现实的一个特别的视点,它能使正常人眼里观察到的东西从疯子的眼里以另一种形式被叙述。所以,有了这种视点,作者才可以施展他的叙述才能,在语言的能指链上展示一个充满知觉的小说世界。

苏童(1963—　),江苏苏州人。1984 年毕业于北京师大中文系,主要作品有《一九三四年的逃亡》、《妻妾成群》、《米》、《我的帝王生涯》、《罂粟之家》等。他对家族史有独特的爱好,但历史在他那里,却只是一道布景。正如他在《一九三四年的逃亡》中所说的:“黑砖楼是否存在并无意义,重要的是它已经成为一种沉默的象征,伴随着祖母蒋氏出现,或者说黑砖楼只是祖母蒋氏给我的一道布景,诱发我瑰丽的想象力。”由于对历史采取这种态度,他所写的历史不过是自我体验的历史,是主体进入想象世界的入口处。他所要做的,则是用自己对人性、对生命的思考去映照历史,照亮历史,表现“历史颓败”的悲观虚无的主题。

苏童的小说往往通过家族史来表达自己的人生体验。他总是将祖孙几代人的生命形态作共时性的呈现。同时,他不再如莫言那样关注家族值得炫耀的品格与壮举,仅仅以家族与血缘的认知视角,展现家族血脉在遗传、变异交织中的历史和命运。所以,苏童荟萃了最丑恶的生命形式,如白痴、淫妇、土匪、性无能者等,让生命成为一种不可饶恕的罪过。苏童把这一特征放在家族与血缘的链条上予以考察,从而勾画出一个个家族由盛而衰的发展轨迹。在成名作《一九三四年的逃亡》中,以“祖父”、“祖母”为表征的历史陷入了灾难,历史已无根可寻,留在虚假的时间容器里的,只是一些颓败的历史残骸。这样,历史、农村、革命、生殖等都不是在观念的领域里被理性地清理,而是在具体的叙事中被无所顾忌的诗性祈祷所消解。这里一开始就显示了苏童对家族史的关心,同时又显示了他让叙事话语浮上历史地表的决心,标志着新一代写作者鲜明的话语意识。正因为如此,苏童成为先锋派的主将之一。

如果说《一九三四年的逃亡》还多少有莫言和马原影响的印痕,那么《罂粟之家》则是能真正显示苏童风格的文本。它以家族颓败的历史为内容,展示历史与生殖、压迫与报复、血缘与阶级、革命与宿命等矛盾的对立统一,在充满张力的叙述中,体现了苏童对历史的理解,从而解构了存在于过去时空中的历史。尤其是,苏童看见了家族与血缘矛盾在阶级矛盾中所起的巨大作用,因而把阶级矛盾赋予浓厚的血缘色彩,使历史变革脱去了理性主义的外衣,而带有血亲复仇的历史伦理化意向。地主刘老侠雄心勃勃、不择手段地聚敛财富,但在性与血缘上却无可挽回地失败了,只好求助于精力旺盛的农民陈茂。陈茂带着对地主阶级的仇恨,疯狂地占有地主的女儿刘素子,从而使本来是阶级对立关系的刘老侠与陈茂之间,渗进了血缘的因素,变成了"不是你是狗,就是我是狗"的扭曲的伦理与生存关系。这显然是把社会关系悬置起来,强化自然意味的人的存在与关系,使历史的严肃性被消解,而作家个人对历史的理解则被凸现。所以,这与其说是反映了家族史,不如说是解构和书写了家族史。

1989 年以后,苏童的创作显示了某些向传统回归的意向。《妻妾成群》是一个古典风味十分浓厚的文本。它讲述了女性婚姻的悲剧故事,但作者一反传统的婚姻悲剧小说模式,塑造了一个自愿走向旧家庭,自觉成为旧式婚姻牺牲品的女性颂莲的形象。她熟谙女人间的争风吃醋和勾心斗角,甚至以"床上的机敏"博取陈佐千的欢心,但最后还是以失败告终。个人在历史面前并非总是被动的,恰恰是由于个人的真诚与自觉自愿,导致了悲剧的结局。因此它同样体现了作者对历史的解构和对读者审美定势的颠覆。

先锋小说的其他作家,如孙甘露、叶兆言、北村、吕新也都值得注意。叶兆言的先锋姿态比较折中,作品不时透露出某些传统文人的情调,但后来有转向纯虚构性叙述的迹象。吕新是山西作家,"本地经验"与"现代技巧"在他的创作中很自然地结合起来,成为该省作家中的另类现象。

第十三章　散文的复苏与收获

第一节　机遇与挑战

20世纪80年代是文学冲破禁锢走向繁荣的年代，但就散文创作而言，却是一个相对暗淡的年代。除了报告文学产生过几度“轰动”效应外，其他散文种类均未能引起公众的特别关注。虽然仅以是否有过轰动性影响来判定其价值并不科学，但仔细疏理80年代的文学创作，我们却不得不承认：与诗歌、小说、戏剧中鲜明的主体意识、自觉的文体探索和不断翻新的艺术手法相比，散文领域不但总是在学习与创新的时间上慢了几步，而且在繁荣与深入的程度上也显得不够。

其实，80年代的散文创作有着难得的历史机遇。在那样一个特殊的年代，国家政治上的“拨乱反正”，经济体制的大幅度改革，文化思想的急剧转型，给繁荣散文创作至少提供了三个方面的条件：一是恢复了许多遭受极“左”政治迫害的作家的创作权利，这给80年代的散文创作队伍带来了“四世同堂”的壮丽景观。既有冰心、巴金、丁玲等从“五四”时期走来的名作家，有徐迟、萧乾、杨绛、碧野、孙犁、刘白羽等在三四十年代就已开始文学创作并卓有成绩的作家，也有秦牧、邵燕祥、宗璞、刘宾雁、黄宗英等在五六十年代曾经活跃一时的作家，还有贾平凹、赵丽宏、王英琦、斯好、唐敏、叶梦等在七八十年代才开始创作的青年作家。特别是，这些具有不同年龄、不同经历和不同思想观念的几代作家历史性地聚集在一个刚刚从长久禁锢走向改革开放的年代，他们心中长期郁积着的历史沧桑和人生感受终于等到了一个爆发的机会。一时间，他们创作的热情异常高涨。二是对极“左”政治的彻底否定和实事求是思想路线的重新确立，给80年代的散文作家解放思想、更新观念、恢复主体意识、抒发真情实感提供了一个相对宽松的政治思想文化环境。正是在这样的大背景中，80年代的散文创作呈现出走向开放、走向多元、走向个性化的基本发展态势。从初期的“忆悼散文”、“反思散文”，到中后期的“西部散文”、“文化散文”；从更多地表现“主旋律意识”，到“问题报告文学”热的兴起;从追求反映现实生活的真实,到探索表现心灵世界的真实;从单一回归散文本体,到不同种类、不同题材、不同主旨、不同风格的散文竞相争艳,无不展现着这么一个基本的运行轨迹。散文最贵真实与真诚。但在“文革”前十七年和“文革”十年,虚假矫情却是散文创作中难以根除的流弊。它既是特定历史阶段社会问题的展露,也关乎散文文体的兴衰存亡。所以,巴金在《随想录》中大声呼吁讲真话、抒真情,就不仅有着冲决思想禁锢的政治上的意义,不仅有着恢复正常人性的文化上的意义,也有着找回失落了的散文文体精神、繁荣散文创作的文学上的意义。虽然真正要做到巴金理想中的“自己想什么就讲什么,自己怎么想就怎么说”[①],仍需要时间,但一个能说真话、敢说真话的时代毕竟开始了。这是散文的大幸。三是大量翻译介绍外国文学理论和作品,为80年代的散文作家取他山之石以攻自己之玉提供了一个难得的学习与借鉴的历史平台。中国现代文学是在外国文学的催生下诞生的。中国现代散文深受外国文学的启发和影响。“五四”时期,鲁迅、周作人、冰心、林语堂、郁达夫等人就是在汲取中外散文精华的基础上,以其突出的现代启蒙精神与鲜明的文体创新意识的完美融合,而创造了中国现代散文史上的第一座高峰的。可惜的是,散文的这种辉煌好景不长。由于复杂的政治、思想和文化上的多种因素的作用,中国文坛逐渐走向封闭,在“文革”时期更是走向极端:既要与外国隔绝,又要与传统“决裂”,甚至连“左翼”文学传统也予以排斥。散文完全成了现实政治斗争的工具,成了“阴谋文艺”的一个组成部分。新时期国门的再次打开,五颜六色的外国文学的引进和介绍,除了唤醒中国文坛沉睡已久的现代意识之外,对中国当代散文作家来说,最重要的是唤醒了他们心中久违了的文体意识。他们要求重新认识散文的特质,期望恢复散文固有的属性。他们主要抓住了在50年代至70年代广泛流传的散文创作“形散神不散”的观念和对“诗意”的追求两个有代表性的问题来展开自己的质疑和反思。松木的《“形散神不散”质疑》、林非的《散文创作的昨日与明日》等文对“形散神不散”理论形成的原因、主要内涵以及它作为一条散文创作的普遍规律而对中国当代散文创作造成的危害等进行了深入的分析。佘树森的《散文创作艺术》、范培松的《散文天地》等书则从散文与诗歌的比较入手,就中国当代散文追求“诗意”的动因,“诗意”与“意境”的区别,散文与诗歌在创造意境上的异同,诗文渗透的历史进步意义等问题展开了精辟的论述。散文文体意识的觉醒,促使80年代的散文作家开始注意按照散文本体的规律进行审美性的创作。这对于曾作为政治附庸的散文来说,是一种具有根本意义的反拨。到80年代中期以后,散文文体变革终成潮流。不少散文作家将主体潜意识与现代哲思

①巴金:《随想录》,生活·读书·新知三联书店,2004年,第348页。

引进散文本体，在诗歌、小说、戏剧等艺术形式中热闹非凡的现代意识和技法，终于在散文领域得到比较多的体现。这预示着散文的春天快要来了。

当然，80年代的散文创作也遇到了严峻的历史挑战。“四世同堂”的散文创作队伍是与青黄不接的人才危机相伴生的。活跃在80年代散文界的精英，主要是中老年作家。巴金、杨绛、丁玲、孙犁、徐迟、黄宗英、刘宾雁等，当时都已年过半百。青年散文作家开始引人瞩目，那是在80年代中期以后。散文创作人才的这种历史性断裂，显然不利于散文艺术的变革与创新。从政治与社会思想变迁的角度来看，80年代也明显处于过渡期。在那样一个特殊的历史时期，要想自由地说出自己内心的思想，仍有许多主观和客观方面的因素制约。巴金就曾坦言：“讲真话并不容易……使我最难过的是，有时我也对读者说了假话。”[①]这样的状况，对于特别要求真实与真诚的散文来说，明显也是有限制的。再者，从可以学习与借鉴的外国文学来看，西方的诗歌、小说、戏剧，其文体特征都很突出，新流派、新方法、新技巧层出不穷。而西方的散文概念则相当宽泛，文体特征比较模糊。按《大不列颠百科全书》的说法，散文“不是(诗歌、小说、戏剧)”[②]，即除了诗歌、小说、戏剧之外，一切文章著作都可以看做散文。“五四”时期的散文先驱，为了克服学习样板方面的这种欠缺，常常取法于英国的随笔(Essay)。刘半农提出的“文学散文”，周作人提出的“美文”，王统照提出的“纯散文”，胡梦华提出的“絮语散文”等，都表现出了先驱者们的这种努力。但是，概念相对窄一点、文体特征相对突出一点的英美随笔，在20世纪走的却是一条下坡路。它变得越来越宽泛，越来越松散，越来越不被人注意。到了80年代，已难以成为中国散文家学习的样板。所以，人们在犹豫彷徨了一阵之后，终于转向从诗歌、小说、戏剧中汲取自己创作的营养。

总之，80年代的散文创作是机遇与挑战并存。它交织着多种复杂的矛盾，既有大量的借鉴与继承，也有稳步的开拓与创新。在中国现代散文史上，它具有鲜明的过渡时期的特征。

第二节　巴金的《随想录》

检视80年代的散文创作，巴金的《随想录》占据着极其重要的地位。巴金是我国现代文学屈指可数的文学巨匠之一。1949年之前，他就以小说的杰出成就

①巴金：《再思录》(增补本)，广西师范大学出版社，2004年，第60页。

②见张梦阳：《大英百科全书关于散文的注释》，《散文世界》1985年第1期。

而蜚声文坛。1949年之后,他的主要成就是散文。《随想录》是巴金晚年的散文巨作。从1978年12月到1986年9月,巴金以年届八旬的高龄用了8年的时间,写了150篇共计42万字的《随想录》。这些作品曾陆续在香港《大公报》等报刊上连载发表,并以时间为序编为《随想录》、《探索集》、《真话集》、《病中集》、《无题集》,由香港三联书店和人民文学出版社陆续出版。后来又合为一集,以"随想录"为题出版。有学者认为,《随想录》是巴金"最重要、最有价值的巨著",是巴金"以散文形式在自己的文学道路上竖起的又一座丰碑"①。

《随想录》的重要价值和意义主要表现在以下几个方面:

一是自觉、坚定的批判封建专制主义的意识。巴金的批判是从反思历史开始的。《随想录》的创作目的非常明确,正如他在《〈随想录〉合订本新记》中所说,就是要让人们永远记住"文革"。巴金想弄清楚这场"浩劫"的来龙去脉,认为自己"有责任揭穿那一场惊心动魄的大骗局,不让子孙后代再遭灾受难"。于是,他要用自己的随想在荆棘丛中开出一条小路,用老人无力的叫喊,呼吁建立"'文革'博物馆"。

《随想录》真实地记录了"文革"给巴金和他的家人、朋友带来的身心摧残。在《"腹地"》中,巴金悲愤地讲述了他在"文革"中遭受文字狱迫害的事实。那种指鹿为马、颠倒黑白的骗子伎俩,令巴金感到厌倦和恶心。在《怀念萧珊》中,巴金用渗着血和泪的文字,深情哀悼含恨死去的妻子。萧珊的善良美丽和她在"文革"中遭受到的非人折磨,留给人们深长的思考。在《怀念老舍同志》中,巴金一方面叙说"这位有才华、有良心的正直、善良的作家"的高风亮节和他留给人间的"那些不朽的作品"、"许多美好的东西",一方面反复引用《茶馆》中的一句台词"我爱咱们的国呀,可是谁爱我呢"。巴金认为,"老舍死去,使我们活着的人惭愧"。巴金进而引导人们,应该从老舍的惨死中找到某些教训。

巴金说:"十年的灾难,给我留下一身的伤痕。"②但《随想录》对"文革"的揭露却没有停留在暴露伤痕的浅层面上。巴金从社会思想文化的角度进一步思索着产生"文革"的深层根因。《思路》一文把"四人帮"为何有那么大的能量和秦桧怎么会有那么大的权力这两个看似无关的问题联系在一起。然后引用明代诗人、书画家文征明的《满江红》词"笑区区一桧亦何能,逢其欲"和自己的曾祖李璠在谈到这首词时有"诛心之论,痛快淋漓,使高宗读之,亦当汗下"的赞赏之句,以此来揭示"文革"产生在制度和人事方面的原因。但巴金的思索还没有止于此,而是进而指出,"文革"是"封建文物大展览"(《怀念方令孺大姐》),它"用封建专

①李存光:《巴金〈随想录〉五集笔谈》,《文艺报》1986年9月27日。

②巴金:《未来(说真话之五)》,《随想录》,生活·读书·新知三联书店,2004年,第355页。

制主义的全面复辟来反对并不曾出现的‘资本主义社会’”(《“五四”运动六十周年》)。由于封建专制主义在中国有着根深蒂固的渊源,由于它的“残余还在发展,流毒还在扩大”,重演“文革”悲剧的可能性是存在的。因此,巴金反复呼吁要“建立一座‘文革’博物馆”(《“文革”博物馆》),大声疾呼“还是要大反封建主义”(《衙内》)。巴金的目的,就是想让人们牢牢记住历史上的血痕,彻底铲除产生“文革”的基础。反封建是《随想录》的一个基本主题。

二是清醒、深沉的人性意识和人道主义精神。封建专制主义的一个基本特征是对人性的野蛮践踏。巴金批判封建专制主义的一个主要思想武器是人道主义。他用人道主义的准则去观照历史、反思现实。他之所以对“文革”中那些残酷的人和荒唐的事记忆犹新,之所以对“人为什么变为兽?人怎样变为兽”(《我的噩梦》)等问题那么执著,均源自他内心深处的人性意识与人道主义精神。

巴金的人性意识与人道主义精神的第一层含义是人身权利与人格尊严神圣不可侵犯。通观《随想录》,巴金不厌其烦地反复叙说十年“文革”中那种“阴风惨惨、鲜血淋淋”的场面。他在那种环境中“不知道自己是人是鬼,是兽是魂,是在阴司还是在地狱”;他多次遭受进“牛棚”、坐“喷气式”、被迫下跪、低头认罪的“奇耻大辱”;他眼睁睁看着妻子萧珊挨北京来的红卫兵的铜头皮带;他的朋友叶以群、老舍、傅雷等人先后被迫害致死。巴金说:“通过十几年后的‘傅雷家书墨迹展’我才看到中国知识分子的正直、善良的心灵,找到了真正的我们的文化传统。‘士可杀,不可辱!’今天读傅雷的遗书我还感到一股显示出人的尊严的正气。”①正是出于维护人的尊严,巴金才一次又一次地撕开自己心灵的伤疤,反思那段不堪回首的历史。通过反思,巴金说,他对于受难者怎样成为牛马,已有一些体会,比如说造反派的践踏宪法,受难者的盲目崇拜,社会文化中缺乏人权意识,等等。可是对于兽性发作的造反派如何化作虎狼,特别是对于那些“十几岁的青年男女也以折磨人为乐,任意残害人命”的现象,他“至今还想不通”(《我的日记》)。但有一点是可以认定的,这就是“以人为兽不过是暴露自己的兽性”(《病中(三)》)。为了张扬人性,消灭兽性,就必须树立公民意识,维护每个公民的基本权利。“只有承认每个公民的权利,才能理直气壮地保卫自己。”(《二十年前》)

巴金的人性意识与人道主义精神的第二层含义是强调人的独立思考精神。巴金以自己的亲身经历为例,在《随想录》中多次说明了这么一个道理:只有能够独立思考的人才算得上是一位真正的人。否则,至多只是一个奴隶。而在多数情况下,巴金又是把“奴隶”与“牛马”等同看待的。在《十年一梦》中,巴金痛苦地回顾了自己从一个人变为一个“死心塌地的精神奴隶”的过程。尽管这种“精神

①巴金:《二十年前》,《随想录》,生活·读书·新知三联书店,2004年,第643、647页。

奴隶”的生活在巴金的一生中只是小小的一个阶段,他最终又从“精神奴隶”中觉醒回到了“我自己”,但巴金对自己为什么会走上“精神奴隶”的路程,却是追根溯源,紧抓不放。巴金发现,“没有自己的思想,不用自己的脑子思考”,正是其中最重要的原因。在《究竟属于谁》中,巴金进一步说到了不能独立思考的危害,即它不仅能使你沦落为奴隶,受尽折磨,而且能助长专制主义作风,成就专制者的兽行。巴金说:“张春桥、姚文元青云直上的道路……是踏着奴仆们的身体上去的。”“要澄清混乱的思想,首先就要肃清我们自己身上的奴性。大家都肯独立思考,就不会让人踏在自己身上走过去。”

巴金的人性意识与人道主义精神的第三层含义是推崇人的个性。其突出的表现是大力倡导讲真话。人们对讲真话在政治、思想、文化等方面的重要意义已有比较多的关注,但对它在张扬人的个性方面的重要意义却认识得不够充分。其实,巴金在对“讲真话”的含义进行界定时,就已显露出他对张扬人的个性的推崇。巴金说:“我也曾一再声明:我所谓‘讲真话’不过是‘把心交给读者’,讲自己心里的话,讲自己相信的话,讲自己思考过的话。我从未说,也不想说,我的‘真话’就是‘真理’。我也不认为我讲话、写文章经常‘正确’。”(《〈真话集〉后记》)很显然,巴金所说的“真话”并不等同于“真理”,也并不表明永远正确,它只是特定的人在特定的环境中对世界的一种真实的感受和认识而已。应该说,这种“讲真话”是人的个性意识的一种表现。张扬人的个性需要外部环境的允许和个体内在心灵的自觉。在中国几千年的封建专制主义体制和思想的统治下,人的个性受到抑制和扼杀。久而久之,一方面造成了顺从和奴性意识的弥漫,一方面造成了假话和骗术的流行。巴金在《随想录》中对自己一度如何喝了迷魂药,如何丧失了独立思考能力,如何跟着别人说假话作了深入的分析。同时,巴金也对自己“倡导讲真话”和“讲真话”之间的差异作了坦率的说明。巴金说,“我懂得讲真话并不容易”,“我扯起了真话的大旗,并不是我已经讲了真话,而且一直在讲真话”,“为什么老是揪住真话不放呢?其实,谁都明白,我开的支票至今没有兑现”(《卖真货》)。从这里,我们既可以看到张扬人的个性仍然任重道远,也可以看到巴金对人的个性的深沉呼唤。

三是深刻、坦诚的自省与忏悔意识。《随想录》的独特之处,在于巴金对历史的反思,既以“自我”作为观察的视角,又把“自我”作为剖析的对象。从自我出发,巴金恢复了独立思考的能力,发现了许多令人深思的问题。把自我摆进历史的时空,巴金丝毫不推卸作为个体的自我对历史进程所应担负的一份责任。虽然巴金的自责显得有些过于严厉,但由此表现出来的真诚、高尚的人品,深刻、独到的见识,生动、感人的表述,却使得巴金远远高出80年代的许多文学精英。

巴金自省与忏悔正是从严厉的自责开始的。在《一颗桃核的喜剧》中,巴金首先引用了赫尔岑《往事与随想》中写到的一个故事，说的是沙俄时代的外省小城太太们珍藏皇位继承人吃后扔掉的桃核的喜剧。接着，巴金又回想起自己小时候在父亲的衙门里看到被告挨了打还要向打他的知县大老爷谢恩的场景。由此，巴金发现了两类“封建社会的破烂货”，即封建专制主义者的威权和普通民众的奴性。从自责的角度出发，巴金得出了这样的结论：”我们不能单怪林彪，单怪‘四人帮’，我们也得责备自己！我们自己‘吃’那一套封建货色，林彪和‘四人帮’贩卖它们才会生意兴隆。不然，怎么随便一纸‘勒令’就能使人家破人亡呢？”

顺着“解剖自己、批判自己”的思路，巴金在《“遵命文学”》、《纪念雪峰》、《小狗包弟》、《十年一梦》、《解剖自己》、《怀念胡风》等一系列文章中进一步地剖析自己。挖得越深，巴金所承受的内心痛苦就越大。过去，巴金总以为自己与奴隶这个字眼毫不相干，但回首往事，却发现自己“明明做了十年的奴隶！……而且是死心塌地的精神奴隶”(《十年一梦》)，这使得他感到十分难过。后来，巴金进一步发现，他不仅做了奴隶，而且在事实上做了专制主义的帮凶。为了“保全自己”，他曾“跟在别人后面丢石块”(《纪念雪峰》)，写不负责任的表态文章，把通人性有人情味的小狗“包弟送到解剖桌上”(《小狗包弟》)。回顾这种种行为，巴金感到万分的痛心和耻辱。巴金是一位接受过“五四”精神洗礼的现代知识分子，曾经是一位坚定的反封建的社会革命战士。但在50年代以后，却迷迷糊糊地做出了许多连自己都感到不可思议的事情。而且，巴金还非常坦诚地分析自己：“万一在‘早请示、晚汇报’搞得最起劲的时期，我得到了解放和重用，那么我也会做出不少的蠢事，甚至不少的坏事。当时大家都以‘紧跟’为荣，我因为没有‘效忠’的资格，参加运动不久就被勒令靠边站，才容易保持了个人的清白。使我感到可怕的是那个时候自己的精神状态和思想情况，没有掉进深渊，确实是万幸，清夜扪心自问，还有点毛骨悚然。”(《解剖自己》)所以，巴金深切地感受到自己有了“一笔心灵上的欠债”。也正是为了早日偿还它，巴金才开始了痛定思痛的自我反省和忏悔的写作历程。巴金的自省与忏悔的意义，显然不止于他个人。虽然《随想录》是巴金一生的收支总账，但更是“用真话建立起来的揭露‘文革’的‘博物馆’”(《〈随想录〉合订本新记》)。巴金事实上是以自己为例，为整整一代知识分子的言行而忏悔。

四是朴实、自然的文风。巴金说：“艺术的最高境界，是真实，是自然，是无技巧。”[①]他写作追求的是更明白、更朴实地表达自己的思想。《随想录》是巴金晚年对历史和人生进行艰苦的反思与探索的真实记录，其目的是要让后人牢牢记住历史的教训，不要重蹈历史的错误。正因为巴金是有感而发，所以他想突出的

①巴金：《探索之三》，《随想录》，生活·读书·新知三联书店，2004年，第166页。

是他所经历的真人真事和他内心的真情实感。相应地，他所追求的是那种不事雕饰、自然天成的无技巧的写作境界。巴金多次说过，他写作就是拿出自己的心来给读者看。《随想录》中那种信笔而书、娓娓而谈、朴实自然、清新明丽的风格，那种在质朴中显现风华，在平淡中寓藏深味，在冷静中倾注热情的笔法，既完满地实现了巴金的写作理想，也给80年代的散文创作带来了新的气息。它标志着中国当代散文开始发生一些根本性质的变化，即由浮夸说谎走向求真务实，由随波逐流走向独立思考，由宏大叙事走向个人生活，由刻意雕饰走向自然天成。对巴金来说，还多了一个由自我粉饰走向自省忏悔的变化。《随想录》的文体价值亦不容忽视。

第三节 孙犁、丁玲等人的散文

在80年代的散文界，老作家的创作特别引人瞩目。他们以自己丰富的人生阅历，深厚的文化素养和在长期艺术实践中积累起来的创作经验，创作了一批感人肺腑、启人深思的作品，为新时期散文的复苏、繁荣和发展，作出了独特的贡献。总的看来，他们的散文大都对社会人生进行了深刻的反思，具有极其鲜明的理性反思色彩。

孙犁原以《荷花淀》、《芦花荡》等抒情风格的小说闻名于世。"文革"结束后，饱经沧桑的他步入了人生的暮年。"荷花淀"中蕴含着的青春的浪漫激情和明丽与温馨的梦幻，早已随岁月的流逝而飘去。晚年的孙犁，感情变得深沉了，思想变得深邃了，文字变得苍劲了。他选择了一种更适宜老年人的文体，并集中精力进行创作，先后结集出版了《晚华集》、《秀露集》、《澹定集》、《尺泽集》等，形成了他创作历程中的又一个高峰期，完成了由小说家向散文家的转变。

孙犁在80年代的散文创作，以回忆往事为主调，通过对自己几十年人生经历的回顾，来表现他对社会历史经验的总结和对人生命运的感悟。从题材内容上看，大致可归纳为这么几个方面：一是以回忆自己的人生经历为主的散文。代表性的作品有《童年漫忆》、《乡里旧闻》、《保定旧事》、《在阜平》、《服装的故事》、《吃粥有感》等。这类散文叙述了作者不同时期的生活经历和文学生活。虽然孙犁写的常常是平凡的日常琐事和见闻，但其间渗透着、珍藏着的一种如歌般的梦幻深情，却是感人肺腑、令人难以忘怀的。比如《服装的故事》，写的是穿衣琐事。孙犁以自己在革命战争年代服装屡次变换的特殊经历，突出反映了在那个艰苦的岁月中革命同志间解衣相助、亲如一家的诚挚而永恒的情谊。在《吃粥有感》中，孙犁由自己今天喝着胡萝卜棒子面稀粥而想起战争年代曾以几个胡萝卜充饥的情景。孙犁是那么怀念往昔的岁月，以至于那几个胡萝卜的“香美甜脆”，在事隔四十多年之后，“还好象遗留在唇齿之间”。二是以记叙亲人和战友的事迹，表达自己深挚的缅怀和伤悼之情为主的散文。著名的有《悼画家马达》、《悼念李季同志》、《远的怀念》、《亡人逸事》、《清明随笔》等。这类散文与一般的悼念性文字不同，它既不一味地歌颂，也不有意地护短，而是以一些琐碎、平凡、朴实、真切的生活片断来勾画亲友的音容笑貌，力图真实地再现已故亲友的有血有肉的形象。孙犁认为，唯其如此，才能更好地表达自己对亲友深长的思念。比如在《悼画家马达》一文中，孙犁写离群索居、一心追求艺术的马达老年得子，当一群造反派气势汹汹地抄马达的家时，马达第一个反应是全力保护自己的孩子。这样，就把一个既追求高贵的艺术，又有着普通人的七情六欲的马达生动地再现出来。而作者对马达的同情和思念，也就蕴藏在这些朴实的文字之间。再比如《亡人逸事》一文，是孙犁为怀念亡妻所作。文章仍然是用一种朴实、平淡的语言来叙写亡妻生前的四件平凡小事，但孙犁对亡妻的那种欲哭无泪的思念和哀伤，他们夫妻间那种相濡以沫的绵长情意，却正是渗透在这些平凡琐事的淡淡叙述中。三是以审视动乱飘摇的生活、感悟人生哲理为主的散文。代表作品有《文字生涯》、《戏的梦》、《删去的文字》、《菜花》、《成活的树苗》等。这类散文逼真地描画了大动乱年代里千奇百怪的生活现象、不同人物的真实面目和作者自己冷静的思考与真切的感受。比如《文字生涯》一文，孙犁叙述了自己中学时代与国文老师的关系，抗日战争爆发后“尽情纵意”的写作，全国解放以后文坛的紧张气氛，以及“文革”后期被贬做见习编辑的经历。通过这些生活片断，孙犁感受到了中国封建专制思想的源远流长，体会到了中国作家甘愿飞蛾扑火的理想、责任和热情，表现了他自己宁可沉默也不愿和那些帮派文人“在同一个版面上出现”的反抗意志。又比如《菜花》一文，通过对几株白菜花偶然间兴衰的描述，表露出孙犁对生命价值的认同，对充满活力的生命的向往和对像菜花一样的明丽自然、淡雅清静的艺术风格的追求。

回忆是孙犁反思历史和人生的一种形式。他往往将自己的爱恨情仇及对历史和人生的价值判断，都寄寓在对往事的漫忆中。而且，他又常常是用一种宁静冲淡的笔调来表达他对真善美的极致追求。孙犁说：“真正的历史，是血写的书……真诚的回忆，将是明月的照临，清风的吹拂，它不容有迷雾和尘沙的干扰。”(《在阜平》)总观孙犁的创作，他一生讴歌和追求的，正是这种明月清风般的美。当然，历史和人生并不都是美好的，邪恶和灾难不可能不在孙犁的心中留下印痕。虽然孙犁一再说：“看到真善美的极致，我写了一些作品。看到邪恶的极致,我不愿意写。……我也不愿意回忆它。”[①]但细读孙犁的散文,我们却分明可以感受到他晚年的作品有了一些新的变化:不再像他的早期作品那样充满着单纯、喜悦、清新和轻盈,而是平添了一层厚重、压抑、感伤与苍凉。这使得孙犁晚年的散文变得更加成熟,更富有深度,留给人的是更深远的思考。

除回忆性散文外,孙犁也写了大量的读书札记、文艺随笔、杂文等。他的文艺随笔针对文坛现状有感而发,或批评文坛弊端,或申述自己的美学理想,或褒扬文坛的后起之秀,都显示出孙犁独特的见识、充沛的情感和高洁的品性。他的杂文,常常从某种哲理起笔,但同样是他对现实生活反思的结果。由于感受的深切独特,批评的率直泼辣,行文的幽默俏皮,加上恰当而形象的生活描绘,使他的杂文亦别具一格。

孙犁的小说有着散文化的明显特点,而他的散文又有着小说化的鲜明特色。他习惯于在散文创作中大量融进小说的艺术技法,如注重塑造人物性格,勾画人物形象,描写人物心理,运用小说结构,等等。他把这些小说技法和散文的重真实、重情感、重情绪、重意境的特点完美地融合在一起,加上散文语言的淡雅朴素、简洁干练和自然明快,造就了其散文独特的审美境界。

丁玲也曾是以小说闻名于世的著名作家。但与巴金、孙犁等人不同,丁玲在新中国成立以后,既担任过《文艺报》、《人民文学》主编和中国文联、中国作协及其他社会团体的许多重要职务,又在50年代中期就被错定为“反党集团”的主要成员而被剥夺写作的权利,“文革”中更被关进监狱,直到党的十一届三中全会以后才得以平反。重返文坛后的丁玲以惊人的毅力从事散文创作。但这样的好时光不到十年,1986年她便因病去世。

曲折的人生经历,沉浮的写作生涯,给丁玲晚年的创作留下了新的印记。虽然这种新的印记并不非常明显,但细心体味,还是可以感受得到的。

丁玲晚年的创作,最受人关注的有两类:一是叙说她被打成“右派”下放劳动至被关进牛棚的特定环境下个人感情的作品,如《初到密山》、《“牛棚”小品》等。二是回忆和缅怀师长、朋友、同志的作品,如《我所认识的瞿秋白同志》、《回忆潘汉年同志》、《回忆宣侠父烈士》等。这两类作品之所以受人注目,主要是因为其中蕴含着更多的属于丁玲自己的东西。历经磨难后再次拿起笔来的丁玲,对社会历史的反思,对现实人生的感悟,都在这些作品中得到了比较多的展露。《初到密山》中写到她1958年戴着“右派”的帽子下放去黑龙江时与王震将军再次见面的情景,就很有特定环境中的文化内涵。丁玲与王震虽说不上深交,但关系一

---

①孙犁:《文学和生活的路》,刘金镛、房福贤编:《孙犁研究专集》,江苏人民出版社,1983年,第163页。

直很好。丁玲非常崇拜王震,而王震对丁玲的印象也不错。过去他们的见面,丁玲受到的是热情的欢迎和赞许。但这次丁玲是以“右派”分子的身份来到王震手下接受劳动改造的。丁玲自己首先就犯难了:“我将以什么态度,用什么心情,来同我向来崇敬的人谈话呢?”由于带着这么深重的顾虑,当真的见到王震时,丁玲简直就像木偶一般:先是“自然地站了起来,没有低头,望着前方”;被王震招呼坐下以后,又“不知该说什么,也不知该做什么”,还是“默默地把眼睛望到远处,是一副漠然的样子”。而王震的心情也是很复杂的。见到丁玲之前人们听到的是他一贯的“高声朗笑”;见到丁玲之后他却突然“不笑了,静静地”。特别是,当丁玲在王震“不过分严肃”地说了一些安慰和关照的话的鼓舞下,突然以契诃夫为例,说自己还可以重头再来、好好写作的时候,王震的反映是“表情平常、漠然”。于是,丁玲深为感慨,“我们之间还是隔有一座高山。”丁玲是带着感激的心情来描写王震的,但在对这种尴尬的见面场景的描绘中,她内心的冤屈、精神的孤独、性格的倔强,以及由于她与自己崇拜的革命家之间的精神隔膜而引起的痛苦,不是表露得很清楚了吗?至于《“牛棚”小品》,更是直接选取了丁玲自己被关押在“牛棚”中的三个典型片断,细腻地描写了患难中的恩爱夫妻虽近在咫尺却不能团聚,只能偷偷地靠眼光、靠字条来传达相互之间的依恋、安慰和鼓励。等到终于有了一个见面说话机会的时候,面临的又是长久别离的痛苦。这其间显露出来的真挚健康的人性和人情以及潜在的作者对于践踏人格尊严、侮辱人类情感、摧残人类意志的恶势力的愤怒和控诉,也是溢于言表的。

此外值得注意的,是丁玲在缅怀师长、朋友和同志这一类作品中流露出来的迷惘与矛盾的心态。这正是《我所认识的瞿秋白同志》一文最能吸引人的地方。丁玲写瞿秋白,却从他的第一个爱人王剑虹写起。王剑虹外在的孤傲严肃,留给丁玲的是几分神秘。王剑虹在丁玲的眼皮底下秘密地与瞿秋白恋爱,两个“从不秘密我们的思想”的朋友有了情感的隐瞒,丁玲由此感到烦躁、寂寞和惆怅。加上王剑虹出人意料的病逝以及人们对她临终时情况的无知,瞿秋白过人的才华、惊人的工作效率和从不跟丁玲谈自己的工作、朋友、同志的神秘做法,都在渲染一种难以感知不可捉摸的气氛。但这一切,在全文中仍只是一种情绪的铺垫。这篇散文的重心,是围绕瞿秋白“迷似的一束信”和《多余的话》所展开的丁玲对瞿秋白的“似懂非懂”的认识。王剑虹去世后,瞿秋白给丁玲写过十来封信。这些信絮絮不已却又闪烁其词,“从来没有直爽地讲出他心里的话”。丁玲说:“这些信象迷一样,我一直不理解,或者是似懂非懂。”但有一点丁玲是认识到了的,这就是它们的史料价值。可惜的是,这些能够“看出一个伟大人物性格上的、心理上的矛盾状态”的迷一样的信,终于在动乱的年月里没有了。这些信的内容,这些信的命运,留给读者的也是一个迷。行文至此,丁玲希望传达给读者的那种迷惘的心态已经得到了很好的表达，文章已弥漫着一种深山大海般不可预知的气氛。接着，丁玲又以人们对《多余的话》的不同理解和她第一次读到《多余的话》时的感受，把《多余的话》与瞿秋白“迷似的一束信”联系起来，把瞿秋白孤独低沉的情绪与他内心的复杂矛盾联系起来，把瞿秋白无情的自我解剖精神与他受到的多方误解联系起来。虽然，丁玲的理论分析文字显得有些干瘪，多少冲淡了前文已经营造出来的感人气氛，但丁玲对《多余的话》的种种联想，以及她对处于外在误解和内在矛盾交相煎熬中的瞿秋白的理解和同情，也为前文增加了受难者的矛盾心态。这种心态既是前文渲染的迷惘心态的某种逻辑原因，也在一定程度上强化了一种苍茫的情绪。丁玲对这种情绪是情有独钟的，我们可以从莎菲、陆萍、贞贞和黑妮身上，看到这种情绪的影子。为什么丁玲与潘汉年、宣侠父等人并无深交，却要写专文缅怀，而且写得那么耐人寻味？其中一个重要原因就在这里。丁玲说，这些人“迷一样的一生常常使我想到许多问题。……我从这迷一样的生活中悟出许多世事”(《回忆潘汉年同志》)。

丁玲晚年的散文也具有小说化的特点，长于描写人物。同时，又特别擅于营造一种气氛，渲染一种心绪。阅读丁玲的作品，需十分留意这一点，以免被她那些表态性的文字所遮蔽。

杨绛学养深厚，多才多艺，既是当代著名的作家、评论家，又是著名的学者和翻译家。曾先后在上海震旦女子文理学院、清华大学外语系任教授。她写散文，也写过话剧剧本、长篇小说，还翻译了大量的外国文学作品。“文革”期间，杨绛和丈夫钱钟书先后被下放到“五七”干校接受劳动改造，身心遭受到沉重的打击。“文革”中的苦难经历，后来就成了杨绛散文创作的重要题材。杨绛散文的代表作《干校六记》(包括《下放记别》、《凿井记劳》、《学圃记闲》、《“小趋”记情》、《冒险记幸》、《误传记妄》)，就是以作者 1969 年底到 1972 年春在河南“五七”干校中的生活经历为蓝本创作的。她的另一本散文集《将饮茶》(包括《孟婆茶》、《回忆我的父亲》、《回忆我的姑母》、《记钱钟书与〈围城〉》、《丙午丁未年纪事》、《隐身衣》等)，部分也写到“文革”期间的遭遇。

与当时大量的回忆反思和揭露批判类作品不同，杨绛对“文革”的描写，没有呼天抢地的控诉，没有血腥场面的展览，没有条分缕析的分析，甚至没有当时比比皆是的侮辱人格的非人道行为的正面叙述。杨绛看重的，是文本的创造和艺术的传达。她要选择一个独到的描写角度，找到与众不同的表达方式，把“文革”中不堪回首的苦难和在这种苦难中残存的人性人情，永久地刻印在历史的文献中。杨绛散文的价值和意义，就存在于她的这种努力中。具体说来，主要表现在以下几个方面：

一是身穿“隐身衣”，“站在人生边上”写人生的独特视角。杨绛在《隐身衣》

一文中说到过,“卑微”是人世间的“隐身衣”,“惟有身处卑微的人,最有机缘看到世态人情的真相,而不是面对观众的艺术表演”。杨绛观照社会人生,正是把自己放到“边缘人”的位置,采取“冷眼旁观”的方式来进行的。她既不以文化英雄自居,也不拘泥于一己的悲欢离合,而是力图以“槛外人”的眼光,看尽人世间的冷暖炎凉。所以,读杨绛的散文,就不仅可以获得形形色色客观真实的具体事件,而且可以感受到佛家涅槃般的智慧与境界。再往深处体会,就流露出作者心中欲哭无泪的深刻的隐痛来。像《冒险记幸》一篇,详细地叙述了作者在干校生活期间三次冒险的前因后果。作者冷静客观的叙述,完全把我们带进了一个特定的环境。我们的心随着作品中“我”的一言一行而起伏:或感动、或惊喜、或迷茫、或担忧。但当我们读完全文,特别是读到最后几句“所记三事,在我,就算是冒险,其实说不上什么险,除非很不幸,才会变成险”的时候,文中所展示的那种雨天的灰濛、雪夜的迷茫、看电影之夜的悲情与侥幸,霎时间都变成了一种永恒而空灵的境界,一幕一幕地展现在我们的脑海里,一种无法言说的悲苦像泉水一样慢慢地渗透出来。

二是省去或略述“大背景”、“大故事”,详写“小点缀”、“小穿插”的艺术手法。钱钟书在《〈干校六记〉小引》中说,《干校六记》中所写的,都是“大背景的小点缀,大故事的小穿插”。这确实道出了杨绛散文的一个重要特点。《干校六记》的大背景,是“文革”那个史无前例、极其荒唐而混乱的时代;其中的大故事是许多干部、知识分子被关进监狱、被殴打侮辱、被批斗游街、被下放劳动……而这一切,在杨绛的散文中或是点到为止,或是干脆略去。杨绛散文关注的,是在这些“大背景”、“大故事”中的“小点缀”、“小穿插”,诸如“记别”、“记劳”、“记闲”、“记情”、“记幸”、“记妄”等,都是生活中的小事和趣闻。由此,杨绛散文中所叙写的人和事与其所处的大环境之间的紧张关系就得以缓解。这种缓解的结果,凸显了杨绛心中豁达与温情的一面。但是,一旦当我们意识到这种豁达与温情是在一种极其残酷荒唐而作者对之又是无可奈何的大环境下产生的时候,杨绛心中巨大的隐痛与悲哀就开始显现出来。因为,只有经历过大悲痛的人,才会达到如此的境界。

三是高超地运用了悲喜因素的对立统一的特点。表面看来,杨绛散文力图以喜剧精神来压倒悲剧精神,以平和的语言来冲淡残酷的岁月记忆,以豁达的幽默来减弱沉重的精神压力。杨绛常常用简短的句子,一边叙说故事,一边又穿插一些轻松的评论和独白,将生活中的衣食住行、闲情异趣甚至是奇闻轶事和盘托出,努力营造出一种平静、豁达、幽默和温情的小世界。像《凿井记劳》中写到的劳动中不分男女老少,大家通力合作的温情,买庆功酒却要使用一个写着“毒”字、又画着骷髅和枯骨的酒瓶的幽默,还有许多豁达而有趣的自白和议论,都为文章增添了不少明快的色调。但是,“一道含蕴着光和热的金边”,显然不可能与“乌云蔽天的岁月”相抗衡①。杨绛从人生的“乌云”中,能看到美丽的“金边”,既说明了她对人世间美好感情的向往和珍视,也体现了她以喜写悲的高超写作技法。杨绛能够熟练地调配生活中的悲喜因素来达到自己的写作目的。像《凿井记劳》中对喜剧性因素的描写,在很大程度上是作者的一种“苦中作乐”式的自我解脱。在这种情况下,欢乐愈浓,悲情则愈重。我们只有从温情幽默的笑声中读出悲凉无奈的哭来,才算真正理解了杨绛。

除了叙写“文革”期间的经历,杨绛散文还有回忆亲人往事的部分,也写得很有特色和吸引力。从这些散文中,我们不仅可以看到作者自己的人生经历,看到作者与丈夫钱钟书的相知相爱和《围城》的创作花絮,还可以看到作者的父母、姑母、兄弟姐妹等人的一些情况。由于作者的父亲杨荫杭、姑母杨荫榆、丈夫钱钟书和妹妹杨必都是近现代史上的名人,这些回忆性文字就有着特别珍贵的史料价值。当然,熔铸在这类文章中的独特的个性、超人的见识和美好的心灵,更是其作为优秀散文的灵魂。

第四节　贾平凹等散文新秀

80年代的散文园地里,也有一批富有探索精神、充满创作活力的散文新秀。虽然他们的创作在很大程度上被老作家回忆反思类作品的耀眼光环所掩盖,但他们以创新的精神和勤奋的写作,在促进过渡时期作家自我意识的重新回归,推动散文更广泛地抒写性灵、表达个体的生命体验,尤其是在冲破散文原有的框框,探索散文多样化的写作方法和艺术风格等方面,却有着不可磨灭的历史贡献。80年代的散文能够由线性发展过渡到多元共存,应该说,与这批散文新秀的艰苦努力密不可分。

在这些散文新秀中贾平凹是最令人注目的一位。

贾平凹既是小说家,又是散文家,结集出版的散文主要有《月迹》、《爱的踪迹》、《心迹》、《人迹》、《商州三录》等。

贾平凹的散文创作大致经历了三个阶段。早期散文以《月迹》、《一棵小桃树》等为代表。作者往往以一种儿童的眼光和想象来写世界的美丽和神奇,极力营造一种凝重与空灵谐和的诗意境界,显示出一种阴柔之美。这既体现了贾平凹散文创作的个性,也满足了当时人们新的审美需求。在经历了动荡年代长久

①杨绛:《丙午丁未年纪事》,《杨绛散文》,浙江文艺出版社,1994年,第225页。

的折腾之后，人们心力交瘁、疲惫不堪，渴望和谐宁静与纯真无邪。到80年代中期，贾平凹转向写风土人情。在他所描写的“都市风情”与“乡村风情”中，最有特色的是《商州初录》、《商州又录》等展示商州等陕南乡村的风景、文化和生活情态的散文。贾平凹喜欢与自然、“民间”接近，擅长铺写具有浓郁地方色彩的民情风俗。尤其是当他面对养育自己、铸造自己，在精神生命中已经和自己融为一体的“商州”的时候，这种兴致和特长就发展到了一种极致。商州成全了他作为一个作家的存在。他正是在对商州等陕南乡村的风土人情的描绘、感悟、开掘与分析中，确立了自己在当代文坛的地位。可以说，对乡村风俗民情的关注，既是贾平凹浓厚的“文化寻根”意识的一种表现，也是贾平凹确证自己生命存在的一种方式。从80年代后期开始，贾平凹又将创作的重点转向了当代世俗生活中的世态人情。这类散文与他描述乡村风土人情的散文看去相似，其实有着很大的不同。不但描述的对象不同，思想感情的倾向亦有很大的差异。贾平凹描述乡村风土人情的散文，主要描述对象是乡村。虽然贾平凹对乡村的民俗风情也有分析和批判，但在这类作品中却深深地刻印着作者骨子里的对乡村田园风情和淳朴民风的向往与怀恋。而在描述当代世俗生活中的世态人情时，贾平凹瞄准的却是都市。他以嬉笑怒骂的“闲话”式文笔，入骨三分地描写出了被异化了的都市芸芸众生的世俗百态，其讽刺、批判和抨击的锋芒是极其显在的。《看人》、《闲人》、《弈人》、《说父子》等都是其代表性的作品。

贾平凹的散文创作有着鲜明的特色。首先是它的乡村情结。贾平凹是以“山里人”的身份，用“乡下人”的眼光和心态来从事文学创作的。他从不避讳自己的“乡下人”身份。他在《战胜自己》一文中说：“我是山里人，到西安这个古都里，仍是山里人德性。”在《我不是好儿子》一文中，他又说：“现在有人讥讽我有农民的品性，我并不羞耻，我就是农民的儿子。”事实上，正是从“山里人”或“乡下人”的视角和心态出发，贾平凹才比较完美地构筑出他的文学世界，展示出他的理想追求和个性特点。了解到了这一点，我们就不难理解，为什么在他五光十色的散文作品中都或多或少、或隐或显地存在着一股挥之不去的“乡村情结”。他早期散文流露出的，是他作为一个“山里人”寄寓在城市中所感受到的那种喧嚣、困窘和茫然的孤寂情怀。他在城市生活中遇到的烦恼与委屈，只有在乡村的明月、大山、兰草、梅花、桃树和空谷中得到舒解和宽慰。终于，他将自己散文创作的重心移向了商州。《商州三录》的问世，使得贾平凹的乡村情结得到了最为充分的展露。他那曾经被都市压抑着的“乡下人”心态，在故乡温馨的山川草木和淳朴的民俗风情中得到了酣畅淋漓的宣泄。贾平凹找回了自我，找到了安置自己灵魂的处所，找到了发挥自己文学天才的根据地。至于《商州三录》的文学成就及其给中国当代文坛造成的冲击，则是贾平凹当初未曾预料到的。但是，贾平凹毕竟生活在城市,他可以不喜欢却无法回避城市,不可能对城市生活长久地缄口不言。于是,我们看到了他对城市世俗生活的“闲话”。这些“闲话”带着讽刺的锋芒,却无情绪的激愤。他是以一种宽容的心态和幽默的口吻来叙说生存于城市的艰难和尴尬的。这里既有人性的扭曲,也有生存的荒谬;既有生活的无奈,也有道德的堕落。像他的早期散文寄情于山水一样,这些带着讽刺批判锋芒的文字同样是贾平凹“山里人”心态的表现,其中潜藏着的乡村情结仍是非常明显的。

其次,是它的现代意识。贾平凹一般被人们认为是具有传统文人意识的一位作家,他作品中的思维和语言都是中国化的,他的“乡村情结”也在相当程度上强化着人们对他的这一角色定位。其实,这一切在某种意义上都只是他创作散文的“道具”,他的散文所要传达的内在精神是深具现代意识的对个体生命的颂扬和尊重。贾平凹曾对“越是民族的越是世界的”命题提出过异议。他认为这个命题“问题出在这个‘民族的’是不是通往人类相通的境界去”①。他所追求的是,既要“民族的”,更要“通往人类相通的境界”。所以,他对日本作家川端康成非常感兴趣。在《答〈文学家〉编辑部问》中,贾平凹说:川端康成“能将西方现代派的东西,日本民族传统的东西,糅合在一起,创造出一个独特的境界,这一点太使我激动了”。贾平凹自己的创作又何尝不是这样呢!无论是寄情山水的散文还是讽刺异化的散文,其强调的都是生命的尊严、精神的健康和人性的优美自然。特别是他的那些描写乡村风俗民情的散文,其中的生命意识和作者对生命意义的感悟与推崇,更是触手可摸的。正是在这一点上,贾平凹的散文与20世纪西方现代主义文学所表达的人类意识在主旨精神上是相通的。当然,贾平凹不是悲观主义者,也不是虚无主义者。他赞美自然人性,讽刺异化人生,都是在努力改造和拯救人类世界,他对未来充满着希望和期待。

第三,是它的哲理意味。贾平凹的散文虽然不作更多的理性分析,主要是凭着自己细致敏锐的艺术感觉来感悟世界、描情写景,因而在整体上呈现出一种写意画般的神秘与朦胧。但是,就是在这种神秘与朦胧中,却蕴含着耐人寻味的哲理内容。贾平凹并没有把散文创作仅仅看做发泄自己情绪的一种方式,更没有迷失于个人的悲欢离合中,而是把它看做自己感悟宇宙人生的一种方式,他在创作中不断地超越自我、超越世俗人生,努力写出一种与人类相通的东西。比如《月迹》,写儿童眼中的月亮,写得细腻、优美而又神奇。我们从中可以感受到人类追求美的本性。在《读山》中,贾平凹从山石中参悟大自然的玄妙。在他看来,山是一部深藏禅机的大书,表面深沉静穆,内部却蕴藏着“贯通流动的气势”,它

①贾平凹:《四十岁说》,《上海文学》1991年第12期。

的散乱无规则正是一种天然规律，因为“无规律正是规律”。就是在看似没什么寓意的《商州又录》中，我们从作者对山地人漫不经心的描述里，仍可感受到尊重生命、爱惜生命的人生哲理。贾平凹还有一些散文侧重说理，哲理意味更浓。比如《观沙砾记》，从一颗沙砾在沙漠中便金光灿灿，放到人手里就黯然失色的现象中，体悟出世界上任何东西都有其特定的生存环境，只有在它适宜的环境中才能显现它的活力和价值的道理。又比如《丑石》，通过描绘“丑石”外丑内美的特点，既说明了要善于发现和合理使用人才的道理，又表达了要善待一切的禅机。

第四，是它的中西文化融合的审美追求。贾平凹的散文创作有着自觉的创新意识。这种创新意识并不仅仅表现在某种具体的写作技巧上，更重要的，是表现在中西文化融合的追求上。贾平凹对我国20世纪30年代的作家那种“中西融合”的知识底蕴极为欣赏，他也是以这样的标准来要求自己的。一方面，他认真学习中国传统的哲学、历史和文学艺术；一方面，他又对西方现代主义文学表现出极大的兴趣。他认为，艺术的精髓是全世界相通的，不同的只是在各个民族特定气质决定下的不同表现而已。因而他非常自觉地去发掘和探寻中国古典艺术与西方现代主义文学之间的相通相似之处，并努力实现两者之间的横向融合。结果，贾平凹的散文既深得中国古典艺术重意境与意蕴的神韵，又具有西方现代主义强调人的潜在精神和心灵表现的精髓。

在新时期崛起的女性散文家中，王英琦是引人瞩目的一位。

王英琦（1954—　），安徽寿县人。1972年开始发表作品，1980年开始从事专业创作。出版过中短篇小说集《爱之厦》、《走向荒漠》，电影文学剧本《李清照》等。但她用功最多、成就最大的是散文。出版过散文集《热土》、《戈壁梦》、《漫漫旅途上的独行客》、《我遗失了什么》、《情到深处》、《美丽地生活着》、《远郊不寂寞》等。

王英琦的散文大致有三个方面的内容。在70年代末到80年代初的创作中，她热衷于大西北的原生状态，在古代遗址和历史废墟以及蕴含其中的古老而传奇的故事中寄托情思。她不仅从中触摸到了我们民族曾经的辉煌，而且在更广大也更荒凉的时空中找到了自己心灵的慰藉。她回溯历史的沧桑，抒发自己的感叹，写出了一系列以“文化遗址散文”著称的作品。如《不该遗忘的废墟》、《大唐的太阳，你沉沦了吗？》、《古城墙断想》、《我的先民，你在哪里？》、《南疆界碑》、《青山有幸埋诗骨》、《烽火台抒怀》等。

稍后，王英琦的散文转向了寻找自我、认识自我、暴露自我。她“在作品中尽情地找发泄，找平衡，找那个大写的‘自己’”①，率直地倾诉自己的艰难处境，表

①王英琦：《最原始的，也是最本质的》，《文学自由谈》1993年第1期。

达一个特立独行的孤身女性自我奋斗的孤独和寂寞。如《天涯浪女》、《写不出自传的人》、《活出女性的滋味来》、《被“造成”的女人》、《永远的女游子》等。

1987年之后,王英琦又特别关注女性命运的问题。她对自己“雄化”性格的反思,对女性人生价值的思考,对自我和独立人格衰弱的反省,对“美丽地生活着”的渴望,都表现了一位现代女性追求自我本性的愿望。特别是,当她结婚和生育之后,她散文创作的重心更是移向了母爱的体验和为人母的激动与骄傲。这类作品大多收入了《美丽地生活着》、《远郊不寂寞》等散文集中。

王英琦的散文有两个明显的特点:

一是情感和理性的完美交融。王英琦的散文有着浓烈的真情实感。这种情感与她那敢哭、敢笑、敢怒、敢喊的粗犷豪爽个性结合在一起,使她的散文呈现出一种率性而为、毫不掩饰的粗砺、博大和感性的形态。王英琦的散文又常常借助丰富的联想和想象来沟通历史与现实。对历史与现实的联想与思考,又使她的散文呈现出理性的光芒。尤其可贵的是,王英琦能比较好地将情感与理性融合在一起,往往是古今相通,情理交融。这使她的散文既有相当的思想力度,又有强烈的情感冲击力。这个特点在她的那组“文化遗址散文”中表现得尤为明显。王英琦之所以对大西北,对历史废墟和古代文化感兴趣,一方面是因为这些地方的偏僻荒凉与她当时孤寂的心境相吻合,另一方面也是因为这些地方历史文化的幽深与厚重激发了她的联想与思考。比如在《大唐的太阳,你沉沦了吗?》一文中,王英琦面对大西北的荒凉,面对沉睡在历史废墟中的艺术题材都被日本艺术家利用,面对我国考古学家发掘出来的文字却要请外国专家破译,她想到了祖国五千年的文明,想到了曾经辉煌于世界的汉唐文化。历史与现实的巨大反差使王英琦忧思焚心、感慨万千。她禁不住脱口呼喊:“我们灿烂的大汉、大唐的太阳!——难道你真的沉沦了吗?”表现了她对文明失落的忧虑。在这种忧虑中也寄寓了她孤独的呐喊。文中表现出来的博大昂扬的气势和忧思孤寂的情怀,在当代女作家中是别具一格的。

二是真诚的自我袒露和剖示。王英琦的散文是她人生经历的记录,也是她对人生的表白。她注重暴露自我,勇于展示自己的内心世界。像《我遗失了什么》、《向戈壁》、《漫漫旅途上的独行客》等,都是她展露自己心灵体验的优秀作品。比如在《我遗失了什么》一文中,王英琦回顾了自己做小女孩时“扎着朝天小辫,揣着五块钱就想走遍天下”的天真大胆而又坦率任性的个性,以及这种个性在各种因素的作用下逐渐遗失的痛苦。作者袒露心灵,写得情真意切,具有很强的艺术感染力。当然,我们也应看到,快人快语的王英琦在展露自己的时候往往显得迫不及待。因而,她的散文常常顾不上精雕细刻,而呈现出一种放胆直陈、不事雕琢的粗砺风格。这种风格在当时引人瞩目,但过分的直白外露,也使得她有些散文失去了应有的艺术韵味。

叶梦(1950—),原名熊梦云,湖南益阳人。1980年开始写小说,1982年开始写散文,1983年发表散文《羞女山》一举成名,著有散文集《小溪的梦》、《湘西寻梦》、《女人的梦》、《灵魂的劫数》、《月亮·生命·创造》等。

叶梦的散文有两个明显的特点。一是充满女性气息。叶梦的散文常常从女性的角度来写女性的生活和体验,以此来表达她对自然和人生的感受。她的山川记游散文、“新娘系列”散文和“生育系列”散文,都程度不同地展现了具有“先锋”意味的女性意识。在她初期创作的山川记游散文中,虽然并没有将创作的重心放在明确的女性自我上,但从其仅仅把自然山水看做“梦”的一种载体,表现出对梦、黑夜、月亮等偏于阴性的、带有更多感性特点的意象的迷恋以及由此而呈现出的一种扑朔迷离、洒脱瑰丽的艺术境界来看,其女性色彩还是明显存在的。特别是,叶梦有一些山川记游散文,记游只是一种框架,其思想内涵已远远超乎其上,成为中国当代文学史上有影响的女性散文。比如《羞女山》,写的是山水,揭示的却是当时女作家们一直在追寻却并不明了的女性充满创造伟力的自我形象。叶梦把“羞女”比作人类始祖女娲,把“美女晒羞”的景观看做“一个富有生气的少女”。她惊叹于“造化的伟力”,更惊叹于“羞女”那“拥抱苍天,纵览宇宙的气魄与超凡脱俗的气质”。因为,这是一位“狂放不羁、乐天知命的强者”,是一位“充盈于天地之间”的“博大宽宏的母亲”。

在《羞女山》成功之后,叶梦开始自觉地关注女性自身,创作了《不能破译的密码》、《蜜月之轮》、《梦中的白马》、《不要碰我》、《今夜,我是你的新娘》、《生命中的辉煌时刻》等被称作“新娘系列”的散文。这些散文从女性的生理层面切入,表现了女性青春的躁动、性意识的觉醒和健康的性爱体验;在此基础上,又融合女性的心理特点,塑造出既细腻柔媚、敏感多思,又矜持傲岸、冷静超拔的女性形象。尤其是叶梦始终保持着的清醒冷峻的自审意识,以及将男女两性从“性别”特征到“心理”差异都完全放在平等的位置上加以审视的观照方式,都使得她的散文不仅具有新的题材,而且具有了超越女性自身,超越传统女性观念的独特的社会意义和文化价值,这在当代女性散文中是具有超前意味的。后来,叶梦又创作了《失血的灵肉苍白如纸》、《创造的快乐》、《奶牛的情绪》等被人称作“生育系列”的散文。这些散文多表现生儿育女给女性带来的生理和心理的变化。本来,如果作者细心体味,深入挖掘,这方面的女性人格也是很值得探讨和表现的。可惜的是,叶梦中年得子太兴奋了,她等不得情感的必要沉淀,无法静下心来仔细思考,就迫不及待地写文章倾诉自己为人母的幸福。由于叙述的过分具体和个人化,遮掩了叶梦本已突显了的自我和个性,这些散文的艺术价值就不如以前。

二是含蓄、诗化的艺术风格。叶梦常常把散文当做诗来写,注重意象的营造和隐喻的运用。她散文中反复出现的母题意象是梦、黑夜和月亮。这些意象很容易构成一种朦胧、飘忽、似真似幻的效果。加上叶梦重虚轻实，侧重营造一种意蕴，或描写人的一种体验和情绪，而这些又都是用一系列充满隐喻性的语言来完成，所以叶梦的散文就具有一种朦胧的含蓄、飘忽的优美、梦幻的真实和诗化的情韵。这种风格在当代文学史上显然是有着创新意义的。

第五节 徐迟等人的报告文学

报告文学是新时期文学中繁荣的领域之一。它在80年代的中国文坛上产生的持续性“轰动”影响，是其他文学形式所不能比拟的。小说、诗歌的“轰动效应”基本上在1986年之前，而报告文学的“轰动效应”则贯穿了整个80年代。像徐迟的《哥德巴赫猜想》，刘宾雁的《人妖之间》，鲁光的《中国姑娘》，袁厚春的《省委第一书记》，李延国的《中国农民大趋势》，钱钢的《唐山大地震》，涵逸的《中国的“小皇帝”》，苏晓康的《阴阳大裂变》，麦天枢的《西部在移民》，胡平、张胜友的《世界大串连》，赵瑜的《强国梦》，董汉河的《西路军女战士蒙难记》，大鹰的《志愿军战俘记事》等，几乎每一发表，都会激起千层巨浪。

与新时期文学发展的总体趋势相一致，80年代的报告文学呈现出走向开放的明显特征。它以1985年为界，大致可分为两个阶段：第一阶段的报告文学是从“文革”的冰冻状态中走出来的。伴随着“伤痕”、“反思”的文学大潮，报告文学也冲破禁区，写悲剧讲真话，揭露批判“四人帮”，歌颂惨遭迫害的老一辈革命家及一些英雄志士的斗争事迹。如陶斯亮的《一封终于发出的信》、张书绅的《正气歌》等。几乎在同时，报告文学的题材也在拓展，其中最重要的，是以徐迟的《哥德巴赫猜想》为代表的歌颂知识分子的热潮。在过去相当长的一段时间里，由于受极“左”思想的影响，知识分子题材的作品不多，即使写知识分子也是把他们当做中间人物或落后分子来写，这对于在各条战线上发挥骨干作用的知识分子来说显然是极不公正的。《哥德巴赫猜想》之所以一发表就几乎成为全民关注的热点，核心就在于它歌颂了知识分子，改正了曾被长期歪曲了的知识分子形象，并比较早地对“文革”作出感性但却是否定性的反思和评价。接着，报告文学进一步走向开放和深入，涌现出各类题材的优秀作品，如改革题材的《废墟上站起来的年轻人》(李延国)、《励精图治》(程树榛)、《三门李轶闻》(乔迈)等；军事题材的《从悬崖到坦途》(雷铎)、《“蓝军司令”》(江永红、钱钢)、《恶魔导演的战争》(刘亚洲)等；体育题材的《中国姑娘》(鲁光)、《足球教练的婚姻》(李玲修)等；历史题材的《彭大将军回故乡》(翟禹钟等)，《将军决战岂止在战场》(黄济人)等，而且出现了大胆揭露矛盾，尖锐批判党政内部的不正之风和社会上的歪风邪气的作品。如黄宗英的《大雁情》，反映了在落实知识分子政策过程中仍存在的巨大阻力；陈祖芬的《共产党人》，揭露的是现实生活中“权”与“法”的矛盾；乔迈的《三门李轶闻》，再现了农村实行联产承包责任制后给干群、党群关系带来的深刻变化。尤其是刘宾雁的《人妖之间》，通过描述黑龙江省宾县大贪污犯王守信的发迹史及其败亡的过程，深刻揭示了政治不民主，法制不健全，党风党纪不严明是产生王守信这样的“大蛀虫”和党政内部腐败分子的社会基础和现实根源。其批判锋芒的尖锐性，思考问题的深入程度，在当时都是首屈一指的。但是，在第一阶段的报告文学中，歌颂性的主题、弘扬主旋律的声音仍占据着主导地位。很多揭露批判性的成分，往往都是作为正面人物遭遇困境的事例而出现，与歌颂正面人物其实是相辅相成的。在艺术形式上，第一阶段的报告文学大都学习传统小说的艺术技巧，基本上围绕“一人一事”的框架和“人物命运”的主线来写，注意塑造典型人物形象，重视情节的生动、细节的感人和语言的精致。应该说，这些努力是对过去的报告文学乃至整个文艺创作长时间不重视写人、不注意艺术技巧的一个有力的反拨，它给文坛带来了清新的气息和复苏的生机。但作为报告文学，过分偏向传统的小说技法，也给它带来了主题偏虚，视角单一，材料不详，信息量不足等缺点，其新闻报告性的一面没有得到有效的发挥。

1985 年之后，“问题报告文学”的大量涌现，打破了第一阶段“以人物为中心”的格局，报告文学开始向第二阶段的“以社会问题为中心”的转变。与此相适应，报告文学的参与意识变得更强，视野变得更宽，思考变得更深，取材变得更广泛，主题也变得更具有现实的针对性。因为“问题报告文学”的作者大都是主体参与意识非常强烈的人，他们立足于现实的改革开放，关注社会的敏感问题，并努力搜集材料深入分析，试图找出解决问题的方法，以求对社会改革提供一种参考意见。为此，他们的眼光主要投向了三个方面：一是当下的许多热点难点问题。如教育问题、经济体制问题、道德文化建设问题、人才流动问题、体育机制问题、生态环境问题、青少年早恋问题、家庭婚姻问题、乞丐问题、儿童教育问题、妓女问题等。涵逸的《中国的“小皇帝”》，苏晓康的《阴阳大裂变》、《神圣忧思录》，赵瑜的《中国的要害》，胡平、张胜友的《世界大串连》，孟晓云的《多思的年华》，尹卫星的《中国体育界》，贾鲁生的《丐帮漂流记》，陈冠柏的《黑色的七月》，李显福的《未婚同居者咏叹调》，张晓林、张德明的《中国大学生》，袁丽娟的《都市里的陌生人》等，都是针对当时改革过程中面临的问题有感而发的。二是把眼光投向了由于各种因素的限制而鲜为人知的历史。这种历史或者已被人们遗忘，或者未引起人们重视，或者原来就是作为禁区不允许言说的。“问题报告文学”的作者则从现实的需要出发，有意选择这种历史进行创作，希望在历史与现实的交织中为现实的改革开放寻找出历史的经验和教训。代表性的作品有钱钢的《海葬——大清帝国北洋海军成军一百周年祭》,温书林的《南京大屠杀》,董汉河的《西路军女战士蒙难记》,大鹰的《志愿军战俘记事》,苏晓康、罗时叙、陈政合著的《"乌托邦"祭——1959年庐山之夏》等。三是把眼光投向了未来。有些"问题报告文学"的作者从人类生存与发展的长远利益着眼,敏锐地发现了现实生活中存在着一些在未来可能危及人类生存的东西。他们受美国未来学学者阿尔温·托夫勒和约翰·奈斯比特的影响,有意选择他们想到或已经看到的在未来有可能发生生存危机的问题,进行前瞻性和预测性的思考,以期引起人们高度警觉。如徐刚的《伐木者,醒来!》,胡平、张胜友的《东方大爆炸》,沙青的《北京失去平衡》,刘大伟的《白天鹅之死》,岳非丘的《只有一条长江》,周时奋的《阳光下的土地》等。

与第一阶段的报告文学注重文学性和艺术性的倾向不一样,"问题报告文学"侧重的是学术性和报告性。它们更加注重理性的思考,融入了丰富的社会学、历史学、文化学、经济学、心理学、未来学、哲学的内容,力图表现历史的纵深感和社会问题的复杂性,追求一种开阔的视野、大量的信息和深刻的思辨。像理由的《倾斜的足球场》,就一改他自己早期作品重视塑造人物形象、恣意喷发激情的风格,而转向客观冷静的理性思考,多让事实本身说话。它描述的是1985年5月19日晚北京工人体育馆发生的一场史无前例、震惊国人的足球大骚乱,但作者却始终表现出惊人的冷静和克制。他开始从社会制度和人类整体行为意识等层面来反思体育运动,力图再现这场球赛的前后过程以及其中各种人物的心态变化,并从多个角度来探讨骚乱发生的深层原因。麦天枢的《西部在移民》,也是全景式地描述了西海固干旱地区70万老百姓的大移民。作者从恶劣的生存环境,畸形的人口繁殖,触目惊心的贫困,移民的复杂心态,国家的农村社会性救济工作存在的弊端等多个层面切入,冷静地思考一项旨在消除贫困、缓解人口与生存空间矛盾的移民工程究竟给移民带来了什么?为什么一项好的改革措施在这块贫瘠的土地上就那么寸步难行?思考的结果令人沉闷得喘不过气来。作者对移民的小农观念、惰性心理、多子多孙的传统意识和国家社会性救助工作的一些弊端所作的分析和批判,启示人们对事实真相背后的实质的理解,显然有助于人们加深对国情的认识。

"问题报告文学"有歌颂型的作品,但其主流是批判型的。虽然"问题报告文学"大量出现在1985年之后,但如果追根溯源,可以在刘宾雁的作品中看到它的雏形。刘宾雁的那种"干预生活"的态度、深刻的思辨力和大胆的批判精神,极大地影响了后来的"问题报告文学"作者。这些作者中的代表人物是苏晓康、麦天枢、贾鲁生、赵瑜、沙青等。特别是苏晓康,可以说直接继承并发扬了刘宾雁的创作精神。他的作品敢于触及重大敏感的社会问题，如《洪荒启示录》谈政治生活中的不正常现象，《阴阳大裂变》反映中国婚姻状况及其存在的严重问题，《神圣忧思录》揭示当前的教育危机，《自由备忘录》聚焦民主与法制建设，《“乌托邦”祭——1959年庐山之夏》思考敏感的历史事件……而且，他还善于从法律学、社会学、历史学、心理学、文化学、哲学等多重视角来审视问题，又善于从众多的矛盾现象中，抓住一些本质和核心的东西。所以，他的作品既具有深邃的理性思辨力和锐利的批判锋芒，又具有抓纲举目式的简洁明了和思想的冲击力。他的作品每一发表，几乎都引起巨大的轰动，都与这些特点密切相关。

在艺术手法上，“问题报告文学”除了强调宏观全景式的视野，科学理性的思辨和紧扣重大敏感社会问题的选材之外，还强调伸缩自如的开放式结构，滔滔不绝的直白式议论和详细真实的纪实性叙述。“问题报告文学”涉及的人物和事件往往是纷繁杂乱的，各种材料之间通常是一种共时并存、独立平等的关系。它们之所以能够被连缀成篇，靠的是作者的主体理性和主题意向的控制。由于作者不需要考虑故事情节的连续性，不需要注意人物形象的完满，因而行文就有很大的跳跃性。这种特点既给作品带来了更大的信息量，也带来结构上的动态之美。当然，如果作者的主体理性不强或主题意向不明或缺乏必要的组织材料的技巧，也会造成材料堆积、结构松散、说理过滥的弊病。这种缺点在一些“问题报告文学”中是存在的。

徐迟的名字可以说与新时期报告文学的崛起联系在一起。他的代表作《哥德巴赫猜想》在当代报告文学中具有开辟新时代的里程碑意义，在中国当代文坛造成的影响也是空前的。他的其他作品如《地质之光》、《在湍流的涡漩中》、《生命之树常绿》、《结晶》、《刑天舞干戚》等，也都引发过程度不同的轰动效应，构成了令人瞩目的“徐迟现象”。

徐迟最初是以现代派诗人的身份出现于文坛的。1933年他就在上海的《现代》杂志上发表诗作。后又有诗集、散文集、小说集陆续问世。徐迟又是我国著名的翻译家，曾有多种译作出版。至50年代中期，徐迟开始涉足报告文学，在50至60年代，发表了多部报告文学作品。显然，这种丰富的人生阅历，深厚的学识修养，扎实的文学功底和多种文学形式的创作经验，对成就徐迟的报告文学创作是大有帮助的。

徐迟在80年代的报告文学有三个明显的特点：

一是倾心于科技题材，热心为知识分子树碑立传。《地质之光》写的是地质学家李四光为创建地质力学的艰难跋涉；《生命之树常绿》写的是植物学家蔡希陶对植物分类学的孜孜以求；《在湍流的涡漩中》写的是湍流理论家周培源的业绩与人品；《哥德巴赫猜想》写的是数学家陈景润为摘取数学皇冠上的明珠而付出的艰苦努力。这些在各自的专业中卓有建树的科学家,在徐迟的笔下都是热爱祖国、献身科学,具有高尚的人品和独特的个性的人。透过这些人和事,徐迟所要传达的,是对知识分子的由衷赞美,是为长期以来遭受歧视、扭曲和摧残的知识分子鸣不平,是对知识分子社会价值的充分肯定。当然,也是对那个畸形与荒谬的历史时代的批判。徐迟的这种赞美和批判,在当时那个乍暖还寒的历史转折时刻,具有突破禁区、引领未来的价值和意义。徐迟的成功,不仅是他在个人创作道路上有了质的飞跃,更主要的,是他率先冲破了当代中国文学长期存在的知识分子禁区。

二是在真人真事的基础上,努力塑造出典型环境中的典型人物。注重写人物是徐迟报告文学的一个显著特点。而且,徐迟在80年代创作的报告文学,都有真人真事的基础,是严格按照真实性与典型性相统一的原则来创作的。要做到这一点,在当时并不容易。特别是像陈景润这样曾经颇有争议且仍在世的科学家,要想真实地再现其生活和精神风貌,的确并非易事。在极"左"思潮泛滥的时期,文艺创作的真实性原则被扭曲,片面强调表现时代本质的真实,结果只能是从观念出发,用虚构和夸张等手法来创造所谓的"英雄形象"。徐迟对这种倾向非常不满,他要用自己的作品来表现客观生活的真实。当然,徐迟不是自然主义者,他在真人真事的基础上,仍然注意典型化的创造。比如,徐迟的报告文学题材有写知识分子的"一律化"的倾向,主题也主要是歌颂知识分子的爱国情怀和献身科学的精神。但在写法上,却善于将全景与特写合理组合,又善于选取富有典型意义的细节。这样,塑造出来的人物形象就既具有形象突出的精神特征,又具有鲜明生动的不同个性。《地质之光》写李四光,并没有对他的人生作全程式的铺写,而是精心选取他生活和思想道路上富有典型意义的片断。如写他冒着风险毅然从伦敦回到新中国,写他谈到中国石油和天然气的远景时轻拨地球仪的神态和动作等,以此来展现李四光作为一名爱国者的情怀和科学家的自信。《哥德巴赫猜想》写陈景润,更没有将他神化或概念化,而是在深入采访、接触和研究他的基础上,透过他"怪异"的外在行为,揭示他独特的思想性格和丰富的内心世界。像他对生活的一无所求,整天穿着双"通风透气"的鞋子,啃一口干馍馍就过一顿;像他专心致志思考问题时的"傻劲",自己撞到树上,还连声说"对不起",当同事向他道贺新年时,他才知道"今天是新年了呵";像他猝然受到侮辱和嘲笑时的那种"茫然直视"的木讷呆愣姿态;像他得到组织关心时的那种欣喜的神情,那种逢人就说甚至没人也说的天真和憨厚,都传神地凸显出一位善良正直、忠厚内向、潜心科研的真实可信的科学家形象。

三是诗的构思、诗的想象和诗的语言。徐迟是诗人,他善于以诗人的眼光去看待报道对象,从中发现并提炼出具有艺术意蕴的美质。他的报告文学大都写科技题材。如李四光的地质学理论,陈景润的数学运算,蔡希陶的植物分类学等,原本都是抽象、枯燥的自然科学。但他却能够从这样的题材中找到科学与艺术之间的某种本质关联,从科学家执著的探索和内在的思维中,最大限度地发掘出科学创造活动的美学特质。因为无论是科学还是艺术,其实质都是人类凸显自身本质力量的一种创造活动。这种创造活动正是美的本质所在。

徐迟的报告文学善于进行诗的构思。他以诗情为核心,将真实的生活材料进行有机的组合,以构成一种特殊的艺术韵味。如《在湍流的涡漩中》匠心独运地把科学家周培源研究的湍流理论与1976年10月那个“危机到达了顶点”的政治“湍流”联系起来。这样既突出了湍流理论家周培源的学术贡献,又展现了周培源在特殊的政治“湍流”中坚定的信念和宝贵的品质,还增强了作品的形象表现力和艺术感染力。《歌德巴赫猜想》中处处以陈景润的怪异、木讷、呆愣来反衬他的执著痴迷、内向孤僻和憨厚天真,更见出徐迟诗意构思的魅力。这种把人物外在的行为和其内在的精神放到一个对立性的框架中来展示,能增强作品的艺术张力,能营造作品的诗意氛围,能突出人物的个性特点和精神特征。其直接的结果是给作品带来更大的可读性。

徐迟的报告文学善于进行诗的想象。他经常用诗意的比喻和象征来把抽象的东西具象化,使枯燥的自然科学理论获得绿色的生命。如《结晶》中把构成胰岛素的51个氨基酸形象地比喻为“像娇嫩的芭蕾舞演员似的穿上红菱鞋,披着柔软的头纱,戴着彩色的长套,施舞而来,单人舞,二人舞,四人舞,组舞和多人舞,舞形婆裟,跳出了各种高难度的翩跹舞姿。先是那30个舞蹈家,合成了长链,后是那21个舞蹈家和前者跳起了长链舞,最后他们旋转、扭曲、叠合,合成了一个罕见的美妙的舞蹈夔纹,交响乐队奏鸣着,为他们合奏着无标题组曲”。《哥德巴赫猜想》中把陈景润所攻克的数学难题称之为“空谷幽兰、高寒杜鹃、老林中的人参、冰山上的雪莲、绝顶上的灵芝、抽象思维的牡丹”;把数学王国想象为“似有美丽多姿的白鹤在飞翔舞蹈”,“还有乐园鸟飞翔,有鸾凤和鸣”;把陈景润证明“1+2”命题比喻为运动员攀登珠穆朗玛峰:“他气喘不已,汗如雨下。时常感到他支持不下去了。但他还是攀登。用四肢,用指爪。”这种丰富的想象,奇特的比喻和象征,在徐迟的作品中是很多的。就沟通科学与艺术的想象而言,在报告文学领域中,徐迟的能力是极为突出的。

徐迟的报告文学还具有诗的语言。徐迟作品中诗的气质和激情,很大程度上是通过语言表达出来的。徐迟追求语言的精美和典雅,追求诗情与哲理的融合,激情与理智的统一。他汲取了中国古代骈文的排比、对偶和欧化长句的优点。他的语言既融描写、抒情、议论于一体,达到了诗与理渗透的境界,又特别注意音调的铿锵悦耳,具有音乐的节奏感和旋律美。如《哥德巴赫猜想》第六节就有一段广为传诵的关于“文革”的描写：“一个一个的人物，登上场了。有的折戟沉沙，死有余辜；四大家族，红楼一梦；有的昙花一现，萎谢得好快啊。乃有青松翠柏，虽死犹生，重于泰山，浩气长存！有的是国杰豪英，人杰地灵；干将莫邪，千锤百炼；拂钟无声，削铁如泥。一页一页的历史写出来了，大是大非，终于有了无私的公论。”这既是华美典雅的诗，也是深刻凝练的政论。

当然，徐迟的报告文学也有缺失。主要表现为有时偏于滥情；有时为了某种观念而损害真实性；有时语言过于雕饰，留下明显的刀斧痕迹。同时，一些作品写于“文革”刚刚结束的年月，也必然地留下了极“左”政治影响的痕迹。

第十四章 戏剧创作的多元景观

第一节 戏剧复兴和发展概观

“文革”结束之后，剧作家们冲破了过去十几年束缚人们的精神枷锁，解放思想，冲破禁区，恢复和发扬现实主义的优良传统，借鉴外国现代艺术，大胆创新，创作出了大批优秀的剧作，迎来了戏剧创作的一个繁荣阶段。

粉碎“四人帮”后引人注意的第一个戏是金振家、王景愚的五场讽刺喜剧《枫叶红了的时候》，接着就是 1978 年的几台反响强烈的戏。先是苏叔阳的《丹心谱》以特有的热情和诗意歌颂了总理周恩来，然后是宗福先的《于无声处》轰动大江南北，为“四五”运动中的英雄发出了第一声呐喊。两个戏南北响应，形成了继《枫叶红了的时候》之后的又一个戏剧热浪。与此同时，出现了一批歌颂老一辈无产阶级革命家的作品，其中《曙光》、《报童》、《东进东进》、《陈毅出山》、《彭大将军》是影响较大的作品。

十一届三中全会之后，剧作家同全国人民一道进入了历史的反思，在对十年动乱进行追根溯源的同时，开始对社会现实进行冷峻的审视。戏剧像小说、诗歌一样，更进一步直面生活现实，因而现实主义精神空前高涨。剧作家纷纷探讨社会问题，带来了“社会问题剧”迅速发展。社会问题剧是伤痕文学、反思文学和改革文学这几种思潮在戏剧创作中的综合表现，其突出特点是敢于直面现实，反映弊病，说真话，抒真情，尽力表达人民的心声。它显示了现实主义复苏带来的光彩。社会生活中存在的极“左”政治问题、思想僵化问题、官僚主义问题、封建特权问题、不正之风问题、青少年犯罪问题等，都成了戏剧创作的重要内容。剧作家们针对这些问题进行了深入的思考。崔德志的《报春花》及时地提出一个重要问题：虽然“四人帮”被粉碎了，但一些干部思想僵化，不能正确对待家庭出身有问题的青年，继续推行血统论路线，阻碍了调动一切积极因素进行现代化建设的事业。赵梓雄的《未来在召唤》通过某飞机制造总厂新任党委书记梁言明和分厂书记于冠群的两条不同路线,生动地揭示了时代矛盾,有力地批判了现代迷信和思想僵化。邢益勋的《权与法》则告诉人们,由于极“左”路线的破坏,法律已经苍白得如同一张白纸,有权者可以颠倒是非,用所谓法律打击异己,谋取私利,从而发出了健全法律和法律面前人人平等的呼吁。赵国庆的《救救她》告诉人们,由于十年动乱和现实生活中的不正之风,使一些本来品质很好的青年走向了犯罪道路,如何挽救他们,已经成为迫切需要解决的社会问题。沙叶新、李守成、姚明德合写的《假如我是真的》(又名《骗子》)写的是青少年犯罪和干部的官僚特权问题。农场知青李小璋冒充中央纪委张老的儿子,欺骗了从剧团团长、文化局长到市委书记等一系列官员,成功地把自己从农场调入上海。但剧本着重表现的是骗子行骗过程中大小官员们的一系列表现,深刻反映了社会存在的官僚特权问题。戏的结尾骗子败露被送上了法庭,但一个问题提出了:假如当事人不是骗子,而是真正的高干子弟,所作所为就是合法的吗?这些作品使现实主义精神真正得到了发扬,使戏剧与时代、人民、现实生活紧密地结合了起来。除此之外,影响较大的剧目还有李龙云的《有这样一个小院》、郁郁的《哦,大森林……》、丁一三的《陈毅出山》等。1979 年的新剧目层出不穷,充分显示了现实主义文学的活力。

1980 年的剧本问题座谈会之后,剧作家们开始了新的思考。反映社会问题的戏剧创作走上了新的道路,开始结合改革开放表现社会问题,即在改革的大背景下揭示生活中的问题和矛盾,在改革者光辉形象的映照之下写官僚主义者的腐败和丑陋。这就使作品既有对阴暗面的揭露,又有对光明面的歌颂,成功地解决了歌颂与暴露的矛盾。其中影响较大的有《血,总是热的》(宗福先、贺国甫)、《灰色王国的黎明》(中杰英)、《谁是强者》(梁秉坤)、《高粱红了》(李杰)、《为了幸福,干杯!》(水运宪)、《宋指导员的日记》(漠雁)等。这些作品都以拨乱反正、改革开放和推进现代化建设为宗旨,深刻反映了社会问题,并且发出了殷切呼唤。这些剧作的呼唤之声之所以能够引起人们的强烈共鸣,原因之一就是其虽然以正面歌颂为主,却没有回避社会存在的各种问题,官僚主义、特权思想、腐败现象都在舞台上得到了进一步表现。不过,与《假如我是真的》等作品不同,它们已经不单纯是揭露问题,而是在揭露问题的同时对时代的英雄人物给予热情的歌颂。它们不仅暴露黑暗,同时也反映了生活中的光明;不仅抨击腐败官员,同时也歌颂立志改革的好干部。由于改革者形象的出现,戏剧舞台上不再是昏暗的,而是充满了光明和希望。当然,在指出光明的同时,作家没有忘记前进路上的艰难和沉重。

70 年代到 80 年代初的社会问题剧以自身的创作实践恢复和发扬了现实主义文学的优良传统,给戏剧带来了一些新的特征:首先,剧作家表现了强烈的社会参与意识和历史使命感，努力摆脱“假大空”的影响，直面社会人生，戏剧的批判职能空前强化。其次，因为特定的时代原因，戏剧大多具有重大的政治主题。如果从文学功能的角度去看，社会问题剧的主要职能是社会性的。这时的剧作家没有钻进象牙之塔，对纯艺术还没有太多的兴趣。他们关心的是社会问题，思考更多的是直接影响着每一个人生活和命运的政治。剧作家对政治生活的密切关注，剧作主题的强烈政治性，展示着当时的戏剧创作与政治的密切关联，也折射着一个特殊的时代有责任感的艺术家的关怀所在。需要注意的是，此时创作主体的政治意识及其在作品中的表现与配合政治运动、图解权威概念的创作大不相同。当然，社会问题剧的局限是明显的，艺术结构上的模式化与思维方式上的二元对立是其主要问题。

从“文革”结束到80年代末，现实主义戏剧创作的成就和不足，在崔德志、沙叶新等人的创作中得到了集中体现。

在现实主义戏剧复兴并逐渐繁荣的过程中，现代主义的戏剧探索已经开始。这并不奇怪，因为长期的封闭已经使中国戏剧远远落在世界戏剧艺术发展的后面，传统现实主义艺术已经不能满足人们的要求。在80年代的门槛上，贾洪源、马中骏的《屋外有热流》有一个并不荒诞的主题：鼓励青年走出狭隘的个人小天地，到群众中去寻找温暖，医治心灵的创伤。这种主题是积极健康的，却并不新鲜。它之所以引起人们的注意，主要是因为它的艺术表现。该剧舞台上采用了透明和半透明的布景，呈现了怪诞的形式：死去的人可以穿墙而过，哥哥的鬼魂可以和弟弟妹妹对话等，这显然借鉴了表现主义和超现实主义的手法。接着出现的是高行健的《绝对信号》、《车站》，荒诞戏剧由此发展了起来。《车站》显然受到萨缪尔·贝克特的《等待戈多》的影响。这一切告诉人们，西方现代派戏剧正在迅速影响着中国戏剧创作。

1985年是现代派戏剧探索进入高潮的一年，戏剧舞台上出现了大量现代派作品。

王培公的《WM》(我们)是为1985年国际青年节而创作的关于中国青年生活题材的话剧，主要表现的是一代知青的生活。该剧共分四章：第一章“冬”(1976)，第二章“春”(1978)，第三章“夏”(1981)，第四章“秋”(1984)。第一章描写“文革”的最后一个冬天，三个下乡知青集体户中的四男三女七个知青的艰难生活。第二章写的是粉碎“四人帮”之后乍暖还寒的春天，七个知青各自寻找自己的道路。第三章写的是七个知青经过社会的风风雨雨而发生的扭曲和变化，以及他们之间发生的各种矛盾。第四章着重写的是他们各自的收获，七个知青重新相聚，有的成了著名画家，有的成了电影导演，有的成了腰缠万贯的个体户，有的成了处长，有的正在读研究生，有的成了战斗英雄。《WM》在艺术上的实验特征非常鲜明,可以说是充分象征化的话剧。它几乎没有布景和道具,环境和动作都是戏曲中的假定和虚拟,比如戏中的偷戏、杀鸡、吃鸡、跳河等动作,都是由假定和虚拟完成的。全剧没有贯串动作,也没有贯串冲突,而是由一个个片断组成,综合使用了各种艺术手段。

陶骏等人的《魔方》是1985年由中国青年艺术剧院演出的。它包含了若干互不关联的故事。所以,它不是幕,而是段,全剧由若干段组成。第一段为《黑洞》,写的是几个人到了一个洞里,面对死亡的威胁,在生存无望之际,各自说了真话:诗人承认他的成功事实上是沽名钓誉;导演承认他的摩托车是拿艺术做交易的赃物;明星承认自己是私生子,虽然演了十几出爱情戏的主角,却从心里憎恶爱情。但是,一旦脱离险境,回到现实的社会,他们就转脸不再承认。第二段是《流行色》:广告工人正在布置广告牌,宣布1985年的流行色。他挂出黑色板。一便装男子匆匆走过,看了看,匆匆下。他又挂出红色板,取下黑色板修理。一女子上,看见红色,急忙跑下。那个男子再次走来,已经换了黑衣服,可抬头一看广告板是红色,赶紧转身离去。然后,广告工人又挂出黑色板,取下红色板修理。那个女子穿红色衣服上,发现自己错了,捂着脸跑了回去……最后,工人挂好了两块板,1985年流行色是红与黑。男子与女子同时上,互相暗笑对方不合时宜,看到广告牌,女的迅速脱上衣,露出红衬衣;男子迅速脱掉红裤子,露出黑裤子。一群青年跑上来,五颜六色,这两个人就呆呆看着,无所适从。

戏就是这么一段一段演下去。每一段都说明一种心理或文化现象。比如有一段是《绕道而行》,那条路早晨还通,一会儿却成了禁区,竖了"绕道而行"的牌子。大家都在猜:出事了?修路?有人放了定时炸弹还没响?……于是,老人戴起红袖标,晃动小红旗:"站住,前面危险!"人们都开始踩着泥浆绕道而行。原来是主持人随意放了一块牌子,前面什么事情也没有发生,他不过是要做一个心理实验。更值得注意的是,他把牌子拿走了,人们仍然不敢通行。一个青年慷慨激昂地讲了一通,好像很勇敢,但最后他也不敢走。主持人看到这种情况,只好自己走一趟以证明真的没事。但在众目睽睽之下,他走了几步,腿就不听使唤,开始打哆嗦。他回过头来号召人们跟上,没有人跟上,最后他自己也跑了回来。于是,所有的人都仍然踏着泥泞绕道而行,一条畅通的路就这样真的成了"禁区"。这样的戏与传统大不相同,显示了作家的思考和探索。80年代中期许多戏剧都采用了类似的手法,呈现了现代派的风格特色。

刘树纲的《一个死者对生者的访问》在观念、结构、表现手法等方面都很新颖。作者让一个死去的人(叶肖肖)对一群活着的人进行访问,以荒诞的形式揭示社会问题。死者叶肖肖的灵魂怎么也弄不明白,公共汽车上有那么多人,为什么会目睹她被暴徒杀害而无动于衷。正是通过这个灵魂对人们的访问,该剧充分展示了社会心理和人们在不正常的社会生活中被污染和扭曲的心理，以及由此导致的人格缺陷。该剧运用了许多现代戏剧的手段：象征、抽象、意识流，中国传统戏曲与奥尼尔、布莱希特，都被结合在一起，呈现了新的特点：现实主义的人物、表现主义的手法、象征主义的寓意、超现实主义的情节融为一体。

除此之外，影响较大的作品还有高行健的《野人》、马中骏的《红房间、白房间、黑房间》、沙叶新的《寻找男子汉》和《耶稣·孔子·披头士列侬》，由此可见80年代现代派戏剧创作的大概面貌。

1986年之后，出现了《狗儿爷涅槃》(锦云)、《洒满月光的荒原》(李龙云)、《死罪》(金振家)、《天下第一楼》(何冀平)、《桑树坪纪事》(陈子度、杨健、朱晓平)、《榆树屯风情》(郝国忱)、《田野又是青纱帐》(李杰)等作品，话剧完成了由封闭的现实主义向开放的现实主义的艺术转换。开放的现实主义仍然是现实主义，但不同于传统的现实主义，因为它在许多方面呈现出前所未有的开放性，可以接纳现代主义的各种艺术手法。它所表现的是现实，但表现的中心是人，不拒绝进入人的内心世界，也不拒绝非现实的荒诞因素，呈现着强烈的现实主义精神，又展示着艺术上的现代性和先锋性。

第二节 崔德志等人的社会问题剧

崔德志(1927—)，黑龙江青冈县人，1948年肄业于哈尔滨大学文学系，学生时代就开始创作，1954年以后主要从事话剧创作，发表过《刘莲英》、《爱的波折》、《未完成的故事》、《生活的赞歌》、《春之歌》等剧本。十年动乱期间他像多数作家一样中断了创作，1977年重返工作岗位之后，主要剧作有《报春花》、《红玫瑰》等。

崔德志是一个热情关注现实生活的作家。结束十年动乱，中国大地上出现了生机，现代化建设需要调动一切积极因素，团结一致，共同奋斗。然而，当时极"左"政治路线还没有得到彻底的清算，一些干部还习惯于在"文革"政治的老路上运行，把"血统论"、"唯成分论"作为用人的价值尺度，结果必然是压制和埋没了人才，阻碍了生产力的发展。崔德志有感于这一严重问题，创作了话剧《报春花》。发表后受到广泛好评。

《报春花》的戏剧冲突是正确思想路线和错误思想路线的冲突，也是高尚人格与卑下人格的冲突。剧本围绕要不要树成绩优异但出身不好的白洁做标兵的问题，展开了以李健为代表的一方与以吴一萍为代表的另一方的激烈斗争。

粉碎"四人帮"之后，老干部李健恢复了纱厂厂长兼党委书记的职务，当他走上领导岗位时，面前摆着的是一大堆亟待解决的问题。这个厂是一个冒牌的先进企业，到处是虚假的繁荣，生产月月超额完成任务，红旗得了一面又一面，奖状挂满了办公室，实际上却产品积压，商店不收，用户退货，经济严重亏损。面对这样一个烂摊子，李健深入调查研究，看到了质量问题是当前的主要矛盾。要提高产品质量，就要树立优质高产的标兵，那就需要树白洁，因为她是唯一的保持五万米无次布纪录的工人。但是，白洁的父亲是"历史反革命"，母亲是"右派"，过去一直被称作"狗崽子"。像白洁这样的人能做标兵吗？围绕这个问题，矛盾冲突在两个家庭四个人物之间展开，而矛盾的焦点是如何看待和使用白洁。

父亲李健与女儿李红兰，母亲吴一萍与儿子吴晓峰，两家四口都在树立白洁做标兵的问题上表明着自己的态度，显示着自己的政治立场、思想感情和道德水准。李健敢于冲破种种条条框框，以现代化建设大业为重，反对血统论，坚持重在表现，不顾老战友吴一萍的反对，坚持树白洁为标兵。党委副书记吴一萍却思想僵化，坚持"左"的观念，抱着"四人帮"的"阶级斗争扩大化"理论不放，坚决反对树白洁做标兵，而要树李健的女儿李红兰做标兵。一个强调生产表现，一个强调政治第一，李健与吴一萍发生了冲突。李健要树白洁，危及女儿的利益，女儿爱虚荣，而且深怕白洁把吴晓峰从她的身边抢走，于是父女之间发生了冲突。吴一萍不仅反对白洁当标兵，更反对白洁做自己的儿媳妇，她想要的儿媳妇是李红兰，而儿子却爱上了白洁，母子之间也发生了冲突。李红兰既怕白洁抢走了自己的标兵，又怕白洁抢走了吴晓峰，所以处处反对白洁；吴晓峰却深爱白洁，这就与李红兰产生了冲突。在激烈的矛盾冲突中，剧本成功地塑造了一系列人物形象。其中特别感人而且具有深刻社会意义的是白洁的形象。

白洁是一个精神上受到严重创伤但品质高尚的姑娘，一个勤勤恳恳、埋头苦干、成绩优异的纺织女工。她的父亲是"历史反革命"，母亲是"右派"，因此，尽管她生在新社会，像别人一样读的第一句话是"共产党万岁"，受的是共产党的教育，从小就立志做一个对人民有用的人，但仍然是上学时戴不上红领巾，进工厂入不了团，长期受着歧视与折磨。生活使她感觉到"生下来就和别人不一样，只能埋头苦干去偿还父母欠下的债，而不能期望别的"，这种生活处境形成了她独特的性格特征：沉默寡言，自卑自谦，委曲求全，忍辱负重，内心热烈而外表冷漠。她从不大胆地表现自己的思想感情，不敢理直气壮地争辩是非曲直，努力工作，默默奉献而从不敢争取任何属于自己的东西，无论是荣誉、地位还是爱情。她习惯于自卑，让她介绍先进经验，她只是说"不应该给人民织次布"；吴晓峰向她表示爱情，她说："比我好的姑娘有的是。"然而，正是这个外表冷漠的姑娘，在动乱的岁月里，冒险参加天安门广场的悼念活动，参与营救被迫害的老干部李健，援助被关在监狱里的吴晓峰。正因为这样，吴晓峰才深深地爱上了她，而远离那个在他被关进监狱时立即与他划清界限的李红兰。在生产上，白洁默默地坚守岗位，四年干了五年的活，创造了连续五万米无次布的最高纪录。但是，就是这样一个好工人，要被树为生产标兵却引起了厂领导之间的一场激烈斗争，使她也陷入了无法自拔的矛盾之中。为了不破坏厂里的"安定团结"，也为了使李健不要为她犯错误，同时也为了使他不失掉女儿，她忍痛制造了出次布的假象，违心地拒绝吴晓峰的爱情。白洁这一形象有着深刻的社会意义。她性格中的沉默寡言和自卑，体现着"阶级斗争扩大化"在她心灵上留下的创伤。她品质高尚、积极能干而处处遭受歧视，本身就是对极"左"的政治路线的批判和控诉。最后，她终于当上了标兵，则反映了一个新时代的到来和社会前进的步伐。

剧本通过尖锐的戏剧冲突和人物形象塑造表现了一个具有鲜明的时代特色和现实意义的主题：为了适应现代化建设的要求，必须调动一切积极因素，解放和发展生产力。为此，必须在思想上和组织上肃清极"左"政治路线的影响，彻底批判"唯成分论"和"血统论"的观点，重新认识人，把人从极"左"思想的枷锁中解放出来。

第三节　沙叶新等人的探索

沙叶新(1939－　)，出生于南京，1956年开始文学创作，1963年由上海戏剧学院创作研究班毕业后分配到上海人民艺术剧院做编剧，"文革"前已写过不少作品，但真正的艺术生命是在"文革"结束之后开始的，作品主要有《假如我是真的》(又名《骗子》，与李守成、姚明德合作)、《陈毅市长》、《大幕已经拉开》(与人合作)、《马克思秘史》、《寻找男子汉》以及《耶稣·孔子·披头士列侬》等。

沙叶新是一个"寄深情于现实"的作家，他无论写什么，怎么写，都呈现着一个共同的特点，那就是贴近现实，直面社会人生。他能够在对现实的深刻观察中进行思考，发出自己的声音，呈现自己的才华和个性。

《陈毅市长》截取的是陈毅在上海担任市长的一段生活，从各个不同的角度赞美了陈毅作为一个市长的工作作风和他由此显示的人格。当时的上海是一幅什么图景呢？剧本第二幕进行了这样的描述：上海解放是一大胜利，但工厂倒闭、商店关门，失业人口剧增，资本家纷纷外逃……面对满目疮痍、百废待兴的复杂局面，陈毅以全部精力投入了恢复和发展上海经济的伟大事业。他体察民情，关心人民疾苦，想人民之所想，急人民之所急；他以身作则，严以律己，清正廉洁；他正确执行党对民族资产阶级和知识分子的政策，调动一切积极因素为建设新上海而努力……剧本成功地再现了陈毅当年的丰功伟绩，为陈毅的崇高精神和伟大人格献上了一曲赞歌。通过写他生活中的点点滴滴,从多方面刻画了陈毅的性格,塑造了陈毅的形象。

但是,沙叶新写《陈毅市长》,绝不仅仅是为了缅怀和再现这位革命家的丰功伟绩,而是使这一形象具有强烈的现实针对性。随着思想解放运动的深入和人们对生活认识的不断深化,人民群众对一些干部的官僚主义作风、以权谋私的不良现象产生了强烈的不满。陈毅市长的艺术形象所体现出来的优良作风与此形成了鲜明对照,这不仅使陈毅的光辉形象成为对官僚主义、特权思想和种种不正之风的一种有力鞭挞,而且给人以精神鼓舞。在沙叶新的作品中,讽刺与批判是对现实的参与,歌颂和赞美也是对现实的参与。所以,他决不简单地歌功颂德,而是从今天的角度来选取历史材料,以老一辈革命家的光辉事迹和高尚品德来激励现实中的人们,推动现实生活的改进。写陈毅对经济建设的巨大热情,写他对群众生活疾苦的深切关心,写他对干部的严格要求,写他对党外人士、知识分子的尊重和团结,写他的实事求是,写他的严于律己……表达的正是作家由生活现实而产生的向往和希求。艺术形象身上表现的美好和高尚既是光辉的榜样,又是对现实弊病的一种批判。

《假如我是真的》是沙叶新的又一代表作。作为一个旨在反特权的剧目,剧中写了各个阶层的不同人物:有冒名中央首长之子行骗的农场知青李小璋和他的出身于工人阶级家庭的女友周明华,有市话剧团赵团长和她的上级市文化局孙局长,有市委组织部某处钱处长,有农场郑场长,又有作为一个大市的最高领导吴书记和中央某部门的领导张老,为戏的主题提供了一个无比广阔的社会背景。根据编导的设计,这个戏在正式开演之前就已经进入了主题。作为一般观众,进入剧院等待开幕。开演时间到了,却被告知因为还有两位领导同志和一位贵宾没有来,需要等他们来了才能开幕。等待一阵之后,市委书记的夫人、市委组织部钱处长、市文化局孙局长终于陪同一个年轻人从观众入口处走进剧院,到贵宾席中间落座。于是戏剧开幕,却又进来两位公安人员,径直走向贵宾席,向着那个年轻人说:“李小璋,你被拘留了!”李小璋就是戏的主角。舞台上的剧情正式开始,生动展现了一个普通工人的儿子、农场知青如何开始行骗和如何逢场作戏、在高级领导干部中继续行骗的过程。通过这个过程,剧作揭示了当时中国社会存在的各种问题,对官僚特权现象进行了严厉的批判。

沙叶新也是一位具有责任感的作家。粉碎“四人帮”之后,他深切地意识到作家应该是社会的良心,应该以自己的创作参与时代的进步,而不应该在社会问题面前闭上眼睛。因此,他从不回避现实生活中的矛盾和问题,决不粉饰生活歌舞升平,而是直言不讳地揭示社会的种种弊端。如果说《陈毅市长》意在通过榜样说明干部应该怎么做的话,《假如我是真的》则意在通过展示干部不该做的而引起人们的警醒。这个曾经受到热烈欢迎的剧作表现了反对官僚特权和不正之风的严肃主题。关于这个戏，巴金说过："我不仅同情小骗子，我也同情受骗的人。我以为应当受到谴责的是我们的社会风气。话剧虽然不成熟，有缺点，像'活报剧'，但是它鞭笞了不正之风，批判了特权思想，像一瓢凉水泼在大家发热发昏的头上，它的上演会起到好的作用。"[①]无论剧本还存在什么缺点，它所表现的精神是可贵的。

《马克思秘史》是沙叶新为纪念马克思逝世一百周年而创作的一个话剧。在这个剧中，作者把一百多年前的历史拉回到现实，从秘史、琐事、私生活的角度取材，把正在潜心写作《资本论》的革命导师马克思与日常生活中的普通人的马克思结合起来，着重表现了马克思作为一个有血有肉的人的一面。在序幕中，作者通过马克思之口指出："应该完全按照历史的真实，以淳朴的本色把历史人物描绘出来，而不要像资产阶级史学家那样，给自己的英雄人物创造出一种圣像式的形象——'脚穿厚底靴，头绕灵光圈'。其实，我是个普通人，人所具有的，我都具有。"作者对马克思形象的这种处理，毫无疑问是对现代迷信的有力反拨。

写于 1986 年的幽默喜剧《寻找男子汉》显示了沙叶新创作中的一个变化：从社会问题转向社会心理。该剧写了一个大龄姑娘舒欢寻找理想中的男子汉的过程。她一个个寻找，却一次次失望，始终没有找到她理想中的男子汉。作家通过"寻找男子汉"这一表层结构，对社会进行了多角度的审视和剖析，表现了作家对中国人的人生态度、人格状况中存在的问题，尤其是独立性欠缺、阳刚之气不足、处于未成年状态等人格弊端的思考。作家对文化传统和民族素质的思考显然是有现实意义的。

沙叶新的戏剧创作在艺术上进行了一系列的探索和追求。他是一个现实主义作家，但又是一个在艺术上有着广泛探索和不懈追求的作家。他在坚持现实主义的文学精神的同时，不断从其他创作方法中汲取艺术营养，这种探索精神拓展了他的艺术表现力。在沙叶新的戏剧艺术探索中，首先引人瞩目的是他那独具匠心的戏剧结构。《陈毅市长》的结构是新颖的、独特的。它突破了传统的一人一事、有头有尾的结构原则，没有统一的中心事件，而是以生活片断表现时代风貌和社会生活，同时，它又不是采取多人多事的写法，也不是只为了表现一种观念，而是以陈毅这一主要人物来贯穿全剧，各场之间的事情不相联系，但人是一致的，每一场都独立成章，各有自身故事的完整性。为了不产生零碎的感觉，在每一场的尾部都用几句台词或者一个情节来为下一场作铺垫。沙叶新把这种结构称作"冰糖葫芦式"的结构。这种结构具有线性结构和板块结构相结合的特

---

①巴金：《再说骗子》，见《探索集》，人民文学出版社，1981 年，第 104 页。

点。没有贯穿始终的中心事件和戏剧冲突，每场戏都相对独立，各有中心事件和戏剧冲突，然而，相互之间又有所关联，所有的戏都集中在中心人物身上。《寻找男子汉》使用的也是这种结构方式，以舒欢的寻找为线索，将一个又一个男人串联起来，既扩大了生活内容，又比较完整地表现了主人公的精神状态。除此之外，沙叶新的作品具有亦庄亦谐的喜剧风格。在严肃的主题之中适当地加入一点喜剧性的成分，这是沙叶新戏剧创作的一种追求，也是一种明显的风格特色。这一特色在《寻找男子汉》和《耶稣·孔子·披头士列侬》等后期作品中表现得更为明显。

第四节　现代派戏剧的探索

在80年代的现代派戏剧探索中，涌现出许多优秀的作家，其中影响最大的是高行健和魏明伦等。

高行健(1940—)，江苏省泰州县人。1962年毕业于北京外国语学院法语系，1978年开始发表作品，主要有话剧《绝对信号》、《车站》、《野人》、《彼岸》、《冥城》等。除剧本之外，还有小说、散文和理论文章，出版过论著《现代小说技巧初探》和《现代戏剧技巧初探》等。2000年获得诺贝尔文学奖，是第一个获得这一奖项的华人作家。

高行健说："艺术创作就意味着标新立异，重复别人的形式和手法同重复自己的一样令人乏味。"①他认为戏剧不是文学，是导演的艺术，本质是游戏。既然是游戏，就应该不断变换手法，就要充分发挥智力，而且要调动人们的兴趣。因此，他尝试各种手法，进行各种创新，成了80年代中国现代派戏剧最突出的代表。

他最先引人瞩目的作品是《绝对信号》，但更具现代派特色的是《车站》。《车站》与《等待戈多》有很多相似之处，但也有很多源自中国现实的改造和创新，而且有着鲜明的时代色彩。一群人在等车，其中有各色人物：有赶到城里约会的大姑娘，有回家去照顾丈夫和孩子的妻子，有准备去决一胜负的棋手，有进城打工的木匠，大家都在等车。可是，车过去一辆又一辆，却就是不停。戏主要表现的是他们的等待，每一辆车过来的时候，都要拥挤，排队，都要算计如何才能挤上车去，但事实是没有一辆车在这个停车点停留，大家却仍然在等待。剧作家运用夸张的手法表现了这种等待：转眼之间，进城约会的大姑娘已是满头白发，多少年

①高行健：《〈野人〉和我》，《戏剧电影报》1985年第19期。

过去了。这时候,人们才发现原来站牌早已废弃,似乎贴过布告,但已经被风雨冲洗得看不清了。这群等车的人成了被遗弃的人,再也没有上车的希望。这是一个令人绝望的结局。一切的理想,一切的追求,一切的等待、拥挤、算计都尽付东流,他们不会再有上车的机会。这本身就是一种控诉,因为时代的确像那辆车一样,骗了一代人。所以,它表现的不是一般的荒诞感,而是有具体的时代内容的。面对这样的荒诞,出路何在?在西方那些荒诞戏剧中,出路是没有的。但在高行健那里,显然不愿意承认那个绝望的结论,所以写出了一点儿亮色:在人们一次次向着驶过的汽车奔跑的时候,在人们排队拥挤的时候,有一个青年一直在读外语。后来,等了很长时间之后,他悄悄地走了,向公共汽车开去的方向步行走去。他走的时候,曾有一阵音乐响起,一种人们并不熟悉的进行曲。而在最后,大家都知道车已经没有而绝望的时候,那个旋律又响了起来。这也就是说,在那种无可奈何中,人们不能不考虑那个青年的选择。在公共汽车已经不可靠而且注定不会再来时,人们只能依靠自己的双脚。从这里,也可以看到 80 年代于无奈中对个人的那份信心。

后来的《野人》、《彼岸》表现了更多的东西,有对人类命运的深切关注;有对人的现实生存状态的思考;有很抽象的东西,也有很具体的东西。他的戏显示了现代的戏剧观念和表现技巧。他认为戏剧是表演的艺术,重表现;他采用意识流与象征手法,追求哲理化;他尝试多声部和复调主题的表现,同时又在戏中显示了浓郁的文化色彩和神秘气氛。

《彼岸》发表于《十月》1986 年第 5 期,是一台无场次现代话剧。时间:“说不清道不明。”地点:“从现实世界到莫须有的彼岸。”人物:玩绳子的演员、玩牌的主儿、卖狗皮膏药的、女人、少女、疯女人、模特儿、人、少年、影子、心、母亲、父亲、禅师、老太婆、看圈子的人、演员们……都没有名字。它也没有完整的统一的故事,如果根据剧情归纳,演出的主要是这样一些事:(一)玩绳子。开始,两人一根绳子;后来,玩绳子的抓住绳子们的一端,另外的人分别抓住绳子们的另一端。玩绳子的说:“……那我便同你们建立起各种不同的关系,有张有驰,有远有近,而你们各自的态度又分别影响着我,我们每个人都牵扯在这纷繁变化的人世间,又象是落在蛛网里的苍蝇,还又像是蜘蛛。”(二)到彼岸去。绳子被假设为一条河,大家一起到彼岸去。“彼岸有花,彼岸是一个花的世界。”人们手拉手过河,每个人都担心被抛弃。有一个人叫了一声,被淹没了。谁也没有说话,大家静静地回到了岸边。(三)从河里回来的人都失去了记忆和说话的能力,昏睡在河边。这时出现了女人,教会大家语言,帮助大家恢复记忆。众人恢复语言之后七嘴八舌地骂那女人是“骗子”,“放荡的女人”,“教人语言是为了勾引男人”。大家一齐扑上去,终于把她掐死,然而转身就异口同声地赞美她:“死了都这么可爱。”“这么美,谁见了都会止不住爱。”“多么纯洁,多么端庄。”“简直是一尊观音菩萨。”于是,他们互相埋怨,互相厮打,要找出掐死女人的人。(四)人问他的母亲,他应该到哪里去,母亲告诉他:“照你的心去做就是了。”他看见自己梦想中的姑娘,但姑娘是虚幻的。他继续寻找,发现一圈玩牌的,谁输了就往脸上贴纸条。开始大家都不愿意贴,可后来觉得早晚都得贴,晚贴还不如早贴,于是不贴的人反而提心吊胆,被贴了的人心安理得。等大家都贴了纸条,便彼此彼此,安心地玩牌。人揭穿了玩牌的主儿手中的牌是白板,却遭到了众人的攻击,最后逼他说玩牌的主儿手里的白板是黑桃。(五)一些人在诵经,一个少年想看看前面有什么东西。一个老太婆向他要钱,少年把金笔给了她。她让少年回家说金笔丢了。少年说妈妈不准撒谎,老太婆说:“人要不撒谎,那日子就没法过得快乐。”少年进去,却看见几个流氓在欺侮一个少女。他被流氓揍了一顿。一个疯女人过来跟少年说话,说人们都说她堕落,其实他们口是心非,大家都堕落过,后来,她被众人堵住嘴拖了出去……

剧情就是这样杂乱无章地发展下去,演出一段又一段。从杂乱的人物可以看到,大致可以分为几组:人、女人、少年似乎是孤独的醒者;众人则是麻木、愚昧的人群。这个戏揭示了人类的荒诞,揭示了人的各种集体无意识。戏的主题因为杂乱和朦胧而难以归纳,但不难看出作者对人的生存状态的思考和对人类命运的深切关注,也不难看出作者对社会文化和独行者命运的思考。在艺术方面,它表现了大胆的探索精神,显示了独特的戏剧观念,强调了戏剧是表演的艺术,重表现而轻再现,采用意识流与象征手法,以多声部舞台表现复调主题。

魏明伦(1941－),四川内江人。童年失学唱戏,1950 年入四川省自贡川剧团,14 岁开始发表习作,16 岁即被“反右”株连,“文革”结束后脱颖而出,创作了《易胆大》、《四姑娘》、《潘金莲》、《夕照祁山》、《变脸》、《巴山秀才》(合作)等。《潘金莲》是其影响最大的代表作之一。

荒诞戏剧《潘金莲》有一个副标题——“一个女人和四个男人的故事”。这个戏“不受朝代限制,不受区域束缚,集古今中外人物于一台,借鉴布莱希特的间离效果,使用荒诞的戏剧手法,吸取姊妹艺术的一些表现手段,重新来认识和评价历史上臭名昭著的淫妇——潘金莲。造成她的悲剧命运的原因何在?她是值得同情还是憎恨?作者搔首无结论,是非且听百家鸣。”因此,剧作家请来了人民法庭的庭长,而且由各色人物组成了陪审团,让观众看到了面对潘金莲这个人物会有的各种不同看法。

戏一开始就是武松杀嫂、潘金莲惨死。接着是施耐庵说书:“青竹蛇儿口,黄蜂尾上针,两般尤小可,最毒妇人心!”这时候,现代女郎吕莎莎上来了。大家知道,吕莎莎是李国文《花园街五号》中的那个记者,市委书记韩潮的儿媳妇,80 年代的新一辈,典型的现代女性。她能接受施耐庵的这个结论吗?不能。于是,魏明伦一开始就让几百年前的施耐庵与80年代的吕莎莎交火了。施耐庵坚持“颂好汉,反贪官,树忠义,立圣言”;吕莎莎指责他“对妇女贬得太低,杀得太多”,对女人缺少起码的同情。施耐庵认为“一群荡妇淫娃,自应口诛笔伐”,潘金莲“不守妇道,十恶不赦”;吕莎莎则认为那是他的传统偏见,对潘金莲的命运和是非都应该重新认识。为了重新认识潘金莲,魏明伦取材水浒故事,把那些被施耐庵一笔带过的内容一一展开,写了潘金莲的遭遇和她的不幸婚姻。沿着潘金莲一步步走来的路,面对一个个关键环节,作家让古今中外的一系列人物陆续登场。为了强娶潘金莲,张大户故意为她找武大这个又老又丑的侏儒,潘金莲只有三条路:嫁武大,嫁张大户,死。潘金莲作出了自己的选择:“宁与侏儒成配偶,不伴豺狼共枕头!”张大户威胁失败,潘金莲奋力反抗。这时候贾宝玉登场了,他把潘金莲比作鸳鸯:“潘金莲若进《红楼梦》,十二副钗添一钗。”吕莎莎则告诉人们,如果潘金莲遇到的作家不是施耐庵而是巴金,她就是《家》中那个被同情的鸣凤。

潘金莲嫁给武大,过着痛苦的生活。武大性情怯懦,没有做丈夫的能力,既不能让妻子生孩子,也不能保护她免遭欺负。安娜·卡列妮娜来了,吕莎莎来了,安娜可以反抗,吕莎莎可以离婚,潘金莲却没有那样的权利。武松出现了。吕莎莎为武松和潘金莲分别照了相,贾宝玉认为是天生的一对,红娘认为是地设的一双,贾宝玉让红娘拆掉框子把他们两个并到一起,老虎说:“几千年的框框你打不破的!”潘金莲对武松渐生爱慕,终于酒后吐真言,表示“恨不相逢未嫁时”。武松勃然大怒,将其训斥一番,推倒在地,扬长而去,再不原谅。武则天让七品芝麻官为潘金莲做主。他却翻遍历代法典,找不到为潘金莲做主的依据。武则天现身说法:“太宗皇帝可以选我为才人,高宗皇帝又可以封我为昭仪,父子同妃,岂不是悖离所谓伦理吗?”但潘金莲不是武则天,武后也救不了潘金莲。面对如何看待潘金莲的问题,剧作家引出了许多二爷:武二爷、关二爷、孔二爷、宝二爷,可是,潘金莲没遇到怜花惜玉的宝二爷。安娜·卡列尼娜、红娘、武则天、吕莎莎,都有自己的看法,有自己的处理方式,但面对潘金莲所处的那个具体环境,却都无法改变结局。最后,西门庆出现了,潘金莲终于走向犯罪,武松回来,要杀潘金莲。宝玉、红娘、武则天、吕莎莎等众说纷纭,但武松只听施耐庵的。施耐庵下令,武松挥刀,潘金莲终于被杀。

剧作通过这样一个过程,不仅引导观众重新认识了潘金莲,而且认识了几千年的传统文化。

围绕潘金莲的命运,剧作设置了一系列人物,比如潘金莲遇到的四个男人:第一个老朽劣绅,第二个矮丑懦夫,第三个冷面铁心,第四个阴柔毒辣,都显示了一种类型。再比如参与评说的古今中外相关人物:施耐庵、蒲松龄、曹雪芹、宝二爷、武二爷、关二爷、孔二爷、苔丝、玛斯洛娃、安娜、莎莎、人民法庭庭长……剧作通过各种艺术手法，于怪诞中多角度透视了潘金莲的命运。

戏中展示了各种矛盾，显示了各种不同的立场、视角和观念，也形成了一系列比较，使我们看到了不同时代、不同国家、不同人物对这个事件的不同看法。它很荒诞，但表现的是实实在在的问题。事实上，就是在中国作家的笔下，潘金莲的形象也早已大不相同，比如，在施耐庵笔下，她是荡妇，是祸水；在兰陵笑笑生笔下，她除了淫荡之外，还是虐待狂和阴谋家；在现代作家欧阳予倩笔下，她是争取妇女解放的先驱。魏明伦给予人们的，则是一个被逼得走投无路而最终犯罪的女人。但这个戏的意义主要并不在于如何评价潘金莲，而是在更广阔的舞台上演绎了文化冲突，提醒人们，无论对于什么人物和事件，狭隘的传统看法都并非天经地义的。从这个意义上说，它给舞台带来的是开放的视野和现代观念。

第五节　锦云的《狗儿爷涅槃》

锦云(1938—　)，原名刘锦云，河北省雄县人。1963 年毕业于北京大学中文系，1982 年调入北京人民艺术剧院任编剧。创作有《笨人王老大》(1980，与王毅夫合作)、《狗儿爷涅槃》(1986)、《背碑人》(1988)、《乡村轶事》(1989)、《杀妃剑》(1991)、《阮玲玉》等作品。

《狗儿爷涅槃》发表于 1986 年，同年秋天由北京人民艺术剧院首演，受到观众热烈欢迎，在戏剧界引起强烈反响。这个戏最重要的成就，首先是它对中国农民形象的塑造和由此进行的对中国农民命运的关注与思考。故事发生在中国北方的农村。主人公狗儿爷是一个地地道道的农民。在几千年的历史上，中国的问题就是农民问题，农民问题就是土地问题。在小农自然经济条件下，土地是农民安身立命之本，小康生活的基本标志就是“三十亩地一头牛，老婆孩子热炕头”。狗儿爷的父亲为了二亩地，跟人家打赌活吃了一条小狗，搭上了一条性命，由此为儿子赢得了二亩地，也为儿子赢得了“狗儿爷”的外号。1949 年，在天翻地覆的战争中，村子里的人为了躲避战火跑光了，他的老婆也抱着孩子“火燎屁股似地随人群儿跑了”，村里只剩下“那没边儿没沿儿的一汪金水儿似的好庄稼”。狗儿爷看着这一切，“瞅着眼宽，想着舒心，拿着顺手”，毫不犹豫地收割了地主祁永年地里的庄稼，心里还念叨着“孩子他妈吔，你要是福大命大活着回来，我的小乖乖，你就喝香油吧”。可是，他妻子却在逃难途中被炮弹炸死了。地主祁永年回来了，要他交出粮食。就在这时候，共产党来了，地主祁永年被管制和镇压，狗儿爷扬眉吐气，合法地拥有了那些粮食。因为祁永年曾经把他吊在门楼上打得皮开肉绽，在土改中，他求民兵小队长李万江做主，把祁家的高门楼分给他。狗儿爷的愿望得到了满足，他分得了土地，住进了高门楼，续娶了漂亮的寡妇冯金花为妻，日子过得越来越红火。在他看来，“庄稼人地是根本，有地就有根，有地就有指望，庄稼人没了地就变成了讨饭和尚，处处挨挤对”，所以，他拼命买地，在农业合作化前夕，人们纷纷把土地卖掉，他却乘机买了大片土地。他虽然对地主祁永年充满仇恨，但做梦也想做祁永年那样的地主，那是他人生的榜样和目标。然而，好景不长，农业合作化运动高潮到来，狗儿爷辛辛苦苦挣来的家产——土地、牲口、马车全都要归集体。狗儿爷坚决抵抗，誓死不愿入社，但最后还是被“揭膏药”，成为合作社的一员。在人们敲锣打鼓庆祝合作化胜利的时候，狗儿爷哭诉：“俺不要光荣，俺要地，要马，要车……”土地归公以后，农民开始在贫困中煎熬，狗儿爷想他的土地，终于想疯了，成了一个废人。在大饥饿的日子里，他的妻子冯金花万般无奈，趁着夜色到地里偷玉米，被巡夜的民兵连长李万江抓住，从此成了李万江的妻子，但她告诉李万江：“我跟陈家过了十多年，实在没办法才走了这一步，今儿嫁给你姓李的，姓陈的我还得伺候，一套碾子一套磨，都得拉。”失掉土地的狗儿爷自己到风水坡开荒种地，但到庄稼快成熟的时候，李万江又带人来“割资本主义尾巴”。最后因为冯金花站出来大闹一场，才让狗儿爷得以在精神失常的情况下继续在幻想中做一个拥有土地的农民。十一届三中全会以后，政策发生了变化，李万江将骡子和土地还给了狗儿爷，狗儿爷的精神病也马上好转，从二十年的疯癫中醒来。可是，正当狗儿爷要实现他的梦想时，儿子却已厌倦了土里刨食的生活，要拆除门楼，开通道路，办白云石厂，走另一条致富路。狗儿爷的土地梦又一次破灭，最后他怀着悲愤点燃了柴草，将高门楼付之一炬……

通过这样一个故事，剧作首先完成了对狗儿爷这个艺术形象的塑造。这是一个饱经沧桑的中国农民形象，他的性格中既有保守、倔强、自私、狭隘的一面，也有勤劳、朴实、善良、正直和热爱土地的农民本性的一面。他一生的全部理想就是拥有更多的可以自由耕种的土地，为此，他不怕任何危险，甚至不惜舍弃自己的生命。为了过上富裕的日子，他舍不得吃，舍不得用，“黄瓜没吃过一根直溜儿的”，一心发家致富。在这个人物身上，中国农民对土地的感情被作者刻画得入木三分。他的吃苦耐劳，他对土地的热恋和痴迷，他那发家致富的梦想，表现了中国农民在几千年历史上积淀下来的传统精神，具有丰富的历史蕴含。同时，剧作通过狗儿爷的命运坎坷，有力地控诉了极“左”政治对中国农民和中国农村经济的危害，对过去的历史进行了深入反思。

对于这个人物，作家的情感态度是双重的：对于他的不幸遭遇，怀有深深的同情，对给他带来苦难和不幸的极“左”政治给予坚决批判。同时，对于他的农民性格中的保守和狭隘，则给予了善意的讽刺与批判，并且最终为他唱出了挽歌。锦云说过："我有意与剧中人物拉开距离，将生活中的原型置于曲折的历史背景中，并带着大变革时期的思考去塑造他，通过表现人物狗儿爷苦辣酸甜的一生，企望让更多的人能对数十年社会经历的曲折道路进行反思。我认为狗儿爷有其代表性和典型性，象他这样带有严重小农经济思想意识的农民，与'四化'建设格格不入，他们只有经历一番精神涅槃，才能适应当今潮流。"①

正因为这样，狗儿爷成为80年代戏剧舞台上不可多得的农民典型，与高晓声小说中的陈奂生等一起进入了中国现代文学艺术最成功的人物画廊。

《狗儿爷涅槃》在艺术上既是写实的，又是超现实的。狗儿爷的遭遇真实地反映了当代农民的历程，凡经从那个年代走来的人，都不陌生；他的性格集中了中国农民最突出的特征，彰显着农民的内心世界，也是凡熟悉农民的人们都不得不承认的，因此，它极为真实，是现实主义的力作。但是，狗儿爷所象征的中国农民性格，他的遭遇所象征的当代农民命运，他的疯癫与清醒所象征的历史面貌，又极具超现实的象征意蕴。同时，它大量表现幻觉、意识流和主观内心世界，包括人与鬼的对话，也为该戏剧增添了现代色彩。

① 锦云：《从〈笨人王老大〉到〈狗儿爷涅槃〉》，《文学报》1986年11月13日。

第十五章　世纪之交的演变与分化

进入 90 年代，文学发生了新的变化。新现象的出现不仅需要新的条件，而且离不开必要的基础，所以，无论哪一个时代，真正全新的东西往往很少。一切的“变”与“新”，常常不过是先前的冷门变为热门、先前的主流成为边缘而已。但无论如何，90 年代以后的文学显示了很大的变化。而所有的变化无不与作家队伍的变化、文学生存环境的变化和文学的理论倡导密切相关。

第一节　创作队伍的更新

无论文学还是文化，说到底都是人的创造物。创造物的变化，常常都是源于创造者的变化。时间是无情的，作家艺术家的个体生命也无法避免由壮到老、由老到死的规律。新的作家不断出现，老作家一代又一代退出历史舞台，文学的面貌，也常常在这种新陈代谢中转变。如果加上社会的原因，这种更新就会加快。

从 80 年代到 90 年代，文学发生了重大变化，本来的发展态势改变了，文坛呈现了另一种时代风貌。这并不奇怪，作家队伍的大幅度更新是重要的原因。随着 80 年代的结束，中国文坛出现了作家持续流失的现象。流失的方向主要有二：一是出国，二是下海。

从 80 年代末到 90 年代初，有的早一点，有的迟一点，一大批在 80 年代文坛上影响很大的作家陆续移居海外。他们离去的原因各不相同，有的是出于被迫无奈；有的则为了更好地生存和发展；有的为了理想；有的为了爱情；有的为了艺术；有的在国内已有很高的地位和良好的生活条件，但还是走了。在 80 年代的诗坛上，老一代最有影响的诗人是艾青、公刘、白桦、邵燕祥、流沙河等，一代新秀最突出的代表是雷抒雁、叶文福等，进入 90 年代，这些诗人却先后放下了诗笔，诗坛上很少再见到他们的名字。80 年代诗坛影响最大的板块是朦胧诗，但在进入 90 年代之后，朦胧诗的主要代表人物除舒婷一人留在国内之外，北岛、顾城、江河、杨炼……都到国外去了，而且顾城几年后即在新西兰自杀。在 80 年代的小说家中，李国文、张贤亮、高晓声、陆文夫、谌容、戴厚英、周克芹、古华、张一弓等都曾是支撑文坛的中坚力量，但在进入90年代之后，他们的年纪虽然并不算老，却大都很少再有小说发表。“寻根”的一群曾在80年代有很大影响，而且显示了各自的实力，但在进入90年代之后，阿城、郑义等主要代表人物到国外去了，留在国内的一些作家也很快失掉了创作热情。在现代派小说有影响的作家中，宗璞年事已高，张辛欣、刘索拉基本搁笔，徐星等人移居海外，剩下的只有80年代后期出现的“先锋作家”。80年代报告文学创作中最有影响的作家，老一代是刘宾雁等，新一代是苏晓康等，他们也都到国外去了。在80年代的戏剧界，探索戏剧最有影响的代表人物是高行健，进入90年代之后，高行健的作品在海外产生巨大影响，并且获得诺贝尔奖，其身份却已是法国人。除此之外，美学家、文学理论家李泽厚、刘再复、高尔泰等，曾是80年代的顶尖人物，此时也在异国的土地上。文坛是由作家支撑的，文学的面貌由作家决定。一些人老了，一些人远走异国他乡，一些人搁笔，一些人下海，对于文坛，不能不产生一定的影响。众所周知，80年代的文学面貌与一些作家的“归来”密切相关，而他们的“离去”也不能不对文坛有所影响。文学的传承不像工匠的技术，少有嫡系传人，一个作家一种风格，常常就是文学园地里的一个物种，一旦这个作家离去，就意味着一个物种的灭绝。因为真正的艺术家是难以仿制的。更为重要的是，新一代作家有了完全不同的追求。

1992年初，邓小平南巡讲话发表，文学园地在经过短暂的冷清之后，再度焕发生机，与改革开放的事业一样，重新进入一个生长的季节。但是，文学面对的已经是一个变化了的环境。市场经济的迅速发展给文学带来了新的发展空间，也导致了作家队伍的进一步流失——许多作家走上了“下海”和“半下海”的道路。

新的时代环境必然哺育出新的作家。中国拥有十几亿人口，随着教育的普及和文化水平的普遍提高，舞文弄墨已经不是什么难事。所以无论何时，无论什么情况之下，文学的园地里都不会出现空白。何况，在市场经济条件下，人们不难意识到文学也是一种商品，文学生产也是一种产业，未尝不可以名利双收。适者生存是一条铁律，新的气候和条件必然造就新的物种，或者使原有的物种变异。世纪之交的文坛尽管不乏老一代的身影，但最活跃的已经是一代新人。无论是创作面貌、精神状态还是生活态度，他们都与十年前的那一代大不相同。关于这一代人，有人曾经有过如此描述：“‘铁肩担道义’之类的豪言，在他们看来早已过时且显得固执可笑。……其中许多人学会了语言游戏和话语调侃，以自我贬损和玩世不恭来嘲弄精神价值和生存意义，在学术上处于退守姿态，在精神上处于漂流状态。另有一些人为了追求实惠而学会了取巧，放弃精神信仰和历史意识。”[①]这里说的虽是学人，但对作家也同样适用。

总之，历史进入了一个新的时期，作家队伍也在各个层面上有所更新，新一代对过去的年代并不留恋，更无心承载它的遗产。一些跨越两个不同年代而继续活跃在文坛的人，也大多为了适应新的环境，在某种程度上实现了自我更新。伴随着作家队伍的更替，文学面貌迅速发生了改变。80 年代文学的理想、激情、浪漫和忧患都很快消失，一些文学现象宣告退场。一些未退场的文学现象也发生了不同程度的变化，通过如下种种现象，可以看到文学的流向：

一是以池莉为代表的所谓“新写实”进一步发展。对于“新写实”小说不能一概而论。比如刘震云，他虽然也被称作“新写实”小说家，虽然也写小人物的种种无奈，却并不愿意认同，所以在其作品背后可以看到一个知识分子的目光，听到创作主体发出的声声叹息。与刘震云等人不同，池莉等作家则表现出对 80 年代文学理想的放弃。80 年代文学以人的解放作为核心，创作主体是承载着现代性理想的人文知识分子。池莉等人的“新写实”小说改变了这种形象，表现的是人的日常生活和日常生活化的人，完全瓦解了人的高大形象，消解了人的精神力量。它回避社会政治生活层面，满足于对世俗生活中被动存在的小人物的描写，而且在描写的过程中努力使主体退出，强调所谓感情的“零度介入”。在他们的笔下，生活就是一堆杂乱无章的琐碎和各种无可奈何的烦恼。面对这种烦恼，80 年代的多数作家无法避免悲悯和叹息，更不会放弃对根源的寻找和对生存环境的质疑。而在“新写实”小说中，却不再对现实秩序提出怀疑和质问，而是对其表示无奈的认同；不再面对大众疾苦进行控诉和呐喊，而是对大众施以催眠式的抚慰，劝导人们知足常乐，不要把生活设想得太好。这是“新写实”小说在 80 年代已经显示的特点，但它还没有发展到顶点，而且持这种创作态度的作家不是太多。进入 90 年代，这种特点被进一步发扬，成为一种潮流。池莉的新作表现的也不再只是 80 年代末的《烦恼人生》、《不谈爱情》中的无奈，而是《热也好，冷也好，活着就好》中的人生哲学。

二是以王朔为代表的嘲讽和调侃进一步痞子化。王朔的出现是一个复杂的现象。在王朔刚刚出现的时候，是曾经受到知识分子鼓励与支持的。在 80 年代，知识分子之所以欢迎并肯定王朔，主要是由于王朔小说对陈旧的权威意识形态进行的解构。直到结束 80 年代之后，一些文人仍然喜欢王朔的小说，这不是没有原因的，因为人文知识分子也正好因为陷入价值危机而变得自轻自贱，愿意嘲弄他人也嘲弄自己。即使严肃的人们，也愿意在这个时刻反思知识分子自身，进行自我反省和自我批判。因此，在王朔走红的时候，没有遇到知识分子的抵

---

①王岳川：《中国镜像》，中央编译出版社，2001 年，第 63 页。

制,而且为之大声叫好。然而,王朔的解构却并不只是指向陈旧的权威意识形态。尽管王朔本人充满智慧,但他的基本立场带有反智的色彩,这种立场来自他所嘲弄的旧的意识形态的培养。他认为卑贱者最聪明,高贵者最愚蠢。在他的感觉中,自己不仅受着权威意识形态的压迫,而且受着知识分子的压迫。在知识分子面前,他有一种难言的压抑感。正因为这样,进入90年代之后,他更多地表现了对知识分子的嘲弄,对知识分子的清高、虚伪、自我膨胀、恶劣品质及其承载的传统心理给予了不留情的挖苦。这一切也许有助于知识分子的自我反省和自我批判,但从主要嘲弄权威,到主要嘲弄知识分子,显示的变化却不能不引起人们的注意。尽管如此,王朔事实上成了世纪末作家的榜样之一,追随者日益增多。玩世不恭,无限调侃,一点正经也没有,成了文坛的一种时髦。嘲弄别人,也嘲弄自己,时时处处寻开心,发展到极端,则成了"我是流氓我怕谁"。在一些人对王朔提出批评时,王蒙曾经为之辩护说:"他的思想感情相当平民化,既不杨子荣也不座山雕,他与他的读者完全拉平,他不但不在读者面前升华,毋宁说,他见了读者有意识地弯下腰或屈腿下蹲,一副与'下层'的人贴得近近的样子。读他的作品你觉得轻松地如同吸一口香烟或者玩一圈麻将牌,没有营养,不十分符合卫生的原则与上级的号召,谈不上感动……但也多少地满足了一下自己的个人兴趣,甚至多少尝到了一下触犯规范与调皮的快乐,不再活得那么傻,那么累。""他不像有多少学问,但智商满高,十分机智,敢砍敢抡,而又适当搂着——不往枪口上碰。……大贤隐于朝,小贤隐于山野:他呢,不大不小,隐于'市'。他很适应四项原则和市场经济。"①

三是以余华为代表的先锋文学的转向。在80年代的先锋小说中,余华的《世事如烟》、《现实一种》、《一九八六年》等作品以冷酷的锐利笔锋深入人性的隐秘角落,撕破现实的表象,拷问着人的灵魂,从而确立了他独树一帜的先锋风格。然而,从《古典爱情》和《鲜血梅花》等作品,却可以看到他精神上的另一侧面。这些小说显示了作者的困惑,感到世事无常,感到人的渺小和无力,感到人无法驾驭自己的命运。正因为这样一种基础,进入90年代之后,他的《活着》、《许三观卖血记》显示了新的变化。在形式上,他走向了传统,用传统的方式讲述故事,容易为一般读者所接受。在作品内容和作者态度上,乐观代替了虚无,温和代替了冷峻,对人性恶的逼问转为对人性善的赞美。从中不难看到,余华放弃了自己曾经有过的怀疑目光和批判态度,开始心平气和地面对现实的一切。这种转变反映了这个时代文学精神的变迁:从对现实的怀疑和批判转变为对现实的皈依和认同;从充满主体的自信转变为深深的自我渺小感。

---

①王蒙:《躲避崇高》,《读书》1993年第1期。

很明显，各种现象都在告别理想与激情，放弃批判态度。它所显示的是时代文化由激进到保守的转向。而与这种转向相伴随的，是一些作家向传统文人的回归，甚至是隐士化倾向。浮躁的年轻人转眼之间已经少年老成，一些人走向了闲适和淡雅，一些人超然物外，一些人似乎大彻大悟，从此得道成仙，可是他们仍然在写作，写什么呢？自然是不咸不淡、无关痛痒的散文，花鸟鱼虫、轶闻趣事。追求闲适的隐士风度成为一些文人心理上的需要，因而成为一种潮流。作为这一文化现象的象征性显示，鲁迅急剧降温，而周作人和林语堂的闲适小品迅速升温，被多家出版社一再出版。它们顺应了读者的趣味，也进一步培养了读者的趣味。

第二节　市场经济下的文学流向

世纪之交文学流变的原因是多方面的。就影响文学发展的社会文化环境而言，从70年代末开始实行的改革开放，到90年代进入了一个新的阶段。它不但从根本上改变了社会经济结构，结束了计划经济长期一统天下的局面，发展了多种经济成分，提高了人民的生活水平，而且在社会生活和思想文化各方面也引起了一系列复杂的变化。这一切，必然要对文学发展发生重要的影响。它不但从根本上动摇了长期以来以计划经济为基础的文学体制，而且改变了作家的思想观念和文学活动方式，带来了文学领域的各种新景观。

市场经济对文学的影响是复杂的。有积极的一面，也有消极的一面。不少人谈到90年代文学的负面情况，都往往归之于市场经济的结果。其实这是不公正的，也是简单化的。因为历史的事实众所周知，无论“五四”时期还是30年代，中国文学都同样处于市场经济环境之下，却取得了辉煌的成就，没有因为置身市场而影响它的发展和繁荣。市场没有使鲁迅等作家放弃精神高度的追求，也没有影响包括“左翼”作家在内的各派作家对理想的追求和对崇高道义的承担。

研究90年代以来的文学，市场经济的积极作用是应该充分注意的。市场经济带来了文化市场的开放与活跃，促进了文学产品的传播和流通，满足了读者大众对文学的不同选择，并且促进了文学体制的改革，使作家获得了更为广阔的生存空间。同时，它促使作家强化了市场意识，更清楚地知道自己创作的市场定位，因而更自觉地满足市场的需求，带来了文学市场的合理分流。以市场为依托，体制外日益增多的自由撰稿人，已经成为新兴作家的一种职业身份。这一切，都使文学园地更加多姿多彩。

回顾世纪之交文学的发展演变与市场的关系，有几点值得注意：

首先,市场的诱惑,直接拉动作家,改变了文学的整体格局。市场经济大潮初起,可谓热浪滚滚,财富遍地,人们很难拒绝诱惑。报刊上充满了致富神话,有人一夜之间成为百万富翁,有人几年成了亿万富姐,到处都是财富奇观和迅速富起来的人们。主流文化成功地引导着生产和消费,推动着淘金和消费的热潮,也成功地引导着人们投入市场的热情。中国人真是穷怕了,在过去几十年的历史上,人们自发的致富热情常被当作“资本主义尾巴”而割掉,想赚钱而不得,只能无奈地甘于贫困。现在情况突然变了,国家鼓励人们赚钱,允许一部分人先富起来,并且提供种种方便和优惠。这的确是千载难逢的机会,经济转轨之际,似乎遍地都是金子,只要弯下腰就能很快塞满腰包。在这种情况下,若不全力赚钱,就显得大脑有问题了。所以当时有这样的民谣:“十亿人民九亿商,还有一亿待开张。”民谣虽然夸张,但市场成功地吸引了人们,却是历史的基本事实。个体公司、个体老板如雨后春笋般出现于中国大地,社会迅速形成一种新的文化空气:赚钱,花钱,似乎是生活的全部内容;会赚,会花,似乎是人生的全部艺术;一切向钱看不再意味着卑俗,而是时代英雄的标志。伴随着市场经济的发展,整个社会迅速显示了空前的活力,而活力的中心则是金钱在闪闪发光。追求金钱,满足物欲,本无可厚非,但奇怪的是对欲望的张扬却与反现实主义、反现代性、放弃公共关怀结合了起来,导致了严重的价值倾斜。对此,有人曾作过这样的描述:“1993年在文化坐标上是‘欲望膨胀’和‘价值倾斜’的一年,是政治沉重感被经济腾飞感剥离的一年。一大批边缘人和淘金冒险者敢为天下先,利用两种制度的‘时间差’,一夜之间走进了先富起来者的行列。……社会经济制度失衡,暴富和捞一把成为1993年最大的金钱想象,而政治想象和文化想象终于让位于金钱想象这位后来居上者。”①

既然赚钱已被允许,而且非常容易,聪明人的选择必然是放下手头的一切,首先抓住这个机会。所以作家们也纷纷下海,办公司,当老板,投资股市,成为一时的热门话题,人们开始为金钱而奋斗,为改善自己的物质生活条件而拼搏。一些无力下海弄潮的人们,也往往身在文坛心在商海,心情躁动而不能平静,时时梦想捞一把,因而改变了努力方向。

与此同时,则是报业的迅速发展和稿费制度改革。在此之前,中国报刊数量有限,可以刊载文学作品的报刊屈指可数,而在新的形势下,不仅各大城市报刊数量迅速增多,而且各地、市、县也开始办自己的报刊,而且早报、晚报、周末版、星期刊纷纷出现。稿酬标准也突破了计划体制的束缚,按照市场规则行事,开始根据市场行情议价。报业的发展扩大了文学市场,也激活了写作。不过,各类报

①王岳川:《中国镜像》,中央编译出版社,2001年,第5页。

刊都必须面对自己的读者群，对文学作品的要求必然要以读者的口味为标准。晚报副刊的读者群以广大普通市民为主体，这就决定了作品的艺术品位。因此，一些严肃的作家开始还有点儿不屑，但这种快餐作品可以高产，而且可以重复制作，它的低成本和高回报对许多人构成了诱惑，直接导致了“晚报体”散文写作的持久不衰。在这种情况下，文学的整体面貌必然要发生转变。

其次，市场唤起了人们的欲望，直接改变了文学的基本面貌。随着市场经济的发展和金钱地位的高涨，90 年代的人们越来越重视自我的物质生存，越来越看重个人欲望的满足。对于个体生命而言，满足欲望本是天经地义的事，被压抑已久的欲望在改革开放中得以释放和满足，也是历史的必然。这一切进入作品，给文学带来了全新的时代面影。对于大陆几十年的文学而言，它是全新的生活内容，为文学提供了富于现代性的社会生活信息，展开了更为广阔的生活天地，丰富了文学的题材和主题。那些活跃在市场上的人们，从老板到女秘书，从公关小姐到白领阶层，以及市场经济底层与夹缝中的人物和他们的命运，他们的欲望，他们的全部梦想和追求，包括由此而来的经济活动、商业运作、社会关系、私人生活、内心世界和情感状态，都为文学增添了前所未有的新图景。当代中国人的物质消费欲望，以及这欲望带来的种种矛盾，也是过去文学所没有的。这一切，都无疑丰富了文学的内容。

但是，世纪之交的中国文学对人的欲望的表现并不全面，而是表现出以市场为中心的片面性。物欲是最常见的表现对象，以物质财富的占有程度来证明自我价值也是常见的。事实上，任何个体都要以特定的形式证明自身的价值。在不同的时代，这种证明会有不同的形式。当群体关怀和精神关怀都已不再时尚之际，性和物质占有量就成为个人价值的主要标志。在当代中国，人们曾经以政治身份、职务级别和奖章之类证明自身，而在 90 年代，一些东西开始贬值，而财富却开始升值，金钱成为证明自身优越的更有力的形式。尤其是作为普通人，没有高贵的门第、贵族身份和显赫的官阶可以炫耀，就只能以金钱来证明自己，于是，婚丧嫁娶的铺张摆阔，生日宴会的大肆挥霍，十几万元一桌的宴席，都是满足虚荣心和自我证明的一种方式。对于女性而言，则常常是昂贵的时装和钻石项链，它们成了某种身价的标志。这一切，带来了文学对人的某种物化处理。当然，它是社会生活的反映，但文学的参与却进一步加快了这种物化过程。

与此相关，在 90 年代的城市人面前，贫穷和苦难的历史似乎已经远去，人们不再有 80 年代的那种沉重，不再有罪恶感或耻辱感，不再关心那些并未实现的社会理想，因而似乎一下子轻松起来，甚至学会了花天酒地和醉生梦死。一些人可以终日以挥金如土为乐，一些人可以终日沉浸于重金属摇滚和卡拉 OK，一些人则聚集于体育看台去发出阵阵山呼海啸，总之，人们有了各种娱乐的方式和发泄的方式,但有一个共同特点,就是它的虚幻性,而且没有后果需要承担。在主流文化的设计和加工之下,个人成为身体,成为欲望的寄所。而欲望则只是指向金钱和性,并不包括全部生存环境的改善。个人开始受到重视,但也只是性满足和物质满足,所谓个性,也往往只是表现在恋爱和消费上有点与众不同。金钱与性,在文学作品中被普遍大写。金钱成为衡量一切的尺度,一句话已经成为流行的真理:“金钱不是万能的,但没有金钱是万万不能的。”先富起来的人们用金钱找回失落的青春,未富起来的人们则梦想迅速富起来。为了更多地占有物质财富,甚至无所不用其极,这一切,又加速了从官场到社会的大面积腐败。而在都市作家的笔下,人们的痛苦也往往只是爱情和金钱二者不能同时兼得。

再次,世俗化潮流与市场认同。市场化给文学的生产和消费带来了更多的自由,作家们开始在一定范围内根据市场需求而生产和出售自己的产品,读者也可以根据自己的趣味进行选择。这似乎太简单,就像吃饭穿衣的自由选择一样,其意义很容易被忽略,但只要不忽略一切都按计划供应的历史,这种进步就不应被忽视。因为只有在市场经济的条件下,人们才有挑选自己所喜爱的商品的自由,才有挑剔和讨价还价的权利。这一切,都是80年代努力争取的,而在90年代终于成为现实。但是,市场作为一只看不见的手,只要存在,就有很大的力量。出版社和文学杂志被推向市场,而一旦面对市场,无论报刊还是出版社,都要努力争取读者,因为只有受读者欢迎,才能获得经济效益。因此,在发展市场经济的背景上,文学杂志纷纷调整自己的定位,刊物纷纷改名,力求雅俗共赏。《文学评论家》改为《文学世界》,把纯粹的文学评论刊物改为知识性、趣味性的综合刊物,《河北文学》改为《当代人》,而且增设“青春调色板”、“爱情变化球”、“新潮一族”等栏目,都是这种重新定位的表现。

既然传媒这样调整,作者的转向就不可避免。为了适应市场,一些人不再考虑自己在艺术上和精神上的追求,而去考虑如何适应报刊和读者的胃口。既然要面对大众,作品在形式上就要通俗易懂,为更多的读者所接受;题材上就要选择大众感兴趣的东西,迎合他们的口味;甚至看问题的角度、评价的标准以及审美意识,都全面向大众的口味靠拢。大众的口味其实并不容易把握,但有些东西是肯定的,比如对金钱和性的兴趣。所以,在世俗化的潮流中,金钱和性高高崛起,可以说是必然的现象。

文学的世俗化现象是不应简单否定的。“文革”结束之后,进入改革开放的时代,社会文化实际上已经在步步世俗化。告别虚幻而空洞的理想,关心物质生活和实际利益,不再依靠信仰和教条过日子,都是世俗化的表现。一个变化是明显的:在“文革”结束之前的年代,社会对其成员的奖励首先是精神上的:模范、先进、“三好”、“五好”的称号加上奖章或奖状,少有物质奖励;如果犯了过错,惩罚也主要是精神上的:写检讨、开批判会直到游街示众,少有物质惩罚。“破私立公”,“斗私批修”,“狠斗私字一闪念”,发誓做一个高尚的人、纯粹的人、脱离了低级趣味的人,那种文化具有反世俗的特征。进入改革开放时期,情况逐渐变得不同,随着以经济建设为中心这一基本路线的确立,重心从政治转向经济,从理想转向现实,从精神转向物质。社会奖励的方式也开始主要以物质为手段,各类模范、先进之类的称号一般都与物质利益挂钩,以奖金的多少作为等级的体现。与此同时,如果犯了过错,从随地吐痰到超生违反基本国策,都不必担心被游街示众,而是准备交纳罚款。这个变化本身所显示的,正是社会的世俗化走向。

世俗化的文学必然更加贴近一般大众,努力拉近与大众读者的距离。但它的不良后果也在这里。许多变化往往都集中到一点:全面迁就和迎合大众。这是效法小商贩把一般商品生产的规则简单地套用于文学生产的结果。文学的商品化无可厚非,因为既然文学也是商品,就不能回避商品生产和营销的规律。但是,按照一般商品生产“用户就是上帝”的原则,文学生产的原则自然是“读者就是上帝”。对于普及型、娱乐型的作家而言,这是天经地义的,但对追求思想和艺术高度的作家而言,如果坚持这样的原则,结果就可能是对艺术的伤害。对于文学生产者,人们无权要求他不考虑经济效益而饿着肚子生产艺术精品,为了经济效益和在大众中的声誉,就必然要追求读者大众喜闻乐见。但众所周知,由于读者大众的普遍水平,市场热销的作品一般都不是真正的艺术精品。获得诺贝尔文学奖的文学名著销售情况一般,就是一个令艺术家沮丧的证明。市场把文学交由读者选择,而在中国,历史却尚未提供大面积培养高水平读者的机会。因此,追随市场行情,文学就常常成为时尚化的文化快餐,而很难出现真正的艺术精品。原因不难理解,有钱有闲有声望而无须急功近利的作家在中国并不太多,大多数作家必然要努力适应大众的口味。为了更有效地讨好读者,他们不仅用通俗易懂的艺术形式,不仅写大众感兴趣的题材,而且采用一种所谓普通人的视角,也就是与大众站在同一地平线上,用大众的目光看问题,学着普通老百姓的口吻说话,流行的说法就是“想百姓之所想,说百姓之所说”,“讲述老百姓自己的故事”,等等。一些人反复强调“平常心”,无论这“平常心”是真是假,样子必须做到位。这一切,都在客观上降低了作家的高度,使作家匍匐而不再向高处生长。

当然,在适应市场的时候,作家们的态度并不相同,适应市场的程度也大不一样。全面放弃自我追求而适应市场的作家并不是大多数,但即使有所追求的作家却也不放弃能够迎合市场的因素。比如贾平凹的《废都》,应该是90年代初比较优秀的长篇小说,却迎合一般读者的趣味,在并不突出的性描写上大做文章,画了许多框框,并在括号内做了“此处删节几百字”之类的说明。它的直接效果,就是为作家赢得了更多的稿费。这种倾向的进一步发展,就是用“有了快感你就喊”之类的书名招徕读者。其实,该书写快感的内容不多,并非情色读物,至于《拯救乳房》等小说集,也是相当不错的作家写的。如此现象,可见文学世俗化的一种流向。

关于90年代作家的状况与处境,刘心武说过这样一段话:“在我看来,作家不过是一种社会职业,跟其他的社会职业,并无本质区别。不错,有严肃追求的作家,品味趣雅的作家,热爱写作因而功利心不那么强烈,也就是比较‘纯粹’的作家,他写作时,要体现特立独行的人格、充溢创造性发挥的‘文本’、新奇诡异的个人风格,可是他不能不考虑安全问题,温饱问题,出版问题,当然他应在可达性与可行性之间求得一个最大也最优的生存系数,他如向社会规范和市井俗尚过分尊媚,当然有碍他的突破创新,但是他完全不顾所在的环境,而放肆地‘伤时骂世’、心无读者地‘严雅纯’到底以至全不考虑出版面世,那么,他不是傻子必是疯子。”①坚守自己精神立场的人到底是不是疯子或傻子,在此不论,我们由此看到的是刘心武所代表的一种心态。它与王蒙的“躲避崇高”是一致的。在这样一种心态之下,文学发展的方向可想而知。

第三节　理论批评的新导向

临近世纪之交,理论上的热点是带了“新”与“后”字样的各种主义。其中最时尚、影响最为广泛的是后现代主义和后殖民理论。对于这些新潮理论,人们的认识很不一致,对它的态度也大不相同,但在90年代,它曾成为时髦批评的标志,以至一些不懂理论的作家也曾一度开口闭口都是“后现代”辞藻,甚至一些不甘落伍的老一代也发生了变化,思想观念由保守变为时髦,由本来的“左”变“后”。年轻的批评家则以不懂“后学”为耻,无论对那些理论是否真的信服,文章中总要引几句福柯、德里达、利奥塔或杰姆逊语录。所以,它虽然作为一个主要潮流维系的时间并不长,但对文坛的作用不可低估。因为它恰逢从80年代到90年代文坛新旧更替的理论间隙,所以影响了一代新人,甚至造就了一大批年轻作家和批评家的底色。这对于世纪末的文学转型产生了重大影响。

后现代思潮事实上在80年代初已经与现代派文学一起被介绍到中国,80年代中期,杰姆逊在北京大学演讲,又对它做了比较全面的介绍。但除少数追随者之外,当时的文坛和学界对它并未发生多大兴趣。进入90年代之后,由于原有的理论和批评话语迅速退场,后现代很快成为热潮。众所周知,后现代理论并

---

①刘心武:《话说“严雅纯”》,《光明日报》1994年3月30日。

不容易概括，关于什么是后现代，人们的认识并不一致。但如果考察后现代文化精神，可以在其“不确定性”中发现它最突出的特点。比如：反权威，反主流，消解中心，反对宏大叙事；再比如：批判现代性，反对启蒙，消解知识分子，反抗科学和理性对人的统治，等等。它还有一些著名的口号，比如，“人死了”、“知识分子死了”等。他们反对文化领域里的等级秩序，因为一切形式的等级秩序都意味着某种话语霸权和精神约束；它反对本质主义，因为本质主义把世界分割为现象和本质，在价值上贬抑了现象；它反对绝对主义，因为绝对主义预设了世界的绝对本体，制造了一个价值等级秩序；它反对主体论，因为主体论将主体设定为观照世界的中心，而将客体降低为不平等的观照对象……在西方，作为对高度发达的现代主流文明的批判，这一切不乏启示和警醒的意义。然而，后现代批判现代性，反对启蒙，消解识分子，解构人的神话，把矛头指向“宏大叙事”，解构现代文明积累的基本信念，对于现代化刚刚起步，现代性尚未确立，人的价值、尊严和自由尚待争取的国家和地区，它却很容易成为现代化的干扰和前现代势力的维护者。

利奥塔在1979年出版的一本书叫《后现代状态：关于知识的报告》，认为传统知识的合法地位已经失去，已被“后现代”的“话语游戏”取代。在该书附录“对什么是后现代主义的回答”中，利奥塔说了一大堆关于后现代主义的特点，主要是“非同一性”、“多元论”、不安于现状、反抗限制、蔑视权威、求新求异等。美国文学批评家哈桑·伊哈布在1987年出版的《后现代转向：后现代理论和文化论集》一书是西方关于后现代主义文学的一本重要著作。哈桑把后现代主义的基本特征综合为两点：不确定性和内在性。在他看来，现代主义注重形式而后现代主义反形式；现代主义具有深层结构，注重象征隐喻，因而可以阐释，而后现代主义取消深层，注重游戏，因而反对阐释；现代主义追求经典的、宏伟的叙述，而后现代主义则宁愿在极个人的、通俗的领域，等等。

后现代思潮在90年代迅速传播。经过一系列复杂的中国化过程，具有了鲜明的中国特色，从而成为有中国特色的后现代主义。有中国特色的后现代主义首先把解构的目标对准现代性、启蒙、知识分子和宏大叙事。他们批判现代性的重要策略是首先宣布“现代性神话”的破产，现代性并未给人类带来福音；同时宣布世界和中国都已进入后现代，即使中国现代化并不充分，中国的语境也已经是一种后现代语境。因此，现代性已经过时，中国需要的不再是现代性而是后现代性。除此之外，对现代性的解构还在几个不同的层面同时展开：首先是对现代性理想和信仰的解构，现代文明的核心是对人的价值、尊严和权利的尊重。后现代思想告诉人们，所谓人的主体性不过是一个神话，现代性关于人的自由和解放承诺根本无法兑现，关于自由、民主、平等、博爱的宣传都是一些毫无意义的陈辞滥调，而对于非西方国家而言，它本身就包含着西方文化殖民的企图。其次是消解为现代性努力的知识分子。消解知识分子的主要策略是突出强调知识分子与大众对立状态,从而代表大众声讨知识分子的精英立场和启蒙姿态。有人设计出启蒙者与被启蒙者、批判者与被批判者的对立关系,制造出知识分子与大众的对立,然后打出大众至上的旗帜,奉大众为唯一的上帝,并以大众解放者的姿态出现,代表大众宣布他们不需要知识分子的启蒙。在这种努力中,80 年代知识分子被说成是与大众对立的,启蒙被说成是一种高高在上的教训。而 90 年代的新趋势则被描述为知识分子告别启蒙姿态,回归民间大众,与大众平等对话。

后殖民理论在中国的传播也有一个过程。来自巴勒斯坦的阿拉伯移民、美国哥伦比亚大学教授萨义德的《东方主义》(*Orientalism*)一书早在 1978 年已经出版,但在中国没有什么影响。1993 年,他又出版了《文化和帝国霸权主义》(*Culture and Imperialism*),完成了后殖民主义的理论建构。这本书被及时引进到中国,并且成为一些人的旗帜,在文坛和学界都产生了广泛影响。这不奇怪,世纪末中国文学面对着一个复杂的全球文化背景,也面对着一个复杂的国内文化背景。从国际背景看,随着冷战时代的基本结束,全球化进程迅速加快。从国内背景看,市场经济的发展和加入国际贸易组织的努力使中国社会文化进一步面临西方文化的冲击,所以,弘扬民族传统和抵抗西方话语霸权成为主流文化的重要任务。因此,民族主义正在逐步发展。萨义德的后殖民理论恰恰适应了这种形势的需要。因此,它与民族主义结合,与后现代思潮合而为一,共同掀起了批判现代性和反对西方话语霸权的大潮,共同推动了 90 年代文学的转向。

按照萨义德的看法,后殖民主义是后冷战时期西方采用的一种新的殖民方式,它以温情脉脉的文化交流进行文化渗透,从而完成西方文化的殖民侵略。这种文化侵略分为两个层面:一是在日常生活层面,西方的后殖民主义意识内化为东方落后民族和国家日常生活的一部分;一是在高级文化层面,后殖民主义的文化审美猎奇。在萨义德看来,西方人对东方的认识有一个殖民主义扩张和侵略的背景,因而它不是一个平视的产物,而是站在帝国主义和霸权主义的立场上,带着他们的文化偏见居高临下地俯视东方,因此,他们眼中的东方形象是扭曲的。同时,他们总是以自己的文化去规范东方文化,以自己的价值尺度去评判东方文化。透过西方人的价值标准看东方的,东方被扭曲、丑化、妖魔化了,呈现出落后、愚昧、专制、野蛮、不人道。在萨义德看来,似乎这一切都不是事实,而是西方目光对东方文化妖魔化的结果。而这样的结果,一方面给西方读者以奇异的审美刺激,一方面使他们获得一种文化上的优越感。

这种理论背后的支撑是文化相对论。其特点是否认不同文化有文明与野蛮、先进与落后之分。所以,它很受被西方看做落后而自己不愿承认落后的一些国家和地区的保守主义者欢迎,与依附理论、世界体系论、第三世界文化理论等一道成为反抗西方文化侵略和保卫本土固有传统的理论支持。

根据这种理论，现代性、启蒙、普世价值都成了西方文化殖民的标志。用后殖民主义的理论看中国，“五四”一代知识分子正是把西方的价值内化为自己的价值，而“文革”结束之后的知识分子返归“五四”，80年代文学接续了“五四”的价值立场。因此，“五四”一代人和80年代的知识分子、“五四”文学和80年代文学同时受到批判和质疑，被认定为站到了西方的立场上，用西方的价值观念批评中国文化，以西方的审美趣味为自己的审美趣味，在事实上充当了帝国主义文化买办的角色。根据这样的观点，无论是新文化运动还是新文学运动，事实上都成了帮助西方实现文化殖民的运动。不少作家和批评家都曾因此而对“五四”提出了严厉指责。一些比较温和的作家，也认定鲁迅等人受了西方传教士的欺骗。

这种理论适应了抵抗西方话语霸权的需要，但后果非常严重，因为它从根本上动摇了中国现代文学的基础和一系列根本信念。在中国现代文学史上，“五四”时期和80年代，一般被认为是最有光彩的年代，但在后殖民理论的观照之下，却成为很不光彩的西方文化殖民之举。它对文学发展方向的影响必然是巨大的。一些作家对西方文学的拒绝和批判，一些作家对诺贝尔文学奖及其评奖原则的抨击和嘲弄，包括批评界试图以“中华性”对抗“现代性”的举动，都是这种影响的结果。

更具体地说，这股后现代和后殖民思潮对文坛的影响表现于以下几个方面：

首先，它使消解和颠覆成为潮流。事实上，作为创作现象，“后现代”在80年代中期已经出现，而且第三代诗、王朔小说、崔健的歌，都曾受到欢迎。人们之所以对它表示欢迎，主要在于它的消解力量。“后现代”以消解和颠覆为乐趣，弑父、渎神、嘲弄一切，对读者有很大的吸引力。而且，它对陈旧的主流观念的消解和嘲弄，受到了包括王蒙等作家的肯定和赞美。但是，随着时间的推移，后现代流风所至，文学不仅越来越“痞”，而且增长起一种“流氓无产者”精神，它的挑战是无边的，破坏也是无限的。在中国语境中，后现代的价值在于提出问题，怀疑、挑战、消解僵死的教条和沉重的传统。但消解如果没有限度，却难免要把善恶美丑一锅煮，统统成了消解和颠覆的对象。如此一来，它的作用就难以估定了。更为重要的是，有中国特色的后现代表现出一个突出的特点：无信仰、无原则、无操守。在中国语境中，后现代在一些人那里成了一种自我大解放。解放当然好，但这种解放却是否定一切，嘲弄一切，冲毁一切，不承认任何价值，不承担任何建构，成为一种“坏孩子”式的破坏。他们奉行直觉原则，放弃自我约束，想说就说，因为那不过是语言游戏；想玩就玩，因为人生不过是游戏；怎么做都行，因为信守道德律很累。他们的态度是：“跟着感觉走”，“潇洒走一回”，“何不游戏人间”，“玩得就是心跳”。思考太累，就拒绝思考；深度达不到，就放弃对深度的追求；写不出优美的语言,就干脆追求粗俗,把各种脏话都写进去,而且以此显示特色。撒娇派诗人说:“中国人死都不怕,还怕活着吗?”王朔说:“千万不要把我当人。”“我是流氓我怕谁。”何顿说:“太阳很好。”“我不想事。”……这里显示的,正是中国后现代的精神特征。

其次,后现代号召作家放弃启蒙姿态,促进了文坛的“抹平”。批判现代性的重要策略之一,就是宣布启蒙在中国已经破灭,它不仅虚构了告别启蒙、告别现代性的必然趋势,而且设计出启蒙者与被启蒙者、批判者与被批判者的对立关系,然后代表大众控诉知识分子对他们的精神压制和歧视,宣布他们不需要启蒙。为了解构启蒙的合法性,他们刻意夸大了大众的觉悟,然后质问:谁启谁的蒙?谁有资格对大众启蒙?与此同时,一些评论在赞美一些作家作品时总要强调这样一些话:他们从高高的审判台上走了下来,他们放弃了启蒙导师居高临下的姿态,他们不再说教,他们与读者完全站到了同一平面上,完全放弃了法官、救世主和启蒙导师的习惯,他们最可宝贵的是有平常心和世俗情怀……这种理论倡导具有强大的“抹平”功能。它反对居高临下,反对启蒙姿态,号召人们放弃精神立场,完全融入大众,获得“平常心”……其努力的目标就是把一切抹平,彼此彼此,没有高下、优劣、雅俗之分。抹平并不容易,使低洼达到高山的海拔很难,所以只能是铲平高处,让乔木向灌木看齐,让深刻迎合浅薄。它的结果是多方面的,一是使文学大面积走向平庸、琐碎和低俗,使原来的平庸和低俗者不再为自己脸红;二是告别了深度或高度,降低了文学的门槛,因而弄文学的人越来越多,使文学的确不再是少数人的专利。当然,它也出现了一个后果:过去的作家、诗人是很神圣的,是令人仰慕的;而在 90 年代之后,“作协的”被调侃为“做鞋的”,正如王朔写到的,称一个人为作家,他可能会以为是在骂他。其实,作家地位的这种下降,与作家自身的表现密切相关。因为他们的表现,已经的确不再被人尊重。

再次,后现代否定“宏大叙事”,倡导个人化写作。倡导个人化,应该是无可争议的,因为任何伟大的艺术作品都是个人化的,没有个性的作品不可能是艺术精品。正因为这样,严肃的文学批评家总是强调作家的个人主体性,并小心翼翼地呵护作家的独特艺术风格。从“五四”时期到 30 年代,除集体化的一些作家群体之外,作家和批评家也是这样做的。从 50 年代到“文革”时期,是个人化写作从地表消失的时期,但到了 80 年代,无论是个性主义的张扬还是主体性的探讨,都在呼唤着作家个人独立的主体,事实上也就是在呼唤着个人化。进入 90 年代之后,这呼唤和倡导仍然不是多余的。但是,个人化却也面临一些必须注意的问题,比如,个人化写作是否等于自说自话?是否等于不承认任何艺术传统和已有成果?如果是,那么这种写作就应该只是面对自己,作品就没有发表的必要。把自己那些平庸琐碎的书写投放市场，其实并非与读者拉近距离，而是对读者的不尊重。读者作为文学消费者，有权要求生产者提供信得过的高质量服务。个人化之所以有意义，是因为一切新发现和新创造都源于个人，一切新经验、新感受和新思想都产生于个人，只有通过个人的表现，人类文明才能有新的积累。如果个人化只是一般化的个人生活的一般展示，那么，大家同样吃饭、睡觉、生活、工作，这一个未必比那一个丰富，那一个也未必比这一个深刻。所以，有价值的个人化写作必然要有与众不同之处。这种不同之处到哪里去寻找呢？过去的一般做法是向着“新、奇、深”发展。但 90 年代的时髦理论却是告别高度和深度的追求，这就在事实上告别了有价值的个人化写作之路。

事实很明显，不是一切个人的东西都有表现价值，艺术青睐独特性，尊重个人体验，事实上是尊重独到的发现和发明。一个孩子自己关在屋子里设计和制造了一辆自行车，的确了不起，却无法要求人们对此给予足够的重视，因为自行车的历史已经很长，无须关起门来重新发明。文学史和科学技术进步史一样，不看重重复制造，而且不管你个人是否以前制造过。它只是把你的作品放进历史的长河，看是否提供了新的东西。在这一点上，不承认权威，不承认历史，都无济于事，后现代的抹平策略也无济于事。因为平庸就是平庸，无价值就是无价值。精神高度、艺术品位的差别是抹不平的，采取不承认的态度，最终只能是自欺欺人。

可惜的是，了解某个领域的已有高度并不容易，那需要大量阅读，就像从事发明自行车的人必须了解人类已经发明了哪些不同样式的自行车一样。对于 90 年代的作家而言，那被看做不必要的劳累，所以拒绝进行必要的了解，而凭着自己的兴趣去写，又恰遇告别高度和深度的个人化倡导，于是作品大量出现了。于是，倡导个人话语的报刊上发表的作品往往是最一般、最不具有独特性的，就不奇怪了。这就像有人为了显示个性去把头发染黄，结果满街都是黄头发女孩儿，追求个性，却恰恰失掉了个性。90 年代受后现代思潮影响的文学就是这样，告别深度模式，告别启蒙姿态，大家都在一个平面上，个人化旗帜高高飘扬，旗下却少有真正属于个人的货色。比高、比深没能力，就比贱、比痞、比脏话，不少作家走向这条道路，结果只能是增添了文字垃圾，耽误了自己的创作路程。

面对这样的潮流，文坛必然发生分化，并出现矛盾和冲突，从 90 年代初期的“人文精神”讨论开始，文坛论争可谓持续不断。不同的声音并不能改变文学流变的大趋势，但在潮流的边缘，却仍然不断有比较优秀的作品出现。

第十六章 世纪之交的小说

1992年,邓小平的南巡讲话开启了中国的社会主义市场经济时代,统治中国40年的社会主义计划经济逐步退出了历史舞台。社会经济体制的转轨,使中国社会的政治、经济和文化领域均发生了深刻的巨变。因此,该时期往往被概括为中国当代社会的"转型期"或"后新时期"。

随着经济领域开放步伐的加快,民众的政治激情逐渐消弭。市场经济意识渗透到社会各个领域,深刻改写了中国社会思想结构和文化结构:精英知识分子的启蒙理性主义日渐式微,以厚利主义和消费主义为核心的经济理性主义发挥着强力覆盖的作用;在主流文化和精英文化之外,大众文化以星火燎原之势,铺展开来,最终形成三大文化三分天下的局面。文化结构的多元形态营造了90年代小说的异彩纷呈。小说创作类型与社会文化结构相对应,不仅有弘扬主流意识形态的"主旋律"小说,还有知识精英小说和通俗大众小说。

90年代小说主题具有现代性、后现代性与传统性相互渗透和共生共存的杂糅特征。这是由于中国的改革与现代化建设并非完全意义上的现代性移植,而是既借鉴西方的现代文化思想和科技理念,又求助于中国本土的文化资源。因此,90年代小说创作既有秉承现代主义、后现代主义文化精神的作品,如王安忆、韩东、邱华栋、何顿、何立伟、棉棉、卫慧等人90年代的创作,又有相当一部分作品保留着传统的价值取向,或采取新保守主义的价值立场,将目光投向中国传统文化,如陈忠实的《白鹿原》;或将民间文化及其形态视作中国文学获得世界性认同的根本,如莫言的《丰乳肥臀》;更有创作主体把世俗救赎的希望遥寄宗教,如张承志的《心灵史》,等等。从某种意义上说,90年代小说就是对中国社会转型期出现的文化思想问题的不倦书写和持续思考。

在叙事方面,90年代小说表现为利奥塔所谓的由"宏大叙事(grands recits)"向"微小叙事(petits recits)"的转变。一方面,有关民族—国家的群体信念和历史想象,往往通过对家族、个体的历史描写得以展现,新历史小说的繁盛正是这一变化的重要后果;另一方面,十七年以来的"宏大叙事"在20世纪90年代被整体瓦解、颠覆,代之而起的是关注个体主体生存和生命状态的"微小叙事"。

对当代中国普通个体的生命意志、心理流程和生存体验的记录与书写达到前所未有的高度。既出现了以陈染、林白为代表的，以表现女性意识、性心理的女性写作或曰私人写作的繁盛，又出现了以展现游荡在城市边缘的疏离个体或城市平民生活为中心的新市民小说、新写实小说的繁衍勃兴。随着中国准个体化时代的到来，创作主体多元化选择的可能性逐渐增大，小说越来越恢复本来的面目，即关注个体生存状态与生命形态。

总之，20 世纪 90 年代的小说形态体现出受到社会转型期下的多种文化、多重力量的交叉控制和影响的特点。在力图摆脱传统意识形态的控制和干扰、向小说的本质逼进的同时，小说的商业化倾向和媚俗色彩却日渐突出。90 年代小说中欲望化的身体叙事比比皆是，取消意义、抹平小说和现实鸿沟的媚俗化倾向较为严重，这导致了 90 年代小说在意义追寻和心灵挖掘深度上的整体下滑。

第一节　新历史小说

新历史小说是出现于 80 年代中后期的重要文学潮流。此类小说以不同于传统的历史观，重新审视并讲述 20 世纪上半叶的中国历史，对民国时期的非党史题材尤为关注，从而对主流的历史叙述构成一定的消解性和颠覆性。主要代表作品有乔良的《灵旗》、莫言的《红高粱》系列、张炜的《古船》等，以及先锋小说作家格非创作的《迷舟》、苏童的《妻妾成群》等。进入 90 年代，西方新历史主义的观念在中国得到广泛传播。历史事实永远不会自动呈现，而只能作为被讲述的文本而存在的性质被普遍接受。重构历史的冲动和急欲表达的欲望激起了作家们的创作热情，使小说获得了重新发展和繁荣的机遇。新历史小说在 90 年代成为影响巨大的文学思潮。无论是所表现的时间范围还是题材领域都较 80 年代有所拓宽，不仅包括民国时期，如刘震云的《故乡天下黄花》，也包括建国后几十年的当代中国历史，如余华的《活着》、《许三观卖血记》；既有民族史诗般的鸿篇巨制，如《白鹿原》、《丰乳肥臀》；也有民间视野中的个体生命史和心灵史，如王安忆的《长恨歌》、叶兆言的“夜泊秦淮”系列等。新历史小说中“历史”内涵至少表现在三个不同的层面：文化的人性的历史、与正统历史互补的历史、小人物的感性历史。总体来说，90 年代的新历史小说依然沿袭着 80 年代不同于主流的叙事视角，以强烈的主体意识和个人经验为依托，重新讲述曾充满遮蔽的中国近现代、当代历史，还原历史中的个体生存状态和心灵境遇，使小说对历史的叙述呈现出个体性和民间性的特征。

90 年代新历史小说的代表作品当属陈忠实的《白鹿原》。其基本叙事模式是以一个家族的百年变迁来展现特定时期内民族的历史进程。在小说的扉页，作者引用了法国批判现实主义作家巴尔扎克的名言——“小说被认为是一个民族的秘史”，来昭示作品的基本主题。小说将白鹿原上的家族争斗与白鹿原外的时代风云、民族矛盾、政治斗争相勾连，以白、鹿两家的家族竞争为线索，展现了中国半个世纪风云变幻的历史进程。但小说并没有沿袭十七年主流叙事中，关于政党、阶级、革命与反革命等二元对立的思维方式，而是力求还原民间社会对待政治的真实态度以及混沌原生的生存状态。比如白、鹿两家的第二代子女白灵和鹿兆海以掷铜钱的方式决定谁参加共产党、谁参加国民党。最后，两人得到了和自己意愿相反的结果，也因此决定了他们日后迥然不同的人生命运。主人公白嘉轩作为地主，也不再像十七年小说所描写的地主那样穷凶极恶、贪婪狠毒，而是具有极高的道德水准和文化品格，是农民心目中的乡村领袖。《白鹿原》以迥异于“革命历史小说”的历史观，颠覆了十七年经典的革命叙事和阶级叙事。

小说借白、鹿两家的家族之争和主要人物塑造，传达出关东地区特殊的民族生存样态，从文化的角度反思了中国自近代以来民族苦斗挣扎与抗争图存的内在精神，昭示出一个民族的文化命运和历史命运，从而达到了民族心灵史的精神高度。

小说中的主要人物白嘉轩，信奉儒家的仁义学说，禀承白家耕读持家的家风，所谓“耕读传家久，经书济世长”。他把土地和民心看做最重要的东西，一贯主张坚守家族、远离政治。“家”和“族”，是他所有行为的旨归。作为白家唯一的儿子和家长，家庭利益高于一切。为了白家能够在白鹿两家的竞争中取得绝对的优势地位，永保鼎盛昌远，他设下计谋将风水宝地据为己有；为了重振家声，无视罂粟的危害性，大量种植；为了家道的兴旺，他始终坚持把孩子束缚在土地上。对女儿的教育更是认同传统的所谓“女子无才便是德”，反对女儿白灵继续求学。作为族长，他由衷地为家长制度辩护。白嘉轩对家族的事业倾注了无尽的心血，修《乡约》、办学堂，以维护家族利益为目的。不论谁触犯族规，严惩不贷，他仿佛成为族规的象征。当何县长请他出任县参议员时，他说，“嘉轩愿为好人。自种自耕而食，自纺自织而衣，不愿也不会做官”。在白嘉轩的身上，体现出宗法社会的核心价值，艺术地展现了中国传统社会的文化结构和绵延不绝的内在力量。

与白家争斗的鹿子霖家族，走的虽是入世为官之路，但同样是以家族利益为重。进入官僚阶层，哪怕是充任最最底层的官吏，是鹿家几代人梦寐以求的理想。因此，鹿子霖就任“乡约”后，顿感腰板挺直。“在白鹿村，他的财富可以累加，却与族长的位置无缘；现在，他是保障所的乡约，下辖包括白鹿村在内的十个村庄，起码不在白嘉轩之下了吧?”他觉得功成名就，可以告慰祖上了。

另一个重要人物朱先生，是关东地区的“圣人”，儒家文化的代表人物。他以决绝的姿态凸显自我的存在，显示出一种倔强的文化品格。他“一辈子从没挂过一根丝绸洋线，从头到脚从里到外”，都是妻子纺线织布做下的土布衣裤。他绝不与世俗同流合污，不愿做违心之事。身处乱世，不能建功立业，但亦不颓唐消极，他洞悉世事的本质，自觉不过是只有鉴古作用的“陶钵”，因此，他致力于县志的编纂，为后世留下了一部可资借鉴的信史。朱先生的性格体现了传统文化的积淀，传承着民族文化心理和精神传统。

白鹿两家的冲突并非阶级、政党的冲突，而是宗法文化内部为争取族权而引发的长久矛盾。在宗法文化的统摄下，两个家族中年轻一代的死亡、堕落、爱情和出走，揭示了人性、生命惨遭荼毒的历史隐秘和无法化解的文化冲突。这部小说所指涉的主题超越了政治、阶级的层面，达到了文化、哲学的高度。最重要的是，它在正史之外提供了另一种讲述历史的视角，还原了历史原本就纠缠不清、难以言说的复杂状态。

莫言的《丰乳肥臀》，是继《白鹿原》之后出现的另一部重要的新历史小说。小说所含纳的内容同样异常驳杂、意蕴丰富，为读者的阐释和解读提供了多种可能。

首先，如果把它视为一部新历史主义小说的话，它是一部家族秘史。小说描写了上官家族历经百年的传奇和苦难，时间跨越了 20 世纪的军阀混战、抗日战争直至改革开放。上官家族到了上官寿喜这一代时，没有了生育能力。为了不被逐出上官家门，上官寿喜的妻子上官鲁氏不得不与人偷情。但上官鲁氏不论儿女的出身、禀赋，艰难地抚育着他们，表现出一个家族在 20 世纪充满血泪的历史中，为求生保种所迸发的顽强力量。

其次，作为一部以家族命运为表现核心的新历史小说，小说延续了莫言一贯的文化批判主题。上官家是铁匠世家，祖辈都是生命力极为雄强、孔武有力之人。但到了上官福禄、上官寿喜父子两代人，雄强的精神人格却急遽蜕化，“父子俩都没有力气，轻飘飘，软绵绵，灯心草，破棉絮”。这无疑是种的退化。而上官鲁氏的儿女及其晚辈，大多是没出息的不肖子孙。她唯一的儿子——混血儿上官金童，是个永远吊在女人奶头上、永远长不大的窝囊废，懦弱的“零余者”。上官鲁氏的外孙辈也日渐蜕化：沙枣花成为窃技绝伦的神偷；司马库变成韩国巨富豪商；鲁胜利先为人上人，后因贪污腐化沦为阶下囚；“鹦鹉韩”则与妻子耿莲莲一起大话连篇，坑蒙拐骗。对这些人物的命运设计和性格处理，实际上反映了莫言自 80 年代“红高粱家族”系列以来的一贯的主题：批判中国国民种性的蜕化和精神素质的低下。

因此，小说具有浓郁的文化意蕴。首先，小说的题目“丰乳肥臀”，象征了人类母亲旺盛的生命力和博大的仁爱胸怀。上官鲁氏是“地母”的象征，无私、奉献,永远为生命提供食物和庇护,在最原初的层面守护生命、繁衍后代,象征着生命崇拜、大地崇拜的文化内涵。其次,上官金童则是中西文化碰撞交融而生的一个文化"混血儿"。他是上官鲁氏和牧师马洛亚的私生子,他的经历象征了西方文化在中国的命运。自鸦片战争以来,强势的西方文化始终想取代中国传统文化。中国先进的知识分子亦想通过引进西方文化理念思想,来改造中国传统思想。但近百年的中西文化交融,并未娩出人们翘首期盼、望眼欲穿的文化"宁馨儿"。相反,尽是些"金玉其外,败絮其中"的文化怪胎或先天不足的文化病儿。最后,小说表现了人类的生殖崇拜。乳房是女性的突出性征,与人类的欲望密切相关,小说中的痴狂忘情的男欢女爱,无不与乳房相关。但贯穿小说始终的"乳房",是一个文化意象,它既是母性的象征又是女性的象征,更是生命绵延不绝、生生不息的象征。

除此之外,一部分80年代后期成名、以"先锋"著称的作家,在90年代纷纷放弃严厉苛刻的"士大夫"、批判者或疗救者的角色定位,而转变为冷静而极端睿智的"说书人"、叙事者,将叙事的焦点指向朴素平实的现实生活和历史往事,创作了一批颇有影响的新历史主义小说。代表作家有余华、苏童、格非等人。

余华的《活着》和《许三观卖血记》集中体现了从先锋叙事到现实关怀的转型。《活着》讲述了主人公徐福贵,默默忍受荆棘丛生、满是劫难悲苦的人生故事。年少时,他嫖妓嗜赌、荒唐无行,家产被他败光花尽。待欲浪子回头、重新做人之时,又被国民党军强行抓了壮丁。等他劫后余生终于回到故乡,等待他的却是母亡女哑的悲惨现实。土地革命开始,当年赢得他万贯家产的龙二被人民政府枪毙,福贵既恐惧又庆幸,感到人生的无常与命运的诡异。他和家人分得了土地,守着属于自己的一份恬淡与安闲,认为可以从此平静幸福度日。但不久,妻子家珍不幸得了重病,卧床不起。旋即而起的人民公社运动和大炼钢铁运动,又把他和家人拖入时代的洪流之中。他和妻儿饱尝了和平时代的大饥馑。狂欢式的全民运动结束后,灾难又接踵而至,有庆因献血救人不幸身亡,凤霞难产而逝,只留下了苦命的儿子苦根。但这还不是他苦难的尽头,灾难在随后的几年中依然纷至沓来,令他躲闪不及:家珍病故、万二喜被水泥板夹死、苦根吃豆子撑死……福贵的家庭成员一个个离他而去,他痛苦过,绝望过。但最终还是澹然起来,"像我这样,说起来是越混越没出息,可寿命长,我认识的人一个挨着一个死去,我还活着"。小说用不断重复的死亡,来彰显20世纪当代历史中,中国一代人的苦难与挣扎,个体"活命"的幸运与艰难。小说对当代历史的批判,潜隐在作者看似平淡的行文中,力透纸背。

《许三观卖血记》的现实批判性更加突出。小说叙说了中国普通市民生存的艰辛和无奈:不得不依靠卖血,以生命的绝对透支换取生存的资本以度过艰难的时世。小说展示的是江南某县城丝厂送茧工许三观卑微而艰辛的生命历程。他初次卖血并不是源于生存问题,而是要证明自己的身体强健有力。许三观用自己第一次卖血所得,迎娶“油条西施”许玉兰。令他想不到的是,在此后的岁月中,为了度过生存的艰难,他要不断地卖血,饱尝生命的委屈与命运不公的馈赠,愤愤不平而又无可奈何、窝窝囊囊地活着。十二次看似重复的卖血经历,包含着并不相同的情感历程,浓缩了一代中国人在特定历史时期内凄惨的生存景观。

无论是《活着》还是《许三观卖血记》,均反映了余华对并不遥远的中国现当代史的迷恋。他避开常见的文化批判和主流的阶级视域,试图以平常人的视角,考察中国大时代中小人物生存和生活的现实,放弃对个体生命意义的追问,强调生存本身的绝对价值。正如余华在《许三观卖血记·中文版自序》中所写,“这本书表达了作者对长度的迷恋,一条道路、一条河流、一条雨后的彩虹、一个绵延不绝的回忆、一首有始无终的民歌、一个人的一生。这一切尤(犹)如盘起来的一捆绳子,被叙述慢慢拉出去,拉到了路的尽头”。

可以看出,现实的巨大暴力逻辑覆盖、剪除了人对现实进行改造的能动性,现实与历史长河中不由自主、随波逐流、随遇而安的无根主体置换了理性而坚定的“自为的人”,人物的命运被诸多外力所左右和支配,除了顽强的生存外,已经别无选择。

此外,还有一些作家沉思于个人化的历史长河,为边缘的民间小人物作书立传,记录与想象他们在宏大历史空间中微小的生命轨迹,体现了历史叙事继续下行的文学趋向。叶兆言的“夜泊秦淮”系列和王安忆《长恨歌》就是其中的代表。

叶兆言在90年代创作的新历史小说继续了其始于80年代末期的“夜泊秦淮”系列,包括《半边营》、《夜泊秦淮》、《挽歌》、《一九三七年的爱情》等。叶兆言的新历史小说,以从容的写作心态和淡定的审美姿态,发掘出大历史背景下人性的真纯与舒展。《一九三七年的爱情》描写了大时代中“小我”的纯真爱情。小说中的丁问渔兼具徐志摩和《围城》中方鸿渐的气质,才智过人又玩世不恭。在情窦初开、懵懂单纯的少年时代,他疯狂追求名门淑媛任雨婵。但遭到她的拒绝和父亲的反对。丁问渔赌气之余,答应了父亲给他定下的门当户对的婚姻,与钢铁大王的女儿结了婚。但外表安稳、沉静娴淑的妻子郝佩桃,骨子里却任性刁钻。丁问渔对婚姻备感沮丧后,终于让自己的余生在对任雨媛的追求中度过。小说通过刻画战争年代的爱情,不仅传达了真爱无敌、挚爱永恒的主题,而且以私人性的个体叙述丰富了民国史的经典叙事。

王安忆的《长恨歌》是作家90年代创作中的杰作。王德威说:“《长恨歌》填补了《传奇》、《半生缘》以后数十年海派小说的空白。”[①]小说以王琦瑶坎坷的人生沉浮，“上海小姐”的传奇一生作为主要的表现内容，展现时代沧桑变幻中个人命运的乖舛无常。小说在叙事风格上，与张爱玲的文风非常相近，从容而细腻，以纤细的生活细节折射时代的嬗变，以微小的生活碎片透视生活的真理和生命的奥义。

《长恨歌》具有多重的主题意蕴。首先，是对浮华人生的参悟。王琦瑶凭借“上海小姐”的身份，先是身不由己而又心怀窃喜地与李主任交往，后来与康明逊、“老腊克”等人的恋情莫不因此而开始。但最终却又因“上海小姐”之名而死于非命。“上海小姐”之名，其实是王琦瑶人生的无形枷锁，是她躲不掉的“锦绣烟尘”的宿命。其次，是对女性悲剧命运的揭示。“上海小姐”王琦瑶无疑是美丽的，但美丽并未给她带来幸福人生。她与小说中几个男性之间发生的或浓烈或平淡的爱情，均在她的心里划下了深深的伤痕。她的悲剧既是男权文化渗透的社会悲剧，也是女性自我意识缺失的性格悲剧。最后，小说是历史循环论的潜在书写。小说的时间跨度是以40年代始，以80年代终。四十年的轮回，历史仿佛又要开始新的纪元，但这世界骨子里却是怀旧与对往昔岁月的粗糙复制。

第二节　私人叙事与身体写作

20世纪90年代，随着西方女权主义思想在中国的广泛传播，中国女性的性别意识逐渐自觉和强化，中国的女性写作相应呈现新的态势。在小说的表现内容方面：其一，小说文本中的“大写的女人”向“小写的女人”转化，女性自我的生长历程和生活片段成为表现重点。其二，力图剥离女性的社会属性，侧重女性性别意识的凸显与张扬。其三，女性的自在自为乃至自由的生存状态成为女性作家热衷书写的乌托邦。其四，诸多女性作家不约而同地将同性之爱当作避免被主流叙事和男权叙事双重覆盖的最后堡垒。在小说的艺术风格方面，自叙传式的私人叙事和具有解放意义的身体写作是最为突出的表现。

陈染、林白、徐小斌、徐坤、海男、卫慧、棉棉等人，以一种执拗的私人叙事方式将女性的性别体验描绘出来，因此成为90年代女性小说作家的代表。

陈染被称为90年代作家中具有最突出的女性意识及女权思想的作家。作为“私人写作”(又被称为“个人化写作”)的代表，她在90年代的小说创作侧重表现当代都市知识女性，尤其是独居的知识女性的心理情绪和生存体验。《与往事

①王德威：《海派作家又见传人》，《读书》1996年第6期。

干杯》、《独语人》、《在禁中守望》、《潜性逸事》、《凡墙都是门》、《无处告别》、《私人生活》等作品，将知识女性在婚恋、家庭和社会中的创伤性体验、自闭情绪和盘托出。因为她的小说多具有自叙传色彩，又多以女性主人公的成长故事作为叙事的主体，因此，她的小说被认为是典型的“私人叙事”。其特点是，将叙事的视角锁定在女性主体的生命生长过程和精神创痛形成的揭示上。青春反叛的激情和潜滋暗长的烦恼绝望，弥漫在小说文本的叙事空间。长篇小说《私人生活》塑造了一个对父亲既充满怨恨又对其怀着无法言说的依恋，与母亲相依为命却又互相窥视和提防的女性形象——倪拗拗。她脸色苍白、身材纤瘦，母亲的神经质和父亲的缺席形成了她敏感孤僻的性格，常常一个人沉浸在无边的冥想中。这样的成长经历具有鲜明的女性私人经验的意味。她曾将T老师作为父亲的替代品。最后却痛苦地发现，她不可能在任何别的异性那里得到父爱。在对男性深深的绝望中，她和同性朋友禾寡妇建立了包括身体和精神两方面的不同寻常的友谊。但一场大火夺去了禾寡妇的生命，两个女性间的亲密关系也由此结束。倪拗拗又退回到孤独的内心世界，在想象中靠拢那曾在成长过程中失去的女性生命。这篇小说将女性看似决绝而又矛盾重重的复杂心态表现得淋漓尽致。

林白也是90年代女性写作的代表。20世纪90年代著有《致命的飞翔》、《子弹穿过苹果》、《回廊之椅》、《一个人的战争》、《守望空心岁月》、《说吧，房间》等作品。林白与陈染一样，也是个人化写作的倡导者和实践者。林白认为：“个人化写作是一种真正生命的涌动，是个人的感性与智性、记忆与想象、心灵与身体的飞翔与跳跃，在这种飞翔中真正的、本质的人获得前所未有的解放。”①因此她特别警惕“普遍的记忆”和“集体的记忆”对“个人记忆”的覆盖、过滤、化约甚至阉割。《一个人的战争》是她的第一部长篇小说，叙述了对过往的独特生命历程的追忆与凭吊，具有浓郁的自叙传特色。小说中的林多米身上有诸多病态的症候：童年期的孤独体验与同性恋倾向、青春期的自大狂、成人后的自闭症、与社会的隔绝症，等等。孤独绝望的生存、形影相吊的生活、无可救药的自恋与自虐是女主人公林多米的真实精神状态。小说的特异之处在于，女性的生命历程被无限度地打开，私密化的个人经历、生命体验转化为共同的叙事经验，文本显得大胆而直率、真实而令人惊悚。同时，小说亦暗示了女性孤独和悖论性的宿命，正如小说中所说“一个人的战争意味着一个巴掌自己拍自己，一面墙自己挡住自己，一朵花自己毁灭自己。一个人的战争意味着一个女人自己嫁给自己”。另一部小说《说吧，房间》则将转型期职业女性所承受的压力、创伤与隐痛、焦虑与呼喊、渴望与期盼作为叙事的中心，通过女性细腻的感受，直接抵达当代女性最隐

①林白：《记忆与个人化写作》，《作家》1997年第7期。

秘的心灵深处,使肉体的战栗和心灵的搏击共同呈现于小说文本之中。

总体来看,90年代私人写作的主要内容包括女性的成长经验、与亲人的关系、异性之爱、同性之谊以及女性的存在现状等,涉及女性私人生活的方方面面,由此成为女性自我表达的重要形式。这反映了90年代女性写作的一种努力方向,即极力挖掘被男性经验所遮蔽的女性生存真相,通过建立女性自身的话语体系来颠覆传统的男性话语。

为了更好地传达这些私人性的内容,女作家们大都采用了"身体写作"的叙述形式。所谓身体写作,是指通过表现身体的种种细节,来表达女性最隐秘的性别体验和自我意识。正如评论家所说,"女性的躯体呈现为女性写作的一个醒目主题。在这个方面,男性话语的封锁圈被粉碎。……女性占领文学的目的之一即是,通过写作放纵躯体生命,冲破传统女性躯体修辞学的种种枷锁,用自己的血肉之躯充当写作所依循的逻辑"①。

女性作家通过对自我身体的捍卫,来完成对自我意志的坚守。在自闭自足中自娱自慰,表现出强烈的女权主义和自恋主义倾向。身体最终成了她们完成自我的欢场与逃避男性凝视的庇护所。除林白、陈染外,比较典型还有卫慧、棉棉等人的写作。后者在身体的欲望化叙事中走得更远。卫慧在90年代创作了大量以身体叙事为突出特征的小说文本,如《上海宝贝》、《床上的月亮》、《艾夏》、《欲望手枪》、《水中的处女》、《像卫慧那样疯狂》、《硬汉不跳舞》、《蝴蝶的尖叫》等。棉棉的代表作是长篇小说《糖》。她们的小说多以女性的情爱为叙事中心,揭示了女性内在的希冀与冲动、压抑与放纵,浮华的时尚追求与深刻的人生体验同在。其中,肉身体验是她们小说中最重要的表现内容。

棉棉的《糖》是当代小说中描写都市青年的代表作之一。小说至少传达出了如下主题:自我为中心的自恋主义、遁世主义;身体取代灵魂特征的爱情虚无主义;追求感官刺激,如吸毒、酗酒、滥交的本能主义;体现为对世界和对死亡的恐惧、以脆弱和卑怯为特征的懦夫主义;以欺世盗名和自欺欺人为特征的蒙世主义,等等。《糖》中的人物形象无一例外地病态,没有一个是健康、完美的。红、赛宁、小虫、三毛、苹果、奇异果、谈谈是迷失在混乱的都市生活中的青年群体,虽然他们出身背景各不相同,但都具有混乱、焦虑、敏感、歇斯底里、率性而为、自闭的性格特征。他们是一群以自我为中心的自恋者。他们所有的生活都是以自我为中心,"我"的需求、愿望、利益高于一切。自我之外空无一物,我即世界,世界即我。以自我为中心的自恋主义还表现在他们的遁世主义。小说所展示的都市空间与场景,除了私密房间就是酒吧、戒毒所和医院。这就是人物活动的主要空

①南帆:《躯体修辞学:肖像与性》,《文艺争鸣》1996年第4期。

间。他们几乎不进入正常的社会空间，他们的视野只看得到手臂以内距离的景物和人物。他们生活的圈子狭仄而封闭、病态而畸形。自恋使他们成了永远“长不大的孩子”。自恋主义的后果之一，就是以追求刺激和快感为特征的本能主义的泛滥。小说中的红这样表达对自我的认识，“我天生敏感，但不智慧；我天生叛逆，但不坚强。我想这是我的问题。我用身体检阅男人，用皮肤思考”。此外，还有赛宁的吸毒、小虫的滥交。这群生活在90年代中国大都市的病态青年，具有这样的精神和行为特征：丧失理想与信仰，放逐理性与价值，听凭本能和感觉的召唤，一味寻求感官刺激。作品同时也传达出一种危机感，在看似调侃冷漠的语调中隐含着被拯救的愿望，这也是《糖》的写作主旨之一。

90年代的“身体写作”，是女作家对西方女性主义“躯体写作”、“以血为墨”理论的实践。虽然还较为生硬和偏激，但传达出女作家们力图建构女性话语方式的努力。

身体写作的迅速发展，体现了90年代当代小说向1949年以来形成的宏大叙事传统挑战的倾向，对扭转文学由于知识、观念、政治以及其他庞然大物所造成的僵硬态势具有积极作用。但也应注意身体写作面临的危机，即如果把身体叙事看做获取巨大收益的“卖点”，身体就有可能成为金钱哲学和消费主义的牺牲品。某些小说就存在着将身体叙事色情化的嫌疑。因此，肤浅的趣味主义、平庸的享乐主义和简化的复制主义，是身体写作要努力避免的三个方面。

第三节　市场背景下的新市民小说

1995年，《上海文学》率先倡导新市民小说。倡导者提出，这样做“并不是想再倡导一种新的观念和方法”，只是想为“文学寻求一种新的‘生长点’”，“希望作家从前一阶段的种种政治的文化的情结中伸出手来，抚摸当下的现实，对结束了的僵硬的与意识形态对峙的世界格局有新的把握方式，对逐步市场化的中国社会结构与运作有新的感应和认知，使文学对于民族的现实生存与未来发展有新的关怀”①。

新市民小说的出现，虽然有文学界、批评界的倡导和命名，但它更是社会转型后出现的新的都市群体在文学上的反映。进入90年代后，在市场经济的带动下，社会的公共空间增大，人们谋生的手段逐渐增多，因此出现了大量自谋职业者。他们有的没有领导，是体制之外的自谋职业者，包括自由撰稿人、自由制片

①周介人：《谈谈新市民小说》，《当代作家评论》1996年第1期。

人、画家、模特等;有的是公司白领,具有强烈的专业意识和特殊的文化趣味;还有个体户、私企老板、股民等。新的生活方式和社会文化环境,造就了他们不同于传统的人生观、价值观和道德观。新市民小说正是以这一群体为描写主体的小说潮流,体现着文学对当下社会现实的关怀。邱华栋、何顿、池莉、张欣、方方、何立伟、唐颖等人90年代的创作是新市民小说的代表。

邱华栋是一位自觉的新市民小说作家,自90年代以来创作了大量的新都市小说,如《手上的星光》、《环境戏剧人》、《哭泣游戏》、《生活之恶》、《闯入者》、《城市中的马群》、《乐队》、《白昼的消息》等。小说的主题侧重揭示都市人在城市繁荣浮华表象背后的孤独与落寞。他的小说塑造了一系列人生目标明确、野心勃勃,却毫无背景的普通外省青年形象。他们是都市中的"追梦人",都市对他们来说既是一位风姿绰约的美少女,又是一位风流无情的荡妇。因此,他们对都市的感情是矛盾的,既向往又诅咒。《手上的星光》中的年青人,"从东部一座小城市来到北京,打算在这里碰碰运气。我们都很年轻,因此自认为赌得起,更何况北京是一座轮盘城市,传说这里的机会就像退潮后留在沙滩上的漂亮小鱼儿一样多。""这座像老虎一般的城市吞吃了我们,把我们变成硬币一般更为简单的物质,然后无情地消耗掉。这一切都是可能的。"《哭泣游戏》中,"突然从某一天起,我就不再是个外省青年,我开始自由出入这座城市的巨型购物中心、大饭店、酒吧、地铁、银行、国家机关、医院、大学校园、快餐店而毫无陌生感,我有三张信用卡、一张本市身份证、一个邮局保密箱、一个汉字寻呼机、两张电话磁卡、一个数字式大哥大,我就像是生活在这里许久的真正的城市主人","这使我更加喜欢加入到城市涌动的人群当中去,去成为他们当中的一员。因为这是一群群带着梦想生活的人,哪怕这是一座绞肉机城市他们也从不畏惧"。认同都市游戏规则、接受都市价值原则、熟悉都市行为模式是进入都市的寻梦者的共同特征。可贵的是,邱华栋在赞颂外省青年人在大都市打拼精神的同时,还揭示了都市文化对人性的严重异化。如《环境戏剧人》、《公关人》、《白昼的消息》等作品。

如果说邱华栋描写的多是进入大都市打拼的外省青年,那么何顿则为那些在商品大潮中挣扎奋斗的下层民众留下了生动的影像。何顿的《生活无罪》、《弟弟你好》、《我不想事》、《就这么回事》、《太阳很好》、《我们像葵花》等,刻画了一批文化素养和社会地位不高,但又极力想通过商业活动,改善生活水平、提高生活质量和社会地位的人物形象。《弟弟你好》中的"弟弟"邓和平,从少年时代就对金钱有着出奇的爱好。他把父母给的结婚用的床卖掉,长期请病假去做小生意、承包歌厅、合伙开装修公司。逐渐由一个贫穷的小学教员变为一个成功的商人。他的人生目标非常简单直接,"他的思想直奔生活的主题就如同猎犬直奔猎物一般欢快,那就是金钱和女人"。《我们像葵花》中的冯建军、刘建国和李跃进拼命想赚钱发财，甚至不惜铤而走险违法犯罪，“这批经历了‘文化大革命’的年轻人，似乎个个身上具备着‘造反派’的气质。在他们心中信仰和理想随同所学的课本知识，一点不留地还给了用大话教育他们的老师。他们的鼻子就像狗的鼻子一样，在这个社会上拼命地嗅着，寻找着有铜臭气的地方”。他们伙同朋友王向阳，利用军车贩洋烟，赚取了大量的钱财。小说中的冯建军这一形象非常具有典型性。“他的胆子是钱堆起来的，钱可以重新塑造人”，“不断地做洋烟生意，使他的腰包肥大了许多。钱是一个魔鬼，魔鬼附身自然就气壮如牛。”有了钱，他可以找到少年时代暗恋的情人，再续前缘旧梦，金钱给他带来了惬意无比的感觉。冯建军等人身上具有丹尼尔·贝尔所说的“粗犷朴实型个人主义”气质，疯狂攫取是他们的突出人格特征。像他一样的下层都市民众，对经济理性主义的热爱是朴素的，带有很强的自发性与原始性，同时亦带有改变命运的意味。

池莉的《你以为你是谁》、《来来往往》、《小姐你早》是90年代新市民小说中的优秀之作。作为曾经的新写实小说的领军人物，池莉在这些作品中致力于新世情的描摹和新市民人性的刻画。《你以为你是谁》塑造了一个出身工人家庭的新市民英雄陆武桥。他不像父亲陆尼古整天生活在昔日的荣光中，更不像弟弟陆建设坑蒙拐骗、无所事事。他总是能准确感应着时代的变迁并抓住机遇，承包餐馆赚足了人民币，很快成为时代的宠儿。《来来往往》书写了金钱时代中产阶层社会地位蒸蒸日上，而旧时政治贵族日渐没落的现实。小职员康伟业改革开放之前，在“高干”岳父家里的地位一直比较低微。这个家庭对他根本不屑一顾。出身草根阶层的康伟业既感到自惭形秽，又感到屈辱无比。非常偶然的机会，在朋友的提携下，他成功地做了一单生意。丰厚的收益让他放弃了原有的四平八稳的职业，全身心地投入到商业活动中来。随着生意越做越大，建立在金钱基础之上的自尊和自信逐渐凸显和增强。他不再惧怕岳父的家庭，也能够比较从容地应对妻子的无理取闹。他开始选择新的生活方式，开始了都市新富基于金钱基础之上的情色生活。家庭出身、等级门第决定人生命运的时代已经离他远去。

概括来说，新市民小说的主题包括以下几个方面：首先，对现代都市人生活状态、生活方式以及都市的文化场景的摹写，具有鲜明的时代特征。其次，勾画出转型期各个市民阶层的心理轨迹，特别是老市民阶层不可避免的衰微败落和新兴市民阶层的昂扬激进形成了鲜明的对比。最后，塑造了一大批新市民形象，其中，兼具于连式的投机、当下中国式的坚韧与雄心的经济英雄的出场，标志着中国都市小说的人物谱系获得了扩容和壮大。

新市民小说在叙事上主要沿用了新写实主义的艺术手法，因而具有浓郁的生活气息和真实的艺术效果，受到了普通读者的接受和喜爱。

第四节 现实主义冲击波

20世纪90年代中期，中国文坛出现了一大批以现实主义为突出特色的小说创作，形成了一股强劲的“现实主义冲击波”。其中所谓的河北“三驾马车”——谈歌、何申、关仁山的创作是这股创作潮流崛起的标志。

现实主义冲击波中的小说创作与80年代后期崛起的新写实小说有相似之处，但区别更明显。首先，表现内容不同。与新写实小说聚焦小人物无奈的尴尬人生极为不同的是，此类现实主义小说往往把关乎国家、社会的重大问题作为表现内容。其次，创作主体的叙事姿态和心态有异。与新写实主义创作中作者“零度情感”的叙事态度和隐匿式的叙事视角不同的是，现实主义冲击波中的小说创作继承了传统现实主义对现实的强烈关注的特点，同时在小说文本中倾注了主体无法遏止的道德激情和价值评判，甚至不时跳出来代文本中的人物发言。再次，在表现技巧方面，这股创作潮流取法传统的现实主义表现手法，如典型环境的渲染和典型人物的刻画，较少像新写实小说那样借鉴现代主义技巧。

现实主义冲击波的代表作家有谈歌、何申、关仁山、周梅森、刘醒龙、张平等人。其中谈歌的《大厂》，关仁山的《大雪无乡》、《红旱船》，何申的《信访办主任》、《穷乡》，刘醒龙的《分享艰难》、《凤凰琴》，周梅森的《人间正道》、《中国制造》，张平的《抉择》、《十面埋伏》等作品是这股潮流中的重要作品。

其中，较早的创作是刘醒龙和谈歌的小说。以《凤凰琴》、《分享艰难》等小说崛起于当代文坛的刘醒龙，一直醉心于现实题材的写作，尤其擅长书写艰窘的乡土现实、塑造刚劲的平民英雄。作品常常透露出爱憎鲜明、毫不掩饰自己对人对事的好恶的叙事特点。《分享艰难》描写了西河镇在发展经济的过程中遇到的艰难，较早地揭示了社会转型期最基层的经济单元所存在的问题以及发生的变化。谈歌的《大厂》等作品重新拉开了当代小说对国营企业改革中存在的问题和困难进行关注的序幕。这些作品虽然都是一些中篇，但在现实主义冲击波中却显得相当重要。因为，它们不仅出现的时间早，而且在题材和叙述方式上已经具有了现实主义冲击波的基本模式。

张平和周梅森的长篇小说是这股潮流中的重要作品。为民请命的使命感和激越的道德情怀是他们二人创作内在的深层动机，因此他们既不回避矛盾又不粉饰现实。张平说，“从社会最底层走过来的我，和大家一样，几乎无时无刻不在企盼着自己的祖国能更加强大，更加自由，更加民主，更加繁荣，所以要让我放弃对社会的关注，对政治的关注，那几乎等于要让我放弃生命一样不可能”[①]。周梅森则毫不避讳地在小说文本中直陈“霓虹灯下有血泪”。主题的正统性和选材的特殊性，决定了他们只能采取游走在主流意识和草根阶层理想之间的叙事策略。

张平的《抉择》既暴露了日趋尖锐的社会矛盾和官场腐败的严重性，同时又赞颂了高级国家公务员可贵的“民本思想”和做人的良知。小说主要表现了一位地方执政英雄、“平民市长”李高成，面对以副省长严阵为首的庞大的腐败集团和盘根错节的社会关系网，面对自己的妻子对事业和良知的背叛，在经过痛苦的精神挣扎后，所作出的令人敬佩的抉择。他义无反顾地踏上了曲折艰险却又崇高神圣的反腐之旅。在未能正确认识市委书记杨诚时，他是在孤军奋战，面对严阵的利诱与威逼时，他毫不退缩，不惜将身家性命和政治生命置之度外。“我宁可以我自己为代价，宁可让我自己粉身碎骨，也绝不会放弃我的立场！我宁可毁了我自己，也绝不会让那些腐败分子毁了我们的党，毁了我们的改革，毁了我们的前程！我在这里郑重声明，有关中纺的问题，即使把我查进去，把我整个家都查进去，就是把我查得身败名裂、家破人亡，把我查得撤了职、判了刑、坐了牢，我也请求省委省政府把中纺的问题查到底。”最终，他以淳厚的良知和坚定的政治理性，赢得了这场没有硝烟的反腐战争，表现出“天行健君子以自强不息”的独立抗争精神和“独善其身”、“兼济天下”的人生观以及“内圣”的道德人格。

周梅森的《中国制造》是现实主义冲击波中另一部厚重的力作。小说既展示了中国社会转型期草根阶层生存的艰辛和无奈，又揭示了惩治腐败斗争的艰巨性。如果说张平《抉择》中的李高成还只是一个坚守做人良知的“好官”，那么《中国制造》中的高长河则是一个具有现代政治才能和熟谙当代中国社会政治智慧的国家高级公务员形象。他知人善任，充满政治智慧，善于处理各种复杂的人际关系，既能保护改革成果，又成功化解了对立的社会矛盾。他比李高成的高明之处就在于，他在守成的同时又做到了开拓创新，在解决民怨郁结、政府头痛的“平阳轧钢厂”事件中，充分展示了其开阔的思路和创新的才干。高长河这个执政英雄形象的塑造既寄托了作者的理想，也反映了时代民众对富有创新意识、实干精神和英明廉洁的新一代地方执政官员的渴望。

总体来说，现实主义冲击波中的小说创作具有以下特征：首先，鲜明的时代感和浓郁的生活气息。现实主义冲击波小说取材当下跌宕起伏的社会生活，有主流话语强调的国企脱困、下岗职工的辛酸艰难；有乡镇干群矛盾，农村教育的亟待改善；还有反腐倡廉以及当代的科技强军……现实主义冲击波小说的创作

---

①张平：《遭遇〈十面埋伏〉》，《十面埋伏》，作家出版社1999年，第542页。

主体敏锐地捕捉和成功地表现了社会转型期生活的嬗变轨迹，绘就了一幅幅20世纪90年代的现实风云图卷。其次，塑造了具有人性特质的典型形象。一方面，作为“主流文学”的一支，这类作品中的主人公大都是一些“英雄形象”，但与所谓“高、大、全”的典型人物不同，现实主义冲击波中的小说创作，在人物形象的塑造上力避类型化倾向，着重表现人物内心的人性光辉与精神内涵。另一方面，这类小说取消了所谓正面人物和反面人物的界限，对他们的行为不做情感和道德的评判，只是专注于揭示人物形象在转型期的心理和行为的变化，着重表现人物所经历的心灵畸变的痛苦。最后，小说体现了近乎自然主义的艺术境界。在创作技巧方面，尊重社会的客观实际和生活的本来面目，以类似自然主义的表现方式，从容而不乏激情地编织叙事的经纬，形成了无技巧的叙事风格。

这股现实主义冲击波的出现有以下几方面的原因：首先，90年代中期以来，中国经济体制改革的迅猛发展，产生了众多社会问题和现实困境。一些怀有强烈社会责任感和使命感的作家被严峻的社会现实唤起，致力于记录中国改革过程中的一个特殊时期。文学因此担当了反映现实、传达民声的职责。其次，现实主义冲击波是文学自身内部循环的结果。有评论家认为，这股现实主义冲击波的出现符合文学史上“物极必反”的规律。从20世纪70年代末期开始，西方现代主义就在中国文坛一再掀起热潮。特别是经过了80年代末期，强调形式主义的先锋写作后，文学开始对自身的使命进行反省，最终在日益严峻的社会现实面前，重新表达了回归现实主义传统的诉求。

现实主义冲击波重新唤醒了作家们对社会问题的关注和表现的热情，有力地反拨了80年代后期以来当代小说中出现的或沉溺于语言形式探索、或热衷于表现历史故事的创作倾向。

但与此同时，在现实主义冲击波中也存在着一些值得反思的误区。首先，这类作品对现实生活的描写没有上升到艺术审美的高度，也就是说，没有把小说当成艺术品来对待。它们常常是直接记录当前社会转型期的种种现象，尤其是基层单位的改革现状与艰难困苦，而没有与之拉开一定的审美距离，结果不但导致对于社会问题的表现停留在浅层的琐碎描写，而且在艺术形式上显得粗糙直露，题材和叙述方式也有雷同之处。其次，这类作品对转型期的中国现实缺少清醒的认识，不仅不能为社会经济问题开出良方，而且还表现出人文关怀和历史理性的双重缺失。小说在竭力说明经济的发展压倒一切的时候，不应抛弃对社会问题产生的根源的思考和探究，更不能迷失文学应有的批判立场。

第五节　底层文学

20世纪90年代，随着社会经济的快速发展，"让一部分人先富起来"的政策实践，中国社会出现了日益显著的贫富分化，并由此导致了阶层的出现。从90年代开始，"分享艰难"成为部分中国知识分子人文关怀的重要内容之一。首先是媒体对社会下层贫民、弱势群体进行了大量报道，然后是学者基于对社会平等和公义的思考，对阶层的出现表示了极大的关注。其中，蔡翔的散文《底层》较早在今天的意义层面上提出了"底层"这一名称。尽管今天围绕"底层"的讨论、争议依然在持续，但关于"底层"的具体所指，并没有太大的分歧。"底层"主要是指在经济状况、文化资源、政治地位等方面都处于社会最下层的弱势群体。他们身处异常艰难贫困的现实生活中，既无力改变自身的经济状况，也无法对目前不利于他们的社会结构有丝毫触动，甚至没有表达自身的能力和资格。

进入21世纪后，文学以逼近现实的立场，将笔触伸向了社会分层过程中出现的弱势群体。相当多的作品以底层人的生活为基本素材，表现这一群体低微无望的生存状况、内心的痛苦焦灼以及由此引发的严重的社会冲突等问题。从而形成了一股不可忽视的文学潮流，并引发了批评界和思想界的热议。

较早引起反响的作品是曹征路的中篇小说《那儿》(发表于《当代》2004年第4期)。尽管肯定者也不得不指出，小说在艺术层面还存在着进一步提升的空间，但它却因为提供了思想界讨论的重要话题而成为底层文学中不得不提到的作品。小说描写了一个国有大型企业，在转制过程中出现的领导层的腐败和工人的艰难处境。曾经是统治阶级的工人阶级，在社会转型中，被迫"买断工龄"，被领导像吐一口痰一样甩出了工厂。有些女职工下岗后，只能靠出卖肉体维持生计。工人的种种意见都不被采纳，对企业不能行使任何权利：工人提出以自己的房产为抵押，将工厂变更为工人控股的企业，不被同意；工人不愿卖掉工厂，也没人理会。最后，厂里的工会副主席眼看无法阻止国有资产的流失，又必须面对不被普通工人理解的局面，只能以死来抗争。

小说的题目"那儿"，指的就是"英特纳雄耐尔"。作为回旋于小说中的主旋律，寄托了作者对社会公平、正义、平等的希望。由于小说把工人的苦难归结为阶级的压迫，因此被认为继承了三十年代"左翼"文学的精神传统。

其他多数作品并没有把底层的苦难转化为阶级仇恨，而是在暴力对抗、客观直面和乐观认同等叙事层面传达底层人的生存境遇、心理状态和精神诉求。

一些作品强调由城乡差别、贫富不均所导致的人心的难以沟通、矛盾的无法化解,小说的结尾往往指向仇恨和暴力。陈应松的中篇小说《马嘶岭血案》(发表于《人民文学》2004 年第 3 期)就是其中的代表。小说描写"我"和九财叔被勘测队员雇佣做挑夫后,由于城乡经济、生活方式以及知识层面的巨大差别,无法与勘测队员相互理解,内心产生无法排解的愤懑和压抑。再加上金钱的诱惑,最终举起斧子痛杀七名勘测队员,并抢夺其财物、与之同归于尽的悲剧。这起虚构的血案,使中国社会不得不正视城市知识者心灵的冷漠、城乡之间悬殊的贫富差距等重大问题,所以小说一经发表就引起了批评界的强烈反响。此类作品还有尤凤伟的长篇小说《泥鳅》等。

也有不少作品直面现实,客观展现底层人凄惨绝望、被侮辱与被损害的命运,或表现人物对现实无声、无力的忍耐与屈从,如方格子的短篇《锦衣玉食的生活》(发表于《天涯》2005 年第 5 期)、黄咏梅的短篇《负一层》(发表于《钟山》2005 年第 5 期)、杨家强的短篇《喝口酒暖暖身子》(发表于《佛山文艺》2006 年第 11 期)等;或将那些无法直面的现实赤裸裸地拉到生活的前台,让普世道德置于矛盾丛生的现实困境之中,令人不得不重新思考生存与道德、法律甚至人性之间的关系。秦岭的短篇小说《弃婴》(发表于《作品》2006 年第 5 期)描写一对极度贫困的夫妻,无力医治孩子严重的先天性疾病,偷偷将婴儿遗弃,希望一个好人家能把孩子抱走医病。最后,孩子死了。孩子的母亲涉嫌遗弃婴儿罪被警方逮捕。女人在登上警车的时候,悲怆地祈求判自己一颗枪子,这样,她就可以把娃儿从阴曹地府中抱回来了。小说令人窒息的悲剧感揭开了底层人生存的真相。

还有一些作品是在对现有规则和社会结构的认同上,将小说立意指向了温情、诗意或冷酷良知的回暖,表现了底层人充满尊严屈辱又艰辛欢愉的生活。贾平凹的长篇小说《高兴》(发表于《当代》2007 年第 5 期)将视角伸向了城市中收破烂的农民群体。主人公刘哈娃进城后,积极认同城市的价值取向,决心以乐观的态度生活,连名字也改成了刘高兴。小说一方面写出了刘高兴们极度贫苦的物质生活,另一方面也写出了他们希望在城市中"安身立命"的生活态度,因此被认为是一种"温暖"的底层叙事。除此之外,有一些短篇小说也从异常丰富的叙事角度,以诗意的笔调叙写了底层人平静接受凄惨现实的精神状态,既有在辛苦琐碎的小日子描写中,展现底层生活艰难却也不乏温情的小说,如张鲁镭的短篇《小日子》(发表于《人民文学》2007 年第 2 期);也有对城市生活中,被迫"肮脏"了身体的乡下人,极度渴望精神清洁的象征性书写,如李进祥的短篇《换水》(发表于《回族文学》2006 年第 3 期);还有对普通人面对无法摆脱的极端现实及其对理想的残酷挤压,无奈地选择精神的游历和出走的诗意描摹,如刘荣书的短篇《地理指南》(发表于《都市小说》2006 年第 7 期)等。此外,刘庆邦、陈应松等人的作品也以面对底层而引人注目。

总之,21 世纪初期的底层小说叙事呈现出多元性、广泛性的特征,体现了作家群体对复杂社会现实的多方位思考,也以文学的方式丰富了人们认识世界的视角和眼光。但应警惕那些寄希望于批判对象的道德完善与良知觉醒的处理方式,或者其他暧昧不清的言说理路,它们将贬损底层文学的思想价值,减少其认识层面的批判力度。

底层文学以及围绕它的热议,至今依然保持着相当的热度。对底层文学的批评至今并没有达成共识,事实上还存在着很多歧义,即便在列举代表作家作品方面也无法达成统一。这主要是因为“底层”概念本身的含混导致批评界对于“底层文学”的界定尚未完成,对于底层叙事的立场、目的以及负载其上的政治经济、社会文化等多重职能,都存在着由批评者的思想立场所导致的巨大分歧。但无论如何,思想界围绕底层文学展开的热烈讨论,特别是从现代性的角度探讨中国的出路和道路选择等重大问题,文学批评界在底层文学与 20 世纪 30 年代“左翼”文学、70 年代末的伤痕文学以及 19 世纪的批判现实主义之间建立的精神联系,都将使底层文学有可能成为当代文学史上的一个重要文学思潮。

第十七章　世纪之交的散文

第一节　世纪之交的“散文热”

新时期以来，小说一直在中国文坛独领风骚，而散文却受到冷落，有人曾断言，散文已走向末路，然而进入90年代之后，散文却又巍然耸起形成又一个高峰。其表现主要如下：

首先是多种专门登载纯散文的杂志创刊，如《散文》(海外版)、《中华散文》、《当代散文》、《美文》、《散文天地》等。不少大型刊物也开始注重发表散文，如《十月》、《收获》等。各省作协刊物也都扩大了散文版面，有不少还开辟了散文专号或专辑。而最有声势的是全国几千种报纸开办的文艺副刊和周末版所引发的散文创作浪潮。这些文艺副刊和周末版需要大量的散文随笔，呼唤着众多的“专栏作家”，这就不仅形成了声势，而且为散文的发展提供了广阔的空间。与此同时，各出版社也抓住这个机遇，推波助澜，使散文的传播出现了前所未有的局面。1989～1990年，人民文学出版社、上海文艺出版社、四川文艺出版社、中国青年出版社等分别推出《当代散文精华》、《80年代散文精华》、《新时期优秀散文精选》、《青年散文选》，与此同时，还出版了朱自清、林语堂、梁实秋、郁达夫、周作人、丰子恺、汪曾祺、贾平凹以及台湾的三毛、席慕容等个人的专集，在出版界刮起一股竞相出版散文著作的劲风。

其次是散文创作队伍的扩大化和作者结构多元化。长期以来，创作界一直是小说家和诗人多，散文家和戏剧家少，这种状况在90年代大为改观，小说家、诗人、学者共同参与，构成了蔚为大观的散文创作队伍。散文创作职业化格局的打破，使散文园地真正热闹起来。小说家和诗人成为数量可观的散文异军，如汪曾祺、李国文、刘心武、贾平凹、韩少功、史铁生、张承志、张抗抗、张炜、莫言、余华、苏童、叶兆言、朱苏进、雷抒雁、周涛、王小妮、翟永明等都写出了不少有影响的散文佳作。小说家和诗人以其独特的思维方式和特长介入散文，打破了散文创作的常态和定势，给散文肌体注入了活力，使散文变得更朝气蓬勃。女性散文作家无疑是引人瞩目的一支重要队伍，叶梦、苏叶、唐敏、王英琦、马丽华、斯妤、素素、韩小蕙、冯秋子、蒋子丹、胡晓梦等人充满魅力的女性散文，构成了90年代散文创作光彩夺目的风景线。与此同时，出现了一支学者散文队伍，如余秋雨、张中行、季羡林、金克木、周国平、何怀宏、陈平原等。他们学贯中西、厚积薄发，作品注重文化品位与理性精神，使散文走向厚重和大气。在90年代以来的散文创作队伍中，还活跃着一批“新潮”散文作家，他们大都有较高的学历和文化素养，创作起点较高，以新的探索推动了散文文体的革新，在打破散文创作观念的保守僵化方面显示了自己的特色。

其三是创作成果的空前丰富。经过一段时间的沉淀，一大批优秀作品遴选出来，1993年选自散文著名作家的“金蔷薇”随笔丛书面世。1995～1996年，大量当代作家尤其是女作家的散文作品以集团规模出版，如“红樱桃”书系、“红辣椒”女性文丛、“金苹果”系列散文、“都市女性随笔”等。1997年，散文更是大量出版，影响较大的有辽宁教育出版社的“书趣文丛”、中央编译出版社的“读译文丛”、浙江人民出版社的“今人书话系列”、三联书店的“读书文丛”、中国社会科学出版社的“学术随笔文丛”等。总之，散文丛书不断出现，个人散文集不断出版，这种“丰收景象”前所未有。

其四是散文风格丰富多样。许多作家的创作呈现着个性的风采，如贾平凹的幽默谐趣；余秋雨的诗化中的感伤；史铁生的朴素宁静中的悠远绵长；韩少功的简洁老辣和睿智反讽；张承志的孤傲激烈中的抒情和张力；周涛的冷峻刚健。各种不同的风格，使散文园地繁花似锦。不同的题材内容也使散文园地姹紫嫣红，以汪曾祺等为代表的怀旧散文深沉蕴藉；以王充闾等为代表的游记散文境界洞开；以余秋雨、韩少功、马丽华等为代表的文化散文博识精警；以史铁生、张承志为代表的思想散文追求精神卓越、孤标傲世；以王小波等为代表的思想随笔博采世事、见微知著；以贾平凹等为代表的大散文弘扬人文传统；以张中行、季羡林、金克木等为代表的学者散文学养丰厚、尽显文人本色；以素素等为代表的小女人散文抒写女性心曲，拓展都市风流；以张锐锋、钟鸣等为代表的新潮散文推陈出新。各种文体不拘一格，手法多样，赢得了无数读者，掀起了一阵阵散文热潮。

如新时期文学中的其他文体消长兴衰一样，世纪之交的散文热同样有着多种原因。市场经济使中国社会发生了转型，文学由中心向边缘位移，但散文没有受到大的冲击，而是在边缘处定位，实现了自身的从容发展。转型期知识分子的分流，也使散文成为知识分子精神与情感的最自由的言说方式。进入90年代以后，社会生活日益世俗化，文化更多趋向市民化，人们更多关心的是身边事物和实际生活境遇。已然进入小康社会的人们开始追求精神的自由和心灵的舒展。适应这种变化,闲适散文、“生活散文”、“通俗散文”、“小女人散文”曾拥有相当的市场。读者对散文的消费高居不下,许多名家、非名家的散文集、随笔、小品成为畅销书,在读者中引起一阵阵的波澜。而散文创作观念的开放和艺术思维的拓展则是散文热的内在原因,如大散文观念的提出,使散文获得了更大的表现自由,走向更广大的审美空间。文化散文打破了形散神聚、曲径通幽的传统思维模式,以文化视角审视历史,审视人类,给散文开拓出了一片新天地。

总之,世纪之交的散文创作成绩非凡,呈现出全方位开放的状态,充满生命的激情和个性化的特色,在各个方面得以多维度展开。它既是当下社会各个生活层面的折射,又是个体生命知性、智性的表述。它体现着不同的文化、价值,并衍生出丰富、多样、立体的内涵。其中,老一代的博大,中年一代的厚重,年轻一代的锐利,使当下散文呈现着三代同堂的繁荣景象。不尽如人意之处在于,世纪之交的散文具有明显的媚俗倾向,热闹中隐含着内在的空虚,创作多是技巧和智慧,灵魂和血肉不足。这一切导致了散文的纤弱和“一地鸡毛”式的琐碎。

第二节　学者散文与文化散文

在90年代以来的散文热中,首先引人瞩目的是“学者散文”与“文化散文”。“学者散文”是根据作者身份而言的,“文化散文”是就题材内容而言,二者常有交叉重叠,但“学者散文”不一定都是“文化散文”,而“文化散文”也不一定出自学者之手。

学者散文在90年代可谓平地而起,成为最有活力的散文。它是学者们的“学余遣兴”,在形式上,不囿于散文文体形式的规范,具有很强的随意性,而这种随意性恰恰使作者的智慧和个人感受得到了充分的表达。学者散文是抗拒大众散文的重要力量,并在很大程度上孕育着走向大散文的可能。从历史的传承看,世纪之交的学者散文承载着现代散文的流风余韵,承继着“五四”以后形成的几种散文路向,如汪曾祺直接师承沈从文、废名;张中行得益于周作人;林非、张炜深得鲁迅散文的精神;余秋雨、周涛的“文化散文”与梁遇春、林语堂的文风显然存在联系。比较著名的学者散文作家有季羡林、张中行、金克木、林非、余秋雨、周国平、陈平原、赵园等,这些人都是在各自学术领域取得过突出成就的学者,学养丰富,见识广博。他们的随笔大多旁征博引、谈古论今、虚怀静观、随缘玩味,文笔老到、品位高雅,风格与古代小品接近,但在老一辈学者的随笔散文中都不同程度上带有文人书写、士大夫书写的特点,艺术追求上偏于性灵、冲淡、闲适、幽默的一路，思想的深度和力度往往显得不足。

季羡林（1911－2009），著名学者，1934 年从清华大学西洋文学系毕业后赴德国求学，1946 年回国后任教于北京大学。从事学术研究之余写散文，有《天竺新影》、《朗润集》、《季羡林散文选集》等散文集。季羡林的生活与他的散文同步，几十年躬耕不辍，散文成了他心灵的纪年。在他的散文中，记载着慈母的眼泪、童年的饥饿、学业的艰辛、战争的残酷和严师的教诲、挚友的深情，更有着非常精致的、经典的、东方传统哲人的思维方式和从古典到近代西方大哲的睿智以及他对宇宙本体时时发出的咄咄追问，而对人生百态处处广大悲怀。他的散文文字典雅清丽，纯朴而不乏味，情浓而不矫作，庄重而不板滞，典雅而不雕琢。无论记人、状物或叙事，笔下流淌的是炙热的人文情怀，充满着趣味和韵味。《虎年抒怀》、《清塘荷韵》、《一个老知识分子的心声》已成为脍炙人口的名篇。《老猫》、《清塘池韵》、《忆章用》深情款款、感人至深。《站在胡适之先生墓前》是他晚年的重要作品，感情真挚，文字平和，文风几近炉火纯青。季羡林散文写作既从我国古代散文中吸取精华，又得益于英国散文和近代日本散文。这使他的散文有的清新婉致，略带伤感，展现清新纯美，充满人性温情的心灵世界；有的则高扬主体人格，有着中国传统士大夫的理性与激情。他的散文比较注重描写现实人生中人性的善与美，体现了传统士大夫的理想情怀。《三个小女孩》写了 40 年间三个分别 2 岁、7 岁、12 岁小女孩特别喜欢“我”的“怪事”，特别记录了 12 岁小女孩和她的妈妈同望九之年的“我”告别时同洒眼泪的故事，“我一直看她母女俩折过小山，向我招手，直等到连消失的背影也看不到时候，才慢慢走回家来。此时，我再也不需要我那劳什子定力，索性让眼泪流个痛快”。他的相当一部分散文吟咏人与自然的和谐，传统的“天人合一”的思想使他对自然持一种审美的态度。所以他笔下经常出现漫山遍野的二月兰、亭亭玉立的荷花、可爱的猫及兔子等。季羡林的散文题材大都是身边琐事，但小中见大、余味无穷。因为作者学识深厚，见闻广博，常常在不经意间展示广博的知识和丰富的阅历，充分体现了学者风范，具有独特的艺术风格。

在学者散文中，值得注意的还有刘小枫的《这一代人的“怕”与“爱”》、赵园的《窗下》、周国平的《人与永恒》等。

文化散文发轫于“五四”新文化运动，最早的一批作者是周作人、林语堂、梁实秋、沈从文、丰子恺、梁遇春等。50 年代以后，文化散文在海峡彼岸开拓了一番天地，而在大陆则一度断裂。直至 80 年代中期，在港台地区的文化散文推动之下，大陆文化散文又得以复萌，涌现了如贾平凹、余秋雨等一批新作家，老作家孙犁、黄裳、汪曾祺也纷纷致力于这类散文创作。文化散文有别于传统抒情散文，往往取客观的叙述以节制内心的激情，引导读者对习以为常的现象作文化反思和自省,有思想容量大、信息来源广、哲理意味强等特点。同时,在体式上具有自由随意、率性而作的特点。进入90年代之后,这类散文的代表作家是余秋雨、周涛、韩少功、马丽华等。文化散文的创作,源于许多学者、作家不满散文的路子越来越窄,格局越来越小的局面。它的出现从根本上突破了传统散文长期局限在人生常态的写作模式,一改此前散文阴柔、低徊、轻浅、纤巧之风,在闲适小品中增添了黄钟大吕之作。这类散文的部分作者是学者、教授,故其作品又可称为"学者散文"。文化散文在发展中也存在弊端,如由于过多地承载文化而压抑了文学的灵性,丧失了散文美等。

余秋雨(1946—　),1968年毕业于上海戏剧学院并留校任教,艺术理论家,著有《戏剧理论史稿》、《艺术创造工程》等著作,80年代中期开始散文创作,有散文集《文化苦旅》、《山居笔记》等。

他的散文被认为是典型的文化散文。评论家相当普遍地认为,在他的笔下,每一个景点都被纳入中国文化史中去透视扫描,从而披露出历史泥沙掩埋下的层层文化积淀;面对沧桑流逝的景点,他总是凭借深厚的文化素养,用自身的生命去艺术地感悟,努力寻求跨时空的精神、心灵和情感的沟通,全身心地感受凝固于其中的久远的生命律动和感召,仔细捕捉那不绝如缕的文化底蕴,从而立体地感受历史景观千古不衰的鲜活的艺术生命及其所昭示着的永恒的文化主题。余秋雨散文的主题更多的是对中国传统文明的重温与反思,以及对现代文明的拯救与重塑。他在反思中询问中国文化的来路,在解读历史中确立当代人的精神标高。他在与历史精魂的对话中,给当代人文知识分子还原出一个深厚宽广的历史文化背景,以自我生命的体验接续中国文人的血脉。《文明的碎片·题叙》中说,这本选集的"主题就是文明,碎成碎片而依然光亮的文明,让人神往而辛酸的文明"。余秋雨说:"我发现自己特别想去的地方,总是古代文化和文人留下较深脚印的所在,说明我心底的山水并不完全是自然山水而是一种'人文山水'。"因此作者对莫高窟、都江堰、天柱山、西湖等具有丰厚历史文化内涵的名胜古迹情有独钟,对这些名胜的历史背景和文化源流进行分析与考证,并描述活跃于其间的人和事,深入挖掘山水风物中尘封已久的文化内涵。他的作品常常表达着对传统文明衰落与断裂的忧患意识,如《道士塔》、《阳关雪》、《西湖梦》、《一个王朝的背影》等,作者以历史眼光赋予历史人物、历史现象以浓重的忧患色彩,将读者带入对民族历史、现状和前途的思索中。思考知识分子命运和使命的散文如《柳侯祠》、《风雨天一阁》、《万进士》、《苏东坡突围》等篇章,揭示了中国传统知识分子的悲剧命运与封建文化运行机制的关系,对"贬官文化"、"隐士文化"、"流放文化"等进行了重新定位与思考。通过对一批传统知识分子命运的解读,作者为当代知识分子还原出深广的历史文化背景。余秋雨对传统和现代都持有一种宽容与批判并存的态度，因此他的散文中贯穿着一条充满矛盾的价值标准，游移于传统和现代之间，以寻找最佳的交汇点。这种观照方式也使余秋雨的散文呈现出独特的审美韵味，读者在阅读过程中既感受到了一种审美的愉悦，又体会到了一种文化思想的焦虑和人生价值的困惑，从而引发了更深层次的思考。《莫高窟》、《苏东坡突围》、《抱愧山西》都是这样的篇章。余秋雨在追寻文明的星光与文人的足迹时，充满了理性与激情。

由于余秋雨是以学者身份介入散文创作的，故他能兼取学者和散文家的优势，将丰厚的人文底蕴、史学知识、哲学理念、文学批评与艺术鉴赏等渗透于具体的散文创作之中，从而使作品呈现出开阔的气象、厚重的内涵、悠远的意味和空灵的格局。如《夜航船》一文将夜航船这一寻常的交通方式上升到一种文化意象去认识，使作品的意蕴体现了当代审美意识与批判意识，“中国文化的进程，正像这艘夜航船”，“船头的浪，泼不进来；船外的风，吹不进来；航行的路程，早已预定。谈知识，无关眼下；谈历史，拒绝反思。十年寒窗，竟在谈笑争胜间消耗。把船橹托付给老大，士子的天地只在船舱。一番讥刺，一番炫耀，一番假惺惺的钦佩，一番自命不凡的陶醉，到头来，争得稍大一点的一个铺位，倒头便睡，换得个梦中微笑”，既形象生动又极富文化批判意味。作者以自己独特的哲理感悟开拓了文化散文的艺术空间，以“言近旨远”的艺术境界给读者留下了无尽的思索。余秋雨的散文语言典雅华丽，充满激情和诗意而又不失浑厚质朴，平实而又睿智，是典型的学者式语言。余秋雨在处理散文时，将诗性的语言、小说性的叙事以及哲学性文化感叹有机地结合在一起，文本的小说性使人松弛愉悦，文本的哲学性使人严肃紧张，从而保持着有张有弛的节奏感。余秋雨在散文的文体、气象和语言上的探索，为当代的散文写作提供了诸多新鲜的经验，也部分改变了当时腐朽、僵化、小气的散文路径。但余秋雨的散文情感表达有时过于夸张浮泛，在篇章结构上也有着雷同的弊病。

第三节 张承志、史铁生等人的散文

世纪之交的整体思想文化语境与80年代迥然不同，随着市场经济的逐步深入，文学的“边缘化”，文学创作的“商品化”、“媚俗化”潮流日渐强大。处在一个文化转型期，新的社会文化理念与秩序尚在摸索而未达成共识。这一时期，精神信仰的危机与“空洞”状态是最为触目的时代精神文化问题。对于一个刚刚从“文革”的梦魇中醒来又迅速置身于“全球化”、市场化浪潮之中的民族来说，这个问题显得尤其严重。面对这样的时代困局，许多作家都开始自觉意识到自我精神立场的重要,他们或批判,或反思,或坚守,形成了守护"人文精神"的一股创作潮流。张承志和史铁生就是这一潮流的代表。作为出色的散文家,他们以各自擅长的思想随笔与哲理散文创作承担起守护人文精神的重任,他们通过富有个性的精神探索和思想言说以自己的方式接近、诠释了"人文精神"。尽管受到各自思想、经历、时代的限制,他们的思想呈现出诸多偏颇之处,但他们的理想主义的精神存在方式、反媚俗的心灵化写作方式、独立的理性思考方式以及寻求精神资源的探索方式都给我们这个时代留下了有益的启示。

张承志(1948—),回族,北京人。在80年代以小说《黑骏马》、《北方的河》而名噪一时,同时创作散文,1992年出版第一部散文集《绿风土》,此后相继出版的散文集有《以笔为旗》、《荒芜英雄路》、《清洁的精神》、《大地散步》、《牧人笔记》等。

进入90年代之初,张承志是一位极受关注的作家,这首先是因为他那特立独行的思想立场。在经历了1989年冬至1992年秋在日本、加拿大的访问之后,张承志深感西方国家存在着对中国的歧视和偏见,回国后不满于思想文化界商品化、消费化、媚俗化的颓废现状,因此,诸种强烈的感触引发他提出了"抗战"的主张。《以笔为旗》、《清洁的精神》、《无援的思想》、《撕名片的方法》等一系列富有强烈批判激情和战斗精神的思想随笔相继于1993～1994年发表,引起文坛的极大反响,并且成为"人文精神"讨论中的重要话题。因此,张承志在90年代更多的是被视为反叛世俗化商业潮流的异端、特立独行的思想者而被认识与讨论的。

所谓"抗战文学"的主张包含了相辅相成的两个方面:一是基于文化民族主义立场对西方的"文化傲慢"和"文化殖民"的抵抗;其二是以理想主义的姿态展开对当下世俗化、商品化及虚无化的文化潮流的批判。对"文化殖民"的抵抗与对当下世俗化潮流的批判均基于对民族文化的危机感而来,这一危机被张承志描述为"西方列强"与向西方妥协的中国知识分子联手制造。张承志反问道:"庞大的中国知识分子阵营,为什么如此软弱,软弱得只剩下向西方献媚一个声音?"因此,"总要有人站出来。那怕只是为了自尊,我也决心向这世界体制开枪,打尽最后一颗子弹。……我不愿做新体制的顺奴"(《无援的思想》)。

在张承志看来,90年代的"西方列强"对第三世界的控制主要体现为有计划的"文化殖民",通过这一手段实现所谓的"世界体制"。正是意识到这一点,张承志才屡屡运用"新殖民主义"这一概念。他在《失去公园的伊朗兄弟》一文中写道:"新的时代将是大多数穷国与西方的对立时代,将是艰难求生的古老文明与贪婪的新殖民主义对立的时代。"在《无援的思想》中他写道:"难道由于如此的一切,中国就应该被西方列强摆上案板拿起菜刀一块一块地切开吃掉么?难道由于如此的一切，中国就应该在一百年前忍受旧殖民主义、在一百年后再承认新殖民主义么？”《日本留言》一文号召：“在新殖民主义正在逼近世界时，给殖民者阵营里的反体制派以正义，就是对新殖民主义的抵抗。”基于这一立场，在他的笔下，时时会出现对西方“新殖民主义”的批判，而这种批判集中于对西方的“文化傲慢”与“文化歧视”的抨击上。如：“在日本听着德国新纳粹的凶残和嚣张消息，会有一种身近感。歧视人，歧视穷人，歧视穷人的祖国——世界像一个流氓，无论用多少个世纪也不可能让他学好。”（《不刺城的冶铁痕迹》）“反歧视——这个命题在90年代又出现了。中国人也许没有感到西方对人的歧视有多么严重。但是在西方国家挣扎于歧视中的中国人只求自己个人摆脱歧视但并不反对歧视的世界。我感到，人们因此没有觉察出歧视和敌视的危险，以及它的逼近。”（《真正的人是X》）

对民族与文化的危机感促使张承志发出了他的“抗战文学”的宣言：“此刻我敢宣布，敢应战和更坚决地挑战，敢竖起我的得心应手的笔，让它变成中国文学的旗。”（《以笔为旗》）“今天需要抗战。需要指出危险和揭破危机。需要自尊和高贵的文学——哪怕被他们用刻薄的北京腔挖苦。”（《无援的思想》）

“抗战文学”的另一方面内涵是倡导张承志式的理想主义。在作家看来，这种理想主义是与世俗化、商业化文化潮流相对抗的。张承志对以王朔为代表的“痞子文学”深恶痛绝，斥之为“一天天推广着一种即使当亡国奴也先乐吃乐喝的哲学”。他更对中国文坛的商业化潮流深为不满，在《以笔为旗》中曾尖锐地讽刺道：“未见炮响，麻雀四散，文学界的乌合之众不见了。占据这儿的，已是视此地为商场的股民——他们进场就宣布过没钱就撤，毫不遮羞。”针对迅速堕落和媚俗化的文化思潮，张承志提出了另一层次上的“抗战”——张扬理想主义精神，抵抗被驯化的潮流。这一精神倾向主要体现在他的代表性的散文集《清洁的精神》与《荒芜英雄路》中。在这两本散文集的诸多作品中，呈现出一种情感上的两极化倾向。一方面是世俗化社会的不义和丑恶被突出了，另一方面是坚持理想和信仰的精神被渲染加浓了。张承志善于在二元对立的情感结构中抒发感情。他对世俗与理想两方面的突出使他笔下的被批判的社会精神和思想状态呈现出不可容忍的腐败和堕落，而自身精神形象则放射出不可逼视的光彩。可以说，张承志在散文中首先成功地凸现了他自己的精神形象。比如常被论者提起的下段文字可谓典型：“逆着滚滚红尘，人欲横流的时期，我的小船又顶着风起航了。没有什么复杂的原因，我命定如此，我命定要填充一种空白。当你们感到愤怒的时候，当你们感到世俗日下没有正义的时候，当你们听不到回音找不到理解的时候——请记住，世上还有我的文学。”（《荒芜英雄路·后记》）

张承志倡导的“理想主义”主要不是倡导宗教信仰，而是倡导一种虔诚追求理想的信仰精神。在《清洁的精神》、《神不在异国》、《离别西海固》等篇章中，张承志以诗一样的笔触反复吟咏回味“信仰的美丽”，为了寻找强有力的思想支撑，张承志返身回到中华民族文化精神的历史长河之中，打捞起一些尚未湮灭的精神碎片，通过对中国古代历史中所谓“洁与耻尚没有泯灭的时代”的追溯寻找对抗外力的文化之根。在他看来，许由式的“洁的精神”、荆柯式的“美的精神”、屈原式的“殉道的精神”都是“40 个世纪以前种下的高贵种子，它百十年来一发，只要显形问世，就一定以骇俗的美久久引起震撼”(《清洁的精神》)。而人人具有“知耻、禁忌、信义、忠诚”等美德正应该是当代人追慕的理想。张承志所谓的“清洁的精神”主要包括“义、信、耻、殉”等文化精神。他把这些看做文明中最纯的因素，认为它能凝聚起涣散失望的人群，使衰败的民族熬过险关，求得再生。在这些因素中，他又特别突出“洁”，将一切都统率在“洁”的精神之下。他认为“洁”的精神特别突出了人的自尊自爱，而这正是其他一切“信、义、耻、殉”的基础，他说：“我们的精神，正源于上古时代的‘洁’字。”

张承志独特的民族主义文化立场以及多少有些偏激和情绪化的思想表述方式引起了诸多争议，他对当代文坛商品化世俗化的批评也引来了许多反批评。针对“泛道德化”的问题，有人指出张承志“自信拥有资格充当道德的仲裁者，将他人押上道德的法庭动以私刑加以拷问”；有人指责他制造了“道德恐慌”，借用道德或理想的名义进行“文化专制和思想专制”①，他的理想主义精神和“文化保守主义”也受到了批评。显然，张承志并不是一个成熟的思想家，他的局限是明显的，他选择的宗教的或审美乌托邦式的精神超越之路常常不自觉地陷入非理性的自我言说、自我论证的逻辑之中，成为“信者的自我呓语”；他对现实情绪化的否定也未免失于偏激；他对“终极”关怀途径的选择也未超越历史的预设；他的文化保守主义立场显然也阻碍了他精神反思的进一步深化。总之，张承志是一位带着诸多枷锁和负担试图找到突破自我之路的顽强的跋涉者，他的思想的有力与无力、彰明与迷惑是同时并存的。张承志之于中国文坛的价值恐怕恰如他自己所言，是一面思想的“旗帜”：“旗的追求是猎猎飘扬，激烈地抖着风，美丽的飘扬。”(《以笔为旗》)对于这面“旗帜”来说，重要的是它的不屈的存在姿态所具有的“独立的思想呐喊”的象征意义，而不是它的具体意义内涵全部无可挑剔。张承志的散文触发了对中国社会与文化发展命题的深入思考，它为这个日渐单一化、平面化和日益浮躁、嘈杂的时代送来了深沉有力的鼓声。

如果仅仅把张承志的散文简单地看成思想信仰的宣言的话，那么这无疑忽视了他的散文的审美因素。事实上，作为诗人和小说家的张承志，其散文有着独

①许纪霖：《批评的道德与道德的批评》，《文艺理论》1996 年第 8 期。

特的审美个性和价值。从题材上看，他的一些散文都是围绕着被作家深爱的内蒙古草原、新疆的天山南北和黄土高原这“三块大陆”的独特民族风情展开，作品大多篇幅不长，但凝练的笔墨中流荡着旷达之风，诗性的笔触展示着一幅幅雄奇壮观的风景画，又同时表现着凝重深沉的思想意蕴。可以说，张承志的民族风情散文是诗性的散文，它们不追求篇章结构的严谨而更着意于主观感性的抒发，昭示着作家创作精神的底色和心灵世界的脉动。在他的新疆风情题材的散文中比较集中地体现了这一写作风格。《美丽瞬间》、《辉煌的波马》、《如画的旅程》等篇什均可为代表。如《辉煌的波马》开头一段富有诗情的描写：“风掠过松树林子的梢头，林子的上空便响起了一处接一处的铮铮的弦音，云杉和塔松都轻盈地摇曳起来，抚着天山的前麓。山前的襟麓草原一派嫩绿，温柔地微微起伏着，直到舒展在模糊的远处，又悄无声息地没入特克斯河的暮色。我顺着这片向下倾斜的嫩绿色草地走。每天傍晚时分，当我顺着这片明亮的草地向下走时，都觉得心里满是奇异的喜悦。长风在天上，在松林梢尖悦耳地响着，那里颜色蓝蒙蒙的那么神秘。”

在张承志新疆风情题材的散文中，理想的光辉总会与一种浪漫的诗情相融：草原上牧人的背影、奔放的黄河、优美的古歌、雄奇的大坂、天山的日出景象和奔腾的马群，等等。如果说，张承志的散文最为人所熟知的风格是尖锐和激烈，甚至有些偏激，这部分散文则为我们展示了作家温柔、细腻、宁静、平和的另一面。

史铁生(1951—2010)，北京人，1967 年赴延安地区插队，1972 年因双腿瘫痪回北京，从此在轮椅上开始文学创作，主要散文集有《自言自语》、《我与地坛》、《好运设计》、《病隙碎笔》等。史铁生是一位小说、散文兼善的作家，他的散文作品与小说相比，更加明朗而清晰，较为完美地体现了他的人生哲学和思想立场。2003 年 4 月，史铁生以他的《病隙碎笔》获得了首届“华语文学传媒大奖”的最高奖项“2002 年度杰出成就奖”。授奖辞对他作了如下的评价：“一如既往地思考着生与死、残缺与爱情、苦难与信仰、写作与艺术等重大问题，并解答了‘我’如何立场、如何活出意义来这些普遍性的精神难题。”史铁生的创作诚如斯言，对生命意义、个体价值、宗教信仰等问题的探索在当代作家中是独一无二的。

对生命意义的追问与思考是史铁生散文的中心主题，他通过对自身命运的反思，提出了一系列发人深省的人本命题，这是他的散文中最富哲理与启发性的内容。在《说死说活》、《游戏·平等·墓地》等作品里，他反复描述自己对死的无奈和超越死后朴素豁达的生存态度，阐述自己对生命过程和意义的理解。《好运设计》则以戏说的方式设想命运的改变，却不期然暴露了命运本身的偶然和荒诞，我们从中不难窥破生命的真相。而《我与地坛》则集中表达了史铁生的人生哲学。在一座神秘而富有象征意味的古园里，作家默默咀嚼自己人生的凄惶与寂寞,探寻生存、写作、死亡的意味;他在冥思遐想中腾起想象的翅膀,在思索中渐渐领悟、超越了个体生命的挫折与苦难,进而感悟到宇宙的浩淼廓大与生命的永恒不息。

史铁生的散文对生命意义的追问总是围绕在"生存困境"的问题上。他往往从对生死意义的诘难开始,通过一步步理性的追问层层剥笋式地暴露出生命本身的脆弱和荒诞。生与死,爱与欲,偶然与命运等问题的思考最终往往导向悖论的出现,生命存在的孤独感、苦难的"原罪"性与作家内心生命欲望的升腾构成难解的矛盾,他的思考因此具有形而上的思辨意味,这构成了他的散文特有的风格特色。

但是另一方面,史铁生又通过对"爱的理想"的阐扬、"过程美学"的推崇以及宗教意识的表露相当程度上平衡了作品中过于沉重的情感负荷,使他的散文作品在悖论、矛盾之外又开拓出超越性的意义空间,在整体情感倾向上走向了平和与超然。

对母爱的颂扬是史铁生"爱的理想"的重要方面。在《我与地坛》和《合欢树》中他动情地描述了母爱的深厚与伟大。《我与地坛》写到每次他外出时"(母亲)便无言地帮我准备,帮助我上了轮椅车,看着我摇车拐出小院……有一回我摇车出了小院,想起一件什么事又返身回来,看见母亲站在原地,还是送我走时的姿势,望着我拐出小院去的那处墙角,对我的回来竟一时没有反应"。身有残疾,精神痛苦的儿子外出散心,留给母亲的是因担忧而导致的出神。她无数次地到儿子去的地坛公园寻找他,却又不愿让儿子知道。儿子的痛苦在母亲那里是加了倍的。母亲心神不定、坐卧难宁,乞求儿子能好好地活下去,终于,"上帝看她受不住了,就召她回去了"(《合欢树》)。母爱是深厚的、无私的、毫不张扬的,正是这样的爱给予了困苦中的史铁生生命的支撑,而对母爱的回想与重温又给了作家情感的慰藉和精神的救赎,所以,"母爱"构成了作家"爱的理想"的重要一环。

史铁生"爱的理想"的进一步深化和扩展表现在对爱的终极意义的确认上。在《无答之问或无果之行》中他对爱的本质进行了这样的表述:"爱,不是占有,也不是奉献。爱只是自己的心愿,是自己灵魂的拯救之路。因而爱不要求(名、利、情的)酬报;不要求酬报的爱,才可能不通向统治他人和捆绑自己的'地狱'。"这种"理想之爱"已超离了世俗伦理层面,上升为具有终极意识的"大爱"。在同一篇文章中,他又写道:"爱,永远是一种召唤,是一个问题。爱,是立于此岸的精神彼岸,从来不是以完成的状态消解此岸,而是以问题的方式驾临此岸。"显然,爱已是一种永待追求的"终极性召唤"。

史铁生对人生"困境"与"残疾"的体认使他更容易接近一种悲剧性的荒谬感,而内在的不屈和对爱的寻求又使他难以割舍俗世人生。于是他投身于审美的乌托邦，以“过程审美”对抗生存的荒谬。这一精神倾向也表现在他的散文创作之中。在《答自己问》中，史铁生说：“美乃是人的赋予，是由人对生命意义的感悟之升华所决定的。”在《随想与反省》中，他说：“把握现实与自我，正说明我们不能指望没有困境，可我们能够不让困境扭曲我们的灵魂。于是有一种更博大的胸怀，更深刻的智慧，更广泛的爱心的人类，与天地万物合成一个美妙的运动，如同跳着永恒的舞蹈。”“生命的舞蹈”，是史铁生“过程审美”的人生哲学最形象化的表达，它意指一种不问结果、只重过程的审美化的人生态度。在虚无和荒诞的人生背景下，“过程审美”提供了想象性的救赎方式。

在史铁生的散文中，宗教意识是时时出现的主题。实际上，在对爱与美的追寻与意义阐发中，已经显露出明显的终极关怀意识，而在晚近的创作中（如《病隙碎笔》），这种朦胧的宗教意识转化成了较为直接的宗教化言说，这是史铁生散文创作中引人瞩目的现象。宗教精神，依据史铁生的理解是“人们在‘知不知’时依然葆有的坚定信念，是人类大军落入重围时宁愿赴死以求、也不甘惧退而失的壮烈理想。……宗教精神并不敌视智性、科学和哲学，而只是在此二者力竭神疲之际，代之以前行。”（《自言自语》）可以看出，他是把理性与宗教信仰的界限作了严格的区分，二者互不僭越，从他的宗教立场上来看，史铁生明显受到了当代西方基督教神学的影响。史铁生的宗教化言说在《病隙碎笔》中多有所见，这多少带来了文体表达方面的一些问题：思想的厚重与表述方式的晦涩是同时存在的，这要求作家具有更灵活的文笔。

史铁生的散文在文体方面的探索是引人瞩目的。作为小说家，他自觉打破小说与散文的界限，引入小说的结构和想象方式，从而创造出了属于史铁生自己的独特的文体形式。《散文三篇》、《对话四则》等散文借鉴小说的对话形式，剖白作者自己的心灵与思想，妙趣横生，别具一格。《好运设计》则是借小说化的想象形式和叙述方式展开心理的剖析，在文体上把它看做心理分析小说也未尝不可。类似的散文篇章还有许多，如《安乐死断想》、《康复本义断想》、《墙下短记》等。史铁生在散文文体探索上走得最远也最成功的作品是他的名篇《我与地坛》，在最初发表的时候，这篇散文作品被作为小说处理，而时至今日，仍有人探讨其“小说”本质。这说明，这篇作品打破了文体上约定俗成的习惯。《我与地坛》中，除了“我”这个遭受残疾命运打击的“主人公”外，还有面临荒诞命运的长跑运动员，以及那个漂亮然而弱智的不幸的女孩子，他们都是作者叙述中形象鲜明的人物形象，我们很难将这些形象分清楚究竟哪些部分是写实哪些是想象。在文章的叙述中，作者不时将叙述的方向指向读者，以第二人称的语气与虚拟的读者交谈，创造出了“独语”与“对话”交融的独特文体格式。我们可以发现，这些叙述的技巧并不是传统散文的技巧，然而正是这样“越界”的叙述打破了散文叙述的单一角度,给我们以崭新的印象。《我与地坛》以其独特的形式结构和文体风格很好地容纳了史铁生交错万端、复杂跌宕的心理结构和思想形式,可以说是一次成功的文体探索。

史铁生认为散文是最自由最平易近人的一种体裁,是"游历内心世界的一驾好马车",它"不像诗歌凭靠奇诡的天赋,又不像小说需要繁杂的技巧"。它其实"怎么写都行,写什么都行"。散文是"主义越少的地方,绝不是越寂寞的地方,肯定是越自由的地方"(《也说散文热》)。在史铁生的散文作品中可以发现作者并不刻意考虑谋篇布局,最重要的是作品的内容,章法结构明显是无意为之,思想感情的潮水涌向何处,作者的笔触便跟向何处;他喜欢运用独特的对话体式或内心独白体式叙述着他的见闻,倾诉着他的情感,表达着他对人生的见解。这种率性而为的语体风格恰恰形成了一种结构的自由美。

第四节 邵燕祥、牧惠等人的杂文

"文革"结束以后,随着思想解放运动的开展,杂文创作逐渐复苏。在新时期之初,杂文创作主要围绕着深刻反省新中国所走过的弯路,批判封建思想,抨击专制主义,反对个人崇拜,推动思想解放等主题展开,杂文家们结合现实问题,反思历史,倡导民主,呼唤人性,为社会转换思维、活跃思想起到了积极推动作用。在这样的创作潮流中,涌现了一大批优秀的杂文作家,邵燕祥、牧惠就是他们的代表。这两位作家的作品尽管有不同的写法、不同的风格,但都具有共同的思想倾向:对封建思想及其流毒鞭辟入里的批判,对中国历史及文化心理的剖析与反思,对现实丑恶现象的揭露与抨击。他们的创作主题鲜明,笔锋锐利,思想深刻,酣畅淋漓,在文坛及社会上都产生了较大的影响。

难能可贵的是,在90年代以来日益复杂的社会变化面前,邵燕祥、牧惠等人仍坚持了自己的创作方向和思想立场,他们通过回顾历史、针砭现实,延续了80年代有意义的思想主题,较好地发挥了杂文"匕首和投枪"的批判功能,为杂文创作保留了一方思想领地。

邵燕祥(1933－),原籍浙江萧山,生于北京。50年代已是颇有名气的诗人,进入新时期后写过一些诗,接着就将创作重心移至杂文,著有《蜜和刺》、《忧乐百篇》、《绿灯小集》、《忧郁的力量》、《自己的酒杯》、《梦边说梦》、《人间说人》、《史外说史》等多种杂文集。

邵燕祥由写诗而转入杂文创作,既是时代的要求使然,也是作家自觉追求的结果。邵燕祥说:"我多年来,主要是兴之所至,写些抒情小诗。近来,特别是从

1984年初至今，转而多写杂文，一方面是由于时代的需要、社会的需要，一方面也是找到了一个能对社会生活及时作出反应，能把我和群众的一些思考、情绪、意向直接加以表达的形式。”[①]可以说，重视杂文的批判功能是邵燕祥杂文创作的出发点，这也使他的杂文显示出鲜明的批判性和针对性。他的杂文往往围绕着现实问题展开，针对种种弊端、矛盾和问题发表议论，探讨出路，展现出一个有良知的知识分子对国家、民族命运的关注和忧虑。

对十年“文革”及其思想流毒的批判与否定是邵燕祥杂文关注的重要主题。尤其在他新时期之初的杂文创作中，这一主题是他创作的中心。《批判“大批判”》指出：“‘大批判’是借助于真理、事实和逻辑之外的力量进行‘批判’的文风的恶性发展，是文艺以至整个思想战线上的‘打砸抢’，是文人无行和文人无文的可悲的结合。”然而，时至今日却仍然有人留恋这一套，因为“靠‘大批判’尝过甜头的人还想重温旧梦，见有人靠‘大批判’尝过甜头的人垂涎的人也要试试手气”。作者严正提出：必须真正给“大批判”以批判，否则，便无从彻底否定“文革”。《“娘打儿子”论》尖锐地讽刺了某些试图粉饰“文革”的荒谬主张，指出其封建奴性：“这种‘娘打儿子’论，不是更像旧时代‘官打民不究，父打子不究，夫打妻不究’的封建法规和奴隶道德的翻版吗？”《论“七八年再来一次”》等杂文，对极“左”思潮的危害、实质以及“左公们”的真实嘴脸给予了无情的揭露、鞭挞。《整人诗话》一篇，作者以辛辣的笔墨，对一些人以整人为乐的“爱好”进行了曝光：平时只怕没有整人的机会，只怕整得不够厉害，一抓到题目，就不惜借题发挥，断章取义，把水搅浑，另做文章，必欲置人于死地而后快。而整起来越“左”越好，以“左”为荣，“多少年不就是如此吗”。面对历史的伤痛，作家进而提出建立“‘文革’学”的主张。在《建立“‘文革’学”刍议》中，他建议对“文革”应作多层次系列性研究、比较研究、综合研究，以做到“以史为鉴”。邵燕祥的以批判“文革”为中心的杂文大都是对“文革”的核心“理论”的批判，文章直指要害，显现出锐利的锋芒，可以说是“匕首与投枪”。90年代之后，他对这一主题的关注并未减退，并且深入到了更深层次的人性、道德与政治文化心态的探讨上，《圣经拟作》、《论知识的有用与无用》、《中国人全都堕落了吗？》是其优秀代表。

邵燕祥的杂文秉承了“思想启蒙”运动的理性精神，警惕封建思想的变形回潮、剖析社会与文化心理中仍然残留的封建意识、揭露政治神话的谎言本质是他的杂文始终着力的主题。《切不可巴望“好皇帝”》对长期存在的奴性心理作了深入剖析，揭示其实质：这种巴望“好皇帝”的心理，是被十年浩劫扭曲了的一种可悲而又可怕的心理，接近于封建时代暂时还没有做稳奴隶的人们对暂时做稳了

---

①邵燕祥：《绿灯小集》，人民日报出版社，1987年，第3页。

奴隶的人们的钦羡。作者指出:"我们不是要在'好皇帝'和'坏皇帝'之间作选择,我们是要在社会主义和封建主义之间,在民主与法制、科学与蒙昧之间作选择。"《"饭苍蝇"之类》尖锐地讽刺了封建等级制下的自欺欺人的行径,呼唤实事求是的作风。《觉慧会不会变成高老太爷》则对生活在我们这个有沉重的封建遗产的国度里的青年的"精神裹脚"的可能性敲响了警钟。《说"从……以来"》、《今天里的昨天》重在昭告世人:历史不是截然分开的,昨天的沉渣并不一定永不泛起,所谓"一元复始,万象更新"不过是良好的愿望而已,人们更应警惕的是旧的时代的回潮。

邵燕祥的启蒙与理性精神集中体现在他对过去历史与当代思潮的独到判断上,他始终坚持理性的怀疑立场,尊重历史,质疑神话,从而也就拆解了诸多政治谎言。在《孔子的话题》中,作家指出,孔子的学说虽然历来是被统治者利用的,但是如果孔子的思想不是实实在在地帮助了封建统治者延续封建统治的话,恐怕也不会有人尊孔敬孔。所以"五四"运动打倒孔家店并不冤。《尊孔与读经》则针对近年来兴起的"尊孔"浪潮和试图以孔子的儒家思想"拯救""礼崩乐坏"时代的思潮提出了不同的看法。作家指出,切不可有病乱投医,孔孟之道绝不是万应灵药,否则就不会有历朝历代的改朝换代,更不会有中国革命的发生。邵燕祥对"尊孔"的警惕其实正是对当下社会思潮的自觉反思和批判,显现出一个思想者独立的思想立场。《如果太平天国不失败》和《从本州兵团说起》则显示了作家对历史谎言的怀疑精神。在《如果太平天国不失败》中,作家假设了太平天国的胜利前景,得出它不过是和朱元璋的明王朝一样,变成了又一个封建王国或者"封建官国"而已的结论。从失败的原因看,太平天国某些领导人的过失可以以"阶级局限"去解释,但某些罪行却无法这样解释。《从本州兵团说起》介绍了日本侵略军最精锐的本州兵团绝大多数士兵都是产业工人的事实。作家感叹道:"由'有文化、守纪律'的产业工人组织的师团,就是在日本东京大本营指挥下在中国无恶不作的魔鬼!"作家得出结论:"阶级成分决定论"并不可靠,事实是"工人阶级"已成了法西斯的工具。这些结论无疑与"革命"理论大有分歧,但正是这样,才显出作者的独立思考的难能可贵。

邵燕祥的杂文自始至终贯穿着"不虚美、不隐恶","不为尊者讳"、"贤者讳"、"亲者讳"的秉笔实录精神。邵燕祥自己曾明确表示:"杂文如果不说真话——真心话,就是不尊重读者;说套话废话至少是浪费读者的时间,说假话则是不折不扣地欺骗读者。"(《杂文作坊》)正是出于这种清醒的认识和追求,邵燕祥的笔下不说假话、空话、套话,有的只是针对现实问题所发的切实之言,是真话和实话。《女人的力量》直指现实存在的党风和腐败问题,讽刺党员干部借亲属之手收受贿赂的丑恶现象;《入党动机》揭露"党票抵罪"这一违反法治精神却又在社会中屡见不鲜的怪现象;《官话》辛辣地讽刺了某些倡导所谓"新基调杂文"的人,指出他们实质上是官迷、权迷,所谓"官民一致"的主张本质上是要肃清鲁迅的"遗痕",以使这些人能官运亨通。此外,《称号的背后》对沉渣泛起的恶俗心理进行了批判;《说打点》对普遍存在、习以为常的行贿受贿的心理做了剖析;《怕不怕再出"高玉宝"》对当前严重的辍学现象给予了关注,这些文章都是直指要害、秉笔直书的好文章。

邵燕祥的一些杂文,特别是那些类似于鲁迅的《小杂感》式的精短杂文,极富哲理性与文学性,具有很高的审美价值。如其《杂文作坊》(一至四)、《零言碎语》、《闪念录》、《大题小作》、《这个与那个》(一)、《画蔷小集》、《语丝》等篇,无不言简意丰、含蓄蕴藉。某些篇什,如《闪念录》和《画蔷小集》,已经可以看做散文诗,它们是作者内在诗情与深刻思想的结晶,正是在这样的尺寸短书、只言片语中,作者、诗人、杂文家的本色显现出来。可以说,邵燕祥的这些杂文显现了他独特的创作个性,在总体上尖锐硬朗的杂文文风之外,保留了温婉隽深的另一面。

牧惠(1928—2004),原名林文山,原籍广东新会,生于广西贺县,中山大学毕业,长期从事编辑工作,1958年开始以牧惠为笔名发表作品,数十年来发表了大量作品,后期杂文主要有《且闲斋闲话》、《碰壁与碰碰壁》、《"马后炮"与"哑弹"》、《华表的沧桑》、《人鬼之间》等杂文集,又有《歪批水浒》、《古经新说》等专题性杂文创作。

牧惠最为擅长的写作方式是以批读中国古典名著的方式引出话题,采取借古喻今、以古讽今的方式,联系时弊,对丑恶现象予以抨击。如以批读《金瓶梅》而写《金瓶月话》,以批读《西厢记》而写《西厢今论》,以批读《水浒》而写《歪批水浒》,以批读《论语》和《孟子》而写《古经新说》,还有许多就《三国演义》、《红楼梦》以及鲁迅作品而引发的文章。这部分文章构成了牧惠杂文创作中最有个性特色的部分。作家或是从古已有之的某种现象或问题出发,联系当今相似的现象或问题,予以揭露;或是就当今出现的某些丑恶事物,向古代追溯其来龙去脉或某种对应关系。无论溯古还是论今,其目的都是双向的,既对当今问题探究其社会思想根本,又追究其历史传统渊源。在这样的探究中,往往揭示出源远流长的封建文化与心理的劣根,同时又暴露出现实问题的存在。如《收礼名目学》,借孟子受礼要讲究名目的故事引出孔子的"名不正则言不顺"的"理论",进而归纳出"送礼收礼,得有个好名目"的"怪论"。文章并没有就此打住,而又进一步将视线引向现实,指出"名目文化"的络绎不绝:权力者可以凭借权力获得诸多好处,然而却打着堂皇的旗号,诸如占公家便宜可以名之曰"试"或者"借",利用权力摊派可以叫"人民××人民办"等。作家最后说:"可见《孟子》也有精华。"作家显然是正话反说,暗含讽刺,短短的篇幅之中,将嘲讽的矛头同时刺向古今,显示出不凡的写作功力。《漫话画圈》、《赵书信与我》都是这种写作方式的代表性作品。

牧惠杂文的批判指向大都是中国传统的封建文化以及在此文化浸淫下所形成的奴性心理。他往往采取"正面文章反面看"的写法,暴露出封建文化的荒诞与丑恶。《处世准则》引孔子的名言"危邦不入,乱邦不居。天下有道,则见。无道,则隐。邦有道,贫且贱,耻也。邦无道,富且贵焉,耻也"作反向的推演。他指出,权力斗争的规则正是贯彻了孔夫子的一套哲学:政权到手之时"则见",打得一塌糊涂之时"则隐","对政治的腐败、人民的疾苦,事不关己,高高挂起"。同样,对小民来说,关键就是要别管闲事,甚至路遇流氓强盗也不要管。作家将荒诞的推演不断放大,使人愈加看清这些"圣人之言"的荒诞和可笑,作者在篇末,假做一本正经之态训诫道:"这就是儒家精华的精华,要点的要点。掌握这条,得《论语》一半矣!""假作真时真亦假",反讽的笔法使所谓"圣人之言"愈加显出背后的骑墙本质和投机心理。《佛也救不得金翠莲》批判的是"在人的尊严被蔑视,女人连人的地位也未必有的社会里",不少女人不以奴隶地位为耻,反而恣意追求的现象。显然,女性的蒙昧又一次证明了封建社会中的"顺民"就是生活在"做奴隶而不得"与"暂时做稳了奴隶"的时代循环之中。牧惠90年代创作的杂文中以抨击封建文化为立论宗旨的篇目不少,《强盗不可以白做》揭示"官匪一家、官即是匪"的历史怪象;《奴才并不易做》则暗讽了封建社会中投机专权的各色奴才;《史可法的悲剧》对比了史可法的愚忠和其后代子孙的"吃英雄饭"的行径,嘲弄了封建道德秩序。这些均为上乘之作。

丰富的知识性是牧惠杂文的另一个鲜明特点。牧惠杂文主要痛斥丑恶现象,但他常常不局限于这种现象本身,而是宕开笔去,搜取相关的社会历史、上下纵横的方方面面,充分展开论述,以对所痛斥的现象进行全方位的、辩证的透视,因而他的杂文显得丰富多彩,极有可读性。例如《狼与人、人与兽》一文,主旨是痛斥那些在"斗斗斗"年代中,靠吃"不说谎办不成大事"之类思想奶汁长大的"狼孩"。而文章却是以中外古今的大量令人惊奇的资料,分别讲述狼、豹、猴、猿、羊、猪等兽类哺育人的幼孩的故事,论证出兽类与人类有相通的一面,吃人的野兽也有不吃人的一面;人虽不同于兽,若与兽类同生活,也会有兽性,当恢复人的社会生活时,却又可恢复人性。另一方面,从人类本身来说,人是有人性的,又是有兽性的,而且有比吃人的野兽更凶恶残酷的人,当今贪得无厌的"狼孩"也是一种活证。作为古文史学家,牧惠往往借助于历史掌故、民间传说、史家记载等丰富的材料展开文章,这些材料给人知识上的熏陶,也是作家学养的体现。

牧惠的杂文有着幽默风趣的格调。他对现实的讽刺与批评往往融化于论古说史的"闲话"之中,严肃的主题与谐趣的内容结合,构成一种严肃与活泼、庄重与诙谐并有而又统一的风格。例如《"去裘"新解》一文,引《晏子春秋》中晏子与齐景公的一段对话，晏子教育齐景公："大贤君饱则知人饥，温则知人寒。""公乃去裘。"也就是脱下了皮袍。作家质疑这不是从谏如流的表现。他在举例宋代程颐教训皇帝招致祸端的故事后指出，晏子实际上在煞风景："设想一下，如果有人在十六万元一桌的酒席上把晏子这番话改头换面地发表一通，甚至还提到全世界还有三分之二的劳动人民处于水深火热之中，十六元一桌的窝窝头咸菜也未必吃得上，'公乃撤宴'，可以理解为主人愉快地吃四菜一汤吗？他不当场把这位疯子赶出宾馆外同那'三分之二'一块啃窝头才怪呢！"牧惠善于从常规的思维习惯中找到破绽，"旁逸斜出"，言他人所未言，从中不难看出作者思想的敏锐与犀利；而表达上则轻松幽默，令人忍俊不禁。《贞操带·守宫和缠足》旨在批判传统和现实生活中对女性的歧视和虐待，文中大量引证了中外古今禁锢女性的荒唐而又残酷的伎俩和怪事，如意大利某工厂推销员，到古董店买回一具16世纪的贞操带回家，命令妻子在他出差一个多月的时间里带上，以免除他戴绿头巾的危险，结果妻子愤而报警，此公被捕。他又从古代婚礼男女之间用雁和茶作礼物（雁是雌雄永不分离，茶是不能移植的植物），从全国林立的贞节牌坊，从大量的烈女等剖析出源远流长的所谓贞操文化的可笑和可悲。文中既有鲁迅、林语堂等现代大师关于幽默的论述，又有古代帝王和道学家、文学家的幽默趣事，又有来自古代和当今民间的幽默，并论证出中国特色的幽默就是符合"忠恕之道"、"温柔敦厚"，等等。可以说，牧惠的幽默也是"温柔敦厚"的，寓讽刺于谈笑之间，不温不火，点到为止，而又令人读后思之，品味再三，有思想的启迪和知识的谐趣在其中。

牧惠在他的《杂文自选集》的自序中写道："必要时，拍案而起，打一手少林拳很有必要；但是，杂文恐怕还得以太极拳为正宗。这倒不是消极地害怕给什么人抓辫子，而是从审美的要求看，婉转曲折、柔中有刚的文字更有可读性也更富战斗力。我确实有时会来一手少林拳；但是，更多的还是力图打太极拳。"①这段话很好地总结了牧惠自己的写作风格，"温婉的讽刺"或许正是牧惠着意追求的境界，也是他学者型杂文的风姿和气度。

第五节　世纪之交的思想随笔

世纪之交的散文虽然硕果累累，但若从散文内部文体种类予以审视，发展并不平衡，其中发展最迅猛、收获最丰硕的是随笔。准确地说是从1992年开始，中

①《牧惠杂文自选集·自序》，百花文艺出版社，1996年。

国文坛出现了随笔热,特别是思想随笔迅速崛起,并且一路走红。这一时期的思想随笔作者中,老一代中出现了朱正、严秀、潘旭澜、王学泰、蓝英年、钱理群等,中青年中出现了王小波、林贤治、筱敏、刘烨园、李锐、徐友渔、徐无鬼、朱建国、摩罗、余杰、王开岭等。他们的文字洋溢着深厚的人文精神,闪烁着犀利的理性光彩,为散文阵地注入了蓬勃的生命力。他们在思想随笔中或对传统文化进行淋漓尽致的批判,或对中国知识分子的精神传统和群体性格进行反思,或为中国自由知识分子唱起了一支令人伤感的挽歌,或探讨现代化与伪现代化的文化冲突。钱理群认为,这些青年思想者的出现,承续上了鲁迅当年所开创的、已经中断了许久的"精神界战士"的谱系,这在世纪末的中国思想文化界是一件非同小可的事。他们的创作也体现了90年代中后期以来精英文化对散文创作的渗透,体现了对世俗、功利文化的反思与矫正。世纪末文坛兴起的这股思想随笔热带有强烈怀疑、批判和探索精神,以其独特的内涵在散文界独领风骚。它不仅让人深切地感受到民间的、独立的批评者思想的力量,而且也为21世纪中国散文发展提供了一种精神向度,同时也说明了90年代以来散文发展过程中经历了内容上由思想的贫困到思想含量、力度不断增大的演变状况。

筱敏(1955－),广州人,1969年初中肄业当工人,在一个小山坳里的通讯站中工作了12年,在值班日志的背面开始写诗,1983年调入广东作协工作,主要作品有:诗集《米色花》、《瓶中船》,散文集《喑哑群山》、《理想的荒凉》、《悠闲的意义》、《女神之名》、《风中行走》、《成人礼》等。筱敏的散文有深刻的思想洞见、沉稳的理性智慧和美丽的文笔,在中国女性散文家中显示了思考者的光彩。筱敏被称作"精神贵族",因为她是一个耽于精神性的写作者。她的散文大致可以分为两类:一类写革命,一类写女性,实质上这两类之间有着密切的内在联系。她早期的散文作品较多关注女性的命运,对女性的生存困境有细腻的描写和深切的关怀,其美学风格呈现出宁静、朴素、纯粹的特征。90年代之后,她的写作风格开始发生了变化,发表了一系列以知识分子为题材的散文,向读者展示了一个宏阔的精神空间和历史空间。那里有关于法国大革命的遥想,有对俄罗斯精神的礼赞,也有对德国法西斯暗影的省察,此外还有对知识分子的批判,对"文革"的反思,以及对于"家"和"路"的追问,等等。作者通过追忆、反思、诘难、剖析、评判,诉说苦难,鞭挞罪恶,讴歌崇高,昭示正义。从90年代开始,她专注研究"革命",通过对法国革命、英国革命、美国革命以及德国与苏联极权主义的来龙去脉,得出了"革命分叉论"的结论,对我们长期所崇拜的"革命"进行了颠覆。筱敏的思考是深刻的,表达是独特的。关于第二次世界大战,她是这样思考的:作为战争策源地,德国的意识形态是怎样一种状况?德国的百姓又是怎样一种心态?"法西斯"的拉丁文原义是指"捆在一起的一束棍棒,中间插一柄斧头,是古罗马高官的权力标志，象征万众团结一致，服从一个意志，一个权力”。她告诉人们，使人困惑之处在于“毕竟，仅凭一柄斧头，无论它如何锋利，还是不能把四散的棍棒们捆绑在一起的”（《群众汪洋》），引领人们思考历史大灾难的深层根源。筱敏的思考举重若轻，选取“群众汪洋”汇聚、“语言巫术”奏效、“情感瘟疫”蔓延等侧面，令人信服地揭示了这场悲剧的成因，以及每个普通人应当承担的责任。当一切丑恶都在高尚的旗帜下进行，每个人该如何保持清醒？“所谓民族，所谓祖国，原是一些无论在时间上和空间上都边界暧昧的概念，需要明白的是，它在我们个人的心中所指的是什么，而统治者或极权社会意识形态所赋予它的又是什么。”她提醒人们，需要“从‘祖国’一词中，剔除君主的社稷；在民族情感中，扑灭引发瘟疫的病毒。无论怎样纯洁的血统，怎样至上的民族利益，怎样炽热的爱国主义，也绝不能取消我们的自由和权利，绝不能把自己与专制体制或大独裁者联结在一起”。这种思考显然是深刻而独特的。

在20世纪90年代“文化热”的背景下，许多学者都纷纷通过散文把政治话题转成文化话题，筱敏却依然坚持话题政治化，不愿进行这样的转化，显示了思想者的执著坚守。她坚守自己的边缘性、个人性，坚守人文主义者的立场，思考自由、平等、公民的权利、人的尊严的具体内涵，向往想象中美丽纯净的“乌托邦”，同时又感叹现代社会中无处不在的“理想的荒原”。毫无疑问，筱敏散文所涉及的命题以及她所思考的深度，都给她的散文带来了精神性的特征。这种精神性是她迥异于“小女人散文”的一个明显标志。不过，就筱敏的创作来说，更吸引读者的是她那精致、饱满和结实的诗性表达。在《书的灰烬》中，她用诗歌的笔调这样描述那些历史上的思想者：“思想者在纸上留下思想的踪迹，如同蓟草在大地上留下生长的踪迹，这是生命自身的真实。因其无关尊严荣辱，无关乎利害，所以不可能遏止。站在大地上，吸纳土壤的气味，浸浴日月的馈赠，伸展自己思想的枝条，自由地伸展。这是人的权利，这是个体生命的尊严。历史是被一次又一次地焚烧过的，人的权利和尊严也是一次又一次被焚烧过的。火焰过后，仿佛一切都不存在了。然而生命和思想的胚芽，却一次又一次从劫后的灰烬中萌生出来。”这些诗性的表达使她的散文优雅而高贵。

王小波（1952—1997），北京人。1968年到云南插队，后来做过民办教师、工人。1978年入中国人民大学贸易经济系学习，1984年赴美国留学，获硕士学位。回国后先后在北京大学和中国人民大学任教，1992年辞职成为自由撰稿人，1997年病逝。主要作品有小说集《黄金时代》、《青铜时代》、《白银时代》，散文集《思维的乐趣》、《我的精神家园》、《沉默的大多数》。王小波以他的自由、敏锐、平易、轻松和很强的亲和力在当代散文界独树一帜。他丰富敏感的经验理性、洞若观火的感知判断、质朴率真的文字传达出一个自由主义思想者的立场。王小波的思想随笔有两个明显的特征:一是他独特的思路,一是他独特的语言风格。他的思路属于自由人文主义,他的语言犀利幽默、妙趣横生,是一种极具个人特色的文字。这些“极具个人特色的文字”表达了喧嚣的话语圈之外的不愿沉默的自由思想者对思想、文化、科学、社会、文学创作等重要问题的独特见解。王小波是一位睿智的思想者,他的大部分作品很有深度,其中像《知识分子的不幸》、《文化之争》、《椰子树与平等》、《救世情结与白日梦》等,都是极具思想智慧的篇章。王小波思考的问题非常广,而主要问题是知识分子问题、专制主义问题、文化问题、信仰问题、道德问题等。他非常关注知识分子的命运。在《知识分子的不幸》中,他提出一个问题:“什么是知识分子最害怕的事?”他说他自以为有一个经得起全球知识分子质疑的答案,这就是“知识分子最怕活在不理智的时代”。什么是不理智的时代呢? 他说那就是伽利略低头认错、承认地球不转的年代,也是拉瓦锡上断头台的年代,是茨威格服毒的年代,也是老舍跳进太平湖的年代。王小波希望将作品变成轻松美好的精神产品,他特别强调写得有趣,因此,读他的文章总在愉快有趣的艺术享受中获得启迪。他的随笔总是以幽默睿智来穿越和超越平淡乏味的现实生活,在举重若轻的优雅从容间表述出他深刻独到的思想。《椰子树与平等》是一篇典型的幽默散文,幽默散文往往可能欠深邃而油滑,而王小波的这篇散文却既有趣又十分深邃,他以反说歪理的办法把消极平均主义的危害揭露无遗。他的揭露不是剑拔弩张,而是从容不迫,让读者在微笑中心领神会。王小波从云南没有椰子树说起,在对诸葛亮的调侃中,对“平等”问题发了一通幽默的议论,让人忍俊不禁。“四川不长椰树,那里的人要靠农耕为生;云南长满了椰树,这里的人活得舒服。那么怎样才公平呢? 要不就让四川长椰树,但自然条件限制,办不到,只好把云南的椰树砍了,这就公平了。同理,有人四肢健全,有人生有残疾,为公平故,只能把健全人弄成残疾”;“聪明人与傻人争执,我们总说傻人有理,久而久之,聪明人也会变傻”。

摩罗(1961－　),本名万松生,1981 年毕业于九江师范专科学校,做过中学教师,1997 年毕业于华东师大中文系,获文学硕士学位,现任职于中国艺术研究院文化研究所。摩罗开始引人瞩目的是他在文学评论上的创见,如《论中国当代作家精神资源》、《论 20 世纪中国知识分子的精神历程》、《论中国文学的悲剧缺失》、《面对黑暗的几种方式——从鲁迅到张中晓》等。90 年代后期,他引起知识界关注的是思想随笔,《耻辱者手记》、《自由的歌谣》、《因幸福而哭泣》、《不死的火焰》在青年学子和知识界广为传诵。摩罗受鲁迅的影响,怀疑精神和深刻的洞见以及坚定的信仰是他从鲁迅那里继承的精神遗产,所以,钱理群称之为“精神战士”。读摩罗的思想随笔常使人觉得过于沉重,这是因为他不断地进行灵魂深处的自我拷问和忏悔,许多轻松的小说也被还原其沉重的本质,提示其背后的苍凉与无奈，读来让人难以轻松。摩罗在读书界引起广泛认同的，是他那尖锐而深刻的思想。摩罗的思想主要受80年代启蒙思潮的影响，更多地批判专制和奴性，张扬人的尊严和良知，呼唤知识分子自由思想和独立人格。他认为，每一个生命个体的尊严的丧失，都是全人类共同的耻辱。《中国知识分子：启蒙的破产》、《耻辱者手记》批判了近代以来中国专制暴政及其带来的知识分子个体人格丧失和启蒙破产的恶果。摩罗的深刻之处在于，他不仅批判专制，更把批判的利笔直接导向支撑专制存在的思想基础，并且以此为主线，上溯到中国传统文化为古代士人布下的精神结构。《知识分子的覆灭》从中国文化的源头——先秦时代入手，清理了导致中国知识分子丧失独立、个体意识的尊君从势传统，批判了从势者的三种症状：麻木症、恐惧症、工具欲。《冷硬和荒寒：当代中国文学的根本特征》批判了当代作家文化心理的严重缺陷，《中国学人的宿命：从注释家到翻译家》指斥知识分子没有尽到应尽的职责；《咀嚼耻辱》则以自己的精神痛苦现身说法痛陈精神价值的沦丧，这些文章都融入了个人的生命体验和学理的思考，使批判达到深刻的效果。

在世纪之交的散文中，韦君宜的《思痛录》和章始和的散文以对历史的回忆和反思焕发了光彩，获得广泛好评。

第十八章 世纪之交的诗歌

第一节 90年代以来的诗歌概况

与此前十年间流派纷呈的热闹景象相比,诗歌在进入20世纪90年代后呈现的是一种相对沉潜和边缘化的局面。社会政治文化气候的变化,以及伴随商业化浪潮而来的高度功利化环境对诗歌一度产生了严重的负面影响。外部环境的浮躁使一些诗人在经济利益的驱动下放弃了诗歌写作,社会公众对纯文学的关注程度也大为降低,这令许多诗人感受到了明显的压力。

90年代诗歌的整体风貌在很大程度上依赖于诗人对于诗歌与时代关系的重新认知。对于那些曾经经历过80年代的喧哗与骚动的中国诗人来说,他们敏感地意识到了这种变化,并希望通过自己的努力使诗歌经受住转型期的考验而获得新的发展。从这种转型的意义而言,90年代并不仅仅是一个单纯的时间概念,它同时代表着一种不同于以往的诗歌观念和全新的审美特征。

一般认为,就写作特征而言,90年代以来的诗歌之于80年代诗歌,其"断裂性"远远大于"延续性"。1989年海子和骆一禾的相继辞世给诗坛造成了剧烈的震荡,也使"诗人之死"成为一个时代行将结束的某种象征。突如其来的环境变化迫使诗人对此前的话语立场作出反思和调整。欧阳江河在1993年初写下了《'89后国内诗歌写作:本土气质、中年特征与知识分子身份》一文,表达了对于诗歌写作、人生和历史文化命运等诸多问题的重新思考:"对我们这一代诗人的写作来说,1989年并非从头开始,但似乎比从头开始还要困难。一个主要的结果是,在我们已经写出和正在写的作品之间产生了一种深刻的中断。诗歌写作的某个阶段已大致结束了。"①同时,他强调了"中年写作"的概念,将风格变化概

①欧阳江河:《'89后国内诗歌写作:本土气质、中年特征与知识分子身份》,王家新、孙文波编:《中国诗歌90年代备忘录》,人民文学出版社,2000年,第197页。

括为从“青春期写作”向着“中年写作”的转变。

“中年写作”的概念源于肖开愚1989年的一篇文章。对于朦胧诗之后的新生代诗人来说，80年代既是他们人生的青春期，也是中国社会的青春期。经历了“文革”十年的沉寂之后，80年代的中国诗歌呈现出的是一种充满理想、文化反叛与先锋实验探索的局面，但诗与诗人的不成熟又不可避免地使得当时的各种实践显示出浮躁和肤浅等缺陷。相对于“青春期写作”而言，“中年写作”建立在诗人年龄的增长和心态的成熟之上，它不仅是一个时间概念，同时更是对80年代某些写作风气的纠偏。它所指向的是一种更加内敛的激情，更加完善的写作才能，以及更加独立、成熟、开阔的诗歌理想。

与“中年写作”密切相关的另一个概念是诗歌写作中的“叙事性”倾向。最早对这一概念进行思考与探讨的是孙文波、王家新、西川等人。此后，程光炜接连发表文章对叙事性在90年代诗歌中的意义进行了更为深入的分析。这里的叙事性不同于文类方面的叙事诗，而是一种反抒情和反浪漫的审美追求。正如米兰·昆德拉在小说《生活在别处》中曾把抒情时代与青春之间画上等号一样，90年代的中国诗歌在“中年写作”的口号下告别了充满浮躁的青春年代，也把自己推上了抒情性的对立面。这种叙事性是理性的、非抒情的，它包括对日常生活的关注、对80年代诗歌中的乌托邦情结及宏大叙事的消解，取消以往普遍存在的高度主观化、口号性的语调，在诗歌中突出现实景观和大量具象化的细节，增进诗歌的现场感，动用尽可能丰富的叙事手段来表达当代人复杂多变的意识和经验，等等。

诗歌观念的变化导致了作品风格的转变，从表面上看，90年代诗歌不再具有朦胧诗式的英雄主义和乌托邦式的终极关怀，不再具有第三代诗歌强烈的文化造反精神，它的基本特征是独立、内敛、多样化，是诗人在新的环境下对诗歌、现实和历史进行重新思索的产物。

尽管如此，90年代诗歌和80年代之间的差异不应该被过分夸大。事实上，任何文学作品既是作家本身的产物，同时也是文学史发展到一定阶段的产物。从具体的诗歌风格可以看出，90年代的“民间写作”、“口语写作”和此前的“他们”诗派、“非非主义”、“莽汉”诗派等一脉相承，而“知识分子写作”中对时代语境和诗歌道义责任的强调也不无从白洋淀诗派到今天诗派的影子。

“文革”地下诗歌及朦胧诗为新诗写作确立了属于自我的情感表达方式和审视现实的批判锋芒，而第三代诗歌运动看似喧闹而杂乱，却为世纪末的中国诗坛定下了底色：多元化和个性化的心灵表达。90年代不同诗歌主张的诗人都经常提及的一个概念是“个人写作”。它是第三代以后的年轻诗人的基本特征，继承了第三代诗歌运动拒绝宏大叙事的余波，要求诗人从自己的独特视角和个体心灵出发,还原不受政治话语制约的日常生活场景,表达自己对于现实生活、社会历史的经验和感知。

诗歌的个人化并不意味着放弃对时代和社会责任的承担。在王家新、孙文波等更注重诗歌责任感的诗人眼中,“个人写作”是对主流意识形态和庸俗的大众文化的自觉反抗。欧阳江河、王家新、肖开愚、孙文波、唐晓渡、王光明、程光炜等人都曾对这一概念进行过阐述。在他们看来,诗人不属于任何帮派,也不应受到任何权势或集体的规范,因此,“个人写作”便是拒绝大众趣味,坚持诗人心中的诗歌标准,以个人的方式来承担人类、时代与历史的命运。它保持对政治权力和大众文化的双重疏离,是对知识分子精神独立性的坚持,也是对“五四”新文学传统的复归。

90 年代诗人开始在更广阔的层面上思考诗歌与现实、历史和东西方文学传统之间的复杂关系。80 年代的各种诗歌运动为诗人们提供了可供总结的经验。相比之下,90 年代诗歌的题材更为广泛,技巧也更加多样化,“构成诗歌的早已不再是单纯的、正面的抒情了,不单出现了文体的综合化,还有诸如反讽、戏谑、独白、引文嵌入等等方法亦已作为手段加入到了诗歌的构成中”,而“这些东西的加入,无疑使诗歌脱离了‘庸俗非理性’的吊诡,以及平面化的简单,提高了诗歌处理复杂题材的能力,尤其是处理复杂日常生活的能力”①。

与此同时,90 年代的诗人们试图重新认识中国诗歌与西方诗歌之间的关系。从现代文学确立之初起,中国新诗就始终处于西方文学的影响之中,这使得许多诗人意识里或隐或显地都存在着布鲁姆所说的“影响的焦虑”。进入 90 年代,一些诗人如于坚、韩东等开始抵制作为“庞然大物”的西方“权力话语”,反对西方的美学趣味和价值立场。而王家新、孙文波等更倾向于西方审美风格的诗人也希望把东西方诗歌之间以往“影响”和“被影响”的关系变成一种平等的“互文”关系,在一个更平等、更开放的环境里实现中国本土诗歌和世界文学资源之间的对话与交流,在面对多种多样的西方理论学说时建构起自己的价值体系。

80 年代诗歌往往重视超越历史和独立于意识形态之外的“纯诗”建构,但随着整个社会对文学概念认识的加深,诗人们逐渐发现,作为一种精神产物的诗歌不可能脱离它所处的时代和历史,而一个富有良知的诗人也不应该逃避文学应该承担的道义责任。一些诗人在此时提出了“中国话语场”的概念。王家新在《阐释之外——当代诗学的一种话语分析》、《对话:在诗和历史之间》,孙文波在《写作意识:姿态和方法》和《我理解的 90 年代:个人写作、叙事及其他》等文中对此都进行了较为深入的阐释。这一概念可以视为对以往那种非历史性纯诗写作

① 孙文波:《我理解的 90 年代:个人写作、叙事及其他》,《诗探索》1999 年第 2 期。

的纠偏。它一方面强调当代中国语境的差异性和具体性，一方面也强调这一语境与全球文化的互动关系，主张诗人的写作要介入现实，担当起诗歌应负的文化责任，开拓出独立于主流意识形态话语之外的个人性精神空间。

但随着对诗歌的认识逐渐走向深入，不同立场的诗人在观点上的分歧和矛盾也开始暴露出来。20世纪末诗坛的一件大事是所谓的“盘峰论争”，即“知识分子写作”与“民间写作”之间的观点之争。它以《岁月的遗照》和《1998中国新诗年鉴》两本书的出版作为导火索，并在1999年4月在北京盘峰宾馆召开的诗歌研讨会上大规模展开。包括韩东、于坚、伊沙、徐江、沈奇、王家新、唐晓渡、欧阳江河、西渡、程光炜在内的诸多诗人和学者卷入了论争。双方讨论的焦点涵盖了对“民间写作”与“知识分子写作”概念与价值立场的不同看法，诗歌写作的西方资源与本土化，日常生活及其诗性等许多方面的问题。这场论争也被看成是自朦胧诗创作讨论以来，中国诗坛关于诗歌发展方向的最大一次争论。

顾名思义，“知识分子写作”即“知识分子”的写作。它首先强调的是对于写作者本人的身份定位。这里的“知识分子”不仅指受过高等教育、具有较高知识素养的人，而是专指具有独立思考和独立判断精神，坚持人文批判立场和文化责任感的人，即西方思想界通常所指的“人文知识分子”。这一观点得到了包括王家新、西渡、臧棣、唐晓渡、欧阳江河、程光炜等人在内的诗人和评论家的赞同。他们认为，在一个意识形态无孔不入的时代里，诗人们应当担负起诗歌应负的良知和责任。

与此相对的是“民间写作”。韩东在《论民间》一文中从“物质形态”与“精神核心”两方面分析了“民间”概念的内涵与外延。其中民间的外观即物质形态包括体制外的民间社团、地下刊物、个人写作者、散漫的似有似无的组织、非正式出版物，等等。而它的精神核心则是“坚持独立精神和自由创造的品质……拒绝一切附庸地位，摆脱各种面貌各异的庞然大物的胁迫、利诱和无意识的控制，就是将独立思考和自由创造奉为第一要义，从而进入‘现实存在’——艺术创作的真实之境”[①]。于坚则从对当代诗歌民间刊物的评析着手，他在《当代诗歌的民间传统》中列举了一系列如《他们》、《非非》、《大陆》、《葵》、《诗参考》等民间刊物，认为“民间”已经成为中国当代诗歌的传统，杰出的诗人无不首先出现在民间刊物，进而得出“在90年代，当代诗歌的存在已经转移到民间。诗歌的权威性、标准、影响力是在民间”[②]的结论。

把“民间”界定为对日常生活及其经验的彰显，就其正面意义而言，理论的倡

---

①韩东：《论民间》，《芙蓉》2000年第1期。

②于坚：《当代诗歌的民间传统》，《当代作家评论》2001年第4期。

导者们强调的是对人的自然本性、生存处境和生存状态的关注。它一方面拒斥以往含有强烈政治权力色彩的创作原则对所谓“典型”和“本质”的规定,另一方面又反对彼岸性价值理想对于当下生存的形而上超越,体现为对精英主义理想的拒绝。在主张“民间写作”的诗人眼中,“知识分子写作”即“知识写作”,也就是迷信知识,滥用技术的写作方式。这种写作唯西方大师马首是瞻,迷恋西方价值体系,是本土民族文化、民族文学的死敌,其精神贵族化的倾向也与日常生活经验和平民价值体系势不两立,他们虚幻的启蒙理想构成了对独立个体及“民间写作”的压制。

“民间写作”的理论同样受到了对手的尖锐批评。许多诗人提出了对“民间是一种独立的品质”、“好诗在民间”观点的质疑。西渡认为:“如果对应于‘官方’或体制,则在一个意识形态无孔不入、体制无处不在的国家,并不存在一个独立的民间。……如果对应于知识分子立场,则民间立场意味着一种大众文化立场。……民间作为一个类的概念,它的群体性和诗歌的个人性是水火不容的。作为一种诗歌立场,民间立场要求降低诗歌的品质,它要把诗歌的个性、独立性向下拉齐到大众文化的水平上。”①周瓒批评所谓“民间立场”下诗人的诗歌“在触及日常生活的所谓‘原生的、日常的、人性的’诗歌中,缺乏的恰好是对这种生活的超越性、批判性,因而部分诗歌往往是些小情调、小讽刺”②。杨小滨则认为,“‘民间’的口号经常被主流话语用以贬抑和压制真正异质性的文学写作。对民间的倡导往往是对主流和大众意识形态双重的暗送秋波”③。

“盘峰论争”在世纪末的中国诗坛产生的影响是震撼性的,除去某些意气用事的个人恩怨和派系之争外,人们从中仍可发现在中国社会转型阶段和多种社会思潮交叉冲突的复杂文化语境中,不同的诗人们在诗歌理想和价值取向方面存在的差异。

“民间写作”的观点有着文化及学理上的存在背景。90年代以来,知识分子日渐边缘化的境遇及西方后现代思潮对启蒙理性的否定使得一些国内学人对“五四”以来的知识分子启蒙传统产生了怀疑,人们开始重新审视以往政治色彩浓重的理想主义面孔。受福柯的知识权力理论的影响,一些学人也不分青红皂白地一概把知识作为一种“权力”加以排斥。另外,文化身份的焦虑感使一些诗人感到西方文化的侵入正使中国人自己的民族话语逐渐丧失。在萨义德东方学

---

①西渡:《写作的权利》,王家新、孙文波编:《中国诗歌90年代备忘录》,人民文学出版社,2000年,第25页。

②周瓒:《“知识实践”中的诗歌“写作”》,同上,第60页。

③杨小滨:《一边秋后算帐,一边暗送秋波》,《诗参考》1999年10月号。

的影响下，理性与人道主义等西方精神也被当成西方国家控制世界的殖民话语而批判。由此一些人转而热衷于本土化和民间化，并且把反西方、反启蒙、反知识分子的“民间写作”作为自己的理想目标。

尽管如此，启蒙主义和精英立场在近现代一直是知识分子的重要传统。坚持“知识分子写作”的诗人希望建立的则是一种新的知识分子价值立场，它既要自觉摆脱对政治权力话语的依附，又不愿与民间大众认同。它的理想目标是以个人的方式实现对时代历史命运的承担，葆有知识分子的批判精神及文化责任感。由于日益边缘化了的境遇，这种诗歌不再是一种英雄主义的诗篇，但内在的精英气质使得它与平民化、民间化的写作立场都无法相容。这也正是两派诗人的根本分歧所在。

第二节　诗歌的知性美与知识分子精神

进入90年代，一些诗人逐渐意识到，80年代中期先锋浪潮中过度的形式实验虽然带来了诗歌艺术的革新和风格的多样化，但同时也消耗了诗歌在直面现实、直面历史等方面的品格和勇气。于是，在经历了第三代诗歌消解神圣的文化反叛和80年代末的社会震荡之后，一些诗人重新把诗歌的道义责任和现实关怀提上了日程。

尽管“知识分子写作”一方的诗人拒绝人们将自己看做一个小团体或流派，但从诗歌观念和创作风格来看，他们之间又确实存在着某些共性。这些诗人包括了王家新、欧阳江河、西川、张曙光、孙文波、肖开愚、陈东东、钟鸣、柏桦、张枣、翟永明、黄灿然等人。据周瓒在《“知识实践”中的诗歌“写作”》一文中所述，早在1987年8月，诗人西川与陈东东、欧阳江河等人一起参加“青春诗会”，就在会上提出了“知识分子写作”。这一概念起初是针对泛滥的“平民诗歌”和服务于意识形态的正统文学提出的，表明了要求摆脱意识形态束缚的独立愿望和精英立场。90年代初期，他们围绕着《反对》(孙文波、肖开愚创办，1990.1～1992.7，共出14期)、《倾向》(陈东东、西川创办，1988～1991)、《90年代》(孙文波、肖开愚创办，1989.12～1993.3，共出四卷)等几家民间刊物聚集在一起，倡导一种不同于第三代诗歌运动的“知识分子写作”，如主张从个人立场出发对时代命运的自觉承担，强调知识分子批判精神和诗歌介入现实的道义责任，追求诗歌写作风格的技艺性等。

社会文化转折对诗歌的影响首先体现在王家新、欧阳江河等诗人身上。王家新(1957－　)生于湖北丹江口，1978年春考入武汉大学中文系，早在80年代就以《在山的那边》、《中国画》、《蝎子》等诗作显示了自己较高的修养,但真正对当代诗歌界构成影响,则是在90年代之后。

和许多同时代的诗人一样,王家新亲历了从80年代到90年代的社会转折,他的人生经历也被时代推向了边缘。在经历了青春期的激情飞扬和一系列诗歌形式及语言的探索之后,王家新完成了自己诗歌风格的一次重要转变,使他的诗变得更加沉重。《帕斯捷尔纳克》是他90年代的代表作,诗中写道:

不能到你的墓地献上一束花
却注定要以一生的倾注,读你的诗
以几千里风雪的穿越
一个节日的破碎,和我灵魂的颤栗

终于能按照自己的内心写作了
却不能按一个人的内心生活
这是我们共同的悲剧
你的嘴角更加缄默,那是

命运的秘密,你不能说出
只是承受、承受,让笔下的刻痕加深
为了获得,而放弃
为了生,你要求自己去死,彻底地死

帕氏是伟大的俄罗斯诗人、小说家,但在苏联建国后被逐渐剥夺了自由写作的权利。1958年因长篇小说《日瓦戈医生》获诺贝尔文学奖,却再度受到国内的严厉批判。王家新这首写于1990年底的诗既是对这位伟大作家的纪念,也可以看做王家新本人对于自我经历的时代磨难的深切认识。在现代文学史上,中俄文学之间的联系由来已久。两国知识分子相似的历史境遇造就了双方"共同的悲剧",也使王家新在这位异国的文学大师身上体验到了某种"灵魂的相逢"。帕斯捷尔纳克作为精神的巨人,为时代苦难中的知识分子建立了一种理想人格的参照系。借助对这位伟大作家的追思,诗人倾诉了自我的隐痛感受,表达了个人对国家前途的思考和对民族命运的自觉承担。但和朦胧诗中北岛式的英雄主义呼号不同,这种承担不是体现为昂扬的激情和高亢的民众代言人姿态,而是更加沉重、内敛的情感流动。

"雪"是王家新诗歌中经常出现的一个意象,诗人说过,虽然自己出生在南方,但在精神上却倾向于北方,喜爱北方严冬的风雪。风雪扑打下的俄罗斯大地既是人物命运的背景,又是时代苦难的象征。类似的意象也出现在他写于1996年在美国期间的作品《尤金·雪》中:

一个在深夜写作的人，
他必须在大雪充满世界之前
找到他的词根；
他还必须在词中跋涉，以靠近
那扇唯一的永不封冻的窗户
然后是雪，雪，雪。

《帕斯捷尔纳克》体现了当代诗歌中并不多见的精神强度，但诗人也意识到，这种风格重复过多会使诗歌重新坠入虚假的激情，他于是转向了另一种独白式片断风格的写作，完成了《反向》(1991)、《临海孤独的房子》(1992)、《词语》(1992～1993)、《另一种风景》(1993)、《游动悬崖》(1993～1994)等作品。

1992～1994年间，王家新曾旅居英国、比利时等地，海外的生活开阔了诗人的视野，旅途的孤独感也使他在情感上更加倾向于米沃什、叶芝、策兰、布罗茨基等流亡或"准流亡"诗人的写作。诗人曾说，理想中的中国诗歌与西方文学之间应该建立起一种自觉、成熟的对话关系，中国诗歌"需要以世界性的伟大诗人为参照，来伸张自身的精神尺度与艺术尺度。"①同时，对西方文学思想资源的运用也影响了王家新的诗歌语言和精神品质，他的作品由此呈现出具有浓郁知识分子气质的思辨风格和知性之美，使他在"盘峰论争"中成为"知识分子写作"的代表诗人。

与王家新有同样海外漂泊感受的是欧阳江河(1956—　)，他生于四川泸州，曾是第三代诗歌运动中的中坚力量。在1983～1987年间，他陆续创作了《悬棺》、《天鹅之死》、《手枪》、《肖斯塔柯维奇：等待枪杀》、《汉英之间》和《玻璃工厂》等作品，这些诗歌在内容和形式等方面进行了积极的探索，是80年代先锋诗歌中具有较高艺术价值的优秀作品。1993年，欧阳江河发表了著名的诗论文章《'89后国内诗歌写作：本土气质、中年特征与知识分子身份》，提出"中年写作"、"本土气质"和"知识分子个人写作"三个重要的诗学概念，这也为他确立了诗人兼理论家的双重身份。

如诗人自己一再强调的那样，90年代对欧阳江河来说意味着人生命运和诗歌风格的重大转折，一方面是时代的生存压力，另一方面，从前一时代走过的诗人需要对此前乌托邦式的浪漫主义诗风作出调整。这迫使他走出对文化的沉浸和对语言技术的迷恋，以个人的良知回到当下的历史语境当中。

欧阳江河的诗歌兼有较强的玄学色彩和艺术的装饰性。他的诗歌语言介于

①王家新：《从一场濛濛细雨开始——论中国90年代诗歌》，《读书》1999年第12期。

书面语和口语之间,语调冷静而富于分析性。在稍后的《计划经济时代的爱情》(1992)、《关于市场经济的虚构笔记》(1993)等诗中,诗歌的日常性看似增加了,但读者所能体会到的,却不是对于世俗生活的认同,而是对于现实的讽喻。

面对市场经济引发的现代生活景观的改变,诗人和诗歌在社会公众面前被边缘化了,但这一处境并未使诗人放弃对时代和现实的思考,反而使其在冷眼旁观中获得了一种更为清醒的知识分子意识。

和王家新的经历类似,欧阳江河 90 年代初期曾旅居欧美,这使他对中国诗歌的本土化与西方化问题有了更加深入的思考。1998 年的《那么,威尼斯呢?》一诗充分体现了处于东西方文化交流与冲突中诗人的矛盾。从题目来看,诗歌描写的是欧洲的城市,但在威尼斯的旅行途中,时刻纠缠着诗人的却是充斥着"红药水"、"红辣椒"、"人事科"、"腌青菜的坛子"的成都记忆——"成都的雨,等你到了威尼斯才开始下"。正是在"西方"与"本土"、"传统"与"现代"的两难境遇中,诗歌显示出了深刻的历史意识和知识分子的文化责任感。

和王家新对"知识分子写作"的解读略有区别,西川本人曾说,这个概念起初针对泛滥的平民诗而提出,反映了一种相对清高、雅致的审美趣味:"在感情方面有所节制,在修辞方面达到一种透明、纯粹和高贵的质地,在面对生活时采取一种既投入又远离的独立姿态。"①西川个人的诗歌风格正是这一理想的具体体现。

西川(1963－　),原名刘军,1985 年毕业于北京大学英文系。在北大读书期间开始诗歌创作,曾与海子、骆一禾一起被誉为北大诗人"三剑客"。西川在 80 年代的主要作品有《在哈尔盖仰望星空》、《我在雨中和你说话》、《我将回忆》等。诗人所学的英文专业既使得他对国内盛极一时的朦胧诗保有较远的距离,同时也造成了他对西方宗教和文化的情有独钟,而北大学院氛围的浸染,又使他的作品具有在 80 年代抒情浪潮中难得的沉静理智之风。

海子和骆一禾的早逝极大地打击了西川,1990～1992 年间,他陆续写下了《为海子而作》、《为骆一禾而作》等一系列悼念性的诗篇。《为海子而作》中写道:"你没有时间来使一个春天完善/却在匆忙中为歌唱奠定了基础/一个圣洁的歌唱足以摧毁歌唱者自身/但是在你的歌声中/我们也看到了太阳的上升、天堂的下降/……而你的死不是死而是牺牲/而你的静默不是静默而是歌唱。"《为骆一禾而作》中对死亡意义的探询:"死亡使你真实,却叫我们大家/变得虚幻。"在这些诗歌中,西川对生命、死亡和生存的意义作出了重新审视。

90 年代西川在长诗的写作上获得了较高的成就,完成了《致敬》(1992)、《近

①西川:《答鲍夏兰·鲁索四问》,《诗神》1994 年第 1 期。

景与远景》(1992～1994)、《芳名》(1994)、《厄运》(1995～1996)等作品。长诗不仅是诗歌篇幅和容量的扩展,它同时标志着诗人对问题的思考进入了一个更开阔,也更深入的阶段。在这些诗歌中,抒情性的因素减弱,而叙事性增强了。诗人更注重在荒诞而富有喜剧性的个人经历中揭示民族历史的共同命运。如《厄运》,诗中的"他"是一个人生的失败者,主人公每一步的生活遭际都和"子曰"的理想人生构成了一种尤利西斯式的喜剧性对位。这种人生的"厄运"不仅仅是属于某个人的生存感受,更是对于民族现实和历史的洞察。

西川在90年代的抒情短诗代表作有《一个人老了》(1991)、《夕光中的蝙蝠》(1991)、《午夜的钢琴曲》(1994)等,这些作品继续着诗人关于生命、死亡、困境、幻想的思索。在《一个人老了》中,西川希望透过日常生活的表象发现形而上的人生本质。当时诗人只有28岁,却对老年心境作出了细致入微的描绘:

一个人老了,在目光和谈吐之间,
在黄瓜和茶叶之间,
像烟上升,像水下降。黑暗迫近。
在黑暗之间,白了头发,脱了牙齿。
像旧时代的一段逸闻,
像戏曲中的一个配角。一个人老了。

秋天的大幕沉重的落下。
露水是凉的。音乐一意孤行。
他看到落伍的大雁、熄灭的火、
庸才、静止的机器、未完成的画像,
当青年恋人们走远,一个人老了,
飞鸟转移了视线。

沉默使得诗人获得了独自面对存在的机会,并且获得了远离尘嚣的宁静境界。相对于80年代充满"青春崇拜"的反叛与骚动,这里的"老年"不仅是具体某个人的年龄增长,同时也是90年代中国诗歌风格转换的象征,它为文学带来的是一种更为深入而成熟的境界。西川是一个知识分子色彩浓厚的人,他崇尚无限的书本世界,重视诗歌的思想含量和写作技巧。90年代中期以后,他诗歌中的玄学内涵有所增加,这也为他的作品带来了一定的争议。

与西川风格相近的诗人还有西渡、臧棣、周瓒等,从个人经历来看,他们均毕业于北京大学文学相关专业,有着良好的学术素养和开阔的文化视野,重视诗歌的思想深度和写作技巧。在西渡的《一个钟表匠人的记忆》,臧棣的《未名湖》、《蝶恋花》,周瓒的《阻滞》、《翼》等作品中,读者都能体味到精致沉静的学院色彩所带来的智慧之美。

与学院化诗人不同的是孙文波(1959—)。他是四川成都人,早年下过乡,当过兵,转业后做过工人,1986年在工厂期间开始写诗,代表作有《聊天》、《祖国之书,或其他》、《上苑短歌集》、《60年代的自行车》等。相比于西川等人,他的诗歌少了玄学的冥想,多了的则是对具体可感的日常经验的表现。即使是如《祖国之书,或其他》这样的宏大题材,他也能通过具体的细节将其处理得平实质朴。再如《上苑短歌集》中的一节:

人民就是——
做馒头生意的河北人;
村头小卖部的胖大嫂;
裁缝店的高素珍;
开黑"面的"的王忠茂
村委会的电工
人民就是申伟光、王家新和我。

诗歌对国家话语中模糊的"人民"概念进行了生动的还原,体现了对触手可及的普通人生的深切关注。而在1997年的《改一首旧诗》中,诗人以幽默的口吻表达了对自己早年诗歌的反省,也是对以往前卫怪异的先锋诗歌趣味的纠正:"重读旧诗,我感到其中的矫揉造作。/第一句就太夸张:'他以为自己的/胡须推动了一个时代的风尚。'/一个人的胡须怎么可能推动时代的风尚?/想到当年为了它自己颇为得意/不禁脸红。那时候我成天钻研着/怎样把句子写得离奇。像什么/'阿根廷公鸡是黄金'之类的诗句/写得太多啦。其实,阿根廷公鸡/是怎么样,我并没有见过;黄金/更是不属于我这样的穷诗人。写它们/不过是觉得怪诞,可以吓人一跳……"

据孙文波自述,他是在当兵期间通过在西安上大学的表哥借给他读的一些图书馆的外国小说和现代诗接触到诗歌的。与早年的平民生活经历相关,他强调诗歌的真实性,主张"生活是写作的前提",但和某些迷恋于生活表象的口语诗不同,这种对生活的呈现不是诗歌唯一的目的,诗人忠实于生活的目的是为了忠实于时代和历史,以便更好地表现自己所处的时代和时代中人的境遇。如组诗《60年代的自行车》(2001～2002)中对于"文革"历史的个人追忆:"我的童年:文化大革命。同样目睹了/很多混乱的事件:大街上呼啸的/汽车上挥舞枪棒的红卫兵,破四旧/推倒的皇城坝。这些也深深嵌入/我的记忆……"(《序曲》)"还是游大街/给地主、右派、小偷、破鞋/脖子上挂一块牌子,头上糊一顶/纸帽,煞是好看,年轻人/鸣锣开道,像是过愚人节或/动物狂欢节……"(《乡村纪事·林家》)

"一场武斗之后,二十几辆卡车/放下挡板,载着尸体在街上缓缓前进。/我怀着好奇的心情站在街角/加入观望的人群,听人们谈论/子弹钻进人体如何像花一样炸开。/我眼前出现幻景:一朵朵花/从人的头顶、胸前、背部绽放。"(《"文革"镜像》)历史将难以磨灭的印象刻进诗人的个人记忆,而诗人又以童年回忆的方式将"文革"的景象呈现在读者面前,在单纯的儿童视角中达到反讽式的历史反思,从而体现了积极介入现实的知识分子精神。

第三节 平民化倾向和日常生活的审美空间

和学院化的知性写作风格相反,平民化是 90 年代诗歌的另一个显著特征。这既是对 80 年代一部分凌空高蹈的先锋诗歌实验的反叛,同时也是第三代诗歌拒绝宏大叙事和反崇高倾向的进一步发展。第三代诗歌运动中"他们"诗派的两位代表诗人韩东和于坚在进入 90 年代之后,仍是这一风格的代表。他们反对"知识分子写作"中存在的西方化、玄学化倾向,主张一种相对本土化、日常化、平民化、口语化的诗歌写作。与之观点相近的,还有更年轻的伊沙、徐江、沈奇、侯马、朱文等。

早在 80 年代第三代诗歌运动中,以韩东和于坚为首的"他们"诗派在诗歌的日常化和口语化探索方面就已引人瞩目。进入 90 年代后,他们仍然在此前的基础上继续着自己的诗歌探索。

《甲乙》(1991)是韩东在 90 年代的重要作品之一。"甲"和"乙"是诗中的男女主人公,诗歌截取日常生活中夫妻早晨起床系鞋带的一个片断,进行了不动声色的描绘:"甲乙二人分别从床的两边下床/甲在系鞋带。背对着他的乙也在系鞋带/甲的前面是一扇窗户,因此他看见了街景/和一根横过来的树枝。树身被墙挡住了/因此他只好从刚要被挡住的地方往回看/……/她(乙)从另一边下床,面对一只碗柜/隔着玻璃或纱窗看见了甲所没有看见/的餐具/为叙述的完整起见还必须指出/当乙系好鞋带起立,流下了本属于甲/的精液。"简单而冷漠的叙述完全颠覆了人们对两性爱情中浪漫、温情一面的认识,诗人把生活中单调而尖锐的一面毫无保留地暴露在读者面前,从而揭示了生活反诗意的本质。

于坚在 90 年代的代表作有《对一只乌鸦的命名》、《女同学》、《事件》系列、长诗《0 档案》、《飞行》等。《0 档案》是其中最著名的一首,它写于 1992 年,1994 年在《大家》杂志的创刊号上发表,曾被人们认为是中国当代诗歌探索的最前沿作品。长诗除首尾的"档案室"和"卷末"外,模仿个人档案的结构,分成出生史、成长史、恋爱史、日常生活几部分对一个假想中的主人公"他"的生活做了全方位的

记录。从表面来看,这是一个极端的文本,充满了日常生活的琐碎,如“成长史”一段对主人公的描述:

> 一岁断奶　二岁进托儿所　四岁上幼儿园　六岁成了文化人　一到六年级　证明人　张老师　初一初二初三　证明人　王老师　高一高二　证明人　李老师　最后他大学毕业　一篇论文　主题清楚　布局得当　层次分明　平仄工整　对仗讲究　言此意彼　空谷足音　文采飞扬　言志抒情
>
> 鉴定:尊敬老师　关心同学　反对个人主义　不迟到　遵守纪律　热爱劳动　不早退　不讲脏话　不调戏妇女　不说谎　灭四害　讲卫生　不拿群众一针一线　积极肯干　讲文明　心灵美　仪表美　修指甲　喊叔叔　叫阿姨　扶爷爷　搀奶奶　上课把手背在后面　积极要求上进　专心听讲　认真做笔记　生动活泼　谦虚谨慎　任劳任怨

凡是亲历过以往时代的人们都理解档案对于人的意义。档案意味着体制权力对人的编排、监控、压制和扭曲。在档案中,人变成了“0”,不再是具体的、有血有肉的个体生命,而成了空白的政治或道德符号。诗歌写的是中国特定时代生活的一个象征,也是人类存在状况的一个象征。

在《事件》系列组诗里,对于当下日常生活及其体验的描写更是成为了诗歌的中心。如《事件:停电》中停电后诗人在黑暗中的瞬间感觉:“没有电　开关还在/电表还在　工具还在　电工　工程师和图纸还在/不在的只是那头狼　那头站在挂历上八月份的公狼/它在停电的一刹那遁入黑暗中　我看不见它/我无法断定它是否还在那层纸上　有几秒钟/我感觉到那片平面的黑暗中　这家伙在呼吸谛听。”《事件:铺路》中对铺路过程的平淡叙述:“死掉了三十万只蚂蚁　七十一只老鼠　一条蛇/搬掉了各种硬度的石头　填掉那些直径不一的土洞/把石子　沙　水泥和柏油一一填上/然后　压路机像印刷一张报纸那样　压过去/完工了　这就是道路　黑色的　像玻璃一样光滑。”这些诗中虽然仍有着“他们”时代的风格残留,但已经不再拥有过去那种刻意推翻宏大叙事的对抗性和寓言性,而仅仅是对现实状况本身的处理。

杨克(1957—　)写于1998年的《天河城广场》一诗是通过“广场”的意象表达对以往理想主义时代的告别。诗歌仅仅是对“天河城广场”这个广州新兴商业性建筑的描绘,以及物质欲望支配下的人们在新的市场经济时代的生活状态:“而溽热多雨的广州,经济植被疯长/这个曾经貌似庄严的词/所命名的只不过是一间挺大的商厦/多层建筑。九点六万平米/进入广场的都是些慵散平和的人/没大出息的人,像我一样/生活惬意或者囊中羞涩/但他(她)的到来不是被动的/渴望与欲念朝着具体的指向/他们眼睛盯着的全是实在的东西/哪怕挑选一枚发夹，也注意细节。”“民间写作”和“知识分子写作”之间的风格差别，在此体现得一览无余。

90年代另一位比较活跃的年轻诗人是同为“民间写作”理论的倡导者徐江（1967—　）。他毕业于北京师范大学，1987年开始诗歌写作。徐江的早期作品语言优美流畅，具有理想主义式的感伤和迷惘。而在90年代后期以来的《东单小姐》、《深蓝》、《戴安娜之秋》、《有一次，去新街口》等诗作中，诗歌的日常性和现实性增加了。这些诗的题材往往来源于生活中某一个具体的事件或片断，如《东单小姐》中描写诗人在某天早晨东单街头遇见的三个妓女，以及她们的笑容带给诗人的“震惊”般的感受：

我第一次如此近地看到婊子
这些姑娘　少女　或时髦一点的说法
——女孩子　小姐（其实都是娘们儿）
她们的笑容
行走中被摧残所滋润的青春光泽
眩目得令我震惊
处女般无邪　贵妇般优雅
鸡的感受
轻笑时微微压低脖颈　有一点羞怯
收工时分
北京的晨风如此和顺　刮在收获者脸上
又是一夜辛劳
欣慰得像顾城或海子们
刚完成不朽诗章

诗歌以戏谑的口吻把三个女孩的表情和顾城、海子联系在一起，既是对以往某种虚幻而不切实际的诗歌理想的嘲讽，也体现了对沦落的底层人们的同情和对社会的复杂性的重新认知：“她们梦见了爱/而深处却不得不对着午夜敞开/不是善恶　不是对错　不是美丑/她们的泪与笑不具备酸诗们所咏叹的那种俗美/她们是灵歌一曲　粗野　生猛/同性恋和瘾君子一辈子都唱不出来。”而在《戴安娜之秋》中，诗人则对名满天下的戴安娜王妃进行了解构：“一个妞儿就这么死了/（是“老妞儿”）/全世界替她哀悼/（多好呵，多美呵，多么悲怆）/黛安娜成功地撩起了裙子/（想当年，梦露也这么干了一下子/不过撩了一下又按住裙裾）/让天下瞠目。”

进入21世纪之后，徐江的主要作品有组诗《看球纪》、《花火》和《杂事诗》等。

其中《看球纪》以即时性的足球赛事为题材，记录诗人在观看体育比赛过程中的独特感受，在国内众多诗歌作品中显得新颖而独特。

口语写作是诗歌平民化的重要标志之一。针对朦胧诗人的历史真理代言人姿态，韩东曾提出“诗到语言为止”的命题，将语言作为诗的言说中心，强调诗歌的语言与个人的生命状态的密切关系。韩东、于坚、西川、张曙光、陈东东等人均撰文讨论过“口语写作”的问题，但他们所理解的“口语”概念各不相同，单就与书面语相对的意义而言，韩东、于坚等人所说的口语和人们通常对这一概念的理解最为接近。

在韩东、于坚等人之外，90年代口语化诗歌的另一个突出代表是伊沙，诗歌平民化风格中俚俗放诞的一面在他那里得到了更强烈的凸现。伊沙(1966－　)原名吴文健，生于成都，长于西安。他的诗歌风格接近于第三代诗歌中的“莽汉”和“非非”主义，坚持反文化、反崇高的价值取向，接近日常生活的本真。如写于80年代末的《车过黄河》：“列车正经过黄河/我正在厕所小便/我深知这不该/我应该坐在窗前/或站在车门旁边/左手叉腰/右手作眉檐/眺望　像个伟人/至少像个诗人/想点河上的事情/或历史的陈账/那时人们都在眺望/我在厕所里/时间很长/现在这时间属于我/我等了一天一夜/只一泡尿工夫/黄河已经流远。”诗歌对象征中华文明起源的黄河进行了和韩东的《有关大雁塔》相似的解构，语气中却较之韩东有着更尖锐的反叛和狂欢色彩。

1990年，伊沙发表了他的另一首代表作《饿死诗人》：“诗人已经吃饱了/一望无边的麦田/在他们腹中香气弥漫/城市最伟大的懒汉/做了诗歌中光荣的农夫/麦子　以阳光和雨水的名义/我呼吁：饿死他们/狗日的诗人/首先饿死我/一个用墨水污染土地的帮凶/一个艺术世界的杂种。”“麦地”是80年代浪漫主义诗歌中一个具有代表性的意象，特别是在海子自杀之后更是在一些年轻诗人纪念性和模仿性的诗篇中频频出现，《饿死诗人》在90年代初期的横空出世无疑具有鲜明的针对性，是对以往那些脱离生活的浪漫诗歌毫不留情的抨击。诗歌通篇以明白的口语写成，一些粗口如“狗日的”、“杂种”也被加入其中，构成了一种率真大胆的语言风格。诗歌语言的俗化和内在精神的反神性、反崇高(或伪崇高)使得伊沙的作品具有了鲜明的后现代主义特征。

伊沙的诗歌同样擅长以生活中的口语描写现实的具体情境，如《儿子的孤独》中半岁大的孩子在穿衣镜中照见自己影子时表现出的兴奋：“两个小人儿一起跳舞/同声咿呀　然后/伸出各自的小手/相互抚摸、击掌/像是一言为定。”而作为父亲的诗人则从这一画面中体会到了人生的某种感悟：“我儿子的孤独/普天下独生子的孤独/差不多就是全人类的孤独。”而《等待戈多》则为读者展现了一次话剧演出中偶发的喜剧性一幕：“在《等待戈多》的尾声/有人冲上了台//出乎了‘出乎意料’/实在令人振奋//此来者不善/乃剧场看门老头儿的傻公子//拦都拦不住/窜至舞台中央//喊着叔叔/哭着要糖//‘戈多来了！’/全体起立热烈鼓掌。”幽默中不乏对存在意义的思索。

借用诗人自己在《反动十四行》中的句子说，伊沙的诗歌特点和诗人的个性相关，是“一个糙老爷们的浪漫情怀/造就偶尔的篇章　俗不可读　君子不齿/或不同凡响　它就是表现如何的糙”。对于深受现行体制和文学传统束缚的年轻一代而言，伊沙的诗歌推翻了诗歌的一切既有规范，完全无视于来自传统的行为标准，读起来给人痛快淋漓之感，但极端的口语化探索也使得他的一些作品偏向于庸俗和低级趣味，特别是在一些效颦者的模仿下，这一原本具有强烈先锋性的诗风更是对当代诗歌的发展产生了不小的负面影响。

沿着伊沙的探索道路再走得更极端的，是以沈浩波（1976—　）为代表的“下半身”诗歌。这一诗歌流派借助新兴的网络媒介兴起，并以 2000 年春在北京出版的民间刊物《下半身》而得名。在刊物的宣言《下半身写作及反对上半身》中，沈浩波否定了韩东的“诗到语言为止”的论断，认为它是一个 80 年代的过时命题，而在 90 年代，“语言的时代结束了，身体觉醒的时代开始了”，因此，他主张彻底地反传统，取消诗歌中“诗意”、“优雅”、“修辞学”、“技术”、“知识”、“思想”、“抒情”、“大师”、“经典”、“承担”、“使命”等一切属于“上半身”的理念，与这些虚妄的理念相比，只有身体乃至肉体才是唯一真实的存在。下半身写作追求的正是“肉体的在场感”，“只有肉体本身，只有下半身，才能给予诗歌乃至所有艺术以第一次的推动”。在这份宣言的结尾，作者甚至声称：“我们亮出了自己的下半身，男的亮出了自己的把柄，女的亮出了自己的漏洞。我们都这样了，我们还怕什么？”[①]“下半身”诗歌的主要人物除了沈浩波之外，还有尹丽川（1973—　）、巫昂（1974—　）、李师江（1974—　）、南人（1972—　）、朵渔（1973—　）等。他们均是“70 后”的年轻诗人，较少受传统的影响，因而在表现身体和性相关的内容时很少顾及社会道德规范的禁忌。与以金斯伯格为代表的美国 60 年代“垮掉的一代”诗歌相似，他们的作品多以近乎粗俗的口语描写与性有关的内容，并以此作为挑战传统的方式。从文学的角度来说，这一流派的举动虽不失为一种前卫性的探索，但对肉体体验的过分迷恋造成了诗人视野的狭窄，而且其中一些末流作品格调过于低俗，破坏了诗的美感。但需要指出的是，这些诗人后来的发展并未一路下滑，随着时间的推移和对社会人生理解的加深，他们日益放弃了“坏孩子”面目，其中不少成员变得严肃而有责任感，诗作也开始走向深沉和厚重。朵渔写于 2007 年的《妈妈，您别难过》、写于 2008 年汶川地震中的《今夜，写诗是轻浮

①沈浩波：《下半身写作及反对上半身》，民间刊物《下半身》，2000 年。

的》就是突出的代表。

第四节 新世纪网络诗歌的兴起

网络媒介的兴起是传播方式的革命,也是90年代对文学构成影响的重大事件之一。在现实社会中文学刊物的诗歌版大面积缩水,一些诗人面临无处发表作品的窘境时,因特网的迅速发展在某种程度上解决了这一问题。在此之前,许多诗人发表作品和组建流派往往依靠于民间刊物,而新兴的网络媒介具有许多印刷媒介所不具备的优点,如成本更低廉、传播范围更广、互动性更强等,因而吸引了年轻一代的关注。

要对中文网络诗歌的发展历史作出精确的总结是很困难的。一般认为,网络诗歌的诞生可以追溯到1991年王笑飞在海外创办的中文诗歌通讯网,但这个网站最初几年的主要内容只是张贴古典诗歌,很少有原创性的作品面世。1993年10月,计算机专业出身的方舟子在互联网中文新闻组上陆续张贴他的诗集《最后的语言》,但在当时并没有引起太大的反响。次年2月,方舟子、古平等创办了第一份中文文学网络刊物《新语丝》。诗阳、鲁鸣于1995年3月创办了网络中文诗刊《橄榄树》。1999年1月,"重庆文学"网站上出现了国内第一家网上诗刊《界限》。进入21世纪,随着网络媒介的普及和大批成熟诗人的加盟,网络诗歌也进入了高速发展时期。目前国内较著名的诗歌网站主要有"诗生活"、"诗江湖"、"诗歌报"、"界限"、"一行"、"灵石岛"、"橄榄树"、"丑石"等,著名的诗歌论坛有"锋刃"、"阵地"、"北京评论"、"扬子鳄"、"或者"、"他们"、"诗中国"、"非非评论"等。一些著名的诗歌刊物如《诗选刊》、《星星》诗刊、《诗歌月刊》、《诗潮》、《扬子江》诗刊也纷纷开辟了网络版。其他以诗歌为主题的个人网页更是数不胜数。许多诗歌网站在刊发网络作品的同时,也将其中的优秀诗作结集为正式印刷出版物或民间刊物向社会推出。

网络媒介的发展带动了一度不景气的国内诗歌创作,它为许多诗人和业余的诗歌爱好者提供了发表作品和组织诗社进行交流的空间。许多创作已经成熟的知名诗人都加入了网络诗歌的创作阵营,同时,一批更年轻的"80后"诗人在网络中开始脱颖而出。这些年轻诗人的创作受"第三代"和"70后"的影响较深,多数人的作品以口语诗为主,其中又有不少人接受了"下半身"的诗歌主张并将其发挥得更极端,对传统诗歌规范进行了更猛烈的抨击。虽然"80后"一代的写作尚不够独立、稳定和成熟,心态上容易陷于浮躁和急功近利,但其中并不乏一些富有才华的佼佼者,如唐不遇、木桦、谷雨、羊、阿斐、肖水、AT、蒋峰、春树、莫小邪等，他们的作品为国内诗坛注入了新鲜的血液，也为未来的诗歌发展提供了更丰富的可能性。

但是，正如一些评论者已经指出的，网络诗歌的某些弊端也给诗坛的良性发展造成了不小的负面影响。首先是写作的随意性造成作品质量的降低。和传统的印刷媒介相比，网上的稿件审查不严格或根本无需编辑审查，许多作者缺少严肃的写作态度和基本的文学技巧，随写随贴，结果使得一些"口语诗"沦为"口水诗"，在降低写作难度的同时也降低了作品的质量。其次是网络的匿名性导致的言论随意性。许多人将虚拟的网络空间变成了发泄个人情绪的场所，论坛上充斥着不友好的交流，不负责任的议论，甚至是谩骂、人身攻击、化名诋毁，大规模的骂战时有发生。各种诗歌流派不再是研究探讨诗歌理论问题的组织，而成了拉帮结伙，彼此攻击的小团体。另外，一些网站管理的松懈和资金的短缺也影响了作者队伍的稳定。

当然，网络仅仅是一种传播媒介，它的问题归根到底是人的问题。目前的网络诗歌虽然存在着一些问题，但它的诞生却为诗歌的未来蕴含了新的发展可能性，至于这种可能如何转化为现实并对新世纪的诗歌格局构成影响，还需要通过创作者的努力来实现。

第十九章　台湾文学概况

台湾地区是个以中华民族文化为核心并受过多种不同文化影响和冲击的社会。多灾多难的历史和现实际遇使台湾形成了独特的文化和文学性格。台湾文学不论在思想内容、艺术成就方面,还是在社会价值和审美价值方面,都与大陆文学相互发生影响,虽然各具个性但又有深沉的民族共性和时代联系。从中国文学发展历史来看,台湾文学虽然其具体的文学发展路径有别于大陆,但同样走过了一条从文学的政治化到文学的多元化的曲折发展道路。因而在现代中国文学的版图中,台湾文学成为一种与大陆文学互补共生的区域性文学景观。

第一节　发展概述

1949 年国民党政权退据台湾,在复杂的国际形势下,台湾地区与大陆地区在政治上形成了隔海对峙的局面。国民党迁台初期仍抱着重返大陆的政治幻想,确立了"反共抗俄"、"反攻复国"的基本"国策"。他们把台湾作为"反攻复国"基地,进行严厉的政治控制,在思想文化领域构建一整套的反共思想体系,对新闻出版实行全面控制。"五四"以来的进步文学作品,尤其是具有革命倾向的作品遭到取缔,从某种程度上割断了台湾文学与中国新文学传统的联系。国民党当局为了控制文艺走向,采取了建立文艺团体、出版文艺刊物、颁发文艺奖金、制定文艺政策等一系列措施。1950 年 4 月,"中国文艺家协会"成立,并出版会刊《文艺创作》。1953 年 8 月,"中国青年写作协会"成立,出版会刊《雄狮文艺》。1955 年 5 月,台湾省妇女写作协会成立。这些由国民党直接策动下成立的协会,都把"反共抗俄"的创作宗旨列入协会章程。台湾当局随之开展了所谓清除"三害"(赤毒、黄毒、黑毒)的文化清洁运动。继文化清洁运动之后,进一步开展"战斗文艺"运动。在当局的支持下,50 年代反共文学思潮泛滥一时。"战斗诗"以孙陵等为代表,"战斗戏剧"也大行其道。在"战斗文艺"的各种文体中,持续时间最长、产生最大影响的是小说。代表性的作家作品有陈纪滢的《荻村传》、姜贵的《旋风》、潘人木的《莲漪表妹》等。“军中作家”朱西宁、司马中原、段彩华被称为“军中三剑客”，他们的创作不同程度地呈现着反共意识，但也有相当一些作品比较深刻地抒写了自己的大陆乡土情怀，很有动人之处。

除“战斗文学”外，50年代的台湾影响较大的是着力表现亲情和乡情的怀乡文学（也称回忆文学）和在当局高压下默默耕耘的乡土文学。50年代初期随国民党迁台的200万军民，离乡背井来到台湾，一部分作家以往昔大陆的生活经验为题材，抒写对故乡和亲人的眷恋情怀，“怀乡文学”风行一时，代表作品有林海音的《城南旧事》、琦君的《琴心》、於梨华的《梦回青河》、张秀亚的《三色堇》、谢冰莹的《故乡》等。

乡土文学则主要表现台湾的乡土历史和文化，将赖和、杨逵、吴浊流等老一辈作家的乡土文学主题加以扩展，开拓出一条本土文学发展的新路。钟理和是战后台湾乡土文学的承上启下者，钟肇政、廖清秀亦是其中的佼佼者。钟理和的长篇小说《笠山农场》可谓此类文学的代表，它以广阔的生活场景展示“光复”后台湾农村的社会面貌。

与此同时，现代主义文学已开始萌芽并得到初步的发展。1953年2月，纪弦（30年代在大陆时以“路易士”为笔名写现代诗）创办了《现代诗》，在他的周围很快集结了一批“现代派”诗人。1956年1月纪弦、郑愁予等在台北召开第一届诗人大会，宣布正式成立“现代派”。它几乎网罗了当时绝大多数的知名诗人，成为台湾现代诗运动中规模最大的诗人团体。“现代派”声称要“领导新诗的再革命，推行新诗的现代化”。诗社的“六大信条”中提出“新诗乃横的移植，而非纵的继承”，“追求诗的纯粹性”，在台湾诗坛乃至整个台湾文艺界引起了激烈的争论。覃子豪、余光中、钟鼎文等人在现代诗运动的推动下成立蓝星诗社，同年6月，创办《蓝星周刊》。他们反对“横的移植”的过分强调，力主诗要“注视人生”，“重视实质”，强调个性和民族精神，认为风格是诗人自我创造的完成。张默、洛夫、痖弦等人则于同年10月在台湾南部成立了“创世纪”诗社，出版了《创世纪》诗刊。“创世纪”成立之初提倡“新民族诗型”，之后转而提倡诗的“世界性”、“超现实性”和“纯粹性”，创作和理论都非常丰富。三大诗社既互相呼应又因具体诗歌主张的不同而有论争，但其现代主义的基本倾向则是一致的，代表性作品如纪弦的《阿富罗底之死》、余光中的《钟乳石》、洛夫的《石室之死亡》、痖弦的《深渊》等。

1956年9月，由台湾大学教授夏济安主编的《文学杂志》在台北创刊，可看做台湾现代主义小说到来的前奏。1960年3月《现代文学》杂志的诞生，成为台湾现代派小说繁荣的开端。《现代文学》的创办者白先勇、王文兴、陈若曦、欧阳子等，当时是台湾大学外文系的学生，他们办《现代文学》的目的是“打算有系统地翻译介绍西方近代艺术学派潮流、批评和思想”，“试验、摸索和创造新的艺术形式和风格”(《发刊词》)。围绕在台大外文系夏济安周围的一批大学生作家,以《文学杂志》、《现代文学》二刊为阵地,掀起了一股介绍西方现代派文学的热潮,并写出了一批具有现代派色彩的作品,如白先勇的《游园惊梦》、丛甦的《盲猎》、王文兴的《家变》、七等生的《我爱黑眼珠》、欧阳子的《魔女》等,现代主义浪潮遂在60年代成为台湾文坛的主流。

现代主义文学思潮在台湾的出现,是一种历史现象。五六十年代台湾社会制度、经济结构和政治文化的全面“现代化”促成了“全盘西化”的文化潮流。同时社会转型期民众及知识分子心态的迷惘、压抑和焦虑也为以探索内心为特征的现代派文学的产生和发展提供了特殊的土壤。另外,尽管台湾当局对“五四”以来的进步作品实行了“书禁”,但并未从根本上切断台湾文学与“五四”新文学传统的血脉联系,台湾现代派文学是中国新文学发展的现代性延续。

60年代以后,随着留学热潮不断升温,反映留学生活的留学生文学也大为兴盛,留学生涯使他们强烈地感受到中西文化的差异,现实的生存挣扎和文化冲突导致了他们精神深处的漂泊感、孤独感、失落感。代表性作品有《傅家的儿女们》、《又见棕榈,又见棕榈》(於梨华),《昨日之怒》(张系国),《向着太平洋彼岸》(陈若曦)等。

同时,随着意识形态专制的减弱,经济的发展和大众日渐增长的娱乐消费需要,台湾的通俗文学也获得了很大的发展。言情小说自50年代的孟瑶、郭良蕙,至60年代初琼瑶以《窗外》打开了言情小说的一片天地;在新武侠小说方面,古龙、卧龙生、柳残阳、上官鼎、萧逸等从事武侠小说的创作,此外又有以高阳小说为代表的历史小说,由此带来了通俗文学的创作热潮。

进入70年代后,台湾社会受到一连串政治浪潮的猛烈冲击。1970年抗议日本侵占钓鱼岛的留学生运动大大激发了台湾民众的民族意识。而70年代初台湾的外交逆势和台湾社会出现的严重社会问题,使台湾人深刻意识到本岛的生存危机,引起人们广泛的关注和深切的忧虑。于是一个以“乡土文学”为指称的,实质上是以本省籍作家为主要成员,以关怀台湾本土现实、弘扬民族精神为主要内容,以现实主义为主要创作方法的文学思潮在台湾兴起。乡土文学在70年代的崛起,与两次文学论争有着密切的关系。1972年至1973年,台湾文坛爆发了现代诗论争。以唐文标、关杰明为代表的海外学人,全面批判50年代以来台湾诗坛出现的恶性西化、盲目现代化的倾向,为乡土文学的崛起准备了条件。爆发于1977年至1978年的乡土文学论战是一场以文学问题为突破口,广泛涉及政治、经济、思想、文化等诸多领域的大论战。陈映真、尉天聪等高举“乡土文学”大旗,与彭歌、王文兴等展开激烈论战,清理了自1949年以来台湾文学发展的脉络。台湾乡土文学在论争中得到复兴和发展,赢得了前所未有的声誉,使得

60 年代还默默无闻的乡土文学取代现代派文学一跃成为台湾文坛主流。乡土文学创作出现大繁荣，涌现了大批卓有成就的乡土文学作家和杰出的乡土文学作品，给乡土文学创作注入了新的生机。陈映真的《夜行货车》、《华盛顿大楼》，黄春明的《锣》、《儿子的大玩偶》、《看海的日子》，王拓的《金水婶》、《望君早归》，王祯和的《嫁妆一牛车》、《小林来台北》、《美人图》，李乔的《寒夜三部曲》，洪醒夫的《黑面庆仔》，宋泽莱的《打牛湳村》、《变迁的牛眺湾》等都是一时之选。

80 年代以后，面对民众的要求和时代的潮流，台湾当局放松了政治的"一元"控制，1987 年开放了"党禁"和"报禁"，经济上从工业文明向后工业文明过渡，社会开始向美式福利社会转变，尤其是都市文明的高速发展，对文学产生了巨大影响。随着台湾社会的政治、经济与文化的逐渐多元化总体趋势，台湾文学思潮亦呈多元化态势，主要有女性主义文学潮流、政治文学潮流、都市文学与后现代文学潮流等。

首先，新女性主义文学潮流是一个现象。随着社会的发展和传统伦理道德规范的逐渐解体，一群接受过高等教育或者去西方留过学、接受过现代思潮洗礼的女作家，挟带着反叛传统、肯定自我的英气，以迥异于前辈的写作姿态和意识观念，写出了一批高扬现代意识和女性意识的作品。其中包括李昂的《暗夜》、《杀夫》，廖辉英的《油麻菜籽》、《不归路》、《盲点》，吕秀莲的《这三个女人》，朱秀娟的《女强人》，曾心仪的《彩凤的心愿》，萧飒的《唯良的爱》、《小镇医生的爱情》，杨小云的《等待春天》，等等，昭示着台湾女性主义文学的高涨。20 世纪 90 年代的情色小说突出地反映了女性的觉醒意识和性解放的观念。著名的有李昂的《北港香炉人人插》，还有平路、邱妙津、苏伟贞和李元贞等人的创作。

其次是政治文学潮流。政治文学主要指直接或间接、正面或侧面反映台湾政治生活、政治事件，并涉及当代政治问题的文学。台湾当局为"二·二八"事件平反，开放"党禁"、"报禁"以后，作家们对台湾近现代史上一些敏感的话题做了多方面的表现。施明正的《渴死者》、《喝尿者》首开先河。此后，有陈映真的《山路》、《赵南栋》、《铃铛花》，林双不的《黄素小编年》，宋泽莱的《废墟台湾》，王拓的《牛肚港的故事》，李乔的《告密者》等政治小说的出现。

再次是都市文学与后现代潮流风行，多媒体创作浮出水面。新世代作家享受着都市的种种便利，思考着都市的问题和弊端，塑造和阐释着都市的精神。王幼华的《麦先生的公寓生活》和张大春的《公寓导游》表现工商社会的现实和都市人的生存困境。他们还打破对文学与现实之间关系的认知和表现方式，创作了"自我指涉"的后设小说，代表作有蔡源煌的《错误》、林耀德的《恶地形》和平路的《五印封缄》等。此外还有杜十三、林耀德、简政珍等人的颇具后现代意味的都市诗，乃至多媒体文学创作。

第二节 白先勇、陈映真等人的小说

在现代主义小说潮中，白先勇是成就最为突出的一位。白先勇(1937－)，生于广西桂林。他在大学阶段广泛涉猎西方文学理论，深受现代主义思潮影响。早期作品主观色彩很浓，小说集《寂寞的十七岁》弥漫着现代主义的气息。赴美留学期间，由于人生阅历逐渐丰富，白先勇对民族、文化、中西价值观念等进行了严肃的思考，小说集《纽约客》显示了作者在西方背景下反观传统文化和民族命运的努力。小说集《台北人》以由于政治动荡而流落台湾的大陆人为对象，对比他们往昔的辉煌和今日的沦落，抒发作者对历史变迁、世事沧桑的感喟。白先勇对笔下人物总充满悲悯情怀。他吸收了西方现代文学的写作技巧，融合到中国传统的表现方式之中，描写新旧交替时代人物的故事和生活，富于历史兴衰感和人世沧桑感。

王文兴(1939－)，生于福建福州。他是台湾现代派文学最坚决的捍卫者和实践者，也是最有争议的现代派作家，向来以激烈的"全盘西化论者"自居。其小说创作便是西化理论的实验品。尤其是长篇小说《家变》从思想内容到表现形式都体现着作者反叛传统、实践西化的主张。作品以父子之间的矛盾冲突为主线，揭示了台湾现代社会家庭人伦关系的异化和道德伦理观念的淡化。父亲的出走不仅暗喻旧伦理的颓败，也暴露出台湾年轻一代知识分子精神之根的虚无。在艺术表现形式上，作者有意追求怪异、新奇，常别出心裁地生造词语或打乱正常的词序，导致作品晦涩难懂。《背海的人》进一步极端发展了《家变》的反叛意识，但小说语言的过度陌生化影响了读者对小说的深入理解。

欧阳子(1939－)，本名洪智惠，台湾南投县人，她是一位引人瞩目的现代派女小说家。她的小说数量并不多，但有独特之处。小说偏重对人物的心理表现，剖析人性的多面性和复杂性，探索人物内心世界的隐秘和潜意识，多有对人物病态心理的展示，被称为"心理小说家"。小说《花瓶》写男人的自私、专制和忌妒心理，《觉醒》写母亲恋子情结的病态心理，《近黄昏时》写一个男子的恋母情结，代表作《魔女》写一个母亲为情欲所困而造成的痛苦和乖戾心理。欧阳子的小说呈现出中西合璧的艺术倾向，在艺术形式和表现方法上具有现代派艺术的特征，但在语言等方面又具有传统文学的倾向，简洁、冷峻，多用白描手法。

陈若曦(1938－)，原名陈秀美，台湾永和人。她是个跨越乡土与现代之间的作家。在创作思想和题材选择上，她接近于乡土写实，而在表现方法和技巧上，又偏向于现代派。《钦之舅舅人》、《灰眼黑猫》、《巴里的旅程》等早期小说有意识地模仿西方现代小说技巧，运用诡谲的象征手法营造怪诞、神秘的氛围，表现主观情绪。《最后夜戏》是早期出色的作品，叙述了歌仔戏旦角金喜仔的悲惨遭遇，展现了偏僻穷困山区令人窒息的氛围。70年代陈若曦的"文革"题材小说较为广泛地反映了大陆十年浩劫期间的社会矛盾，在一定程度上揭示了"文革"的荒谬性。《尹县长》通过爱国起义军官的被杀害，揭露了"文革"对革命干部的残酷迫害。《耿尔在北京》则揭露了"文革"不仅迫害知识分子，而且破坏和扭曲了人们的情感和性格。

具有强烈使命感和忧患意识的乡土文学作家群坚持现实主义的创作传统，以强烈的民族意识、鲜明的民族风格和浓重的乡土气息，充分显示了台湾文学的成就。陈映真、黄春明、王祯和、王拓是其中的代表。

陈映真(1937－　)，原名陈永善，台湾台北县人。他早期作品深受现代主义思潮影响，格调阴郁感伤。其后由对现实的无奈和失望转向对现实的揭露和讽喻，展示台湾社会种种触目惊心的现象和错综复杂的矛盾，具有强烈的现实批判性。《将军族》的男女主人公一个来自祖国大陆，一个生在台湾地区，但都是典型的下层小人物，他们在历尽沧桑、备受侮辱后以死抗议丑恶的社会。在《夜行货车》、《云》、《万商帝君》等作品中，陈映真将浓郁的民族意识、高度的国际主义精神和强烈的时代观念相结合，深刻地表现了台湾社会的动荡变迁，具有很强的情感力量和思辨力量。继《华盛顿大楼》系列小说之后，陈映真又开始创作政治小说《铃珰花》、《山路》、《赵南栋》等，展现了革命者为争取民主自由而英勇牺牲的悲壮历程。陈映真还是台湾乡土文学理论的开拓者和奠基者之一，他的一系列文艺观点对建设台湾乡土文学理论产生了积极影响。

黄春明(1935－　)，台湾宜兰县人，他是台湾乡土作家中的杰出代表。黄春明的小说以台湾农村和小镇为背景，以生活在底层社会的弱小民众为表现对象，对他们寄以深切的同情，努力表现对人性尊严的维护和对人的价值的思考。这些作品又可以分为两类：一类是反映在资本主义经济冲击下农村自然经济的解体和普通民众在精神与物质方面陷入的困境，如《青番公的故事》、《甘庚伯的黄昏》、《溺死一只老猫》、《锣》等。另一类是写农村经济受到破坏以后，农民为了寻找生活出路，涌入城镇的故事。代表作品有《儿子的大玩偶》、《苹果的滋味》、《两个油漆匠》等。黄春明的作品善用嘲讽，语言平易质朴，生动活泼，具有浓郁的地方色彩和乡土气息。

王祯和(1940－1990)，台湾花莲人。他是台湾文坛享有盛誉的乡土作家。王祯和的大部分小说取材于台湾底层社会的生活。他的创作视野广阔，并且具有思想的深度，代表作品如《嫁妆一牛车》、《小林来台北》、《美人图》、《玫瑰玫瑰我爱你》等，表现人性的失落、道德的沦丧、心态的扭曲，呈现出台湾社会的种种痼疾，发人深省。他善于写社会底层失去生活尊严的小人物的悲惨命运，在艺术表现上，他把戏剧手法运用到小说中，用场景来带动故事，擅用喜剧手法来表现悲剧人物，具有浓厚的乡土特色和实验精神。

王拓(1944－)，原名王纮久，台湾基隆人。他以鲜明的、富有政治色彩的文学观成为台湾乡土文学运动和写实主义小说的重要代表。劳苦大众的苦难生活和他们为改变困境所作的挣扎是王拓小说的基本内容。代表作《金水婶》将台湾转型期道德观念的变化与人性的坚韧和卑劣交织在一起，既有鲜明的社会批判意识，又有深刻的人性内容，工商社会金钱泯灭亲情的现实使这个不孝子孙的故事有了新的时代特征。

通俗文学中最具代表性的当推琼瑶的言情小说、古龙的武侠小说和高阳的历史小说。琼瑶(1938－)，原名陈喆，湖南衡阳人。她因长篇小说《窗外》而一举成名，多年来出版了《烟雨濛濛》、《几度夕阳红》、《彩云飞》、《在水一方》、《我是一片云》、《庭院深深》等四十余部长篇小说。爱情至上又不逾越传统伦理道德规范，追求美好理想而又不脱离日常生活情境，典雅的诗词歌赋融于通俗易懂的语言，总体的模式化结构配合曲折多变的戏剧性情节，等等，可谓琼瑶小说的基本特征。琼瑶作品的不足与局限性也是显而易见的，这不仅表现在题材和情节上，在人物性格的刻画、情感的表露方式上也往往带有某种框套。缺乏一定生活的广度和思想的深度及爱情过于理想化也是其不足。

古龙(1938－1985)，本名熊耀华，祖籍江西南昌，生于香港。他共创作《武林外史》、《多情剑客无情剑》、《萧十一郎》、《流星·蝴蝶·剑》、《楚留香》系列、《陆小凤》系列等武侠小说百余部。古龙的武侠小说早期写的是《苍穹神剑》等，作品从结构、情节、人物到语言都没有摆脱传统武侠小说的束缚，但已显示出其巨大的潜力和想象力。中期自写《武林外史》开始，力图打破传统，有所创新。自《多情剑客无情剑》始为后期作品，富有诗意和哲理，形成了自己独特的风格。古龙注重对人性的深入挖掘，写出了人性的深刻性和复杂性，塑造了生动的人物形象。李寻欢、萧十一郎、楚留香、陆小凤、江小鱼等人物以其丰富的人性内涵和鲜明的性格，成为武侠小说中著名的艺术形象。古龙小说具有现代意识，重侠轻武；通过武侠小说表现现代人的理念和感受；文体上创新，注重小说的悬念与推理。其语言句式短，句法多变，行文跳跃多姿。

高阳(1922－1992)，本名许晏骈，浙江杭州人。他的历史小说规模巨大，气势恢宏，而与此同时，他又着力描摹世态人情，以细腻的笔触叙写日常生活的方方面面，呈现出世俗化、生活化的趋向，显示了一个优秀小说家的艺术才情。他将史家的求真作风和作家的艺术激情完美地融合，逐渐形成了遒劲和凝重的创作风格。在其代表作《胡雪岩》中，作家淋漓尽致地描绘了外国殖民者横行、政府腐败无能的晚清社会，以及官衙、商行、帮会、青楼、赌场、酒肆等场所的众生相，这些汇合成人物活动的大小环境，而胡雪岩风云际会的发家史正被置于这一历史大背景之中。小说情节结构宏伟，历史事件真实具体，社会生活广阔，意识情感丰富，具有鲜明的史诗风格和深厚的历史内涵。

1980年以后，台湾小说格局有了新的变化。“光复”后出生且大都在台湾接受高等教育的新世代作家纷纷涌现，新世代作家文学起点高，艺术视野开阔，与上一代作家相比，既未受意识形态的禁锢，又少有文学宗派的束缚，他们代表了80年代和90年代小说发展的主潮。具有代表性的新世代小说家有黄凡、张大春、李昂、林燿德、朱天文、朱天心、平路等。

黄凡(1950—　)，原名黄孝忠，出生于台北。他的小说对于政治小说的繁盛、都市文学的崛起，起了重要的推动作用。《赖索》、《反对者》、《伤心城》等政治小说广泛描写台湾社会的政治生活，揭露政治势力对社会其他领域的粗暴干涉，以及政治势力与财团相勾结来驾驭社会的现象，表现了社会大众在政治运作中的渺小、无力和无助感，反映了现代化进程中人的主体性的失落。《人人需要秦德夫》、《财阀》等都市文学作品则揭示了都市社会的结构特征，描写了都市人中普遍存在的孤寂、压抑的精神状态，立体地呈现出诸种因素相互渗透交织的现代都市社会的生活图景。黄凡的小说尽管题材与现实有着极为密切的关系，但他没有袭用传统的现实主义表现手法，而是大量采用现代主义及后现代主义的技巧，从而走出了一条将现实关怀精神与现代派风格、后现代美学熔为一炉的创作新路。

张大春(1957—　)，山东济南人。他是新世代作家中另一位取得较大成就的实力派作家。他的小说具有旺盛的开拓创新精神。《四喜忧国》是采用黑色幽默手法的代表作，通过描写疯疯傻傻的退伍老兵朱四喜模仿政要撰写所谓《告全国同胞书》的荒唐举动，构成对台湾社会泛政治倾向的强烈讽刺。《将军碑》等作品则以其魔幻现实主义写作风格轰动文坛。而从80年代末开始，张大春又致力于后设小说的创作。《大说谎家》把每日重大新闻时事与小说情节有机融合，使作品成为一部颇具特色的“新闻即时小说”。张大春的小说创作顺应了消费文化的时代潮流，他努力将通俗文学与纯文学加以糅合，既保持着前卫艺术探索态势，又融入大量通俗文学因素，这种创作取向显示了台湾文学大众化、通俗化的方向。

李昂(1952—　)，原名施淑端，台湾彰化人。她具有“叛逆女性”之称，在80年代台湾新女性主义文学的勃兴中，李昂是女性现代意识和批判性最强的一位作家。李昂的作品题材以表现两性关系为主，她以极大的勇气和创新精神向封建传统观念和不合理的社会现实发起猛烈的攻击，主要以两性关系为小说的主要内容，探讨女性的命运问题。前期小说主要是鹿港系列小说，表现女性以在性上受到的虐待和以性的形式的反抗。代表作《杀夫》写鹿港一个叫林市的弱女子因不堪受丈夫的性虐待、性掠夺，精神崩溃而杀死丈夫的故事，对传统的男权意识进行了批评，表现了女性解放的主题。后期小说主要写性与政治的结合。《迷园》、《北港香炉人人插》表现了作者审视90年代台湾政治社会与情欲世界的独特心得。

第三节 余光中等人的诗

台湾现代派文学的发端以现代派诗的兴起为标志，50年代初期现代派诗社和诗刊逐渐兴旺，为台湾现代派文学的发展拓宽了道路。在台湾汹涌而来的现代主义诗潮中，50年代中期以至整个60年代，现代派诗的创作非常活跃，出现了一批有影响的诗人。台湾现代主义诗歌因阵容庞大、成分复杂、风格多样而呈现出多维立体的艺术风貌。

纪弦(1913－)，原名路逾，原籍陕西周至，生于河北清苑。50年代中期他成为台湾现代派诗人的擎旗者。纪弦是位诗风多变的诗人，他把诗溶解于自己的日常生活和情绪之中，以抒发自己的生活感悟和情绪。经常出现在他诗中的手杖、烟斗和槟榔树，几乎成了纪弦的代号。表达恋爱之情的《你的名字》，以真切的感遇来抒写人生，感人至深。《一片槐树叶》、《萧萧之歌》表达对大陆亲人、故土的怀恋，蕴含着深沉的历史内容。

覃子豪(1912－1963)，原名覃基，四川广汉人。他对台湾新诗的发展做出了重要的贡献，被誉为"诗的播种者"和"蓝星的象征"。入台后由于世易时移，诗人的思想情绪发生很大的变化，使他后期诗作在内容意蕴、诗的形象、语言和艺术形式等方面有了一系列的变化，受现代主义诗风的影响逐渐明显。诗的主题复杂化，抽象化。1955年出版的《向日葵》，标志着覃子豪现代主义诗风的加重，诗作突出了诗人的主体感觉，通过对自身心灵的开掘，使对象心灵化、心灵对象化，从中可以看到表现主义的艺术直觉，象征主义对主体对应物的寻求，印象主义对稍纵即逝的意念的捕捉。

余光中(1928－)，原籍福建永春，生于南京。他最初的创作深受中国古诗、"五四"新诗及英美古典诗歌传统的影响。1954年余光中加盟蓝星诗社，开始了现代主义诗歌的初步实践。从《钟乳石》到《万圣节》是他大胆创作现代主义诗歌的时期。从《钟乳石》开始，余光中诗风丕变，诗中出现了一些奇特的意象、欧化的句子，从灵视感觉到艺术的表达，都趋近"现代"。1961年发表长诗《天狼星》,明确表示要和现代诗的"恶性西化"告别。他结束"西化实验"期,进入了新古典主义时期。《莲的联想》、《五陵少年》鲜明地体现了向传统回归的趋向。但这并不是抛却"现代"的回归,他寻找的是一种有深厚传统背景的"现代"。而在《白玉苦瓜》中,余光中更是力图建立现代诗的三度空间:纵的历史感,横的地域感,纵横交错而成十字路口的现实感。诗人的中国情结和传统底蕴融入了更高层次的历史感悟之中。余光中一向被视为艺术上的"多妻主义"者。他的诗歌题材丰沛,形式灵活,风格多样。从现代、古典到民歌,从政治抒情诗、新古典诗、咏史诗到乡愁诗,余光中不断开拓创新,在现代和传统、中国和西方之间走出一条富有独创性的艺术道路。他广泛吸收艺术营养,熔古今于一炉,形成了既古朴典雅又恬淡清新,既沉郁顿挫又明快热烈的诗歌风格。

洛夫(1928－　),原名莫洛夫,生于湖南衡阳。他敢于大胆创新,是个富有进取心和探索精神的诗人。诗歌风格几经转折,大致经历了从明朗到艰涩再回归明朗的过程。50年代末,洛夫走向"超现实主义"。历时五年完成的《石室之死亡》(1965)标志着其超现实主义风格臻于极致。它集中地体现了洛夫诗歌的现代派风格。标题中的"石室"可视为束缚人生,禁囚生命的象征。这部作品也集中表现出洛夫以意象重整客体形象的卓越才能,他善于经营复杂纷纭的意象,善于把瞬间的直觉和幻觉交杂倒错,有机结合,也能将各种感官感觉交互作用,形成丰富的美感,给读者带来广阔的联想,从中体味和领悟到诗中的独特意义。此后,洛夫逐步走出艰深苦涩,风格趋于明朗。《长恨歌》意味着他的诗歌创作完成了对传统的回归。洛夫由明朗转向艰涩,最终又由艰涩复归明朗,在传统与现代之间找到了支点。

痖弦(1932－　),本名王庆麟,生于河南南阳。他的诗超越了个人感情的藩篱而传达出一种较为普遍深刻的人生经验和人性感受。《红玉米》调动作者少年时代北方生活的储存,把对于现代社会的荒漠意识,置放于过往的生活场景中,以时空的错位,在细节的真切和情绪的恍惚中,构成一种既真且谬的情境。痖弦还以简洁的素描笔法为社会底层的"众生相"写生,通过刻画一系列令人同情和悲悯的小人物形象,揭示了他们悲剧性的遭遇和命运。《坤伶》短短十二行诗,写尽了一个女戏子凄苦哀怨的一生。痖弦的诗歌大多具有戏剧性,善用重叠的句法,具有甜美饱满的格调,好用典,且善将绘画、音乐手法用于诗作中。

作为现代主义思潮的反拨,60年代中期,台湾诗坛悄然兴起一股现实主义思潮,且不断发展壮大。这股诗潮首先是由"葡萄园"诗社和"笠"诗社掀起的。"葡萄园"诗社主张新诗的"明朗化"与"普及化",提出诗人应"认识传统"并"建设中国风格",它的基本精神是对现实乡土的关怀,它对70年代台湾新诗发展有一定的影响。"笠"诗社的出现是台湾本土诗人首次大规模的结合,标志着台湾新诗本土意识的觉醒，诗社的《笠》诗刊(双月刊)亦成为当时台湾最有影响的诗刊之一，他们的作品富有强烈的社会批判意识，注重反映现实人生，题材生活化，有浓郁的乡土气息，语言也较朴实、口语化。“笠”诗社的文学活动，为台湾新诗开辟出一条回归乡土的新路径，揭开了当代台湾乡土运动的序幕。随后创立的龙族、大地、主流、草根、绿地等诗社均以回归乡土和传统作为诗歌创作的方向。现实主义诗潮以积极进取的入世精神拥抱乡土现实，接续新诗的抒情传统，以对现实生活的生动叙写来取代个人化情绪的宣泄，重建清新、明朗的民族诗风。

60年代，现代主义文学思潮风靡台湾，现代派诗占据着台湾诗坛。到了70年代以后，社会的重大变化对文学产生很大影响，诗人们开始一改过去崇尚晦涩、注重自我、远离社会现实的诗风转而追求关怀现实，注重民族性、社会性和朴素明朗的诗风，现实主义诗潮代替了现代主义诗潮成为诗坛的主流，台湾新诗的发展进入一个崭新的阶段。本时期乡土派诗人的代表有吴晟、蒋勋、许达然、林焕彰等。吴晟的诗集《泥土》、蒋勋的诗集《少年中国》、许达然的《路》、林焕彰的《现实的告白》等都是本时期乡土派诗中的佳作。蒋勋是70年代乡土诗人中的新秀。他的诗选材和主题比较广泛，有对祖国的关怀、对乡土的颂歌、对现实生活中辛酸事件的真切同情，对黑暗、无理、不义的鞭挞与抗议。用具体形象反映生活和诗口语化是其诗的显著特点。

台湾新诗的发展向来以诗社和诗刊为其基地。80年代以来，除了一直坚守阵地的诗刊比如《创世纪》、《蓝星》、《葡萄园》、《笠》等继续发行和一部分诗刊的复刊外，新的诗刊不断涌现，声势浩大。80年代初期台湾诗坛显得特别活跃，这些诗刊的出现无疑为台湾诗坛新秀们的成长提供了园地，对台湾新诗的发展做出了贡献。

80年代以来台湾诗人在诗的主题和题材方面积极进行探索，把笔触伸向社会生活的各个领域和人的情感世界的每个角落，使诗的内容更加广泛。与以前的诗歌相比，本时期诗坛出现了三类诗：政治诗、都市诗和环保诗。这些诗在思想和内容上都呈现自己鲜明的特色。

政治诗的兴起与80年代以来台湾社会的多元化有关，尤其是政治限制的解除使诗人们得以大胆地“以政治入诗”。他们将关怀的层面由个人推及大众，从历史返观现实，以自然隐喻社会，表现出对台湾更深刻的政治认知和社会剖析。苦苓、詹澈、陈嘉农、廖莫白等人的诗作都从不同的角度取材，反映社会矛盾，寄托诗人的政治意识，表现出强烈的社会责任感。但政治诗有时因其过分强调“政治”而忽略了艺术性，出现偏狭化的倾向。

伴随着台湾资本主义工商社会的快速发展和都市化的进程，都市诗成为诗歌中颇引人瞩目的一族。林彧以十分写实的手法揭示了白领阶层在都市中的生活情境:为单调机械的日常生活和庞大的社会机器所吞噬的心灵异化与精神痛苦。陈克华则向着社会挥舞冷凝的手术刀,在肢解"人体器官"和遍地错置的性意象中,直指都市人的零散化、虚无感,前瞻性地预警现代文明的悲剧。许悔之以其拥抱生活、拥抱欢乐的自由、乐观的人生态度,在抒写人文情怀和表达现代感思中,建立了自己都市诗的独特性。林耀德的《都市终端机》、《都市之瓮》、《1990》等诗集立足当下都市现实,以大胆想象和深刻感悟把握时代精神,审视现代人的行为与心灵,是其创作的基本主题。

环保诗也称"环境生态诗",其产生于五六十年代,兴盛于 80 年代。都市是工业化的产物和载体,对都市负面影响的批判,本质上也是对工业化破坏自然生态的批判。因此,都市诗的发展诱发了对生态环保主题的关注。现代工业文明对人类生存环境的破坏导致了诗人对这一领域的关注与焦虑。对生态环境的危机感,实质上源于诗人对人类自身安危的重视,它以共建人类文明、美好的家园为旨归,意在唤起人们对大自然的自觉呵护。此类诗的奠基者之一莫渝作有《在我们的土地上》系列环保诗作,还有洪素丽的《港都行——哀爱河》、白樵的《白鹭鸶的抗议》、纪万生的《古井》、刘克襄的《美丽小世界》等作品。随着环境污染的日益加剧和人们环保意识的日益成熟,环保诗成为当前诗歌创作的重要主题。

除以上几种主要的诗歌类型外,还出现了诸如"录影诗"、"视觉诗"之类的新型诗。诗人们的作品并非尽善尽美,也存在这样或那样的弊端,但是他们这种锐意进取、不惮尝试的精神却给诗坛带来新的气象,这是值得赞许的。

第四节　散文:从梁实秋到龙应台

50 年代是台湾散文发展的第一个阶段。有着强烈反共意识的"战斗散文"、追忆大陆山川风物和亲朋故旧的乡愁散文、抒写身边琐事和儿女情长的闺秀散文,成了这一时期散文创作的主要倾向。"战斗散文"因其空洞无物而日渐衰落,而以较为艺术的手法处理人生各种经验的创作渐成主流。1949 年前后,一批卓有成就的老作家渡海赴台,其中有一部分是有较大影响的散文家,如台静农、梁实秋、谢冰莹、胡适、张秀亚等;也有一些是崭露头角的散文新秀,如琦君、林海音等。来台的大陆第一代作家为台湾散文界带来了崭新的气象。

梁实秋(1903—1987),原名梁治华,祖籍浙江余杭,生于北京。他的散文具有清雅通脱、温柔敦厚的美学风格。就文风而言,行文雅洁,潇洒幽默,亲切自然。就情趣来说,虽以闲适为格调,却并非不食人间烟火,表现出的是自由洒脱的人生襟怀、恬淡心境和生命意识。入台后,梁实秋因对现实政治失望,感时伤怀,心怀隐痛,散文的创作更为内隐,更有深度,融入了厚重、深沉的因素,中年时代酣畅淋漓的文风变得含蓄、节制、老道。《女人》、《男人》、《孩子》、《诗人》、《中年》、《老年》等从人生的若干阶段或人的基本类型着眼,把握其共性;《谦让》、《握手》、《拜年》、《送行》等以日常习惯看世间人情;《饮酒》、《喝茶》、《下棋》、《漫谈读书》等涉及传统文化熏陶下精致的生活品味以及名士心态,生活艺术化、艺术生活化的特色更为浓郁,饱含物趣、意趣和情趣,熔性情、经验和学术于一炉,成为闲适派不可替代的大家。

台静农(1903－1990),安徽霍邱人。他的散文中,蕴含着一个作家对时代、民族和人类未来的思考,字里行间处处流露出一个历尽沧桑的老知识分子"老而弥坚"的精神和博大深沉的人文关怀,以及对真善美的热切追求。他的散文感情真挚,结构精致,叙事时侃侃而谈,擅用白描手法;议论时含蓄蕴藉,常有精当的画龙点睛之笔;抒怀时毫不做作,真情的流露犹如行云流水一般。《有关西山逸士二三事》、《追思》等作品,显示了作者心灵深处那份平淡恬静的心境,而炉火纯青的语言功底,使他的散文平添了令人回味无穷的魅力。

50年代女性散文作家的创作成就十分突出。琦君(1917－2006),原名潘希真,浙江永嘉人。在琦君的散文中,最能撩拨人心弦、激起人共鸣的当推忆旧怀人之作。琦君是一个深受民族文化熏陶的传统型作家,远离故土家园的生活境遇,使她对故乡故土产生深深的眷恋和怀念。在梁实秋的笔下,故居的庭院,儿时的琐事,北京的风情,年节的气氛,家乡的特产……无不鲜活如故,令人低徊不已。琦君的乡愁散文更具特色,她以一支生花妙笔追忆在大陆的逝水年华,寻找那失落的"根",呈现出丰厚的文化乡愁。《红纱灯》则描绘了浙东过年时生动有趣的热闹景象,鲜活地展示了具有地方特色的民俗风情。琦君的散文很多是写自己的儿童和学生时代,以缅怀亲友、师生的题材写得最为动人。她的笔端总是饱蘸激情和挚爱,作品充满了温存和深情。《下雨天,真好》是其代表作之一,作品重温了在故乡霏霏细雨中的一次欢聚,万千情愁倾洒在笔端,笔墨细腻,朴素亲切,深挚凝重。琦君写人的散文常运用小说笔法来刻画人物;写风光的则善于用写景作抒情的"点染",写得摇曳多姿,如《西湖忆旧》;写人情风物的,则善于描述故乡各种风俗旧习,如看庙戏、给"压岁钱"等,写来生动有趣,富于艺术色彩,读来津津有味,脍炙人口。总体上,琦君的散文有温润淳朴、淡雅敦厚之风,感情朴实真挚,细腻动人,其文笔则不事雕琢,清新素雅,如淡淡幽香,使人心醉。

张秀亚(1919－2001),河北沧县人。她的《三色堇》、《怀念》等散文集大多以往昔在大陆的经历为题材,用真挚而细腻的笔触,表现忆旧怀乡的胸臆。她纵笔于故乡华北大平原,写那苍茫的原野,古老的宅院,古朴温馨的人情;也写第二故乡重庆,写梦幻般的山城风光和乡居生活。张秀亚的散文色彩缤纷,诗情浓郁,笔致秀逸。

谢冰莹在《绿窗寄语》等散文集中，用娴熟的笔调，记叙了自己的少年时代、故乡亲人及难以忘怀的往事，流露出淡淡的乡思愁绪。

60年代至70年代台湾散文的发展更具有个性色彩，现代派和乡土派的两次论争和“回归乡土”口号的提出，带来散文创作的繁荣。王鼎钧、余光中、萧白、许达然、张拓芜、杨牧等一大批散文家崛起于文坛。他们或耽于感性，注重情的开掘；或长于知性，理趣充沛；或感性、知性并重，为散文拓展了广阔的发展空间。

在散文方面，余光中有着自觉的理论意识和审美追求。他致力于打破传统散文创作模式，将中西手法熔于一炉，以求开拓现代新散文的尝试。从60年代起，余光中大力倡导“散文革命”，在其纲领性文献《剪掉散文的辫子》中，余光中援“现代诗”之例提出“现代散文”概念，称这是“讲究弹性、密度和质料的一种革新散文”。所谓“弹性”，是指“对于各种文体各种语气能够兼容并包融和无间的高度适应能力”；所谓“密度”，是指“在一定的篇幅中（或一定的字数内）满足读者对于美感需求的分量”；所谓“质料”，“是指构成全篇散文的个别的字或词的品质”。余光中试图用现代诗的艺术精神革新散文，使它在现代主义的旗帜下蜕旧变新，成为现代文学大家族中新的成员。他的散文创作正是在这一文学理念指导下的自觉的艺术实践。他一向重视文言、现代口语和西化语在文本中的整合，认为文言的简洁浑成，西语的井然条理，口语的亲切自然，可以整合成一种富于弹性的多元文体。余光中不但从理论上规范了“现代散文”的三要素，而且以自己的散文创作实践了“现代散文”的理论主张。他的《鬼雨》、《逍遥游》、《登楼赋》、《地图》、《伐桂的前夕》、《蒲公英的岁月》等散文感情充沛、汪洋恣肆，开拓了现代新散文的境界。余光中的“现代散文”理论与创作实践，奠定了台湾新散文的构架。此外，杨牧、叶维廉、洛夫等人也从不同侧面丰富和深化了“现代散文”。

在乡土文学运动的影响下，散文家王鼎钧、许达然、林双不、阿盛等潜心于乡土散文的创作。他们把笔伸入社会现实底层，表现普通人的生活，丰富了台湾散文的题材和内容。王鼎钧（1925—　），山东临沂人。他的散文有较强的社会批判意识。代表性作品《那树》运用小说的笔法，写一棵茂盛的老树在极端恶劣的环境中的困苦挣扎，最后仍不免被砍伐命运的故事。老树坚韧倔强的形象和最终逃不脱悲剧的命运给人留下深刻的印象，它形象地表现了台湾工商社会在畸形发展中所付出的惨重代价，即古老文明和传统文化遭受到冲击和毁灭性破坏。王鼎钧的散文坚持了为人生的主张，揭露了现实的种种流弊，从中可窥见作者对古老文明和文化传统的深沉情感与深切忧思。他的散文文笔简练，神情俱肖，文理清晰，自成一体。林双不的散文描写那些出身卑微的劳动者的生活和命运，平实中饱蕴感情。阿盛叙说乡村人事，将方言口语融入现代语汇，作品具有浓厚的泥土气息,形成了幽默、老辣的文体风格。

20世纪80年代以来,台湾散文迎来了全面的丰收。散文作者阵容空前强大,出现了几代作家共同活跃于文坛的局面。散文观念有了新的发展,许多诗人、小说家转向散文创作且成绩喜人。散文突破传统陈规,转换范式成为可能,散文的文化品格和气度得到大大提升。散文体式也日趋多元化,都市散文和生态散文成为重要的创作现象。台湾散文对都市人生活情状的描摹与剖析也达到了前所未有的深度和广度。林耀德、杜十三、张启疆、周志文等作家将艺术视野集中地投射到都市社会生活,着力探讨了都市社会的内在景况,表现现代人的生存状态及种种困境。其中最突出的当推林耀德。林耀德(1962－1996),福建同安人,生于台北。他将自己置于后工业时代的文化语境中,冷静客观地观察都市、理解都市、把握都市,对都市神话给予大胆质疑。林耀德的散文侧重于理性的形而上的思考,他根据自己对生活的独特感受将大量科学用语和专门术语运用到创作中,形成了冷峭、肃穆的散文风格。散文集《一座城市的身世》因其内容的前卫性和形式的大胆创新,成为台湾都市文学的代表作。

生态散文是台湾80年代文坛中涌现出的又一大景观,代表作家为心岱、刘克襄、陈煌等,代表作品有心岱的《大地反扑》、刘克襄的《随鸟走天涯》和陈煌的《飞鸽的早晨》等。他们的作品旨在突出生态环境之于人类的重要意义,晓谕人们对于大自然所承担的责任。与生态散文相类似的有田园散文。主要作家有陈冠学、孟东篱、肖白和栗耘等。他们以一种坦然洒脱的姿态面对自然山水,将自我融入其间,从中吟味人生的诗意和悠闲,侧重于人与大自然关系的和谐。代表作品有陈冠学的《田园之秋》、孟东篱的《滨海茅屋札记》等。

众多女性散文作家的出现,也是此间散文领域中的一大特色。其中的代表作家有张晓风、简媜、三毛、夏宇、洪素丽等。其作品情智并茂,风格各异。

张晓风(1941－　),江苏铜山人。她的早期散文多以抒情为主,强调仁爱精神,宣扬人道主义,主张人与人之间要彼此关心、宽容和谅解,对别人的痛苦要同情。在《母亲的羽衣》中,作者艺术地概括了女性人生道路上的两段里程:少女与母亲,在伟大的母爱“圣火”一代一代的交接中延伸。礼赞母爱,张晓风的散文充满着女性所特有的母爱情感。她把对人类的爱,人与人之间的爱作为自己创作的中心点,在作品中讴歌一些富有同情心和爱心的普通人。张晓风除了对人类的母爱、友爱、情爱尽情赞颂外,她还对充满爱的生活、美的自然、真诚的生命进行了讴歌。《我喜欢》是一曲生命的颂歌。生活中的一景一情都拨动了她的生命之弦,使她打开了自己善感的心扉。在种种喜欢中,读者触摸到作者对大自然热爱的情思,对传统的信仰,对友情和爱情的珍惜和期待。张晓风的作品表现出对人世的深切关注和对民族文化的强烈认同,注重营造意境,向往生命的深沉和严肃，笔墨老辣，风格明畅隽永，努力探索人生真谛，使作品在抒情的同时带有明显的思辨和哲理色彩。《我在》、《从你美丽的流域》、《玉想》等散文集显示出壮阔深沉的艺术风格。

简媜（1961－　），原名简敏媜，台湾宜兰人。她是位对散文有着深层思考的作家。她的处女文集《水问》寻找人的自我觉醒；《只缘身在此山中》开始对生命终极意义的求索；《十二月令》对人的一生可能遇到的十二道关卡作形象的解析，字里行间充满哲理的思辨色彩。《月娘照眠床》、《梦游书》、《女儿红》等散文集从现实生活中汲取题材，对人生和生命作不懈的求索。简媜的散文有着强烈的自我意识和女性意识，长于对日常生活进行形而上的思考，每每于人们司空见惯的现象中生发出新颖而深邃的哲理，将寻常景物点化成令人饶有兴味的神奇世界，立意奇特，开拓了散文新境界。

三毛（1943－1991），原名陈平，浙江舟山人。她的《撒哈拉的故事》等散文集向人们展示了神奇的异国风光和人情习俗，她由衷地赞美瑰丽、浩瀚的大自然，文中涌动着蓬勃生机，表现了她对生命的热爱。三毛是一个具有反叛精神的时代女性，她那豪放不羁的气质，勇于探奇历险的精神，赋予她的散文一种洒脱、浪漫的情调和绚丽斑斓的色彩。

80年代以来台湾文学中的杂文也得到了较大的发展。柏杨（1920－2008），原名郭定生，祖籍河南辉县，生于河南开封。他的杂文总是从小事出发，痛击庸俗的世相和习性，又常将丰富的史实与现实巧妙相联映衬，通过史实与现实的相联，借古鉴今，显示出作者敏锐的感触与深刻的思想。柏杨创造了“酱缸”学说，对传统文化中人性丑态和劣根性“沉痛出击”，如“窝里斗”、狭隘性、“和稀泥”、安于现状、势利眼、马屁精等，旨在挑破所谓民族劣根的溃疡性和阴暗面，这正是他的《丑陋的中国人》的主题所在。扎实深厚的知识积淀和敏捷的才思，使他的杂文涵盖古今中外、嬉笑怒骂、评时议政、纵横驰骋；艺术表现上则形式活泼、深入浅出、文思飞扬、亦庄亦谐、讽刺尖酸、平淡中有奇崛之美，因而受到广大读者的喜爱。李敖（1935－　），生于黑龙江哈尔滨。他的杂文表现出鲜明的艺术特色，即善于“取类型”，直书直笔，针砭时弊。李敖杂文善于运用直笔，这与其豪放不羁、特立独行的性格是分不开的。他的文风锐利豪纵，从不转弯抹角，委婉曲折，旁顾左右，而是直来直去，率直大胆，对论敌往往集中火力猛攻，毫不留情，痛摧而后快。这使他的杂文富有勇往直前、直率凌厉的气势。李敖杂文同时又富于讽刺幽默的韵味。他虽是“放言直书”，但其中常成功地运用讽刺和幽默的手段，巧妙地利用语言条件，做到在谈笑风生中对丑行绝不妥协地完全否定。龙应台（1952－　），祖籍湖南衡东，生于台湾高雄。她的杂文掀起的“龙旋风”以尖锐敏感的主题、泼辣直率的文风构成了极具震撼力的文化现象。她的《野火集》深挖中国人传统劣根性的“祖坟”,抨击台湾社会政治挂帅、政治姑息以及公仆滥用权威的弊端,探讨台湾工业污染的公害和教育制度存在的严重问题,揭露了当今台湾社会的种种病象。

总体上来看,80 年代以来台湾散文的创作空间比以往年代更为开阔,作家对内心世界的开掘较以往更为深邃,形成了今日台湾散文绚丽多彩的景观。

第二十章　港澳文学概况

香港地区自开埠以来，就成为中西文化的交汇地，一方面受到传统文化的影响与制约，另一方面又吸收了来自世界各地的外来文化。不同文化的相互碰撞、冲突和融合，正是香港文学成长的土壤。香港特殊的地缘政治位置和长期作为英国殖民地的历史境遇，以及都市的高速发展和市民阶层的扩大，使得它在总体上呈现出一种多元并存的文学态势。关注社会人生的现实主义创作、充满前卫精神的现代主义文学以及符合市民阅读需求的通俗文学，都以各自不同的方式和形态得到了较为充分的发展。香港的多元并存的文学形态，正表明了它的包容性和开放性。

第一节　发展概述

1949 年中华人民共和国成立前后，香港文坛出现了极大变化，原先在香港的大批内地文化人，北上回归祖国；而对新中国有误解，或有敌对情绪的一批大陆文化人则南来香港，形成了南北对流的现象。不久，美国对新中国实行经济封锁，同时企图以香港为桥梁，向中国内地进行文化渗透。美国国会拨款在香港成立了“亚洲基金会”，掀起了一股“美元文化”（美元纸币呈绿色，有人戏称之“绿背文化”）浪潮。该基金会一方面资助出版机构，一系列带有政治色彩的出版物纷纷出台；一方面笼络来自内地的文化人，这批文化人在美国“经援”的诱惑和自身复杂心态的驱使下，制作了大量政治倾向鲜明的作品。“绿背文化”背景下的出版物，大多是政治的传声筒，作者在宣泄个人的哀怨落拓情怀和悲凉心境的描述中，透露出一股鲜明的反共意识。因此，这一时期的香港文坛笼罩着浓厚的政治文化氛围，当时的作品大多具有鲜明的政治色彩。

在“绿背文化”浪潮沸沸扬扬的同时，一股与之对峙的反“绿背”浪潮也在悄悄崛起。一批从大陆来港工作的进步文化人和香港本土作家，其成员包括叶灵凤、曹聚仁、阮朗、何达、黄蒙田等，以《文汇报》、《大公报》和《新晚报》等几家有影响的报纸的文艺副刊为主要阵地,创作和发表了一批爱国的进步的文艺作品。曹聚仁的《北行小记》、《北行二记》和《北行三记》等报告文学作品,客观真实地介绍了新中国在政治、经济、文化、教育等方面的巨大变化,澄清了反共宣传所造成的种种误解。阮朗的《金陵春梦》以通俗的章回体小说的形式,揭露了国民党政权的腐朽和必然灭亡的命运。这些作品在海内外读者中产生了广泛的影响。这种文化对峙几乎贯穿整个50年代,随着"绿背文化"的撤退,随着西方文艺思潮的涌入和国内外政治经济形势的变化,这种状况至50年代末才得以改变。

从50年代后期开始,香港的工商业经济迅猛发展,城市的现代化促进了人们思想意识的现代化,这就为现代主义思潮的传播提供了良好契机。一群具有欧美留学背景的青年戴天、也斯、叶维廉等,视野开阔,阅历丰富,回港后聚集在现代主义文学刊物的大旗下,以新的姿态和高昂的热情开展文学创作活动。另外,还有老作家刘以鬯也开始其"实验小说"的创作,西西创作具有幻想个性的奇诡的作品,戏剧家李援华从事现代主义戏剧的大胆尝试。西方现代主义文学思潮的涌入,为香港文学的发展开创了一条新路,使香港文学面目一新,其意义与历史作用是不容否认的。

当现代主义文学思潮在香港文坛传播发展时,仍有一群香港作家,坚持现实主义创作,其中除了资深作家叶灵凤、罗孚、侣伦、何达等外,还有海辛、金依、阮朗、三苏等。这批现实主义作家秉承文学"引导社会向上,改造社会"之宗旨,其作品着重反映现实,反映中下层群众的疾苦,揭露社会矛盾,抨击社会黑暗。香港文学现实主义和现代主义的发展并行不悖,共存竞长,体现了香港文学多元化的自由发展态势。

通俗文学的兴起,与香港的社会经济文化的发展有着密切的联系。香港的工业化带来了文化工业和较为成熟的市民阶层,成为通俗文学产生和发展的摇篮。60年代,香港通俗文学的基本格局已形成:以武侠小说与言情小说为主干,旁及历史小说、科幻小说和框框杂文。通俗文学的作者来自社会各个层面,很注意了解市场的需求和读者的心理。他们的创作适应了香港这样一个高度商业化城市的需要,发挥了快、博、杂、趣等特点,以娱乐和消遣为主,追求轻松活泼,幽默风趣。以金庸、梁羽生为代表的香港当代新武侠小说的崛起,使香港的通俗文学创作进入了一个新的阶段。

70年代以后,随着香港进入消费社会,作为大众文化消费重要内容的通俗文学不断发展。言情小说的突飞猛进,是较为突出的现象。从作者队伍来看,几乎是清一色的女作家。先是亦舒走红,紧接着岑凯伦、林燕妮、严沁等相继掀起消费言情小说热潮。而到80年代和90年代,李碧华、梁凤仪后来居上,尤其是梁凤仪的"财经小说",成为都市男女文化消费的重要内容。相对于言情小说的辉煌，武侠小说则在走下坡路。70 年代初，金庸“封刀”，紧接着梁羽生也退出“武林”。从此武侠小说风光不再，“金梁”之后，无人能取代他们的地位。从 70 年代末开始一直致力于武侠创作的，是温瑞安。其成名作和代表作“四大名捕”系列曾引起过不小的轰动。他的武侠小说创作走的是古龙一路，具有强烈的创新意识。除武侠小说之外，历史小说作家以南宫博、董千里、高旅、金东方为代表；言情小说有亦舒、李碧华、梁凤仪、岑凯伦等；科幻小说有倪匡（卫斯理）、张君默等；框框杂文有梁厚甫、三苏（高雄）、李英豪等，都是本时期通俗文学的重要作家。

在五六十年代，香港的通俗文学已很繁盛，70 年代更为勃兴，整个文坛出现向通俗文学倾斜的现象。在这个时期，严肃文学作家仍旧勤恳耕耘，如以余光中、小思、梁锡华、刘绍铭等人为代表的学者所创作的“沙田文学”，对青年文学爱好者影响较大。另外，何达、黄国彬、戴天等新老诗人的诗歌艺术渐入佳境，西西、刘以鬯等人的艺术探索亦颇引人瞩目，曾敏之、董桥、彦火、金依等作家也出过一些较好的作品。

70 年代以后，香港的发展直接受到两次重大事件的影响。一是 1976 年内地“文革”的结束和随后实行的改革开放政策，一是 1984 年中英两国签订联合声明，确定 1997 年将香港主权归还中国。这两大事件对香港的政治、经济、文化、文学产生了很大的影响。香港文学被重新纳入中华文学的发展框架之中，香港文坛以“九七”为题材的文学作品频频出现，“九七”回归的春潮极大鼓舞着有良知的香港作家，并促使其文学作品的思想容量和艺术空间得以拓展，作家的艺术创作观念也相应发生着巨大的变化。在这一时期，又有一批作家移居香港，这批作家包括陶然、颜纯钩、张诗剑、白洛、东瑞、黄河浪、王一桃、犁青以及稍后于他们的王璞、黄灿然等人，上述作家的创作涉及小说、诗歌、散文等多个门类，渗透到严肃文学和通俗文学各个领域，在香港文学发展中占据着重要的席位。

90 年代以来，香港文学已形成了显著特点：本地作家和外来作家并存；“通俗文学”（主要以大众趣味为依归）和“严肃文学”（力求内容深化和技巧创新）并存；“左派”作家和“右派”作家并存；专栏杂文成为重要的文类。香港文学社团不断涌现，大大活跃了文坛气氛，香港艺术发展局的成立也促进了香港文学的繁荣。回归祖国的香港文学与内地文学的交流日益频繁，并将被逐渐纳入整体的中国文学的观照视野。

第二节 刘以鬯、李碧华等人的小说

50年代的香港小说创作较为活跃,文学杂志和刊物的繁多,加上美国新闻处对文学出版的资助,对当时的创作起了促进作用。曹聚仁的《酒店》、秦牧的《黄金海岸》、俞远的《思前想后》、黄思聘的《长梦》、熊式一的《天桥》、高雄的《新寡》、蒋牧良的《老秀才》等作品都颇具影响力。

进入60年代,香港小说呈现多样化的景象,现代主义手法被引入小说创作。南来作家刘以鬯、徐訏、唐人、李辉英等创作力非常旺盛,而本土作家舒巷城、梁锡华、夏易等的小说也日趋成熟。

南来作家人生阅历丰富,其作品大都具有很强的历史感和时代精神。刘以鬯(1918－　),原名刘同绎,祖籍浙江镇海,生于上海。在香港文坛,刘以鬯以反传统而著称。他的小说突破了传统小说的框架,广泛采用了意识流、象征、暗喻等现代小说技巧,在现实主义与现代主义的结合上进行了大胆的尝试。他的小说因此被称为“实验小说”。如其居港初期的名篇《天堂与地狱》,结构别出心裁。这是一篇寓言与现实相结合的小说,有力地讽刺了香港社会赤裸裸的金钱关系。《打错了》是一篇从形式到内涵都极为独特的短篇小说,通过一起车祸表达了作家关于人生祸福无常的感叹,深含命运辩证法和人生哲理。

《酒徒》是刘以鬯的代表作,这是一部成功地把西方意识流小说中国化的长篇力作,被誉为中国第一部意识流长篇小说。这部作品突出地表现了作者在小说艺术方面的大胆实验。小说全方位地表现了现代都市人的精神状态和内心世界,透视了在金钱支配下现代人灵魂深处的矛盾和痛苦。作家善于捕捉人物瞬间的感受和体验,加以联想发挥,跳跃着展开五花八门的描述抒写,思想、情绪、回忆、梦境、幻觉等电影蒙太奇一样连缀在一起,时序交错,意象交叠,哲理性的议论,散文化的抒情,排比句的运用,没有标点符号的长句等,都与酒徒形象和小说的内涵和谐地融化在一起,使小说充满艺术张力。

徐訏(1908－1980),原名徐传琮,浙江慈溪人。他在香港居住的三十年,是他创作生涯的重要阶段,在此期间他写的小说在内容上逐渐向现实生活靠拢,并热衷于抒写个人对宇宙、人生和时空观念的哲理探索。完稿于1961年的《江湖行》展示的社会画面相当广阔,小说以江浙城市社会生活为背景,描写“我”(野壮子)从农民到作家的甘苦际遇,并在充满传奇色彩的故事中,展示主人公对人生哲学的追求。写于1964年的长篇小说《时与光》也颇引人瞩目。作者试图借助“爱”这条牵动人物命运变化的线索,来探讨人生的意义和人的命运中偶然与必然间的联系等问题。这部作品写了人与人性，人与社会之间的某种调谐的可能性及前景，具有浓重的象征主义色彩。

舒巷城(1921—1999)，原名王深泉。他是香港第一代本土作家，被誉为香港的“乡土作家”。《鲤鱼门的雾》是舒巷城的成名之作，小说描写了一位海员回到故土鲤鱼门时的惆怅情怀与心理创伤，谱写了一曲动人的香港小人物的悲歌。他的长篇代表作《太阳下山了》以40年代的香港社会为背景，反映了住在西湾河一带的一群劳苦人的辛酸生活，实为一幅40年代末香港下层社会的浮世绘，小说没有描写尖锐的矛盾和阶级的对垒，而以从容的笔墨抒写香港草根大众温馨的人情，从而使作品洋溢着浓烈的人情味，体现了他浓厚的怀旧意识。舒巷城是位香港本土色彩浓郁的作家，以粤味语言生动地描绘香港的社会风情，刻画香港草根阶层的心理。

梁锡华(1947—)，生于广东顺德。他的小说大多取材于教育界、文化界和知识界，反映了香港的社会和人生问题。《香港大学生》描写的是香港大学生和研究生的生活故事，揭示了香港教育界的黑暗腐败。《独立苍茫》描写的是香港大学教师的悲欢，作品通过具有不同个性、不同人生哲学的三个同学同事的命运和道路，反映了香港教育界、文化界、知识界的心态和面貌。梁锡华的小说不仅反映了香港现实社会的状况，而且渗透着不同民族的文化冲突，具有强烈的文化意识。

在60年代中期的香港，中国古老的武侠小说重新崛起，不过，它是以一种崭新的面貌出现的，被人称为“新武侠小说”。它是香港通俗文学的第一大门类。1954年梁羽生的《龙虎斗京华》开启香港新派武侠小说的先河，在极短的时间里武侠小说迅速兴盛起来。梁羽生(1924—2009)，本名陈文统，广西蒙山人。他是新派武侠小说的开山鼻祖，代表作有《白发魔女传》、《七剑下天山》、《萍踪侠影录》、《云海玉弓缘》等。梁羽生的大多数作品都有史实依据，他从历史中选取素材，尤偏爱于民族冲突、朝代更替之际的风云变幻和人事沧桑。这使他的武侠小说兼有历史小说之长。梁羽生有着精深的古典文学素养，这又使他的小说呈现出一种书卷气。

金庸(1924—)，本名查良镛，浙江海宁人。他写武侠小说比梁羽生晚一年，1955年才发表处女作《书剑恩仇录》，但后来居上，成为人们公认的武侠小说泰斗、一代宗师。其15部武侠小说几乎部部都是精品，风靡海内外。金庸因此成为20世纪知名度最高的华文作家之一。金庸小说具有博大精深、丰富宏阔的文化内涵。它超越了传统武侠小说的“快意恩仇”，在小说中渗入了民族观念、个性解放和独立精神，引发对历史、文化、人情、人性的深刻探索与思考。《连城诀》中的人物由于受了“人为财死，鸟为食亡”腐朽人生观的支配，演出一幕幕人生惨剧,作者把人类的丑恶灵魂入木三分地雕刻出来,读后令人震撼,使之成为一部很好的讽喻劝世的佳作。金庸重视对人物的塑造和表现,创造出典型而复杂的人物群像,如郭靖、黄蓉(《射雕英雄传》)、乔峰(《天龙八部》)、令狐冲(《笑傲江湖》)、韦小宝(《鹿鼎记》)等。金庸小说的语言优美而自然,继承了中国古代白话小说的优良传统,又吸收了现代小说的精萃,介乎文白之间而又能雅俗共赏,富于表现力、节奏感和音乐感。

在香港的通俗文学中,历史小说和科幻小说是两支劲旅。南宫博擅长于古代爱情传奇的现代加工,透过传统的故事表现个性解放的思想,主要作品有《洛神》、《梁山伯与祝英台》、《孔雀东南飞》等。董千里则着力表现历史进程中宫帷之内的矛盾冲突,如《玉缕金带枕》、《董小宛》等。高旅的小说以史为据,重视史实,态度严谨,力求历史真实和艺术真实的统一,代表作有《金屑酒》、《玉叶冠》等。金东方的历史小说涉及面甚广,她不像一般历史小说家那样主要写一个朝代,而是兴之所至,借史料开拓新意,如《赛金花》、《逐鹿记》等。科幻小说则以卫斯理(倪匡)最为著名,科幻小说有《蓝血人》、《地图》、《心变》、《失魂》、《无名发》、《多了一个》、《不死药》等 65 种。想象力和故事性成为倪匡科幻小说的基本元素。他善于在情节演进中营造紧张而又幽秘的氛围,有较为严谨的构思,布局诡异,情节紧张,可读性高。

70 年代以后,香港本土的新生代作家开始崛起。西西(1938－　),原名张彦。她是一个具有独特艺术风格和艺术追求的作家。早期创作受存在主义影响较深,长篇小说《我城》是 70 年代体现香港意识的最具典型性的作品。小说没有动人的故事,只有平常的人和事,作者用童话式的语言、语气,用儿童的思维模式,通过一个个细节和场面的富有情趣的描绘,呈现出"我城"的历史性变化。在这部技巧十分现代的小说中,倒很少显示出现代人的冷漠,常常流露出狄更斯式的温暖。西西的小说所反映的基本上都是她所熟悉的香港社会生活和社会问题。如《肥土镇故事》,主要写香港的经济奇迹与经济危机,可说是香港经济发展史的一个缩影。《浮城志异》描写了一部分香港居民在"九七"回归前的彷徨心态;《像我这样一个女子》描写的是一个香港殡仪馆女化妆师"我"在婚姻方面的内心困惑和无奈。由此可见,西西的小说与她上一辈作家的有很大的不同。西西小说题材与内容的本土化,标志着香港文学的发展进入本土化阶段。

本土作家也斯的创作,是本时期香港小说创作的可喜收获。也斯(1948－　),本名梁秉钧。他的《剪纸》的构思取意独具匠心,作者借瑶和乔揭示了香港社会深刻的潜流,写出了对时弊的思索和认识。短篇小说集《养龙人师门》题材丰富多彩,表现手法不拘一格。长篇小说《记忆的城市、虚构的城市》是也斯的一部力作,小说从"我"去巴黎的一次重游起笔,写了在香港地区成长的一代青年,到海外去留学之后又回归香港时的体验与感受。在海外时受到西方文化冲击，迫使他们反省自身的文化背景；而急遽转变的香港地区的现实，又使他们产生了困惑、苦闷和疏离感。作品在结构上以心灵世界为基点，以“我”的情感流动、情绪的飘逸为线索，通篇没有首尾相贯通的故事，心理流向就是作品的进行式。

钟晓阳（1962－　）是香港第二代本土作家中的佼佼者，钟晓阳的小说大多写现代人在现代生活、现代社会下爱情的残缺与失落。如《流年》中的俞爱伦爱江潮信，但江潮信却冷待她，甚至歇斯底里地辱骂她，对她实际上是一种精神虐待。在钟晓阳笔下的爱情里，总是充满着矛盾与悲剧。钟晓阳的爱情小说，在表现爱情的“残缺”与“失落”的同时，还进一步揭示产生这种“残缺”与“失落”的主客观原因，显得厚重、理性化。在早期的作品里，作者主要是审视与反思女性深层的传统意识，展示留存于妇女身上的弱点。如《停车暂借问》中的主人公赵宁静敢于追求婚姻自由，却不能摆脱林爽然未婚妻的影子，这说明赵宁静内心仍然受到旧思想观念的束缚。在稍后的作品如《腐朽与期待》、《离合》中，作者则侧重于揭示社会人所受到的环境压迫及各种复杂关系的制约。

另一位本土作家黄碧云（1961－　）走的是一条颇为独特的小说路数。她的小说写法与众不同，她用一种平静而超然的口吻叙说着一个个爱与恨、生与死的故事，从中读不出理想与寄托，也看不出谴责与批判，只是透露出悲凉。她的小说集《其后》、《温柔与暴烈》虽有背景交代，但都是淡而模糊，人物的命运与社会基本上是游离的，作家着意写人的存在、写人生的体验，诠释人生的困境，表现人的无奈悲凉、人的痛苦。在艺术上，她的小说不着意于故事情节，不注重刻画人物的性格。时空次序任意颠倒，着力营构意象，常用拼贴式写法。

来自台湾的施叔青旅港八年后发表了广受好评的《香港的故事》系列小说。系列小说中的主要人物，无论男女，都有一种共同的心态，那就是深深的、难以排遣的孤寂，和由此而来的苦闷、挣扎、悲观。施叔青这一系列“故事”展现了一幅幅多姿多彩的香港生活场景，显现出香港独特的都市性。她的《香港三部曲》是从较为宏观的角度为香港的百年殖民史画像的长篇力作。

六七十年代南来香港的一些中青年作家，也创作出了有特色的香港题材小说。陶然以敏锐的眼光关注社会、关注现实，从五光十色的现代化大都市感受到某种特殊的体验，将犀利笔触触及社会深层敏感的神经。他的短篇小说贴近社会人生，反映了香港社会的“众生相”。尤其是对演艺圈与新移民及小人物题材的开掘，更具批判力度。作品透过工商社会的怪异现象开掘出深刻的主题，揭露了底层小人物蒙受身心摧残的社会现实。短篇小说集《平安夜》、《旋转舞台》中的作品，均有鲜活的人物形象，结构和语言方面也颇具特色。短篇小说集《窥》收入的小说大都以香港为社会背景，凭藉不同社会层面人物的生活片断，反映香港社会人生百态和世情众相。颜纯钩的短篇小说集《红绿灯》中的作品大都写小人物灵与肉的创伤,写普通人的命运多舛,展示香港下层社会的人生相,因而有香港的"创伤小说"之称。

本时期香港写言情小说的大都是女作家,她们的作品相当生活化,内容通常是描写男女间的爱情纠葛,表现都市人在感情生活中遇到的困扰、烦恼与命运的跌宕。

亦舒(1946—),原名倪亦舒,祖籍浙江镇海,生于上海。她是香港文坛闻名遐迩的言情小说女作家。亦舒对世间的爱情是持怀疑态度的,永恒、纯真的爱情在亦舒的眼中不过是美丽的童话而已,这反映了香港人的文化观念和价值观念的逆转。其代表作《喜宝》、《婚外之恋》等反映了香港部分女性在自我价值认识上的迷失,然而这种状况与香港社会的拜金主义性质不无关系。作者在充满感情的描绘中以理性的笔触控诉了畸形繁荣的香港社会对美好人性的扭曲和摧残。亦舒的言情小说把笔触伸进知识女性的内心深处,在反映她们的婚姻爱情生活的同时,努力发掘香港知识女性的孤独感和寂寞感。

梁凤仪(1949—),原籍广东新会,生于香港。她的财经小说以香港风云变幻的商界为背景,将财经知识、经营手段等因素融于故事情节之中,塑造出一系列时代女强人形象,如《信是有缘》中的阮楚翘、《花魁劫》中的小三等,一扫香港文坛闺门怨妇和纯情少女的柔弱气息,令人耳目一新。梁氏小说的卖点在财经背景、故事传奇性及女性要求独立的时代意识。小说中曾遭不幸的女主人公的成功故事,将普通人现实生活中难以实现的理想,在小说中延续、实现,从而赢得了市民读者的喜爱。梁凤仪的小说就整体而言,艺术品位不算高,故事格局模式化,语言缺乏个性,不少作品敷衍成篇的痕迹明显,这些缺陷或许都与作者写得太快有关。

李碧华(1959—),原名李白,祖籍广东台山,生于香港。她是另一位富有才情的小说家。她的小说并不是一般的纯言情小说,由于她善于捕捉社会敏感话题,营造故事的戏剧性氛围,从而使她的小说既具有可读性,同时又具备较高的审美价值和社会学价值。李碧华的小说探讨的是根植于人性本能的爱欲意志,及其在现代社会压抑下的扭曲和变态。写的都是人的爱欲、意志遭遇毁灭的过程,往往给人以震撼心魄、催人泪下的悲剧美感。如《胭脂扣》便是一个以昔日爱情的执著对照当今爱情的苍白的故事。作品的深刻之处,是从一个女鬼的爱情中确立了一种地老天荒也不能抛弃的价值观,以此来对应当代社会易碎的人伦关系。李碧华的小说也代表了80年代香港作家另一种带有"怀旧"色彩的独特审美经验。

第三节　舒巷城、也斯等人的诗

50年代，诗坛现代主义诗派呈崛起之势，1954年以后，《文艺新潮》、《诗杂》和《新思潮》相继出现，标志着香港新诗进入一个崭新的发展时期。马朗主编的《文艺新潮》把现代主义文艺思潮引进香港文坛。代表诗人为马朗、昆南、王无邪、叶维廉等。马朗的《焚琴的浪子》和《国殇祭》是他对投身于中国社会变革的知识分子所发出的失落与幻灭的感慨。作者在两种矛盾的感情之间回旋：一方面是对往昔的决绝和失落的哀挽，另一方面是对现实热情的赞颂。这使他的诗成为一种时代与个人、理性与情感冲突的典型概括。昆南的《布尔乔亚之歌》表现了知识分子在既不能抗拒诱惑，阻止个人的沉沦，又无法泯除自我道德意识的审判的矛盾中，以逃避的方式，作不甘同流合污的“清高”的自我解脱和自欺欺人的人生态度。王无邪50年代中期从美术进入诗歌创作，是香港现代诗最早的倡导者之一。长诗《1957年春：香港》表现了现代人在都市时空中的空虚和苦闷。50年代力匡的诗颇受读者喜爱。他的《重门》表现了那个处于历史巨大转折而又不愿认同时代变迁，将自己放逐于孤岛的内地“难民”典型的心态。力匡的诗大多是对内心情感的倾诉。他并不常用隐喻、象征和意象等更趋近现代的手法，凄婉的情绪和亲切的语调加以丰富的想象，使情感剖白的直抒具有传统的古典歌剧咏叹调的韵味。

60年代的香港诗坛，现代主义思潮依旧保持着颇为强劲的势头。此外，中老年诗人笔耕甚勤，新一代诗人脱颖而出，成为诗坛的重要现象。舒巷城不仅在小说创作方面硕果累累，在诗歌艺术方面也颇具造诣。本时期他以抒情诗创作为主，结集出版了《我的抒情诗》。他常从大自然摘取意象，传递对人世温暖的关爱和憧憬。但人世的磨难和不平，使他即使在轻盈的抒情中，也掩不住沉重，形成了他诗歌抒情性与批判性相结合的特点。徐訏也写了很多含蓄蕴藉的诗，既有浓厚的哲学意味，又不乏浪漫色彩，诗歌技巧趋于圆熟。以戴天、蔡炎培、绿骑士、胡燕青等为代表的一批新人登上诗坛。他们中有的曾赴台读书参与台湾现代诗运动，学成后又返归香港，给香港诗坛注入了活泼的生机。戴天总把他对传统人文的关怀放在现代人生的背景上，使传统的典雅和现代的洒脱互为映照，立体地形成自己诗歌意象和题旨的多义性。蔡炎培对生命的关怀、人性的探寻和都市的批判，对象征、意象和语言技巧的把握，无不表现出他突出的前卫色彩。

70年代以来的香港诗坛呈现多元并存的活跃景象。诗坛的构成也发生了变化，这一时期诗坛的主体由三个方面组成：一是在香港文化教育背景下成长起来的本土作家成为诗坛中坚，如舒巷城、黄国彬、羁魂、西西、也斯、古苍梧等；二是内地新移民诗人，如蓝海文、黄河浪、王一桃、梦如、路羽等；三是这期间自台湾地区、澳门地区或海外移居或客居香港地区的诗人，如余光中、叶维廉、原甸等。这一时期香港诗歌的都市文化性格逐渐成熟。诗对自身关注的加强，成为这一时期香港诗坛的重要特征。本土诗人以自己的香港身份，来观察、思考和抒写自己文化视野中的香港经验；而南来诗人也在双重人生经历的对比和映照下，把关注的重心逐渐落在自己生活其中的香港现实，抒写由此新的生存环境所获得的认知和感兴。二者共同构成了这一时期诗歌日益突出的"香港性"。

舒巷城本时期的《都市诗抄》以批判现实主义的精神暴露和谴责都市社会的罪恶实质，暴露和谴责那个造成贫富悬殊、两极分化的不公的社会。都市诗是舒巷城诗歌创作中本土性的体现。他对香港都市社会所作的概括和表现，是香港诗歌都市观照中较早呈现的一个重要侧面，也是舒巷城诗歌最具开创性的部分。本土诗人黄国彬强调诗与现实的联系，他的诗有很强的中国情意结。诗集《指环》表现敏锐丰富的个人感情生活，传达了对时代、历史、国家、民族的理性思考和殷殷关切之情。羁魂作为与香港一起成长的诗人，他对香港的观照往往浸透着强烈的历史意识，通过对香港华洋杂糅、新旧并存的底层世俗人生的描写，表现社会百相背后的历史意蕴。也斯的诗歌一开始就表现出对香港都市这一特殊文化空间的关心。也斯的"都市书写"侧重人在都市空间的生存状态和精神状态。《雷声与蝉鸣》以日常生活的平白语言，在注重细节的记载中，走入事物自身，去发现日常生活繁复层面下所潜隐的诗意。西西的诗歌淡淡写来，似乎直白，却以一种亲切的调子，由实入虚，由俗入雅，含蕴深沉。《父亲的背囊》以儿女的眼光写对亡父的思念，悲郁酸辛的追忆，却以温馨万千的叙述道来。古苍梧的作品多为短章，常将古典诗歌的意境经营融入现代诗歌的空间创造之中，从而拓展了单纯意象的复杂意蕴。

南来诗人蓝海文循着"珍惜传统，回归传统"的路径，进行了"新古典主义"的创作，《第一季》、《铜壶》、《惊蛰》、《昨夜不是梦》、《花季》等诗集是作者实践这一诗观的代表作。它们大多篇幅短小，语言简洁、明晰，既生发转化传统，同时又具有鲜明的时代感。黄河浪凭藉画家对色彩层次的敏锐把握和对画面的设计，凭藉独特的艺术感受力和丰富的语言表达能力，加上强烈的浪漫主义诗人气质，他得以准确地捕捉住生活中蕴含着诗意的片断和细节。黄河浪的作品于自由体诗行中漾出古典诗词的韵味，用新的艺术形象和手法继承与发展中国古典诗歌的优秀传统。他的诗歌创作走的就是一条既熔化古典又锻造现代，博采众家之长的道路。王一桃写的大量以香港生活为题材的诗突破港岛时空的局限，将城市的轮廓投射在广阔的心屏上，发掘出独特的诗意美，从而创造出别具一格的都市诗。他的《香港断章》组诗用十三章的规模合成一个整体，将生活节奏极快的香港这一大都市令人眼花缭乱的动感呈示在读者眼前。

梦如的诗集《季节的错误》、《穿越》，广受好评。她的诗短小精悍，有深度，有意境，有情趣，语言朴实甘醇。路羽的诗集《红翅膀的嘴唇》以生活气息浓厚、情趣淡雅见长，一些放情山水的诗尤具特色，善于对动景和静景作巧妙搭配，于迷离恍惚之中使读者领略如幻如真的大自然妙趣。谭帝森的诗集《楼梯街的祝福》因表现香港城市风貌而饮誉诗坛。诗人融入了香港这座东方大都市之中，在令人炫目的都市光影中省思，创造了完整的都市意象。夏智定的诗集《彩叶草》题材广泛，对沉重的历史的深沉思索，对美好事物的真情呼唤，对现实人生的不倦追求，构成了夏智定诗歌的主旋律。南来诗人的创作热情高，结集出版诗集多是他们的特点，获好评的诗人及其诗集有：王心果的《风物集》、《情爱，在香港》、《香港，诱惑的红唇》，秦岭雪的《铜钹与丝竹》（合集）、《流星群》，傅天虹的《香港情诗》、《夜香港》，晓帆的《望海楼风情》，吴正的诗集《香港梦影》、《起风的日子》，张诗剑的《爱的笛音》，等等。

一些外来作家也参与了香港的文学建设，对香港诗坛的影响不容忽视。余光中从 1974 年至 1985 年在香港中文大学任教，70 年代出版了《与永恒拔河》、《隔水观音》、《紫荆赋》三部诗集，集子中的作品构思新颖，意境幽深，情辞并茂，或壮怀激烈，或幽默诙谐，或含蓄委婉，不拘一格。叶维廉 1973 年起任香港中文大学客座教授，执教之余写了《沙田随意十三盏》等以香港风情为题材的组诗，为香港诗坛增色不少。原甸移居香港后出版了《写在中国的诗》、《原甸诗选》、《诗的宣言》、《水流千里》等诗集，来自底层生活的切身体验，使他的诗作具有强烈的现实批判锋芒；流寓异乡的漂泊人生，又使他的诗作饱含思乡恋土的情结。这些作品也应视为香港诗坛的可喜收获，并为新加坡、马来西亚和香港地区之间的文学交流做出了贡献。

第四节 散文创作

散文是香港文学的一个重要门类。五六十年代是香港散文的奠基期，这一阶段的香港散文继承中国现代散文的流风余韵，叶灵凤、曹聚仁、徐訏等现代作家薪火相传，为香港散文的发展奠定了坚实的基础。

徐訏赴港后，继承了林语堂开创的幽默小品文路数，表现了洞察世态人情的达观、幽默、深刻的文化个性，在香港散文界独树一帜。徐訏散文的幽默风格后来被其他香港散文家所发扬光大。香港报刊的专栏杂文，是香港文学最显著的特色之一。50年代讽世刺时、消闲野趣的杂文怪论甚为可观,"怪论"是富有香港特色的杂文,它往往在嬉笑噱谑中抨击现实,针砭时弊,很受读者欢迎。三苏、十三妹(方式文)、任毕明是其中的代表作家。

真正能代表香港五六十年代散文创作成就的是叶灵凤以及曹聚仁、吴其敏、黄蒙田、张千帆、高伯雨等人的作品,尤其是叶灵凤和曹聚仁的散文创作成就在当代散文史上占有重要地位。叶灵凤定居香港后专门从事随笔写作,他的随笔小品主要有两大类:读书随笔和抒情小品。他的读书随笔涉及古今中外,旁征博引,援古论今,知识面广,材料丰富,在写法上也颇有特色。他的抒情小品主要收在《能不忆江南》中,怀乡思亲忆旧,情致真挚感人。其中《南京的马车》、《烟花三月下扬州》、《吃蟹的余兴》等篇,描写江南风土人情,笔墨冲淡平和,具有明清性灵派小品文的意境之美。曹聚仁在香港的创作中最有价值的是两部近百万字的回忆录:《我与我的世界》和《万里行记》,前者是一部散文体的自传,记叙了自己的家族与地域文化背景、家庭出身、师友及相关的人和事;后者是一部抗战时期回忆录,记叙作者抗战时期担任战地记者的所见所闻。这两部作品兼具文学价值和史料价值。吴其敏著述甚丰,出版有《怀思集》、《文史小札》和《坐井集》等散文集。他的散文随笔具有浓郁的书卷气息和典雅的诗赋风格。他的文史小品,则通今博古,论文说史,寓知识、见解、文采和趣味于一体。黄蒙田著有《花灯集》、《春暖花开》和《敦煌夜话》等散文集,显示了其深厚的艺术素养,文笔精致。张千帆的《劲草集》善于即景抒情,咏物言志,从平凡事物中提炼动人的诗意。高伯雨的《听雨楼杂笔》、《听雨楼随笔》、《听雨楼丛谈》等文史随笔论述精辟、见解新颖。

70年代以来,香港的散文创作呈现一派色彩斑斓的繁盛景象。此时香港报纸不仅数量繁多,而且很多报纸在形式上进行了改革,将版面划分为若干小专栏,设立了五花八门的固定栏目,由专栏作者负责撰写稿件。这类专栏文章以散文为主,有随笔、杂文、小品等。众多的报纸专栏,造就了一批文思敏捷、出手奇快的专栏作家,推动了香港散文创作。

报纸的框框专栏是杂文的主要园地,框框杂文即专栏杂文,是香港文学的重要门类。香港经济的繁荣和特殊的思想环境、文化气候、出版条件、阅读习惯,特别是言论自由促进了杂文的繁荣。这些框框杂文,短则二百字,长则千字,无所不谈,内容极为广泛,论时事谈文化,抒情说理,样样俱备,充分体现了香港这个自由开放社会的精神。而香港快速的生活节奏,使读者把短小的框框杂文作为他们寻求资讯、调剂精神、获得情趣的最佳途径。著名的专栏作家有项庄、梁小中、吴其敏、张文达、胡菊人、黄沾、李碧华、何福仁等。框框杂文属于典型的港式"快餐文化",其特点是:富有知识性、娱乐性、趣味性,轻松、活泼、幽默,颇合一般市民趣味，带有明显的商业性质。

学者散文的勃兴是这一时期香港文坛的一个重要的文学现象。散文方面，最引人瞩目的是学者散文的异军突起。所谓学者散文，指的是学者创作的具有较强知识性和较高文化品位的散文、小品、随笔等。香港作为国际大都会，处于中西文化的交汇点上，政治意识淡薄，作家心态自由，因此它吸引着世界各地众多的华人作家学者。他们在进行教学、研究和工作之余，创作了大量学者散文。香港的学者散文风格多样，个性各异，表现对社会、文化、人生深刻的思考和领悟，具有很高的文学品位和审美价值，在一定程度上提升了香港散文的品质。

梁锡华、潘铭燊、黄维樑、陈耀南、董桥、也斯等是有代表性的学者型散文作家。梁锡华的《八仙之恋》、《我为山狂》、《四八集》、《已见集》等散文集，情感丰沛，说古道今，纵横捭阖，妙趣横生，有精辟独到的见解，文字功力深湛。潘铭燊长年埋首书城，素有“书痴”之称。他已出版《断鸿篇》、《三随篇》、《车喧斋随笔》、《温哥华书简》、《加华心声录》、《廉政论》、《温哥华杂碎》、《人生边上补白》等集子。他学精中外，阅历丰富，才识不凡。他的散文小品多讽世笔墨，不仅面向知识阶层读者，也做到了雅俗共赏，为一般读者所喜闻乐见。黄维樑的散文题材广博，天文地理、人生百态、花草虫鱼、各地风光习俗、恋爱婚姻、家庭生活、师生情谊、子女教育、书斋情趣……可谓包罗万象，加上浓浓的书卷气，更显得姿采各异。陈耀南的散文集《刮目相看记》从自然说到社会，从上古神话说到当今时事，从中国说到外国，广泛涉猎了经济、政治、民族、文化等，具有高屋建瓴之势，语出警人，洋洋洒洒。作者常常在极幽探玄中生发哲理，酿造诗意，使人在美的享受中，得到思想的启迪和情操的陶冶。董桥博闻广识，学贯中西，他的散文有思想深度和理论上的探索，却绝不枯燥，熔学、识、情于一炉，追求悠闲境界，于悠闲之外又孕育着浓郁的人文情怀和炽热的中国情结。董桥的作品闪现出一种感性和知性相兼容的特质，属于思辨和才情汇通的文体，体式丰富多样，结构谋篇匠心独运。董桥在他的散文中写海峡两岸，绘纽约，记英伦，说政经，谈历史文化，用大手笔写篇幅短小的文章，令读者回味无穷。无论是写古代题材还是现代生活题材，他的文章中都散发出浓浓的书卷气，字里行间既有中国人的智慧，又不乏英国式的幽默。也斯的散文集《山水人物》、《山光水影》取材上严加斟酌，乍看并无关联的凡人小事，旅途中所见的零星景物，通过作者主观感受的胶合、熔铸，显现出醇厚的意韵。

在香港庞大的散文创作队伍中，女性作家占有相当大的比重，形成颇具规模的女散文作家群。70年代《星岛日报》的“七好文集”杂文专栏有多位女作家活跃于文坛，如小思、圆圆、紫娃娃、亦舒、陆离等，其中小思的创作成就为最高。小思的散文涉及的题材广，感情真挚，阐发了一种仁慈博爱的精神。她的散文形式多样，有的偏重叙事，有的着眼于说理，并初步形成了富于个性的散文风格，大致表现为构思精巧，内涵隽深，意境幽远，写人、记事、绘景、抒情、说理有机融合，文笔轻盈。“七好”之外，李碧华以她的尖锐笔调和鲜明感性，引人瞩目；黄碧云和游静析理透辟，富有理性精神。而林燕妮、何锦玲、李洛霞、钟晓阳、西西、西茜凰、吴煦斌、方娥真、王璞等人，不论写身边琐事，还是谈社会人生，或开掘心灵世界，都个性活现，代表了都市女性的不同形态，显示了香港女作家的创作实绩。

80年代以来，随着中国内地的逐步开放和香港居民外出旅游日渐成为时尚，香港游记散文创作蔚为大观。夏婕的《漫漫新疆路》、《长城内外》、《沙漠奇遇》、《远上白云间》等散文集以边塞奇趣取胜，大都取材于长城内外，天山南北，尤其是作者的大西北记游之作，弥漫着大漠雄奇浑厚的气息，显现出一种阳刚与阴柔相济之美感，并多方展示了新疆独特的地理环境、名胜古迹，少数民族的奇异风俗和宗教信仰。华莎的《母子浪游中国》记叙作者携女儿到祖国旅游，体认祖国之美。作者将叙事、咏怀与写景熔于一炉，细察各地的人情世态，读来如历其景，如临其境。本时期香港作家的域外游记也颇多佳构，如吴康民的《美亚七国游》、周蜜蜜的《留英风情画》、伦文标的《非洲之旅》、尹怀文的《欧洲散记》等，都是可观之作。学者作家金耀基的两本散文集《剑桥语丝》和《海德堡语丝》，是旅欧的实录，展示了作者广博的学识、出众的才智、儒雅的风度、高尚的人格和美好的情愫。金耀基的游记广泛采用对比映衬手法和丰富的想象、联想。身处异域的作者，时时超越了个人本位，将视线投向自己“根”之所在的中国，审视母体文化与异国文化之差异。金耀基在行文时很善于将叙事、描写、议论、剖析和谐地熔于一炉，既有形象生动的叙事和精雕细刻的描写，又有深刻透彻的议论和条分缕析的剖示。景、物、情、意于文中浑然融为一体，使读者于美的享受中，得到感情的陶冶、有趣的知识和思想的启迪。

后 记

本教材是多位同行合作的结果,具体执笔情况如下:第 3 章,魏宏瑞执笔;第 4 章,林霆执笔;第 5 章,商昌宝执笔;第 6 章,于沐阳执笔;第 10 章,鞠斐执笔;第 11 章,李振执笔;第 12 章,刘希云执笔;第 13 章,聂国心执笔;第 14 章,王金双执笔;第 16 章,张文娟、杨新刚执笔;第 17 章,房芳执笔;第 18 章,宋文坛、刘雪松执笔;第 19 章、第 20 章,常世举执笔;其余各章由李新宇执笔。李润霞、林霆承担了部分定稿工作。全书由李新宇通稿定稿,并承担一切学术责任。

本书属急就章,不足之处尚多,我们将不断修订,真诚希望国内外同行朋友赐教。

编者

2009 年 5 月